Kristina Ohlsson

Die Tote im Sturm

Autorin

Kristina Ohlsson, Jahrgang 1979, arbeitete im schwedischen Außen- und Verteidigungsministerium als Expertin für EU-Außenpolitik und Nahostfragen, bei der nationalen schwedischen Polizeibehörde in Stockholm und als Terrorismusexpertin bei der OSZE in Wien. Mit ihrem Debütroman »Aschenputtel« gelang ihr der internationale Durchbruch und der Auftakt zu einer hoch gelobten Thrillerreihe um die Ermittler Fredrika Bergman und Alex Recht. August Strindberg ist Ohlssons neueste Romanfigur, der mit seinem gelben Leichenwagen Fälle löst, obwohl er gar nichts mit der Polizei zu schaffen hat …

Weitere Schweden-Krimis von Kristina Ohlsson:

Aus der Serie mit Fredrika Bergman und Alex Recht:
Aschenputtel
Tausendschön
Sterntaler
Himmelschlüssel
Papierjunge
Sündengräber

Aus der Serie mit Martin Benner:
Schwesterherz
Bruderlüge
Blutsfreunde

Aus der Serie mit August Strindberg:
Die Tote im Sturm
Das Feuer im Bootshaus
Die Frau im Eishaus

Weitere in Vorbereitung

KRISTINA OHLSSON

DIE TOTE IM STURM

Ein Schwedenkrimi mit August Strindberg

Deutsch von Susanne Dahmann

blanvalet

Die Originalausgabe erschien 2020 unter dem Titel »Stormvakt« bei
Bokförlaget Forum, Stockholm.

MIX
Papier | Fördert
gute Waldnutzung
FSC® C014496
FSC
www.fsc.org

Penguin Random House Verlagsgruppe FSC® N001967

1. Auflage 2024

Redaktion: Ingola Lammers
Umschlaggestaltung: www.buerosued.de
nach einer Idee von © Kristina Ohlsson 2022
Umschlagmotive: mauritius images/Westend61/Michael Runkel;
www.buerosued.de
Karte: © Peter Palm, Berlin
BL · Herstellung: DiMo
Satz: Buch-Werkstatt GmbH, Bad Aibling
Druck und Bindung: GGP Media GmbH, Pößneck
Printed in Germany
ISBN 978-3-7341-1338-3

www.blanvalet.de

Für Mama und Papa

So einen stürmischen Sommer hatte es seit Jahrzehnten nicht gegeben. Sogar die alten Fischer zogen die Augenbrauen hoch. Man sagte, der Wind bliese stärker als sonst, und das sei ein Vorbote von Unglück. Mit den Stürmen würden Chaos und Unordnung zu den zartesten Perlen der Westküste gebracht werden.

Bei den meisten riefen solche Prophezeiungen allerdings nur Kopfschütteln hervor. Wind war Wind, und manchmal war er eben stärker als sonst. Niemand, der mit beiden Füßen fest auf der Erde stand, glaubte, dass mit dem Wind das Böse käme.

Doch der Sommer war nun auch nicht völlig ereignislos gewesen. Im Gegenteil, bereits im Mai wurde man gewahr, dass eine Veränderung vor der Tür stand, und das wie immer ohne Vorwarnung: Eines Tages war es plötzlich eine Tatsache, dass Kungshamns einziges Bestattungsinstitut verkauft werden würde. Das allein hätte im Grunde keine große Aufmerksamkeit erregt, wäre da nicht ein kleines Detail gewesen:

Der Bestatter – ein Mann, der auf die siebzig zuging – war von einer jüngeren Frau um alle seine Ersparnisse gebracht worden.

Deshalb musste er die Immobilie, in der er sein Büro gehabt hatte, nun verkaufen und aus dem Ort wegziehen. Die Scham saß einfach zu tief, der Tratsch war zu erdrückend und die Schulden waren weitaus höher als seine Einkünfte.

Kungshamn ist kein Ort, an dem übertrieben viel passiert, weshalb sich die Geschichte vom betrogenen Bestatter mit der Schnelligkeit eines Waldbrandes verbreitete. Und als das Gerede erst einmal in Gang gekommen war, wurden unzählige ungeklärte Fragen aufgeworfen. Wie lange würde es wohl dauern, bis das Bestattungsinstitut einen neuen Besitzer bekam? In den Schaufenstern herrschte gähnende Leere, und das Schild des Maklers mit der

Überschrift ZU VERKAUFEN sah allmählich schon verwittert aus. Zwar traf das bereits in der ersten Woche zu, doch nachdem das Geschäft fast zwei Monate lang unberührt dagestanden hatte, fingen die Leute an zu grübeln, ob jetzt womöglich dem Makler etwas zugestoßen war.

Dieses Gerücht schaffte es jedoch nicht sonderlich weit, denn plötzlich konnten alle, die wollten und des Lesens mächtig waren, der Lokalzeitung *Bohuslänning* entnehmen, dass das Bestattungsinstitut endlich verkauft war. Der neue Besitzer, ein Mann aus Stockholm, würde das Geschäft Anfang September übernehmen.

Man sah einander verstohlen an. Was das wohl für einer war, dieser Stockholmer? Was führte einen Mann aus der königlichen Hauptstadt Schwedens hinüber an die Westküste? Hatte er womöglich eine Verbindung nach Kungshamn?

Eine Woche nach der anderen verstrich, und es wurde Mitte August. Die Ferienzeit war vorbei, die Touristen packten ein und fuhren nach Hause, die Sommerhausgäste ebenso. Ungefähr zu diesem Zeitpunkt nahm der Tratsch über den Stockholmer neue Fahrt auf, denn nun hatte ein weiteres Gerücht die Einwohner von Kungshamn erreicht:

Der Mann, der das Bestattungsinstitut gekauft hatte, war kein Bestatter.

Es hieß, seine Pläne mit der Immobilie seien ganz anderer Art. Welcher Art genau, wusste niemand, doch jemand deutete so etwas an, dass der Stockholmer womöglich ein Bordell eröffnen wolle. Viel mehr war nicht nötig, um das Gerede im Umlauf zu halten.

Noch schlimmer wurde es, als herauskam, wo der neue Besitzer wohnen würde:

Er hatte sich gegen Kungshamn und für Hovenäset entschieden, das alte, knapp drei Kilometer entfernte Fischerdorf. Und selbst das könnte ja noch in Ordnung sein, wäre da nicht die Adresse gewesen. Der Stockholmer würde nämlich in Janssons altes Haus einziehen. Das behauptete jedenfalls das Ehepaar Jansson selbst, und die mussten es ja wissen.

Janssons Haus hatte bald dreißig Jahre lang keinen Mieter mehr gehabt, und das aus gutem Grund. So sagte man: Es gäbe *gute Gründe*, warum niemand auf Dauer dort wohnen wollte. Gründe, die dem neu zugezogenen Stockholmer offenbar unbekannt sein mussten. Und wenn er Kenntnis davon hatte, dann war sowieso irgendwas nicht in Ordnung mit ihm. Niemand, der wusste, was in diesem Haus passiert war, wollte dort wohnen.

Niemand.

Nicht einmal Herr und Frau Jansson selbst, denen das Haus gehörte. Sie begnügten sich damit, es über den Sommer an diverse Leute zu vermieten, und in der Zeit dazwischen stand es leer.

Mitte August begann die Schule.

Der Wind, von dem behauptet wurde, er sei eine Vorankündigung von Veränderung und Dunkelheit, war das Einzige, was vom Sommer noch übrig blieb. Und ganz allmählich, ohne dass jemand erklären konnte, warum, breitete sich die Sorge aus.

Etwas Schreckliches würde geschehen.

Und man konnte nur warten.

25. August

»Ich allein weiß, dass alles vorbei ist.«

Der Wind steigerte sich zu einem Sturm. Agnes Eriksson hörte ihn vor der Tür heulen und dachte: Jedes Übel hat auch sein Gutes. Das schlechte Wetter verschaffte ihr eine Ausrede, das Haus zu verlassen, und das begrüßte sie. Sie rief Fredrik zu, dass sie eine Runde rausgehen, aber bald zurück sein würde. Sie würde nur runter zum Steg gehen, um zu kontrollieren, ob das Boot auch ordentlich vertäut war.

Es war kurz nach sechs und regnete ausreichend für eine Weltuntergangsstimmung. Nicht dass sie dafür irgendwelche Nachhilfe benötigt hätte. Alles war vorbei. Etwas Neues würde beginnen. Wie das vor sich gehen sollte, war ihr allerdings noch nicht klar.

Agnes stieg in ein Paar kniehoher grüner Gummistiefel und zog einen roten Regenmantel über, den sie sorgfältig zuknöpfte. Sie hasste Regen. Sie hasste Wind. Und von beidem gab es an der Westküste zu viel.

Wenn sie wählen könnte, dann würde ihr neues Leben sonniger und weniger windig aussehen.

Fredrik erschien in der Diele.

»Soll ich mitkommen?«

Sie schüttelte den Kopf.

»Kein Problem, ich kann allein gehen. Wäre doch blöd, wenn wir beide nass würden.«

Sie bemühte sich um einen lockeren Tonfall. Gesellschaft war das Letzte, was sie brauchte.

»Ich habe das Fleisch aus dem Kühlschrank geholt«, sagte Fredrik. »Wir wollten ja grillen, aber ich glaube, ich brate es lieber im Ofen. Mit Kartoffeln und kalter Soße dazu. Ich rühre was zusammen.«

Agnes nickte und legte eine Hand auf die Türklinke.

»Das ist gut«, sagte sie. »Lass uns essen, wenn ich nach Hause komme.«

Fredrik war in einer anderen Lebensphase als sie. Er befand sich immer noch in ihrem gemeinsamen Alltag. Der mit sich brachte, dass sie zur Schule ging, um zu unterrichten, und er sich um das nächste Bauprojekt auf der nahe gelegenen Halbinsel Smögen kümmerte.

Er war vollkommen durchgetaktet und lief exakt wie ein Uhrwerk.

Ich allein weiß, dass alles vorbei ist, dachte Agnes.

Sie sah Fredrik an.

»Ich bin gleich wieder da.«

Sie sehnte sich nach draußen, fort. Zu all dem, was sie nicht bekam, aber brauchte.

Sie hatte so ungeheuer große Fehler gemacht. Es gab keine Entschuldigung für das, was sie getan hatte, was sie angerichtet hatte. Und sie würde für ihre Sünden bezahlen müssen, das war ihr vollkommen klar. In dieser Erkenntnis schwang auch etwas Erleichterung mit. Es gab einen Ausweg. Das war das Einzige, was sie aufrecht hielt.

Als sie öffnete, zerrte eine Bö an der Tür. Der Regen peitschte auf die Erde. Kalter Wind blies in die Diele, und sie eilte hinaus, um gleich wieder hineinzugehen.

Fredrik stand noch in der Diele.

»Hast du was vergessen?«

Sie schüttelte den Kopf.

»Isaks Fahrrad steht noch in der Einfahrt. Sag ihm doch bitte, er soll es in die Garage stellen.«

Das ständige Ermahnen des Sohnes. Und das Fahrrad, das nicht repariert wurde, sondern einfach nur unbenutzt dastand.

Dass Isak einfach nicht lernen konnte zu beenden, was er angefangen hatte, Verantwortung zu übernehmen.

»Ja klar«, sagte Fredrik, »mache ich sofort.«

Agnes begab sich erneut ins Unwetter hinaus. Sie schlug die Kapuze des Regenmantels hoch und lief mit schnellen Schritten den Bürgersteig hinunter. Der Hafen war so nah und dennoch genau weit genug weg. Nie wieder würde sie dorthin gehen, um die Sehnsucht zu stillen, die so beschämend war, dass sie ihr keinen Namen zu geben vermochte.

Der Regen peitschte auf ihre Haut.

Ein Regenschirm war zwecklos. Der Wind würde ihn binnen zwei Sekunden zerreißen.

Agnes schob eine eiskalte Hand in die Tasche und umfasste das Handy. In der anderen Jackentasche hatte sie ein Messer. Sie hoffte, dass sie es nicht brauchen würde.

Im äußeren wie im inneren Hafenbecken bewegten sich die Boote unruhig hin und her. Das von Agnes und Fredrik lag im äußeren Becken, doch dorthin war sie nicht unterwegs. Stattdessen blieb sie an der Reihe roter Bootshäuser stehen, die direkt am Badeplatz standen. Fredrik und sie hatten gefeiert, als sie endlich ihre eigene Hütte ergattert hatten. Die lag so perfekt genau zwischen Badeplatz und Bootssteg. Doch auch zum Bootshaus der Familie war Agnes nicht unterwegs.

Der Steg war rutschig vom Regen. Der Sommer schien schon weit entfernt. Selbst die Boote ruckten an ihren Tampen, als würden sie sich von Sturm und Regen wegwünschen.

So wie ich, dachte Agnes.

Im Fenster vom Bootshaus ganz hinten leuchtete ein schwaches Licht. Dorthin wollte sie.

Die Tür quietschte, als sie sie öffnete und hineinsah.

Ein Schatten bewegte sich da drinnen.

Bald, dachte Agnes. Bald ist das alles vorbei.

Aber ganz sicher war sie nicht, denn sonst hätte sie nicht so viel Angst gehabt.

Ihr Herz schlug heftiger.

Jetzt war erst einmal am wichtigsten, dass sie Schweigegarantien erhielt, damit ihr Verbrechen nicht ruchbar würde.

Agnes betrat das Bootshaus und schloss die Tür hinter sich.

Jetzt oder nie.

Kurz vor Mitternacht stieg August aus dem Bus an der Hovenäsbrücke. Die Dunkelheit war pechschwarz wie im tiefen Winter, aber das Wetter etwas milder, wenn auch immer noch streng. Der Wind zerrte an seiner Jacke, und der Boden war nass. Den größten Teil der Reise über hatte es wie wahnsinnig geregnet.

August atmete die kühle Luft ein. Endlich war er angekommen. Um halb zehn Uhr abends hatte er den letzten Bus von Göteborg genommen und war dann in Uddevalla umgestiegen. Nun stellte er fest, dass der Bus früher angekommen war als im Fahrplan angegeben. Das passierte wahrscheinlich häufiger an einem Ort, wo so wenige Menschen lebten und es eher eine Überraschung war, wenn an mehr als drei Haltestellen überhaupt jemand stand.

Der Busfahrer wartete geduldig, bis August seine Taschen aus dem Gepäckraum des Busses gehievt hatte. August zählte. Drei Stück. Er schlug die Ladeklappe zu, und der Bus verschwand die Straße hinunter.

August sah sich um. Am Nachthimmel drängten sich dicke Wolken.

Genau das hatte seine Mutter auch gesagt.

Dass es auf Hovenäset ständig stürmen und regnen würde. Obwohl sie viele Jahre lang stets mehrere Sommerwochen auf Hovenäset verbracht habe, hätte sie doch dort nicht einmal schönes Wetter erlebt. Augusts Großeltern väterlicherseits hatten die Familie dazu gebracht, immer wieder hierherzufahren. Sie besaßen ein Sommerhaus auf Hovenäset und behaupteten bis zu ihrem Tod stur, dass das Wetter natürlich ein bisschen durchwachsen sein könne, aufs Ganze gesehen aber immer nur fantastisch gewesen sei. August und seine Eltern hätten bei ihren Besuchen einfach nur Pech gehabt.

Jedes Mal.

August ließ seine Taschen stehen und ging auf die andere Seite der Brücke. Aus der Entfernung konnte er die Schatten und Konturen eines kleinen Ortes erkennen, doch war es zu dunkel, um genauer zu sehen. Das machte nichts, denn August wusste schon, was ihn erwartete. Ungefähr hundert weiße Holzhäuser, ein paar rote Bootshäuser und dramatisch hohe Klippen, die sich hinter den kleinen Dachgiebeln erhoben.

Es war ein hübscher Ort.

Seine Mutter wäre sehr erstaunt, wenn sie ihn jetzt sehen würde. Die starken Arme auf das Brückengeländer gestützt und den Blick über das Wasser und den Ort gerichtet, wo er wohnen würde. Noch erstaunter wäre sie, wenn sie wüsste, was er gerade dachte:

Dass er irgendwie ein Heimkehrer war.

Und das, obwohl er lediglich ein paar Kindheitssommer auf Hovenäset verbracht hatte und jetzt fast fünfunddreißig Jahre nicht hier gewesen war. Seine Großeltern hatten ihr Sommerhaus verkauft, als er zehn Jahre alt war, und obwohl er sich seither zurückgesehnt hatte, war doch nie etwas daraus geworden.

August hatte nicht im Entferntesten daran gedacht, dauerhaft an die Westküste zu ziehen. Er war auf der Suche nach einem Sommerhaus gewesen, gerne eines, das ein bisschen liebevolle Zuwendung benötigte. Eine größere Veränderung hatte er sich nicht vorgestellt. Doch dann hatte er die Anzeige gesehen, in der stand, das alte Bestattungsinstitut in Kungshamn würde zum Verkauf stehen. Er erinnerte sich noch, wie er am Rechner gesessen und die Bilder angeschaut hatte, während eine Welle von Glück durch seinen Körper lief.

Das hier war der Zufall, auf den er gewartet hatte.

Das hier würde sein neues Leben werden.

Natürlich hatte er um eine Besichtigung und sogar um ein Sachverständigengutachten gebeten – sein Eifer war also nicht in Naivität umgeschlagen –, doch nachdem das erledigt war, konnte ihn nichts mehr aufhalten. Ein Bestattungsinstitut zu betreiben interessierte ihn nicht, denn er hatte andere Pläne, die er hier verwirklichen wollte. Vor vier Wochen hatte er den Vertrag unterschrieben. Mehr Zeit schien ihm nicht notwendig, um sein Leben in Stockholm abzuwickeln.

Hinter ihm hupte es.

Er drehte sich um.

Ein grauer Saab hatte bei seinen Taschen angehalten.

Der Fahrer fuhr die Scheibe herunter. Auf dem Beifahrersitz saß eine Frau.

»August?«, fragte der Mann.

»Korrekt«, erwiderte August.

Die Frau sah erleichtert aus.

»Wir waren uns nicht sicher«, sagte sie, »wegen des Nachnamens. Wir haben nicht geglaubt …«

Der Mann räusperte sich.

»Wir dachten, man kann doch nicht Strindberg heißen«, erklärte er. »Zumindest nicht, wenn man mit Vornamen August heißt.«

»Doch, das kann man«, bestätigte August. »Und Sie müssen Esmeralda und Sven Jansson sein.«

Der Mann und die Frau nickten. Sie stiegen aus dem Auto aus und gaben ihm die Hand zur Begrüßung. Von ihnen würde er das Haus mieten, das für das nächste Jahr sein Zuhause sein würde.

»Vielen Dank, dass Sie kommen und mich abholen«, sagte August.

»Das fehlte ja gerade noch«, meinte Esmeralda. »Es ist zwar nicht weit zu gehen, aber wenn man so viele Sachen dabeihat, braucht man doch Hilfe.«

Sven packte Augusts Taschen in den Kofferraum des Autos.

»Was man so viel nennt«, sagte er, »das hier wirkt eigentlich nicht so.«

»Die restlichen Sachen kommen in ein paar Tagen mit dem Umzugsunternehmen«, erklärte August.

»Das hat er doch in dem Brief geschrieben, den er geschickt hat«, sagte Esmeralda.

»Welcher Brief?«, fragte Sven.

»Ich meine in der Mail«, sagte Esmeralda. Sie wandte sich an August: »Sie wissen ja, dass das Haus teilmöbliert ist. Ich glaube, Sie werden gut zurechtkommen, bis Ihre eigenen Sachen kommen.«

Sven schlug den Kofferraum zu.

In dem Moment fuhren zwei Polizeistreifen vorbei. Das Blaulicht blinkte, aber das Martinshorn war ausgeschaltet. August sah ihnen nach.

»Eine Frau ist vermisst gemeldet worden«, erklärte Esmeralda, »offensichtlich erst vor ein paar Stunden.«

»Bestimmt wird sie bald gefunden«, ergänzte Sven. »Jetzt fahren wir mal los.«

Die Nacht war schonungslos. Kriminalkommissarin Maria Martinsson stand am Badeplatz von Tången, knapp hundert Meter von Badehütten und Steg entfernt. Der Wind zauste an ihrem Haar und schien jede Haarsträhne zu bearbeiten, wie um sie herauszureißen. Weiter hinten auf dem Parkplatz waren brennende Straßenlaternen zu sehen, doch dort, wo Maria stand, war die einzige Leuchte kaputt.

Ob dunkel oder hell, spielte eigentlich keine Rolle. Maria navigierte nach den Geräuschen in ihrer Nähe. Vor ihr toste das Meer. Im Wasser lag ein langer Ponton, der den kurzen Strandstreifen mit der Insel Klåvholmen ein Stück weiter draußen auf dem Meer verband. Der Ponton ruckelte an den Ketten, die ihn an Ort und Stelle hielten.

Maria packte fest die schwere Taschenlampe, die sie aus dem Auto mitgebracht hatte, und ließ den Lichtkegel über den Boden und hin zum Steg hinüber nach Klåvholmen gleiten. Die Holzplanken glänzten hell vor Feuchtigkeit von Regen und Meerwasser. Hinüberzugehen war undenkbar. Einerseits war der Ponton wegen Reparaturarbeiten abgesperrt, und andererseits würde er glatt wie eine Schlittschuhbahn sein. Alle paar Sekunden schlugen die Wellen hoch und überspülten den Steg.

Sie sah über das Meer. In den dunklen Schatten konnte man Verschiebungen erkennen. Das Meer senkte und hob sich im Takt mit den Wellen. Kaum zu glauben, dass dies hier vor knapp einer Woche noch ein Idyll gewesen war.

Eine Bewegung in ihrem Augenwinkel weckte sie aus ihren Betrachtungen.

Ein Stück entfernt stand Ray-Ray, ihr Kollege, mit dem sie am engsten verbunden war.

Sie hatten beide dieselbe Sorge: Agnes Eriksson war etwas zugestoßen.

Der Anruf von ihrem Chef Roland war gegen 21 Uhr gekommen, als Maria gerade mit Paul zusammen einen Film anschaute. Da waren sie also nach acht Jahren Ehe gelandet. Vor dem Fernseher.

»Eine Frau aus Kungshamn ist verschwunden«, hatte Roland gesagt. »Ihr Mann hat angerufen und sie vermisst gemeldet. Von Uddevalla haben sie eine Streife hingeschickt, und die sind genauso besorgt wie der Ehemann. Nimm Ray-Ray mit, und fangt schon mal mit ein paar einleitendenden Befragungen an, macht euch ein Bild, was da passiert sein könnte. Spart nicht an Material wenn nötig.«

Seither waren ein paar Stunden vergangen. Familie Eriksson wohnte in dem Teil von Kungshamn, der Fisketång hieß, aber nur Tången genannt wurde. Ihr Haus lag mitten in einem pittoresken Gewimmel von hauptsächlich Sommerhäusern. Die Erikssons wohnten jedoch dauerhaft in einem Haus, das etwas größer war als die anderen im Viertel.

Ray-Ray trat zu Maria.

»Was denkst du?«, fragte er.

»Dass wir zu wenig wissen«, erwiderte Maria.

Ray-Ray leuchtete mit der Taschenlampe auf das Wasser vor sich. In ihrem Schein blitzten wütende Wellen auf.

»Dieser ganze Ort besteht doch aus nur einer einzigen Einbahnstraße«, sagte er. »Wenn sie den ganzen Weg bis zum Boot gekommen ist, dann gibt es nicht so viele Stellen, an denen sie sein kann.«

»Wie geht es mit dem Türenklopfen voran?«, fragte Maria.

»Es sind verdammt viele leere Häuser. Aber eine Zeugin haben wir, eine Dame, die ungefähr dreihundert Meter von hier entfernt wohnt. Sie bestätigt, gesehen zu haben, wie Agnes kurz nach sechs Uhr heute Abend auf dem Bürgersteig vorbeieilte. Die Zeugin hat nicht genau gesehen, wohin sie ging, aber es war Richtung Badeplatz.«

»Okay, gut«, sagte Maria.

Somit wussten sie zumindest mit Sicherheit, dass Agnes wirklich zu der Zeit, die ihr Mann angegeben hatte, das Haus verlassen hatte. Aber sie hatten immer noch keine Ahnung, ob sie dann wirklich unterwegs zum Bootssteg gewesen war, wie ihr Mann gesagt hatte, oder ob sie dort gewesen und dann umgedreht und woanders hingegangen war.

Maria warf dem Meer einen letzten langen Blick zu, ehe sie gingen. Die Lichter der Taschenlampen ihrer Kollegen spielten zwischen den kleinen Badehütten und sogar draußen auf dem Stortångskäret, dem Felsen, den man im Unterschied zu Klåvholmen über einen sehr viel kürzeren Steg erreichen konnte. Maria sah ihre Kollegen vorsichtig über die Holzplanken balancieren, als wären auch die von Regen und Meerwasser rutschig. Ray-Ray und sie hatten schnell alle Mitarbeiter zusammengetrommelt, nachdem sie mit Fredrik, dem Ehemann von Agnes, gesprochen hatten. Seine Aufregung musste als glaubwürdig beurteilt werden, und zudem wurde er noch von seinem besorgten Sohn bestärkt. Kurz darauf war der volle Zirkus in Gang. Die Stege waren abgesucht worden, die Boote waren kontrolliert und die Badehütte der Familie durchsucht worden. Dann wurde das Suchgebiet in schnellem Takt weiter ausgedehnt.

Ihnen allen war vor allem eins klar: Das hier war nicht die richtige Nacht, um ins Wasser zu fallen. Dieses Meer konnte sogar den stärksten Mann verschlucken.

Ein Helikopter trotzte dem Unwetter und kreiste über der Umgebung, hinaus über das Meer und dann wieder in einem Halbkreis zurück. Spürhunde kläfften durch die Nacht und suchten mit demselben Eifer nach Agnes wie alle anderen.

Und auf dem Meer gab es auch noch die Seenotrettung, die ebenfalls aktiviert war. Sie waren mit mehreren Schiffen rausgefahren und suchten nun die nächste Küstenstrecke zusammen mit einem Lotsenboot vom Schifffahrtsamt ab. Es war eine elende Arbeit. Die Lampen leuchteten stark, aber da sich die Wogen selbst in Landnähe hoch auftürmten, war es schwer, das Meer zu überblicken. Somit liefen sie Gefahr, Agnes zu überfahren und zu verletzen. Wenn sie es überhaupt geschafft haben sollte, im Wasser zu überleben.

Maria spürte das Adrenalin in ihrem Körper kochen. Sie wollte Morgendämmerung und Tageslicht. Sie wollte, dass Agnes eine faire Chance hatte.

Da rief Roland sie auf dem Handy an. Ray-Ray verschwand zu einer der Badehütten.

»Irgendwelche Fortschritte?«, fragte Roland.

»Nein, leider nicht. Noch nicht«, antwortete Maria.

»Es ist eine harte Nacht«, sagte er. »Für den Fall, dass die Sache noch länger dauert, möchte ich jetzt schon mal klarstellen, dass ich Ray-Ray und dir die Leitung der Ermittlung übertrage.«

Maria schluckte.

»Wir werden sie finden«, sagte sie.

»Ich sage ja nichts anderes«, entgegnete Roland, »aber wir müssen darauf vorbereitet sein, dass es anders ausgeht, als wir gehofft haben. *Wenn* das so wäre, dann möchte ich, dass ihr beide vor Ort bleibt. Ihr könnt den Wohnwagen als Basis nehmen und dem restlichen Team woanders Platz verschaffen, soweit es nötig ist.«

Maria erstarrte.

»Den Wohnwagen? Hör mal, Roland, das geht nicht. Der ist doch …«

»Er ist alles, was wir haben«, unterbrach Roland sie. »Aber ich kann vielleicht noch einen größeren besorgen.«

Er legte auf.

Der Wohnwagen. Das würde Ray-Ray nicht gefallen.

Hinter ihr hustete jemand, und sie drehte sich um.

Ein paar Meter entfernt stand Fredrik Eriksson.

Das Gesicht verhärmt, aber die Miene entschlossen. Keine Spuren von Erschöpfung zu erkennen. Die akute Sorge hielt ihn am Laufen, und so würde es auch weiter sein. Maria hatte das schon öfter gesehen, als sie zählen konnte. Der Rausch der Angst war am schwersten zu beruhigen.

Maria trat zu ihm.

»Es sind viele hier«, sagte er und sah zu den Badehütten, »ich meine, Polizisten.«

Maria nickte.

»Wir tun unser Bestes«, sagte sie.

Fredrik winkte mit der Taschenlampe, die er in der Hand hielt. Die Batterien waren dabei, ihren Geist aufzugeben, und die Lampe leuchtete nur noch schwach. Maria suchte seinen Blick, doch der Mann, der nach seiner Frau Ausschau hielt, sah in alle Richtungen, nur nicht in ihre.

»Sie ist eine gute Schwimmerin«, sagte er, »eine sehr gute.«

»Ja, das haben Sie erwähnt«, erwiderte Maria.

Und dann, als würde ihr das plötzlich einfallen:

»Erzählen Sie mir noch mal vom Abend.«

»Wir haben schon gestern von dem Unwetter gehört, aber Sie wissen ja, wie das ist, ehe es da ist, glaubt man ja doch nicht, dass es so schlimm wird. Agnes ist losgegangen, um zu kontrollieren, ob das Boot ordentlich vertäut ist. Das war kurz nach sechs. Ich hatte gesagt, ich würde mich ums Abendessen kümmern, weil ich ausnahmsweise mal früher von der Arbeit zu Hause war. Und dann kam sie nicht zurück. Und ist auch nicht ans Handy gegangen. Wir wollten Fleisch braten, ich hatte es schon aus dem Kühlschrank genommen, damit es nicht so kalt war, wenn ich es in den Ofen schob. Ich wartete eine Stunde, dann sagte ich zu Isak, ich würde mir Sorgen machen. Nachdem wir anderthalb Stunden vergeblich gesucht hatten und Agnes immer noch nicht zu erreichen war, habe ich Sie angerufen.«

Maria nickte. Fredrik hatte schon mehrmals vom Verschwinden

seiner Frau berichtet, und jedes Mal erzählte er exakt dieselbe Geschichte. Sollte er Teile davon erfunden haben, dann war er ein geschickter Lügner.

Fredrik sah sich verwirrt um. Die Panik stand ihm ins Gesicht geschrieben.

Maria verstand seine Sorge.

Es war das Unwetter, das sie von Anfang an auf Hochtouren hatte laufen lassen. Das und die Geschichte von dem geplanten Abendessen. Agnes hatte nicht vorgehabt, länger wegzubleiben.

Maria legte eine Hand auf Fredriks Arm.

»Gehen Sie nach Hause«, sagte sie. »Gehen Sie nach Hause, und nehmen Sie Ihren Sohn mit. Wir lassen von uns hören, wenn wir etwas zu berichten haben.«

Fredrik schüttelte den Kopf.

»Sie ist doch irgendwo hier«, sagte er. »Sie muss irgendwo hier sein.«

Vom Badeplatz her kam ein Schatten. Dann noch einer. Isak, der Sohn von Agnes und Fredrik, kam auf sie zu. Er hatte einen Freund dabei, einen großen Jungen mit ernster Miene und dunklem Haar mit schrägem Pony. Beide Jungs waren um die siebzehn, aber der Blick des Freundes wirkte präsenter und hatte einen deutlicheren Fokus als der von Isak. Agnes' Sohn sah vor allem frustriert aus, und das lag sicher nicht nur daran, dass es seine Mutter und nicht die des Freundes war, die man suchte. Isak war hitziger veranlagt, das merkte man an seiner Körpersprache und seiner Art zu reden.

»Was soll das denn alles?«, fragte er. »Warum geht es so langsam?«

Er spuckte die Worte aus, als könnte er sie nicht schnell genug loswerden.

Fredrik versuchte, den Arm um die Schultern seines Sohnes zu legen, doch Isak schüttelte ihn ab.

»Sie tun ihr Bestes«, sagte Fredrik heiser.

»Einen Scheiß tun sie, sie trödeln rum.«

Für Maria war Isaks Wut logisch. Die vergangenen Stunden mussten sich für ihn wie eine Ewigkeit angefühlt haben.

»Wir tun alles, was wir können«, fügte Maria hinzu.

Dann bemerkte sie noch eine weitere Person. Eine Frau mit kurzem Haarschnitt stand ein Stück entfernt, so als wolle sie nicht stören. Dennoch hatte Maria das Gefühl, dass sie auf irgendeine Weise zu den Menschen, die sie vor sich hatte, gehörte.

Fredrik und die Frau sahen sich an und nickten einander kurz zu. Isaks Freund ging zu ihr, woraufhin die beiden zu diskutieren begannen.

»Wo ist sie?«, fragte Fredrik jetzt, und dann noch einmal laut: »*Wo zum Teufel ist Agnes?*«

»Wir werden sie finden«, sagte Maria.

Das war ein gewagtes Versprechen, das sie da abgab, doch sie meinte es aufrichtig. Es kam so gut wie nie vor, dass sie etwas einfach so behauptete. Das hier war ein Fall, der absolute Nähe erforderte – ganz gleich ob die nur über Nacht halten musste oder noch länger.

Maria hatte Agnes selbst nie gesehen, aber Bilder von ihr. Fredrik hatte jede Menge in seinem Handy, und auf fast allen strahlte seine Frau Stärke und Ruhe aus. Außerdem war sie auf eine klassische Weise schön.

Auf den Fotos hatte Agnes mit warmem und einfühlsamem Blick in die Kamera geschaut. Und keck. Ein Wort, das Maria im Grunde vergessen hatte und das erst nach dem Anblick der Fotos von Agnes wieder in ihrem Bewusstsein aufgetaucht war.

Keck.

Lebensbejahend.

Stärke und Ernst waren auch dabei.

Fredrik sah sie an. In seinem Gesicht war eine lange Reihe Gefühle erkennbar. Unruhe, Angst und Sorge, aber auch Tatkraft und etwas, das wie Hoffnung aussah.

Maria holte Luft.

»Wir werden sie finden«, sagte sie noch einmal.

Dann wandte sie wieder den Blick zum Meer und wusste, dass sie es auch wirklich so meinte. Sie würde nicht aufgeben, ehe sie erfuhr, was Agnes mit dem warmherzigen Blick zugestoßen war.

Knapp drei Minuten dauerte es, um von der Hovenäsbrücke zum Haus auf dem Kärleksvägen – dem »Liebesweg« – zu fahren. Eine magische Adresse, in die sich August sofort verliebt hatte. Was ein Glück war, denn er hatte ziemlich schnell eine Unterkunft finden müssen. In dem Haus, das er dem Bestatter abgekauft hatte, befand sich im oberen Stockwerk auch eine große Wohnung, und August hatte ursprünglich den Plan gehabt, sich dort einzurichten. Doch eine Woche nach Vertragsabschluss hatte der Makler angerufen und von schlechten Nachrichten gesprochen.

»Der Verkäufer hat im Badezimmer im oberen Stockwerk einen Wasserschaden entdeckt«, hatte er gesagt, »aber Sie haben Glück im Unglück. Er hat eine Firma gefunden, die schon morgen anfangen kann, daran zu arbeiten.«

August war richtig wütend geworden. Das war sonst eigentlich nicht seine Art, doch der freche Ton des Maklers ließ ihn an die Decke gehen. »Glück im Unglück« war kein Ausdruck, den er passend fand.

Einen Wasserschaden zu reparieren, das brauchte Zeit. Man würde Trockenventilatoren aufstellen müssen, das Leck musste behoben werden, und am Ende musste die Wand wieder verputzt werden. Er fragte sich, was der Gutachter gemacht hatte. Wie hatte er einen so offensichtlichen Schaden übersehen können?

»Wie wäre es denn, wenn Sie in Hovenäset wohnen würden«, hatte der Makler gesagt. »Ich habe einen Tipp für ein Haus am Kärleksvägen bekommen.«

Der Vorschlag hatte August direkt ins Herz getroffen. Der Liebesweg. Und dann auch noch auf Hovenäset. August war kein Freund langer Bedenken, sondern hatte sich wenige Stunden später entschieden. Er wollte gern das Haus auf Hovenäset mieten, doch nicht nur für wenige Wochen, sondern für ein Jahr. Es würde zu aufwendig werden, so kurzfristig zwischen verschiedenen Adressen hin und her zu ziehen, und außerdem wollte er Hovenäset wirklich eine Chance geben. Die Eheleute Jansson freuten sich, einen längeren Vertrag abschließen zu können, und jetzt würde er also gleich vor Ort sein.

Während sie fuhren, saß August auf dem Rücksitz und sah die unbewohnten dunklen Sommerhäuser draußen vorm Autofenster vorbeiziehen. Er war schon immer gern allein gewesen, aber möglicherweise würde das hier doch etwas zu viel Einsamkeit sein.

»Bin ich der Einzige, der hier wohnt?«, fragte er in dem Versuch, so zu wirken, als würde er einen Witz machen.

»Aber Nein«, antwortete Esmeralda, »es gibt fast einhundertachtzig Leute, die ständig hier wohnen.«

Sven grinste.

»Sie sind also in eine richtige Metropole gezogen«, ergänzte er.

August lächelte.

»Ich hoffe, das Haus entspricht Ihren Erwartungen nach den Bildern«, sagte Esmeralda besorgt, als sie aus dem Auto ausstiegen.

»Ganz bestimmt«, beruhigte August sie.

Das Haus war von derselben Art wie die meisten in der Umgebung. Ein weißes Holzhaus, auf einem Felsen gebaut, der fast so hoch war wie August lang. Viel Schnitzwerk um Fenster und Türen. Ein Balkon im Süden und eine Terrasse im Schatten des Nachbarhauses.

Ihm wurde warm ums Herz. Das hier würde gut werden.

Esmeralda ging vor ihm die Treppe hoch und schloss die Tür auf. August und Sven folgten mit den Reisetaschen.

Im Haus roch es muffig, und zwar nicht diese Art Sommerhausmuff, der auf feuchte Stellen und Schimmel hindeutete, sondern mehr, als hätte jemand vergessen zu lüften.

»Es ist nicht sonderlich groß«, sagte Esmeralda, immer noch mit besorgter Miene, »aber ich hoffe, es genügt Ihnen.«

Mehr als das. Im Obergeschoss gab es Badezimmer, Aufenthaltsraum, ein kleines Gästezimmer und ein Schlafzimmer mit Balkon und Aussicht übers Meer. Und im Erdgeschoss eine Küche, ein weiteres Bad, dann ein größeres Wohnzimmer mit Esszimmer und einen kleineren Raum, von dem August sofort beschloss, dass er sein Homeoffice werden würde. Das Haus war nicht frisch renoviert, aber auch nicht verkommen oder unmodern. Allerdings hatten die Eheleute Jansson einen völlig anderen Einrichtungsgeschmack als er. Es gab keine einheitliche Linie in der Auswahl der Möbel. Alte Sessel drängten sich um neuere Couchtische und Bücherregale, und auf dem Boden lagen alte Flickenteppiche. Das hätte charmant sein können, wenn die Auswahl nicht so zufällig wirken würde.

Esmeralda und Sven sahen sich kurz an.

»Die Küche«, sagte Sven, »der Herd.«

»Ja, genau«, erwiderte Esmeralda.

Sie lief aus dem Zimmer, und August nahm an, dass er folgen sollte.

»Diese Platte hier ist ein wenig langsamer als die anderen«, sagte sie und zeigte auf die kleinste Herdplatte. »Wenn das ein Problem ist, dann können Sie das natürlich sagen.«

Sie wechselte einen Blick mit ihrem Ehemann. Sven verzog keine Miene.

»Ich koche leidenschaftlich gern«, antwortete August, »aber es gibt ja noch drei andere Platten auf dem Herd.«

Er lächelte wieder.

Trotzdem schienen die Eheleute Jansson sich nicht entspannen zu wollen. August besah sich die weißen Küchenschränke und den hellen Holzfußboden. Die großen Fenster sahen aus, als wären sie frisch geputzt. Übersah er etwas? Irgendeinen Mangel, von dem sie befürchteten, er könnte ihn entdecken?

Das glaubte er nicht.

Und wenn, dann konnte er sich ja bei ihnen melden.

»Nun gut«, sagte Esmeralda, »dann wollen Sie jetzt vielleicht mal Ihre Ruhe hier haben.«

»Zögern Sie nicht, uns anzurufen, wenn irgendetwas ist«, sagte Sven. »Wir wohnen ja bloß in Kungshamn und sind in wenigen Minuten hier.«

»Ich bin ziemlich sicher, dass ich mich wohlfühlen werde«, erwiderte August und begleitete sie hinaus in die Diele.

Esmeralda schenkte ihm ein kurzes Lächeln.

»Aber etwas neugierig ist man ja doch«, sagte sie. »Wie kommt es, dass Sie das Bestattungsinstitut gekauft haben und hierher gezogen sind? Ich meine, von Stockholm nach Kungshamn ist ja weit. In mehrfacher Hinsicht. Stockholm ist eine Großstadt und Kungshamn … also, schon viel kleiner.«

Ohne es zu wissen, hatte sie die Frage schon selbst beantwortet.

Es waren die geografische Entfernung und der Kontrast zwischen den beiden Orten, die ihn angezogen hatten. Er hatte eine Veränderung gebraucht, und das umgehend. Ein Sommerhaus wäre da nicht ausreichend gewesen, das wurde ihm jetzt klar.

Denn August hatte das schlimmste Jahr seines Lebens hinter sich.

Ein *annus horribilis*.

So hatte sein ältester Freund und Kollege Henrik Mohlin es genannt, und das war eine gute Beschreibung eines widerwärtigen Jahres. Selbst wenn August rein intellektuell begriffen hatte, dass alle Menschen in ihrem Leben ein solches Jahr durchmachten, hätte er doch erst später im Leben damit gerechnet. Er war für sein schlimmstes Jahr einfach nicht bereit gewesen, da er doch erst auf halbem Weg zum Neunzigsten war.

Vor allem zwei Ereignisse hatten das Jahr so elendig gemacht.

Zuerst eine Trennung. August war von der Frau verlassen worden, mit der er mehr als zwanzig Jahre zusammengelebt hatte. Sie hieß Helene und gehörte jetzt der Vergangenheit an.

Nur wenige Monate später starben Augusts Eltern. Ein schlimmer Verlust, den er immer noch nicht bewältigt hatte. Beide Eltern waren am selben Tag gestorben. Augusts Umzug an die Westküste war also vor allem von der Tatsache getrieben, dass er Mutter und Vater verloren hatte.

Doch all das verschwieg er lieber. Es war zu privat, zu sensibel. Deshalb hatte er eine alternative Antwort vorbereitet, um für den Fall, dass ihm Fragen über seinen Umzug gestellt würden, etwas sagen zu können.

»Ich möchte etwas Neues ausprobieren«, erklärte er Esmeralda, »und zwar dort, wo ich mich zu Hause fühle. Kungshamn und Hovenäset erschienen mir als eine gute Wahl, weil ich einen Teil meiner Kindheit hier verbracht habe.«

Das klang so klug, so durchdacht. Und befreiend weit von der Wahrheit entfernt.

»Ah, ich verstehe«, sagte Esmeralda. »Und was haben Sie in Stockholm gemacht?«

»Ich habe als Vermögensverwalter gearbeitet«, antwortete August.

»Was ist das denn?«, fragte Sven. »Jemand, der Geld aus Geld macht?«

»So ungefähr«, antwortete August.

Er war gut darin gewesen.

Ausreichend gut, um einer der Allerbesten zu werden.

Ausreichend gut, um vermögend zu werden.

Aber war er glücklich gewesen? Die Antwort lautete Nein.

Der Beruf des Vermögensverwalters war nichts gewesen, was er sich erträumt hatte, es war einfach so gekommen. Zwei Jahrzehnte hatte er in der Finanzbranche verbracht, ohne davon begeistert zu sein. Er hatte vermieden, darüber nachzudenken, was das mit der Seele eines Menschen machte. Ungefähr so wie er lieber nicht zu viel darüber nachdachte, was die Jahre mit Helene ihn rein mental gekostet hatten.

»Und wann werden Sie Ihr Geschäft in Kungshamn eröffnen?«,

fragte Esmeralda, die ansonsten für die Finanzbranche nicht viel übrigzuhaben schien.

»In einer Woche bekomme ich die Schlüssel zu den Räumen«, sagte August.

Es ärgerte ihn immer noch, wenn er an den Wasserschaden dachte, wegen dem er sieben Tage warten musste, bis er das Haus übernehmen konnte, und deshalb lenkte er das Gespräch in eine andere Richtung.

»Bald wird eine Anzeige im *Bohuslänningen* erscheinen«, sagte er. »Ich hoffe, dass die eine rasche Wirkung haben wird.«

»Eine Anzeige?«, fragte Sven.

»Ja, die Leute sollen doch erfahren, was ich hier vorhabe«, meinte August.

Esmeralda und Sven sahen ihn an.

»Jetzt dürfen Sie uns aber nicht länger auf die Folter spannen«, bat Esmeralda. »Was werden Sie mit dem alten Bestattungsinstitut machen?«

»Ich dachte, das wüssten Sie schon«, sagte August erstaunt. »Ich werde ein Geschäft eröffnen. Strindbergs Secondhand.«

Als er es gerade ausgesprochen hatte, wurde der Himmel von einem Blitz geteilt, der für einen Moment den ganzen kleinen Ort erhellte, Sekunden später ließ ein Donner sämtliche Fenster scheppern.

Dann gingen alle Lichter aus, und das Haus, das August Strindberg gemietet hatte, versank in Dunkelheit.

»Ich will, dass du mit nach Hause kommst.«

Karl sah seine Mutter nicht an. Seine Aufmerksamkeit war auf Isak, Fredrik und die Polizistin gerichtet.

»Ich will hierbleiben, solange Isak hier ist.«

Das war eine Lüge.

Karl wollte um seiner selbst willen bleiben, aber er hatte keine Lust, das zu erzählen.

Er konnte sehen, dass seine Mutter fror. Im Grunde fror sie so gut wie immer, aber jetzt doch mehr als sonst.

»Isak braucht mich«, fügte Karl hinzu.

Das hingegen war keine Lüge.

Aber es war immer noch nicht der Grund dafür, dass er nicht nach Hause gehen wollte.

Der Wind biss in seine Wangen. Er reagierte darauf, indem er sich da kratzte, wo es am meisten brannte. Wenn er gestresst war, kratzte er sich im Gesicht – eine blöde Angewohnheit, die er nicht ablegen konnte. Er strengte sich an, still zu stehen, damit er nicht vor Kälte zitterte. Seine Mutter war nicht die Einzige, die fror.

Sie seufzte.

»Okay«, sagte sie, »tu, was du nicht lassen kannst. Ich vertraue darauf, dass du deinen klugen Kopf benutzt, wenn es darum geht, vernünftige Entscheidungen zu treffen.«

Sie legte die Hand sanft auf seinen Nacken und versuchte, ihn an sich zu ziehen, aber sie war zu klein, zu schwach.

»Ich gehe jetzt nach Hause«, sagte sie. »Papa wird sicher noch ein paar Stunden mit der Seenotrettung draußen sein. Versprich mir, dass du dich nicht von Isak zu irgendwelchen dummen Sachen verleiten lässt. Versprich mir das!«

Er nickte rasch. Was glaubte sie eigentlich von ihm? Wohl nicht das Schlimmste, soviel wusste er.

Isaks Stimme schnitt durch das Unwetter. Irgendwie klang es, als würde er die Polizei trödelig nennen, Karl konnte es aber nicht genau verstehen.

Seine Mutter steckte die Hände in die Taschen.

»Ich habe das Handy an«, sagte sie. »Ruf mich an, wenn etwas ist. Ruf mich sofort an, Karl.«

»Ja, versprochen«, sagte er.

Seine Mutter lächelte ihn traurig an und ging. Mehrmals schaute sie über die Schulter zurück, so als glaubte sie, er würde sich in Luft auflösen, wenn sie sich abwandte.

Karl verstand nicht, wie sie es aushielt, die ganze Zeit so nervös zu sein. Und Angst hatte sie auch. Hauptsächlich, dass ihm etwas passieren könnte. Oder »passieren« war eigentlich das falsche Wort. Seine Mutter hatte vor allem Angst, was normal war. Zum Beispiel, dass Karl nach dem Abitur von zu Hause ausziehen würde. Und dass er schon wusste, womit er dann arbeiten würde: Raumfahrt. Als Astronaut, Ausbildung bei der NASA.

Ein Helikopter flog übers Land und dann wieder übers Meer. Karl merkte, wie seine Mutter ihm nachsah.

Wenn sie wüsste, was ich weiß, dachte er, dann wäre sie richtig krank.

Isak kam zu Karl rüber und sah der Mutter des Freundes hinterher.

»Was hat Cecilia gesagt? Gehst du etwa nach Hause?«

»Nein, nicht doch.«

»Gut«, sagte Isak. »Das sind solche verdammten Deppen, die Polizisten. Die tun einfach nichts. Warum ist das Militär nicht hier?«

Er hatte rotfleckige Wangen und dunkle Augen.

»Das Militär?«, fragte Karl und spürte, wie sein Puls stieg. »Ich glaub ja nicht, dass die bei sowas dabei sind.«

Isak stöhnte.
»Das ist so verdammt lahm«, schimpfte er. »Mama ist schließlich jetzt weg. *Jetzt.* Scheißkalt ist es hier draußen. Was, wenn sie irgendwo verletzt liegt?«
Karl schluckte.
Isak zog ihn am Arm.
»Komm«, sagte er.
Sie verließen Steg, Badehütten und Badestelle und gingen den Weg zu den Sommerhäusern hoch. Isak leuchtete mit seiner Taschenlampe in die Gärten, an denen sie vorbeikamen, und Karl folgte seinem Beispiel. Dann ging Isak plötzlich zu einem der Häuser und leuchtete in ein dunkles Fenster.
»Hallo? Was machst du da?«, fragte Karl.
»Wir müssen doch alles ordentlich checken«, sagte Isak.
Karl sah erschrocken zu dem Haus. Er hatte keine Ahnung, wer da wohnte, und Isak wusste das sicher genauso wenig.
»Warum sollte Agnes da drinnen sein?«, fragte er.
»Warum sollte Mama überhaupt verschwunden sein?«, konterte Isak. »Die Polizei hat an allen leicht zugänglichen Stellen gesucht. Jetzt werden du und ich mal da suchen, wo noch keiner war. Komm schon. Jetzt finden wir Mama.«

»Was zum Teufel …«, murmelte Sven, als das Licht weg war.

August spähte aus dem Fenster. Die Dunkelheit war so pechschwarz, dass einem Hovenäset wie eine Grabkammer vorkam.

Esmeralda zog ihre Jacke fester um sich.

»Der Blitz wird wohl eingeschlagen haben«, sagte sie.

Sven sah sich um.

»Meine Güte, wie finster das plötzlich ist«, sagte er. »Ich habe eine Taschenlampe im Auto, die hole ich mal.«

Er ging raus.

August hielt die Tür fest, damit sie nicht zufiel.

»Die hier können Sie ausleihen«, sagte Sven als er mit einer Taschenlampe zurückkam, die so groß war wie ein Brotlaib.

»Vielen Dank«, sagte August und nahm die Riesenlampe an sich.

Seine erste Nacht in dem Haus würde bei schlechter Beleuchtung stattfinden.

Esmeralda lehnte sich an die Wand.

»Ein Secondhandladen«, sagte sie. »Erzählen Sie mehr davon.«

August lächelte. Er hatte gemeint, er sei zu alt, noch einmal neu anzufangen und zu tun, worauf er Lust hatte, anstatt die Erwartungen anderer zu erfüllen.

»Ich glaube, das könnte gut laufen«, sagte er. »Ich habe mir das Angebot an Geschäften in Kungshamn und den umliegenden Orten gründlich angeschaut, und …«

»Leuchten Sie uns doch nicht so direkt ins Gesicht«, unterbrach Sven ihn. »Das ist ja wie beim Zahnarzt.«

»Oh, Entschuldigung«, sagte August und beleuchtete stattdessen sich selbst.

Doch als er dann sein von unten angestrahltes Gesicht im Fenster erblickte, richtete er die Lampe lieber auf den Boden, denn das sah ja aus, als würde er eine Gruselgeschichte erzählen.

»Davon können Sie uns ja auch an einem anderen Tag mehr erzählen«, sagte Sven. »Auf jeden Fall wird es definitiv alle zum Schweigen bringen, die glauben, Sie würden ein Bordell eröffnen.«

August verstummte, und Esmeralda wand sich, peinlich berührt.

»Aber Sven!«

»Ich kann ja wohl nichts dafür, was ich an der Tankstelle so höre«, sagte Sven.

»Nein, aber du kannst sehr wohl was dafür, was du anderen Menschen, die du nicht kennst, einfach so ins Gesicht sagst«, schimpfte Esmeralda und schubste ihren Mann Richtung Tür.

Ein Bordell.

August hätte nicht erstaunter sein können. Niemand, der ihn kannte, würde auf so eine Idee kommen. Bordellbesitzer – das wäre wirklich eine Überraschung gewesen.

Er räusperte sich.

»Es wäre schön, die Leute hier in der Gegend ein bisschen besser kennenzulernen«, sagte er. »Haben Sie irgendwelche Tipps, wie ich das anstellen könnte?«

»Das kommt darauf an, welche Interessen Sie haben«, meinte Sven. »Wie wäre es mit der Seenotrettung?«

»Die Seenotrettung?«, fragte August. »Nein, das ist wohl eher nicht mein Ding.«

»Ah, also nicht«, antwortete Sven, »vielleicht werden Sie anders darüber denken, wenn Sie sich erst mal ein Boot anschaffen.«

Esmeralda strahlte.

»Die Leseratten«, sagte sie. »Das ist ein offener Lesekreis für alle, die mitmachen wollen. Wir treffen uns einmal im Monat im *Belgier* und sprechen über ein Buch, das wir gelesen haben. Die Herbstrunde beginnt in einer Woche, am 2. September.«

Diesen Vorschlag fand August richtig interessant. Er las sehr gern und hegte die Hoffnung, dass Bücher einen wichtigen Bestandteil seines Ladens ausmachen würden. Und ein Lesekreis war wirklich sehr weit von allem anderen entfernt, was er je in Stockholm so unternommen hatte.

»Das klingt wirklich nett«, sagte er. »Der *Belgier* ist wahrscheinlich eine Bar oder ein Restaurant, nehme ich an.«

»Eine Bar«, erklärte Esmeralda. »Wie schön, dass Sie mitmachen wollen.«

»Welches Buch lesen Sie jetzt gerade?«, erkundigte sich August.

»*Der Report der Magd* von Margaret Atwood. Wenn Sie mehr erfahren wollen, rufen Sie Maria Martinsson an. Die organisiert unsere Treffen.«

August holte sein Notizbuch heraus und schrieb eine Zeile hinein: Die Leseratten. *Der Report der Magd.* Atwood. *Der Belgier.* 2. September.

»Ich sage Ihnen auch noch Marias Nummer«, bot Esmeralda an, »falls Sie irgendwelche Fragen haben.«

»Oder falls Sie Hilfe brauchen«, schob Sven ein, »Maria ist nämlich Polizistin.«

Esmeralda verdrehte die Augen und las Marias Telefonnummer aus ihrem Handy vor. August notierte.

»Haben Sie dieses Notizbuch immer dabei?«, fragte Sven.

»Ja«, erwiderte August, »ich mag zeitlose Dinge.«

Sven starrte ihn an.

»Also, ich mag Sachen, die es wirklich gibt, die eine Geschichte haben«, schob August hinterher, um zu erklären, was er meinte.

Sven fuhr sich durch die Haare.

»In der Küche steht ein altes Radio«, sagte er, »vielleicht ist das was für Sie.«

Esmeralda gab August einen Schlüsselbund.

»Ein Hauptschlüssel und zwei Ersatzschlüssel«, erklärte sie. »Und der Schlüssel zum Fahrrad, wenn Sie das ausleihen wollen, bis Ihr eigenes hier ist. Wir haben es hinters Haus gestellt.

Und hier noch ein Zusatzschlüssel zum Keller. Ach ja, dazu müssten wir Ihnen vielleicht etwas sagen. In den Keller kommen Sie von außen. Da stehen ein paar Sachen, die frühere Mieter zurückgelassen haben, und außerdem haben Sven und ich noch Kisten dort. Bitte sagen Sie Bescheid, wenn wir was wegräumen sollen, das machen wir dann natürlich. Und wenn Sie ein paar von den Möbeln aus dem Haus dort unterbringen wollen, geht das natürlich auch sehr gut.«

»Danke«, sagte August. »Das wird sicher aktuell, wenn mein Umzug kommt.«

»Dann viel Glück mit allem«, sagte Esmeralda.

Sie ging auf die Eingangstür zu, während Sven noch August die Hand schüttelte.

»Es ist ein guter Ort in dieser Welt, an den Sie gezogen sind«, sagte er. »Wenn wir nur rauskriegen, wohin Agnes Eriksson verschwunden ist, dann wird alles wieder wie immer sein.«

August hatte die Polizeiautos, die an der Bushaltestelle vorbeigefahren waren, schon fast vergessen.

»Heißt die Frau so, die verschwunden ist?«, fragte er. »Agnes Eriksson?«

Esmeralda nickte.

»Sie wohnt in Kungshamn«, sagte sie. »Hoffentlich ist ihr in dem Unwetter nichts zugestoßen.«

»Wahrscheinlich sitzt sie in irgendeiner Kneipe und trinkt Wein«, sagte Sven. »Oder sie ist ins Ausland gefahren. Ihr Mann verdient schließlich gut, bestimmt ist das irgendein schlaues Steuerding, was die drehen.«

Esmeraldas Miene verfinsterte sich. Offenkundig gefiel ihr nicht, wie ihr Mann von der Vermissten sprach, und in ihrem Gesicht spiegelten sich Sorge und Angst.

»Jetzt lassen wir uns diese elende Geschichte mal egal sein«, sagte Sven. »Rufen Sie uns einfach an, wenn irgendwas ist.«

Er sah Esmeralda kurz nach, die durch die Tür verschwand und die knarrende Treppe hinunterging. Sven zögerte ein wenig, doch dann drehte er sich entschlossen zu August herum und sagte mit gesenkter Stimme:

»Die Leute hier reden ziemlich viel.«

August wartete auf eine Fortsetzung.

»Ich meine«, sagte Sven, »glauben Sie bloß nicht alles, was Sie hören. Und definitiv nicht das Gerede über die Frauen, die verschwunden sind.«

Diese Bemerkung fand August besonders merkwürdig. Waren denn noch mehr Frauen verschwunden?

»Okay?«, sagte er abwartend.

»Das ist wichtig«, betonte Sven. »Hören Sie nicht auf das Getratsche der Leute. Mit diesem Haus ist alles in Ordnung.«

August zog die Augenbrauen hoch.

»Okay«, sagte er wieder.

Sven nickte.

»Gut«, sagte er, »gut.«

Und damit verschwand er aus der Tür und ließ August allein im Dunkel zurück.

Mit diesem Haus ist alles in Ordnung.

Nur hatte August das Gefühl, dass Sven selbst sich da gar nicht so sicher war.

Mit der Taschenlampe in der Hand ging er in die Küche zurück. Das Radio, das Sven erwähnt hatte, stand in einem der Fenster. Soweit August sah, hatte es kein Kabel, schien also per Batterie betrieben zu sein.

Er probierte, es einzuschalten, und lautes Geknaster erfüllte die Küche.

Nachdem er es leise gedreht hatte, suchte er nach einem Sender und hatte auch schon bald den Westküstensender gefunden. Da brachte man Lokalnachrichten über den Sturm und die verschwundene Frau, von der die Janssons erzählt hatten.

Eine junge Reporterin berichtete direkt aus Kungshamn. Sie

redete so schnell wie eine Sportkommentatorin und bemühte sich kein bisschen zu verbergen, wie exaltiert sie war.

»Hier bei mir habe ich Kriminalkommissarin Maria Martinsson, die an der Suche nach der verschwundenen Agnes Eriksson beteiligt ist«, sagte sie. »Was meinen Sie? Wann werden Sie Agnes gefunden haben?«

August wurde hellhörig. Das musste dieselbe Maria Martinsson sein, die den Lesekreis leitete.

Eine andere Frauenstimme antwortete:

»Wir tun, was wir können, um Agnes Eriksson zu finden. Falls jemand etwas gesehen oder gehört hat, was für die Polizei wichtig sein könnte, soll er sich bitte sofort telefonisch bei uns melden.«

Im Unterschied zu der Reporterin klang die Stimme der Polizistin ruhig und besonnen.

Autorität, dachte August. Sie hat Autorität.

»Was können Sie uns von Agnes Eriksson berichten?«, fragte die Reporterin.

Der Regen schlug an die Fenster des Hauses.

August schauderte es.

»Im Moment konzentrieren wir uns darauf, sie zu finden«, sagte Maria. »Wir hoffen, bereits heute Nacht eine Lösung zu haben. Jetzt muss ich leider weiter.«

»Danke, dass wir mit Ihnen sprechen durften«, sagte die Reporterin.

August schaltete das Radio aus.

Ein Blitz erhellte den Himmel, und gleich danach war ein Donner zu hören.

Dann gingen die Lichter im Haus an.

Der Strom war wieder da.

November

Heute habe ich zum ersten Mal meinen Therapeuten getroffen. Meine Chefin hatte mich bei einem Psychologen in Uddevalla angemeldet. Die Therapie hat meinen lieben Ehemann bedenklich hoch erfreut. Ich weiß schon, warum er das für eine so gute Idee hält. Weil ich gesagt habe, dass ich mich kaputt und verloren fühle, dass ich wünschte, ich würde ein Werkzeug finden, um meinen Alltag zu verändern, ohne Haus, Job und Mann zu wechseln. Fredrik ist kein Mensch, der sieht, dass er in einem solchen Zusammenhang selbst auch etwas beizutragen hätte. Er denkt, das Problem bin ich, und jetzt will er, dass ich mich darum kümmere, ehe er auch noch ein Problem bekommt.

Der Therapeut hat vorgeschlagen, ich solle Tagebuch schreiben. Nicht jeden Tag, sondern nur einmal im Monat. Da würde es leichter, den Blick zu heben und die größeren Perspektiven zu erkennen.

Und der Vorschlag hat mir gefallen.

»Erzählen Sie von sich selbst«, forderte der Therapeut mich auf. »Was ist schwierig? Und was macht Sie richtig glücklich?«

Ich glaube, es ist so: Am glücklichsten bin ich, wenn ich bei der Arbeit bin. Und das ist unhaltbar. Ich liebe es, Lehrerin zu sein. Die Leute sagen, man würde es mir ansehen, wie meine Miene sich aufhellt und ich leuchte, strahle, funkele, wenn ich darüber rede, was in der Schule passiert und welche kleinen und großen Geschichten ich zusammen mit den Kindern in meiner Klasse erlebe. Das ist sicherlich so. Ich hoffe es jedenfalls. Denn wenn man sehen kann, dass ich strahle, muss man doch auch sehen können, wenn ich betrübt bin. Wie gesagt, es ist unhaltbar, dass ich bei der Arbeit am glücklichsten bin.

Ich will nicht, dass es so ist. Ich brauche einen Plan, und den ziemlich schnell. In weniger als zwei Jahren macht Isak Abitur. Er hat schon jetzt verkündet, dass er so schnell wie möglich von zu Hause ausziehen will, und das glaube ich ihm auch. Auf der einen Seite erkenne ich, dass er mich mehr denn je braucht, auf der anderen war er noch nie so sehr davon überzeugt, dass er allein klarkommen wird.

Fredrik arbeitet und arbeitet. Man könnte sagen, er schuftet, um weiterzukommen, aber ohne eine klare Richtung. Ihn scheint das nicht zu belasten, Fredrik bleibt ruhig, solange er sicher sein kann, dass sein Erfolg bei anderen Neid und Bewunderung weckt.

Ich selbst bin den Freuden und Präferenzen anderer gegenüber gleichgültig.

Wir sind eine schlechte Kombination.

Die wenigen Male, an denen ich spüre, dass unsere Beziehung nach wie vor einen lebendigen Nerv besitzt, ist, wenn wir streiten. Nach dem Streit haben wir sogenannten Versöhnungssex, und es gelingt uns irgendwie, den ein ums andere Mal auf ein neues Niveau zu heben. Das ist eine ungesunde Dynamik, aber ich weiß nicht, wie wir da rauskommen sollen. Zwischendrin schlafen wir nicht viel miteinander. Fredrik arbeitet schließlich so viel.

Der Therapeut hat gefragt, wann Fredrik und ich als Paar am besten funktionieren. Ich habe geantwortet, dass wir gut darin sind zu verreisen, aber das hält ja nicht lange vor.

Ich bin traurig, dass es so viel gibt, was wir nicht mehr machen.

Dass es so vieles gibt, aus dem wir herausgewachsen sind.

Das Leben geht einfach weiter.

Ich arbeite und gehe nach Hause.

Arbeite und gehe nach Hause.

Es muss sich etwas verändern. Es muss was passieren. Vielleicht bin ich Meisterin darin geworden, die Bedürfnisse anderer zu sehen, aber jetzt muss ich feststellen, dass ich nicht so gut darin bin, meine eigenen zu erkennen. Und das tut auch niemand anders. Wenn mich jemand bitten würden, mich selbst in höchstens zwei Zeilen zu beschreiben, dann sähe das so aus:

Ich heiße Agnes Eriksson.

Und ich kann mich nicht erinnern, wann ich das letzte Mal das Gefühl hatte, gesehen zu werden.

1. September

»Ihr glaubt, dass sie tot ist.«

Wir hoffen, bereits heute Nacht eine Lösung zu haben.

Eine Woche war vergangen, seit Maria Martinsson diesen Satz im Lokalradio ausgesprochen und ihn seither stündlich bereut hatte. Wie hatte sie nur so etwas Amateurhaftes sagen können?

Die Antwort war ebenso einfach wie traurig: Maria hatte Trost schenken wollen. Das wollte sie immer noch, aber es hatte nicht geklappt. Denn am nächsten Tag suchten sie immer noch. Und so war es weitergegangen, Tag um Tag.

Als am siebten Morgen, nachdem Agnes vermisst gemeldet worden war, der Wecker klingelte, lag Maria schon wach und starrte an die Decke.

Sieben Tage Suche an Land und auf dem Meer.

Die Ermittlungsarbeit konzentrierte sich nun darauf herauszufinden, ob das Verschwinden von Agnes mit einem Verbrechen in Verbindung stand. Und man wollte auch sicherstellen, dass sie sich nicht freiwillig wegbegeben hatte. All das, um sicher sein zu können, dass sie keinem Unfall zum Opfer gefallen war.

Sie hatten alles getan, was sie konnten. Die notwendigen Absperrungen aufgestellt, unzählige Befragungen und massive Sucheinsätze mit Hunden, Helikopter und Booten. Und dann hatte man weiterhin auf dem ganzen Weg vom Haus der Erikssons bis runter zum Hafen und im umliegenden Gebiet an jede Tür geklopft. Drei Mal hatten sie bei allen vorgesprochen. Nur ganz wenige waren zu Hause gewesen, und so hatten sie immer noch keine weiteren Zeugen als die Dame, die gesehen hatte, wie Agnes in Richtung Hafen an ihrem Haus vorbeiging.

Niemand hatte Agnes unten am Steg getroffen. Niemand hatte ungewöhnlichen Lärm gehört oder andere Beobachtungen gemacht.

Agnes war und blieb verschwunden.

Maria schickte ein kurzes Stoßgebet zum Himmel, dass dies hier der Tag sein möge, an dem sich alles wenden und sie ein richtig fettes Puzzleteil auf den Tisch bekommen würden, mit dem man arbeiten konnte. In ihrer Brust wuchs die Entschlossenheit.

Sie durften nicht aufgeben. Noch nicht.

Neben ihr bewegte sich Paul. Sie kannte seine Bewegungsmuster auswendig, wusste genau, was er als Nächstes tun würde. Trotzdem hatte sie immer das Gefühl, einen Schritt hinter ihm zu sein. Bei der Arbeit war sie Polizistin, zu Hause war sie die Frau ihres Mannes.

»Guten Morgen«, sagte er, als er das durchdringende Signal des Handys ausgeschaltet hatte.

Sie streckte sich.

»Guten Morgen.«

Er gab ihr einen eiligen Kuss auf die Wange, während er gleichzeitig den Blick schon auf das Telefon gerichtet hatte. Die Finger arbeiteten schnell. Erst checkte er die Websites der Abendzeitungen. Dann ging es schnell weiter zu den größten Tageszeitungen: *Svenska Dagbladet*, *Dagens Nyheter*, *Göteborgs-Posten*.

Alles das wusste sie, ohne das Display seines Handys sehen zu müssen.

Sie angelte nach ihrem eigenen Telefon.

Gegen acht Uhr würde sie sich mit Ray-Ray treffen, um einen Freund von Agnes zu vernehmen. Sie hatten systematisch Freunde und Bekannte und Kollegen der Vermissten ausfindig gemacht, doch inzwischen gingen ihnen langsam die Namen aus.

»Gut geschlafen?«, fragte Paul.

»Sehr gut«, erwiderte Maria.

Er tat das Handy beiseite und legte eine Hand auf ihre eine Brust. Es war eine abwesende Geste, wie in Gedanken. Maria flocht ihre Finger zwischen seine.

»Du hast in den letzten Tagen wahnsinnig viel gearbeitet«, sagte er und drückte ihre Hand.

Maria schob sich näher heran und legte den Kopf auf seine Schulter.

»Ich weiß«, sagte sie, »aber die Wende wird bald kommen.«

Pauls Hand löste sich aus ihrer und wanderte weiter ihren Bauch hinunter. Sein Finger zeichnete einen vorsichtigen Kreis um ihren Nabel.

»Werdet ihr sie finden?«

Maria nickte.

»Es gibt keine andere Option«, sagte sie. »Wir müssen sie finden.«

Ein Handyklingeln ließ sie beide den Kopf heben. Pauls Telefon. Seine Hand verschwand von ihrem Bauch. Maria hörte zu, während er ranging.

Paul strich ihr über die Wange.

»Nein, es ist überhaupt nicht zu früh«, sagte er auf Englisch in das Telefon, »selbstverständlich können wir reden.«

Er sah Maria mit resignierter Miene an. Sie flüsterte:

»Wir sparen uns für heute Abend auf.«

Dann verließ sie das Bett.

Er warf ihr eine Kusshand zu und sagte ein lautloses »Sorry«.

Sie schlich aus dem Schlafzimmer und zog die Tür hinter sich zu.

Die Ermittlergruppe würde sich am Vormittag treffen und entscheiden, wie es weitergehen sollte. Für Maria war die Antwort einfach, wie sie schon zu Paul gesagt hatte:

Solange Agnes' Verschwinden ein Rätsel war, gab es keine andere Option, als zu suchen und der Sache auf den Grund zu gehen.

Der Wind wirbelte den Staub vom Wendeplatz vor dem Eingang zur Maklerfirma. Maria schloss ihr Fahrrad ab und ging hinein. Ray-Ray wartete an der Rezeption auf sie. Hier würden sie einen der Makler befragen, Viktor Bengtsson, der ein alter Klassenkamerad von Agnes aus Gymnasiumszeiten war. Mit jeder Vernehmung, die sie tätigten, bewegten sie sich weiter weg von Agnes' engstem Kreis hin zu immer entfernteren Personen. Der Makler Viktor war genau dafür ein Beispiel.

Die Maklerfirma saß draußen auf Kleven mit Blick auf den bekannten Steg Smögenbryggan, nur knapp zehn schnelle Minuten per Fahrrad von Marias und Pauls Haus entfernt. Dennoch war ihr, als wäre sie in einem anderen Teil von Bohuslän gelandet. Überall neu gebaute Mehrfamilienhäuser, die – in der Architektensprache – mit den Klippen »verschmolzen« (was sie nach Marias Ansicht gar nicht taten), und nirgends waren irgendwelche Menschen zu sehen.

Viktor empfing sie in seinem Büro. Eine Sekretärin brachte Kaffee und schloss dann die Tür hinter sich, als sie ging.

»Wie läuft es bei Ihnen? Natürlich möchte ich so viel helfen, wie ich kann.«

Viktor sah bekümmert aus. Maria hatte seinen Hintergrund gecheckt und festgestellt, dass er ein gesetzestreuer Bürger mit ungewöhnlich hohem Einkommen war.

Er trug ein blau-weiß gemustertes Hemd, ein marineblaues Jackett und helle Chinos. Er sprach mit einer knarrenden Stimme, die ihn älter wirken ließ, als er war.

»Wir arbeiten einfach«, sagte Maria.

Das war eine Untertreibung. Sie schufteten wie Tiere, doch das merkte man nicht.

Ray-Ray und sie saßen Viktor gegenüber auf Besucherstühlen. Zwischen ihnen thronte ein großer, moderner Schreibtisch. Alles im Zimmer – Wände, Schränke, Regale und Möbel – war weiß, nur auf dem Fußboden lag helles Eichenparkett. Maria war schleierhaft, wie er das aushielt.

Ray-Ray lehnte sich zurück.

Er mochte Viktor Bengtsson nicht, und das war unnötig deutlich zu erkennen.

»Wann haben Sie Agnes zuletzt gesehen?«, fragte er.
»Vor drei Wochen. Wir haben auf dem Steg Kaffee getrunken.«
Maria nahm an, dass er die Smögenbryggan mit ihren vielen Cafés und Geschäften meinte.
»Und wie wirkte Agnes da?«
»Wie immer. Vielleicht ein wenig in Gedanken versunken, möglicherweise gestresst. Sie hatte nur eine Stunde Zeit, dann musste sie wieder nach Hause. Aber das fand ich jetzt nicht irgendwie seltsam oder so. Sie hat ja genau wie ich alle Hände voll zu tun.«
»Wir kennen Agnes nicht«, erklärte Maria. »Was meinen Sie, wenn Sie sagen, sie hat alle Hände voll zu tun?«
Viktor zuckte mit den Schultern.
»Sie liebt ihren Job, obwohl das Gehalt nicht so ist, wie es sein sollte. Es kostet sowohl Zeit als auch Energie, als Lehrerin zu arbeiten. Aber Fredrik arbeitet weitaus mehr, weshalb Agnes auch zu Hause das meiste erledigt.«
»Wie oft haben Sie beide sich getroffen?«, fragte Maria.
Viktor verzog das Gesicht.
»Ja, gute Frage. Viel zu selten. Meistens treffe ich Agnes und Fredrik zusammen. Als Sussie, meine Ex, und ich noch ein Paar waren, haben wir uns mindestens einmal im Monat mit Fredrik und Agnes getroffen, aber jetzt ist es schon lange her, seit ich mal bei ihnen war. Fredrik und ich essen manchmal zusammen Mittag, und dann habe ich wie gesagt mit Agnes Kaffee getrunken.«
»Wie ist Agnes so als Mensch?«, fragte Maria.
»Witzig«, sagte Viktor und lachte kurz. »Gesammelt.«
»Welchen Eindruck haben Sie von der Beziehung zwischen Agnes und Fredrik?«, erkundigte sich Ray-Ray.
»Stabil«, sagte Viktor. »Würdig.«
»Würdig?«, echote Ray-Ray, als hätte er das Wort noch nie gehört.
»Respektvoll«, erklärte Viktor. »Sie sind ein gutes Team. Ausbalanciert.«

Maria konnte nicht umhin, über seine Art zu reden amüsiert zu sein. Im Grunde sagte Viktor dasselbe wie alle anderen, die sie vorher befragt hatten – dass Agnes und Fredrik zumindest nach außen hin glücklich gewirkt hätten –, doch drückte er es anders aus.

»Was meinen Sie damit, dass Agnes eine gesammelte Person ist?«, fragte sie.

»Sie macht nicht so ein Gehabe um sich. Sie ist nicht labil oder nervös. Sie denkt, bevor sie redet.«

»Das klingt so, als hätten Sie Respekt vor ihr«, meinte Maria.

»Ich habe ungeheuer großen Respekt vor ihr«, bestätigte Viktor. »Ich meine, wir sind offensichtlich mit sehr unterschiedlichen Dingen in unserem Leben beschäftigt, aber wir sind beide extrem begeistert von dem, was wir tun. Es ist nicht schwer, jemanden zu respektieren, der in seinen Lebensentscheidungen so klar mit beiden Füßen auf der Erde steht.«

Etwas an diesem letzten Satz blieb an Maria hängen.

Es ist nicht schwer, jemanden zu respektieren, der in seinen Lebensentscheidungen so klar mit beiden Füßen auf der Erde steht.

Agnes ist ein wenig wie ich, dachte Maria, ein Mensch, der weiß, dass er zumindest einmal im Leben die richtige Entscheidung getroffen hat. Es wäre schön, sie kennenzulernen.

Maria hatte ihre gesamte Gymnasiumszeit davon geredet, Juristin werden zu wollen. Trotzdem hatte sie sich ein paar Jahre nach dem Abitur an der Polizeihochschule in Stockholm beworben und war auch angenommen worden. Sie konnte sich nicht erinnern, gezögert zu haben, den Ausbildungsplatz anzunehmen. Damals war sie noch jünger und dachte, es gäbe immer noch Zeit, es sich anders zu überlegen, wenn die Polizei sich als das Falsche für sie erweisen würde.

Doch das war nicht nötig. Es war das Richtige, und die Karriere ging steil nach oben. Nach einigen Jahren bei der Ordnungspolizei in Göteborg war sie handverlesen in Rolands Ermittlergruppe für Kapitalverbrechen gekommen, die von Uddevalla aus tätig war.

Und da war sie auch geblieben. Sie wollte nicht in einer Großstadt wie Göteborg arbeiten, sondern zog kleinere Orte vor. Die Liebe war es gewesen, die sie bei der Polizei bleiben ließ. Die Liebe zu etwas, das sie fast als Berufung betrachtete. Als Polizistin hatte sie Einfluss, sie konnte wirklich etwas für die Menschen tun, und das liebte sie am meisten an ihrem Beruf. Für andere da zu sein. Das spürte sie vor allem in ihrer Rolle als Ermittlerin.

»Hat Agnes irgendwelche Feinde?«, fragte Ray-Ray.

»Die hat ja wohl jeder«, erwiderte der Makler.

»Gewiss«, stimmte Ray-Ray zu, »können Sie uns Namen nennen?«

»Nein, so gut kenne ich Agnes nicht.«

Viktor fuhr mit dem Finger über die hochglänzende weiße Oberfläche des Schreibtischs.

»Wie lange werden Sie weitersuchen?«, fragte er.

»Bis wir sie finden«, antwortete Maria.

»Ich habe seit Agnes' Verschwinden erst einmal mit Fredrik gesprochen, aber es ist offensichtlich, dass diese Situation ihn furchtbar belastet«, sagte Viktor. »Suchen Sie weiter. Bitte.«

Maria nickte steif.

Das Abstimmungstreffen mit der Ermittlergruppe fand in weniger als einer Stunde statt.

Sieben ganze Tage waren vergangen.

Eine Ewigkeit.

Und alles wies darauf hin, dass ein Unglück geschehen und Agnes ertrunken war.

So lautete zumindest die Haupttheorie innerhalb von Polizei und Rettungsdienst, und die wurde von allen gekauft.

Von allen außer Maria.

Die Erkenntnis pochte wie ein zusätzlicher Pulsschlag in ihr.

Agnes Eriksson war etwas Schreckliches zugestoßen.

Etwas, das kein Unfall war.

Und jetzt war es an Maria, das zu beweisen.

Sieben Tage nachdem August Strindberg aus dem Bus in Hovenäset gestiegen war, bekam er endlich die Schlüssel zu dem alten Bestattungsinstitut.

»Und noch einmal: Entschuldigen Sie bitte, dass Sie mit Ihrem Einzug warten mussten«, beteuerte der Makler. »Jetzt müsste aber alles in Ordnung sein. Ich hoffe, dass Sie sich wohlfühlen werden.«

Sie standen in den Geschäftsräumen und handelten die letzten Details ab.

»Danke«, sagte August. »Ich gehe davon aus.«

»Wenn Sie nun endlich die Schlüssel bekommen haben, werden Sie vielleicht ja Ihre Entscheidung, auf Hovenäset zu wohnen, neu überdenken«, meinte der Makler.

»Das glaube ich allerdings nicht«, erwiderte August. »Ich mag Hovenäset sehr gern.«

Die vergangene Woche hatte er damit verbracht, den Ort, an den er gezogen war, kennenzulernen und seine Siebensachen auszupacken, als sie endlich angekommen waren. Er war unzählige Stunden auf Hovenäset und in Kungshamn herumgeschlendert, hatte aber auch die Orte im Umkreis, wie zum Beispiel Smögen, Hunnebostrand und Bohus-Malmön, besucht. Buchten und Fjorde flimmerten vorbei, meist im Regen, manchmal im Sonnenschein.

Doch während das Wetter wechselte, blieb die Schönheit des Platzes konstant. Und kein Ort war so schön wie Hovenäset.

Das lag nicht nur an der unmittelbaren Nähe zum Meer, sondern auch an den hohen Felsklippen und der Bebauung, die sich von den älteren Teilen direkt am Wasser zu den nagelneuen Häusern auf dem höchsten Punkt des Ortes erstreckte. Und dann war es so ungeheuer still, und zwar nicht auf eine Unglück verheißende Art, sondern eher ruhig.

Der Makler sah ihn eingehend an.

»Und das Haus, das Sie mieten, ist in Ordnung?«, fragte er.

»Doch, doch, das ist eine nette Bruchbude«, erwiderte August.

Denn das war seine Ansicht. Die Frage war, was alle anderen darüber dachten. Er hatte jetzt entdeckt, dass, genau wie Sven Jansson schon gesagt hatte, tatsächlich eine Reihe von Menschen auf Hovenäset lebte, auch wenn man diese nur erschreckend selten zu Gesicht bekam. Und sah er sie einmal, dann hatten sie kein Interesse, Kontakt zu ihm aufzunehmen. Nicht ein einziges Mal war ein Einwohner von Hovenäset stehen geblieben, um ein wenig zu plaudern oder ihn im Ort willkommen zu heißen. Die meisten schienen älter als August zu sein. Viel älter. Was nicht heißen musste, dass sie unfreundlich oder langweilig waren, sondern nur, dass sie sich in einer anderen Lebensphase befanden als er.

Sven Jansson hatte August vor üblem Tratsch gewarnt, der über das Haus kursierte, doch hatte er kein einziges Wort darüber gehört. Was vielleicht wieder etwas mit Svens Warnung zu tun hatte: Möglicherweise wagten die Leute ganz einfach nicht, sich ihm zu nähern, weil er in diesem Haus wohnte. Das konnte er nicht mit Sicherheit sagen, aber es war so ein Gedanke, der ihm gekommen war, den er aber nicht vertieft hatte.

»Es wird spannend sein, die Entwicklung Ihres Geschäfts zu verfolgen«, sagte der Makler. »Sie haben ganz klar die perfekten Räume für Ihr Vorhaben gekauft.«

Da war August seiner Meinung.

Er hatte ein ebenso beeindruckendes wie hübsches Gebäude gekauft. In seiner Form erinnerte es an einen alten Bahnhof, was seltsam war, weil nach Kungshamn noch nie irgendwelche Züge gefahren waren.

Das Haus war 1898 erbaut worden und in dem kleinen Ort, in dessen Zentrum schräg hinter dem Supermarkt es groß und auffällig stand, schon immer etwas Besonderes gewesen. Ursprünglich war es von einem Großhändler errichtet worden, dessen Frau in den Räumen, in denen nun sein Geschäft sein würde, eine Galerie betrieben hatte. Später wurde das Haus an einen geschickten Bestatter verkauft, der es nach seinem Tod vierzig Jahre später seinem Sohn vermachte. Der Sohn hatte das Ganze dann an den Bestatter verkauft, von dem es nun August erstanden hatte.

Das Haus war über dreihundert Quadratmeter groß und bestand aus Keller, Erdgeschoss und erstem Stock. Die Geschäftsräume lagen im Erdgeschoss und nahmen einen großen Teil der Fläche ein. August hatte schon bei der Besichtigung gefallen, wie hell die Räume waren. Die großen Schaufenster zur Straße hin ließen sie noch größer wirken. Soweit August wusste, waren die Schaufenster erst später eingebaut worden, jedoch unter Wahrung des ursprünglichen Aussehens und Charmes des Hauses.

Hinter den Geschäftsräumen gab es zwei kleine Büros und eine Küche. Die Ausstattung dort ließ eher zu wünschen übrig, und so war es im ganzen Haus, doch August nahm das gelassen. Irgendwas musste ja auch noch für ihn selbst zu tun bleiben.

Der Makler – ein frohsinniger und forscher Norweger, der seine Maklerfirma als Einmannorchester betrieb – kramte in seiner Hosentasche.

»Entschuldigen Sie«, sagte er, »das hätte ich jetzt fast vergessen.«

Er reichte August noch einen Schlüssel.

August betrachtete ihn.

»Sieht aus wie ein Autoschlüssel«, sagte er.

Der Makler lachte.

»Es *ist* ein Autoschlüssel«, sagte er. »Der Dienstwagen des vorigen Besitzers ist im Kauf mit inbegriffen.«

August starrte den Makler an. Solche Überraschungen mochte er nicht gern.

»Im Ernst?«, fragte er. »Ein Auto mit inbegriffen? Daran kann ich mich gar nicht erinnern.«

»Haben Sie denn nicht den Kaufvertrag gelesen?«, fragte der Makler, und jetzt sah der forsche Norweger gar nicht mehr so fröhlich aus.

August beeilte sich zu nicken.

»Doch, doch«, sagte er, »aber wahrscheinlich war ich mit den Details ein bisschen schlampig.«

»Paragraf sieben«, erwiderte der Makler. »Lesen Sie den Vertrag gern noch einmal. Das Auto ist inbegriffen. Natürlich ist es Ihre Sache, was Sie damit machen. Ich an Ihrer Stelle würde es wahrscheinlich zum Schrottplatz fahren oder versuchen, es zu verkaufen.«

»Warum das denn?«, fragte August, der sich in Rekordzeit an den Gedanken gewöhnt hatte, ein Auto zu besitzen. »Stimmt irgendwas nicht damit?«

Der Makler warf ihm den Blick zu, mit dem man gern Menschen bedenkt, die man richtig hoffnungslos findet.

»Nicht doch«, sagte er, »es funktioniert wunderbar. Es steht hinten, geprüft und bereit, Sie müssen nur losfahren. Wenn Sie sich nicht zu sehr schämen, versteht sich.«

»Das wird schon in Ordnung sein«, sagte August, der überlegte, wie peinlich ein Auto denn so sein konnte.

Er legte den Schlüssel beiseite, das Auto würde er sich später noch ansehen können. Jetzt musste erst mal Ordnung in die Räume gebracht werden.

Am besten so schnell wie möglich.

Aber ohne Stress.

Jahrelang hatte er sich wie ein Jäger verhalten, ständig auf der Jagd nach dem nächsten Erfolg, dem nächsten Ziel, der nächsten Trophäe. Doch wer immer auf der Jagd war, der fühlte sich auch gejagt. Als ob jede Möglichkeit, die einem vor die Flinte kam, verschwinden würde, wenn man nicht schnell genug nach ihr griff.

Er wollte jetzt ein anderer Mensch werden.

Einer, der sich Zeit nahm.

Einer, der im Hier und Jetzt lebte.

Oft dachte er, dass er eigentlich nie Zeit gehabt hatte, sich selbst zu formen, aber das stimmte natürlich nicht. Er hatte dieselbe Zeit gehabt wie alle anderen auch, er war nur nicht sonderlich gut darin gewesen, sie zu nutzen. Hingegen war er ein guter Stratege und sehr zielgerichtet gewesen, etwas, was für seine Karriere als Vermögensverwalter entscheidend gewesen war.

Einen Moment lang gestand er sich zu, an alles zu denken, was er in Stockholm hinter sich gelassen hatte. Die Menschen gab es immer noch, aber nicht mehr die räumliche Nähe zu ihnen.

»Noch eine Sache«, sagte der Makler, »etwas Wichtiges.«

Jetzt reichte es aber mit den Überraschungen.

»Der Verkäufer bat mich, Sie darauf aufmerksam zu machen, dass er auch sein Bootshaus verkaufen möchte.«

»Bootshaus?«, echote August.

Der Makler nickte.

»Möchten Sie sich die Hütte vielleicht ansehen? Wenn Sie sie haben wollen, dann wird sie nicht annonciert, sondern dann verhandeln wir um den Preis und machen so schnell wie möglich alle Papiere fertig.«

Der Makler wippte auf den Zehen, während August nachdachte. Ein Bootshaus klang wie ein Traum. August wollte sich gern ein Boot kaufen, und da wäre es ausgezeichnet, auch ein eigenes Haus dafür zu haben.

»Wo liegt es?«, fragte er.

»Auf Tången«, erklärte der Makler. »Es ist nicht frei verkäuflich, sondern läuft über Pacht, man muss also in der Gemeinde Sotenäs gemeldet sein, um es kaufen zu können. Aber das sind Sie ja.«

August nickte.

»Das klingt sehr idyllisch«, sagte er. »Ich sehe mir das Haus gern an.«

Der Makler grinste breit.

»Im Grunde könnten wir gleich hinfahren«, sagte er, doch dann wurde er ernst. »Dann können wir nämlich noch den Badeplatz in Tången ansehen, ehe er von den Leuten von Missing People belagert wird.«

»Missing People?«, fragte August.

»Yes«, erwiderte der Makler. »Sie müssen wissen, das Bootshaus des Verkäufers liegt in der Nähe der Stelle, wo Agnes Eriksson verschwunden ist. Offensichtlich werden die von Missing People dort und auf Klåvholmen heute suchen. Die haben kein Gefühl für Timing.«

Er verzog das Gesicht. August starrte ihn an.

»Ich finde, die Arbeit von Missing People ist sehr wertvoll«, entgegnete er.

Der Makler beeilte sich, zustimmend zu nicken.

»Natürlich«, sagte er. »Ich meinte es auch nicht so, ich dachte mehr, dass …«

Er verstummte und senkte beschämt den Blick.

»Möchten Sie sich das Bootshaus ansehen?«, fragte er. »Vielleicht wollen Sie sich hinterher auch dem Sucheinsatz anschließen?«

Das klang wie eine Mischung aus Herausforderung und Hohn.

August ließ seine Gedanken wandern. Überall war von Agnes Eriksson die Rede, sogar im Supermarkt in Kungshamn kommentierten die anderen Kunden das Geschehene. Bei diesen Gelegenheiten wurde noch deutlicher, wie wenig er dazugehörte. Er kannte Agnes nicht, hatte keine Beziehung zu ihr.

Doch auch sonst hatte er zu niemandem im Ort eine Beziehung. Die Leute starrten ihn einfach an und hinter ihm her, doch mehr als neugierige Blicke gab es nicht.

Wie lernte man neue Menschen kennen, wenn man nicht zusammen arbeitete, wenn man keine Kinder in derselben Schule hatte, wenn man keine gemeinsamen Freunde hatte?

Sven und Esmeralda Jansson hatten ihn an seinem zweiten Tag auf Hovenäset zum Mittagessen eingeladen, doch das hatte sich mehr wie eine Pflichtveranstaltung angefühlt. Sven hatte Fragen nach den Bordell-Gerüchten gestellt, und Esmeralda hatte die meiste Zeit darauf verwandt, ihren Mann zu unterbrechen, wenn er in seinen Ausführungen über buchstäblich alles zwischen Himmel und Erde auf Abwege geriet.

August sah sich in den Geschäftsräumen um.

So viel zu tun, so viel anzupacken.

Aber da er sieben Tage gewartet hatte, konnte er genauso gut noch ein paar Stunden länger warten.

»Ich schaue mir das Bootshaus gerne jetzt an«, sagte er und fügte hinzu: »Und danach schließe ich mich dem Einsatz von Missing People an.«

»So machen wir das«, sagte der Makler und ging mit raschen Schritten zur Tür. »Und ehe ich es vergesse, Ihre Anzeige heute hat mir gefallen.«

»Danke«, sagte August, »tatsächlich habe ich sie selbst noch nicht einmal gesehen.«

Ein PR-Büro in Göteborg hatte den Auftrag bekommen, ein Logo für seinen Laden zu entwerfen und die Anzeige zu gestalten. August hatte alles abgesegnet, ehe die Anzeige an die Zeitung geschickt worden war, doch sie gedruckt zu sehen und nicht nur auf dem Computer war natürlich etwas anderes.

Der Makler öffnete seine Umhängetasche und zog eine nachlässig gefaltete Zeitung heraus.

»Bitte schön«, sagte er, »ich glaube, es war auf Seite sechs.«

August schlug die Zeitung auf und blätterte.

Tatsächlich, auf Seite sechs stand die Anzeige.

Ein Lächeln schlich sich auf sein Gesicht, als er sie anschaute.

Die schnörkeligen Buchstaben leuchteten auf dem Papier.

Strindbergs Secondhand.

Und darunter ein Foto von ihm selbst in Jeans, Hemd und offenem Jackett. Das war die Idee seines Freundes Henrik gewesen, und sie war genial.

August richtete seine Aufmerksamkeit auf den Artikel, der unter der Annonce stand.

»Immer noch keine Spur von Agnes Eriksson.«

Der Makler beobachtete ihn.

»Das da wird sich sicher regeln«, sagte er und nickte Richtung Zeitung.

Wie?, dachte August. Wie sollte es sich nach all diesen Tagen regeln?

Der Makler öffnete die Tür zum Laden, und als er rausging, zog kühle Luft in die Räume. August folgte ihm.

Ein seltsam feierliches Gefühl überkam ihn, als er den Schlüssel herumdrehte und die Tür hinter sich abschloss.

Die Schlüssel fühlten sich federleicht an, als er sie in die Tasche gleiten ließ.

Dass der Finanztyp Ladeninhaber geworden war.

Das fühlte sich insgesamt betrachtet verdammt gut an.

Der Wind blies Maria in den Rücken, als sie von der Maklerfirma auf Kleven zum Ermittlertreffen in Kungshamn radelte. Die Entfernung zu ihrem Arbeitsplatz betrug ungefähr fünf Kilometer, und auf der Fahrradtour brachte sie ihren Puls richtig hoch. Die Brücke von Smögen nach Kungshamn – fünfunddreißig Meter hoch und vierhundert Meter lang – war bei Gegenwind kein Kinderspiel. Doch die Aussicht war betörend schön, und das machte die Anstrengung wett.

Maria fuhr jeden Tag mit dem Fahrrad über die Brücke. Paul war derjenige gewesen, der darauf beharrt hatte, dass sie auf Smögen wohnen sollten. Er hatte in Hasselösund ein Grundstück mit eigenem Steg gefunden, und da hatte er, der große Architekt, sein Traumhaus gezeichnet, gebaut und zu ihrem gemeinsamen erklärt. Maria hätte lieber in Kungshamn gewohnt, doch sie hatte sich gefügt.

Wie schon tausend andere Male zuvor.

Nun bog sie auf den Parkplatz ein, auf dem der Wohnwagen, der ihr Arbeitsplatz sein sollte, stand. Ray-Ray, der mit dem Auto gekommen war, hatte so schräg geparkt, dass sein Volvo zwei Buchten einnahm.

Maria öffnete die Tür zum Wohnwagen.

Der stand knapp fünfzehn Meter vom Rettungsdienst entfernt, der im Gegensatz zur Polizei in einem richtigen Gebäude residierte. Der Rettungsdienst in Kungshamn war die Hauptstelle für die ganze Gemeinde Sotenäs, und von der Adresse ging auch die örtliche Ambulanztätigkeit aus. Und im Grunde auch die Polizei. Doch ausgerechnet die Räume der Polizei waren von Feuchtigkeit und Schimmel befallen und fielen deshalb zurzeit als Arbeitsplatz aus. Das hatte zunächst nicht viel ausgemacht, weil das Polizeirevier in Kungshamn jahrelang unbesetzt gewesen war. Stattdessen hatte man sich auf ein mobiles Revier in Form eines Wohnmobils verlassen, das nach festgelegtem Plan zwischen den kleinen Orten herumfuhr. Doch dann war der Wohnwagen gekommen.

Der hatte eigentlich nur ein zusätzlicher Raum während der Sommermonate sein sollen. Maria und Ray-Ray hatten über die armen Kollegen herzlich gelacht, die den ganzen Sommer lang in dem Ding sitzen und schuften mussten, aber jetzt war ihnen das Lachen vergangen.

Als Ermittler hatten Maria und Ray-Ray ihr Hauptquartier normalerweise in Uddevalla und wurden von dort in die verschiedenen Orte geschickt, in denen Verbrechen begangen und Ermittlungen aufgenommen worden waren, doch ausgerechnet dieses Mal wollte Roland sie also da platzieren, wo die Ermittlung ihren geografischen Ursprung hatte. Im Grunde eine gute Idee, doch auf die Sache mit dem Wohnwagen hätte Maria gern verzichtet. Es hätte gut eine Baracke oder irgendeine Untermietgeschichte sein können. Alles andere wäre besser gewesen.

Doch jetzt war es, wie es war, und man konnte nichts daran ändern.

Kaffeeduft schlug ihr entgegen.

»Hallo, hallo.«

Roland begrüßte sie von seinem Platz am Arbeitstisch, der einen großen Teil der Wohnwagenfläche einnahm. Am anderen Ende des Wagens standen ein kleineres Sofa in U-Form und ein weiterer Tisch.

Der Wohnwagen war voller Leute. Ray-Ray saß mit dem Rücken zur Toilette und mit einem Computer auf dem Schoß auf einem Stuhl. Als Maria reinkam, hob er den Kopf und nickte ihr zu. Sie setzte sich auf einen Stuhl neben ihm. Der Wohnwagen ruckelte ein wenig, als sie sich bewegte. Nicht weil sie eine groß gewachsene Person gewesen wäre, sondern weil er nicht ordentlich aufgestellt war.

Ray-Ray schüttelte den Kopf.

»Also, wir müssen was daran ändern, wie dieser verdammte Zirkuswagen steht«, sagte er. »Es ist nur eine Frage der Zeit, bis er umfällt.«

Maria fand, dass es wichtigere Probleme anzugehen gab. Zum Beispiel war der Wohnwagen viel zu klein. Vor allem jetzt, da sie sich mitten in einer intensiven Ermittlung befanden.

Roland eröffnete die Besprechung.

Ihr Chef war kürzlich fünfzig geworden und ein engagierter und hellhöriger Kommissar, geschätzt und respektiert. In Marias Augen war er der ideale Vorgesetzte und eine starke Führungskraft.

»Tag sieben«, sagte er verbissen. »Gebt mir, was ihr habt. Wenn irgend möglich, will ich in den nächsten Tagen zum Abschluss kommen.«

Maria spürte, wie ihr der Protest im Hals stecken blieb.

Wir haben noch nicht genug getan, wollte sie brüllen, obwohl sie wusste, dass das nicht stimmte.

Zehn Minuten.

Länger brauchte man nicht, um von Agnes' Haus zum Bootssteg zu gehen.

In der Presse fragte man sich, was auf einer so kurzen Strecke passieren konnte. Maria fragte sich das natürlich auch. Im Wohnwagen drängten sich Polizisten aus Göteborg, Lysekil, Trollhättan, Borås und Uddevalla – alle waren hier versammelt, um Klarheit darüber zu gewinnen, wohin Agnes verschwunden war.

Roland sah die Kriminaltechnikerin an, die mit am Tisch saß. Sie hieß Vendela, vertrat die Gerichtsmedizinische Abteilung und war aus Uddevalla zur Besprechung gekommen. Sie war anerkanntermaßen gut, wenn auch ein wenig bedächtig.

»Einmal kurz, was geschehen ist«, forderte Roland sie auf. »Gibt es etwas Neues?«

»Nein«, sagte Vendela und schob ihre Brille hoch, sodass sie wie ein Diadem auf dem Kopf saß und das rote Brillengestell in dem schwarzen Haar leuchtete.

Roland zog eine Augenbraue hoch.

»Lass uns das mal durchgehen«, sagte er. »Haben wir irgendein Signal von Agnes' Handy aufgefangen?«

»Nein, kein einziges Mal.«

»Blutspuren auf dem Steg?«

»Nein. Null Blutspuren auf dem Steg. Auch im Boot oder in der Hütte haben wir kein Blut gefunden. Und an diesen Orten gibt es insgesamt keine Anzeichen für einen Streit.«

Roland seufzte.

»Hat sie seit ihrem Verschwinden eine ihrer Kredit- oder Bankkarten benutzt?«

»Nein. Und sie hat auch keine sozialen Medien benutzt und keine Mails verschickt.«

»Verdammter Mist.«

»So sieht es aus, Roland.«

»Danke, ich weiß.«

Vendela sah verstohlen auf einen Papierstapel neben dem Computer.

»Es gibt keine physischen oder elektronischen Spuren, mit denen wir arbeiten könnten. Sorry. Und es nervt, dass wir das Handy nicht finden können.«

Agnes' Telefon war zu einem zentralen Teil der Ermittlung geworden. Fredrik war sicher, dass sie es dabeihatte, doch in dem Fall musste sie es ausgeschaltet haben, denn es gab keinerlei Hinweise, dass sie es seit Verlassen des Hauses benutzt hätte.

Roland wandte sich an die Rettungsleiterin, die den Sucheinsatz koordinierte.

»Was sagen die Seenotrettung und das Schifffahrtsamt?«, fragte Roland.

Die Koordinatorin, eine junge Frau von der Seenotrettung, antwortete kurz:

»Sieben Tage ist eine lange Zeit für eine Suche. Wir sind mit voller Kapazität reingegangen, haben aber sehr schnell runtergefahren. In den letzten Tagen haben wir gar nicht gesucht. Unserer Auffassung nach ist es unter den herrschenden Umständen nicht angemessen weiterzumachen.«

Angemessen.

Was war das nur für ein Wort in diesem Zusammenhang? Das fragte sich Maria, auch wenn sie rein intellektuell begriff, was das hieß. Alles an Agnes' Verschwinden war unangemessen. Doch war es viel zu früh, die Suche nach einer Leiche im Meer, ohne die weder ihre Familie noch die Polizei je Gewissheit haben würden, aufzugeben.

Was die Rettungsleiterin sagen wollte, war, dass die Suche auf dem Meer ohne Richtung und ohne Ergebnis nicht fortgesetzt werden konnte. Was natürlich angemessen war, auch wenn es ihnen widerstrebte, das einzusehen.

»Ich verstehe«, sagte Roland. »Gibt es sonst noch was, das du uns mitgeben willst?«

Die Frau von der Seenotrettung schüttelte den Kopf.

Roland wandte sich an Ray-Ray und Maria.

»Ihr habt schwer geschuftet mit den ganzen Zeugenvernehmungen«, sagte er. »Erst heute früh habt ihr euch noch mit jemandem getroffen. Erzählt, was ihr erfahren habt.«

Maria richtete sich auf.

»Wir haben mit einem alten Schulfreund von Agnes aus Gymnasiumstagen gesprochen, Viktor Bengtsson, und er sagte dasselbe, was alle anderen Freunde und Bekannten auch gesagt haben. Dass Agnes bei ihrem Verschwinden an einem guten Platz in ihrem Leben gestanden zu haben scheint. Niemand weiß von Konflikten, weder privat noch bei der Arbeit. Wir …«

»Quatsch«, unterbrach Roland sie. »Jeder ist in Konflikte eingebunden. Die ganze verdammte Zeit.«

Das entsprach ungefähr dem, was Viktor Bengtsson auch gesagt hatte.

»Ich weiß«, sagte Maria, »und das ist jetzt unsere große Herausforderung – den Leuten beizubringen, dass sie sich nicht an irgendwelche grotesken Ungerechtigkeiten erinnern sollen, sondern dass auch kleinere Probleme oder Streitigkeiten für uns interessant sein können.«

»Und wie steht es um Agnes' Gesundheit?«

»Soweit wir es sagen können, leidet sie weder unter seelischer noch unter körperlicher Krankheit. Dasselbe hat auch die Mutter von Agnes im Gespräch mit der Polizei in Göteborg bezeugt.«

Agnes' Mutter hatte Kungshamn verlassen und wohnte seit zehn Jahren in Göteborg. Was sie jetzt durchmachte, war unvorstellbar für Maria.

Hingegen konnte sie sich gut vorstellen, wie es war, Geheimnisse zu haben, die so schambesetzt waren, dass man sie mit keinem anderen Menschen teilen konnte. Deshalb wusste sie auch, dass man die Zeugenaussagen von Freunden und Eltern nicht als hundertprozentige Sicherheit dafür nehmen konnte, dass in Agnes' Leben und in ihrer Ehe alles gut war. Es war nicht immer alles so, wie es aussah.

Roland biss sich auf die Unterlippe.

»Der Ehemann«, sagte er.

Ein fast magisches Wort in diesem Zusammenhang. Wenn Agnes einem Verbrechen zum Opfer gefallen sein sollte, dann war der Ehemann, rein statistisch gesehen, der wahrscheinlichste Täter. Deshalb musste man sich ihn zuallererst näher ansehen, und zwar unerbittlich und gründlich. Was auch geschehen war.

»Wie steht es um sein Alibi für die Stunden, nachdem Agnes von zu Hause weggegangen ist?«, fragte Roland. »Er war doch allein, oder?«

»Indirekt Ja,« erklärte Maria, »der Sohn Isak war zwar zu Hause, befand sich aber in seinem Zimmer. Ich glaube nicht, dass er gemerkt hätte, wenn sein Vater weggegangen wäre.«

Vendela bat ums Wort.

»Dem Telefonverkehr können wir entnehmen, dass Fredrik weiterhin versuchte, Agnes anzurufen. Insgesamt hat er sie seit ihrem Verschwinden sechsunddreißig Mal angerufen. Der letzte Versuch war gestern. Jedes Mal ist er sofort auf der Mailbox gelandet.«

Das war eine interessante Tatsache. Wenn Fredrik etwas mit Agnes' Verschwinden zu tun hatte, dann würde er wissen, wie – und ob überhaupt – er sie erreichen konnte. Das hieß jetzt nicht automatisch, dass er unschuldig war, machte es aber wahrscheinlicher.

»Das einzig Negative, was wir über Fredrik gehört haben, ist, dass er verdammt viel arbeitet«, sagte Ray-Ray. »Aber das tun wir doch alle.«

»Was macht er?«, fragte Roland.

»Bauingenieur«, antwortete Maria. »Er leitet mehrere der Bauprojekte draußen auf Kleven.«

»Klingt, als hätten wir im Moment nichts, was den Ehemann angeht«, sagte Roland.

Maria fiel es schwer, still zu sitzen. Sie wollte den Wohnwagen verlassen, wollte raus ins Feld. Wenn die Besprechung vorbei war, würde sie sich dem Sucheinsatz von Missing People in Tången anschließen. Die Leute von den Suchketten waren engagiert, doch jetzt waren es nur noch wenige, die teilnahmen. Die Menschen mussten wieder zur Arbeit gehen und sich um ihre eigenen Belange kümmern.

Doch war ganz klar, dass der Fall von Agnes Eriksson Mitleid weckte.

Sie war die Mutter eines Sohnes und die Ehefrau von jemandem. Es gab eine Familie, die zerstört werden würde, wenn sie nicht zu ihnen nach Hause zurückkehrte. Außerdem war sie eine höchst beliebte Lehrerin. Viele in Kungshamn wussten, wer sie war, viele hatten ihre Kinder Agnes anvertraut und sie unter ihrem Schutz heranwachsen sehen. Das hinterließ Spuren.

Und jetzt sollten der Badeplatz von Tången und das daneben liegende Klåvholmen zum zweiten Mal durchsucht werden. Sowohl die Insel als auch der dorthin führende Ponton waren in der Nacht, als Agnes verschwand, spiegelglatt gewesen. Es war sehr unwahrscheinlich, dass Agnes Sturm und Regen getrotzt haben könnte, um über das Holzkreuz zu steigen, das den Weg auf den Steg hinaus provisorisch blockierte, doch war nicht ausgeschlossen, dass zum Beispiel, wenn Agnes im Meer gelegen hatte, ein Kleidungsstück auf die Insel gespült worden war. Deshalb war der Steg für die Suche in Ordnung gebracht und das Holzkreuz weggenommen worden.

Einer der älteren Polizisten am Tisch räusperte sich.

»Ja«, sagte er, »ich denke da an eine Sache, über die viele Leute sehr schnell geredet haben. Die Ereignisse auf Hovenäset 1988. In Janssons Haus.«

Maria starrte ihn an. Machte der Witze?

Das sagte auch Roland:

»Soll das ein Witz sein? Glaubst du im Ernst, dass wir uns in einer seriösen polizeilichen Ermittlung mit solchen bizarren Verbindungen beschäftigen?«

»Nein, Nein«, beeilte sich der Kollege zu sagen. »Ich wollte nur berichten, dass viele jetzt, wo Agnes weg ist, an diese alte Geschichte denken.«

Ray-Ray fing Marias Blick auf und verdrehte die Augen.

Beide wussten ganz genau, von welchem Kriminalfall der Kollege sprach, und keiner von ihnen glaubte, dass er auch nur das Geringste mit Agnes zu tun hatte.

»Okay, wir sind gleich fertig«, sagte Roland, »doch eine Sache noch.«

Er machte eine Kunstpause, und es wurde ganz still im Wohnwagen.

»Sieben Tage«, sagte er. »Agnes ist jetzt sieben verdammte Tage weg. Jetzt tun wir alles für sie, was wir können. Ein letztes Rucken.

Dreht jeden Stein um – wir können hier nicht länger auf der Stelle treten. Wenn sie im Meer liegt, dann ist sie schon verloren. Aber wenn sie an Land ist, dann gibt es immer noch eine kleine verdammte Chance. Und wenn wir sie nicht finden, dann müssen wir zumindest sicher sein, dass sie nicht einem Verbrechen zum Opfer gefallen ist. Keiner von uns will auf dem Gewissen haben, sie im Stich gelassen zu haben. Verstanden?«

Alle nickten.

Das, was er sagte, waren Selbstverständlichkeiten, doch selbst die konnten in einem Zusammenhang wie diesem schnell vergessen werden. Sie mussten bald etwas finden. Eine Spur, einen Leitfaden. Einen Pullover, eine Jacke, einen Schuh – was auch immer.

Agnes Eriksson war vier Jahre älter als Maria und gerade einundvierzig geworden.

Es gab keinen Hinweis darauf, dass sie freiwillig verschwunden wäre, und sie hatte einen Sohn, der immer noch zu Hause wohnte. Die meisten Menschen betrachteten eine solche Beziehung als unverletzlich, als etwas, was nicht verhandelbar war.

Maria würde Roland beim Wort nehmen. Jeden Stein umdrehen, alles geben, was sie hatte.

Kein Mensch verschwand, ohne Spuren zu hinterlassen. Keiner.

Beim Absuchen von Klåvholmen gingen sie sowohl in einer Reihe nebeneinander als auch hintereinander. Die Suchaktion war nicht einfach. Die Insel bestand aus Klippen, die sowohl hoch waren, als auch steil abfielen, und die Klüfte zwischen verschiedenen Steinpartien waren tief und zum Teil von vertrockneten Büschen verborgen. August achtete ganz genau darauf, wohin er seine Füße setzte.

Er und der Makler waren eine Viertelstunde, bevor die Suche beginnen sollte, nach Tången gekommen. August hatte nur einen kurzen Blick auf das Bootshaus werfen müssen, um zu wissen, dass er es haben wollte. Der Makler hatte sich erleichtert gezeigt.

»Der Verkäufer braucht ein wenig Zeit, um seinen Kram da rauszuholen«, hatte er gesagt. »Und es ist ja doch noch nicht die Saison für Boote. Aber wie wäre es mit einer Übergabe im Oktober?«

August hatte den Vorschlag akzeptiert und ein Gebot abgegeben.

Und jetzt war er also zusammen mit den Leuten von Missing People auf Klåvholmen unterwegs. Die Suche sollte zwei Stunden dauern. Ursprünglich war sein Interesse an dem Sucheinsatz nichts anderes gewesen als ein Protest gegen den Zynismus des Maklers, doch einmal vor Ort, dachte er darüber nach, warum er das noch nie zuvor gemacht hatte. Er hatte in den letzten Tagen viel Zeit gehabt und trotzdem keine Sekunde daran gedacht, dass er sich ja an der Suchaktion nach Agnes hätte beteiligen können.

Die Frau, die rechts von August ging, sah ihn von der Seite an.

»Bist du auch mit dem Bus um neun gekommen?«, fragte sie.

Erst als sie das Schweigen durchbrach, merkte er, wie still es in der Gruppe gewesen war. Fast wie in einer Bibliothek, was seltsam war, wenn man bedachte, dass sie sich auf Klippen mitten im Meer befanden.

»Nein, ich bin vor einer Woche gekommen«, sagte August, und ihm wurde gleich klar, dass er auf etwas antwortete, was sie gar nicht gefragt hatte.

Ihr irritierter Gesichtsausdruck bestätigte seine Befürchtung.

Also streckte er die Hand aus und stellte sich vor.

»Ich bin neu zugezogen«, erklärte er. »August Strindberg heiße ich und wohne auf Hovenäset.«

Er kam sich dumm und ungeschickt vor, und da half es natürlich überhaupt nicht, dass die Frau selbstverständlich die Augenbrauen hochzog, als sie seinen Namen hörte.

»Verstehe«, sagte sie und nahm seine Hand. »Ich heiße Yvonne. Ich wohne in Hunnebostrand. Ein Busunternehmen hat es übernommen, die Leute schnell hierherzubringen, und wir uns nicht auf den öffentlichen Nahverkehr verlassen mussten. Die Busse fahren hier ja so furchtbar selten.«

»Wie sympathisch«, sagte August.

Yvonne nickte.

»Das finde ich auch«, sagte sie. »Man merkt wirklich, dass alle sich kümmern.«

Yvonne war in seinem Alter, und wenn August sie richtig verstand, war sie extra nach Kungshamn gekommen, um nach Agnes zu suchen.

»Kennst du Agnes?«, fragte er.

Yvonne nickte. Sie sah aus, als hätte sie seit Agnes' Verschwinden nicht geschlafen. Ihr Blick flackerte, und sie hatte dunkle Ringe unter den Augen.

»Ja«, sagte sie. »Wir treffen uns manchmal, und … es ist so ungeheuer frustrierend, nicht zu wissen, was passiert ist. Ich kann nicht einfach nur zu Hause sitzen und abwarten, ich muss was tun.«

August verstand, dass sie gestresst war, auch wenn seine eigenen Beweggründe, an der Suche teilzunehmen, andere waren. Die Tatsache, dass Agnes am selben Abend verschwunden war, als er selbst auf Hovenäset ankam, schuf ein seltsames Gefühl der Zusammengehörigkeit mit ihr. Eine Woche war vergangen. August hatte seinen Laden bekommen, aber Agnes war immer noch verschwunden.

»Das ist ja krass von dir hierherzuziehen«, sagte Yvonne plötzlich. »Ich habe irgendwie immer am selben Ort gelebt und mich nie woandershin gesehnt. Und jetzt fühlt es sich an, als würde ich es nicht mehr wagen. Man schlägt doch Wurzeln.«

Ich nicht, dachte August.

Er hatte Stockholm fünfundvierzig Jahre seines Lebens gegeben (abzüglich der Jahre, in denen er zu Beginn seiner Karriere im Ausland studiert und gearbeitet hatte), und hatte dennoch das Gefühl, dort nicht verwurzelt zu sein.

»Und Hovenäset ist um diese Jahreszeit so schön«, schwärmte Yvonne, als sie keine Antwort bekam.

»Ja, wirklich«, stimmte August zu. »Und wenn es einem mal zu klein vorkommt, gibt es ja noch eine Menge anderer Plätze drumherum.«

Ein neuer Alltag nahm Form an. Einer, der weit von allem entfernt war, was er hinter sich gelassen hatte. In Stockholm war er an mindestens vier Abenden die Woche essen gegangen, immer bestrebt, in den begehrtesten Lokalen einen Tisch zu bekommen. Er war schrecklich gern ins Kino gegangen und hatte sich daran gewöhnt, dass die neuesten Filme immer verfügbar waren. Wenn seine Zeit es zuließ, hatte er auch versucht, Theatervorstellungen, Konzerte und Kunstausstellungen zu besuchen.

Und im Grunde gab es das alles auch in der Nähe seines neuen Wohnorts.

Wenn auch in etwas kleinerem Ausmaß.

Und auch nicht ständig verfügbar.

Das war in vieler Hinsicht eine recht befreiende Ordnung, an der man sich orientieren musste. Außerdem hatte er etwas entdeckt, wovon er nicht einmal gewusst hatte, dass es ihm fehlte: frischen Fisch. Und zwar *richtig* frischen Fisch. Ein Erlebnis, das seinen Blick auf das Kochen von Grund auf verändert hatte. Frischer Fisch konnte das Beste sein, was es in Sachen Essen gab.

Er schielte auf Yvonnes Hand. Kein Ring. Reine Routinekontrolle. Hinsehen durfte man ja.

»Du bist so passiv, August«, hatte Helene zu ihm gesagt. »Nie ergreifst du Initiative.«

Das fand August unnötig hart.

Natürlich hatte er Initiativen ergriffen. Zahllose. Und sie hatte immer Nein gesagt.

Nein zur Japanreise (weil Sushi eklig sei).

Nein zum Salsa-Kurs (weil August so steif in den Hüften sei, was auch immer das mit der Sache zu tun hatte).

Nein zum Kochkurs (weil es andere Dinge gäbe, die man zusammen unternehmen könnte – August fragte sich immer noch, welche).

Ich war nicht der Einzige, der unzulänglich war, Helene, dachte er.

Alle, die ihn kannten, waren davon ausgegangen, er wäre fertig und verzweifelt, nachdem er verlassen worden war. Alle, außer Henrik. Deshalb war es Henrik, dem er all das erzählte, wofür er sich schämte, es jemand anders zu sagen.

Dass er erleichtert war.

Dass er nichts vermisste.

Und dass er bereit war für etwas Neues, und das schon seit mehreren Jahren.

»Schön, dass die Polizei sich auch beteiligt«, sagte Yvonne.

»Die Polizei?«, fragte August.

Yvonne zeigte auf eine Frau.

»Die da vorne geht, ist Polizistin«, erklärte sie.

August betrachtete die Frau. Sie hatte braunes, volles Haar, das zu einem Pferdeschwanz gebunden war. Ihre Haare kräuselten sich in dem salzigen Wind, und August dachte, dass ihre Haarfarbe die war, die ihm am allerbesten gefiel. Kastanienbraun. Sie wandte ihren Kopf, sodass er ihr Gesicht sah. Nur einen Moment später schon sah sie wieder in die andere Richtung, aber August registrierte trotzdem alles, was man sehen konnte.

Hohe Wangenknochen, gerade Nase.

»Sie heißt Maria Martinsson«, erklärte Yvonne.

August sah wieder in die Richtung der Polizistin. Er erinnerte sich an die Radiosendung, die er in der ersten Nacht auf Hovenäset gehört hatte.

»Leitet sie nicht so einen Lesekreis?«, fragte August zögernd.

»Das stimmt«, erwiderte Yvonne und strahlte zum ersten Mal. »Wie schön, dass du schon davon gehört hast. Ich bin auch dabei.«

»Das ist ja nett«, sagte August, »dann sehen wir uns bald wieder. Ich hatte vor, zum nächsten Treffen zu gehen, das ist doch morgen.«

Yvonne schenkte ihm ein vorsichtiges Lächeln.

Zwei Möwen jagten einander am Himmel. Ihre lauten Schreie durchschnitten die Stille.

August sah, wie Maria aus der Reihe ausscherte und auf eine Klippe weiter unten stieg. Zwei Jungs folgten ihr. Sie stand mit dem Rücken zum Wind und hörte einem der Jungen mit ernster Miene zu. Er schien Agnes' Sohn zu sein. Manchmal nickte Maria, und August hatte das Gefühl, dass sie eine gute Zuhörerin war. Der Junge gestikulierte mit den Händen, wenn er sprach, und einmal legte der Freund die Hand auf seine Schulter, wie um ihn zu beruhigen. Das hatte jedoch keine Wirkung. Agnes' Sohn sah vielmehr sehr empört aus, und August hörte, wie er die Stimme erhob und rief:

»Aber ihr macht ja gar nichts! Warum macht ihr nichts?«

August sah weg, merkte aber, dass die meisten anderen das Drama zwischen der Polizistin und dem Jungen fast wie hypnotisiert verfolgten.

»Der arme Isak«, sagte Yvonne leise.

Da rief jemand in der vorderen Reihe »Halt!«, und alle Bewegungen erstarrten.

Einer von denen, die vorn gingen, hielt etwas in die Luft.

August strengte sich an zu sehen, was es war, doch das war nicht möglich.

Murmelnd verbreitete sich die Nachricht von einem Suchenden zum anderen durch die Reihe.

»Eine Kette«, sagte ein Mann, der vor August ging. »Sie haben eine Halskette gefunden.«

Eine Kette. *Agnes'* Halskette. Hier draußen, mitten auf Klåvholmen. Karl starrte darauf.

»Die gehört Mama«, sagte Isak heiser, aber mit fester Stimme.

Karl schwieg, aber sein Puls stieg.

»Das ist gut«, sagte Maria und strich Isak über den Arm.

Sie hatte sie beiseitegeführt. Suchhunde waren auf dem Weg zu ihnen und sogar ein Helikopter.

Der restliche Suchtrupp hatte weitergemacht. Manchmal drehte jemand den Kopf und schaute verstohlen neugierig in Karls und Isaks Richtung. Karl mochte nicht, dass sie so viel Aufmerksamkeit auf sich zogen. Aber ihm war auch klar, dass es unvermeidbar war. Alle kannten Isak, und allen tat er leid.

»Was macht ihr jetzt?«, fragte Isak.

»Dasselbe, was wir machen, seit Agnes vermisst gemeldet worden ist«, erwiderte Maria. »Wir tun alles, um sie zu finden.«

»Ihr glaubt, dass sie tot ist, oder?«, sagte er.

Karl merkte, wie der Boden unter seinen Füßen schwankte.

»Wir glauben gar nichts«, sagte Maria.

Isak schüttelte den Kopf.

»Bullshit«, sagte er. »Verdammter Bullshit.«

Er spuckte über die Schulter, das tat er manchmal, wenn er gestresst war. Karl hatte das schon auf dem Schulhof, dem Fußballplatz und an der Bushaltestelle gesehen. Und jetzt spuckte er auch noch zweimal hintereinander.

Karl sah zum Meer. Weit draußen fuhr ein Schiff vorbei.

Er kapierte gar nichts mehr.

Wie war die Halskette auf Klåvholmen gelandet?

Er schluckte und kratzte sich die Wange. Die Haut unter seinen Fingern brannte, und er zwang sich aufzuhören.

Wenn er doch nur in die Schule gegangen wäre, anstatt nach Agnes zu suchen. Die Zeit verging so langsam, wenn er sie mit etwas verbrachte, was doch sinnlos war. Morgen würde er zur Schule gehen. Hoffentlich wollte Isak das dann auch.

Es war ätzend, herumzulaufen und so zu tun, als würde er sich Sorgen machen, so zu tun, als wüsste er genauso wenig wie alle anderen. Fast wie ein Psychopath. Es gab so viel, was er vor Isak verbarg, so viel, was er ihm nur zu gern erzählen würde. Zum Beispiel, dass der Fund der Halskette überhaupt nichts bedeutete. Dass sie alle nach Hause schicken konnten, die hier suchten, dass man keine Hunde und keine Helikopter brauchte.

Karl sah Maria an.

Sie trug keine Uniform, sondern normale Kleidung. Jeans, Hemd, Pullover und eine offene Jacke. Karl hatte gesehen, wie sie mit dem Fahrrad nach Tången gekommen war. Es gefiel ihm, dass sie nicht Auto fuhr, das unterschied sie von den anderen, und Karl mochte Menschen, die nicht wie alle waren.

»Ihr macht eure Arbeit nicht«, schimpfte Isak.

Karl unterdrückte ein Seufzen. Wie oft hatte er das jetzt schon gesagt?

Isak trat auf etwas, was auf dem Felsen lag. Eine Kippe, die an der harten Oberfläche festgeklebt war.

»Ich verstehe, dass du frustriert bist«, sagte Maria.

»Frustriert?«, brach es aus Isak hervor. »Ich bin scheißwütend, verdammt noch mal! Ihr solltet alle gefeuert werden!«

Ein großer Mann kam vom Land herüber. Karl sah ihn über die Pontonbrücke nach Klåvholmen gehen. Er war durchtrainiert und machte lange Schritte. Als er näher kam, erkannte ihn Karl – das war Marias Kollege Ray-Ray.

Er begrüßte sie. Seine Haare hatte er zu einem kurzen Pferdeschwanz gebunden, an den Schläfen waren sie schon grau. Karl nahm mal an, dass Ray-Ray sich selbst wahrscheinlich ziemlich cool fand.

Und schon ging Isak wieder auf die Palme.

Karl hörte nicht mehr hin, was der redete.

Isak war lange sein bester Freund gewesen. Ihre Häuser lagen knappe zehn Minuten voneinander entfernt, und Karl war immer so gern bei Isak zu Hause gewesen. Da war es einfach ruhiger, netter. Und vor allem musste Karl da nicht seine anstrengenden Eltern ertragen. Seine Mutter, die sich wegen allem Sorgen machte, und sein Vater, der fand, Karl wäre so anders. Nur deshalb hatte Karl mit Fußball angefangen, damit sein Vater dachte, er sei wie alle anderen Jungs.

Auch wenn das nicht stimmte.

Karl war immer der Jüngste, immer der Schlaueste.

Man nannte es sonderbegabt, aber Karl mochte das Wort nicht.

Da war ihm sein Kosename zu Hause lieber.

Der Astronaut.

Wie eine Erinnerung daran, was er mit seinem Leben machen wollte. Ein Kindheitstraum, für dessen Verwirklichung er alles tun würde.

»So sehe ich das«, sagte Isak, »dass ihr's nur wisst.«

Seine Stimme riss Karl aus den Gedanken.

»Wir verstehen dich«, sagte Ray-Ray, »aber du musst uns auch vertrauen, Isak. Hier sind viele Leute, die darum kämpfen, deine Mutter zu finden. Glaub mir. Eines Tages werden wir erfahren, was passiert ist.«

Der letzte Satz ließ Isak blass werden.

»Wir hauen ab«, sagte er und sah Karl an.

Karl folgte ihm zögerlich von den anderen weg, er spürte den Blick der Polizisten im Nacken.

»Wir müssen noch mehr auf eigene Faust suchen«, sagte Isak. »Diese Idioten hier kriegen ja nichts gebacken.«

Die Möwen schrien über ihren Köpfen, und auf dem Meer baute sich ein harter Seegang auf.

Isak ging mit geballten Fäusten einen halben Schritt vor Karl.

Jeden Tag hatten sie zusammen mit Missing People gesucht, aber auch auf eigene Initiative. Isak schlug die ganze Zeit immer noch größer werdende Runden vor. Keiner von beiden hatte einen Führerschein (Karl, weil er zu jung war, Isak, weil er zu faul war), und das hielt sie auf. Entweder mussten sie mit dem Fahrrad fahren oder den Bus nehmen. Fredrik wollte bei ihren Suchaktionen nicht mitmachen, und er wollte sie auch nicht gern fahren.

»Ihr steht doch der Polizei nicht im Weg, oder?«, hatte Fredrik mehr als einmal gefragt.

Jedes Mal dieselbe Wut bei Isak.

»Ist ja ziemlich schwer, jemandem im Weg zu stehen, der nichts macht«, hatte er entgegnet.

Karl fragte sich, was Fredrik selbst den ganzen Tag machte. Manchmal schien er zur Arbeit, dann wieder ging er seine eigenen Runden und suchte nach Agnes. Mit jedem Tag sah er noch erschöpfter aus.

»Du lässt mich ja wohl nicht im Stich, was?«, fragte Isak.

Karl hatte Isak schon ungefähr eine Million Mal wütend gesehen und wusste, dass dies hier was anderes war. Isak hatte Angst. Und er war traurig. Als hätte er sich schon für das Schlimmste gewappnet und alle Hoffnung aufgegeben.

»Natürlich nicht«, erwiderte Karl.

»Meckert Cecilia wieder?«

»Jetzt hör auf, Mama hat nichts gesagt.«

»Sicher? Weil, dann kann ich mit ihr reden.«

»Nicht nötig.«

Widerstrebend gab Isak auf.

Schweigend schob Karl die Hand in die Jackentasche und umklammerte sein Handy. Es war nicht seine Entscheidung gewesen, dass es so kommen sollte.

Er konnte nichts tun, als zu warten.

Sieben Tage lang hatte Cecilia Karl alles und noch mehr tun sehen, um Isak zu unterstützen. *Sieben Tage.* Und zwischen diesen endlosen Tagen, in denen sie versuchte, nicht zu deutlich ihre Meinung darüber zu äußern, dass ihr Sohn so viel Zeit damit verbrachte, nach Agnes zu suchen, gab es noch die Nächte.

Und die Albträume.

Die sie seit mehreren Monaten jagten.

Die Träume handelten immer von derselben Sache.

Dass Karl verschwand.

Zum ersten Mal hatte sie das Anfang des Sommers geträumt, in derselben Woche, als das Bestattungsinstitut zum Verkauf ausgeschrieben worden war. Seither waren die Albträume mit demselben Thema regelmäßig wiedergekehrt.

Karl war fort, verschwunden, konnte nicht gefunden werden.

Und dann erwachte sie – von einer Angst erfüllt, die sie bis dahin nicht gekannt hatte, und die zu vertreiben Stunden dauerte. Manchmal geschah es, dass sie nach dem Aufwachen lange weinte. Und dann endete es immer auf dieselbe Weise: Sie schlich zu Karls Zimmer und versicherte sich, dass er schlief und es ihm gut ging.

»Du musst dir mal Hilfe suchen«, hatte Erling gesagt, als er endlich begriffen hatte, dass die Träume zu einem Problem geworden waren.

Weil sie ein gemeinsames Bett hatten, könnte man meinen, dass sie nicht von den Träumen hätte erzählen müssen, sondern dass er es merken würde, wenn die andere Hälfte des Bettes von nächtlicher Verzweiflung erfüllt war, doch dafür war Erling nicht der Typ. Er gehörte nämlich zu den wenigen Auserwählten, die sich buchstäblich durch einen ganzen Krieg schlafen konnten. Ganz anders als Cecilia. Sie schlief wie ein Hund, mit allen Sinnen eingeschaltet. Als könnte sie sich nur kurze Zeiten im Tiefschlaf befinden. Immer bereit einzugreifen, falls jemand ihrem Sohn, dem Astronauten, etwas Böses tun wollte.

Manchmal bereute sie, dass sie ihm diesen Kosenamen gegeben hatten. Als er klein war und davon gesprochen hatte, dass er »auf dem Mond arbeiten« wolle, hatte das so unschuldig gewirkt. Im Alter von sechs Jahren hatte er gelernt, dass Astronaut ein Beruf war, und von seinem achten Lebensjahr an hatte er sich zu Weihnachten niemals etwas anderes gewünscht als Geschenke zum Thema Raumfahrt. Jetzt war er sechzehn, bald erwachsen, und weil er so beispiellos begabt und schlau war, würde er zwei Jahre früher Abitur machen als normal. Zwei Schulklassen hatte er überspringen können und war immer noch ganz darauf versessen, Astronaut zu werden.

Cecilia konnte nicht verstehen, wie das so kommen konnte.

Alle anderen Kinder schienen doch aus ihren frühesten Träumen herauszuwachsen.

Wir hätten das abbiegen sollen, als die Zeit noch auf unserer Seite war, dachte Cecilia. Wir hätten nicht zulassen sollen, dass er sich mit Mondlandungen und der NASA beschäftigt und darüber redet. Und wir hätten ihn nicht dazu ermuntern sollen.

Sie bewegte sich wie im Dämmer zwischen den Regalen der Bibliothek, in der sie arbeitete. Eigentlich hatte sie jetzt Pause. Seit Agnes' Verschwinden waren Cecilias nächtliche Ängste nur noch schlimmer geworden. Karl würde superwütend werden, wenn er erführe, was sie nachts tat. Dass sie, wenn er schlief, in sein Zimmer schlich, um nachzusehen, ob er noch da war und es ihm gut ging.

Sie sollte sich schämen, und das tat sie auch.

Jeden Tag und jede Nacht.

Cecilia ging in ihr Büro und machte die Tür hinter sich zu. Die Erschöpfung schmerzte im ganzen Körper. Das Zimmer hatte sie für sich allein, und sie war so froh darüber. Zu Hause war es anders.

Da hatte sie zwar auch ein Arbeitszimmer, aber im selben Raum lag die gesammelte Bügelwäsche der Familie.

Cecilia setzte sich an den Schreibtisch und fuhr den Computer hoch. Dann ging sie auf die Websites der Abendzeitungen und las die neuesten Nachrichten über Agnes Erikssons Verschwinden. Das Weinen schnürte ihr den Hals zu. Es gab keine Worte dafür, wie schrecklich es wäre, wenn Agnes einen Unfall gehabt hätte. Ganz egal wie viele Tage noch vergingen – das war einfach ein Gedanke, den Cecilia zu denken sich weigerte.

Mütter verließen ihre Familie nicht.

Und sie taten alles, um ihre Schäfchen beisammenzuhalten.

Aber was, wenn eine Mutter trotzdem verschwand?

Einige Zeitungen brachte Bilder von der Sucharbeit des Tages. Die meisten waren aus weiter Entfernung gemacht, und auf einem von ihnen meinte Cecilia Karl zu entdecken. Sie beugte sich zum Bildschirm vor und kniff die Augen zusammen, um besser zu sehen, doch es war unmöglich zu erkennen, ob er es war. Cecilia und Erling hatten beschlossen, Karl noch ein paar weitere Tage zu Hause zu behalten, dann musste er wieder zur Schule gehen.

Jedes Mal, wenn sie an Agnes dachte, hatte Cecilia einen Kloß im Magen.

Schließlich war sie einmal Karls Klassenlehrerin gewesen.

Sie und Agnes waren keine Freundinnen gewesen, die etwas zusammen unternahmen, doch Cecilia hat immer großen Respekt vor ihr empfunden. Agnes hatte bei Karl und seiner Klasse in der Grundschule fantastische Arbeit geleistet. Cecilia hatte sie gemocht wie keinen anderen von Karls Lehrern seither. Agnes hatte Karl und seine außergewöhnliche Begabung verstanden, und das hatte der ganzen Familie geholfen.

Mit Isak war es anders.

Cecilia hatte die Freundschaft der beiden Jungen nie verstanden, aber das war auch nicht nötig. Hauptsache, es ging Karl gut, und das war offensichtlich der Fall, wenn er mit Isak zusammen war. Zumindest war es so gewesen, bis die beiden aufs Gymnasium kamen. Zu dem Zeitpunkt hatte Cecilia zum ersten Mal die Andeutung eines Risses in dem ansonsten so festen Freundschaftsband gesehen. Karl hatte entschieden, auf das Uddevalla-Gymnasium zu gehen, und Isak besuchte die Drottning Blankas-Schule dort. Das fand Cecilia gut. Man wurde doch leicht zu bequem, wenn man nicht mal neue Leute kennenlernen musste.

Ihre Gedanken wanderten wieder zu Agnes. Ihr Verschwinden machte den ganzen Ort verrückt. Cecilia hatte selbst viele Stunden investiert, um bei der Suche zu helfen, doch es war wie verhext. Obwohl sie so viele waren, obwohl Freiwillige quasi aus ganz Westschweden angereist waren, konnte man Agnes nicht finden. Dasselbe galt auf dem Wasser. Erling hatte viele freie Stunden bei der Seenotrettung verbracht.

Cecilia unterdrückte ein Gähnen. Sie musste ihren Schlaf in Ordnung bringen. Die durchwachten Zeiten in den Nächten wurden immer länger.

Bald war die Kaffeepause zu Ende. Sie sollte den Computer runterfahren, damit sie noch auf die Toilette gehen konnte, ehe sie wieder arbeiten musste.

Aber mit den Fingern war es wie mit dem Herzen.

Sie lebten ihr eigenes Leben.

Ohne dass Cecilia sich beherrschen konnte, ging sie zu Google und suchte den Namen Christa McAuliffe. Auch sie war Lehrerin gewesen, genau wie Agnes, aber da endeten die Gemeinsamkeiten auch schon. Denn Christa McAuliffe war die erste zivile Astronautin gewesen. Doch hatte sie nur eine einzige Reise unternommen.

Mit der Raumfähre *Challenger.*

Herausforderer.

Die Fähre, die dreiundsiebzig Sekunden nach dem Start explodierte. Direkt vor den Augen von allen, die zum John F. Kennedy Space Center in Florida gereist waren, um die Raumfähre hochschießen zu sehen, und auch vor allen, die den Start live im Fernsehen verfolgten.

Wie verhext starrte Cecilia auf den erleuchteten Bildschirm des Computers. Eigentlich war es lächerlich, den Umweg über Google zu nehmen. Sie wusste schließlich, was sie suchte, sie wusste, wo sie landen würde. Auf Youtube, wo sie immer dieselben grotesken Filmabschnitte anschaute.

Wieder und wieder.

Cecilia lehnte sich zurück. Die Lautstärke war so leise wie möglich eingestellt, aber immer noch hörbar. Schon lief der erste Film an. Die Raumfähre Challenger machte sich bereit abzuheben. Die Triebwerke wurden eingeschaltet. Eine Sprecherstimme zählte runter. Und dann hob sie ab.

Dreiundsiebzig Sekunden.

Mehr Zeit war nicht nötig, um einen Traum in eine Katastrophe zu verwandeln.

Der Abend kam. Wie ein Gast, der stur am Ende eines jeden Tages ein paar Minuten früher kam, schlich er sich herein. August hatte nichts gegen den Herbst oder die Dunkelheit, die ihnen früher oder später Gesellschaft leisten würde, sondern begrüßte sie sogar.

Es war ein langer und ereignisreicher Tag gewesen. Doch nichts war großartiger, als dass er jetzt endlich Zugang zu seiner Immobilie hatte.

Nichts.

Nicht seine Beteiligung an der Suche nach Agnes und auch nicht die Nachricht vom Makler, dass der Verkäufer Augusts Gebot für das Bootshaus akzeptiert hatte. Nicht einmal die Tatsache, dass August nunmehr einen Leichenwagen besaß, war bedeutender, als dass er die Schlüssel zu seinem Laden in der Hand hielt.

Dass er das nicht begriffen hatte. Wie erbärmlich blöd.

August hatte seinen Augen nicht getraut, als er das Auto erblickte.

Erst schämte er sich schrecklich. Dann musste er sinnlos lachen.

Und groß war es auch, das Auto.

Aber sehr leicht zu fahren.

Er hatte der Versuchung nicht widerstehen können, das Fahrrad in den Kofferraum zu werfen – oder vielleicht hieß es auch in den Sargraum? –, und den Leichenwagen mit zurück nach Hovenäset zu nehmen. Als er sich hinters Steuer setzte, konnte er sich nicht entscheiden, ob er sich jetzt wie ein König oder wie ein Hofnarr fühlte. Er kicherte zufrieden, als er aus Kungshamn herausrollte.

Jetzt sollte Henrik ihn sehen.

Und Helene.

Ihm kam der Gedanke, dass er das Auto vielleicht behalten sollte, einfach weil es so hässlich war. Es redeten schließlich alle davon, wie wichtig es war, eine Marke zu platzieren, und was wäre aufsehenerregender, als wenn der Secondhandhändler des Ortes in einem Leichenwagen herumfuhr?

Zum Beispiel könnte er ihn gelb lackieren lassen.

Oder rot.

Sein Geschäft musste auf irgendeine Weise in Gang kommen und Aufmerksamkeit erhalten. Ein Buchhalter hatte eine Heidenarbeit darauf verwandt, alles Administrative und Wirtschaftliche zu ordnen, aber um die Kunden und die Objekte musste August sich selbst kümmern. Ein Leichenwagen würde den Tratsch schon in Fahrt bringen. Außerdem war er geräumig. Aber das war auch schon alles. Wenn ein Teil seines Plans mit dem Umzug gewesen war, seine Chancen auf eine neue Beziehung zu erhöhen, dann musste das Auto weg. Es war nicht gerade ein Wagen, mit dem man Eindruck bei Frauen schindete.

Auf Hovenäset war es wie immer sehr ruhig, als er in den kleinen Ort fuhr. Ausnahmsweise freute es ihn, dass hier so wenig Menschen wohnten. Wenn er den Einwohnern von Hovenäset schon wegen des Hauses, in dem er wohnte, suspekt gewesen war, dann würde es die Dinge nicht einfacher machen, wenn er nun in einem Leichenwagen angerauscht kam.

Das Auto passte kaum auf die Auffahrt neben Janssons Haus. August stellte den Motor ab und lehnte sich in dem weichen Sitz zurück. Er hatte Hunger, war aber zu müde, um zu kochen. Es würde bei einem mit Käse überbackenen Butterbrot und einem kalten Bier bleiben. Und ein paar Krabben, die er bei einem der Fischer unten im Hafen von Kungshamn gekauft hatte. In der kurzen Zeit, die er hier wohnte, hatte er schon eine Leidenschaft entwickelt. Es konnte nie zu viele Krabben geben.

Widerwillig öffnete er die Autotür und stieg aus.

Die Fahrt im Leichenwagen war unerwartet schön gewesen.

Vielleicht sollte er den Wagen morgen mit zum Lesekreis nehmen. Da hätten sie was zum Tratschen.

»Dieser Stockholmer ist einfach nicht so wie wir anderen. Total pervers.«

Er grinste bei dem Gedanken, wurde dann aber ernst.

Der Lesekreis war die einzige geplante soziale Aktivität, die nichts mit seiner Arbeit zu tun hatte. Hoffentlich fand das Treffen auch wie geplant statt, das wäre sonst schade.

Sowie er ins Haus kam, holte er das Notizbuch aus der Brusttasche seines Hemdes, und ganz oben auf der ersten Seite stand die Information über den Lesekreis »Die Leseratten«.

August beschloss, Maria Martinsson anzurufen. Aber war das der richtige Moment, sie anzurufen? Sie hatte doch sicher hundert wichtigere Sachen zu bedenken als den Lesekreis. Nach kurzem Zögern rief er sie dennoch an.

Während es klingelte, ging er ziellos im Haus herum. Als Maria ranging, stand er gerade in der Küche und hatte den Kopf im Kühlschrank.

»Martinsson.«

Er erkannte die Stimme aus dem Radio wieder.

»Ich heiße August Strindberg, und ich habe Ihre Telefonnummer von Esmeralda Jansson bekommen. Es geht um die Leseratten. Aber vielleicht rufe ich gerade ungelegen an?«

Sie verstummte, und dann hörte er, wie sie, offensichtlich erstaunt, lachte.

»Kein Problem«, sagte sie, »aber fassen Sie sich gerne kurz.«

»Selbstverständlich. Stimmt es, dass Sie sich morgen Abend im *Belgier* treffen?«

»Das stimmt. Aber man muss sich nicht anmelden oder so, einfach auftauchen.«

»Super«, erwiderte August, »dann sehen wir uns morgen.«

»Herzlich willkommen.«

Im Telefon wurde es still. *Diese Stimme*. So warm, so zugewandt.

August wurde von einem irrationalen Unwillen, das Gespräch zu beenden, gepackt. Zwar hatte sie ihn gebeten, sich kurz zu fassen, aber *so kurz*?

Er suchte verzweifelt nach etwas, was er noch sagen konnte. Vielleicht was über Agnes. Oder den Lesekreis, wie lange es ihn schon gab, oder was auch immer.

Zu seiner Freude war Maria diejenige, die das Schweigen brach.

»Entschuldigen Sie meine Neugier, aber Ihr Name. Sind Sie …«

Er unterbrach sie.

»Ich bin der, der in den Räumen des Bestattungsinstituts einen Secondhandladen eröffnen wird.«

»Das habe ich mir doch gedacht. Willkommen in Kungshamn und bei den Leseratten. Ich freue mich, Sie kennenzulernen. Schönen Abend!«

»Gleichfalls!«

Sie legten auf.

August nahm sich ein kaltes Bier aus dem Kühlschrank. Sie freute sich darauf, ihn kennenzulernen. Das war nett zu hören. Schade nur, dass er selbst nicht geschafft hatte zu sagen, dass er dasselbe dachte.

Ich muss schneller werden, dachte er. Und gewandter.

Er nahm einen Schluck Bier und stellte dann die Flasche weg. Er meinte, etwas im Augenwinkel gesehen zu haben. Draußen vor dem Küchenfenster.

Er sah angestrengt hinaus.

Die Straße war von Laternen erleuchtet, und August ließ den Blick hin und her über den Kärleksvägen wandern. Dort war es ebenso menschenleer wie zuvor.

Seltsam.

Und er hatte gedacht, da draußen einen Schatten vorbeihuschen zu sehen. Offensichtlich bildete man sich leicht etwas ein, wenn man in einem einsamen Viertel alleine wohnte.

August warf noch einen Blick auf die Straße. Und erstarrte.

Weiter hinten konnte man die Konturen eines Mannes in dunkler Jacke erkennen. Er stand ganz still. Und starrte geradewegs auf Janssons Haus, direkt zu August. Es war zu dunkel, um zu erkennen, wie der Mann aussah, doch gab es keinen Zweifel, dass er wirklich dort stand.

Dann machte der Mann auf dem Absatz kehrt und ging mit langsamen Schritten vom Haus weg, hinunter zum Klevekilsvägen.

Ein Nachbar, dachte August.

Doch sich das einzureden war ungefähr so, als würde man versuchen, eine ganze Orange auf einmal zu schlucken. Das ging nicht.

Der Mann im Schatten war kein Nachbar gewesen.

Und ebenso sehr, wie August sich zu wissen wünschte, wer der Mann war, so sehr hoffte er auch, dass er nie wieder zurückkommen würde.

Die Halskette, die auf Klåvholmen gefunden worden war, veränderte alles. Durch diesen Fund gab es jetzt den konkreten Verdacht, dass im Zusammenhang mit Agnes' Verschwinden ein Verbrechen geschehen war. Sie war in der Gegend geboren und aufgewachsen, sie wusste, dass die Klippen auf Klåvholmen rutschig wurden, wenn sie nass waren. Ganz zu schweigen davon, wie glatt der Ponton-Steg zwischen Badeplatz und Insel wurde. Sie musste gewusst haben, dass es gefährlich war, es musste ihr klar gewesen sein, dass es schiefgehen konnte. Deshalb ging die Polizei davon aus, dass jemand sie gezwungen hatte, die Klippen zu betreten.

Die Frage war, wer. Und warum.

Maria saß mit dem Computer auf dem Schoß im Wohnzimmer. Paul war draußen und joggte. Das war in ihrer Ehe keine ungewöhnliche Szene, dass sie arbeitete und er Freizeit hatte. Schon eher ungewöhnlich war, dass er zuvor am Abend Essen für sie gekocht hatte. Als sie erschöpft und völlig fertig von der Arbeit nach Hause kam, begrüßte sie der Duft von frischer Lasagne. Das wäre natürlich ein Traum gewesen, wenn er nicht darauf hingewiesen hätte, dass er früher mit ihr gerechnet hatte.

»Dieses Warten, Maria«, hatte er erklärt, »das hat so gar keinen Charme.«

Wenn er nur wüsste, wie viele Tage und Nächte sie schon mit Warten verbracht hatte. Auf den nächsten Streit, die nächste ruhige Stunde, den nächsten Wutanfall, die nächste verzweifelte Liebeserklärung und, wenn ihm die Worte ausgingen, auf den nächsten Schlag.

Aber nicht heute Abend, dachte Maria. Heute Abend muss er mich in Ruhe lassen.

Als ob sie das kontrollieren könnte.

Als ob sie ihn jemals hätte aufhalten können.

Wenn sie zurückschaute, fiel es ihr schwer, einen bestimmten Zeitpunkt zu bestimmen, an dem sich ihre Beziehung verändert hatte. Das machte ihr Angst, denn sie wusste nicht, ob überhaupt noch etwas zu retten war.

Diese Angst war relativ neu. Sie hatten sich kennengelernt, als sie in Göteborg arbeitete, und er hatte um sie geworben wie kein anderer. Zu Anfang diskret und leise, und dann – je mehr sie sich auch für ihn interessierte – immer intensiver. Sie hatte sich so sicher bei ihm gefühlt. So stark. Und froh.

Letzteres war wohl, was sie am meisten vermisste. Dass sie fast nie mehr zusammen lachten.

Sie zwang ihre Gedanken dorthin zurück, wohin sie gehörten.

Zu Agnes Eriksson.

Laut Fredrik hatte Agnes die Halskette von ihm zu Isaks Taufe geschenkt bekommen. Sie stammte aus einem Schmuckgeschäft in Göteborg, und das »I«, das in das Goldherz eingraviert war, hatte eine besondere Form, die ein bekannter Künstler entworfen hatte.

Maria empfand gleichermaßen Ruhe und Ohnmacht. Ruhe, weil die Ermittlung jetzt nicht nur weitergehen, sondern auch eine höhere Priorität bekommen würde, Ohnmacht, weil der Durchbruch so lange auf sich hatte warten lassen. Sie wusste, es war keine Nachlässigkeit, dass die Kette erst jetzt gefunden worden war. Die Insel Klåvholmen war lang und breit und extrem schwer abzusuchen.

Klåvholmens Beschaffenheit und ihre Lage mitten im Wasser machte sie zu einem seltsamen und unglücksträchtigen Fundort für die Kette. Kein Wind der Welt hätte sie von dem Anlegesteg hinaus übers Meer und zu den Klippen der Insel tragen können. Entweder war Agnes selbst dorthin gefahren und hatte aus unbekanntem Grund die Halskette verloren, oder jemand anders war in ihren Besitz gekommen und hatte sie zufällig ausgerechnet dort verloren.

Weder Maria noch ihre Kollegen glaubten an die letztere der Alternativen, das war einfach zu weit hergeholt. Agnes musste auf Klåvholmen gewesen sein.

Aber warum?

Diese Frage ließ Maria keine Ruhe. Und die Tatsache, dass die Presse schon Wind von dem Fund bekommen hatte und bereits viel zu viel darüber geschrieben wurde, machte es auch nicht leichter. Die Fantasien liefen auf Hochtouren, und die spekulativen Schlüsse, welche die Journalisten zu teilen bereit waren, kannten keine Grenzen.

Die Kriminaltechniker hatten die Kette zur Analyse ins NFZ – das Nationale Forensische Zentrum – geschickt, und jetzt warteten alle gespannt auf die Ergebnisse. Das konnte einige Tage dauern, doch dann würden sie hoffentlich mehr wissen.

Auf dem Sofa brummte Marias Handy.

Noch ein Anruf. Kurz zuvor hatte ein August Strindberg angerufen und über die »Leseratten« sprechen wollen. Die Kombination, dass jemand mit diesem Namen sich nach dem Lesekreis von Kungshamn erkundigte, war so unwahrscheinlich, dass sie einfach nicht auflegen konnte. Nicht in ihren wildesten Fantasien hätte sie sich vorstellen können, dass der Mann hinter »Strindbergs Secondhand« mit Vornamen August hieß, doch offensichtlich war es so.

Seine Stimme hatte ihr gefallen. So tief und voll. Sicher und ruhig.

Aber der Name.

August Strindberg.

Sie konzentrierte sich auf den neuen Anruf.

Die Zentrale rief an.

»Ein Viktor Bengtsson möchte gerne mit dir reden. Okay, wenn ich ihn durchstelle?«

Viktor Bengtsson. Der Makler, der mit Agnes das Gymnasium besucht hatte und den Maria und Ray-Ray am Morgen getroffen hatten.

»Natürlich.«

Schon bald hatte sie seine knarzende Stimme im Ohr.

»Nun, ich komme mal gleich zur Sache.«

Er war zielgerichtet, verschwendete keine Zeit auf Smalltalk. Das wurde immer sehr geschätzt, wenn jemand außerhalb der normalen Arbeitszeiten anrief.

»Ich höre«, erwiderte Maria.

»Sie haben gefragt, ob Agnes irgendwelche Feinde gehabt hat, und da habe ich Nein gesagt, aber … mir ist etwas anderes eingefallen. Eines von Fredriks Bauprojekten draußen auf Kleven gestaltete sich gelinde gesagt konfliktreich. Ich habe gehört, dass es in Verhandlungen und so heiß hergegangen ist. Einige der Beteiligten waren hinterher verfeindet.«

Maria hörte aufmerksam zu.

»Was für ein Projekt ist das?«, fragte sie.

»Eines von den größeren. Eine Art Luxusprojekt. Großes Geld, große Immobilien. Aber irgendwas scheint schiefgegangen zu sein. Die Häuser werden viel teurer werden, als man zunächst veranschlagt hatte, und da mussten Köpfe rollen.«

Geld und Luxusimmobilien.

Maria ließ sich die Worte auf der Zunge zergehen. Geld und Macht, selbst in lokalen Zusammenhängen, brachten die bizarrsten Seiten in den Menschen zum Vorschein.

»Das muss nicht unbedingt was bedeuten, aber wie gesagt, das ist mir noch eingefallen«, erklärte Viktor.

»Jeder Hinweis ist sehr willkommen«, beteuerte Maria. »Ich bin wirklich dankbar, dass Sie angerufen haben.«

Sie hörte im Telefon, wie Viktor schneller zu atmen begann.

»Warten Sie, da ist noch etwas«, sagte er, »eine halb peinliche Geschichte, aber …«

»Legen Sie los«, forderte Maria ihn auf. »In dieser Lage gibt es nichts Peinliches.«

»Eigentlich ist es ein Gruß von meiner Mutter. Ich habe heute

Nachmittag mit ihr gesprochen und erzählt, dass Sie und Ihr Kollege bei mir im Büro waren. Da wurde sie ganz aufgeregt, könnte man sagen, und sie bat mich, Ihnen auszurichten, dass Sie doch hoffentlich die Ereignisse auf Hovenäset vor bald dreißig Jahren nicht vergessen. Das Eishaus, Sie wissen schon. Mama hat Angst, dass der Mörder damals vielleicht davongekommen ist.«

»Danke«, erwiderte Maria, »sagen Sie Ihrer Mutter einen Gruß und dass wir in alle relevanten Richtungen ermitteln, aber bisher keinen Anlass sehen, den alten Mord auf Hovenäset mit unserer aktuellen Ermittlung im Fall von Agnes zu verbinden.«

Sie beendeten das Gespräch.

Das Eishaus, Sie wissen schon.

Doch Ja, alle wussten, was das für ein Haus war. Janssons Haus. Im Übrigen das Haus, wo sich angeblich der Stockholmer Strindberg eingerichtet hatte.

Offenbar war es nicht möglich, den alten Hovenäs-Fall abzuschütteln, und das verwunderte Maria. Das war Geschichte – beendet und abgeschlossen.

Doch nicht für alle.

Für einige war es eine Wunde, die immer noch nicht zugeheilt war.

Marias eigene Beziehung zu dem Fall war undramatisch. Sie hatte gerade mit der Schule begonnen, als eine Frau, die auf Hovenäset wohnte, ermordet wurde, und obwohl Maria damals so klein war, hatte sie gespürt, wie die furchtbare Gewalttat ihre Eltern zutiefst erschüttert hatte. Sie erinnerte sich, wie Erwachsene in ihrer Nähe ihre Stimmen senkten, weil sie nicht hören sollte, wenn sie über das sprachen, was geschehen war. Die Geschichte war so grässlich, dass man es kaum ertragen konnte, soviel war Maria klar.

Später verstand sie besser, warum die Tat solchen Abscheu und solche Angst geweckt hatte.

Das Unerhörte, dass die Frau nicht nur ermordet worden war, sondern auch noch geschändet.

Das Widerwärtige, dass sie nicht älter als dreißig wurde.

Und das Unbegreifliche, dass für ihren Tod ihr eigener Mann verantwortlich war.

Die Jagd auf den Täter hatte Wunden in die Gesellschaft gerissen. Einige waren unzufrieden mit der Polizeiarbeit und meinten, man habe damals die falsche Person verhaftet. Das erzeugte Zorn, der sich zwar legte, die Skeptiker jedoch nie ganz verließ. Und jetzt war er durch Agnes' Verschwinden wieder zum Leben erweckt worden.

Doch die Leute sahen Gemeinsamkeiten, die Maria als Zufälle abtun konnte.

Alles, was sie über den Hovenäs-Fall erfahren hatte, wies eindeutig darauf hin, dass der richtige Mann verhaftet und verurteilt worden war.

Dieser alte Fall konnte nicht erklären, wohin Agnes verschwunden war.

Maria schloss die Augen und versuchte, sich die Szene vorzustellen, die sich an dem Abend, an dem Agnes verschwand, am Badeplatz abgespielt haben musste. Rannte sie um ihr Leben, als sie nach Klåvholmen lief, oder wurde sie gezwungen mitzukommen? Und was war passiert, als sie es über den abgesperrten Steg und auf die Klippen geschafft hatte? Blieb sie dort draußen, oder ging sie wieder an Land?

Maria öffnete die Augen.

Rolands Ermahnung galt immer noch.

Dreht jeden Stein herum.

Wenn man kein Feindbild gegen Agnes in ihrer eigenen Umgebung finden konnte, dann gab es vielleicht eines gegen jemanden aus ihrer Nähe.

So zum Beispiel gegen den Ehemann mit den vielen Immobilienprojekten.

Vielleicht passte Viktors Hinweis in diese Sache hinein, vielleicht aber war es auch eine separate Geschichte. Auf jeden Fall würde sie da weitersuchen.

Irgendetwas war bei Agnes' Verschwinden völlig falsch gelaufen. Und irgendwo da draußen lief jemand herum, der mehr über das wusste, was passiert war, jemand, der sich bisher noch nicht zu erkennen gegeben hatte.

Dezember

Weihnachten steht vor der Tür. Ich habe vergessen, die Adventslichter rauszuholen. Weder Fredrik noch Isak haben was gemerkt, jedenfalls nicht, bis die Lichter rechtzeitig zum zweiten Advent dastanden.

»Hätte das nicht schon früher passieren sollen?«, fragte Fredrik.

Ich antwortete nicht.

Ich gehöre nicht zu Fredriks Angestellten, die er in jede Richtung dirigieren kann, wie er möchte. Wenn er die Adventslichter rechtzeitig draußen haben will, dann hindert ihn nichts daran, sich selbst darum zu kümmern.

Ich wünschte, er hätte stattdessen etwas Vernünftiges gefragt.

Ich wünschte, er hätte gefragt, wie es mir geht.

Denn dann hätte ich sagen können, wie es ist. Dass es mir immer noch nicht sonderlich gut geht. Dass ich mich selbst nicht wiedererkenne. Dass drei Besuche bei einem Psychologen nicht gereicht haben, um das Kaputte wieder heil zu machen. Ich weiß, dass ich nicht auf die Frage, wie es mir geht, warten muss, um davon zu erzählen, um es anzusprechen. Doch ein Teil des Problems – ein *großer* Teil des Problems – ist eben Fredriks Nachlässigkeit. Ich glaube nicht, dass sie ihm bewusst ist, tatsächlich glaube ich, dass er verärgert wäre, wenn ich es anspräche, aber das macht es nicht weniger zu einer Tatsache. Fredrik glaubt, solange auf Probleme nicht hingewiesen wird, gibt es sie nicht.

Ich begreife nicht, wie er so leben kann.

Ich begreife nicht, wie *ich* so leben soll.

Denn ich merke doch, wie ich mich langsam verändere. Früher habe ich Weihnachten geliebt. Das Basteln in der Schule, die Gemütlichkeit hier zu Hause. In der Schule ist es immer noch so, und dafür danke ich meinem Schicksal. Diese Woche haben wir für Weihnachten gebastelt, und das war einfach wunderbar. Alle Klassen waren dabei, und die Kinder durften von einem Klassenzimmer zum nächsten gehen und an verschiedenen Aktivitäten teilnehmen. Bei mir haben wir Weihnachtsbaumdekorationen gebastelt und Pfefferkuchen gegessen. Und wir haben gesungen. Das war nicht geplant, aber gerade in meinem Klassenzimmer steht ein altes Klavier, auf dem ich zu gerne spiele. Also haben die Kinder gesungen, und ich habe sie begleitet, und das war so harmonisch, dass ich mir fast eingebildet habe, so etwas wie echtes Glück zu empfinden.

Zu Hause ist es weniger herrlich.

Ich versuche, mich daran zu erinnern, wann wir das letzte Mal gemütliche Weihnachten miteinander verbracht haben, und das muss wohl vor sechs Jahren gewesen sein. Isaks letztes sonniges Jahr (ich bete zu Gott, dass es nur vorläufig das letzte war). Dann kam die Teenagerzeit, und alles, was hell war, erlosch. Nicht sofort, aber im Laufe der Zeit, und als die Schatten sich erst einmal auf uns gesenkt hatten, schien alles zu spät.

Isak hat sich vor den Weihnachtsferien ein Buch ausgeliehen. Über Zlatan Ibrahimovic. Ich war so erstaunt, sowohl darüber, dass er lesen wollte, als auch über die Wahl des Buches. Er sagte, er hätte es von Cecilia ausleihen dürfen. Natürlich. Die Bibliothekarin weiß, wie sie die Freunde ihres Sohnes dazu verlocken kann zu lesen.

Was Cecilia wohl ihrem eigenen Sohn zu lesen empfiehlt? Karl will ja Astronaut werden, sagt er, und da muss er wohl kaum ein Buch über Zlatan lesen. Oder vielleicht gerade das. Um zu wissen, dass es mehr gibt, die so sind wie er. Die den Bogen spannen und dann den ganzen Weg zum Ziel zurücklegen.

Ich habe Cecilia nie wirklich verstanden. So ängstlich, so zerbrechlich. Und überbeschützend. Jedes Mal, wenn jemand von Karls Sonderbegabung spricht und wie unglaublich toll es doch wäre, wenn wir einen Astronauten aus Kungshamn hätten, dann sieht sie eher beklommen aus als stolz. Das finde ich traurig. Vielleicht haben wir deshalb nicht viel miteinander zu tun, obwohl unsere Söhne einander so nahestehen.

Ich hoffe, dass Isak und Karl weiterhin Freunde bleiben.

Sie brauchen einander.

Und ich als Mutter brauche die Erinnerung daran, dass es junge Menschen gibt, die in der Dunkelheit leuchten. Dass es welche gibt, die so leuchten wie Karl.

Fredrik sagt, ich würde übertreiben, wenn ich von Isak rede. Das ist seine Standardantwort auf alles, was nicht in sein Bild passt, wie wir eingeschätzt werden sollen. Als wäre das, was wir haben, für andere unerreichbar.

So gut sollen wir es haben.

So glücklich sollen wir sein.

Und um uns schließt sich die Dunkelheit. Enger und enger.

Und das Schweigen.

Isaks wortloser Ärger, Fredriks müder Vorwurf, als er mich die Adventslichter auspacken sah:

Hätte das nicht schon früher passieren sollen?

Werter Ehemann, es gibt vieles, was schon früher hätte passieren sollen.

Es macht mir Angst, dass er es nicht sieht.

Es macht mir Angst, dass er nicht so viel Angst hat wie ich.

2. September

»Sie haben Blut gefunden.«

Ein Stückchen vom Paradies. So betrachtete August seinen neuen Platz auf der Erde.

Der Morgen war kühl, und ihn hatte plötzlich die Lust überkommen, eine Joggingrunde zu drehen, ehe er zum Laden radelte. Jetzt stand er auf dem Badeplatz von Hovenäset und machte Dehnungsübungen. Ins Wasser zu springen war keine Option. Es war zu kalt, und August war vom Laufen zu erhitzt. Außerdem wirkte der Badeplatz um diese Jahreszeit nicht sonderlich einladend. Im Wesentlichen bestand er aus einem verwahrlosten Rasenstück, einem Kiosk, der nur im Sommer geöffnet war, und einer Reihe hoher Felsenklippen.

Dazu ein langer Steg, der an den Klippen entlang verlief und von einem Sprungturm gekrönt war.

Diesen Sprungturm gab es schon, als August noch ein Kind war. Während seine Cousins sich geweigert hatten runterzuspringen, hatte August den Turm mit Todesverachtung erklommen und sich in das salzige Wasser gestürzt, wo die Feuerquallen – in Augusts Familie »Westküstenhaie« genannt – niemals mehr als einen Meter entfernt zu sein schienen.

Die ganze Verwandtschaft hatte sich in einer Reihe aufgestellt und applaudiert. Er erinnerte sich deutlich, wie er damals die Aufmerksamkeit genossen hatte. Ausnahmsweise hatte er sich nicht durch die besten Schulnoten ausgezeichnet, sondern weil er Mut bewiesen hatte.

Jetzt, mehrere Jahrzehnte später, hatte er das Gefühl, zwischen dem Sprung vom Turm und dem Aufbruch aus Stockholm nicht ein einziges Mal Mut bewiesen zu haben. Er hatte getan, was man von ihm erwartet hatte, und das mit Bravour. Aber mutig? Nein, das war er nicht gewesen.

Er hatte nicht einmal gewagt, Helene zu verlassen, obwohl die Liebe schon lange vorbei gewesen war. Und so hatte sie zuerst jemand Neues kennengelernt.

Aber vielleicht ging es dabei nicht so sehr um fehlenden Mut, sondern um Bequemlichkeit, dachte August. Ein Jahr war auf das andere gefolgt, ohne dass er etwas getan hätte, um seine Situation zu verändern.

Jetzt, im Nachhinein, kam ihm das völlig unbegreiflich vor.

Genau wie seine frühere Vorstellung, nicht Vater werden zu wollen.

Oder besser gesagt, dass er es nicht werden musste.

Helene und er waren sich einig gewesen, dass sie lieber zu zweit wären als zu mehreren, und so war es geblieben. August war mit dieser Ordnung einverstanden gewesen.

Bis er Single war.

Da wuchs das Bedürfnis in ihm.

Natürlich wollte er Kinder haben – was hatte er sich eigentlich gedacht?

Und mitten in dem Inferno starben seine Eltern. So schnell, so unerwartet und so unwürdig.

Der laute Klingelton seines Handys riss ihn aus den Gedanken. Henrik rief an.

»Wie geht's? Hast du die Sachen ins Laufen gekriegt?«

»Nicht so richtig. Ich habe gestern erst die Schlüssel bekommen.«

»Und wie ist es so in Hovenäset? Bereust du schon, ausgerechnet da ein Haus gemietet zu haben?«

»Überhaupt nicht«, erwiderte August und wusste doch, dass er das Henrik nicht würde erklären können.

Dass er sich auf Hovenäset wohlfühlte, obwohl da nur ganz wenig Leute wohnten und der nächste Supermarkt erst in Kungshamn war. Dass er am ehemaligen Sommerhaus seiner Großeltern vorbeigegangen war, das nur einen Katzensprung von dem

Jansson'schen Haus entfernt lag, und gespürt hatte, wie es ihm im Bauch zog, wenn er daran dachte, dass dieses Haus seine einzige, aber sehr wichtige Verbindung zu Hovenäset war und dass es wehtat zu sehen, wie es nun jemand anders gehörte.

Schmerzhaft war vor allem, dass selbst Hovenäset jemand anders zu gehören schien. Janssons Haus gehörte den Janssons und nicht August, und außerdem schreckte es die Menschen ab. Wenn er sich in dem kleinen Ort richtig wohlfühlen wollte, dann sollte er sich ein eigenes Haus kaufen. Er hatte schon eine Interessenvereinigung des Ortes entdeckt, und da wollte er sich hinbegeben, wenn die Zeit dafür reif war.

»Das ist schon eine finstre Gegend, in die du da gezogen bist«, sagte Henrik. »Wenn ich das richtig sehe, gibt es ja keine wirkliche Stadt in der ganzen Gemeinde Sotenäs.«

August lachte.

»Das stimmt«, erwiderte er, »aber es gibt mehrere größere Orte und ein Zentrum, und zwar Kungshamn. Gar nicht so übel, oder?«

»Verdammt übel, wenn du mich fragst«, entgegnete Henrik. »Das hat zu viel mit dem Vergangenen zu tun und zu wenig mit dem, was jetzt ist.«

August lachte wieder, aber diesmal etwas gedämpfter.

Henriks Beobachtung war weder falsch noch uninteressant. Vor allem nicht, was Hovenäset betraf. Fisch, Frachter und dann die Konservenfabriken waren die Grundfesten gewesen, auf denen Hovenäsets ganze Existenz geruht hatte, doch nichts von alldem galt heute noch. Es hatte auch ein großes Restaurant gegeben, Hovenäsbaden, wohin die Leute gewallfahrt waren, um zu essen und zu tanzen, doch das war 1952 abgebrannt.

»Mal im Ernst«, sagte Henrik, der gemerkt hatte, wie sich Augusts Stimmung veränderte, »was gibt es da noch?«

»Die Schönheit«, beeilte sich August zu sagen. »Den Fisch. Die Meeresfrüchte. Die karge Landschaft und das Salzwasser. Menschen, die Meer und Natur lieben. Wenn du dich mal hierher bemüht hättest, dann würdest du verstehen, wovon ich rede.«

»Bestimmt«, sagte Henrik. »Aber jetzt lass uns von was anderem reden. Zum Beispiel von der Bank. Die wollen gern ein persönliches Treffen, aber ich habe gesagt, das machen wir, wenn es mal passt.«

Er kicherte laut im Hörer.

August kannte keinen anderen 45-Jährigen, der wie Henrik das Lachen eines alten Menschen hatte. Und er kannte definitiv niemanden sonst, dem er so vertraute, dass er ihn einen Teil seiner Bankgeschäfte erledigen ließ.

»Vielen Dank«, sagte August, »es ist mir recht, wenn du die Banken noch ein wenig auf Abstand hältst. Ich habe jetzt noch ein paar andere Sachen zu organisieren.«

»Das kann ich mir vorstellen«, meinte Henrik, »wahrscheinlich bist du wie gewöhnlich auf hundertachtzig.«

August wusste nicht, warum Henrik darauf bestand, so zu tun, als gäbe es noch irgendwas, das »wie gewöhnlich« war. Das Leben, das August gekannt und all die Jahre als Erwachsener gelebt hatte, war vorbei.

»Das ist hier anders«, erklärte er.

»Ich weiß«, sagte Henrik, »aber das ist ja vorübergehend. Bald wirst du auch die Kleinstädter in Fahrt gebracht haben. Sie werden deinen Laden lieben. Die Leute lieben alte Sachen.«

Was weißt du schon davon?, dachte August.

Henrik gefielen nur Sachen, die neu waren – und teuer.

August schielte auf seine Uhr, es war gleich neun.

»Ich bin gar nicht so sicher, ob ich die Leute groß in Fahrt bringen will«, sagte er. »Hier gib es eine Ruhe, die verdammt schön ist.«

»Einerseits, andererseits«, meinte Henrik, »aber ich will nicht meckern, du weißt schon, was du tust. Lass uns lieber ein bisschen darüber reden, was an der Börse passiert.«

August ging langsam zurück zum Haus am Kärleksvägen

und hörte gar nicht mehr zu, als Henrik über Börsenkurse und Quartalsberichte zu reden begann. Man brauchte nicht mehr als acht Minuten, um vom Badeplatz zum Haus zu gehen, aber die Strecke reichte vollkommen aus, um August daran zu erinnern, wie einsam er hier war.

Seine Gedanken wanderten zu der Gestalt zurück, die er am Abend zuvor auf der Straße gesehen hatte, und er musste feststellen, dass ihn ein unangenehmes Gefühl beschlich.

Ein Zufall, dachte er. Das war nur jemand, der sich verirrt hatte.

Als ob es möglich wäre, sich auf Hovenäset zu verirren.

Beim Aufschließen der Tür unterbrach er die Suada seines Freundes über die Probleme von Hennes & Mauritz, ihren stationären Handel wieder gewinnbringend zu machen.

»Ich muss jetzt auflegen, Henrik«, sagte er und betrat die Diele. »Ich muss zu einem Termin und …«

»... mit der Bank?«

»Nein, nicht mit der Bank, darüber haben wir doch gerade geredet. Aber es ist …«

»Du hast ein Haus gefunden.«

»Auch das nicht, ich habe ja bereits ein Haus, aber ich sollte mal zum Laden fahren und …«

»Sorry, August, ich muss los. Eine Kundin hat mich offenbar angerufen, und ich muss sie zurückrufen. Take care, und wir hören.«

August legte das Telefon auf die Kommode in der Diele.

Eine schnelle Dusche, und dann würde er auf dem Weg nach Kungshamn und zum Laden sein. Per Fahrrad, und zwar seinem eigenen, das mit dem Umzugswagen gekommen war. Henrik hätte entsetzt aufgeschrien, wenn er wüsste, wie viel August die letzten Tage mit dem Fahrrad gefahren war. Und er hätte noch lauter geschrien, wenn er von dem Leichenwagen erfahren hätte. In Stockholm war August mit einem Mercedes herumgefahren. Den hatte er vor dem Umzug verkauft, der Motor hatte sowieso angefangen, Schwierigkeiten zu machen. Aber er hatte es noch nicht geschafft, sich einen neuen Wagen anzuschaffen, und vielleicht war es ihm auch nicht wichtig gewesen. Das war dumm und naiv, musste er feststellen. Er brauchte ein Auto, das würde unverzichtbar sein, bei all den Kundenbesuchen, und wenn er sich zeitsparend zwischen all den verschiedenen Orten bewegen wollte.

Das Handy gab einen Ton von sich. Das war Henrik, der in aller Eile noch einen Aktientipp schicken wollte. August notierte den Namen der Firma, aber mehr auch nicht.

Er hatte einen Laden zu eröffnen, einen Lesekreis zu besuchen und Kunden zu finden.

Und eine Straße zu überwachen.

Ehe August unter die Dusche stieg, warf er einen langen Blick durchs Fenster. Die Straße war menschenleer. Die Gestalt vom Abend zuvor war nicht zu sehen.

Bestechung und schmutzige Wäsche. Zwei verspätete Baugenehmigungen und ein langwieriges Gerichtsverfahren. Maria brauchte einen halben Vormittag, um sich einen Überblick über das Bauprojekt draußen auf Kleven zu verschaffen. Ray-Ray half ihr vom anderen Ende des Wohnwagens aus. Während Maria Zahlen sammelte und sich informierte, was in der Presse geschrieben war, rief er Berater im Immobilienbüro der Gemeinde und diverse andere Akteure an, die mit dem Bauprojekt zu tun hatten.

Und während sie arbeiteten, trafen ständig neue Kollegen im Wohnwagen ein. Zwei von ihnen waren auf einer neuerlichen Runde von Tür zu Tür auf Tången, während eine andere Gruppe noch einmal Leute aus Agnes' Bekanntenkreis befragte.

Sie selbst verlor sich in dem Drama um eines von Fredrik Erikssons Bauprojekten. Das war eine erstaunliche Lektüre, ein Drama, dem es an nichts fehlte. Sie fand sogar das Gerücht über eine Liebesaffäre zwischen dem wichtigsten Kreditberater einer der Banken und einer von Fredriks Angestellten.

Aber kamen in dieser Geschichte wirklich Entführung oder Mord vor?

Maria war skeptisch und Ray-Ray ebenso.

»Wir müssen ihn trotzdem darüber befragen«, sagte Maria.

»Stimmt«, erwiderte Ray-Ray, »aber ich möchte erst noch ein bisschen Fleisch an der Sache haben.«

Maria fuhr sich mit der Hand durchs Haar. Während sie hier saßen und sich um Baugenehmigungen kümmerten, verstrich wertvolle Zeit.

»Ich finde, wir gehen noch mal runter zum Steg auf Tången«, sagte sie.

Ray-Ray zog eine Augenbraue hoch.

»Okay? Du willst den Badeplatz noch einmal absuchen?«

»Nein«, antwortete Maria, »den Steg, die Boote und die Bootshäuser. Ich weiß, wir waren da sicher schon zehnmal, aber das ist mir egal. Ich will noch mal hin.«

Sie wurde das Gefühl nicht los, dass der Steg und die Bootshäuser wichtig waren und sie da nicht gründlich genug gesucht hatten. Dieses Gefühl war durch den Fund der Halskette verstärkt worden. Es war offensichtlich noch nicht zu spät, um an Orten, die sie bereits untersucht hatten, neue Entdeckungen zu machen.

Kurz darauf waren sie dort. Ray-Ray hatte das Auto genommen, und Maria war mit dem Fahrrad gefahren. Eine Bö fuhr ihr durch die Haare und ließ sie frösteln, als sie das Fahrrad festschloss. In ihren Jahren als Polizistin hatte sie in sehr vielen Fällen ermittelt, in denen jemand verschwunden war, doch keiner glich diesem hier. Bei den früheren Fällen war es um Teenager gegangen, die von zu Hause abgehauen waren, Drogensüchtige, die sich verirrt hatten, und Menschen, die an psychischen Erkrankungen gelitten und sich das Leben genommen hatten. Doch Agnes passte in keine dieser Kategorien.

Ray-Ray sah Marias Fahrrad an und schüttelte den Kopf.

»Du und dein Zweirad.«

Sie lächelte ihn schief an.

»Begreifst du nicht, wie ungesund du lebst?«, fragte sie. »Du setzt dich ins Auto und fährst eine Strecke von vielleicht tausend Metern. Dreh dich mal um, damit ich sehen kann, ob der Sitz dir schon an der Hose festgewachsen ist.«

Ray-Ray kreiselte einmal vor ihr herum.

»Genehmigt?«

»Für dieses Mal.«

Das mit dem Fahrradfahren war ein Kapitel für sich. Solange es um kurze Strecken ging, sah sie keinen Grund, das Auto zu nehmen, doch mit dieser Auffassung stand sie ziemlich allein. Vor allem, weil hier so verdammt viel Wind wehte. Außerdem hatte sie Kollegen, die glaubten, es würde den Menschen schwerfallen, einen fahrradfahrenden Polizisten zu respektieren. Marias Erfahrung war eine andere. Das Fahrrad erfüllte viele Funktionen, vom Eisbrecher bis zum Ventil für ihren eigenen Stress.

Mit dem Wohnwagen war es schlimmer. Der wurde als Witz betrachtet.

In der Tasche vibrierte ihr Handy.

»Paul?«, fragte Ray-Ray, als sie das Telefon herausholte und die SMS las, die sie bekommen hatte.

Maria nickte.

Wollte nur sagen, dass ich an dich denke.

Sie antwortete schnell, indem sie ein Herz schickte. Dann zögerte sie. Genügte ein Herz? Vielleicht war das zu wenig.

Sie antwortete:

Ich denke auch an dich.

Sie steckte das Handy zurück in die Tasche.

»Dein Ehemann ist nicht so gut im Warten, oder?«, fragte Ray-Ray.

Der Wind zerzauste sein angegrautes Haar. Maria hatte den Verdacht, dass er einer der wenigen Männer war, die es herrlich fanden, graue Haare zu bekommen.

Sie lächelte.

»Nicht wirklich.«

Die Bootshäuser standen in einer Reihe ein Stück von den Booten entfernt, die auf dem Meer schaukelten. Die Motoren waren aus dem Wasser gezogen worden, und an den Propellern hing getrocknetes Seegras. Es würde noch ein paar Wochen dauern, ehe das Auskranen begann. Es war einfach unglaublich idyllisch. Zumindest wenn die Sonne schien, was sie mehrere Tage lang nicht getan hatte. Das Wetter in Bohuslän konnte so unbarmherzig sein. Die Öffnung zum Skagerrak und dahinter zur Nordsee ließ Wetter hereinziehen, denen der Mensch nichts entgegenzusetzen hatte.

Maria strich sich die Haare aus dem Gesicht.

Bist du bis hierhergekommen, Agnes?, dachte sie. Oder ist vorher schon etwas passiert? Etwas, das dich hinaus auf die lebensgefährlichen Klippen getrieben hat?

Das Handy klingelte. Maria schrak bei dem lauten Ton zusammen.

Wieder Paul?

Sie atmete aus, als sie sah, dass es jemand vom Revier war.

»Ja?«

Ein jüngerer Kollege sprach mit schleppender Stimme:

»Ein seniler Alter hat sich gemeldet. Er heißt Jochen Berg und wohnt im Altersheim Hallonet mitten in Kungshamn. Er glaubt, er könnte Informationen über Agnes haben.«

»Ein seniler Alter?«, echote Maria und merkte, wie Ray-Ray sie ansah.

»Entschuldige, das war blöd formuliert. Ich hatte den Eindruck, als sei er nicht ganz klar im Kopf, aber vielleicht täusche ich mich. Soll ich es dir hinlegen?«

»Klar, kein Problem«, erwiderte Maria.

Sie konnten sich nicht leisten, wählerisch zu sein. *Dreht jeden Stein um.*

Bei dem Bootshaus der Familie Eriksson schaute Maria in eines der Fenster. Die Polizei hatte sowohl diese als auch die anderen Bootshäuser an dem Steg gründlich durchsucht. Es gab keine frischen Spuren von Agnes.

Ray-Ray ruckte an der Tür der Hütte, und zu ihrer beider Erstaunen ging sie sofort auf.

»Aber war die nicht immer abgeschlossen?«, fragte Maria.

»Da hat jemand geschlampt«, sagte Ray-Ray.

Er ging hinein, und Maria folgte ihm.

Fredrik hatte ihnen ausdrücklich die Genehmigung erteilt, das Boot, das Bootshaus und das Haus so oft zu durchsuchen, wie sie wollten. Das war im Grunde nichts, wofür sie seine Erlaubnis brauchten, doch sein Wille zur Zusammenarbeit war ein willkommenes Zeichen. Im Unterschied zu seinem Sohn Isak, der beim Fund der Halskette so empört gewesen war, schien Fredrik überzeugt zu sein, dass die Polizei ihr Bestes tat.

Maria atmete ein. Die Luft im Bootshaus war süß und salzig zugleich. Und sauer. Auf einem an der Wand festgeschraubten Sofa lagen Kissen, die man über die Wintersaison wohl besser woanders aufbewahrt hätte. Und dann war da dieser Geruch, den es in allen Bootshäusern gab. Der Geruch von morschem Holz und alten Bootsmotoren.

Ray-Ray setzte sich auf das Sofa.

Maria ließ den Blick über die Wände, die Decke und den Fußboden wandern. Sie suchte nach etwas, was sie noch nicht gesehen hatten, was ihnen zuvor entgangen war. Man konnte durchaus Spuren von Agnes im Bootshaus finden, sie musste Hunderte Male dort gewesen sein. Das Problem war nur, dass es nichts gab, was darauf hindeutete, dass sie an dem Abend, an dem sie verschwand, dorthin gegangen war. Es gab auch keinerlei Anzeichen für einen Kampf dort. Kein Hinweis auf einen Unfall. Keine kaputten Sachen, keine zerschlagenen Möbel, kein Blut.

Maria trat wieder auf den Steg hinaus.

Einer ihrer Lehrer auf der Polizeihochschule hatte gern davon gesprochen, wie wichtig es war, ein Ohr auf dem Boden zu haben und die Bewegungsrichtung des Geredes zu berücksichtigen. Das hatte sich Maria gemerkt und praktizierte es so oft wie möglich. Also rief sie das Altersheim an, in dem der neue Zeuge Jochen, der »senile« Alte, wohnte. Wer wusste schon, was er vielleicht gesehen hatte?

Sie wurde mit einem Pfleger verbunden, der so schnell redete, dass Maria seinen Namen nicht verstand.

»Jochen?«, fragte er erstaunt. »Der ist heute bei seinem Arzt in Uddevalla. Den besuchen Sie besser morgen.«

Maria legte das Handy weg.

Paul hatte keine weitere SMS geschickt.

Das Beste an ihrem Job war, dass er sie von zu Hause fernhielt. Paul und sie hatten es in der letzten Zeit gut gehabt, aber jetzt fingen die Spannungen wieder an. Sie erinnerte sich an seinen Blick am Abend zuvor und wusste, dass sich bei ihm während ihrer langen Arbeitsschichten die Wut aufbaute. Während der ersten Jahre ihrer Beziehung war es ihr schwergefallen, solche Veränderungen zu erkennen, doch jetzt entgingen sie ihr nie. Einerseits, weil sie Paul inzwischen viel besser kannte, andererseits, weil die schlechten Perioden immer dichter aufeinanderfolgten. Früher hatte durchaus mal ein halbes Jahr vergehen können, ohne dass er die Kontrolle verlor, doch jetzt hielt es nicht mehr als ein paar Monate.

Und heute Abend fand der Lesekreis im *Belgier* statt. Noch mehr Zeit, die sie nicht zu Hause verbrachte, aber das ging nicht anders. Maria wollte nur ungern die Gelegenheit versäumen, Leute aus Kungshamn und Umgebung zu treffen. Nicht dass die Teilnehmer des Lesekreises den perfekten Querschnitt der Einwohner der Gegend darstellen würden, doch war die Gruppe von einer Vielfalt, der man in anderen Zusammenhängen nicht so schnell begegnete. Außerdem waren mehrere der Frauen im Lesekreis mit Agnes und Fredrik bekannt. Agnes selbst war jedoch nicht Mitglied gewesen.

Ray-Ray kam aus dem Bootshaus.

»Sollen wir aufgeben?«, fragte er.

Niemals, zum Teufel.

Maria kehrte in die Hütte zurück.

Sie öffnete einen Schrank, zwei, drei. Hob eine Hummerreuse hoch, dann ein Fischernetz, drehte die Kissen auf dem Sofa herum.

»Hier ist nichts, Maria.«

Ray-Rays Stimme klang bedrückt.

Sie legte die Kissen zurück, aber eines davon rutschte auf den Fußboden. Als sie es wieder aufnahm, fiel ihr Blick auf eine Ecke der Hütte.

Da war etwas Blaues.

Sie runzelte die Stirn und beugte sich näher hin.

Es war ein kleines Plastikstück, das aussah, als würde es unter der Fußbodenleiste verschwinden.

Maria zog eine Pinzette aus der Tasche. Vorsichtig zog sie das Plastikstück heraus.

»Du bist eine schlimmere Sachensucherin als meine Kinder«, bemerkte Ray-Ray stöhnend.

Maria kannte niemanden, der so viele Kinder hatte wie Ray-Ray. Und sie kannte auch niemanden, der mit so vielen verschiedenen Frauen Kinder hatte. Fünf Kinder und vier Frauen. Doch momentan war er Single.

Maria betrachtete das Plastikstück, das sie herausgezogen hatte. Es war größer als vermutet.

»Was ist das?«, fragte Ray-Ray und ging hinter ihr in die Hocke.

Maria drehte sich um.

»Eine aufgerissene Kondomverpackung.«

»Die haben einen halbwüchsigen Sohn«, gab Ray-Ray zu bedenken, »der kann jederzeit hierhergekommen sein.«

»Ich weiß«, sagte Maria.

»Hast du auch ein Kondom gefunden?«

»Leider nicht.«

Sie ließ die Kondomverpackung in einen Beweisträger fallen.

Der würde genau wie die Halskette schnellstens ans NFZ geschickt werden.

Jetzt, dachte Maria, jetzt kommen wir dir näher, Agnes.

Zwischen Hovenäset und Kungshamn mit dem Fahrrad zu fahren war ein erstaunlich charakterbildendes Erlebnis. Die Strecke an sich war nicht länger als drei Kilometer, aber die Hügel, die sie überwand, machten die Fahrradtour unglaublich anstrengend.

Die erste Etappe war verräterisch schön. Da radelte man auf dem Hovenäsvägen raus und über die Hovenäsbrücke und dann auf dem schmalen Fahrradweg hinunter, der an der Bucht entlangführte. Von dort aus sah man die ganze Halbinsel mit dem Wasser im Vordergrund, und das war so zum Verlieben, dass August eine Gänsehaut bekam, als er zu den weißen Holzhäusern hinüberschaute.

Dann war Schluss mit dem Schönen, und die restliche Fahrt wurde zu einem reinen Konditionstraining. Beim Friedhof hörte der Fahrradweg auf, und er musste auf den Hallindenvägen abbiegen und gegen die Verkehrsrichtung auf dem Bürgersteig weiterfahren, weil es nur auf einer Straßenseite überhaupt so etwas gab und auf keiner Seite Platz für Fahrräder. Dann kam der erste Hügel und hinterher lediglich eine kleine Fahrt bergab zur Belohnung. Daraufhin folgte eine höllisch lang gezogene Bergauf-Strecke, bei der man froh sein konnte, überhaupt noch bei Bewusstsein zu sein, wenn man oben ankam.

August bereute, dass er am Morgen schon eine Runde gejoggt war.

Mit so viel Milchsäure in den Beinen konnte es überhaupt nicht gesund für den Körper sein, Fahrrad zu fahren.

Er tröstete sich damit, dass es sich wahrscheinlich noch schlimmer angefühlt hätte, anstelle des Fahrrads den Leichenwagen zu nehmen. Alles hatte seine Zeit. Der Leichenwagen musste warten.

Sein Herz schlug schneller vor Glück, als er in den Laden kam.

Dass dies alles jetzt ihm gehörte!

Ein Secondhandladen.

Wo alte Dinge neue Besitzer finden konnten.

Er war schon immer kindisch verliebt in Dinge gewesen. Wenn er irgendwo hinreiste, nahm er immer etwas zur Erinnerung von der Reise mit. Ein Souvenir, und gern eins von der ungewöhnlichen Sorte.

Die Idee, einen Secondhandladen aufzumachen, war erst im Zusammenhang mit der Trennung von Helene entstanden. Sie waren beide erstaunt gewesen, als sich herausstellte, dass ihr Zuhause voller Dinge war, die keiner von ihnen beiden haben wollte.

Es war ja nicht so, dass es an Möglichkeiten mangelte, alte Dinge loszuwerden. Im Internet gab es eBay und für hochwertigere Gegenstände die verschiedensten Auktionshäuser. Doch August gefiel der Gedanke mit der tatsächlichen Begegnung zwischen Menschen. Und er glaubte, dass man so mehr dafür tun konnte, einen Kreislauf für Dinge zu schaffen, die noch kein neues Zuhause gefunden hatten.

Diese Überzeugung wuchs noch stärker an dem Tag, als er sein Elternhaus ausräumen musste. Das war proppenvoll mit Sachen gewesen, von denen er nicht wusste, was er mit ihnen anfangen sollte: Bücher, Vasen, Gemälde, Teppiche, Bettzeug und Nippes. In dem Moment wurden die Pläne, einen Laden aufzumachen, konkreter.

Mit jeder Sache, die August in die Hand nahm, kam er einer Entscheidung näher.

Mit jedem Karton, den er zuklappte, entfernte er sich weiter von den abstrakten Zahlen der Finanzwelt.

Das war im Mai gewesen. Dann hatte er die Immobilie in Kungshamn gefunden, und sein Plan war plötzlich aufgegangen.

Die Räumlichkeiten waren im bekannten Zustand übergeben worden, und er hatte die Möbel des Bestatters übernehmen müssen. August würde davon so viele wie möglich auswechseln, würde versuchen, dem Geschäft seinen eigenen Stil zu verleihen und dann die Sachen des früheren Besitzers im Laden verkaufen.

Einzige Ausnahme war der Schreibtisch, ein schweres Teil in Eiche. Den würde er behalten.

August setzte sich an den Tisch. Er hatte ihn so herumgeschoben, dass er mitten im Raum stand. Er wollte für seine Kunden sichtbar sein. Niemand, der vorbeiging, sollte darüber nachdenken müssen, ob geöffnet oder geschlossen war.

Sein Handy klingelte.

»August Strindberg«, sagte August.

Im Hörer war die Stimme eines älteren Mannes zu hören.

»Soll das ein Witz sein?«

August war erstaunt.

»Da müssen Sie sich schon etwas genauer ausdrücken«, sagte er.

»Ich dachte, ich hätte Strindbergs Secondhand angerufen.«

»Das haben Sie auch«, versicherte August. »Ich meine, das *tun* Sie.«

»Sie heißen August? Strindberg?«

»So ist es.«

»Das ist aber seltsam.«

Auch nicht seltsamer, als dass du immer noch nicht gesagt hast, was du willst, dachte August.

Was nicht bedeutete, dass er sich nicht über das Gespräch freute. Die Anzeige in der Lokalzeitung hatte unmittelbare Wirkung gezeigt. Die Leute hatten sich sowohl übers Handy als auch per Mail wegen verschiedener Sachen gemeldet, von denen sie meinten, sie könnten für ihn interessant sein.

»Sie haben nicht auf meine Mail geantwortet«, sagte der Mann. »Ich heiße Martin Borg.«

»Ich bitte wirklich um Entschuldigung«, antwortete August, »es war viel los, und ich …«

»Jaja«, erwiderte der Mann, »aber Sie wissen ja, wie es mit diesen Mails ist. Können Sie mal nachsehen, ob die Nachricht angekommen ist? Sonst schicke ich sie noch mal.«

Der Mann erinnerte August an seine Eltern. Menschen aus einer Generation, die sich immer noch weigerten, der Technik zu vertrauen, und deshalb absurd niedrige Erwartungen hegten.

August suchte nach der Nachricht des Mannes in seinem Eingangskorb. Er hatte sich für seinen Laden eine neue Mailadresse angeschafft, und bisher hatte die auch gut funktioniert. Doch die Nachricht des Mannes war nicht da. Also öffnete August den Spam-Ordner. Da sah es schon besser aus, denn da war nicht nur die Mail des Mannes, sondern noch drei weitere.

Die gute Nachricht war, dass noch mehr Menschen als Martin Borg schon mitbekommen hatten, dass es mit seinem Geschäft losgegangen war. Traurig war natürlich, dass August sie verpasst hatte.

»Danke«, sagte er ins Telefon, »jetzt habe ich Ihre Anfrage gefunden.«

Schnell überflog er die Nachricht. Martin Borg wollte eine umfassende Briefmarkensammlung verkaufen. Das war nicht gerade, was August sich vorgestellt hatte. Er war nicht kompetent, den Wert von Briefmarken einzuschätzen, und glaubte, dass es bessere Wege gab, sie zu verkaufen. Das sagte er auch dem erwartungsfrohen Mann.

»Schon gedacht«, antwortete der, »aber einen Versuch war's wert.«

August machte Anstalten, das Gespräch zu beenden, aber Martin Borg hatte noch mehr auf dem Herzen.

»Sind Sie verwandt?«, fragte er. »Sie und der richtige Strindberg?«

»In gewisser Weise«, sagte August, dem diese Frage schon öfter gestellt worden war, als er denken konnte, und der keine Lust mehr hatte zu erklären, wie entfernt seine Verwandtschaft mit dem berühmten Schriftsteller war.

»Und es stimmt, dass Sie in Janssons alter Bruchbude wohnen?«, erkundigte sich Martin Borg. »Auf Hovenäset?«

»Ja«, sagte August abwartend, »wieso?«

Er mochte keine Leute, die herumschnüffelten.

»Sie haben aber ja wohl gehört, was in dem Haus passiert ist, nehme ich an, oder?«, hakte Martin Borg nach.

Noch nicht, dachte August, aber vielleicht wird es mal Zeit.

Da August nicht antwortete, fuhr der Anrufer fort:

»Es gibt ja einen Verdacht bei einigen von uns, die wir damals dabei waren. Dass damals nicht alles mit rechten Dingen zugegangen ist. Dass derjenige, der das getan hat, immer noch rumläuft. Und jetzt ist wieder eine Frau verschwunden. Das ist schrecklich, anders kann man es gar nicht nennen.«

Die Ausführungen des Mannes machten August nachdenklich. Auch Sven Jansson hatte schon davon gesprochen, dass mehrere Frauen verschwunden waren.

Doch am meisten von allem störte sich August an der Formulierung »derjenige, der das getan hat«.

Wer hatte was getan?

»Aber egal«, sagte Martin Borg, noch ehe August etwas hinzufügen konnte. »Willkommen in Kungshamn. Wir können jemanden gebrauchen, der an uns hier glaubt und der etwas Neues wagt. Vor allem, wenn er aus Stockholm kommt.«

»Vielen Dank«, erwiderte August, ohne wirklich zu wissen, wofür er dankte.

Sie beendeten das Gespräch.

August zögerte kurz, dann tat er genau das, was er eigentlich hatte bleiben lassen wollen. Er googelte Janssons Haus.

Kärleksvägen 21 auf Hovenäset.

Null Treffer. Nicht einmal Informationen über Janssons Kauf des Hauses, was sich im Grunde dadurch erklären ließ, dass sie es schon lange Zeit besaßen.

Stattdessen googelte er Sven und Esmeralda Jansson.

Der einzige Treffer war ein Artikel im *Bohuslänningen*. Das Paar wurde wegen seiner Unzufriedenheit mit der Müllregelung in der Kommune interviewt.

August gab auf und rief den Einzigen an, der ihm einfiel, der mit Freuden irgendwelchen Mist über das Haus ausgraben würde. Henrik, ein einzigartiger Problemlöser, ging beim ersten Klingeln ran.

»Kannst du mir einen Gefallen tun?«, fragte August. »Es geht um das Haus, das ich gemietet habe. Wenn du Zeit hast, dann check das doch mal. Da ist irgendwas passiert, und ich wüsste gern, was.«

»Ich vertraue der Polizei nicht.«

Isaks Stimme klang heiser und angespannt. Sie saßen in Isaks Zimmer, er und Karl. Heute waren sie zum ersten Mal seit Agnes' Verschwinden in der Schule gewesen. Karl hatte kaum gehört, was die Lehrer sagten. Er konnte an nichts anderes denken als an das, was er wusste, aber nicht erzählen durfte.

Es zerrte an ihm.

Sogar die Busfahrt nach Uddevalla, wo seine Schule lag, fühlte sich schon anstrengend an. Weder in Kungshamn noch in Smögen oder woanders in der Nähe gab es ein Gymnasium. Deshalb fuhren Karl und Isak jeden Morgen nach Uddevalla, wo es das meiste gab, was zu Hause fehlte.

Eigentlich hatte Karl auf das Gymnasium in Göteborg gehen wollen, doch er hatte nicht gewagt, seinen Eltern den Vorschlag zu machen. Dann hätte er nämlich dort wohnen müssen, und das hätte seine Mutter nicht verkraftet. Sie hatte schon Schnappatmung gekriegt, als er Lysekil als Alternative erwähnt hatte, weil er nämlich dorthin von Kungshamn mit ihrem Boot hätte fahren können.

»Du willst jeden Tag mit dem Boot hin- und zurückfahren?«, hatte sie gefragt. »Ich finde, das klingt ziemlich umständlich.«

Karl schüttelte den Kopf, um sich auf das zu konzentrieren, was Isak sagte.

»Was meinst du damit, dass du der Polizei nicht vertraust?«, fragte er.

»Ich meine, dass jetzt mehr als eine Woche vergangen ist«, entgegnete Isak. »Das ist doch … total krank! Denk doch bloß mal, wie lange es gedauert hat, bis sie Mamas Halskette gefunden haben! Wir müssen noch härter arbeiten. Kuck mal, ich habe eine Karte gemacht.«

»Lass sehen«, sagte Karl.

Er mochte es nicht, wenn Isak redete, als wären sie die beiden Einzigen, die wussten, wie man nach einer verschwundenen Person suchte.

Isak breitete auf dem Fußboden eine große Papierkarte aus. Sie zeigte Smögen, Kungshamn, Väjern und Hovenäset.

Karl starrte auf die Karte.

Isak hatte eine Menge Kreuze an unterschiedliche Stellen gemalt und dann zwischen ihnen Striche in verschiedenen Farben gezogen. Er war einfach von der paranoiden Sorte. So hatte er zum Beispiel Hunderte, vielleicht Tausende Artikel darüber gelesen, wie Unternehmen durch verschiedene Software ihre Kunden ausspionierten.

»Sowie du ein Programm installiert hast, fangen sie an, dich zu verfolgen«, hatte er zu Karl gesagt.

Da half es auch nichts, wenn Karl fragte, warum es irgendjemanden interessieren sollte, was ausgerechnet Isak im Internet unternahm. Isak grinste nur und schüttelte den Kopf. Er nannte Karl »naiv, aber solidarisch« und fand, das mit dem Solidarischen sei das Wichtigste. So wie jetzt, da Agnes verschwunden war. Isak wusste nicht, dass Karl sich mit jedem Tag, der verging, immer schrecklicher fühlte.

So viele Lügen.

Tag für Tag.

Er brauchte eine Pause. Irgendetwas musste mal wieder so sein wie immer. Er wollte das tun, was er sonst immer tat. Trainieren oder im Bootshaus sitzen und lesen und lernen. Alles wäre besser, als so weiterzumachen wie jetzt gerade.

Karl studierte wieder Isaks Karte.

Die war chaotisch und schwer zu durchschauen.

»Du weißt schon, dass es für das hier richtig gute Programme gibt, oder?«, sagte er. »Über Google zum Beispiel kannst du dir jede Karte runterladen. Man kann die Gegend sehen, kleine Straßen, große Straßen, Häuser und andere Gebäude.«

Isak stöhnte.

»Ich weiß«, gab er zurück. »Aber das ist doch ganz schön unbehaglich, was? Überleg doch mal, wie viel Info man über sich selbst rauslässt, wenn man sowas hier im Netz macht. Die kann jeder dann einfach so abgreifen.«

Er schlug sich mit der Hand vor die Stirn.

Dann fuhr er fort:

»Wir haben keine Ahnung, was Mama passiert ist. Ich sage ja nicht, dass es sonderlich wahrscheinlich ist, aber was, wenn sie etwas Geheimes beobachtet hat? Also, richtig geheim. Wir wissen nicht, wen wir jagen, wir müssen vorsichtig sein. Damit uns nicht die falschen Personen auf die Spur kommen.«

Karl schwieg, es hatte keinen Sinn, Isak zu widersprechen, wenn er sich in etwas verrannt hatte.

»Erkläre mir mal, was das hier ist«, sagte er und wischte mit der Hand über all die Markierungen auf der Karte.

Normalerweise hätte er über Isaks Seeräuberkarte gelacht, doch jetzt fiel es ihm leicht, ernst zu bleiben.

Isak schniefte und fuhr sich mit dem Arm unter der Nase her. Schon seit Isak klein war, hatte Karl immer wieder gehört, wie Agnes schimpfte, er solle das lassen. Wenn man verschnupft war, schnäuzte man sich. Man wischte sich nicht den Rotz auf seinen Pullover.

Agnes, Agnes, Agnes.

»Ich habe mit der Polizei gesprochen und rausgekriegt, welche Gebiete die abgesucht haben«, sagte Isak. »Und Missing People natürlich. Wir müssen kreativ sein. Wir müssen da suchen, wo noch kein anderer gewesen ist.«

Er zeigte auf die Karte, und Karl nickte steif. Die markierten Stellen waren Orte, die bereits einmal oder mehrfach durchsucht worden waren. Natürlich könnte es eine logische Erklärung dafür geben, dass man die Orte, die nicht durchsucht worden waren, unberücksichtigt gelassen hatte, aber Karl wusste, mit dieser Art Argumentation würde er nicht durchdringen.

Außerdem wollte er sich nicht mit Isak streiten. Die Suche war das Einzige, was Isak ruhig hielt. Und solange Isak ruhig war, fiel auch Karl alles leichter.

Isak legte den Finger auf die Karte.

»Die Campingplätze sollten besser abgesucht werden«, erklärte er.

»Warum das?«, fragte Karl.

»Weil da immer noch einige Gäste sind. Weil jemand etwas gesehen haben könnte. Da kann alles Mögliche passiert sein.«

Und noch bevor Karl antworten konnte, sagte Isak:

»Ich war bereits auf dem Campingplatz von Wiggersvik. Und auf dem von Johannesvik.«

Das waren die Campingplätze, die zwischen Hovenäset und Kungshamn lagen.

Karl holte tief Luft.

»Okay, und was hast du da gemacht?«

»Nur das Notwendigste«, gab Isak zurück. »Ich habe die Leute gefragt, ob sie etwas zu verbergen haben, und das hatten sie nicht.«

Karl sah vor sich, wie Isak wie ein Verrückter an den Türen von fremden Wohnmobilen ruckelte und verlangte, reinkommen und sich umsehen zu dürfen.

Isak sah konzentriert aus.

»Hovenäset«, sagte er, »da sollten wir noch mal eine Runde drehen.«

Karl starrte auf die Karte. Auf Hovenäset gab es viel weniger Kreuze, und so konnte das auch gerne bleiben.

»Aber da kennt Agnes doch irgendwie gar niemanden«, sagte er.

»Was zum Teufel spielt das denn für eine Rolle?«, entgegnete Isak. »Sie kennt auch nur zwei, die in Väjern und Hunnebostrand wohnen, aber da haben sie trotzdem schon gesucht.«

Karl zwang sich, ruhig zu bleiben.

Er wollte nicht nach Hovenäset fahren. Nicht mit Isak.

»Jetzt denk mal logisch«, erklärte er. »Hovenäset ist wie Hunnebostrand – ein Ort, der durchsucht werden musste, und das ist geschehen. Da war sie nicht.«

Isaks Blick wurde glasig.

Er machte ein weiteres Kreuz auf der Karte. Ein Ort, den er offensichtlich zu markieren vergessen hatte. Karl beobachtete ihn schweigend. Wie viele Ausflüge auf eigene Faust hatte Isak eigentlich unternommen?

»Janssons Haus«, sagte Isak. »Das Eishaus. Was denkst du darüber?«

Karls Puls stieg, seine Hände wurden feucht.

»Ich denke, wir sollten es lassen«, sagte er.

Isak ging zum Schreibtisch und wühlte ziellos zwischen den Sachen, die dort auf der harten Kiefernholz-Tischplatte lagen. Soweit sich Karl erinnern konnte, hatte Isak schon seit Kindertagen denselben Schreibtisch.

»Wir hatten das Haus damals gemietet, als wir renoviert haben«, sagte Isak, »ein echt kranker Ort.«

Ich weiß, dachte Karl. Ich weiß, dass ihr das gemietet hattet.

»Du weißt ja wohl, was da passiert ist«, fügte Isak hinzu. »Das war damals genau das Gleiche.«

Karl spürte, wie ihm der Puls im Kopf dröhnte.

Er wusste, wovon Isak sprach.

Alle wussten, was in Janssons Haus geschehen war und warum es das Eishaus genannt wurde. Und natürlich redeten einige davon, dass es Agnes jetzt genauso ergangen wäre.

»Wie, das Gleiche?«, fragte Karl.

»Die da … na, da war doch damals auch jemand, der verschwunden ist. Und dann …«

Isak verstummte und wühlte weiter in seinen Sachen herum.

Karl seufzte.

»In dem Haus wohnt jetzt einer«, sagte er. »Der Typ, der das Bestattungsinstitut gekauft hat, der Stockholmer. Man kann nicht einfach … Wir können da nicht einfach hingehen. Das geht nicht. Ich hab auch gleich Fußball, und …«

Isak sah auf.

»Ich sage ja nur, dass wir das mal checken sollten«, meinte er. »Scheiß auf den Stockholmer. Ich weiß, wie wir den aus dem Haus kriegen.«

»Irgendwas stimmt mit diesem Stockholmer nicht, das sage ich dir.«

Cecilia hörte nur mit halbem Ohr zu, während Erling bramarbasierte. Das meiste, was ihr Ehemann hervorbrachte, war nicht sonderlich wichtig, das hatte sie schon lange gelernt. Bestenfalls war es unterhaltsam, niemand hatte sie je so zum Lachen bringen können wie Erling, aber oft war es nichts anderes als Gemecker und allgemeiner Ärger, dem er Ausdruck verlieh. Sie hatte keine Ahnung, warum der Stockholmer solche starken Emotionen in ihm weckte.

»Wie lange wohnt er jetzt hier?«, fragte Erling. »Eine knappe Woche?«

Cecilia zuckte mit den Schultern.

»Was in der Art«, erwiderte sie.

Sie stand am Waschbecken und spülte eine alte Porzellanvase von Hand. Der Stockholmer war der Letzte, über den sie nachdachte. Sie dachte an Agnes Eriksson. Eine halbe Ewigkeit war vergangen, seit Agnes verschwunden war. Das war so furchtbar, dass Cecilia richtig übel wurde, wenn sie nur daran dachte. Dass jemand richtig verschwinden konnte. Das konnte sie nicht begreifen.

Erling merkte wie üblich nicht, dass Cecilia mit ihren Gedanken ganz woanders war. Er fragte nicht, wie ihr Tag oder wie es bei der Arbeit gewesen war. Oder ob sie besser schlief, was nicht der Fall war. Auf der anderen Seite erzählte Erling auch nichts davon, wie es ihm selbst ging. Das ehrte ihn in gewisser Weise.

»Jetzt rate mal, wie der Stockholmer hierhergekommen ist«, sagte er.

»Mit Pferd und Wagen?«

»Mit dem Bus!«

Das klang bei ihm so, als ob der Secondhand-Mann auf einem Gorilla nach Kungshamn geritten wäre.

»Bus!«, wiederholte Erling. »Kapierst du – der hat kein Auto!«

»Was weißt du schon davon?«, sagte Cecilia. »Vielleicht hat er durchaus eins. Hast du eigentlich wie versprochen eingekauft, oder bist du nur die ganze Zeit rumgelaufen und hast an den Stockholmer gedacht?«

Sie sah ein Lächeln in Erlings rechtem Mundwinkel zucken.

»So knapp, und ich wäre ohne Essen nach Hause gekommen«, sagte er und hielt zwei Finger mit minimalem Zwischenraum hoch. »Strindberg hat so verdammt laut gegrüßt, dass ich die eine Tüte fallen gelassen habe. Nur weil ich zufällig seine hässliche Jacke angeschaut hatte. Ich war so baff, dass ich mich genötigt sah, ihm dein altes Spinnrad für den Laden zu versprechen.«

Cecilia lachte laut und stellte die Vase weg. Erling nutzte die Gelegenheit, eine Tüte mit Lebensmitteln rüberzureichen.

»Das Spinnrad?«, fragte sie und nahm die Tüte entgegen. »Wie in aller Welt konnte dir denn ausgerechnet das einfallen?«

Erling gab ihr einen raschen Kuss auf die Wange.

Sie wurde ernst.

»Tut mir leid, wenn ich dich enttäusche, aber ich will gar nicht, dass wir das Spinnrad verkaufen.«

Erling starrte sie an.

»Machst du jetzt Witze? Das steht im Wohnzimmer doch nur im Weg.«

»Es ziert seinen Platz«, sagte Cecilia.

Erling wusste sehr wohl, warum sie das Spinnrad eigentlich behalten wollte. Sie hatte es von ihrer Großmutter bekommen, die in ihrer Kindheit einer der wichtigsten Menschen in Cecilias Leben gewesen war. Hingegen fiel ihr ein, dass es vielleicht noch etwas anderes in ihrem Haus gäbe, was der Stockholmer weiterverkaufen könnte.

Ein Schlüssel wurde in das Schloss der Haustür gesteckt.

Der Astronaut.

Immer dieselben Geräusche. Eine Tasche wurde auf den Boden geworfen, Schuhe wurden abgeschüttelt und eine Jacke aufgehängt.

Karl kam in die Küche.

Erling strahlte.

»Wie lief's beim Fußball?«

Karl zuckte mit den Schultern.

»Gut«, sagte er.

Cecilia warf ihm einen wachsamen Blick zu.

»Und in der Schule, mein Lieber?«, fragte sie. »Wie war es denn, wieder dort zu sein?«

Sie öffnete den Kühlschrank, um die Lebensmittel einzuräumen.

»Gut.«

Gut.

Wieder einmal.

Cecilia tauchte aus dem Kühlschrank auf. Das Mutterherz pochte. Das, was sie nachts wachhielt, was sie immer wieder an die Raumfähre Challenger denken ließ. Jedes Mal, wenn sie die explodieren sah, jedes Mal, wenn sie zusah, wie die Angehörigen erkannten, dass ihre geliebten Menschen am Firmament starben, dann wusste sie, dass sie das nicht überlebt hätte.

»Ist was passiert?«

Karl schüttelte den Kopf und nahm ein Glas Wasser. Während er trank, sah er seine Eltern an. Erling schien mit einem einfachen »gut« als Antwort auch nicht gerade zufrieden. Zwar war es im Grunde besser als zum Beispiel »beschissen«, aber darum ging es nicht.

Karl stellte das Glas weg.

»Hast du Isak getroffen?«, fragte Cecilia.

Karl sah sie nicht an.

»Ja«, antwortete er, »er war wie immer. Will suchen und so.«

»Du weißt schon, dass ihr die Polizei in Ruhe arbeiten lassen müsst, oder?«, sagte Erling zu Karl.

Karl verzog das Gesicht.

»Wir sind nicht mehr drei Jahre alt, Papa.«

Manchmal ist man da nicht so sicher, dachte Cecilia.

Erling warf Karl einen beunruhigten Blick zu.

Erling, der Anstreicher war und Tischler und in Mathe nicht gut gewesen, der kaum eine Tasse Kaffee auf Englisch bestellen konnte. Cecilia wusste, was er dachte, denn das hatte er ihr schon oft selbst gesagt.

Wie war es ihm und Cecilia nur gelungen, einen Sohn zu bekommen, der nicht nur davon träumte, Astronaut zu werden, sondern darüber hinaus schlau genug zu sein schien, um es wirklich zu werden?

Das war ein Rätsel für Erling und ebenso für Cecilia. Sie hatte durchaus in der Schule so etwas wie eine Begabung gehabt, wie ihre Eltern es nannten, doch das hatte null und nichts mit der außergewöhnlichen Intelligenz von Karl zu tun.

Es war nicht so, dass sie nicht stolz gewesen wären, denn das waren sie. Vor allem Erling. Mein Gott, all die Geschichten über Weltraumraketen, die Erling Karl vorgelesen hatte, als er klein war – da war es doch klar, dass es ihm schmeichelte, etwas Einzigartiges in seinem Sohn zum Leben erweckt zu haben.

Aber es war auch erschreckend.

Wie war es ausgerechnet ihnen beiden gelungen, ein Genie in die Welt zu setzen, das sich nicht damit zufriedengeben würde, was der Heimatort zu bieten hatte?

Wenn sie richtig Pech hatten, würde der Sohn nicht einmal in Schweden bleiben.

Jedenfalls nicht, wenn er Astronaut wurde.

Karl ging zur Treppe.

»Wir essen gleich«, sagte Cecilia zu seinem Rücken.

Karl nickte, um zu zeigen, dass er es gehört hatte. Dann war er weg. Cecilias Gefühl, dass sie etwas Wichtiges nicht mitkriegte, wurde immer stärker.

Das Gespräch kam in dem Moment, als Maria auf der Auffahrt vom Fahrrad sprang. Sie ging ran, während sie das Garagentor öffnete und das Fahrrad hineinschob.

»Hier ist Ray-Ray, kannst du reden?«

Maria sah auf die Uhr. Paul würde in einer halben Stunde nach Hause kommen, bis dahin sollte sie mit dem Kochen angefangen haben. Es spielte keine Rolle, dass sie danach auch im Lesekreis essen würde. Paul fand es besser, wenn sie gemeinsam aßen, ehe sie das Haus verließ. Und was Paul besser fand, das zählte.

»Wenn du dich beeilst«, sagte Maria.

Der Lesekreis war, abgesehen von der Arbeit, der sicherste Ort für sie. Paul hatte überhaupt kein Interesse, da mitzugehen.

»Alles klar«, erwiderte Ray-Ray. »Ich weiß, dass du jetzt eigentlich Feierabend hast, aber das hier wirst du definitiv hören wollen.«

Erst da bemerkte Maria die Energie in Ray-Rays Stimme.

»Schieß los«, sagte sie.

»Ein Kumpel von mir, der beim NFZ arbeitet, hat gerade angerufen und von etwas erzählt, das sie auf der Halskette gefunden haben. Maria, sie haben Blut gefunden.«

Sie hielt mitten in einer Bewegung inne, und tausend Sachen schossen ihr gleichzeitig durch den Kopf.

Das Wichtigste blieb hängen: Blut bedeutete Verletzung, was wiederum Verbrechen oder Unfall bedeutete.

»Aber wie ist das denn möglich?«, fragte sie. »Der Regen muss doch all das Blut weggewaschen haben.«

»Die Kette lag geschützt in einer Felsspalte. Wir reden hier nicht von großen Mengen Blut, mit bloßem Auge war es nicht zu erkennen.«

»Wir müssen noch einmal auf dem Meer suchen«, sagte sie.

»Ja, das müssen wir«, sagte Ray-Ray, »und wir müssen rauskriegen, *wessen* Blut das war. Sie kämpfen gerade damit, möglicherweise ist es nicht genug für eine vollständige Analyse.«

Maria wusste nicht, was sie hoffen sollte.

Es machte ihr Angst, dass Agnes sich im Unwetter hinaus nach Klåvholmen begeben hatte. Das sprach stark dafür, dass sie ins Wasser gefallen war, vor allem wenn sie sich verletzt hatte und nicht mehr ganz klar im Kopf gewesen war.

Sie betete insgeheim, dass man genug Blut auf der Halskette gefunden hatte, sodass das NFZ die DNA würde bestimmen können.

»Hast du Roland angerufen?«, fragte Maria.

»Yes«, erwiderte Ray-Ray. »Er war nicht gerade erfreut. Der Kondomfund hat die Polizeileitung krass gestresst. Es war gelinde gesagt die Hölle los. Roland hat mal festgehalten, man könne nicht ausschließen, dass die Kondomverpackung schon dort lag, als das Bootshaus durchsucht wurde, und das ist nicht gerade eine Auszeichnung für den ganzen Einsatz.«

Maria verließ die Garage und machte das Tor zu.

Das hier waren sehr willkommene Neuigkeiten.

Sie ging zu Haustür.

»Wir kennen das ganze Bild noch nicht«, sagte sie. »Es muss nicht unbedingt ein persönlicher Konflikt sein.«

Sie dachte an die Spur vom Baugeschäft, vielleicht konnte man ja Agnes' Verschwinden mit einem der Projekte auf Kleven in Verbindung bringen. Aber ihr Bauchseismograph zeigte keinerlei Ausschlag, wenn sie sich in Gedanken der Sache mit dem Bauprojekt näherte.

Das war nicht heiß.

Und zwar sowas von gar nicht.

Am Rand ihres Blickfelds bewegte sich ein Nachbar. Als sie den Kopf wandte, erhob er die Hand zum Gruß. Sie winkte eilig zurück und steckte den Schlüssel ins oberste Türschloss.

»Ich gehe heute Abend zum Lesekreis«, sagte sie, »vielleicht schnappe ich da irgendwas auf. Und morgen werde ich Jochen Berg treffen, den älteren Mann, der mit einem Hinweis angerufen hat. Kannst du derweil weiter die Spur mit dem Bauprojekt verfolgen? Dann vernehmen wir Fredrik hinterher gemeinsam.«

»Klingt nach einem guten Plan«, sagte Ray-Ray. »Einen schönen Abend!«

Maria legte auf und spürte ihren Puls in den Schläfen pochen. Der hatte sich mit der Arbeit verändert und war immer erhöht, wenn sie irgendetwas spannend fand.

Die Jagd nach dem Durchbruch, die Jagd nach Gewissheit.

Der Alarm piepte und blinkte. Jetzt hatte sie neunzig Sekunden Zeit, den richtigen Code einzugeben und die Alarmanlage abzuschalten. Wie immer zitterten ihre Finger, als sie die Ziffern eingab. Die Alarmanlage hörte auf zu tönen und zu blinken, und erst da wagte Maria auszuatmen.

Ein einziges Mal hatte sie den Code vergessen. Da hatte die Firma von der Alarmanlage bei Paul angerufen. Jener Abend war auf eine Weise aus dem Ruder gelaufen, dass sie nicht mehr daran denken wollte. Und seither hatte sie den Code nicht wieder vergessen.

Maria legte Rucksack und Fahrradhelm ab.

Sie hängte die Jacke auf und versicherte sich, dass sie glatt und ordentlich da hing. Ihre Schuhe stellte sie ganz nach rechts auf das Schuhregal. Paul wollte seine immer links hinstellen.

Eine Autotür schlug zu.

Paul.

Schon. Früher als sonst.

Verdammter Mist.

Sie holte tief Luft.

Einmal.

Zweimal.

Dreimal.

Jetzt waren Pauls Schritte draußen auf der Treppe zu hören. Maria ging in die Küche und stellte einen kleinen und einen großen Topf raus. Sie hatte keine Ahnung, was sie kochen wollte.

Als Paul den Schlüssel ins Schloss steckte, schloss Maria für einen kurzen Moment die Augen.

»Hallo, hallo!«

Maria schlug die Augen auf. Paul klang munter, ja richtig fröhlich.

»Liebling?«

»Ich bin hier«, antwortete sie und ging ihm in die Diele entgegen. »Du bist früh dran.«

»Das kannst du wohl sagen«, erwiderte Paul und lächelte sie freundlich an. »Ich wollte es noch nach Hause schaffen, damit wir uns sehen, bevor du zum Lesekreis musst.«

Maria kam sich blöd vor.

Und erleichtert.

»Da freue ich mich aber!«, sagte sie und gab ihm einen Kuss.

Pauls Blick fiel auf das Buch, was sie rausgelegt hatte, um es nicht zu vergessen.

»*Der Report der Magd*«, sagte er. »Dass ihr aber auch nie mal was Schwedisches lest. Wie zum Beispiel *Die Auswanderer* von Vilhelm Moberg.«

Maria lachte.

»Ein sehr moderner Vorschlag«, erwiderte sie.

»Aber wirklich«, entgegnete Paul. »Das Thema ist sehr modern, auch wenn das Buch alt ist. *Der Report der Magd* ist ja wohl nur eine fette Lügengeschichte, total weltfremd.«

In ebendiese Diskussion würde Maria sich nicht verwickeln lassen. Paul holte etwas aus seiner Aktentasche. Zu ihrem Erstaunen reichte er ihr ein Exemplar ausgerechnet von *Die Auswanderer*.

»Das habe ich heute in Lysekil im Antiquariat gefunden«, sagte er.

Maria strahlte.

»Danke!«

Sie konnte sich nicht erinnern, wann Paul das letzte Mal ein Geschenk für sie gekauft hatte. Als sie frisch verliebt waren, hatte er oft etwas für sie dabei, wenn sie sich trafen, und ihr war aufgefallen, dass er Geschenke mit großer Treffsicherheit auswählte. Damals dachte sie, dass er immer zu wissen schien, was sie brauchte und wonach sie sich sehnte. Er hatte diese Gewohnheit, sie mit Geschenken zu überraschen, noch ein Stück weit in ihre Beziehung mitgenommen, doch dann war es immer seltener geschehen. Jetzt war es mindestens ein Jahr her, seit er ihr das letzte Mal etwas mitgebracht hatte.

Es steckt immer noch in ihm, dachte Maria, aber wir müssen daran arbeiten, es öfter hervorzuholen.

»Ich werde mich im Lesekreis für deinen Vorschlag stark machen«, versprach sie, »danke noch mal.«

»Du kennst mich doch«, sagte Paul und legte die Arme um sie, »ein richtiger Gentleman und hingebungsvoller Ehemann.«

»Genauso ist es«, erwiderte Maria und erwiderte die Umarmung. »Und genauso möchte ich es auch.«

Sie legte den Kopf auf seine Brust und horchte auf seinen Herzschlag. So stark, so gleichmäßig.

Vielleicht hatte sie ihn falsch eingeschätzt.

Vielleicht war er gar nicht so angespannt und über ihr Arbeitspensum verärgert, wie sie gedacht hatte.

Vielleicht musste sie keine Angst haben.

Der *Belgier* hatte einmal einem Mann gehört, dessen Vater Wallone gewesen war, aber belgischer als das war die Bar nicht. Eigentlich war es Zufall, dass sich die »Leseratten« ausgerechnet dort versammelten. Zu Anfang hatte man erwogen, sich im *Bella Gästis* in Hunnebostrand zu treffen, doch dann war die Wahl auf Kungshamn gefallen, weil die Teilnehmer das besser erreichen konnten.

Dies und noch einiges dazu bekam August von Esmeralda Jansson erzählt, die ihn sofort zu sich gewinkt hatte, als er die Bar betrat und noch herauszufinden versuchte, welche der anwesenden Gruppen ein Lesekreis war. Das Lokal wirkte wie die Mischung aus einer amerikanischen Sportsbar (die Sitzplätze bestanden zumeist aus einander zugewandten Bänken mit einem Tisch dazwischen) und einem britischen Pub (Holzpaneele an den Wänden und einer von Essensdampf und altem Zigarettenrauch vergilbten Decke). Auf der Karte standen hauptsächlich deutsche, dänische und amerikanische Biersorten. Eine belgische war witzigerweise nicht dabei.

»So hat es angefangen«, sagte sie schließlich.

»Gut«, mischte sich eine ältere Dame ein, »und ich finde, jetzt kannst du mal kurz aufhören zu reden, Esmeralda, und ein bisschen Bier trinken.«

Sie zwinkerte August zu.

»Jemand muss ihm doch vom Hintergrund erzählen«, verteidigte sich Esmeralda.

Zehn Personen saßen um den Tisch, und alle außer August hatten das Buch dabei. Er bat um Entschuldigung für seine Nachlässigkeit und versprach Besserung zum nächsten Mal. Aber das war nicht das Einzige, was ihn unterschied. Er war auch der einzige Mann in der Runde.

Die anderen sahen ihn neugierig an.

Alle hatten ihn mit Handschlag und einem Du begrüßt und sich vorgestellt. Jetzt kämpfte August, um sich wenigstens von einem Drittel die Namen zu merken. Esmeralda kannte er ja bereits und auch Yvonne von der Suchaktion der Missing People. August konnte ziemlich viel, aber wenn es darum ging, sich an den Namen von Leuten zu erinnern und dann auch noch den richtigen Namen mit dem richtigen Gesicht zu verbinden, scheiterte er viel zu oft.

Da war Henrik das ganze Gegenteil. Der erinnerte sich an alle und konnte auch immer Menschen das Gefühl geben, beachtet zu werden. Auch solchen, die er wirklich nicht mochte. August war zu dieser Art Anpassung nicht wirklich fähig. Und in seinem tiefsten Innern fand er, dass Henriks Talent vielleicht nichts war, um das man ihn beneiden, sondern das einen eher erschrecken musste.

Aufrichtigkeit war eine Tugend.

Manipulation ein Werkzeug, auf das man verzichten konnte.

August bestellte ein Bier und lehnte sich zurück.

»Wo ist Maria?«, fragte Esmeralda. »Sie müsste doch schon hier sein.«

»Sie kommt bestimmt«, meinte Yvonne, »es sieht ihr gar nicht ähnlich, den Lesekreis zu verpassen.«

»Auf der anderen Seite hat sie grad verdammt viel zu tun«, sagte ein jüngeres Mädchen, das bisher schweigend dagesessen hatte. »Mit dem Verschwinden und so, meine ich.«

Einige brummten zustimmend.

»Am schlimmsten ist die Ungewissheit«, sagte Esmeralda. »Dass wir nicht erfahren, ob ein Verbrechen begangen wurde oder ob ein Unfall passiert ist.«

Das Verschwinden von Agnes war etwas, das den ganzen Ort beschäftigte. Das hatte August bereits gemerkt, doch wie bedeutend das Ereignis wog, begriff er erst jetzt.

Bald bewegte sich das Gespräch wieder zurück zu August.

»Hast du dich hier in Kungshamn denn schon eingelebt?«, fragte Yvonne.

Noch ehe er antworten konnte, sagte Esmeralda:

»Er ist doch gerade erst angekommen. Da ist es doch schon viel, dass er uns hier im *Belgier* gefunden hat.«

»Was anderes habe ich ja gar nicht gesagt«, entgegnete Yvonne, »aber …«

»Außerdem wohnt er ja nicht in Gravarne«, meinte eine dritte Frau. »Er hat sich ja für Hovenäset entschieden.«

Sie sagte das, als würde Hovenäset auf halbem Weg nach Stockholm liegen und nicht nur ein paar Kilometer entfernt.

»Jetzt sag mal nicht Gravarne«, sagte Yvonne, »dann weiß er nicht, was du meinst.«

»Doch«, sagte August, der das Wort schon gehört hatte, »ich weiß, dass Kungshamn manchmal Gravarne genannt wird.«

»Nicht ganz die Wahrheit, wenn man spitzfindig sein will«, sagte Yvonne und lächelte. »Gravarne ist nur ein Teil von Kungshamn, genau wie zum Beispiel Tången und Bäckevik. Kungshamn ist mehr ein Name für die Gesamtgemeinde, und so heißt der Ort seit den 1960er-Jahren. Zumindest für einige.«

Ein Name für die Gesamtgemeinde. Sprache und Wörter waren wichtige Dinge, das wusste August. Aber das hier war eine neue Situation.

»Warst du denn schon mal auf Smögen?«, fragte Yvonne.

»Definitiv«, erwiderte er. »Schöner Ort.«

Das fand er wirklich. Smögen war nett und ohne Frage der bekannteste Ort der Kommune. Vielleicht war es dieser Status des Ortes, der August das Gefühl gab, mehr nach Hovenäset zu gehören. Er war nicht cool genug für Smögen. Aber er fuhr sehr gern dorthin und aß in einem der Restaurants, die auch im Winterhalbjahr geöffnet hatten, und wenn der nächste Sommer kam, würde er Henrik mal mitnehmen.

Der Kellner kam zurück. Diesmal hatte er eine große Schüssel mit Bockwurst im Brot dabei. August sah erstaunt die Schüssel an, die mitten auf den Tisch gestellt wurde.

»Das ist Tradition«, sagte Esmeralda. »Wir essen immer Bockwurst, wenn wir uns treffen. Obwohl es nicht auf der Karte steht.«

August griff nach einer Wurst und probierte. Das Brot war geröstet und die Wurst salzig.

»Gut, oder?«, fragte Yvonne.

August nickte.

Die Kneipenabende in Stockholm kamen ihm weit entfernt vor. Der *Belgier* lud zu anderen Sachen ein. Rein kulinarisch natürlich weniger ehrgeizig, doch das Einfache war fast immer gut. Und vor allem war es gut genug.

»Wie ist es denn, auf Hovenäset zu wohnen?«, fragte eine Frau mit langen roten Haaren, die sich bisher zurückgehalten hatte. »Gefällt es dir?«

»Hovenäset ist ein fantastischer Ort«, erwiderte August.

»Aber vielleicht ein bisschen einsam, oder?«, erkundigte sich Yvonne. »Viele Leute wohnen da ja nicht gerade.«

»Das stimmt«, antwortete August, »aber ich muss sagen, dass mir das gefällt. Zumindest bisher.«

Um den Tisch wurde es still. Die Blicke wanderten von August zu Esmeralda und wieder zu August. Schließlich konnte eine nicht an sich halten und fragte:

»Und das Haus? Wieso ausgerechnet Janssons Haus?«

Doch auf diese Frage konnte August nicht antworten, ehe Esmeralda schon blitzschnell dazwischenfuhr.

»Was ist denn das für eine Frage?«, schimpfte sie. »Für diese Sorte Tratsch danke ich.«

»Tratsch?«, fragte Yvonne. »Wir reden hier ja wohl von schlichten Fakten.«

»Jetzt diskutieren wir über das Buch«, entschied Esmeralda.

Mehrere verdrehten die Augen.

»Wir sind doch einfach nur neugierig, warum August nicht stattdessen hier in Kungshamn wohnt.«

Da richtete August sich ein wenig auf und sprach so ruhig wie möglich:

»Das Haus ist perfekt. Es gibt überhaupt keine Probleme, und ich bin sehr dankbar, dass ich so kurzfristig dort einziehen konnte.«

Esmeralda warf ihm einen dankbaren Blick zu. August fragte sich, was sie wohl gesagt hätte, wenn sie wüsste, dass er Henrik gebeten hatte, sich über das Haus zu informieren. Offensichtlich gab es da eine Geschichte, und die wollte August erfahren. Zwar hatte sein Wegzug aus Stockholm unter anderem zum Ziel, sein Kontrollbedürfnis herunterzuschrauben (das Leben machte ja sowieso, wozu es Lust hatte – es hatte überhaupt keinen Sinn, irgendetwas im Detail zu kontrollieren, was man nicht im Zaum halten konnte), doch das sollte ja nicht bedeuten, dass ihm der Funken völlig verloren ging. Wenn das Haus beeinflusste, wie ihm die Menschen hier begegneten, dann war das ein Problem, mit dem er umgehen musste.

»Entschuldigt meine Verspätung.«

Köpfe drehten sich herum, und Stühle schurrten über den Boden, als alle, die mit dem Rücken zu der Stimme saßen, sich umdrehten.

Und da stand sie. Maria Martinsson, die er auf Klåvholmen gesehen hatte, als er zusammen mit Missing People nach Agnes gesucht hatte. Und mit der er telefoniert hatte.

Sie lächelte freundlich und schüttelte ihre regennassen Haare.

»Was für ein Scheißwetter!«, rief sie und lachte.

Dann begegneten sich ihre Blicke.

»Strindberg?«, fragte sie.

»August«, erwiderte August und stand rasch auf.

Sie gaben sich die Hand, und er setzte sich wieder. Sie hatte einen festen Händedruck von der Sorte, die August mit Menschen assoziierte, die sehr viel öfter ins Fitness-Studio gingen als er.

»Wie schön, dass du da bist, Maria«, sagte Esmeralda und zog einen leeren Stuhl heran, der neben ihrem stand. »Wir hatten schon befürchtet, du müsstest arbeiten. Komm, setz dich, und nimm eine Wurst.«

Maria ging um den Tisch und zog gleichzeitig ihre Jacke aus.

»Das mit Strindberg«, begann Yvonne, »ist das echt?«

August nickte.

»Ja«, sagte er, »das ist es.«

Maria öffnete ihre Tasche und legte den *Report der Magd* auf den Tisch.

»Und? Was denken wir?«, fragte sie.

»Zäh«, antwortete Esmeralda.

»Gefühlvoll«, sagte das junge Mädchen, das zuvor schon gemeint hatte, Maria müsste viel zu tun haben.

»Die Fernsehserie war besser«, meldete sich Yvonne zu Wort.

Einige nickten zustimmend, während eine Teilnehmerin meinte, dass Fernsehserie und Buch nicht vergleichbar wären.

»Was fandest du denn, August?«, fragte das junge Mädchen.

Wahrscheinlich hätte er sich jetzt schämen müssen, aber das tat er nicht.

»Ich habe es nicht gelesen«, entschuldigte er sich. »Ich habe es nicht geschafft.«

»Wie schön, dass du da ehrlich bist«, sagte Maria.

August sah sie an. Ihr Blick hatte etwas Verspieltes und Verschmitztes.

»Ich bin ein schlechter Lügner, also schweige ich lieber«, bekannte August. »Oder ich sage, wie es ist.«

Maria legte ein freundliches Lächeln auf.

»Wie geht es bei euch?«, fragte Esmeralda. »Werdet ihr Agnes finden?«

Maria schwieg einen Moment und schien darüber nachzudenken, was sie antworten sollte. August merkte, wie gespannt er wartete. Menschen, die nachdachten, ehe sie redeten, waren ihm sympathisch.

Schließlich sagte Maria:

»Tatsächlich bezweifle ich überhaupt nicht, dass wir sie finden werden«, sagte sie mit einem Blick, der vom Ernst dunkel geworden war.

Da hob Yvonne den Kopf. Ihre Miene wirkte besorgt.

»Aber wenn ihr es doch nicht schafft?«, fragte sie. »Es sind schließlich schon einige Tage vergangen.«

Maria sah fast ein bisschen streng aus, als sie antwortete.

»Nicht schaffen ist keine Option«, entgegnete sie. »Wir werden Agnes finden. Wegen ihrer Familie und nicht zuletzt um ihrer selbst willen.«

Die Frau, die zuvor versucht hatte, auf Janssons Haus zu sprechen zu kommen, schielte zu August und dann zu Esmeralda rüber.

»Hoffentlich findet ihr sie so schnell wie möglich«, sagte sie zu Maria. »Nicht dass es so endet wie letztes Mal. Ich meine, man weiß schließlich nicht, ob es damals mit rechten Dingen zugegangen ist, als das Unglück Janssons Haus traf.«

Esmeralda sah aus, als läge ihr eine scharfe Entgegnung auf der Zunge, doch Maria kam ihr zuvor.

»Wir tun, was wir können«, sagte sie, »und es gibt niemanden bei der Polizei, der glaubt, dass Agnes' Verschwinden etwas mit den Ereignissen zu tun hat, die nunmehr dreißig Jahre zurückliegen. Ihr müsst das loslassen. Und außerdem finde ich, sollten wir die Dinge ruhig bei ihrem richtigen Namen nennen. Von einem ›Unglück‹ konnte man damals auf Hovenäset kaum reden. Das war Mord, nicht mehr und nicht weniger.«

Mord?

August sah von einer zur anderen. Esmeralda senkte den Blick und weigerte sich, ihn anzusehen.

Alle schienen zu wissen, wovon Maria redete. Alle außer August.

Das gibt neuen Stoff für Henrik morgen, dachte er. Und dann muss ich Sven und Esmeralda mal bitten, mir reinen Wein einzuschenken und zu erzählen, was da eigentlich passiert ist.

Warme Bockwurst und Bier. Das war in Marias Welt eine selten geglückte Kombination. Mehr noch: ein Konzept, das gleichbedeutend mit Freiheit war. Normalerweise war es genau das, der Hunger nach Freiheit, der sie zu den »Leseratten« zog. Doch an diesem Abend hatte sie die ungezwungene Gesellschaft aus anderen Gründen aufgesucht.

Es war nicht gut, dass sie zu spät zum Treffen gekommen war, aber Paul und sie hatten es ungewöhnlich gut miteinander gehabt, als sie zusammen kochten und dann aßen, und deshalb hatte sie nicht davoneilen wollen. Paul hatte nicht gemeckert, als sie ging, sondern ihr nur einen schönen Abend gewünscht. Offensichtlich hatte er bei der Arbeit einen richtig guten Tag gehabt – so etwas konnte einen großen Einfluss darauf haben, wie er sich verhielt, wenn er nach Hause kam.

Und jetzt ging der Lesekreisabend seinem Ende entgegen, ohne dass Maria etwas gehört hätte, das für die Ermittlung von Wert gewesen wäre.

»Die sind so glücklich. Man soll ja nicht neidisch sein, aber ich war das trotzdem irgendwie immer.«

Maria sah die Frau an, die gesprochen hatte und offenbar mit Agnes ins Gymnasium gegangen war.

»Du meinst, Agnes und Fredrik?«, fragte sie.

Die Frau nickte, und mehrere der anderen stimmten zu. Keine von ihnen stand Agnes sonderlich nahe, doch einige hatten Kinder in ihrer Klasse gehabt und sich aus der Entfernung ein Bild von ihrem Privatleben gebildet. Maria fragte sich, wie wohl ihr eigenes Leben aussähe, wenn es auf diese Weise betrachtet würde. Wahrscheinlich würde man annehmen, auch Paul und sie würden zur Schar der Glücklichen gehören.

»Sie sind einfach das perfekte Paar«, fuhr die Frau fort. »Es klingt so blöd, wenn man das laut sagt, aber ich glaube, dass viele so denken. Gut aussehend und erfolgreich. Und dann passiert so etwas.«

»Du meinst ja wohl, sie ist gut aussehend, und er ist erfolgreich, oder?«, fügte eine andere hinzu.

»Wieso denn das? Agnes ist doch schließlich Lehrerin.«

»Genau. Seit wann sind Lehrerinnen erfolgreich?«

Für einen Moment hatte Maria das Gefühl, das Gespräch würde in einem Konflikt enden, doch die Gruppe um den Tisch war zu müde und erschöpft. Es hatte keinen Sinn zu streiten, das schienen sie alle einzusehen.

»Fredrik hat ja mit mehreren Bauprojekten auf Kleven zu tun«, begann Maria vorsichtig. »Hat eine von euch je Agnes darüber sprechen hören? Dass es mit einem der Projekte Probleme gegeben hätte?«

Alle um den Tisch starrten sie an.

»Was für Probleme?«, fragte Yvonne.

»Ich dachte, es könnte da vielleicht Streit gegeben haben«, erklärte Maria.

Keine hatte davon etwas gehört.

Die Bauprojekt-Spur war eiskalt.

»Nein«, sagte Esmeralda, »aber vielleicht sollte man jetzt mal langsam nach Hause gehen.«

Ihre Worte hatten denselben Effekt, als hätte jemand den Feueralarm gedrückt. Fünf Minuten später war der Lesekreis beendet, und alle waren auf dem Weg aus der Bar hinaus.

»Schön, dass wir uns kennengelernt haben.«

August lächelte und hielt Maria die Tür auf.

»Ganz meinerseits«, sagte Maria.

Sie traten gemeinsam in den kühlen Abend hinaus. Der *Belgier* lag am Bäckevikstorget mitten in Kungshamn, und die unmittelbare Nähe zum Hafen verstärkte die Luftfeuchtigkeit.

August sah aus, als wollte er noch etwas sagen, doch da packte Esmeralda plötzlich seinen Arm und sagte:

»Ich muss dich was fragen.«

Sie nickte Maria entschuldigend zu, die ihnen einen schönen Abend wünschte.

Sie ging zu ihrem Fahrrad und bemerkte gleichzeitig ein Auto, das sich ein Stück entfernt in Bewegung setzte. Maria hielt mitten im Gehen inne. Das war doch Pauls Wagen. Grußlos fuhr er davon.

Maria merkte, wie ihr die Angst einem Stromschlag gleich in den Brustkorb hieb, und versuchte schnell, sich wieder zu beruhigen. Bestimmt war Paul unterwegs gewesen, um einzukaufen, darüber hatten sie schließlich gesprochen, ehe sie von zu Hause weggegangen war. Oder hatte er etwas anderes im Sinn gehabt? Sie hoffte, dass es keine große Sache wäre. Auf jeden Fall würde er sich freuen, wenn er erfuhr, was sie als nächstes Buch für den Lesetreff ausgesucht hatten: *Die Auswanderer* von Vilhelm Moberg.

August und Esmeralda gingen quer über den Platz. August hatte die Hände in die Taschen geschoben, Esmeralda ging neben ihm und schwenkte einen Regenschirm.

August Strindberg.

Er trug seinen Namen mit viel Stil, soviel stand fest. Außerdem war er selbstbewusst genug, um einen Lesekreis zu besuchen, ohne das Buch gelesen oder überhaupt nur angeschafft zu haben. Er kam hierher, um neue Menschen kennenzulernen. Diese Art Neugier auf die Umwelt war Maria sympathisch.

Und das war nicht das einzig Ansprechende an August, musste sie sich widerwillig eingestehen. Er war ruhig, wirkte aber charismatisch, und sein Blick war so wehmütig und gleichzeitig scharf, wie Maria es bei einem Mann noch nicht gesehen hatte. Und er war groß, mindestens eins neunzig. Seine Haare waren dick und wellig, sodass es wahrscheinlich schwierig war, ihnen eine Frisur zu verpassen, die hielt.

Aber das Netteste waren die Grübchen.

Zwei tiefe Einkerbungen, die seinem freundlichen Gesicht etwas Lausbubenhaftes verliehen.

Maria glaubte nicht, dass ihm bewusst war, wie attraktiv er war, was ihn noch sympathischer machte. Mit der Einschätzung war sie nicht allein. Um den Tisch herum hatte es kaum an Interessentinnen gemangelt, und mindestens die Hälfte der Teilnehmerinnen des Lesekreises hatte mit ihm geflirtet. Das fand Maria erfrischend. Nichts an Augusts Person wirkte konstruiert oder gekünstelt. Er war selbstbewusst und klar in dem, was er konnte, vermochte und beherrschte, und zeigte gleichzeitig, wo seine Defizite lagen.

Ich bin ein schlechter Lügner, da schweige ich lieber.

So ungefähr ging auch Maria mit ihren eigenen Lügen um.

Hinten an der Bushaltestelle bewegte sich ein Schatten.

Yvonne stand dort allein. Sie hatte eine zu dünne Jacke an, und man sah, dass sie fror. Als sie Maria erkannte, winkte sie.

Maria ließ ihr Fahrrad stehen und lief zur Haltestelle hinüber. Ein dichter Nieselregen fiel, ihre Haare lockten sich, und die Strähnen klebten auf den Wangen.

»Hallöchen«, sagte Maria und stellte sich unter das Dach der Haltestelle.

Yvonne lächelte etwas angestrengt und sah sich um, als würde sie lieber nicht allein mit Maria gesehen werden.

»Tut mir leid, dass ich so auf die Ermittlung angesprungen bin«, sagte sie dann.

Maria musste nachdenken. Sie konnte sich nicht erinnern, dass Yvonne auf überhaupt irgendetwas »angesprungen« wäre.

»Kein Problem«, sagte sie. »Es ist ein unbehaglicher Fall. Das finden sogar wir bei der Polizei.«

Yvonne schob die Hände in die Jackentaschen.

Sie sah unsicher aus, als wüsste sie nicht, wie sie sich verhalten sollte.

»Eigentlich weiß ich nicht mehr als irgendjemand anders«, sagte sie. »Agnes und ich sind nicht wirklich eng, ganz und gar nicht. Aber manchmal treffen wir uns und trinken nach der Arbeit noch einen Kaffee zusammen. Einmal im Monat vielleicht. Und die letzten Male, als wir uns gesehen haben, da war irgendwas mit ihr. Sie wirkte bedrückt, fast traurig. Erschöpft. Das war ungewöhnlich für sie.«

»Wann war das?«, fragte Maria.

»Eigentlich das ganze Frühjahr.«

»Hast du sie darauf angesprochen?«

»Ich habe sie gefragt, ob alles in Ordnung wäre, und da hat sie natürlich Ja gesagt. Als wir uns im Januar sahen, nachdem ich gerade mit meinem neuen Job angefangen hatte, da deutete sie an, dass es zu Hause schwierig wäre. Irgendwas in der Art, dass Fredrik und sie Probleme hätten.«

Schwierig.

Das konnte alles bedeuten.

»Wollte sie oft über ihr Privatleben reden?«, fragte Maria.

»Nein«, sagte Yvonne, »sie war immer ganz schnell dabei, alles zu glätten, wollte es nicht vertiefen. Also habe ich es gelassen.«

»Hat sie davon gesprochen, Fredrik verlassen zu wollen?«, fragte Maria.

Yvonne sah bestürzt aus.

»Ihn verlassen?«, fragte sie. »Nein, überhaupt nicht. Oje, jetzt habe ich wohl etwas ganz Dummes gesagt. Es sollte nicht so großartig wirken, ich hatte nur das Gefühl …«

Maria beeilte sich, sie zu beruhigen.

In der Entfernung leuchteten auf der nass glänzenden Straßenoberfläche die Scheinwerfer eines großen Busses auf. Gleich würde er da sein.

»Verstehe«, sagte sie. »Aber du wolltest doch irgendetwas, als du mich hergewinkt hast.«

»Es ging nicht um Fredrik und Agnes«, erklärte Yvonne, »sondern nur um Agnes. Glaube ich.«

Maria runzelte die Stirn.

»Du hast gesagt, sie hätten Probleme gehabt.«

»Schon, aber das haben ja viele Paare. Ich dachte mehr an das, was danach passiert ist.«

Der Bus bog auf die Haltestelle ein und hielt an. Die Türen öffneten sich mit einem seufzenden Laut.

Maria legte eine Hand auf Yvonnes Arm.

Die Polizistin in ihr war jetzt hellwach, das hier war ernst.

»Danach?«

Yvonne grub in ihrer Handtasche nach der Fahrkarte.

»Alle reden von Agnes und Fredrik als das perfekte Paar«, sagte sie, »das war schon immer so. Aber ich hatte das Gefühl, dass es zwischen ihnen nicht so gut lief, wie alle sagten.«

Maria registrierte jedes einzelne Wort.

»Wie meinst du das?«

»Ich habe Agnes seit Ende Mai nicht mehr gesehen. Da war sie aber ausgelassen und aufgeräumt und wirkte insgesamt unkonzentriert.«

Ausgelassen und aufgeräumt klang wie das Gegenteil von bedrückt und erschöpft.

»Du hattest das Gefühl, sie hätte ihr Leben in Ordnung gebracht?«, fragte Maria.

Yvonne fand die Fahrkarte.

»Also, du darf daraus jetzt nicht zu große Schlüsse ziehen«, sagte sie, »denn das ist ja nur, was ich denke. Agnes hat kein Wort darüber gesagt, und ich habe mich nicht getraut zu fragen. Und dann ist es auch nicht mehr dazu gekommen, dass wir uns getroffen haben. Wir haben nur ein paar SMS ausgetauscht, und da hat sie geschrieben, sie hätte gerade Probleme, etwas zu planen. Ich weiß also nicht, wie es weitergegangen ist.«

»Womit?«, fragte Maria.

Yvonne seufzte und kratzte sich den Nasenrücken. Dann war es, als würde sie einen Beschluss fassen.

»Sie sah so froh aus, als wir uns das letzte Mal gesehen haben«, sagte sie. »Fast albern.«

»Aber das ist doch positiv, oder?«, meinte Maria.

Yvonne nickte.

»Ich habe sie gefragt, wie es ihr geht und ob es zu Hause weniger anstrengend wäre. Sie wischte meine Frage nur beiseite und sagte, es ginge ihr prima. Und dann fügte sie hinzu, dass Fredrik nie zu Hause wäre und dass er so viel arbeiten würde. Aber es war, als würde das keine Rolle spielen – ihre ganze Person strahlte. Das ist mir aufgefallen. Es klang, als hätten sie und Fredrik es nicht gut. Und trotzdem sah sie so froh aus. Frisch verliebt. Agnes sah frisch verliebt aus.«

Es war schon neun Uhr am Abend, als August aus dem *Belgier* nach Hause kam. Ruhelos wandte er sich seinen Umzugssachen zu, um die letzten Kartons auszupacken.

Das war wichtig, das spürte er. Ordnung in sein Zuhause zu bringen.

Doch eine Ordnung entstand im Grunde nicht. Er hatte zu viele Sachen mitgebracht, zu viele Möbel, und mit jedem Tag, der verging, kam ihm der Wohnraum kleiner und kleiner vor. Er sollte Esmeralda Jansson beim Wort nehmen und ein paar von Svens und ihren Sachen in den Keller tragen, damit das Haus nicht völlig überladen wirkte.

Der Regen peitschte ans Fenster, und der Himmel war inzwischen ebenso dunkel wie die Lackierung des Leichenwagens, der auf der Auffahrt stand.

Es war ein netter Abend gewesen. Angenehm unstrukturiert und nicht sonderlich prätentiös. Rein sozial war er unsicher, ob der Lesekreis bot, was er sich erhoffte – er sah sich nicht in engerem Kontakt oder als Freund von einer der Frauen, die er da getroffen hatte.

Was ihn jedoch nicht hinderte, an Maria Martinsson zu denken.

August hatte schon oft zu hören gekriegt, er habe eine gute Menschenkenntnis. Er war ein aufmerksamer Beobachter, gewohnt, Menschen zu lesen, um das Ungesagte aufzunehmen, das doch so oft wichtiger war als alles, was laut ausgesprochen wurde. Maria war mit einer ganz anderen Agenda zum Lesekreistreffen gekommen als die anderen, das hatte August sofort bemerkt. Sie hatte allen Gesprächen Aufmerksamkeit geschenkt, die von Agnes Eriksson gehandelt hatten, zugehört und beobachtet.

Die Sorge war groß und die Gerüchte zahlreich. Und die Leute hatten eine deutliche Präferenz, welchen Schluss sie sich für die

Geschichte von der verschwundenen Lehrerin wünschten: das Happy End. Ob das überhaupt noch möglich war? August war unsicher und Maria offensichtlich auch.

Die Polizistin weckte etwas sehr Angenehmes in ihm. Er wünschte, Esmeralda hätte seinen Versuch, ein kleines Gespräch mit Maria zu führen, ehe sie sich trennten, nicht verhindert. Vor allem, da Esmeralda über eine absolute Kleinigkeit reden wollte, die durchaus hätte warten können, und später, als August die Rede auf das Haus, das er mietete, bringen wollte, war sie schnell nach Hause geeilt.

Als ob er die Geschichte des Hauses nicht früher oder später sowieso erfahren würde.

Die Kartons forderten seine Aufmerksamkeit, und er öffnete einen weiteren. Es raschelte, als er die Teller aus der unendlichen Masse Papier, das der Packmeister benutzt hatte, befreite.

Manchmal überlegte er, wo im Leben er sich wohl befinden würde, wenn er und Helene sich nicht getrennt hätten und wenn seine Eltern nicht gestorben wären. Er konnte es sich nicht vorstellen. Den Tod der Eltern konnte er nicht wegdenken.

Da war so vieles daran, was ihn bedrückte.

Vor allem, die Gefühle hinterher.

August war völlig davon überwältigt worden, wie sehr er sie vermisste und wie ihn das immer noch quälte. Er hatte nicht erwartet, dass sich alles so leer anfühlen würde. Auf irgendeine naive Weise hatte er sich vorgestellt, es würde sich natürlich anfühlen. Nicht die Art, wie sie gestorben waren, aber doch die Reihenfolge – dass sie zuerst starben und er dann später sterben würde.

Aber so war es überhaupt nicht gewesen.

Stattdessen fühlte er sich noch mehr verloren als vorher. Als wäre er ein Baum, dem jemand die Wurzeln weggerissen hatte, die ihn doch im Boden am Platz hielten. Eine universelle Verlorenheit, unabhängig von Zeit und Raum.

Sein Blick verschwamm.

Er weinte zu selten.

Was hätte er getan, wenn er nicht das Bestattungsinstitut in Kungshamn gefunden hätte?

Wie hätte er sich dann aus dem Leben in Stockholm losreißen können?

Das war im Grunde eine ebenso interessante wie unerhebliche Frage. Denn er war ja hier. Hatte ein Haus gemietet, einen eigenen Laden und einen Leichenwagen vor der Haustür. Das war schon mal gar nicht schlecht für jemanden, der ein *annus horribilis* hinter sich hatte.

Als es auf Mitternacht zuging, war August total erschöpft, und sämtliche Kartons waren ausgepackt und zusammengefaltet. Er zählte alle, die mit der Aufschrift »Küche« versehen gewesen waren. Fünfzehn Stück hatte er für das ganze Porzellan, die vielen Gläser und alle Küchengeräte gebraucht. So groß war Augusts Interesse am Backen und Kochen. Doch auf diesem Hobby wollte er keine weitere Laufbahn aufbauen.

Mit einigem Zögern öffnete er den Küchenschrank ganz links. Dort hinein hatte er die alten Whiskeyflaschen seines Vaters gestellt. Nicht dass August ein großer Whiskeytrinker gewesen wäre, sondern mehr, weil er es nicht übers Herz gebracht hatte, die Erwachsenenlimonade seines Vaters wegzuschütten.

Er nahm eine der Flaschen heraus. Isle of Jura, eher füllig als rauchig. Er warf einen Blick über die Schulter. Etwas störte ihn, ein Geräusch oder eine Bewegung. Er fühlte sich beobachtet.

Nicht schon wieder, dachte August, die Erinnerung an den Abend zuvor war noch frisch.

Als er aus dem Fenster spähte, konnte er aber nicht den kleinsten Schatten erkennen.

Er schüttelte den Kopf und holte ein Glas raus.

Zwanzig Milliliter, mehr wollte er nicht. Zehn in jedes Bein und nicht in jeden Zeh.

Seine Hand zitterte nicht, als er sich den Whiskey einschenkte. Einen kleinen Streich, so nannte Henrik ein winziges Glas mit Hochprozentigem.

August stellte die Flasche wieder weg und setzte sich in den Schaukelstuhl, den er von Helenes Großmutter bekommen hatte. Vielleicht sollte er Helene anrufen und sie fragen, wie es ihr ging. Immerhin hatten sie sich doch darauf geeinigt, dass sie immer noch Freunde waren und es keinen Anlass zu Streit gab. Andererseits bedeutete das auch nicht, dass sie gute Freunde waren. Natürlich hatte sich Helene gemeldet, als seine Eltern gestorben waren, doch eine Stütze war sie nicht gewesen, das zu behaupten wäre ein Witz. Sie war zu sehr mit ihrem neuen Freund beschäftigt.

Der Schaukelstuhl knarrte gemütlich, als August sich zurücklehnte.

»Prost«, flüsterte er und führte das Glas zum Mund.

Er schluckte die beißenden Tropfen und schloss die Augen.

Nicht im Schaukelstuhl einschlafen, dachte er. Nicht im …

Jemand klopfte ans Küchenfenster.

Nur zweimal, leise und sanft.

August riss die Augen auf und stellte das Glas auf den Küchentisch.

In der Küche war eine einzige Lampe eingeschaltet, die über dem Herd.

Das Fenster war dunkel und leer. August hielt den Atem an und wartete. Und obwohl er es nicht wollte, verirrten sich seine Gedanken zu dem, wovor Sven Jansson ihn gewarnt hatte. Dass er früher oder später auf Menschen treffen würde, die eine dezidierte Meinung über seine Wahl des Hauses haben würden. So wie einige der Frauen bei den »Leseratten«.

Mit diesem Haus ist alles in Ordnung.

Das hatte Sven gesagt.

August lachte leise und erhob sich aus dem Schaukelstuhl.

Es musste ein Vogel oder ein Ast gewesen sein, der gegen die

Scheibe geschlagen hatte. Jetzt bekam er den Denkzettel dafür, dass er Henrik gebeten hatte, für ihn Erkundigungen über das Haus einzuziehen. Henrik, der ein Macher war, der alles und jeden kannte und – wenn notwendig – sicher selbst über den Papst in Rom irgendeinen Mist ausgraben könnte.

Da klopfte es noch einmal.

»Wer ist da?«, brüllte August mit einer Stimme, die er nur selten benutzte.

Niemand antwortete.

August spähte aus dem Fenster. Doch er sah nur Dunkelheit.

»Verdammt! Ist er noch da?«

Isaks Stimme war nur ein leises Zischen. Karls Herz hämmerte schneller und schneller. Sie drückten sich unterhalb des Fensters, an das Isak eben geklopft hatte, an die Wand des Eishauses. Wenn der Stockholmer das Fenster öffnete und raus- und runterschaute, dann waren sie erledigt.

Doch die Minuten vergingen, und nachdem der Stockholmer »Wer ist da?« gebrüllt hatte, war es still geblieben.

Karl machte vorsichtig einen Schritt von der Wand weg.

Er saß immer noch in der Hocke, als er den Blick zum Haus erhob. Drinnen war Licht an, aber soweit er sehen konnte, war niemand am Fenster. Wenn der Stockholmer sie beobachtete, dann tat er das von einem anderen Fenster aus.

Karl schämte sich wie ein Hund, aber Isaks Blick verriet nicht nur Scham, sondern noch etwas, das verdammt anstrengend anzusehen war.

Karl konnte nicht begreifen, warum er sich überreden lassen hatte, mit nach Hovenäset zu kommen. Erst die elend lange Fahrradtour, mitten in der Nacht und durch Dunkelheit und Regen. Drei Kilometer bei strengem Gegenwind, nur um das Möchtegerngespenst bei einem Erwachsenen zu spielen, der nach Isaks Meinung im falschen Haus wohnte. Das war so dumm, dass es schon krank war.

»Wir klopfen an die Scheibe«, hatte Isak gesagt. »Nur so ein bisschen. Sodass er rausgerannt kommt und glaubt, es sei ein Dieb oder so. Mit etwas Glück rennt er aus dem Haus, und dann können wir schnell rein und uns umsehen.«

Karl hatte durchaus protestiert, aber Isak war so wahnsinnig stur gewesen und hatte sich geweigert, ihm zuzuhören. Und so endete es wie immer, nämlich dass Karl nachgab.

Um sich nicht wie ein Verräter fühlen zu müssen und weil er selbst keine bessere Idee hatte.

Und wie zu erwarten war, hatte Isaks Plan überhaupt nicht funktioniert.

Der Stockholmer war eiskalt. Natürlich verließ er nicht das Haus. Was hatten sie sich eigentlich eingebildet?

»Komm, wir hauen ab!«

Karls Flüstern bekam Gesellschaft vom Pladdern des Regens auf Erde und Hausdach. Es war einfach zu anstrengend, in der Nähe von Janssons Haus zu sein. Er wollte hier weg.

Isak folgte ihm widerwillig.

Sie hatten verdammtes Glück, dass keine Nachbarn zu Hause waren und niemand merkte, was sie da machten. Die hätten bestimmt die Polizei gerufen, da war Karl sicher.

Sie beeilten sich, zu ihren Fahrrädern zu kommen, die sie ein Stück entfernt in einem Gebüsch geparkt hatten.

Isak strich sich das Haar aus dem Gesicht, als er sich auf das Fahrrad setzte. Er warf einen Blick über die Schulter zum Eishaus, als sie in die Pedale traten.

»Vergiss es«, mahnte Karl, »jetzt fahren wir nach Hause.«

Er vermied es, zum Haus zu sehen, er wusste, wie es aussah, sowohl außen als auch innen.

Seine Finger wurden kalt und der Kopf müde. Das hier war alles so weit von der Welt der Astronauten entfernt. Wenn er es ins Weltall schaffen wollte, dann musste er sich zusammenreißen und sich nicht eine Menge Probleme aufhalsen.

So kann es nicht weitergehen, dachte er. Es muss ein Ende haben. Sehr schnell.

Januar

Ich glaube, Fredrik sollte sich einen anderen Job suchen. Das ist nichts, worüber wir laut reden (mein Gott, wir reden ja über rein gar nichts, also reden wir selbstverständlich auch nicht darüber, wie es ihm in seinem Job geht), aber ich bin ziemlich sicher, dass ich recht habe.

Jetzt, nach Weihnachten, ist alles schlimmer geworden.

Der Januar ist immer ein schwerer Monat, doch kein Januar war so schlimm wie dieser. Es ist so verdammt dunkel, und es regnet wirklich die ganze Zeit.

Fredrik ist so ernst geworden. Er lacht nicht mehr und hat ständig Streit mit Isak. Das haben wir im Grunde beide. Isak kriegt nichts auf die Reihe. In der Schule gefällt es ihm nicht, mit seinen Lehrern geht es nicht, seine Fächer will er nicht, aber jetzt ist er in der zehnten Klasse, und es ist zu spät, die Fächerausrichtung zu wechseln. Fredrik hat in der Schule angerufen, und die konnten die Situation auch auf keine andere Weise lösen, als dass er ein Jahr zurückgehen muss, wenn er die Fächer wechseln will. Das konnte keiner von uns akzeptieren, und so muss es nun bleiben, wie es ist.

Mit Fredriks Job verhält es sich anders. Im Unterschied zu Isak könnte er mal die Richtung seines Lebens verändern und sich eine Arbeit suchen, die ihm wirklich gefällt. Selbst ist er da anderer Ansicht. Schließlich ist er voriges Jahr Chef geworden und hat schon Kurs auf den nächsten Karriereschritt genommen.

Ich habe keine Karriere vorzuweisen.

Ich habe nicht mal vernünftige Interessen.

Das Einzige, was ich habe, ist eine erschöpfte Familie, die im Leerlauf geht, und das strengt mich an. Fredrik redet davon, dass wir nach Smögen ziehen sollten, aber ich weiß nicht, was wir da sollen. Wir können genauso gut weiter auf Tången wohnen. Fredrik klagt, hier sei es öde. Zu wenige Leute würden hier dauerhaft wohnen, aber ich weiß ja nicht, ob Smögen so viel spannender ist. Da kommt mir Kungshamn eher wie ein anständiger Ort vor, hier wohnen Leute »richtig«.

Wir werden hier zu Hause renovieren. Fredrik glaubt, es würde mich glücklich machen, wenn wir die Wände im Wohnzimmer in einer anderen Farbe streichen und die Küche renovieren (er nennt das »Neustart«), und ich könnte zum Thema »glücklich« so viel sagen, dass ich lieber gar nicht erst anfange.

Die Kinder in der Schule sind herrlich. Ich habe die beste Klasse seit zehn Jahren. Das hält mich hoch. Meine Schüler machen den Januar heller. Vor Weihnachten hatte ich ein Mitarbeitergespräch bei der Rektorin und habe ein fantastisches Lob bekommen. Fredrik hat nicht verstanden, warum mich das so glücklich gemacht hat – »davon kannst du dir ja nichts kaufen«. Das mit der Karriere stört ihn. Dass ich keine vorzuweisen habe. Und dass ich mir auch keine basteln kann.

Es stört Fredrik mehr als mich. Denn ich will ja keinen anderen Job. Ich liebe meine Arbeit, aber die Frage ist, ob ich woanders arbeiten könnte. In einer anderen Schule, in einer anderen Stadt, möglicherweise in einem anderen Land. Im Herbst beginnt Isaks letztes Jahr im Gymnasium. Wenn wir es nur schaffen, das Flämmchen in ihm am Brennen zu halten, sodass er es bis zum Abitur schafft und mit anständigen Noten rausgeht, dann werde ich mich sicher und frei fühlen können.

Fredrik glaubt an Entwicklung.

Das tue ich auch.

Warum steht dann zu Hause alles still?

Das hätte ich meinen Psychologen fragen können, wenn ich noch zu ihm ginge, doch es blieb bei nur drei Malen.

Warum tun wir nichts, um weiterzukommen, Fredrik und ich?

Und warum habe ich das unbehagliche Gefühl, dass dieses Weihnachten das letzte war, das wir als Familie zusammen gefeiert haben?

3. September

»Er hat sie zerstückelt.«

Der Morgen war hell, aber die vergangene Nacht war dunkel gewesen. Und lang. Als sie nach Hause kam, war Pauls Laune ganz verändert. Warum, wusste sie nicht. Er antwortete nicht, als sie fragte, ob beim Einkaufen alles geklappt hätte, und das machte ihr solche Angst, dass sie kaum einschlafen konnte.

Warum musste es immer so gehen? Warum mussten die stabilen Zeiten immer so schnell enden?

Wenn sie ihre besten Tage hatten, gelang es Maria, sich einzubilden, es sei immer noch möglich, dass alles gut würde. Dass ihre Beziehung zu retten sei. Dass *sie* zu retten sei. Doch während solcher Nächte wie dieser, die sie nun hinter sich hatte, wusste sie, dass dies eine Illusion war, die für sie lebensbedrohlich war.

Wohin war all die Liebe verschwunden?

Wie hatte eine Verliebtheit, die einmal so stark wie ihre gewesen war, sich in eine verräterische Falle verwandeln können, die jederzeit zuschnappen konnte?

Diese Fragen verfolgten sie, als sie sich nun für einen weiteren Arbeitstag im Wohnwagen bereit machte. Es war nah dran. Der kleinste Fehler würde die Blase zu Hause platzen lassen.

Trotz Pauls Laune war sie froh, dass sie sich die Zeit für den Lesekreis genommen hatte. Denn neben den Gedanken um ihre eigene Situation dachte sie auch noch an Yvonnes Worte und darüber nach, wie Agnes das letzte Mal, als die beiden sich sahen, gewirkt hatte.

Frisch verliebt. Agnes sah frisch verliebt aus.

Falls das stimmte, wollte Maria wissen, in wen sie verliebt gewesen war.

Doch erst musste sie ins Altersheim Hallonet, um Jochen zu vernehmen, den Mann, der sich bei der Polizei mit dem Hinweis gemeldet hatte, er hätte etwas an dem Abend gesehen, als Agnes verschwand.

Ray-Ray saß, bequem zurückgelehnt mit den Füßen auf dem Tisch, im Wohnwagen, als Maria den Fahrradhelm aufsetzte. Außer ihm war niemand da, und er sah sie amüsiert an. Zu Beginn ihrer Zusammenarbeit hatte Maria sein entspannter und fast naiver Blick aufs Leben genervt. Sie hatte ihn für unreif an der Grenze zu kindisch gehalten. Inzwischen hatte sich der Ärger in reinen Neid verwandelt. Wusste er eigentlich, was für ein Glück er hatte?

»Dass du deinen Fahrradhelm immer mit rein nimmst«, sagte er, »wie ein Kindergartenkind. Schämst du dich nicht?«

»Kein bisschen«, erwiderte Maria.

»Was hältst du davon, wenn wir ein paar schöne Campinggardinen für unser Polizeirevier kaufen?«, fragte er weiter und wedelte mit einem Fuß zum Fenster des Wohnwagens hin.

»Großartige Idee. Wir sehen uns später. Ruf mich sofort an, wenn das NFZ wegen Halskette und Blut von sich hören lässt.«

Ray-Ray grinste.

»Versprochen! Und grüß du den alten Kerl, dann kümmere ich mich derweil ein bisschen um die Spur mit dem Baugeschäft.«

Dann wurde er ernst.

»Ist alles in Ordnung?«, fragte er. »Du siehst müde aus.«

Maria nickte.

»Habe heute Nacht schlecht geschlafen«, sagte sie. »Die Nachbarn hatten eine Party.«

Ray-Ray rieb sich das Kinn.

»Mitten in der Woche?«

Maria nickte wieder. Jetzt war sie schon halb aus dem Wohnwagen.

»Die feiern ja ganz schön oft, deine Nachbarn«, entgegnete er. »Hast du vorige Woche nicht auch schon sowas gesagt?«

»Können ja nicht alle so langweilig sein wie du und ich«, erwiderte Maria.

Sie machte die Tür hinter sich zu und ging zum Fahrrad. Diese ewigen Lügen, lange würde sie es nicht mehr aushalten.

Als sie vom Parkplatz radelte, auf dem der Wohnwagen stand, drehte sie sich um. Ray-Ray war deutlich im Fenster des Wagens zu sehen, er stand da und sah ihr nach.

Sie lächelte und winkte ihm.

Er winkte zurück, lächelte aber nicht.

Der Wind war wie immer unversöhnlich. Normalerweise scherte sich Maria nicht darum, doch jetzt trotzte sie ihm mit einer Kraft und einem Willen, der sie selbst überraschte.

Sie parkte das Fahrrad vor der Hafenbäckerei und ging schnell in den warmen Laden und kaufte zwei süße Stückchen. Als sie rauskam, blickte sie zum Hafen. Eines der Zita-Boote – ein großes Kajütboot aus Eiche –, die zwischen Kungshamn und Smögen hin- und herfuhren, lag am Kai vertäut. Im Sommer liefen die Boote mehrmals in der Stunde aus, aber jetzt viel seltener. In ein paar Wochen würde der Verkehr ganz eingestellt werden.

Maria ging zu Fuß den kurzen Weg zum Altersheim, das in einem der langen Gebäude untergebracht war, die zum Hotel von Kungshamn gehört hatten. Das Hotel, hoch auf einer Klippe oberhalb von Kungshamn gelegen, hatte eine lange und wechselhafte Geschichte hinter sich. Ursprünglich war es von einem geschäftstüchtigen Paar geführt worden, das sich in New York hatte inspirieren lassen, und war dann später zu einem Wohnhaus mit mehreren Wohnungen umgebaut worden. Die Kommune hatte zehn der besten Wohnanrechte mit Aussicht sowohl über das Zentrum von Kungshamn als auch auf die Brücke nach Smögen rüber gekauft, die mit kleineren Veränderungen in ein ungewöhnlich ansprechendes Wohn- und Pflegeheim für Ältere verwandelt worden waren.

Maria nahm die Treppe zum Hallonet mit schnellen, großen Schritten.

Eine Pflegekraft empfing sie an der Rezeption und zeigte ihr den Weg zu Jochens Zimmer.

»Es ist hier heute ein bisschen unordentlich. Der Schornsteinfeger ist unterwegs, und das haben wir eben erst erfahren. Es denkt niemals jemand daran, uns vom Personal zu sagen, was Sache ist.«

Maria sah sich nach Feuerstellen oder Kaminen um, die erklären könnten, warum ein Schornsteinfeger das Heim besuchen musste, sah aber keine.

Die Pflegerin schien ihr mangelndes Interesse am Kaminfeger zu bemerken und probierte etwas Neues.

»Haben Sie gehört, was passiert ist?«, fragte sie.

»Nein«, erwiderte Maria.

»Jochens Frau ist gestern gestorben.«

Maria hielt inne.

»Aber …«

»Er möchte Sie trotzdem treffen. Ich wollte nur, dass Sie Bescheid wissen, wenn er heute ein bisschen empfindsam ist.«

Maria spürte das Gewicht der süßen Stückchen in der Hand. Was für ein unpassender Tag, um mit Kuchen zu kommen. Oder vielleicht der allerbeste?

Der alte Mann saß mit dem Rücken zu ihr und schaute aus dem Fenster. Die Aussicht war großartig. Von dort sah man bis nach Smögen rüber. Maria umrundete seinen Sessel.

Er fuhr zusammen, als er sie sah, und machte einen Versuch, sich zu erheben.

»Bleiben Sie sitzen«, sagte Maria und streckte ihm die Hand hin. »Ich bin Maria Martinsson.«

Jochen nahm ihre Hand in seine und drückte sie fest. Er war lang und schlank und hatte dickes graues Haar. Spontan wirkte er sympathisch auf sie.

»Sind Sie die Pfarrerin?«, fragte er.

Maria schüttelte den Kopf.

Sie setzte sich Jochen gegenüber.

»Ich komme von der Polizei«, sagte sie. »Sie haben uns wegen Agnes Erikssons Verschwinden angerufen. Aber zunächst möchte ich Ihnen mein Beileid aussprechen. Ich habe gehört, dass Ihre Frau gestorben ist. Wenn Sie möchten, können wir gern an einem anderen Tag reden. Es muss nicht heute sein.«

Jochen sah verwirrt aus. Er schien nicht recht zu wissen, was man von ihm erwartete.

»Es ist so still jetzt«, sagte er schließlich. »Margit war schon mehrere Wochen krank, bevor sie ... Ich meine, mir war schon klar, dass ... sie vielleicht nicht wieder gesund werden würde. Aber das war egal. Denn, auch wenn man bereit ist, ist man es ja doch nicht.«

Das Fenster war einen Spalt geöffnet, und kühle Luft drang in den Raum. Maria betrachtete den alten Mann. Die Falten in seinem Gesicht waren tief wie Furchen. Vielleicht war er ein alter Seemann, dachte Maria. Das würde erklären, warum er trotz der kalten Luft das Fenster offen haben wollte.

»Eine hartnäckige Lungenentzündung«, sagte Jochen. »Das haben zumindest die Ärzte gesagt. Sie hat es nicht geschafft.«

»Eine Lungenentzündung kann auch für junge Menschen gefährlich sein«, gab Maria zu bedenken.

Sie hielt die Kuchentüte hoch.

»Ich habe ein bisschen Kuchen mitgebracht. Möchten Sie?«

Jochen sah sie an. Seine Augen waren hellblau.

»Schrecklich gern«, sagte er.

Maria ging in die Küche und legte die süßen Stückchen auf zwei Teller, die sie auf ein Tablett stellte. Auf der Arbeitsfläche standen zwei Thermoskannen, auf der einen stand »Kaffee«, auf der anderen »Tee«. Maria nahm Kaffee für Jochen und Tee für sich selbst und stellte die Tassen ebenfalls aufs Tablett.

In der Hosentasche piepte ihr Telefon, und sie holte es heraus.

Las die kurze Nachricht.

Von Paul.

War, bevor ich los bin, unten in der Waschküche. Der Trockner war noch eingeschaltet. Schlamperei.

Marias Mund wurde trocken. Schnell versuchte sie, sich zu erinnern. Sie hatte den Trockner benutzt, als sie am Abend zuvor vom Lesekreis nach Hause gekommen war. Alles Alltägliche musste auf den späten Abend verschoben werden, wenn sie so viel arbeitete. Aber hatte sie wirklich vergessen, ihn auszuschalten? Das konnte sie nicht glauben. Außerdem würde der sich ja wohl selbst abstellen, oder?

Sie schob das Handy, ohne zu antworten, zurück in die Tasche. Es gab ohnehin nichts zu sagen.

Sie schaffte es kaum, das Tablett hochzuheben, als das Handy sich wieder meldete.

Maria zögerte, sie wusste nicht, ob sie lesen wollte, was er schrieb. Doch wie gewöhnlich siegte die Unruhe, und sie stellte das Tablett wieder ab.

Wir reden darüber, wenn ich heute Abend nach Hause komme.

Marias Handflächen waren glitschig vor Schweiß, als sie das Handy wieder in die Hosentasche schob. Das Porzellan klapperte, als sie das Tablett mit zitternden Händen trug.

»So«, sagte sie, als sie es vor Jochen auf den Tisch stellte, »jetzt können Sie erzählen, was Sie gesehen haben.«

»In der Nacht, als die Frau verschwunden ist«, begann Jochen und blies auf den Kaffee, »da war ich wach. Die Gicht hat meinen Fuß so elendig wehtun lassen. Und all die Tabletten, mit denen sie einen so gern vollstopfen. Davon nehme ich lieber nicht zu viele. Aber dann kommt es in manchen Nächten einfach vor … dass ich aufwache.«

Er nippte am Kaffee. Maria folgte seinem Beispiel mit ihrem Tee.

Langsam verschwanden Angst und Furcht.

Sie hatte eine Aufgabe zu erledigen, eine Ermittlung in Gang zu halten.

Außerdem war es bis zum Abend noch lange hin.

Jochen zog eine Grimasse und stellte die Tasse weg.

»Das Personal ist hier nachts nicht sonderlich wachsam. Wahrscheinlich sitzen die in irgendeinem Aufenthaltsraum und stricken, was weiß ich. Ich bin auf meinen Balkon raus und habe da im Unwetter gestanden. Wenn ich den Widerschein in den Fensterscheiben nicht habe, dann sehe ich so viel besser. Vor allem nachts.«

Dann stand er ohne Vorwarnung und erstaunlich flott auf und packte seinen Rollator.

»Kommen Sie«, sagte er, »ich will Ihnen was zeigen.«

Es war kein großer Balkon, er bot gerade so Platz für Jochen, Maria und Jochens Rollator.

Der alte Herr atmete angestrengt, doch seine Augen leuchteten begeistert.

»Es war da hinten«, sagte er und zeigte zur Hafenbäckerei und zu den anderen Restaurants da unten.

»Können Sie etwas genauer zeigen?«, bat Maria.

Jochen nickte.

»Vor dem letzten Restaurant«, sagte er. »Das an der Ecke. Ganz hinten.«

Maria wusste genau, welches er meinte. Vor ein paar Sommern hatte es einem Freund von Paul gehört, doch dem war es schwergefallen, das Unternehmen in schwarze Zahlen zu bringen.

»War das in der Nacht geöffnet?«

Das Restaurant sah ziemlich verrammelt aus.

»Nein, natürlich nicht«, entgegnete Jochen. »Es war ja schon sehr spät. Viertel vor drei, wenn ich mich recht entsinne, und ich glaube, so war es.«

Jochen packte den Griff seines Rollators fest, als er weitererzählte.

»Es kam ein silbermetallicfarbener Volvo angefahren. Ich habe nicht genau gesehen, was für ein Modell es war, aber ein Volvo ist eben einfach ein Volvo. Er ist direkt nach hinten zum Restaurant gefahren. Und dann hat er sich irgendwie gedreht, und ich habe nicht begriffen, was er vorhatte. Doch dann wurde es klar. Er wendete so, dass die Rückklappe zur Tür wies.«

Etwas Nasses traf Maria.

Regen.

Wieder.

»Und was passierte dann?«, fragte sie.

»Der Fahrer, ein Mann, stieg aus dem Auto aus und machte die Klappe auf. Und dann hat er etwas Großes herausgeholt, was er auf den Arm genommen und ins Restaurant getragen hat.«

»Wer hat ihm aufgemacht?«, fragte Maria.

»Er hatte einen Schlüssel«, sagte Jochen.

»Das heißt, er konnte das Schloss und die Tür aufmachen, obwohl er etwas Großes auf dem Arm hatte?«

»Er hat erst die Restauranttür aufgeschlossen und *dann* den Kofferraum ausgeräumt. Entschuldigen Sie, wenn ich mich unklar ausgedrückt habe.«

Maria sah zum Restaurant hin, wo das Auto gehalten haben sollte. Es lag ein gutes Stück entfernt. Wie viel konnte Jochen in der Nacht eigentlich gesehen haben?

Jochen stampfte auf der Stelle.

»Ich weiß, was Sie denken. Aber vor dem Restaurant steht eine Straßenlaterne, und die brannte. Und außerdem war die Innenbeleuchtung des Wagens an. Das reichte vollkommen aus, dass ich ungefähr sehen konnte, was er vorhatte.«

Der Regen tropfte auf den Boden. Die Straße glänzte.

Maria biss sich auf die Lippe.

Dreht jeden Stein um.

»Warum haben Sie sich erst jetzt gemeldet?«, fragte sie.

Er blinzelte im Windzug.

»Man will ja nicht unnötig stören, und außerdem wollte ich nachdenken. Überlegen, ob das, was ich zu erzählen habe, interessant war.«

»Was glauben Sie, was Sie gesehen haben, Jochen?«

Er hing schwer auf seinem Rollator.

»Ich weiß nicht«, sagte er. »Aber ich weiß, dass ich sehr oft hier stehe, wenn mich Rastlosigkeit und Schmerzen wachhalten. Und das, was ich in der Nacht gesehen habe, das gab es noch nie zuvor. Soviel kann ich sagen.«

August dachte daran, wie er sich am vorangegangenen Abend verhalten hatte. Dass er sich so aufgeregt hatte, nur weil es so klang, als würde jemand ans Fenster klopfen. Das Problem war offenkundig: August Strindberg sollte sich bei stärkeren Getränken zurückhalten, wenn er müde war. Das sollte ihm eine Lehre sein.

Er saß auf dem Fahrrad unterwegs zum Laden in Kungshamn. Nachdem er sich den längsten Hügel hinaufgestrampelt hatte, keuchte er und dachte, dass er an diesem Tag doch auch gut den Leichenwagen hätte nehmen können.

Er richtete seine Aufmerksamkeit auf den Wohnwagen der Polizei, der genau an der höchsten Erhebung auf dem Parkplatz vorm Rettungsdienst thronte. Drei Streifenwagen und ein Fahrrad standen dort. So wie August es verstanden hatte, stellte das hier über die Sommermonate immer das Polizeirevier von Kungshamn dar. Die restliche Zeit des Jahres über gab es keine permanente polizeiliche Präsenz im Ort.

Da August ganz in der Nähe von dem großen Polizeihaus auf Kungsholmen in Stockholm gewohnt hatte, konnte er nicht umhin, sich über die unterschiedlichen Dimensionen zu wundern.

Als er weiter in die Pedale trat und dann nach Kungshamn herunterrollte, verschwand der Wohnwagen der Polizei aus seinem Blickfeld. Er war fest entschlossen gewesen, im Fitnessstudio von Kungshamn Mitglied zu werden, doch nachdem er nun beim Fahrradfahren die Hügel kennengelernt hatte, zögerte er. Zu Hause in Stockholm konnte er in einem Radius von knapp zwei Kilometern aus nicht weniger als fünf Fitnessstudios von drei verschiedenen Ketten wählen. Hier hatte er vier Kilometer bis zu einem Studio, das laut Website in Räumen untergebracht war, von denen August nicht sicher war, ob man sie ohne Boot überhaupt erreichen konnte.

Als er am Coop-Supermarkt unten am Hügel vorbeikam, bog er nach rechts in ein Viertel mit Einfamilienhäusern ein. Eine Frau hatte ihm gemailt und gefragt, ob er sich einmal eine alte Kommode anschauen könnte. Das konnte er.

Das Haus hatte blau gestrichene Holzpaneele und war kleiner als das der Nachbarn. Als August klingelte, hörte er einen Hund bellen. Jemand brachte das Tier zum Schweigen und kam dann und öffnete die Tür.

»Entschuldigen Sie«, sagte die Frau, die ihn empfing, »er ist nicht so böse, wie er klingt.«

Hinter ihr war ein kleiner Terrier zu sehen, der im Verhältnis zu seiner Größe überproportional laut war.

Die Frau war in Augusts Alter und stellte sich als Eva vor. Die Kommode stand in einem Gästezimmer, und auf dem Weg dorthin gingen sie durch ein Wohnzimmer, ein Schlafzimmer und eine Küche.

Eva sprach ununterbrochen, und auf ihrem kurzen Spaziergang erfuhr August, dass sie frisch getrennt war (er sagte nichts über seine eigenen Erfahrungen in diesen Dingen), frisch verliebt (er sagte nicht, wie neidisch er war) und dass sie die Kommode bekommen hatte, als ihre Mutter gestorben war, und es ihr deshalb schon widerstrebte, überhaupt darüber nachzudenken, sie zu verkaufen (er sagte auch nichts darüber, wie gut er über genau diesen Umstand Bescheid wusste).

»Hier«, sagte sie, »was meinen Sie?«

August ging vor dem entzückenden Holzmöbel auf die Knie. Das Erste, was er erkannte, war, dass es keine Kommode war, sondern ein Schrank. Der war hübsch und ein ausgesuchtes Stück, handgearbeitet und aus einem rotbraunen Holz, von dem August annahm, dass es sich um Kirsche handelte. Er hatte zwei kleine Türen, die von Messingbeschlägen zugehalten wurden.

»Darf ich?«, fragte August und fasste an den Messingknopf der einen Tür.

»Ja klar«, sagte Eva.

Als er den Schrank öffnete, verstand er, warum sie ihn Kommode nannte. Im Schrank gab es nämlich drei herausziehbare Schubladen, in denen Eva Schmuck und Strumpfhosen aufbewahrte, eine Kombination, die ihn lächeln ließ.

»Sie ist ja so klein«, sagte Eva, fast entschuldigend. »Kein Platz, an dem man Winterkleider aufbewahrt.«

August nickte.

»Das stimmt«, sagte er und holte ein Maßband heraus.

Der Schrank war nicht mehr als 80 Zentimeter hoch und 60 Zentimeter breit.

»Die nehme ich gern«, sagte er.

»Dann machen wir das so«, sagte Eva.

August überschlug kurz, was er meinte, für den Schrank bekommen zu können, und bot ihr eine Summe an, die er vernünftig fand. Sie akzeptierte sein Angebot, und sie einigten sich darauf, dass er den Schrank holen würde, sowie er seinen Laden geöffnet hätte.

»Ich habe gesehen, dass Sie mit dem Fahrrad gekommen sind«, sagte Eva. »Aber Sie haben doch auch ein Auto, oder?«

»Doch«, sagte August vage, »natürlich.«

Je mehr er darüber nachdachte, desto mehr war er versucht, aus dem Leichenwagen irgendetwas Vernünftiges – oder Lustiges – zu machen. Er könnte ihn tatsächlich umlackieren lassen und dann für Transporte benutzen. Aufsehenerregend und praktisch. Und ganz schön frech.

Er verabschiedete sich von Eva und radelte weiter zum Laden. Der Geruch von Malerfarbe schlug ihm beim Eintreten entgegen, eine stille Erinnerung an den Wasserschaden, der seinen Start verzögert hatte.

August legte gleich los, um seinen Laden ein wenig ansehnlich zu gestalten. Das war nicht ganz leicht. Unter anderem die hässlichen Tapeten machten es fast unmöglich, Gemütlichkeit aufkommen zu lassen. Nach einer kurzen Analyse wurde ihm klar, dass die Farben das Problem waren, das Muster der Tapeten hingegen gefiel ihm. Deshalb entschloss er sich, das einzige Farbengeschäft von Kungshamn aufzusuchen.

Das Malergeschäft lag einen kurzen Spaziergang von Augusts Laden entfernt. Das galt im Übrigen nunmehr für die meisten Plätze, zwischen denen er sich bewegte. Alles war so nah. Sogar wenn er mit dem Fahrrad nach Smögen hinausfuhr, fühlte sich das nah an.

Als August auf die Straße hinaustrat, bekam er eine SMS von Henrik:

Habe dein Haus gecheckt. Gibt einiges zu erzählen.

Rufe später an!

LG H

August starte auf die SMS. Dann rief er Henrik an. Als der nicht ranging, schob er das Telefon in die Tasche zurück und setzte seinen Weg zum Malergeschäft fort. Hinter dem Tresen stand eine Frau um die sechzig, die ihn neugierig ansah, als er reinkam. Sie trug einen Rock und eine Strickjacke, die ihr beide bis zu den Kniekehlen reichten. Andere Kunden waren nicht zu sehen, hingegen eine unglaubliche Menge an Farbdosen, die aufgereiht standen. So etwas hatte August noch nicht gesehen.

»Womit kann ich helfen?«, fragte die Frau.

August erklärte sein Anliegen. Die Frau hörte aufmerksam zu.

»Es dürfte kein Problem sein, direkt auf die Tapete zu malen«, sagte sie. »Ich kann mir sogar vorstellen, dass das sehr hübsch aussehen könnte.«

»Das klingt vielversprechend«, sagte August, in dem Wunsch, dass der Laden nicht noch hässlicher wurde, als er bereits war.

Die Frau legte den Kopf schief.

»Sie sind also der berühmte Stockholmer«, sagte sie.

August lachte.

»Ich nehme mal an«, gab er zurück.

»Sie hätten vor dem Sommer hierher ziehen sollen«, sagte sie, »dann hätten Sie Sonne und Ruhe und Entspannung gehabt. Jetzt ist es mehr Regen und Unruhe. Sie haben ja wahrscheinlich mitbekommen, dass hier eine große Polizeiermittlung läuft, oder?«

»Sie meinen, die verschwundene Lehrerin?«, fragte August. »Agnes Eriksson?«

»Genau«, sagte die Frau. »Uh, das ist so schlimm, was da passiert ist.«

August machte den Mund auf, um zu fragen, welche Farbe sie empfehlen würde, doch die Frau war mit dem Thema Agnes offensichtlich noch nicht fertig.

»Ich glaube, dass es ein Unfall war«, sagte sie und beugte sich etwas weiter vor. »Das Meer nimmt, und das Meer gibt. Das habe ich schon immer gedacht. Und glatt war es auch. Haben Sie mal den Steg da unten am Badeplatz von Tången gefühlt?«

»Öh, nein, ich glaube nicht«, antwortete August, dem es schwerfiel, einen roten Faden in dem Gespräch zu finden, und der auch weder wusste, von welchem Steg sie sprach, noch was mit »den Steg fühlen« gemeint sein könnte.

Die Frau machte einen schnalzenden Laut mit der Zunge und rückte ihre Brille zurecht. Auf den Gläsern waren so viele Fettflecken, dass August nicht verstand, wie sie überhaupt etwas dadurch sehen konnte.

»Dieser Steg da im äußeren Hafen«, begann sie, »der ist total glatt. Sowie es regnet, wird er lebensgefährlich. Das gilt übrigens für die meisten Stege hier. Wir haben das jetzt der Kommune gemeldet. Ich meine, da geht es ja schließlich um Verantwortung. Wir können hier in der Gemeinde nicht so glatte Stege haben, nachher rutschen noch mehr aus und verletzen sich.«

August wand sich.

Er musste das Gespräch wieder auf Farben und Anstreichen bringen.

»Ich verstehe«, sagte er. »Das ist eine schreckliche Geschichte, mit der Lehrerin, und das mit den Stegen sicherlich auch. Aber ... wie gesagt hätte ich gerne Hilfe, eine Farbe für meine Wände auszusuchen.«

»Sie haben ja so recht, so recht. Das Leben muss weitergehen. Ich meine, wir können uns ja nicht alle einschließen und Todesangst haben. Das geht ja nicht. Und auf den Steg darf man einfach nicht gehen, wenn es regnet. Ich verstehe ja, dass sie runtergehen und nach ihrem Boot gucken wollte, das tun wir alle. Aber der Rest der Geschichte fühlt sich etwas komisch an. Ich meine, musste sie unbedingt ...«

August konnte sich nicht beherrschen. Ein tiefer Seufzer entrang sich ihm.

Erst da war es, als würde sie endlich begreifen, was sie redete.

Und dann sagte sie mit gedämpfter Stimme, als würde sie ein Staatsgeheimnis verraten:

»Entschuldigen Sie. Ich will ja wirklich nicht neugierig sein. Aber ... stimmt es, dass Sie auf Hovenäset wohnen? In Janssons Haus?«

Sie erwähnte Jansons Haus wie andere den Eiffelturm oder die Chinesische Mauer. Als wäre es eine Sehenswürdigkeit, die alle selbstverständlich kannten.

August unterdrückte einen neuen Seufzer.

»Ja«, sagte er, »ganz genau da wohne ich. Es ist ein fantastischer Ort.«

»Ich möchte Ihnen nicht zu nahe treten«, sagte sie.

»Kein Problem«, sagte August.

»Ich dachte nur, Sie sollten wissen, was da passiert ist.«

August zögerte nicht. Er ließ das nun entstehende Schweigen für sich selbst reden und wartete, dass sie anfangen würde zu erzählen.

»Es wird das Eishaus genannt«, sagte sie.

»Das Eishaus?«

»Weil sie da gelegen hat.«

Jetzt war ihre Stimme nur mehr ein Flüstern.

»Entschuldigung, wer hat wo gelegen?«, fragte August.

»Lydia«, sagte die Frau. »Die vor bald dreißig Jahren vermisst gemeldet worden ist.«

Was ist das denn für eine kranke Geschichte?

»Sie ist verschwunden, hat sich aber im Eishaus versteckt?«, fragte er.

»Sie hat sich nicht versteckt«, entgegnete die Frau barsch, »sie ist versteckt worden. Im Gefrierschrank. Von ihrem eigenen Ehemann. Ein richtig … harter Bursche.«

»Na, das muss er wohl gewesen sein, wenn er sie im Gefrierschrank versteckt hat«, sagte August, der etwas zögerlich war, inwiefern sie sich darauf einigen sollten, das Wort »harter Bursche« zu verwenden.

»Er hat noch mehr als das gemacht«, sagte die Frau. »Er hat sie zerstückelt. Und dann eingefroren. Deshalb wird Janssons Haus das Eishaus genannt.«

August blinzelte.

Er hat sie zerstückelt.

Und dann:

Das Eishaus.

»Entschuldigen Sie, aber ist diese Geschichte wahr?«, erkundigte er sich.

»Sehr wahr. Aber ich kann verstehen, wenn Sie sich wünschten, dass sie es nicht wäre. Wie auch immer, jetzt wissen Sie, was für ein Haus das ist, in dem Sie wohnen.«

»Vielen Dank für die Information«, sagte August, der nun zu wissen meinte, was Henrik auf dem Herzen hatte.

»Keine Ursache. Hier in Kungshamn helfen wir einander, so gut wir können.«

»Ich gehe nicht mit. Ich mach das nicht.«

Karl war erstaunt, wie einfach es war, Isak zu widersprechen. Er hatte nicht gedacht, dass er es wagen würde, aber als sich alles zuspitzte, ging es wie von selbst.

Isaks Augen wurden zu schmalen Strichen.

»Warum?«

»Weil es gemein ist.«

»Wem gegenüber?«

»Dem gegenüber, der im Eishaus wohnt. Der Stockholmer. Er hat nichts mit alldem zu tun. Wir haben es einmal versucht, das reicht.«

Karl schämte sich, wenn er daran dachte, was Isak und er am Abend zuvor ausgefressen hatten. Wie zwei kleine Kinder hatten sie sich benommen und sollten einfach froh sein, dass der Stockholmer nicht die Polizei gerufen hatte.

Isaac schniefte und wischte wieder mit dem Pullover seine Nase ab. Sie hatten beide Mittagspause und sich in der Pizzeria Milano mitten in Uddevalla getroffen. Jetzt waren sie mit dem Essen fertig und standen, jeder mit einer Dose Limonade in der Hand, auf dem Bürgersteig. Isak wollte, dass sie beide für den Rest des Tages schwänzten. Für Karl kam das nicht infrage. Die Lehrer würden ihm Fehlstunden eintragen, und was seine Eltern dann sagen würden, wollte er sich gar nicht ausmalen.

Alles fühlte sich falsch an.

Wenn er nur nicht mehr alle anlügen müsste.

»Seit wann schert es dich, wenn was gemein ist?«, gab Isak zurück.

Eine bewusste Provokation, das war Karl klar. Er verschränkte die Arme vor der Brust. Das machte er sonst nicht, vor allem nicht gegenüber Isak.

»Wie meinst du das?«

Es war dumm, das zu fragen. Karl bereute es sofort, denn er wusste einiges über Konflikte und wie man sie vermied. Das meiste hatte er in Büchern darüber gelernt, wie die NASA ihre Astronauten auf die Aufgabe vorbereitete, miteinander auf sehr begrenztem Raum auszukommen. Ein entscheidender Faktor war, dass alle an Bord sich anstrengen, gefügig zu sein, cool zu bleiben und keine Konflikte auszutragen, wenn sie vermieden werden konnten.

Isak zuckte mit den Schultern.

»Jetzt sag«, forderte Karl ihn auf.

Er konnte sich nicht beherrschen, die Worte flogen einfach aus seinem Mund.

Isak kam einen Schritt näher.

»Da gibt es nichts zu sagen«, sagte er. »Aber ich finde, dass du krass schwach bist, wenn du nicht mit zu Janssons Haus kommst.«

Karls Kehle wurde trocken.

Isaks Vorschlag gefiel ihm nicht.

»Wir haben es schon einmal versucht«, sagte er. »Das hat nicht funktioniert. Lass es sein.«

Doch vor allem wollte er nicht mehrmals zum Eishaus gehen. Nicht zusammen mit Isak.

»Wir machen es diesmal anders«, schlug Isak vor.

»Nein!«, unterbrach ihn Karl. »Es tut mir total leid, Isak, aber das hier … das funktioniert nicht. Kapierst du das nicht?«

»Aber wir müssen doch ins Haus. Karl, hör zu. Da ist eine Frau gestorben. Sie ist zerstückelt worden. Sie …«

»Das ist aber doch dreißig Jahre her! Die Polizei hat den Typen gekriegt, der es getan hat, und er ist zu einer Gefängnisstrafe verurteilt worden.«

»Ich habe mir diese Ermittlung mal ein bisschen angesehen. Ich …«

»Du hast was?«

»Okay, nicht ich hab das gemacht, sondern ein paar Journalisten.

Die haben einen Podcast darüber gemacht, aber … ich glaube, sie könnten recht haben. Es ist überhaupt nicht klar, ob es wirklich ihr Mann war, der sie ermordet hat.«

Karl schüttelte den Kopf und wich ein paar Schritte zurück.

Welcher normale Mensch stellte infrage, was im Eishaus passiert war und wer der Schuldige war?

»Mal im Ernst, glaubst du, dass deine Mutter in Janssons Haus ist?«

Isak antwortete nicht, aber sein Blick wurde noch finsterer.

»Ich habe gedacht, ich könnte mich auf dich verlassen«, sagte er. »Aber du bist ja offensichtlich überhaupt nicht daran interessiert, was ich rausgekriegt habe.«

»Natürlich bin ich interessiert«, gab Karl zurück. »Können wir uns nicht später bei dir treffen und deine Karte noch mal durchgehen? Es muss einen Ort geben, den wir übersehen haben, eine Stelle, an der es sich mehr lohnt …«

Er unterbrach sich.

Was hatte er eigentlich sagen wollen?

Eine Stelle, an der es sich mehr lohnt zu suchen.

Obwohl er schon wusste, dass es sich nicht lohnte weiterzusuchen.

»Es tut mir leid«, sagte Karl, »du musst alleine nach Hovenäset fahren.«

Über ihren Köpfen hing eine Möwe in der Luft. Für einen Moment lang stand die Zeit still. Nur der Vogel war in Bewegung. Dann gab er einen gellenden Schrei von sich und schoss auf Karl und Isak herunter.

»Verdammt!«, brüllte Isak.

Karl hockte sich hin und hob instinktiv den Arm.

Der Rucksack, den er lässig über der Schulter hängen hatte, fiel zu Boden.

Der Vogel drehte, immer noch viel zu nahe, ein, zwei, drei Runden um sie herum.

»Scheißmöwe«, fluchte Karl und beugte sich, den Blick immer noch auf den Vogel gerichtet, herunter, um den Rucksack hochzuheben.

Deshalb sah er nicht, was passiert war.

Dass er nämlich, als er die Schule verlassen hatte, den Reißverschluss des Rucksacks nicht richtig zugezogen hatte und dass ein Teil des Inhalts nun direkt vor Isaks Füßen auf dem Bürgersteig gelandet war.

Und dass Isaks Aufmerksamkeit nicht auf den Vogel gerichtet war, sondern auf den Boden.

»Was ist das hier?«

Karls Kopf war plötzlich total leer, als er sah, was Isak in der Hand hielt.

Ein Handy.

Shit, shit, shit.

Karl wusste, dass Isak nicht auf das Telefon reagierte, sondern auf die Hülle.

»Das ist meins.«

Karl war schnell. Isak hatte keine Chance, als Karl ihm das Handy aus der Hand riss.

Doch was Isak an Schnelligkeit fehlte, machte er mit Zorn wett.

Der Schlag traf Karl fest auf der Brust.

»Ja, verdammt, ich weiß, wie dein Telefon aussieht. Du hast keine Hülle drum. Das da ist Mamas.«

Ein weiterer Schlag mit der Faust, diesmal fester.

Karl fummelte mit dem Rucksack herum und versuchte, trotz der Schläge aufrecht zu stehen.

Das da ist Mamas.

Shit aber auch.

»Beruhige dich, Isak.«

»Vergiss es.«

Ein neuer Schlag.

Und noch einer.

»Was macht ihr da?«

Die Stimme kam von einem älteren Mann, der ein Stück entfernt stehen geblieben war. Er war zu alt, um dazwischenzugehen, und hielt sich zurück.

Isak ließ die Hände sinken, und Karl bekam den Rucksack auf den Rücken.

»Ich weiß nicht«, sagte Isak. »Kannst du mal sagen, was hier eigentlich vor sich geht?«

Sein Blick war schwarz vor Wut.

Karl wünschte sich ganz weit weg.

Wenn er das hier gewinnen wollte, dann musste er schlauer und stärker sein.

»Mir ist schon klar, was du denkst«, sagte er leise, »echt, ich kapiere es. Aber es ist nicht, wie du denkst.«

Je mehr er redete, desto sicherer fühlte er sich.

Hier konnte er sich leicht rauslügen. Er musste nur glaubwürdig klingen.

»Ich habe die Hülle von Agnes gekriegt«, sagte er. »Das eine Mal, als ich zu Hause bei euch war und mein Handy runtergeschmissen habe, sodass das Display kaputtgegangen ist. Agnes fand, das sieht nach Müll aus, und hat die Hülle von ihrem Handy abgemacht und mir gegeben. Ich schwör.«

Er forderte Isak heraus, der immer noch skeptisch wirkte.

»Und wo war ich da? Als du Mamas Handyhülle gekriegt hast?«, fragte er misstrauisch.

»Ich glaube, du hast dich umgezogen«, meinte Karl. »Wir wollten zum Fußballtraining.«

Jetzt lief es richtig gut. Beim Lügen war es wichtig, sich so nah wie möglich an der Wahrheit entlangzuhangeln, und das tat er. Er hatte wirklich sein Handy zu Hause bei Isak runtergeworfen, und er hatte wirklich Agnes' Handyhülle bekommen. Das war, bevor alles zu Chaos geworden war. Karl hatte die Hülle aus reiner Höflichkeit angenommen, sie aber nicht benutzt. Es war so eine mit

Brieftasche dran, und er fand das unpraktisch. Dann war der Tag gekommen, als er sich ein zusätzliches Handy angeschafft hatte, und da hatte er die Hülle wieder rausgeholt.

Isaks Miene strahlte finsterstes Misstrauen aus.

»Und warum benutzt du sie nur manchmal? Ich habe das noch nie bei dir gesehen.«

Karl schluckte.

Wie lange sollte er sich noch in allen möglichen Lügen und Halbwahrheiten verstricken?

»Ich weiß es nicht«, sagte er. »Irgendwie war mir wohl nicht danach, es öfter zu benutzen.«

Die Lüge war dünn, so dünn. Wenn Isak die Schale aufgeklappt hätte, dann hätte er gesehen, dass da nicht Karls gewöhnliches Telefon drin lag. Dann hätte es noch mehr Fragen gegeben. *Zu viele.*

Isak schnaubte nur und drehte ihm den Rücken zu.

»Halt, warte!«, rief Karl.

Isak schüttelte den Kopf.

»Ich will jetzt allein sein«, sagte er und ging weg.

Karl sah ihm lange nach. Zeit war immer etwas gewesen, von dem er meinte viel zu viel zu haben. Jetzt nicht mehr.

Fest packte er die Riemen des Rucksacks.

Er wusste nicht, wie lange er sein Geheimnis noch bewahren konnte.

»Diesmal hast du dich wirklich selbst übertroffen. Jetzt hör dir das mal an.«

Henriks Stimme verriet, wie erfreut er über die Entwicklung war, die Augusts Situation an der Westküste nahm.

»Danke, ich bin schon im Bilde«, unterbrach ihn August. »Ich habe es eben von einer Frau in einem Malergeschäft erfahren.«

Er war zurück in seinem Laden, und jetzt hatte Hendrik ihn angerufen.

»Ein Zerstückelungsmord«, sagte Henrik, »hat sie das erwähnt?«

»Ja, das hat sie«, bestätigte August.

»Mensch, August, zum Teufel, komm jetzt nach Hause. Lass diesen ganzen Mist, und komm nach Hause. Du kannst da nicht länger wohnen.«

Das war ein übertriebener Schluss, den er da zog, und das wussten sie beide. Und es war auch klar, dass Henriks Wunsch, August möge zurück nach Hause ziehen, nicht das Geringste mit dem Haus zu tun hatte.

»Ich möchte es positiv sehen«, sagte August, »denn es kann jetzt nur besser werden. Und außerdem wissen wir beide, dass du jetzt gerade übertreibst.«

Henrik murmelte etwas Unverständliches ins Telefon.

Ein Zerstückelungsmord. Das war nicht gerade, was August zu hören erwartet hatte, als er endlich in das große Geheimnis um Janssons Haus eingeweiht worden war. Wenn man es nun ein Geheimnis nennen konnte. Als er erst einmal wusste, wonach er suchte, hatte es nicht lange gedauert, die Geschichte, die er aus dem Malergeschäft mitgebracht hatte, bestätigt zu bekommen. Sowohl durch einfache Suche im Internet wie jetzt durch Henrik. Inzwischen war ihm auch klar, warum er vorher bei Google nichts gefunden hatte. Janssons Haus hatte damals eine andere Nummer gehabt. Zwei benachbarte Grundstücke waren zu einem zusammengefügt worden, und da hatte sich die Nummer verschoben. Aus Kärleksvägen 23 war Kärleksvägen 21 geworden.

»Check mal Flashback«, empfahl Henrik, »da schreiben die Leute wie verrückt über dein Haus und diese Frau, die verschwunden ist. Sie glauben, dass sich in Kungshamn seit dreißig Jahren ein Mörder versteckt. Krass.«

»Und ziemlich unwahrscheinlich, oder was meinst du?«, erwiderte August trocken.

»In diesem Land mangelt es nicht an Beispielen für Justizirrtümer«, gab Henrik zu bedenken. »Womöglich haben sie den falschen Typen für den Mord verurteilt. Dir ist ja schon klar, was das bedeutet, oder?«

August wartete.

»Das bedeutet, dass es immer noch einen Zerstückelungsmörder geben kann, den noch niemand entlarvt hat«, erklärte Henrik. »Und das in einer Gemeinde, in der nur ein paar tausend Leute leben.«

»Was glaubst du denn? Warum sollte der Mörder immer noch hier sein? Das klingt doch …«

»Woher soll ich das wissen, verdammt noch mal! Ich sage ja nur, was ich gelesen habe.«

August schüttelte den Kopf.

Beim Treffen des Lesekreises hatte Maria Martinsson ganz entschieden verneint, dass die Ereignisse auf Hovenäset etwas mit Agnes' Verschwinden zu tun haben könnten. August hatte den Eindruck, dass sie eine kluge Frau war und die Fähigkeit besaß, Räuberpistolen von der Wirklichkeit zu unterscheiden, und deshalb entschied er sich dafür, ihr zu glauben.

»Ich schicke dir mal rüber, was ich über dein krankes Haus da gefunden habe«, sagte Hendrik. »Dann kannst du weiterlesen und dir überlegen, was du da eigentlich machst.«

»Tausend Dank«, sagte August.

»Nicht der Rede wert. Ich tue alles, um dich nach Hause zu bekommen.«

August beendete das Gespräch. Sie waren unterschiedlich, und daran war nicht viel zu ändern.

Es fing wieder an zu regnen. August hörte die harten Tropfen gegen das Schaufenster des Ladens trommeln. Er hatte erwogen, die Scheiben mit Papier zuzukleben, bis er ein ordentliches Schild hatte, aber da er nicht wusste, wie lange es dauern würde, bis der Laden lief, beschloss er, die Fenster offen zu lassen.

Er ließ sich am Schreibtisch nieder.

Henriks Verrücktheiten störten ihn nicht. August war zu klug, um etwas auf den Tratsch der Leute zu geben.

Ein Klopfen an der Tür riss ihn aus seinen Gedanken.

August ging hin und öffnete. Die Tür war nicht verschlossen, aber das konnten andere ja nicht wissen.

Er begrüßte seinen Besucher, einen Mann, der aussah, als wäre er in seinem Alter. Der Besucher war außergewöhnlich gut gekleidet. Ein Hemd in gebrochenem Weiß, Schlips und Anzug. Darüber einen offenen Mantel von der Sorte, die Augusts Vater geliebt hätte. Und ein Regenschirm, der so groß war, dass er mehr an einen Sonnenschirm erinnerte.

»Hallo«, sagte der Mann, »haben Sie Zeit? Ich meine, haben Sie geöffnet?«

»Ja natürlich.«

Der Mann klappte seinen Regenschirm zusammen, und August trat einen Schritt zurück, um seinen Kunden hereinzulassen.

»Interessant«, sagte der Mann und sah sich um.

»Ich habe noch nicht alles geordnet«, entschuldigte sich August. »Es ist ein sehr großer Laden, und ich habe kürzlich erst die Schlüssel bekommen.«

»Alles klar«, sagte der Mann.

Er lächelte freundlich und streckte seine Hand aus.

»Entschuldigen Sie«, sagte er, »ich sollte mich natürlich vorstellen. Paul Martinsson.«

»August Strindberg«, sagte August und gab dem Mann die Hand.

Total fasziniert, fühlte er, wie seine Hand in der von Paul Martinsson verschwand. August gehörte zu den Männern, die mit großen Händen und Füßen ausgestattet waren, aber Pauls Hand war mindestens noch um die Hälfte größer als seine. Ansonsten war der Handschlag so, wie man es erwartet hätte: trocken, fest und warm.

»Und wann schätzen Sie, dass Sie hier ein funktionierendes Geschäft haben werden?«, fragte Paul.

»So bald wie möglich«, erwiderte August und lächelte verlegen.

Paul erwiderte sein Lächeln und sah sich im Laden um. Sein Blick strich über die Wände, als würde er nach etwas suchen. August beobachtete ihn schweigend.

»Das hier ist ein heller und schöner Laden«, sagte Paul. »Ich bin froh, dass jemand wie Sie ihn übernommen hat, muss ich zugeben. Und die ganze Idee mit Secondhand gefällt mir. Die Leute sind doch wie besessen davon, Neues zu kaufen. Ich für meinen Teil denke anders. Patina ist etwas Schönes.«

August stimmte begeistert zu.

»Ich war ohnehin gerade in der Nähe, da habe ich die Gelegenheit genutzt vorbeizukommen«, erklärte Paul. »Sie müssen wissen, meine Mutter ist vor ungefähr einem Jahr nach Spanien gezogen. In dem Zusammenhang hat sie einen Teil von ihren Sachen eingelagert. Und jetzt hat sie mich wissen lassen, dass sie den größten Teil davon loswerden will.«

»So kann es gehen«, schob August ein.

Paul fuhr fort:

»Meine Frau und ich sind Mamas Sachen durchgegangen und haben gedacht, dass einiges davon sehr gut in unser Haus passt. Und manche sind natürlich in einem Zustand, dass sie leider weggeworfen werden müssen. Doch gibt es auch einige Gegenstände, die wir gerne schätzen lassen und verkaufen würden.«

Er blickte August vielsagend an.

»Sie können gern etwas genauer werden«, sagte er als Antwort auf die Frage, die Paul nicht gestellt hatte.

»Natürlich. Unter anderem geht es um einen Flügel und einen Sessel. Und sowas hier.«

Er zog einen Gegenstand aus der Manteltasche. Ein blauer Schmetterling hinter Glas. August betrachtete ihn mit einer gewissen Begeisterung. Dieser Schmetterling war nicht in Schweden gefangen worden, soviel stand fest. Zwischen den Flügelspitzen maß er ungefähr sieben Zentimeter.

»Mama ist ungeheuer viel gereist«, erklärte Paul. »Mein Vater war Jäger, doch diese Beschäftigung gefiel meiner Mutter nicht. Also fing sie stattdessen tropische Schmetterlinge.«

Plötzlich sah er verlegen aus, als wäre er sich nicht sicher, ob er darüber reden dürfte.

August hatte noch nie zuvor von jemandem gehört, der Insekten fing und hinter Glas setzte, doch war ihm der Gedanke, solche in seinem Laden zu verkaufen, auch nicht völlig fremd.

»Faszinierend«, sagte er, »wo ist der hier gefangen worden?«

Paul nahm sein Glasobjekt zurück und drehte es um. Da hatte jemand mit kleinen schwarzen Buchstaben geschrieben:

»Puerto Rico, 1978.«

»Wie viele davon hat sie gemacht?«, erkundigte sich August.

»Ungefähr zwanzig«, sagte Paul. »Sie sind alle markiert.«

»Und Ihre Mutter möchte sie nicht behalten?«, fragte August.

Paul schüttelte den Kopf.

»Sie hat keinen Platz dafür«, antwortete er. »Sie müssen wissen, sie sammelt so viele Dinge. Zum Beispiel Gemälde und Keramik. Aber wie schön, dass Sie interessiert sind. Und was denken Sie über den Flügel und den Sessel?«

August zögerte.

»Ein Flügel ist ein fantastisches Möbel«, begann er, »leider ist die Nachfrage sehr beschränkt. Die meisten ziehen …«

»Es ist ein Blüthner-Flügel«, unterbrach Paul ihn. »Kein gewöhnliches Dutzendinstrument. Und der Sessel ist aus Rattan, entworfen von Joseph Frank.«

Nun hatte August wirklich nicht gedacht, dass Paul ihm irgendeinen alten Kram verkaufen wollte, aber einen Blüthner-Flügel hatte er nicht erwartet. Die Frage war nur, ob es für ein solches Objekt in Kungshamn einen Markt gab.

»Ich schau mir die Sachen gerne an«, sagte August nach einem Moment des Schweigens. »Wer weiß, vielleicht gibt es hier in der Gegend jemanden, der sein ganzes Leben lang einen solchen Flügel haben wollte.«

Paul lächelte so, dass die Haut auf seinen Wangen sich spannte. Er hatte ungewöhnlich ausgeprägte Wangenknochen, und sein Lächeln war breiter, als man geahnt hätte, wenn er ernst aussah.

»Ja, wer weiß?«, sagte Paul.

Er reichte August eine Visitenkarte.

»Melden Sie sich, wenn es passt, dann finden wir eine Zeit.«

August nahm die Karte entgegen und überflog sie schnell. Darauf stand, dass Paul Martinsson Architekt war und ein Büro in Smögen hatte.

»Danke«, sagte August und schob die Karte in die Brusttasche seines Hemdes. »Ich lasse von mir hören. Wo sind die Sachen Ihrer Mutter jetzt?«

Paul ging Richtung Tür.

»Wie gesagt, sie sind eingelagert«, sagte er. »Draußen auf Smögen.«

August fand, das klang nach einer seltsamen Lösung für etwas so Kostbares wie einen Blüthner-Flügel. Als könne er Augusts Gedanken lesen, fügte Paul hinzu:

»Da gibt es ein Unternehmen, das sich auf Langzeiteinlagerung mit hoher Sicherheit spezialisiert hat. Viele Menschen in der Gegend leben nur in der Saison hier, und einige von denen besitzen Wertgegenstände, die sie während des Winterhalbjahrs unter Aufsicht haben wollen. Früher hatten wir hier im Grunde keine Probleme mit Einbrüchen und Beschädigungen, aber die Zeiten ändern sich. Leider nicht immer zum Besseren.«

»Das ist wahr«, stimmte August zu und fuhr fort: »Ich nehme an, dass Sie dabei sein wollen, wenn ich den Flügel und die anderen Dinge ansehe, oder? Oder kann jemand von der Lagerfirma mich begleiten?«

Paul zog die Augenbrauen hoch.

»Nein«, antwortete er, »ich meine, die Jungs im Magazin, wie es heißt, haben mein volles Vertrauen, aber ich wäre lieber dabei, als diese Verantwortung zu delegieren. Möglicherweise kann meine Frau an meiner Stelle mitkommen, aber darauf kann man sich nicht verlassen. Sie arbeitet sehr viel.«

August hielt Paul die Tür auf.

»Ist sie auch Architektin?«, fragte er.

Paul sah auf.

»Warum fragen Sie das?«

»Also …«, begann August.

»Sie haben sie vielleicht schon kennengelernt.«

Paul war halb aus der Tür, hatte seinen Regenschirm aber noch nicht aufgespannt. Der Regen rann über den Teil seines Mantels, der nicht geschützt war.

August bekam das Gefühl, etwas Dummes gesagt zu haben. So wie Paul sich verhielt, konnte man meinen, dass seine Frau für die CIA arbeitete.

»Nein«, antwortete er, »nicht dass ich wüsste. Ich habe keine Ahnung, wer Ihre Frau ist.«

Erst da bemerkte Paul, dass er vom Regen nass wurde, und spannte den Schirm auf.

»Sie heißt Maria«, sagte er. »Und sie ist nicht Architektin, sondern Polizistin.«

Es dauerte ein paar Momente, bis August begriff. Der Mann war mit Maria Martinsson verheiratet, der Polizistin, die den Lesekreis leitete.

»Ah«, sagte August, »dann weiß ich Bescheid.«

Paul nickte eifrig, als hätte August mit seinem »Ah« etwas Wichtiges bekräftigt.

»Sehen Sie«, sagte Paul. »Habe ich doch geahnt.«

»Sie leitet den Lesekreis ›Die Leseratten‹, nicht wahr?«, fragte August.

Wieder nickte Paul.

»Und in den haben Sie es bereits geschafft?«, fragte er.

»Irgendetwas muss man ja machen, wenn man neu ist«, erklärte August. »Sind Sie vielleicht auch dabei?«

»Nein, ganz und gar nicht«, entgegnete Paul. »Eine Leseratte in der Familie reicht. Schön, Sie kennengelernt zu haben!«

Und mit diesen Worten entfernte er sich.

August sah ihm nach.

Dies war ganz klar der Tag der Überraschungen: ein Blüthner-Flügel. Das war ungefähr das Letzte, was er von diesem Besuch erwartet hatte.

Da brummte sein Handy. Er hatte eine neue Nachricht bekommen.

Die Mail kam von einer Pflegerin im Altersheim Hallonet. Ein Mann namens Jochen Berg hatte sie gebeten zu fragen, ob August an den gemeinsamen Besitztümern von ihm und seiner Frau interessiert sei. Die Frau war kürzlich gestorben, und Jochen hatte beschlossen, so viele von ihren Sachen abzugeben wie möglich. August antwortete, er würde bald vorbeikommen, wahrscheinlich schon am nächsten Tag.

Er schob das Handy in die Tasche.

Bis zum Ende des Arbeitstages waren es immer noch einige Stunden.

Das freute ihn. Er brauchte etwas Zeit, um zu verarbeiten, dass das Haus, welches er sein Zuhause nannte, ein Ort war, an dem eine Frau zerstückelt im Gefrierschrank gefunden worden war. Bei seinem Umzug an die Westküste war er zwar auf einiges gefasst gewesen, aber nicht, dass das Haus, was er mietete, ein makabrer Tatort sein würde.

Da rief Henrik wieder an.

»Als wir vorhin geredet haben, habe ich etwas vergessen zu fragen«, begann er. »Wie läuft es mit dem Dating?«

»Hast du allen Ernstes nichts Besseres zu tun, als anzurufen und das zu fragen?«, gab August zurück.

»Ich deute deine Antwort als ein Schlecht«, erwiderte Henrik.

August lachte laut.

»Ich eile langsam.«

»Unglaublich langsam. Mein Gott, wann hast du eigentlich das letzte Mal Sex gehabt?«

Vor acht Wochen, dachte August. Im betrunkenen Zustand. Sehr ungut.

»Sieh da, es ist so lange her, dass du lieber schweigst. Aber du musst dich nicht schämen, Strindberg. Ich bin für dich da. Schon mal von Tinder gehört?«

»Jetzt lege ich auf«, drohte August.

»Leg auf und hab Sex«, lachte Henrik. »Es muss in diesem Kaff doch irgendeine geben, die hübsch und gut genug ist.«

»Wir hören uns«, sagte August.

»Das tun wir«, erwiderte Henrik, »und vergiss nicht, was ich immer sage: Du bist zu deinem eigenen Nachteil ein bisschen zu romantisch. Man muss nicht verliebt sein, um Sex zu haben.«

»Danke, das weiß ich«, versicherte August.

Dann legte er auf.

Henrik hatte Augusts Sexleben total missverstanden – wenn es da nun überhaupt für jemand anders als August selbst etwas zu verstehen gab. Er hatte überhaupt keine Probleme, Sex ohne Liebe zu finden. Im Gegenteil, das war das Einzige, was er fand. Aber das genügte nicht. Nicht auf lange Sicht. Nicht nachdem eine Beziehung hinter ihm lag, die sich im Laufe der Jahre immer nur noch kühler angefühlt hatte.

August Strindberg war alles leid, was sich kalt und leer anfühlte.

Er wollte Ruhe finden, und er wollte Liebe finden.

Leider war es so verdammt schwer, das hinzukriegen.

Wenn ein Verhör zu Ende war, fing gleich das nächste an. Ungefähr so, wie ein Unwetter ein anderes ablöste. Maria fuhr von Jochen im Altersheim zurück zum Wohnwagen und dann weiter zu Agnes' Mutter. Sie hieß Rosemarie und war keine von der besorgten Sorte. Das hatte sie am Telefon so oft betont, dass Maria annahm, es handelte sich dabei um eine Lüge, die die Mutter brauchte, um nicht den Verstand zu verlieren.

Sie würden sich in einem Sommerhaus in Väjern, ein paar Kilometer von Kungshamn entfernt, treffen, das Rosemarie von einer Freundin überlassen bekommen hatte. Ray-Ray war auch dabei, und er bestand darauf, dass sie mit dem Auto dorthin fuhren. Während Maria am Steuer saß, berichtete er ihr, was er noch über Fredriks Bauprojekte herausgefunden hatte.

»Ein Risikokapitalist aus Stockholm hat Geld in das Projekt gepumpt«, begann er. »Fredriks Firma stand mit einer anderen im Wettbewerb um die Bauleitung. Soweit der Ursprung des Konflikts. Die Firma, für die Fredrik arbeitet, ist beschuldigt worden, ein falsches Spiel gespielt zu haben, um den Auftrag zu bekommen. Und reagierte hässlich.«

Maria dachte nach.

»Was glaubst du selbst?«, fragte sie schließlich. »Ich meine, ich weiß ja nicht, was du mit dem Ausdruck ›reagierte hässlich‹ meinst, aber da habe ich nicht als Erstes Mord im Kopf.«

»Geht mir auch so«, antwortete er, »aber es steht verdammt viel auf dem Spiel. Die andere Firma ist kleiner als die, zu der Fredrik gehört, und mit fetten Krediten belastet. Die müssen diesen Auftrag im Grunde kriegen, um zu überleben.«

»Davon hat Fredrik kein Wort zu uns gesagt«, meinte Maria nachdenklich.

»Vielleicht kapiert er nicht, dass es wichtig ist«, erwiderte Ray-Ray.

»Oder er ist bedroht worden und schweigt deshalb.«

Wie sich zeigte, hatte Rosemarie die Hütte nur für den einen Tag bekommen. Eine Freundin, die in der Gegend etwas zu erledigen hatte, konnte sie von Göteborg nach Väjern mitnehmen und würde sie am Abend wieder nach Hause bringen. Rosemaries Ehemann, Agnes' Vater, war einige Jahre zuvor gestorben, und seitdem lebte sie allein.

Sie hätte nicht selbstständig dorthin kommen können, soviel war klar. Rosemarie war Frührentnerin und litt an einer Lungenkrankheit, die ihre Sauerstoffzufuhr herabsetzte. Ein dünner Schlauch half ihr beim Atmen. Offensichtlich konnte sie nur sehr kurze Strecken gehen.

Maria betrachtete die Aufteilung der Hütte. Zwei Zimmer und Küche, mehr nicht und auch nicht weniger. Absolut ausreichend für einen warmen Sommertag, aber viel zu klein sowohl für das herrschende Wetter als auch den Umstand des Besuchs, vor allem, da das Haus nicht sonderlich gemütlich war. Die Wände waren kahl, und die Heizung funktionierte nicht gut. Alles war auf eine Weise unpersönlich, wie es bei Hütten, die oft vermietet werden, gerne mal ist.

Ray-Ray saß, entspannt zurückgelehnt, auf einem Küchenstuhl, die Beine so weit auseinander, dass er wie die Karikatur eines Mannes wirkte, der seinen Körper nicht unter Kontrolle hatte. Rosemarie hatte Kaffee und Kekse auf den Küchentisch gestellt. Noch eine Kaffeestunde. Noch mehr Kekse, die gegessen werden mussten.

Während Maria und Ray-Ray bei Rosemarie waren, hatten gleichzeitig andere Kollegen den Auftrag, Jochens Hinweis zu dem Auto vor dem Restaurant nachzugehen. Maria hatte umgehend den Besitzer des Restaurants kontaktiert, der, wie sich herausstellte, im Ausland war – so auch in der Nacht, als Agnes verschwand. Das Restaurant war geschlossen, und ein Freund kümmerte sich um die Schlüssel. Marias und Ray-Rays Kollegen hatten Zugang zum Restaurant erhalten und durchsuchten es jetzt.

Da war aber nicht viel zu erwarten, es war also kein Grund, nicht weiterzumachen. Zwischendurch kontrollierte Maria immer wieder ihr Handy, in der Hoffnung eine Nachricht vom NFZ zur Halskette und der Kondomverpackung zu erhalten.

»Ich bleibe ruhig«, sagte Rosemarie. »Ich meine, es hilft Agnes nicht, wenn ich Panik bekomme.«

Ihre Hände zitterten, als sie die Tasse zum Mund führte.

Agnes sah wie ihre Mutter aus, dachte Maria. Dieselbe Nase, dieselben Augen, dasselbe entschlossene Kinn.

»Das ist wahr«, sagte Ray-Ray, »Sie helfen weder Agnes noch sich selbst oder uns bei der Polizei, wenn Sie Panik bekommen. Aber mal ganz im Ernst, Rosemarie, wen kümmert das? Wir sprechen von Ihrem Kind. Wenn ich Sie wäre, würde mich eine so verdammt große Panik packen, dass ich durch die Decke ginge.«

Rosemarie stellte die Tasse ab. Das Geräusch, als die Porzellantasse auf den Teller traf, hallte in der kleinen Hütte wider.

»Ich schlafe nicht«, flüsterte sie. »Überhaupt nicht. Ich dachte, es würde leichter werden, wenn ich all das, was in den Zeitungen geschrieben wird, nicht mehr lese, aber … so war es nicht. Kein bisschen.«

Ihre Augen wurden feucht und die Stimme heiser.

Sie strahlte eine abgrundtiefe Angst aus.

»Als Sie angerufen haben, wurde ich so nervös«, sagte sie und sah Maria an. »Ich dachte, dass … dass etwas passiert sei. Etwas Neues. Dass Sie …«

Sie unterbrach sich und verstummte.

Maria schüttelte den Kopf.

»Entschuldigen Sie«, sagte sie, »ich wollte Ihnen keine Angst machen.«

Sie musste sich anstrengen, um entspannt zu wirken. Sie hatte für diese Vernehmung ein sehr klares Ziel: herauszufinden, warum Agnes zu Anfang des Jahres fast schwermütig gewesen war und einige Monate später frisch verliebt zu sein schien. Wenn Rosemarie entscheidende Informationen besaß, dann mussten sie die bekommen.

»Wir würden gerne etwas über Agnes' Familie sprechen«, begann Maria. »Über Fredrik und Isak und wie es ihnen geht. Was für einen Eindruck machte Agnes, als Sie das letzte Mal mit ihr gesprochen haben?«

»Gut«, antwortete Rosemarie, »ich glaube, es ging ihr gut.«

»Sie glauben, dass in der Familie alles in Ordnung war?«, hakte Ray-Ray nach.

»Ich habe nie etwas anderes gehört.«

Rosemarie machte einen aufmerksamen Eindruck. Sie wirkte überhaupt nicht verwirrt, es gab keinen Hinweis auf eine Krankheit, die ihre Sinne geschwächt haben könnte. Sie griff erneut nach der Kaffeetasse.

Maria beugte sich über den Tisch.

»Wie oft sehen Sie Agnes?«

»Sie ist sehr zuverlässig, kommt oft nach Göteborg und besucht mich, und manchmal kann ich mit einer Freundin hierher fahren, wir sehen uns also mindestens jede zweite Woche.«

»Wie geht es Agnes und Fredrik miteinander?«, fragte Maria.

»Das haben die Polizisten in Göteborg auch schon gefragt. Es war so ziemlich das Erste, was sie wissen wollten.«

»Wir fragen gerne dasselbe mehrmals«, erklärte Ray-Ray. »Manchmal lässt einen ja das Gedächtnis im Stich, wenn man das erste Mal gebeten wird, sich an etwas zu erinnern.«

»Blödsinn«, erwiderte Rosemarie. »Ich weiß, warum Sie nach Fredrik fragen. Weil es meist der Mann ist, der … der es tut. Aber so einer ist Fredrik nicht. Das weiß ich.«

Die Worte trafen Maria wie ein Schwall kaltes Wasser.

Wenn sie verschwunden wäre, wenn ihre Eltern von der Polizei gefragt würden, wie es ihr und Paul miteinander ging … würden sie dann so antworten wie Agnes' Mutter?

So einer ist Paul nicht. Das wissen wir.

»Wir wollen Fredrik nicht beschuldigen«, beeilte sich Maria zu sagen. »In der derzeitigen Situation wollen wir überhaupt niemanden beschuldigen. Doch es muss irgendetwas geschehen sein, sonst würden wir nicht hier sitzen.«

»Ein Unfall«, sagte Rosemarie. »Es könnte ein Unfall gewesen sein. Was, wenn es so wäre? Dass Agnes verletzt ist und nicht um Hilfe rufen kann?«

Das war in dieser Situation ein nachtschwarzes Szenario, das musste Rosemarie klar sein.

Maria umschiffte die Antwort mit einer Gegenfrage.

»Einer Freundin von Agnes kam es um die Jahreswende vor, als ginge es ihr nicht gut. Haben Sie das auch bemerkt?«

Rosemarie legte den Kopf schief.

»Nein«, sagte sie bedächtig. »Ich erinnere mich, dass sie um Neujahr herum erkältet war, eine zähe Geschichte, sie wurde es irgendwie nicht los. Aber dann hat sie sich schnell erholt. So ist es immer, schon als sie klein war – das Mädel war niemals längere Zeit krank.«

»Und dann später, im Frühjahr?«, fragte Maria weiter. »Wie ging es ihr da?«

»Wie immer«, antwortete Rosemarie und lächelte wehmütig. »Fröhlich und stark.«

Fröhlich und stark.

Das war eine schöne Beschreibung, die ungeachtet ihrer Einfachheit erstaunlich viele Facetten enthielt.

»Hat sie jemals davon gesprochen, Fredrik verlassen zu wollen?«, fragte Ray-Ray.

Rosemarie wurde ernst.

»Nein«, sagte sie, »niemals. Nicht einmal, als mit Isak alles so anstrengend war. Viele Eltern scheinen allergisch auf die Kleinkindjahre ihrer Kinder zu reagieren, aber ich fand, dass Fredrik und Agnes das gut gemeistert haben.«

»War Isak als Kind anstrengend?«, erkundigte sich Maria.

»Oh ja. Unglaublich stur und hartnäckig, fast aufsässig. Aber Agnes ist ja Lehrerin, und so hat sie ihn zur Räson gebracht.«

Maria dachte an Isak und den Zorn, den er ihr und ihren Kollegen gegenüber gezeigt hatte, den Frust, den er offensichtlich mit sich herumtrug. Sie gab dem Gespräch eine andere Richtung.

»Wie ging es ihm, bevor Agnes verschwand?«, fragte sie. »Viele verändern sich, wenn sie Teenager werden. War er nach wie vor eine Herausforderung?«

»Isak?«

»Ja.«

»Nein, davon habe ich nichts gehört. Ich weiß, dass Agnes fand, er würde sich zurückziehen, sie nicht nahe an sich heranlassen, aber das tun ja schließlich die meisten Teenager.«

Ray-Ray raufte sich die Haare.

»Werden Sie Fredrik und Isak treffen, wenn Sie jetzt schon mal hier sind?«, erkundigte er sich.

Rosemarie schluckte.

»Ich … ich wollte nicht im Weg stehen. Ich weiß, dass Fredrik nichts unversucht lässt, um Agnes zu finden, und Isak hat ja auch alles Mögliche zu tun. Aber sie wissen, dass ich hier bin. Isak wollte heute Nachmittag vielleicht mit dem Fahrrad vorbeikommen, und Fredrik versucht, es auch zu schaffen.«

Versucht, es auch zu schaffen, dachte Maria.

Das hier war Isaks Großmutter. Das könnte er ja wohl schaffen.

Hier lauerte irgendetwas, was Rosemarie nicht preisgeben wollte.

»Haben die beiden eine gute Beziehung, Agnes und Isak?«, fragte Ray-Ray.

Rosemarie nickte mit einem Moment Verzögerung.

Keine so gute Beziehung, dachte Maria.

»Gibt es irgendetwas Besonderes, das Probleme macht?«, hakte Ray-Ray nach, der offensichtlich dasselbe gesehen hatte wie Maria.

Rosemarie wand sich. Das hier war dünnes Eis, das merkte man.

»Erzählen Sie«, ermunterte Ray-Ray sie und legte seine Hand auf ihre.

»Es fühlt sich so dumm an, von etwas zu reden, was ich nicht richtig beurteilen kann«, begann sie. »Aber … aber ich weiß, dass Isak manchmal gewalttätige Wutanfälle hat. Das heißt, er knallt Türen und macht Sachen kaputt. Seine eigenen Sachen. Hat sie an die Wand geschmissen und zerstört.«

»Hat er jemand anders geschlagen? Einen Freund?«, fragte Maria.

»Nein, nein, das glaube ich nicht.«

»Hat er Agnes geschlagen?«

Rosemarie fuhr zusammen.

»Nein, wirklich nicht. Absolut nicht.«

»Sie haben also keine Angst vor ihm?«

»Was ist das für eine verquere Frage? Natürlich nicht. Wir werden uns ja in einigen Stunden sehen.«

»Und Fredrik?«, beharrte Maria und merkte, wie sie einen Kloß im Hals bekam. »Hat er jemals Agnes oder Isak geschlagen?«

Rosemarie begann zu weinen.

»Aber was glauben Sie denn, was eigentlich passiert ist?«

Ray-Ray drückte ihre Hand.

»Wir wissen es nicht«, sagte er. »Deshalb stellen wir so viele unangenehme Fragen.«

Maria suchte nach einer Formulierung, die einfing, was sie immer noch nicht erfahren hatten und was ihr keine Ruhe ließ. Vor sich sah sie das goldene Herz der Halskette mit dem eingravierten »I« und stellte sich vor, wie Agnes über die regennassen Klippen lief.

Wie war sie dort hingekommen?

»Sie haben eben erzählt, dass es Agnes beim letzten Mal, als Sie mit ihr sprachen, gut zu gehen schien«, begann Maria zögerlich. »Gab es dafür einen bestimmten Grund?«

Rosemarie wischte sich die Tränen ab.

»Das weiß ich tatsächlich nicht«, sagte sie. »Aber …«

Sie verstummte.

»Aber …?«, fragte Ray-Ray nach einer Weile.

»Aber sie meinte ganz kurz, sie hätte etwas zu erzählen. Ich … ich habe nicht so viel darüber nachgedacht. Agnes hat oft so etwas gesagt, dass sie etwas Lustiges zu erzählen hätte oder so.«

»Denken Sie noch einmal nach«, bat Maria. »Hat sie gesagt, dass sie etwas Lustiges zu erzählen hätte?«

Rosemarie schüttelte den Kopf.

»Nein«, sagte sie. »Nein, sie hat wohl nur gesagt, dass sie etwas erzählen müsse. Ich habe nicht gedacht, dass es etwas Dramatisches sein würde. Dann hätte sie es gesagt. Oder zumindest tut sie das meistens.«

»Wenn wir etwas in der Zeit zurückgehen«, begann Maria, »zum Sommer. Wie ging es Agnes da?«

Rosemarie nahm einen tiefen, rasselnden Atemzug.

»Da war sie angespannt«, sagte sie. »Irgendwie unter Druck. Aber darüber habe ich bisher nicht nachgedacht. Sie hat zu viel gearbeitet, und ich dachte, dass sie kurz vor einem Burnout stehen würde.«

Irgendwie unter Druck.

»Wann war das?«, fragte Maria. »Wann wirkte sie unter Druck?«

Rosemarie richtete sich auf, sie wollte offensichtlich helfen und die Ermittlung unterstützen.

»Während der Sommerferien«, sagte sie. »Im Juli und noch ein bisschen in den August hinein. Da gab es irgendetwas, was sie belastete. Einmal sah sie fast ängstlich aus. Aber als ich das ansprach, sagte sie, ich würde dummes Zeug reden, und deshalb nahm ich an, dass …«

Rosemarie verstummte, ihr war bewusst, dass sie vielleicht etwas Wichtiges gesagt hatte.

Irgendwie unter Druck.

Fast ängstlich.

Maria lehnte sich zurück.

Anfang Mai hatte Yvonne, die Agnes' Freundin war, sie wie frisch verliebt empfunden. Knapp drei Monate später fand ihre Mutter, dass sie ängstlich wirkte. Und vor einer knappen Woche dann war sie in Sturm und Regen auf spiegelglatten Klippen unterwegs gewesen.

Was ist im Sommer passiert, Agnes?, dachte Maria. Was ist dir zugestoßen?

Das passierte wirklich nicht oft, aber an diesem Abend kam Cecilia spät von der Arbeit nach Hause. Sie hatte in einer Besprechung festgesessen, die kein Ende nehmen wollte. Es war ihr unbegreiflich, dass Leute so sture Meinungen darüber haben konnten, welche Bücher für die Bibliothek angeschafft werden sollten.

Erling saß mit einer Dose Cola in der Hand vorm Fernseher.

»Hallo«, sagte sie.

Er wandte den Kopf.

»Hallo.«

»Alles okay?«, fragte Cecilia.

»Weiß nicht recht. Mir ist so verdammt warm.«

Cecilia ging hin und legt eine Hand auf seine Stirn.

»Aber du bist ja total heiß«, sagte sie.

Erling grinste und schlang einen Arm um ihre Taille.

»So sind wir in dieser Familie«, sagte er. »Total heiß.«

Er konnte grinsen, soviel er wollte, Cecilia merkte trotzdem, dass seine Umarmung anders war als sonst. Erling ging es nicht gut. Cecilia erwiderte sein Lächeln, doch das Gefühl, dass irgendwas nicht stimmte, blieb. Es war nicht nur Erlings Fieber – da war noch etwas anderes.

Die Angst kroch ihr unter die Haut.

»Habt ihr was gegessen?«, fragte sie.

»Pizza«, antwortete Erling.

Sie schaute in die Küche. Die Teller standen auf der Spüle und zwei Pizzakartons hochkant im Becken.

Offensichtlich war es unmöglich, ihnen beizubringen, dass Geschirr in die Spülmaschine gehörte und die Pizzakartons ins Altpapier getan werden mussten. Und das würde sich auch so lange nicht ändern, bis Cecilia aufhörte, hinter ihnen her aufzuräumen.

»Ist Karl zu Hause?«, fragte sie.

»Er ist oben«, sagte Erling. »Sauer und mies gelaunt.«

»Warum denn das?«, fragte Cecilia. »Ist etwas passiert?«

Die Standardfrage. *Ist etwas passiert?* Wie oft hatte sie das in der letzten Zeit nicht schon gefragt!

Erling sah auf.

»Was, nein, ich glaube nicht.«

Dann fiel Erling etwas anderes ein.

»Sag mal, hast du die Rohrzange gesehen? Ich habe sie in der Garage gesucht, aber nicht gefunden.«

Cecilia machte sich nicht die Mühe zu antworten. Sie wusste kaum, wie eine Rohrzange aussah. Die Garage war Erlings Domäne. Manchmal fragte sie sich, ob es ihn nicht störte, dass er sie so wenig kannte. Doch das glaubte sie nicht. Er war zufrieden, wenn er seine grundlegenden Bedürfnisse befriedigt bekam.

Essen auf dem Tisch.

Im Sommer Sonne.

Sonntags Sex – sodass sie zum Anfang der neuen Woche etwas Nettes hinter sich hatten.

Sie räusperte sich und unternahm einen neuen Versuch.

»Ich glaube nicht, dass Karl so schläft, wie er sollte. Er ist gestresst.«

Erling sah sie von der Seite an.

»Da ist er ja nicht der Einzige. Der schlecht schläft, meine ich.«

Cecilia merkte, wie die Wut in ihr hochstieg.

»Ist das meine Schuld, dass Karl nicht schläft?«

Erst da merkte Erling, dass er besser zuhören musste.

»Aber das habe ich doch nicht gesagt, oder?«

Er sah auch müde aus. Die Falten in seinem Gesicht waren tiefer als sonst. Hatte er abgenommen?

»Darüber reden wir wann anders«, sagte Cecilia kurz angebunden.

Widerwillig wandte sich Erling wieder dem Fernseher zu.

Ohne ein Wort zu sagen, verließ Cecilia den Raum. Sie wollte etwas erledigen, nämlich auf dem Dachboden nach Sachen für den Secondhandladen des Stockholmers suchen. Einen Moment lang erwog sie, Erling in ihre Pläne einzuweihen, entschied dann aber, es nicht zu tun. Sie wollte allein sein, und es gab nur wenige Orte, an denen sie sich besser verstecken konnte als da oben.

Ihre Schritte hallten auf der Treppe, als sie ins obere Stockwerk ging und dann weiter zum Gästezimmer, in dem sich die Luke zum Dachboden befand. Karls Zimmertür war natürlich geschlossen. Etwas anderes hatte sie auch nicht erwartet. Die Sorge um den Sohn war wie ein Jucken, sie konnte es nicht loswerden. Erst war es nur eine Ahnung gewesen, aber jetzt war Cecilia sich ganz sicher.

Irgendetwas verfolgte Karl.

Und zwar mehr, als dass die Mutter seines besten Freundes verschwunden war.

Cecilia war nicht sicher, wie sie sich weiter verhalten sollte. Sollte sie überhaupt etwas tun? Schließlich war sie selbst als Teenager ziemlich chaotisch gewesen. Verglichen damit, wie sie sich in jenen Jahren gefühlt hatte, war Karl ein Wunder an Ausgeglichenheit. Es war nur normal, dass er auf Widerstand stieß und das Leben mit ihm kämpfte.

Sie kam ins Gästezimmer. Hier hatte sie sich schon immer gern aufgehalten. Es war der hellste Raum des Hauses, aber zu klein, um als Schlafzimmer für Erling und sie zu dienen. Die Bilder an den Wänden hatte Karl ausgewählt.

»Du brauchst eine vernünftige Vorstellung vom All«, hatte er zu Cecilia gesagt.

Eine vernünftige Vorstellung vom All.

Anfangs hatte Cecilia nicht richtig verstanden, was er meinte, doch jetzt wusste sie es.

An der Wand hing unter anderem das ikonische Foto von Neil

Armstrong, wie er als erster Mensch auf dem Mond spazierte, und eines der Apollo 13. Karl fand das wichtig, weil es ein Beispiel dafür war, dass etwas schiefgehen konnte, ohne in einer Katastrophe zu enden.

Apollo 13 war 1970 ins All gestartet. Es war die dritte bemannte Raumfähre, die hin und zurück zum Mond fliegen sollte, doch sie kam dort niemals an. Ein Gastank explodierte, und man hörte die Worte *»Houston we have a problem«* aus dem Raumschiff. Nach einem nervenaufreibenden Rettungseinsatz konnte die Besatzung zur Erde zurückkehren und überlebte.

In Karls Augen war das eine Geschichte, die Sicherheit und Mut gab.

Für Cecilia war es ein Albtraum.

Sie stellte einen Stuhl unter die Dachluke und öffnete sie vorsichtig. Man musste aufpassen, dass man die Leiter nicht an den Kopf bekam, weil die automatisch herausfuhr, wenn die Luke geöffnet wurde.

Cecilia war nicht öfter als höchstens einmal im Jahr auf dem Dachboden. Diesmal war es wahrscheinlich noch länger her. Die Stufen knarrten, als sie hochkletterte. Ihre Finger tasteten nach dem Lichtschalter. Die Deckenlampe blinkte zweimal, ehe sie anging.

Der Dachboden war voller Sachen, die sie geerbt hatten, die sie nicht unten im Haus haben oder aussortieren wollten, die wegzuwerfen ihnen aber auch schwerfiel. Cecilia bewegte sich in der Hocke zwischen Umzugskartons und Dingen, von denen sie sich kaum mehr erinnern konnte, woher sie kamen. Mitten im Raum standen zwei große Gartenzwerge. Cecilia seufzte, als sie ihrer ansichtig wurde. Ein stilsicheres Geschenk von Erlings Tante Berta und ein Beispiel für scheußliche Gegenstände, die wegzuschmeißen sie sich nicht trauten, solange noch die Gefahr bestand, dass Berta zu Besuch kommen und nach den Gartenzwergen fragen könnte.

Hingegen konnte sie sich gut vorstellen, eine Sammlung Porzellanhintern wegzugeben, die Erling vor ein paar Jahren von einem Kollegen zum Geburtstag verehrt bekommen hatte. Und das alte Service, ein Konfirmationsgeschenk von ihren Großeltern, das sie aber nicht mochte und deswegen nie benutzte. Ansonsten fand Cecilia keine Schätze auf dem Dachboden.

Als sie schon wieder runtergehen wollte, fiel ihr Blick auf eine Plastiktüte. Die lag unter einer alten Kommode, und wenn die Tüte nicht so neu ausgesehen hätte, wäre sie ihr wohl gar nicht aufgefallen.

Cecilia zog sie heraus und schaute hinein.

Erstaunt zog sie einen moosgrünen Herrenpullover heraus. Vier orangefarbene Buchstaben bildeten das Wort GANT auf der Vorderseite.

Cecilia drehte und wendete den Pullover.

Der eine Ärmel hatte einen dunklen Fleck.

Dieser Pullover gehörte weder Erling noch Karl, soviel war klar.

Vielleicht einem von Karls Freunden?

Möglich. Doch dann war die Frage, wie er unter eine Kommode auf dem Dachboden geraten war. Soweit Cecilia wusste, hielt sich ihr Sohn niemals hier oben auf.

Sie untersuchte den Fleck auf dem Pullover. Das sah aus wie getrocknetes Blut.

Ihr Herzschlag begann zu rasen.

Das Bild, wie erschöpft und ernst Karl in den letzten Tagen ausgesehen hatte, schmerzte in ihrer Brust.

Nicht herumschnüffeln, ermahnte sie sich selbst.

Ich muss ihm etwas Raum geben.

Doch die Stimme der Vernunft sagte etwas anderes. Der Pullover war wichtig, und mit jeder Sekunde, die verstrich, wurde Cecilia immer sicherer.

Sie kannte den Pullover.

Sie hatte ihn schon einmal gesehen.

Aber wo?

Die Plastiktüte und den Pullover fest im Griff, verließ Cecilia den Dachboden.

August wusste schon, was er machen wollte, wenn er wieder zu Hause war. Er wollte backen. Vielleicht Karlsbader Schnecken. August backte oft, wenn er froh war, aber auch wenn er gestresst oder frustriert war. Das war für ihn wie eine Meditation, und jetzt hatte er das Gefühl, das zu brauchen.

Das Backen wie das Kochen brachten ihn ins Gleichgewicht.

Das hatte Helene niemals verstanden. Sie schien zu glauben, er würde backen und ein Abendessen zubereiten, weil er essen wollte, doch so war es nicht. Ihm ging es darum, binnen nur weniger Stunden vom Gedanken zu einem fertigen Ergebnis zu kommen. Und dabei etwas zu schaffen, was es wirklich gab, im Unterschied zu dem Geld, das er als Vermögensverwalter herbeizauberte.

Als er mit dem Fahrrad auf den Kärleksvägen einbog, begann es zu regnen. Ein älteres Paar ging langsam den Bürgersteig entlang, schweigend und Hand in Hand. Als August an ihnen vorbeifuhr, sahen sie auf.

»Guten Tag!«, rief August.

Das Paar nickte kurz zur Antwort und murmelte einen Gruß. August warf einen Blick über die Schulter und bemerkte, wie sie ihm lange nachblickten.

Zu seinem Erstaunen hatte er Besuch, als er nach Hause kam. Ein schwarz gekleideter Mann wartete unter dem Vordach der Eingangstür auf ihn.

Er lächelte August an und hielt ihm die Hand hin.

»Ola«, sagte er.

»August«, erwiderte August. »Ich wohne hier.«

»Ich weiß«, antwortete Ola. »Ich bin Schornsteinfeger und bin hier, um Ihre Feuerstätte zu kontrollieren.«

»Wie bitte?«, fragte August.

»Ihre Feuerstätte. Die Sie im Wohnzimmer haben. Vor ungefähr einer Woche haben Sie eine Nachricht bekommen. Kann ich reinkommen?«

»Einen Moment«, sagte August.

Er schloss auf und ließ seinen Besucher hinein.

In gewisser Weise wirkte es logisch, dass sein erster Gast jemand war, der etwas Praktisches im Haus zu erledigen hatte.

»Ich nehme mal an, dass Sie schon einmal hier waren, habe ich recht?«, sagte August.

Ola nickte. Er fand den Kamin, ohne dass August ihm den Weg zeigen musste.

»Ich habe ihn noch nicht benutzt«, gestand August. »Es hat sich nicht ergeben.«

»Ist auch schwer, alles zu schaffen, wenn man neu ist«, antwortete Ola.

August sah auf die Uhr. Es war zu früh, um zu Abend zu essen, aber nur ein wenig zu spät für einen Nachmittagskaffee. In Stockholm hatte er sehr gern Freunde zum Kaffee eingeladen, wenn er ausnahmsweise mal Zeit hatte. Dieser Schornsteinfeger schien es nicht eilig zu haben, und August war ja gerade erst dabei, sein soziales Netzwerk aufzubauen.

»Kaffee?«, fragte er. »Und vielleicht ein Jitterbuggare dazu?«

Er hatte tags zuvor schon einen Schwung von den beliebten gerollten Keksen mit Cremefüllung gebacken.

Ola strahlte erstaunt.

»Danke, gern«, sagte er.

August kochte Kaffee, während Ola seine Feuerstätte kontrollierte.

»Ich müsste auch noch mal kurz aufs Dach«, kündigte Ola an. »Der Kamin ist vollkommen in Ordnung.«

»Okay«, sagte August, der nicht wusste, ob jetzt Hilfe von ihm erwartet wurde.

Ola machte eine abwehrende Geste.

»Alles gut, ich komme allein zurecht.«

Kurz darauf saß er auf Augusts grünem Sofa und trank Kaffee.

»Sie wissen schon, was in diesem Haus passiert ist?«, begann er.

August nickte.

»Doch«, sagte er, »ich habe davon gehört.«

Ola raufte sich die Haare.

»Das ist eine böse Geschichte«, sagte er.

»Ja«, erwiderte August, »doch es ist eben Geschichte und nichts, was hier und jetzt passiert.«

»Kommt drauf an, wen Sie fragen«, gab der Schornsteinfeger zu bedenken.

»Sie glauben also, dass hier im Dorf ein wahnsinniger Serienmörder unterwegs ist?«

Der Schornsteinfeger sah skeptisch aus.

»Schwer zu sagen«, sagte er.

Doch dann wollte er offenbar lieber von etwas anderem reden.

»Sie scheinen sich schon ganz gut eingerichtet zu haben«, stellte er fest und sah sich um.

»Es hat seine Zeit gedauert, aber jetzt ist alles ausgepackt«, sagte August.

Das hier war das erste Mal, dass er ein Zuhause selbst einrichtete. Seine Studentenbude hatte seine Mutter möbliert – mehr oder weniger gegen seinen Willen –, und seine erste Wohnung hatte er zusammen mit Helene gekauft. Dasselbe galt auch für die zweite. Beide Male war er nie ganz zufrieden damit gewesen, wie ihr Zuhause aussah, doch schien es ihm kein Grund, darüber zu streiten.

»Verdammt gut, die hier«, sagte Ola und nahm noch einen Keks.

»Danke, finde ich auch«, erwiderte August.

»Ist sie noch bei der Arbeit?«, erkundigte sich Ola.

»Wer denn?«, fragte August.

»Die Gattin«, sagte Ola, »oder die Freundin. Die gebacken hat.«

August griff nach der Kaffeetasse.

»Ich habe gebacken«, erklärte er.

Ola sah ihn misstrauisch an.

»Okay. Und keine Freundin?«

»Nein, leider nicht.«

»Kinder?«

»Auch nicht.«

Ola zuckte mit den Schultern.

»Das ist vielleicht anders«, sagte er, »ich meine, wenn man in Stockholm wohnt. Hier laden Männer meistens zu Bier und Chips ein, wenn sie Besuch kriegen.«

»Kriegen Sie normalerweise Bier und Chips bei Ihren Kunden?«

»Normalerweise kriege ich überhaupt nichts bei meinen Kunden.«

»Ich habe Bier. Und Chips. Wenn Sie umsteigen wollen.«

Ola grinste.

»Zu einem kalten Pils sage ich nicht Nein.«

August stand auf und ging zum Kühlschrank.

»Sie wissen schon, dass die Leute über Sie reden, oder?«, sagte Ola.

August zog die Augenbrauen hoch.

»Darüber, dass ich backe?«

»Nein, hören Sie auf, doch nicht das. Darüber, dass Sie in diesem Haus wohnen und dass Sie von Stockholm hierher gezogen sind.«

August schüttelte den Kopf.

»Die Leute reden grundsätzlich zu viel«, sagte er. »Man sollte nicht auf Leute hören, die das Leben anderer mehr zu beschäftigen scheint als ihr eigenes.«

Ola sah amüsiert aus.

»Das ist wahr«, stimmte er zu.

August zögerte, doch dann sagte er:

»Hätten Sie eine Idee, wie ich den Bewohnern von Hovenäset die Skepsis wegen meiner Anwesenheit nehmen kann? Es sagt ja niemand etwas geradeheraus, aber ich nehme mal an, es ist das Haus, das sie auf Abstand hält.«

»Zeit«, sagte der Schornsteinfeger bedächtig. »Ich glaube, Sie müssen ihnen Zeit geben. Falls Sie weiter hier in diesem Haus wohnen wollen.«

August öffnete zwei Flaschen Bier und suchte eine Tüte Chips heraus.

Er stellte die Flaschen auf den Couchtisch.

Zeit hatte er in Hülle und Fülle. Die Geduld war das Problem.

»Ich weiß nicht, ob ich darin so gut bin«, antwortete er. »Aber Sie sind nicht zufällig im Lesekreis ›Die Leseratten‹?«

Ola sah aus, als würde er vor Lachen explodieren.

»Teufel auch!«, sagte er. »Sie muss ich unbedingt mal auf einen Abend mit in die Kneipe nehmen. Die Jungs werden Sie lieben. Das beste Bier und auch noch der Lesekreis. Prost!«

Sie prosteten sich zu.

August wurde klar, dass die meisten seiner Freunde in Stockholm sehr erstaunt wären, wenn sie ihn jetzt sehen würden. Bier und Lesekreis.

»Ich lese gern«, sagte August. »Deshalb habe ich den Lesekreis erwähnt. Ich war schon einmal dabei. Gestern.«

Ola lachte wieder laut. Dann fiel sein Blick auf die Tonfiguren, die August auf eines der Regalbretter über dem Kamin gestellt hatte.

»Was ist das denn für eine Gang?«, fragte er.

»Die habe ich auf einer Reise durch Argentinien gekauft«, erklärte August. »Die Kleinste von ihnen bringt angeblich Weisheit mit, die Längste Geduld und die in der Mitte, die so ein bisschen rund ist, Wärme.«

»Sie meinen, Liebe?«, hakte Ola nach.

»Das ist eine Frage der Interpretation«, sagte August.

Der Schornsteinfeger legte den Kopf schief.

»Sie lesen gern. Sie mögen Sachen. Sie backen gern. Warum haben Sie sich gerade für den Secondhandladen entschieden?«

Die Frage überrumpelte August.

Er hatte nicht im Entferntesten daran gedacht, einen Buchhandel oder eine Konditorei zu eröffnen. Auf der anderen Seite wäre ihm vor weniger als einem Jahr auch der Gedanke an einen Secondhandladen noch ebenso fremd gewesen.

»Tja«, sagte er, »das hat wohl damit angefangen, dass ich …«

Sein Handy klingelte.

Henrik verfolgte ihn. *Schon wieder.* August drückte das Gespräch weg. Ganz offensichtlich hatte Henrik heute seinen gesellschaftssüchtigen Tag.

»Entschuldigen Sie«, sagte Ola, »ich wollte nicht neugierig sein.«

»Kein Problem«, beeilte sich August zu sagen. »Ich nehme an, dass mein Interesse für Sachen größer ist als das für Backen und Bücher.«

Das war eine halbherzige Antwort auf eine Frage, die eigentlich mehr verdient hatte, doch er kannte Ola nicht gut genug, um mehr erzählen zu wollen.

Eine knappe Viertelstunde später sah der Schornsteinfeger auf die Uhr und stellte fest, dass er gehen musste.

August stand auf, um ihn zur Tür zu begleiten.

Draußen auf der Straße fuhr ein Auto vorbei.

August sah ihm reflexhaft nach. Er hatte in kürzester Zeit großen Respekt für alte Menschen entwickelt, die am Fenster standen und vorbeifahrenden Autos nachschauten. Da Autos überhaupt nur sehr selten vorbeikamen, war es eine kleine Sensation, wenn endlich eines auftauchte.

August wollte gerade sein eigenes Verhalten kommentieren, als er bemerkte, wie Ola ebenfalls reagiert hatte. Der Schornsteinfeger, der so freundlich und herzlich gewesen war, starrte jetzt grimmig aus dem Fenster.

»Was …«, begann August.

»Ich kann diesen Mann nicht leiden«, sagte Ola. »Ich begreife nicht, dass er weitermachen darf.«

August wandte den Blick vom Fenster zu Ola.

»Von wem ist die Rede?«, fragte er.

»Von dem Mann in dem Auto, das gerade vorbeigefahren ist«, sagte Ola. »Haben Sie ihn nicht erkannt? Das war doch Fredrik Eriksson, der mit Agnes verheiratet ist, die verschwunden ist.«

Das verwirrte August nicht wenig.

Bisher hatte er von allen nur Wohlwollendes über Fredrik Erikssons Situation gehört.

»Ein richtiges Schwein«, sagte Ola.

Dann plötzlich schien dem Schornsteinfeger bewusst zu werden, mit wem er sprach und wo er sich befand. Peinlich berührt, rang er sich ein angestrengtes Lächeln ab.

»Wie gesagt, ich muss jetzt gehen«, sagte er.

August öffnete ihm die Tür.

Doch dann konnte er seine Neugier nicht bezwingen.

»Entschuldigen Sie die Frage, aber kennen Sie Fredrik Eriksson?«

Der Schornsteinfeger schüttelte den Kopf.

»Vergessen Sie es«, sagte er. »Es war dumm von mir, das einfach so rauszuplappern. Ich bin gerade erst von einer Auslandsreise zurückgekommen und habe alles, was in der Zwischenzeit passiert ist, noch nicht richtig begriffen. Und Fredrik Eriksson muss ja nichts Schlimmes verbrochen haben, nur weil er ein schlechter Mensch ist.«

August war, was Tratsch anging, ziemlich unfähig. Das ganze Gerede scherte ihn nicht, und er verwandte nur selten Zeit darauf, hinter dem Rücken von anderen Menschen zu reden. Deshalb war er etwas bestürzt, dass der Schornsteinfeger hier stand und Negatives über einen Mann andeutete, dessen Frau verschwunden war. Wer wusste schon, was der Schornsteinfeger beim nächsten Kunden über August sagen würde?

Vermutlich war Ola klar, was August denken musste, denn er unternahm einen Versuch, sich zu erklären.

»In meinem Handwerk kommt es vor, dass ich etwas sehe und höre, das sonst nicht bekannt werden würde«, sagte er. »Im Frühjahr bin ich zu einem Routinebesuch zu Hause bei Agnes und Fredrik Eriksson unterwegs gewesen. Es endete damit, dass ich beschloss, nicht zu klingeln, sondern mich ins Auto setzte und wieder wegfuhr. Und jetzt …«

Er verstummte.

August wartete auf eine Fortsetzung.

»Und jetzt?«, hakte er nach.

»Und jetzt weiß ich nicht, ob ich zur Polizei gehen und erzählen sollte, was ich gesehen und gehört habe. Wie gesagt war ich im Ausland. In Portugal. Auf Pilgerreise. Kein Handy, kein Internet. Und dann das hier, als ich nach Hause komme.«

»Hat es in irgendeiner Weise damit zu tun, was Ihrer Meinung nach Agnes zugestoßen sein kann?«, fragte August.

Der Schornsteinfeger nickte.

»Dann müssen Sie zur Polizei gehen«, sagte August. »So schnell wie möglich.«

»Das denke ich auch«, antwortete der Schornsteinfeger mit grimmiger Miene. »Ich werde die Polizei anrufen, so wie ich Zeit habe.«

Es ging auf acht Uhr zu. Maria stand am Herd und rührte in einem großen Topf. Zum Abendessen sollte es Nudeln mit Meeresfrüchten geben. Sie hatte es noch geschafft, bei »Göstas Fisch« auf Smögen vorbeizugehen, ehe die zumachten. Paul würde gleich nach Hause kommen. Sie hoffte, dass er einen guten Tag im Büro gehabt hatte. Sie hoffte, dass er guter Laune sein würde.

Am Nachmittag hatte Roland angerufen und eine große Besprechung für den nächsten Tag anberaumt. Hoffentlich würde das NFZ bis dahin mit seiner Analyse rüberkommen.

Der Bericht der Kollegen, die auf den Hinweis von Jochen hin das Restaurant durchsucht hatten, lag auch vor. Sie hatte nichts gefunden, was für die Ermittlung von Interesse sein könnte, und deshalb würden auf Jochens Zeugenaussage keine weiteren Ressourcen verwendet werden, bevor nicht neue Informationen auftauchten.

Hingegen glaubte Maria, dass es in Agnes' Privatleben noch mehr zu untersuchen gab. Die Gespräche mit Yvonne und später mit Agnes' Mutter ließen ihr keine Ruhe. Zuverlässige Zeugenaussagen wiesen darauf hin, dass Agnes seit Jahresbeginn eine seelische Verwandlung durchgemacht hatte. Das musste überhaupt nicht seltsam sein. Das Leben war schließlich so: manchmal fantastisch, manchmal grässlich und dazwischen erträglich. Doch was Agnes zugestoßen war, unterschied ihr Leben von dem anderer. Sie war verschwunden, und das machte die Veränderungen in ihrem Leben auf eine Weise interessant, wie es sonst nicht der Fall gewesen wäre.

Marias Puls stieg langsam.

Sie musste mehr darüber erfahren, was Agnes ihren Freunden gegenüber verborgen hatte. Viel mehr.

Ihre Hände zitterten, als sie die Nudeln auf die Waage legte.

Paul mochte es nicht, wenn Essen übrig blieb. Alles musste mit größter Genauigkeit ausgerechnet werden.

Du schlampst doch wohl nicht rum, Maria?

Die Eingangstür ging auf und wieder zu.

Sie hörte Paul draußen in der Diele lärmen, zählte die Sekunden, bis er in die Küche kommen würde. Sie waren auf einem permanenten Kollisionskurs unterwegs, es war nur eine Frage der Zeit, bis es knallen würde. Sie sah es so deutlich kommen.

Das Wasser für die Nudeln simmerte im Topf und würde jeden Moment kochen.

»Das riecht herrlich!«, rief Paul, als er in die Küche kam.

Sie drehte sich kurz um, um zu bestätigen, dass sie ihn gesehen hatte.

»Wie gut«, sagte sie und wandte sich wieder dem Topf zu.

Er kam zu ihr und legte die Arme um ihre Taille.

»Gut?«, fragte er. »Das reicht ja wohl nicht. Du bist einfach großartig.«

Er küsste sie auf den Hals und nahm ihr mit einem sanften Griff den Holzlöffel aus der Hand, mit dem sie im Topf rührte. Sie bemühte sich, ganz normal zu atmen und folgsam in ihren Bewegungen zu sein.

»Du«, sagte er, »als du gestern vom Lesekreis nach Hause gekommen bist, es tut mir leid, dass ich da ein bisschen schlecht gelaunt war. Ich habe die ganze Zeit über so eine Sache nachgegrübelt, und … dann kam es einfach so.«

Seine Stimme war entspannt, doch sein Blick wachsam. Wie immer. Als würde er im Ernst glauben, sie würde ihm womöglich nicht verzeihen. Als würde er sie zurechtweisen müssen, um den Seelenfrieden zu finden, nach dem es ihn dürstete.

»Sieh mal, ich habe Blumen gekauft«, sagte er.

Er hielt die roten Rosen hoch.

»Danke«, sagte sie und nahm sie entgegen. »Gestern ein Buch, heute Blumen. Und so schöne.«

»Das freut mich, wenn du froh bist«, sagte er.

»Natürlich bin ich das«, versicherte sie.

Doch konnte sie ihm nicht in die Augen sehen, als sie das sagte, und das merkte er. Es spielte keine Rolle, was er sagte oder sie und wie viele Blumen er kaufte. Sie spürte, dass er verändert war, dass ihn etwas störte.

»Liebling, ich habe so einen elend langen Tag gehabt«, sagte er mit einem Seufzen. »Müssen wir streiten?«

Sie schüttelte sofort den Kopf. Die Nervosität verursachte einen Tunnelblick. Irgendetwas bahnte sich an, sie spürte es im ganzen Leib.

»Nein, nein«, sagte sie, »die Blumen sind wunderschön, Paul. Danke. Ich bin wirklich froh, dass du sie gekauft hast.«

Er entspannte sich.

»Das Beste ist gerade gut genug für dich«, sagte er und küsste sie auf Stirn und Wangen.

Dann ließ er sie los und ging zur Kommode, wo sie immer die Post hinlegte. Sowohl die für ihn als auch ihre eigene. Er blätterte die weißen Umschläge durch und schaute ganz genau, von wem sie kamen und was sie enthielten.

»Was hast du denn heute gemacht?«, erkundigte er sich.

Er sagte das in leichtem Tonfall, aber Maria wusste sehr gut, wie wichtig es für ihn war zu erfahren, was sie getan hatte.

»Alles Mögliche«, antwortete sie. »Heute Vormittag hatte ich eine Vernehmung. Die Ermittlung wegen Agnes Erikssons Verschwinden, du weißt schon.«

»Eine Vernehmung?«

Paul drehte sich um.

»Ja, warum?«

»Ja, aber mit wem denn? Eine solche Sache kannst du doch nicht einfach nur so sagen.«

Maria war verwirrt. Sie hatte jeden Tag massenhaft Vernehmungen, und das wusste er auch.

»Natürlich nicht. Das wollte ich auch nicht. Ich weiß nur, dass du hungrig bist und …«

»Entschuldige, ich bin was? Hungrig? Sehr schlechter Stil, mir die Verantwortung aufzuhalsen, das muss ich schon sagen.«

»Ich habe es nicht so gemeint, das weißt du doch.«

Er lächelte.

»Okay. Erzähl mehr von der Vernehmung. Wie läuft es mit der Ermittlung?«

»Sie bewegt sich. Die erste Vernehmung habe ich im Altersheim Hallonet abgehalten. Ich …«

»Aber bitte, Liebling, wir haben darüber doch schon geredet. Es ist unmöglich für mich zu begreifen, wie dein Tag ausgesehen hat, wenn du die Dinge nicht in der richtigen Reihenfolge berichten kannst.«

Maria griff nach dem Löffel und rührte im Topf. Ihr Herz pochte, hoffentlich wurde sie nicht rot. Die Gedanken kreisten schneller und schneller. Ihre Erinnerung blieb an dem Bild von Agnes' Halskette hängen. Das goldene Herz mit dem »I« des Sohnes. In einem anderen Leben hätte Maria vielleicht auch gern Kinder gehabt, ein eigenes Goldherz, doch wie ihre Lebenssituation sich in den letzten Jahren entwickelt hatte, war dies ein Gedanke, den sie verdrängte.

Pauls Gesicht erstarrte.

»Versuchst du, mich zu verwirren?«, fragte er.

Sie schüttelte den Kopf.

»Natürlich nicht«, sagte sie. »Ich habe einfach gedacht, dass es egal ist, wie ich von alldem erzähle. Entschuldige bitte, ich wollte nicht unklar sein.«

Er legte die Umschläge weg und machte eine Geste mit den Händen.

»Das kann jedem passieren, nehme ich mal an«, sagte er. »Aber es ist irgendwie traurig, dass ich der Einzige bin, der sich hier anstrengt. Es macht nämlich nicht sonderlich viel Spaß, Blumen für jemanden zu kaufen, dem das egal zu sein scheint.«

Jetzt vermochte sie sich nicht mehr zu beherrschen. Sie musste tief Luft holen.

Was war in ihn gefahren?

Er war ja wie ausgewechselt.

»Du weißt, dass ich mich über die Blumen freue«, sagte sie.

Er seufzte wieder.

»Ja, wenn du es sagst, dann werde ich es wohl glauben müssen«, sagte er. »Aber es fühlt sich nicht so an. Wirklich nicht.«

Sie antwortete nicht.

Ihr Körper war jetzt dabei runterzufahren. Wenn ihr Gehirn die Satellitenkarte einer nächtlichen Großstadt gewesen wäre, dann hätte man sehen können, wie ein Viertel nach dem andern dunkel würde.

»Sollen wir es noch einmal versuchen?«, fragte Paul und lächelte sie aufmunternd an. »Noch einmal von vorne. Was war das Erste, was du gemacht hast, als du heute Morgen zur Arbeit kamst? Du scheinst es ja ziemlich eilig gehabt zu haben wegzukommen, wo du doch den Trockner vergessen hast und so.«

Und dann, ehe Maria noch antworten konnte, redete er weiter.

»Oder nehmen wir etwas anderes. Ich bin heute Nachmittag bei diesem August Strindberg vorbeigegangen.«

Er kam näher, und als er weiterredete, schwand Marias letzte Hoffnung, dass der Abend ein gutes Ende nehmen könnte.

»Ich wollte mit ihm über Mamas alte Sachen reden, und stell dir vor, er hat sofort angefangen, stattdessen von dir zu reden. Und das verstehe ich ja.«

Paul macht eine Kunstpause und fügte hinzu:

»Wo ihr es doch da nach dem Lesekreis scheinbar so nett miteinander hattet.«

Die Nacht war dunkler denn je. Karl lag mucksmäuschenstill mit geschlossenen Augen in seinem Bett. Seine Schlafzimmertür glitt ebenso lautlos wieder zu, wie sie zuvor aufgegangen war. Er fragte sich, wann die nervige Gewohnheit seiner Mutter, mitten in der Nacht in sein Zimmer zu kommen, ein Ende nehmen würde. Sein Vater redete davon, dass sie Albträume hätte, aber Karl fand, das reichte als Erklärung nicht aus. Er hatte seine eigenen Gespenster in Schach zu halten. Er brauchte nicht noch die seiner Eltern dazu.

Eine andere Tür knallte. Karl erkannte das Geräusch. Das war die Tür zu Mamas Arbeitszimmer. Wie immer nach ihren nächtlichen Runden hatte sie sich dort niedergelassen.

Karl seufzte und schaltete die Leselampe über dem Bett ein. Er sehnte sich danach, von zu Hause ausziehen und endlich seine Astronautenausbildung beginnen zu können. Der Weg dorthin war lang, aber Karl wusste, er konnte es schaffen.

Schritt eins war ein Ingenieursstudium. Die NASA nahm nur Kandidaten mit einer abgeschlossenen Universitätsausbildung in ihr Programm auf. Er konnte zwischen verschiedenen Ausrichtungen wählen, glaubte aber, dass eine Technikausbildung am besten für ihn passen würde. Danach musste er ein paar Jahre arbeiten, ehe er sich endlich bei der NASA bewerben konnte.

Es kratzte im Hals, und er bemühte sich, so leise wie möglich zu husten. Jedes Anzeichen einer Krankheit rief bei seiner Mutter Sorge hervor. Deshalb erzählte er so selten wie möglich, wenn es ihm schlecht ging oder irgendetwas wehtat.

»Du weißt ja, deine Mutter ist von der etwas schwächeren Sorte«, hatte Karls Vater erklärt, »da macht man sich eher Sorgen. Ich glaube sogar, dass der Name Cecilia ›schwach‹ bedeutet.«

Sein Vater hatte gegrinst, als er die Mutter für zart und schwach erklärt hatte. Und Karl hatte auch gelacht. Nicht weil er derselben Meinung gewesen wäre, sondern weil er so am wenigsten Aufmerksamkeit erregte, dann war es leichter, unterm Radar zu bleiben.

So wie die Wale. Ein Säugetier, das im Wasser lebte, weit entfernt von allem, was an Land geschah.

So wie ich, dachte Karl. Ich bin der Wal.

Zumindest fühlte es sich so an. Als würde er alles aus der Entfernung wahrnehmen. Manchmal meinte er fast, schlechter zu hören als früher.

Wie komisch sich das anfühlte. Vor weniger als zwei Wochen war Karls Leben okay gewesen. Und jetzt war alles beschissen. Und zwar so richtig.

Es war kein gutes Gefühl, mit Isak gestritten zu haben. Kein bisschen. Sie mussten wieder Freunde werden, und zwar schnell, damit Isak nichts von dem ahnte, was Karl alles zu verbergen versuchte.

Ihm blieb das Herz stehen, wenn er an den Rucksack dachte, der auf den Boden gefallen war, und daran, was Isak gesehen hatte. Und was er *nicht* gesehen hatte.

Das war knapp gewesen.

So furchtbar knapp.

Karl griff nach einem der Bücher auf dem Nachttisch. Die Sorge über alles, was passiert war, hatte ihn unkonzentriert gemacht, doch lesen konnte er immer noch.

Sein Vater las fast gar nichts. Nur Reklameblätter aus dem Supermarkt und Gebrauchsanweisungen für die verschiedenen elektrischen Geräte, die er zu Hause anschleppte. Er machte sich offen und lautstark Sorgen über Karls Lesegewohnheiten und glaubte allen Ernstes, dass Lesen die Menschen dumm machen könnte. Aber das war nur einer von vielen schrägen Aussprüchen seines Vaters.

Was er über Karls Mutter behauptet hatte, gehörte auch in die Kategorie.

Sie zart und schwach zu nennen war einfach nur lächerlich. Sie war alles, nur das nicht. Außerdem lag sein Vater falsch, was den Namen anging. Cecilia bedeutete überhaupt nicht schwach, es hieß blind.

Doch auch das war sie nicht.

Februar und März

Es passiert gerade so viel. Die Tage vergehen wie im Flug. Der Februar ist ein viel zu kurzer Monat und der März etwas zu lang. Die Renovierung hat angefangen, und wir sind verreist. In den Skiferien sind wir in die Alpen gefahren. Fredrik wollte nach Mayrhofen, aber ich wollte lieber an einen Ort, den mir ein Kollege empfohlen hat, Brixen im Thale. Es blieb bei Mayrhofen. Die Pisten waren gut, aber das Wetter unbeständig. Die Sonne hat sich nur ab und zu gezeigt, und jedes Mal, wenn das geschah, parkte sich Fredrik in einem Gartenlokal und rief:

»Sag nur, wenn das nicht das Leben ist!«

Ich habe nicht verstanden, was er meinte, also nickte ich und lächelte und schmierte mir Sonnenschutzcreme auf die Lippen und dachte, wenn das das Leben ist, dann würde ich gerne etwas anderes tun.

Fredrik arbeitet gerade wahnsinnig viel, mehr denn je. Obwohl wir renovieren. Sie haben draußen auf Kleven tausend neue Projekte laufen. Fredrik behauptet, es gebe eine riesige Nachfrage, und Scharen von Stockholmern, Göteborgern und Norwegern wollten ein Wohnrecht auf Smögen erwerben. Er redet von Smögen wie von einem weit entfernten Ort, und nicht von einer Halbinsel kaum drei Kilometer vor Kungshamn.

Fredriks Welt ist kleiner als meine.

Das habe ich schon immer gewusst, doch seltsamerweise hat es mich bis heute nicht gestört.

Fredrik bezeichnet sich als »Siegertyp«, aber ich glaube, es gäbe treffendere Bezeichnungen für ihn. Konkurrenz ist sein Treibstoff, und er will gewinnen.

Für Fredrik war selbstverständlich, dass wir Kinder bekommen würden. Als ich nicht sofort schwanger wurde, war er ungeheuer gestresst. Schon nach drei Monaten wollte er Hilfe suchen. Zum Glück war man angehalten, es ein ganzes Jahr lang selbst zu versuchen, ehe man eine Diagnose bekommen konnte. Ich dachte, dass ich zu jung sei, und wollte warten.

Am Ende wurde ich trotzdem schwanger. Ich habe Fredrik nie erzählt, wie erleichtert ich war, dass es eine Weile dauerte, ehe wir Isak bekamen.

Fredrik kann Betrug nicht ausstehen.

Das ist interessant, denn während der Jahre, in denen wir verheiratet sind, hat er mich mindestens einmal betrogen. Isak war damals noch klein. Fredrik kam nach Hause, weinte wie ein Kind und erzählte ohne Umschweife, was geschehen war.

Ich weinte auch.

Dann haben wir uns versöhnt.

Ich habe so viel darüber nachgedacht, ob wir uns nicht damals hätten trennen sollen.

Um die Jahre des Leerlaufs zu vermeiden.

Und um bessere Vorbilder für Isak zu sein. Er hätte erfahren sollen, dass es in Ordnung ist, eine Beziehung zu beenden, die nicht funktioniert und nicht gesund ist. Ich habe solche Angst, meine und Fredriks schlechte Ehe könnte die Erklärung dafür sein, dass es Isak an Tatkraft mangelt.

Viele seiner Freunde sind genauso wie er. Sie tun nichts, und sie wollen nichts. Ich sehe sie fast niemals lächeln. Mit einer Ausnahme:

Karl.

Der Astronaut werden will, der immer noch lächelt und manchmal sogar lacht. Karl ist anders. Man sieht nicht, dass er zwei Jahre jünger ist als seine Klassenkameraden. Er ist fast eins neunzig und hat eine Haltung wie ein Zinnsoldat. Und sein Blick ist ein anderer. Karl sieht die Dinge richtig, er erfasst Dimensionen des Lebens, die er vielleicht noch nicht benennen kann, aber die Isak nicht einmal auch nur entfernt bemerken würde.

Als Karl das letzte Mal hier war, habe ich gefragt, ob er nicht bleiben und mit Isak und mir zu Abend essen wollte. Fredrik hatte an dem Abend ein Geschäftsessen mit Kunden auf Smögen. Mit Karl saßen wir zu dritt um den Tisch.

Ich finde es schön, dass Isak solche Menschen wie Karl um sich hat.

Einen Freund mit Energie.

Mit einem Ziel und Wind in den Segeln und der Integrität, die mit einer sicheren Kindheit kommt.

Ich beobachte Isaks grimmige Miene und sein unerbittliches Schweigen. Habe ich es nicht geschafft, ihn glücklich zu machen?

Manchmal befürchte ich das.

Und ich glaube, dass ich mir einen neuen Therapeuten zulegen sollte. Soll es doch was kosten, das kann ich nicht ändern. Und dann kommt es vor, dass ich abdrifte. Dass ich so erschöpft und gelangweilt bin, dass ich auf die absurdesten Gedanken komme.

Und manchmal an jemand anders denke.

Ich denke an jemanden, der mich sieht.

4. September

»Es ist alles nur wegen unserem Mädchen.«

Als August in Stockholm wohnte, war der Morgen seine liebste Tageszeit gewesen. Jeden Tag war er um halb sechs Uhr aufgestanden, um noch trainieren zu können, ehe er zur Arbeit ging. Eine Stunde Joggen, dann eine kalte Dusche und ein ordentliches Frühstück vor dem Rechner. Er hatte eine lange Reihe bügelfreier Hemden zur Auswahl gehabt und handgenähte Schuhe bevorzugt.

Nichts von alldem galt noch. Sein Leben hatte sich von einem Tag auf den anderen völlig verändert. Er schlief bis halb acht und hatte nur einige wenige Male überhaupt ein Jackett getragen. Seit er an die Westküste gekommen war, gab es keine besondere Tageszeit mehr, die er bevorzugte.

Auch wenn es kindisch klang, musste August feststellen, dass es eigentlich die ganze Zeit gleichermaßen gut war.

Heute war endlich mal ein Tag, an dem die Sonne schien. Auch das war schön, vor allem für August, der fand, dass Abwechslung eine Voraussetzung für alle Arten von Harmonie darstellte. Vielleicht wäre eine Fahrradtour nach Kungshamn im Sonnenschein weniger anstrengend. Das käme ihm zupass, denn August wollte direkt zu einem Kundentermin fahren. Jetzt war Jochen Berg im Altersheim Hallonet an der Reihe.

Doch erst wollte August frühstücken. Er erwog kurz, dafür auf den Balkon zu gehen, aber das würde dann doch zu kalt werden. Stattdessen setzte er sich in den Wintergarten – das Wort war eigentlich etwas übertrieben für die kleine verglaste Veranda, aber August fiel nichts Besseres ein.

Die Straße vorm Fenster war menschenleer, und wie üblich war auch in den Häusern ringsum niemand zu sehen. Das machte nichts. August hatte sich an die Stille der Gegend gewöhnt. Während er seine Brote aß und seinen Kaffee trank, fuhr er den Laptop hoch. Erst las er die privaten Mails, dann die an den Laden gerichteten. Henrik hatte zwei Mails mit Informationen über Janssons Haus geschickt. August hatte sie am Abend zuvor schon im Eingangskorb gesehen, dann aber beschlossen, sie über Nacht ruhen zu lassen. Jetzt öffnete er sie und schaute die Artikel durch, zu denen Henrik Links geschickt hatte.

Sämtliche Artikel waren mehrere Jahre nach den Ereignissen geschrieben. August las den ältesten zuerst.

Sie hatte Lydia Broman geheißen und war eine Woche vor ihrem einunddreißigsten Geburtstag gestorben. Ihr Mann hatte sie als vermisst gemeldet. Eines Samstagnachmittags hatte sie ihre Trainingsklamotten angezogen und war raus, um zu laufen, aber nicht zurückgekehrt. Später am Abend hatte ihr Mann Alarm geschlagen. Über Hovenäset hatte die Sonne geschienen, und nichts würde je wieder so sein wie zuvor, weder für ihn noch für Lydia.

Die Polizei suchte zehn Tage lang nach Lydia, ehe sie geschändet und zerstückelt in der Tiefkühltruhe gefunden wurde. Ihr Mann Peter wurde sowohl vor dem Bezirksgericht als auch vorm Oberlandesgericht wegen Mordes zu lebenslänglich verurteilt.

Es gab keine mildernden Umstände.

Peter Broman durchlief eine psychische Untersuchung, wurde aber als voll schuldfähig eingestuft. Er wurde verurteilt, obwohl er die Tat abstritt, und nahm sich später im Gefängnis das Leben.

August scrollte weiter durch die Artikel.

Alle erzählten dieselbe Geschichte, mehr oder weniger ausführlich. Lydia und ihr Mann hatten permanent auf Hovenäset gewohnt. Die Menschen in ihrer Nähe beschrieben sie als harmonisches Paar. Sie hatten glücklich gewirkt, beide hatten Jobs gehabt, die sie mochten, und zudem einen großen Bekanntenkreis.

Vielleicht wollten deshalb viele der Einwohner von Hovenäset nicht akzeptieren, dass Peter Broman der Schuldige gewesen sein sollte. Es passte nicht zu ihm. Die Leute, die ihn kannten, sagten, dass er niemals zu etwas so Makaberen imstande gewesen wäre.

Von Seiten der Polizei hingegen schien es keinen Zweifel zu geben.

Laut Staatsanwaltschaft waren die Beweise eindeutig und zeigten in ein und dieselbe Richtung, nämlich zu Peter Broman. Ein Motiv hatte die Polizei gleichwohl nicht ausgraben können, doch das war auch nicht nötig. Was August wunderte, denn er hatte genügend Krimis gesehen, um zu wissen, dass eine polizeiliche Ermittlung mit der Frage steht und fällt, warum ein Verbrechen begangen wurde. Doch die Wirklichkeit sah anders aus. Auch das wurde von sämtlichen Beteiligten von der Staatsanwaltschaft bis hin zur Polizei ständig wiederholt:

Sie brauchten kein Geständnis.

Sie mussten nicht wissen, warum.

Sie mussten sich nur die Beweise ansehen, und die seien – wie es einer der Polizisten ausdrückte – überwältigend. Die Polizei beteuerte, alle Spuren, die bei der Ermittlung aufgetaucht waren, verfolgt zu haben, doch bis auf die eine hatten sie sich sämtlich als Sackgassen erwiesen.

Es ging über Augusts Verstand, wie man zu so etwas, was der Mörder Lydia angetan hatte, imstande war. Schon sie zu töten war unbegreiflich, aber sie zu zerstückeln und zu verstecken – das war schier unfassbar.

August schloss die Dokumente, es war zu früh für solch eine garstige Geschichte. Doch verstand er jetzt besser, warum einige im Ort darauf beharrten, Lydias Geschichte mit dem Verschwinden von Agnes verknüpfen zu wollen. Sogar der ansonsten doch vernünftige Schornsteinfeger Ola schien der Ansicht gewesen zu sein, dass die Fälle zusammengehörten. August hoffte, dass Ola klug genug war, unter allen Umständen zur Polizei zu gehen und zu erzählen, was er gesehen hatte.

Er las weiter seine Mails. Ein Freund aus Stockholm, Melker, hatte sich gemeldet und wollte an Allerheiligen zu Besuch kommen, und das nicht allein, sondern mit zwei weiteren gemeinsamen Bekannten.

August war begeistert und freute sich und antwortete sofort, das sei eine großartige Idee, und er würde sich freuen, sie zu sehen. Er konnte einen Besuch gebrauchen. Und es tat ihm gut, daran erinnert zu werden, dass er noch mehr Freunde als Henrik hatte. Er schenkte sich noch einen Kaffee ein. Normaler Kochkaffee ohne Milch und Zucker. Etwas Besseres gab es nicht.

Er las die Mail von Melker noch einmal durch. Es wunderte ihn nur, dass Melker behauptete, ein anderer Freund habe sich auch bei ihm gemeldet, aber keine Antwort bekommen.

August fiel sein erster Kunde ein. Durch seinen Anruf hatte August bemerkt, dass er Mails sowohl von diesem Kunden als auch von anderen nicht bekommen hatte. Vielleicht sollte er mal in seinen Junkmail-Ordner schauen.

Dort fand er sofort die unbeantwortete Nachricht. Sie war vor einigen Tagen gekommen und wahrscheinlich aussortiert worden, weil sie von einer Firmenadresse geschickt worden war.

August seufzte und durchsuchte den Ordner weiter. Freunde und ehemalige Kollegen hatten sich wirklich kaum gemeldet, fast niemand hatte ihm geschrieben. Vielleicht war ja der einfache Grund, dass noch mehr Kontaktversuche im Spam gelandet waren?

Doch nein, er fand keine weiteren Mails von Freunden. Hingegen entdeckte er eine andere Nachricht, die er schnell als nicht in den Junk-Ordner gehörig identifizierte. Doch die betraf seinen Laden, und er zog erstaunt die Augenbrauen hoch.

Wie konnte eine Mail an den Laden in seinem privaten Ordner landen?

August nahm noch einen Bissen von seinem Brot, während er las:

Hallo,

ich habe gerüchteweise gehört, dass Sie in Kungshamn einen Secondhandladen aufmachen wollen. Stimmt das? Soweit ich verstanden habe, wird es noch eine Weile dauern, ehe Sie öffnen, aber ich melde mich jetzt schon mal, denn ich möchte bald ein paar Sachen loswerden, weil ich umziehe. Melden Sie sich, dann erzähle ich mehr!

Mit freundlichen Grüßen

Agnes

PS. Entschuldigen Sie, dass ich an Ihre private Mailadresse schreibe. Ihr Name ist so ungewöhnlich, dass die nicht schwer zu finden war.

Eine Handynummer war nicht angegeben, aber in der Mailadresse konnte er den Nachnamen der Frau lesen: Eriksson.

August starrte auf den Bildschirm.

Agnes Eriksson.

Derselbe Name wie der von der verschwundenen Lehrerin. Aber war es dieselbe Person?

Das war natürlich unmöglich. Es musste sich um einen Zufall handeln.

Er las die Mail noch einmal. Dann kontrollierte er das Datum, an dem sie abgeschickt worden war.

18. August.

Sieben Tage ehe Agnes verschwand.

Und sieben Tage, ehe August an die Westküste zog.

Er lehnte sich zurück. Agnes Eriksson war ein ständig anwesender Schatten in seinem Leben. Sie schlich sich in alle Gespräche, tauchte in allen Begegnungen auf. Sogar in seinem Haus war sie zugegen durch den unbestätigten Verdacht, dass ein Mörder, der vor dreißig Jahren zugeschlagen hatte, immer noch auf freiem Fuß sein und eventuell etwas mit dem Verschwinden der Lehrerin zu tun haben könnte.

Jede Zelle in seinem Gehirn wusste, es war wichtig herauszufinden, wer die Frau war, die ihm die Mail geschickt hatte. Soweit er sehen konnte, hatte sie sich nur dieses eine Mal gemeldet. Obwohl er nicht geantwortet hatte, gab es keinen weiteren Versuch, Kontakt zu ihm aufzunehmen.

August überlegte, wie er weiter verfahren sollte. Der Kaffee in seiner Tasse wurde kalt. Schließlich beschloss er zu antworten, denn da er nicht wissen konnte, welche Agnes Eriksson ihm geschrieben hatte, wäre es seltsam, dies nicht zu tun.

Er schrieb, es tue ihm sehr leid, dass er sich jetzt erst melde, und er würde sich, wenn die Sache mit dem Umzug noch aktuell wäre, gern um Agnes' Sachen kümmern. Sicherheitshalber schickte er die Mailadresse des Ladens und seine Handynummer mit.

Dann drückte er auf Senden.

»Okay, es hat sich einiges getan, seit wir uns das letzte Mal gesehen haben. Gott sei Dank. Was besprechen wir zuerst?«

Wie üblich leitete Roland die Besprechung, die im Wohnwagen in Kungshamn abgehalten wurde. Ein weiteres Treffen, bei dem sie viel zu viele auf viel zu engem Raum waren. Ein Mensch mit Klaustrophobie würde hier binnen weniger Minuten ausflippen. Doch Maria machte es nichts aus.

Was würde sie nur tun ohne ihre Arbeit?

So oft schon hatte die Routine, zu einem Arbeitsplatz gehen zu können, sie davor bewahrt, verrückt zu werden.

Sie war erschöpft und müde. Und sie hatte Schmerzen. Die Nacht war ein Albtraum gewesen. Diesmal war es ihr nicht gelungen, die Gewalt abzulenken. Einen Moment lang hatte sie sogar geglaubt, sie müsse sich krankschreiben lassen, doch konnte man erstaunlich viel mit Eis und Ibuprofen und ein paar Stunden schlaflosen Ruhens lösen. Natürlich trug auch das Adrenalin seinen Teil dazu bei, ebenso wie ihr Ehrgeiz. Da müsste einiges mehr passieren, ehe sie zulassen würde, dass Paul sie daran hinderte herauszufinden, was Agnes Eriksson zugestoßen war.

Maria meinte, die neu hinzugekommenen Verletzungen unter Kontrolle zu haben. Vor allem waren sie gut unter Schichten von Kleidern verborgen, was sie leicht auf das kühle Wetter schieben konnte. Mit ihrer alten Rückenverletzung, die sich im Laufe der Nacht wieder gemeldet hatte, sah es nicht so gut aus. Sie hasste es, daran erinnert zu werden, wie es dazu gekommen war, und doch musste sie immer daran denken.

»Maria, wie ist das hier passiert?«, hatte der Arzt in der Notaufnahme gefragt. Er war nicht wie die anderen Ärzte gewesen, die sie schon behandelt hatten. Er hatte sich Zeit genommen, war zugewandt gewesen. Mitten in dem Chaos, in das sich eine Notaufnahme an einem späten Freitagabend so gern verwandelte, war es ihm gelungen, in ihrer kleinen Ecke der Hölle eine Atmosphäre der Ruhe und Entspannung zu schaffen. Er hatte ein Paar lila Nikes an den Füßen gehabt, deren Farbe sich mit seinem grünen Kittel biss. Sein Namensschild hatte schief gesessen, und sie erinnerte sich an die Erleichterung, die sie verspürt hatte, als ihr klar wurde, dass er nicht unfehlbar war und sogar in seinem Leben etwas schief hängen konnte.

Vielleicht hatte sie deswegen Vertrauen zu ihm gefasst. Oder es lag auch daran, wie er sich zu ihr beugte, als er sprach. Dass er sich ganz ernsthaft dafür zu interessieren schien, wie es ihr ging und wie ihre Lebenssituation aussah.

Und dennoch war sie den Weg der Lügen weitergegangen, war in der bereits so ausgetrampelten und gewohnten Spur geblieben. Die Tränen hatten ihr in den Augen gebrannt, und Maria hatte gekämpft, Worte zu finden und die Stimme nicht zittern zu lassen.

»Es war ein Unfall«, hatte sie gesagt, »wirklich.«

Damals hatte sie eine Entscheidung getroffen, das konnte sie jetzt rückblickend feststellen. Es hatte keine weiteren Besuche im Krankenhaus gegeben. Die Rippenfrakturen hatten von selbst heilen müssen, und die blauen Flecken auf dem Körper waren zugedeckt worden. Denn Maria war nicht die Person, die um Hilfe bat.

Sie bewegte sich, versuchte, eine bequemere Art zu finden, auf dem flachen, harten Sofa des Wohnwagens zu sitzen. Der Regen trommelte auf das Dach, und die Fensterscheiben waren beschlagen. Man musste keine großartig schmutzige Fantasie besitzen, um Witze darüber zu machen, wie der Wohnwagen von außen aussah.

Roland sah seine Mitarbeiter an. Er war gut darin, mehreren Personen gleichzeitig seine Aufmerksamkeit zu schenken. Möglicherweise kam ihm auch entgegen, dass sie auf so wenigen Quadratmetern zusammengedrängt saßen.

Vendela von der Technik, die neben Maria saß, hob vorsichtig eine Hand.

»Ich kann anfangen«, sagte sie. »Wir haben in Agnes' Telefonverkehr etwas entdeckt. Soweit wir wissen, besaß sie nur ein Handy. Das haben wir immer noch nicht gefunden. Neunundneunzig Prozent allen Telefonverkehrs im letzten Jahr spielte sich zwischen ihr und ihrer Familie, Verwandten, Kolleginnen oder Freundinnen ab. Doch dann haben wir eine Nummer mit unbekanntem Teilnehmer. Die taucht im Mai in den Listen auf und folgt einem anderen Muster.«

»Erklär uns das«, bat Roland.

Ray-Rays Handy gab einen leisen Laut von sich, woraufhin er es sofort in die Hand nahm. Die restliche Versammlung sah ihn erwartungsvoll an.

»Sorry, nichts Revolutionäres«, erklärte Ray-Ray. »Offensichtlich hat ein Schornsteinfeger zweimal im Revier angerufen und möchte mit einem von uns Ermittlern sprechen.«

»Ein Schornsteinfeger, sieh mal einer an«, sagte Roland. »Genau, was wir in dieser Lage brauchen.«

Vendela schniefte.

»Jetzt weine mal nicht, Vendela«, sagte Roland und zwinkerte ihr zu, »so leicht geben wir nicht auf.«

»Verdammt, ist bloß Heuschnupfen«, erklärte Vendela verschämt.

Alle im Wohnwagen lachten, nicht weil es so sonderlich lustig gewesen wäre, sondern weil sie es brauchten.

Vendela drehte den Computer herum, sodass alle außer Maria neben ihr den Bildschirm sehen konnten.

»Diese Anrufe da«, sagte sie, »seht ihr? Da ruft jemand in gleichmäßigen Abständen an – bis zu viermal die Woche –, doch es werden keine wirklichen Gespräche daraus. Die Person legt auf, ehe die Mailbox übernimmt, oder Agnes drückt seine Anrufe weg.«

»Wie lange geht das so?«, sagte ein Kollege, der sich erst kürzlich der Ermittlergruppe angeschlossen hatte.

»Es beginnt im Mai und hört nicht auf, doch die Frequenz der Anrufe variiert im Laufe der Zeit«, erklärte Vendela. »Zwei Wochen im Juli verhält sich die unbekannte Nummer ruhig, doch dann beginnt es wieder. Der letzte Anruf kam, zwei Tage, bevor Agnes verschwunden ist.«

»Wird nur Agnes angerufen, oder kann man auch erkennen, dass sie die Nummer zurückgerufen hat?«, fragte Roland.

»Sie hat diese Nummer, von der die Anrufe kommen, nicht ein einziges Mal selbst angerufen. Ich glaube, ich weiß, warum. Die Anrufe fungieren als ein Signal. Die Person, die anrief, hatte nicht vor, mit ihr an dem Telefon, auf dem er oder sie anrief, zu sprechen. Möglicherweise ließ der Anrufer ein- oder zweimal klingeln und legte dann auf oder wurde weggedrückt. Und dann wurde das Gespräch über ein anderes Telefon geführt.«

Maria zog die Augenbrauen hoch.

»Aber sie hat ja wohl nur ein Telefon, oder?«, sagte sie.

»Soweit wir wissen, hat sie nur ein Telefon«, sagte Vendela. »Doch die meisten von uns haben alte Handys, die rumliegen und vor sich hin gammeln. Es ist keine große Sache, zwei Handys am Laufen zu haben, wenn man will.«

»Was willst du damit sagen?«, fragte Maria. »Jemand hat Agnes auf ihrem Handy angerufen, und dann hat sie die Person von einem anderen Telefon aus angerufen? Warum ging in dem Fall der Anruf nicht direkt auf das andere Telefon?«

»Vielleicht, weil es so geheim war«, sagte die Technikerin. »Wenn es klingeln würde, während sie mit anderen zusammen war, dann müsste sie ja rangehen oder riskieren, eine Erklärung abgeben zu müssen. Es kann aber auch so gewesen sein, dass sie ihrerseits die Person dann über Mail oder einen Chat kontaktiert hat. Doch in dem Fall müssten wir es gesehen haben. Wir sind ihren Computer vorwärts und rückwärts durchgegangen und haben auch Zugang zu ihren privaten Mails bekommen und zu verschiedenen sozialen Medien, in denen sie aktiv war. Facebook, Instagram, Snapchat.

Wie auch immer: Ich glaube, dass sie die Person kannte, die anrief, die Gespräche aber für sich behalten wollte.«

Roland trommelte mit den Fingern auf die Tischplatte.

»Gut, Vendela«, sagte er.

Maria musste wieder an das Treffen mit Yvonne nach dem Lesekreis denken.

Frisch verliebt. Agnes sah frisch verliebt aus.

Das war im Mai gewesen. Im selben Monat, als die seltsamen Gespräche in den Telefonlisten auftauchten.

Die Gespräche, Agnes' Halskette, das Blut, die Kondomverpackung. Puzzlesteine, die zusammenzugehören schienen, ohne jedoch ein Ganzes zu bilden.

Wer hat da angerufen?, dachte Maria. Wer war so geheim?

Leuchtend blauer Himmel, Sonne und ein Wind, der Schornsteine umwerfen könnte. Und Kälte. Es konnte unmöglich mehr als zehn Grad warm sein. August duckte sich im Wind, als er das Fahrrad vor dem Altersheim Hallonet abschloss. Er war unkonzentriert, und das fühlte sich ungewohnt an. Die Mail von Agnes Eriksson lenkte ihn ab, und er fürchtete, das Gespräch mit Jochen Berg könnte darunter leiden und er würde einen unprofessionellen Eindruck machen.

Das Hallonet beeindruckte August sofort. Als Hotel funktionierte das Gebäude sicherlich auch ganz gut, aber als Altersheim bekam es fünf Sterne. Ehe er hineinging, musterte er sich eilig in der Glastür. Er sah unmöglich aus. Der salzige Wind hatte sein bereits dickes Haar noch mehr zerzaust, und vorne stand es senkrecht hoch. Außerdem hatte er auf der rechten Schulter plötzlich einen Fleck auf der Jacke. August versuchte, ihn mit der Hand wegzuwischen, und begriff erst da, was es war.

Vogelkacke.

Natürlich. Das passte zu diesem Tag.

August zog die Jacke aus und betrat das Altersheim. Er erinnerte sich an den alten Lieblingswitz seines Großvaters – »was für ein Glück, dass Kühe nicht fliegen können« –, doch fiel es ihm diesmal leicht, das Lachen zu unterdrücken.

»Kann ich Ihnen helfen?«

Eine junge Frau begrüßte ihn, als er in den Flur kam.

»Ich suche Jochen Berg«, erklärte August.

»Dann bringe ich Sie zu seinem Zimmer«, sagte die Frau. »Weiß er, dass Sie kommen? Er hat in letzter Zeit viel Besuch.«

August sagte, dass er angerufen und seine Ankunft angekündigt habe. Jochen hatte etwas in der Art wie: »Kommen Sie nur, ich gehe heute nirgends mehr hin« geantwortet. Er hatte wie eine unkomplizierte Person geklungen.

Die Frau – die laut Namensschild Pflegerin war – klopfte an eine der Türen und öffnete sie dann. August bemerkte, dass sie nicht wartete, bis jemand »Herein!« rief, als kämen Gelegenheiten, zu denen Bewohner keinen Besuch haben wollten, in ihrer Welt nicht vor.

»Jochen, Sie sind so beliebt«, sagte die Frau. »Heute schon wieder Besuch.«

Sie sprach mit derselben Begeisterung wie ein Zirkusdirektor.

»Sieh nur, Jochen, da kommen die Seelöwen!«

»Danke für die Hilfe«, sagte August und ging an der Frau vorbei ins Zimmer.

Jochen saß mit dem *Göteborgs-Posten* in einem Sessel. August liebte Papierzeitungen. Es hatte eine Zeit in seinem Leben gegeben, da hatte er nicht weniger als drei Tageszeitungen abonniert, doch das schien ihm jetzt lange her zu sein. Helena hatte ihn dazu gebracht, die Abos zu kündigen. Sie beklagte die Menge an Papier und dass »überall Zeitungen herumliegen« würden, was nicht stimmte.

»Störe ich?«, fragte August und hörte, wie die Pflegerin hinter ihm die Tür zumachte. »Dann kann ich auch später noch einmal wiederkommen.«

Er nickte zur Zeitung und erklärte: »Ich sehe ja, dass Sie gerade lesen.«

Die Zeitung raschelte, als Jochen sie zusammenfaltete. August warf einen Blick aus den Fenstern in Jochens Zimmer auf die hinreißende Aussicht.

»Es passt ausgezeichnet, dass Sie jetzt kommen«, sagte Jochen. »Ich habe alle Zeit der Welt.«

Er lächelte, als er sprach, doch anstandshalber beeilte sich August, ihm sein Beileid auszudrücken.

»Es ist, wie es ist«, sagte Jochen, »niemand lebt ewig. Und trotzdem sehen wir erstaunt aus, wenn jemand stirbt. Ich auch. Das liegt wahrscheinlich daran, weil es zu schmerzhaft ist, etwas so Selbstverständliches zu akzeptieren.«

Das war eine ungewöhnlich klarsichtige Weise, das Leben und den Tod und die Trennlinie dazwischen zu betrachten.

August setzte sich auf einen Stuhl neben Jochen.

Der Alte betrachtete ihn mit überraschend scharfem Blick.

»Sie sind also der Stockholmer«, sagte er.

»Das stimmt«, bestätigte August.

»Das hier ist ein kleiner Ort, den Sie sich ausgesucht haben. Vor ein paar Jahren ist eine vietnamesische Familie hierhergezogen. Es ist, als hätten sich die Leute gerade eben daran gewöhnt, und dann kommen Sie.«

August lächelte.

»Eine vietnamesische Familie?«

»Genau«, sagte Jochen. »Tüchtige Menschen. Sie betreiben das chinesische Restaurant beim Supermarkt.«

»Das chinesische Restaurant? Ich dachte, sie kämen aus Vietnam.«

Jochen zuckte mit den Schultern.

»Schon, aber das Essen will ja niemand haben.«

August dachte darüber nach und kam zu dem Ergebnis, dass Jochen sich täuschte. Die vietnamesische Küche gehörte zu seinen Favoriten.

»Sie haben sich bei mir gemeldet, weil Sie etwas zu verkaufen haben«, begann er.

»Wissen Sie was«, sagte Jochen, »Sie kriegen alle Sachen.«

August war überrascht.

»Im Ernst? Das fühlt sich aber nicht gut an, wenn es etwas gibt, was …«

Jochen schüttelte den Kopf.

»Wenn es sich für mich gut anfühlt, dann müsste es sich vernünftigerweise auch für Sie gut anfühlen«, sagte er.

An dieser Stelle musste August sich eine Strategie ausdenken, um sich zu schützen. Die Frage war, was für Gegenstände Jochen loswerden wollte. Die Sachen hatten auch seiner Frau gehört. Es wäre übel, wenn es sich um wertvolle Objekte handelte, die innerhalb der Familie vererbt werden sollten.

»Und Sie haben keine Kinder, die sich etwas ansehen wollen, ehe Sie es mir überlassen?«

Er stellte die Frage in so freundlichem Tonfall wie möglich und hoffte, dass Jochen verstand, warum sie beantwortet werden musste.

Und vielleicht war es auch so, doch seine Antwort war trotzdem anders, als August erwartet hatte.

»Nein, es gibt keine Kinder«, erklärte Jochen. »Keine, die am Leben sind. Unsere einzige Tochter ist vor einigen Jahren gestorben.«

»Das tut mir leid zu hören«, sagte August. »Und Ihre Frau hatte keine Kinder aus früheren Ehen, die ein Recht auf einen Teil des Besitzes hätten?«

Jochen schüttelte wieder den Kopf.

»Nein.«

August saß einen Moment schweigend da. Das Zimmer war sparsam möbliert. Ein Doppelbett mit gehäkelter Tagesdecke nahm einen großen Teil des Raumes ein. Ansonsten bestand die Möblierung des Zimmers aus einem kleineren Zweisitzersofa, einem Esstisch für zwei Personen mit dazugehörigen Stühlen und einem Fernseher uralten Modells. An den Wänden standen zwei Bücherregale.

»Und welche Dinge genau möchten Sie loswerden?«, erkundigte sich August.

Jochen folgte Augusts Blick, der durch den Raum wanderte.

»Jetzt verstehe ich, warum Sie so verwirrt aussehen«, sagte er. »Margit und ich hatten etwas unterschiedliche Vorstellungen davon, wie viel wir mitnehmen sollten, wenn wir hierherziehen.

Also haben wir uns mit dem Personal hier darauf geeinigt, dass wir unsere alten Sachen auf dem Dachboden aufbewahren dürfen. Darüber waren wir beide sehr froh. Doch jetzt müssen sie weg.«

August nickte bedächtig. Er merkte, wie ihm die Konzentration entglitt, und das war ungewöhnlich für ihn.

»Ich verstehe«, sagte er. »Aber es muss doch etwas geben, was Sie von ihr aufheben wollen, oder?«

»Durchaus«, antwortete Jochen. »Ein paar kleine Sachen. Dann gehört der Rest Ihnen.«

August wand sich. Das hier war schon in Begriff, zu groß zu werden.

»Kann ich die Sachen zuerst vielleicht ansehen?«, bat August. »Ich muss einen Eindruck davon bekommen, wie umfassend der Besitz ist, ehe ich sagen kann, wie viel davon ich übernehmen werde.«

Jochen legte den Kopf schief.

»Wir können ja gleich mal auf den Dachboden gehen, wenn Sie wollen.«

August zögerte. Das hier würde mehr Zeit beanspruchen, als er vorhergesehen hatte. Jochen war alt, und der Rollator, der neben seinem Sessel stand, deutete an, dass ein Gang auf den Dachboden kein ganz unkompliziertes Projekt werden würde.

Außerdem gingen Augusts Gedanken noch in eine andere Richtung. Die Mail von Agnes Eriksson verstörte ihn mehr, als er zunächst gedacht hatte.

»Das schaffe ich heute nicht mehr«, sagte er. »Aber ich verspreche, dass ich bald mit mehr Zeit wiederkomme. Klingt das gut?«

Jochen hustete gedämpft.

»Das muss es wohl«, sagte er.

August nahm das als Zustimmung.

»Dann machen wir es so«, meinte er.

Er gab Jochen die Hand, und kurz darauf stand er wieder bei

seinem Fahrrad. Der Himmel hatte von einem leuchtenden Blau zu bewölkt gewechselt, doch August nahm es kaum wahr. Schnell holte er sein Handy heraus. Agnes hatte nicht auf seine Mail geantwortet.

August war unsicher. Er wusste nichts über die Ermittlungsarbeit der Polizei, sondern nur, was in den Zeitungen über Agnes' Verschwinden gestanden hatte. Und da hatte er kein Wort davon gelesen, dass die Familie in Begriff gewesen war, von Kungshamn wegzuziehen. Das könnte natürlich bedeuten, dass sich eine ganz andere Agnes Eriksson als die Vermisste bei August gemeldet hatte. Es könnte aber auch bedeuten, dass Agnes Eriksson ein Geheimnis gehabt hatte.

Daraus konnte August nur einen einzigen Schluss ziehen.

Er musste die Polizei anrufen und von der Mail berichten. Und nun hatte er ja kürzlich erst Kontakt zu einer Polizistin gehabt. Einer sehr netten.

Er zögerte nicht lange, sondern rief Maria Martinsson an.

Die Besprechung im Wohnwagen ging weiter. Die Temperaturen stiegen, und der Sauerstoffgehalt sank.

»Maria«, sagte Roland, »erzähl uns von den letzten Zeugenvernehmungen.«

Sie gab in einigen kurzen Sätzen wieder, was sie von Jochen gehört hatte und wie seine Zeugenaussage überprüft worden war. Paul hatte ihr Gesicht diesmal in Ruhe gelassen, doch einer der Schläge hatte sie über dem Kehlkopf getroffen, und es tat jetzt weh, wenn sie sprach. Sie hoffte, dass ihre Stimme nicht ungewohnt klang. Als sie von Jochen fertig erzählt hatte, ging sie zu den Treffen mit Yvonne und Agnes' Mutter über.

Alle schwiegen, als sie berichtete, was sie erfahren hatten. Schließlich übergab sie an Ray-Ray, der zusammenfasste, was in der sogenannten Bauprojekt-Spur ans Licht gekommen war. Vendela ergänzte noch kurz, was sie in den Einzelverbindungsnachweisen von Fredriks Handy entdeckt hatte – nämlich überhaupt nichts.

»Seine Kontakte sind die, die man erwarten würde«, sagte sie. »Allerdings wissen wir ja nicht, worüber sie geredet haben, das weiß nur Fredrik.«

Roland saß mit verschränkten Armen da und hörte zu.

»Das ist interessant«, sagte er, als Vendela fertig war. »Beginnen wir mal mit der vermuteten Verliebtheit. Niemand hat Probleme oder Liebesaffären bezeugt, weder zu Hause noch bei der Arbeit.«

»Wir beginnen gerade mit einer neuen Runde von Vernehmungen«, sagte Ray-Ray und sah die Kollegen an, die sich um diese Aufgabe kümmern sollten. »Vielleicht kommt dabei etwas Neues heraus, das …«

Sein Handy piepte wieder.

»Verdammt noch mal, schalt es doch aus«, brummte Roland.

Ray-Ray ignorierte ihn und las konzentriert auf seinem Handy.

»Das Kondom und die Halskette«, sagte er, »es gibt jetzt einen Bericht. Wir bekommen ihn in einer Stunde.«

»Auf den Bericht bin ich wirklich gespannt«, sagte Roland. »Haben wir eine Theorie, wer das Kondom in das Bootshaus gebracht haben könnte?«

»Spontan denke ich, dass es der Sohn gewesen sein könnte«, sagte Ray-Ray. »Isak.«

»Oder Fredrik«, fügte Maria hinzu. »Wir wissen sehr wenig über die Ehe der beiden. Wir können nicht ausschließen, dass er dort war.«

»Mit einer Geliebten, oder was meinst du?«, fragte Roland.

»Ich kann nur sagen, dass wir nicht im Entferntesten so viel wissen, wie wir gerne würden«, gab Maria zurück.

In ihrem Rücken pochte der Schmerz und wanderte zum Nacken hinauf.

»Der Sohn«, fuhr Roland fort, »an der Front scheint es einige dunkle Wolken zu geben. Mehrere von euch haben ihn als aggressiv empfunden, und in gewisser Weise wird das durch die Zeugenaussage seiner Großmutter auch bestätigt.«

»Wir haben zu wenig gegen Isak in der Hand, um da irgendwie weiterzugehen«, gab Ray-Ray zu bedenken. »Dass er aggressiv ist, reicht nicht aus, um anzunehmen, dass er Agnes körperlichen Schaden zugefügt haben könnte.«

Roland presste die Lippen aufeinander.

»Und die Bauprojekt-Spur?«, fragte er. »Was machen wir damit?«

»Maria und ich werden Fredrik heute im späteren Verlauf des Tages verhören«, erklärte Ray-Ray. »Obwohl ich im Moment mehr an die Spur glaube, die mit ihrer Ehe zu tun hat.«

»Gebt mir Bescheid, wenn ihr den NFZ-Bericht habt«, sagte Roland. »Für heute beenden wir die Besprechung. Und jetzt mach mal einer diese verdammte Tür auf, ehe wir im Dunst ersticken.«

Der Wohnwagen schaukelte, als alle gleichzeitig aufstanden. Maria sah die Rücken ihrer Kollegen, die dringend an die frische Luft wollten. Alle wollten nur raus.

»Muss denn niemand aufs Klo?«, rief Ray-Ray, um das Gemurmel zu übertönen. »Wir haben hier in unserem gemütlichen Versteck eine verdammt gute Personaltoilette.«

Maria lachte und rümpfte die Nase. Die Toilette war so klein, dass man sich da drinnen nicht umdrehen konnte.

Doch dann veränderte sich die Stimmung an der Tür des Wohnwagens.

Die Kollegen verstummten, als ob die Fröhlichkeit als Erstes den Wagen verlassen hätte.

»Roland«, sagte Vendela.

»Was ist?«

Niemand antwortete. Hingegen stiegen viele schnell aus dem Wagen, und andere traten beiseite, wie um Platz für jemanden zu machen.

Jemanden, der hereinkommen wollte.

Maria hob den Blick und sah, wer in der Türöffnung stand.

Fredrik Eriksson.

Er war weiß im Gesicht und fuhr sich mit der Hand durch sein regennasses Haar.

»Hier geht es ja lebhaft zu«, sagte er. »Ist ja auch wichtig, dass Sie mal Spaß haben, wo Ihr Beruf so traurig ist. Ich muss zugeben, ich bin richtig neidisch. Denn zu Hause sind Isak und ich hauptsächlich bedrückt, das kann ich Ihnen versichern.«

Roland streckte die Hand aus.

»Kommen Sie herein, Fredrik«, sagte er.

Er gab den Kollegen an der Tür schnell ein Zeichen, sich zu entfernen.

»Maria und Ray-Ray bleiben hier«, fügte er hinzu.

Dann drückte er Fredriks Hand.

»Wie geht es Ihnen?«

»Es ist schwer.«

»Das verstehe ich. Nehmen Sie bitte hier neben Ray-Ray Platz.«

Fredrik tat, was ihm gesagt wurde, doch seine ganze Haltung strahlte Misstrauen aus, und sein Blick wirkte nervös und finster.

»Es tut mir leid, wenn Sie den Eindruck bekommen haben, wir seien unseriös«, begann Roland. »Auch Polizisten müssen einmal lachen können.«

Er hätte auch etwas anderes sagen können. Er hätte Unverständnis vorgeben und Fredrik überempfindlich nennen können. Oder er hätte die Selbsterniedrigung wählen und tausendmal um Entschuldigung bitten können.

Doch er wählte das Einfache und Schlichte, stellte Maria fest. Er wählte das Menschliche.

Auch Polizisten müssen einmal lachen können.

Wenn die Leute nur wüssten, wie viel.

Fredrik fuhr sich mit einer Hand durchs Haar. Es war fettig und strähnig. Das war für Maria ein Warnzeichen. Wenn er sich nicht mehr um seine eigene Hygiene kümmern konnte, dann war die Gefahr groß, dass er auch andere Sachen ebenso oder noch mehr vernachlässigte. Zum Beispiel seinen Sohn.

»Entschuldigen Sie bitte, dass ich einfach hierhergekommen bin«, sagte er. »Aber ich habe gesehen, dass im Wohnwagen Leute waren, und ich dachte, dass …«

Er verstummte.

»Wir wissen, dass Sie es schwer haben«, sagte Ray-Ray und legte Fredrik eine Hand auf den Rücken.

Fredrik suchte Marias Blick.

»Haben Sie sie gefunden?«, fragte er.

»Wir suchen«, erwiderte Maria, »ununterbrochen.«

»Wo?«

Überall und nirgends, dachte Maria.

Laut sagte sie:

»Wie geht es Isak?«

Roland warf ihr einen anerkennenden Blick zu.

Fredrik rieb die Hände gegeneinander.

»Nicht gut«, sagte er. »Wirklich nicht gut. Isak … er … er ist so still geworden. Und jetzt sucht er auf eigene Faust.«

Maria erinnerte sich, was Agnes' Mutter erzählt hatte. Dass Isak als Kind anstrengend gewesen war und es für Agnes eine schwere Aufgabe gewesen war, ihn großzuziehen.

»Hat Isak gute Unterstützung in der Schule?«, erkundigte sich Ray-Ray. »Ich denke dabei an seine Lehrer zum Beispiel. Ist ein Berater hinzugezogen worden?«

Fredrik lehnte sich auf dem Sofa zurück.

»Man hat ihm einen Berater angeboten, doch er hat es abgelehnt. Seine Lehrer tun wohl, was sie können, aber es ist für alle Beteiligten schwer. Isak meint, er sei ein Einzelgänger, er fühlt sich nicht sonderlich wohl in seiner Klasse. Und er war kaum in der Schule, seit Agnes verschwunden ist.«

»Hat er einen guten Freund, dem er sich vielleicht anvertraut?«, fragte Maria.

»Ja, den hat er«, antwortete Fredrik. »Sein Kumpel Karl hilft ihm, nach Agnes zu suchen. Sie sind eng befreundet, schon seit Kindertagen, gehen aber nicht in dieselbe Schule. Karl ist ungefähr ein Jahr jünger als Isak, doch das merkt man nicht. Er ist so ein Wunderkind, wie sagt man noch gleich …«

»Hochbegabt?«, fragte Ray-Ray.

»Genau. Er will Astronaut werden, und das wird er sicher auch.«

Maria wusste, wen er meinte. Schon in der ersten Nacht und auch später, als sie die Halskette fanden, war ihr ein Freund an Isaks Seite aufgefallen.

Ray-Ray sah über den Tisch hinweg zu Maria und dann zu Roland.

»Wir haben etwas in Ihrem Bootshaus gefunden«, begann er zögerlich und wartete auf die Erlaubnis weiterzureden.

Roland nickte diskret.

Fredrik richtete sich sogleich auf.

»Und was?«, fragte er.

»Eine angebrochene Kondomverpackung«, sagte Maria. »Wissen Sie, wie die dort hingekommen ist?«

»Was? Wovon reden Sie? Ein Kondom?«

»Kein Kondom, nur die Verpackung«, erklärte Maria. »Was glauben Sie? Wer kann in dem Bootshaus gewesen sein und ein Kondom benutzt haben?«

Fredrik saß lange schweigend da.

»Isak vielleicht?«, fragte Ray-Ray. »Ich kann noch hinzufügen, dass wir nicht wissen, wann sie dorthin gekommen ist.«

Fredrik räusperte sich.

»Ich glaube nicht, dass Isak eine Freundin hat«, sagte er. »Aber was weiß ich schon?«

»Hat er vielleicht einen Freund, der in Ihrem Bootshaus ein Date hatte?«, schlug Maria vor.

»Das glaube ich nicht«, sagte Fredrik. »Wie gesagt, Isak hat fast keine Freunde. Also, außer Karl.«

Maria legte den Kopf schief.

»Es ist also nicht Ihres?«, fragte sie.

Fredrik wurde hochrot im Gesicht.

»Was zum Teufel …«, begann er, »glauben Sie, dass ich … wo Agnes verschwunden ist? Das ist doch …«

»Stopp, stopp«, sagte Roland, »nicht unnötig aufregen.«

Doch es war zu spät.

»Sie sitzen hier in Ihrem verdammten Wohnwagen und denken sich Märchen aus, anstatt zu arbeiten«, schimpfte Fredrik. »Das darf ja wohl nicht wahr sein. Wenn die Leute wüssten …«

»Die Leute wissen«, unterbrach Maria ihn. »Glauben Sie mir, wir hören jeden Tag, wie schlecht wir sind, das ist also nichts, was Sie uns erzählen müssen. Genug gesagt – vergessen Sie das Kondom. Wenn Sie nicht wissen, wie es in das Bootshaus gekommen ist, dann belassen wir es dabei.«

Fredrik stützte den Kopf in die Hände.

»Ich bin so müde«, sagte er leise, »so zutiefst verdammt scheißmüde.«

»Aber könnte das Kondom nicht von Ihnen sein?«, begann Maria vorsichtig. »Ich meine ja nicht, dass Sie mit einer anderen Frau dort gewesen sein sollen. Sie könnten ja auch mit Agnes da gewesen sein. Ehe all das passierte.«

Fredrik schüttelte den Kopf.

»Nein«, sagte er. »Oder doch, wir waren da. Mein Gott, wir sind schließlich verheiratet, ist doch klar, dass wir ... Blödsinn, Sie verstehen schon. Aber ein Kondom haben wir in den letzten zehn Jahren nicht benutzt. Ich bin sterilisiert, wir hatten das Thema Kinder abgeschlossen.«

»Ah, ich verstehe.«

Maria schielte zu Ray-Ray, der mit einem Auge auf sein Handy schaute.

»Eine letzte Sache noch«, begann sie und schaute zu Fredrik. »Ihre Bauprojekte.«

»Meine Bauprojekte?«

»Wir haben Sie ja einige Male gefragt, ob Agnes oder jemand anders in der Familie kürzlich in einen Konflikt geraten ist. Und Sie haben die ganze Zeit mit Nein geantwortet. Doch vielleicht haben wir die Frage falsch gestellt, denn um einige Ihrer Bauprojekte hat es ja durchaus einigen Wirbel gegeben.«

Fredrik sah bestürzt aus.

»Jetzt weiß ich gar nicht, wovon Sie sprechen«, sagte er. »Sollte jemand aus der Baubranche ... Was glauben Sie eigentlich?«

»Wir glauben gar nichts«, sagte Maria. »Aber wir müssen fragen. Hat es bei einem Ihrer Bauprojekte einen Konflikt gegeben?«

»Im Grunde bei allen. Doch das waren *berufliche* Konflikte und nichts, was mit Agnes zu tun hatte.«

»Sie sind nicht bedroht worden?«

»Nein, absolut nicht.«

»Nicht ein einziges Mal?«

»Nein!«

»Okay«, sagte Ray-Ray beruhigend, »okay.«

Fredrik stand auf.

»Entschuldigen Sie, ich bin einfach so nervös«, sagte er.

»Das verstehen wir«, sagte Roland. »Kümmern Sie sich um sich und Isak, und wir treiben die Ermittlung voran. Sie wissen, dass wir uns bei Ihnen melden, sowie wir auch nur den kleinsten Fortschritt machen.«

Maria brachte Fredrik an die Tür.

»Rufen Sie uns an«, sagte sie zu ihm. »Wann immer Sie wollen. Sie haben meine Nummer, und ich werde versuchen, auch außerhalb der Arbeitszeit ranzugehen.«

»Danke«, sagte Fredrik, »ganz herzlichen Dank.«

Sie hob die Hand zum Gruß, als er zu seinem Auto lief, das ein Stück entfernt geparkt war. Maria machte die Tür zu und drehte sich zu ihren Kollegen um.

»Den müssen wir wohl nicht noch einmal vernehmen«, sagte Roland. »Zumindest nicht in der Baugeschichte.«

Maria stimmte zu.

Ray-Rays Blick war auf das glänzende Display seines Handys fixiert.

»Sieh an«, sagte er, »der Bericht ist schon da.«

Seine Stimme klang streng und angespannt.

Roland verschränkte die Arme vor seinem durchtrainierten Brustkorb.

»Und?«

Ray-Ray hob den Kopf.

»Das Blut an der Halskette ist von Agnes und nur von Agnes. Leider keine Spuren von jemand anders.«

Maria schluckte. Agnes hatte geblutet. Weil sie Gewalt erfahren oder einen Unfall gehabt hatte.

»Und auf der Kondomverpackung haben sie zwei Fingerabdrücke gefunden. Der eine gehört jemandem, der uns nicht bekannt ist, doch den anderen konnten sie identifizieren. Er ist von Agnes.«

Die Schule war aus und Karl auf dem Weg nach Hause. Er konnte sich an kein Wort erinnern, das sein Lehrer im Laufe des Tages gesagt hatte.

Isak weigerte sich, noch etwas mit ihm zu tun haben zu wollen, obwohl Karl sich mehrmals bei ihm gemeldet hatte.

Das war das Schlimmste, was hätte passieren können.

Karl wollte in Isaks Nähe sein, wollte erfahren, was er durch sein Nachforschen rauskriegte. Er hoffte zutiefst, Isak würde sich beruhigen, sodass sie wieder Freunde sein könnten.

Ob Isak wohl wieder auf Hovenäset war?

Hoffentlich nicht.

Der Bus hielt in Kungshamn wie üblich am Busbahnhof auf dem Bäckevikstorget. Karl saß allein ganz hinten. Auf der ganzen Fahrt nach Hause hatte er mit keinem Menschen gesprochen. Im Bus saßen mindestens drei Leute, die er kannte, aber die ließen ihn in Ruhe. So war es schon seine ganze Schulzeit über, vom ersten Schultag an bis im dritten Gymnasiumsjahr. Er war wie ein Schatten in der Klasse – immer dabei, immer außen vor.

»Du musst es sagen, wenn du zu wenig zu tun hast«, hatte seine Mutter ihn ermahnt. »Es ist wichtig, dass du dich nicht langweilst.«

Kein einziges Mal hatte sie mit ihm darüber zu sprechen versucht, warum er keine Freunde zu haben schien. Es machte aber eigentlich auch nichts. Die Schule würde bald vorbei sein, nur knapp zwei Halbjahre musste er noch aushalten. Dann würde alles anders werden, für ihn wie auch für seine Eltern.

Seiner Mutter machte das Sorgen, das hatte er sie mehr als einmal zu seinem Vater sagen hören.

Zuletzt vor ein paar Wochen.

»Ich weiß nicht, was ich machen soll, wenn er Kungshamn verlässt«, hatte sie gesagt. »Bis zum Ausbildungszentrum der NASA ist es so wahnsinnig weit.«

Karl hatte nicht gewusst, ob er lachen oder weinen sollte.

Glaubte sie ernsthaft, dass er in Kungshamn oder überhaupt in Bohuslän an der Westküste bleiben würde? Ihretwegen? Wohl kaum.

Sein Vater schien das alles besser zu verstehen.

»Wir können ihn nicht aufhalten«, hatte er geantwortet, »das weißt du, Cecilia. Das geht nicht.«

Karl war drauf und dran gewesen, die Tür aufzureißen und zu fragen, was sie da eigentlich redeten. Es war ja nicht so, als wenn er sterben würde, nur weil er die Stadt verließ. Und er würde doch immer wieder zurückkommen, nicht nur ihretwegen, sondern auch um seiner selbst willen.

Der Rucksack fühlte sich schwer an, als er aus dem Bus stieg und Richtung Zuhause trottete. So viele Tage waren jetzt schon vergangen. *Zu* viele.

Er ging schneller. Er wollte, dass die Zeit schneller verging, er wollte wissen, wie es mit allem weitergehen würde.

Ob sein Geheimnis entdeckt werden würde.

Warum ging sie nicht ran? Inzwischen waren Stunden vergangen, seit August zum ersten Mal wegen der Mail von Agnes Eriksson bei Maria angerufen hatte. Seither hatte er es noch zwei weitere Male versucht und sogar die Zentrale des Polizeireviers bemüht. Dort hatte er die Nachricht erhalten, dass sie in einer Besprechung säße und sich melden würde, sowie sie Zeit hätte.

Als der Nachmittag unweigerlich gekommen war, konnte August seine Ruhelosigkeit nicht länger beherrschen. Er unternahm den Versuch, einen Maler zu erwischen, der ihm empfohlen worden war, doch auch dieses Gespräch endete damit, dass ihm ein Rückruf versprochen wurde. Da beschloss August, noch einmal zu Jochen zu fahren. Es gab keinen Grund, die Begutachtung seiner Sachen aufzuschieben, das konnte er genauso gut gleich tun.

Jochen freute sich, als August anrief und sagte, dass er es sich anders überlegt habe.

»Das wird spannend zu hören, was Sie zu den Sachen sagen«, sagte er.

August fand, das Wort »spannend« beschrieb nicht gerade seine Erwartungen. Er erinnerte sich, wie es gewesen war, als er nach dem Tod seiner Eltern deren Haus durchgegangen war. Henrik hatte ihn damals die Tage über begleitet. Ausnahmsweise war er schweigsam und verbissen und nicht voller Späße und scharfzüngiger Formulierungen gewesen. Er hatte die Situation erspürt. Und er hatte begriffen, was August wirklich brauchte und worauf er verzichten konnte.

Es war unsagbar schwer und traurig gewesen. Er hatte sich nicht vorstellen können, wie viele Sachen seine Eltern im Laufe der Jahre angesammelt hatten. Und er war nicht auf das Gefühl der Fremdheit vorbereitet gewesen, das ihn überwältigte, als er systematisch

Schränke, Bücherregale, Kleiderschränke, Vorratskammern und Dachboden durchgegangen war. Überall gab es Dinge, die er noch nie gesehen hatte, Fotos, die bei Gelegenheiten gemacht worden waren, als er nicht dabei war.

Jochen hatte gesagt, sein Besitz sei in diversen Kartons eingepackt, und August hoffte, das stimmte. Es war eine Sache, das Leben seiner Eltern einzupacken, eine andere, dasselbe für einen Fremden zu tun.

Das Personal begrüßte ihn freundlich, als August wieder im Altersheim eintraf.

Jochen hatte sie schon über den Grund seines Besuches informiert.

»Werden Sie die Kartons schon heute mitnehmen?«, fragte eine der Pflegekräfte.

Sie sah erwartungsfroh aus, so als hätte sie sich über Jochens und Margits alte Sachen geärgert.

»Nein, absolut nicht«, sagte August. »Ich bin lediglich hier, um mir einen Überblick zu verschaffen.«

Dasselbe sagte er zu Jochen, der nickte.

»Ich verstehe schon«, sagte er, »lassen Sie uns zum Dachboden raufgehen.«

Es war nicht leicht, Jochen und seinen Rollator die Dachbodentreppe hinaufzubekommen, aber es war auch nicht unmöglich. Jochen strahlte wie die Sonne, als sie endlich oben waren. August blieb einen Schritt hinter ihm und sah sich schweigend um. Auf einer recht begrenzten Fläche standen Möbel und Umzugskartons in einem fröhlichen Durcheinander.

August wandte sich an die Pflegekraft, die mitgekommen war.

»Nein«, antwortete sie, »alles das hier gehört Jochen und seiner Frau. Eine Sonderlösung, könnte man sagen.«

Jochen verzog das Gesicht.

»Ich höre noch sehr gut«, sagte er. »Sie haben gesagt, es wäre in Ordnung, wenn wir das hier so machen.«

Die Pflegerin zögerte kurz, dann sagte sie:

»Wenn ich mich recht entsinne, sollte es nur für eine kürzere Zeit sein, ein paar Monate vielleicht, und dann sollten die Sachen eingelagert werden.«

»So lange wohnen wir hier ja noch gar nicht«, gab Jochen zurück.

»Zwei Jahre«, murmelte die Pflegerin, doch Jochen schien nicht auf sie zu hören.

August begriff, warum das Personal des Altenheims hoffte, dass er den Dachboden noch am selben Tag ausräumen würde. Jochens Besitztümer nahmen einigen Platz ein. August überschlug rasch und kam auf zwanzig Kartons und ungefähr fünfzehn Möbelstücke.

»Jetzt wollen wir mal sehen«, sagte Jochen und ging zu dem einen Kartonstapel. »Können Sie mal den obersten herunternehmen?«

August folgte ihm zögerlich.

Die Pflegerin entschuldigte sich und verschwand die Dachbodentreppe hinunter.

»Mal sehen, wie weit wir heute kommen«, sagte August zu Jochen. »Ich will nicht versprechen, dass ich schaffe, alle Kartons durchzusehen.«

»Selbstverständlich nicht«, sagte Jochen. »Das hier kann ruhig so viel Zeit dauern, wie es muss.«

August schielte zu ihm hinüber.

Sie hatten einen unterschiedlichen Zeitbegriff – soviel stand fest. Das war doch ein klassischer Fall, dachte er. Je mehr Lebenszeit man vor sich hatte, desto weniger Zeit schien man im Moment zu haben. Und umgekehrt.

Der Umzugskarton, den August herunterhob, war schwer.

»Sind die Kartons markiert?«, fragte er.

Jochen nickte und setzte sich auf die Sitzbank des Rollators.

»Das da ist einer der Kartons aus Margits Arbeitszimmer«, sagte er, »die haben alle so einen orangenen Punkt drauf.«

»Ah so«, sagte August, als er die Markierung fand.

Er ließ den Blick über die restlichen Kisten wandern.

»Die grün markierten sind Kleider und Schuhe«, sagte Jochen, »die schwarzen alte Buchhaltung. Die roten sind Glas und Porzellan. Und die blauen sind privat.«

August machte einen Schritt vor und stieß sich fast den Kopf an einer Deckenlampe, die an einem Kabel hing. Er duckte sich für ein paar weitere Schritte. Die blauen Kartons standen für sich in der einen Ecke.

»Entschuldigen Sie meine Neugier«, sagte August. »Aber was meinen Sie mit privat?«

Er machte eine ausladende Geste mit einer Hand und fügte hinzu:

»Ich würde mal sagen, hier ist jedes einzelne Ding privat.«

Jochen atmete heiser.

»Da haben Sie natürlich recht«, sagte er. »Aber in den privaten Kisten liegen zum Beispiel alte Fotoalben, und die will ich nicht verkaufen. Dasselbe gilt für ein paar meiner eigenen Sachen. Die liegen auch in den blauen Kartons.«

»Natürlich«, sagte August.

Er ging neben dem Karton in die Hocke, den er auf den Boden gestellt hatte. Es raschelte und schabte, als er ihn öffnete.

»Was ist da drin?«

Jochen beugte sich neugierig vor. Er kniff die Augen zusammen, um zu sehen, die Beleuchtung auf dem Dachboden war schlecht.

»Ein Globus«, sagte August.

Vorsichtig hob er ihn heraus.

Er war unwillkürlich erstaunt. Der Globus war schön und schwer. Er stand auf einer Marmorplatte, und wenn August richtig las, dann war er 1912 gefertigt worden.

»Wie schön«, sagte er.

»Margit mochte ihn sehr«, sagte Jochen. »Er gehörte unserer Tochter, und als sie starb …«

Er unterbrach sich, als seine Stimme rau wurde.

August stellte den Globus weg. Bis dahin hatte Jochen einen gefassten Eindruck gemacht, doch jetzt konnte er nicht mehr. Er suchte nach etwas in seiner Hosentasche und zog ein Taschentuch heraus.

»Wissen Sie«, sagte August, »Sie müssen auch nicht dabei sein, wenn ich alles durchgehe. Ich könnte die Sachen fotografieren, die für meinen Laden interessant sind, und dann zeige ich Ihnen später die Bilder.«

Jochen schnäuzte sich. Die Luft auf dem Dachboden war kühl und feucht. Es konnte kaum gut für seine Gesundheit sein, wenn er unnötig lange da oben saß. Aber der alte Mann war von der zähen Sorte und kein bisschen daran interessiert, August zu verlassen.

»Es ist alles nur wegen unserem Mädchen«, sagte er. »Alles wäre anders, wenn wir sie hätten behalten können. Warten Sie kurz, ich zeige Ihnen etwas.«

Seine Hand zitterte, als er seine Brieftasche aus seiner Strickjacke holte.

»Hier ist sie.«

Er reichte die Brieftasche August, der sie schweigend entgegennahm. Sämtliche von Augusts Freunden, die Eltern geworden waren, hatten Fotos von ihren Kindern entweder in der Brieftasche oder im Handy, aber August hatte noch nie daran gedacht, dass selbst Menschen in Jochens Alter mit Fotos von ihren erwachsenen Kindern herumliefen.

Das Foto in der Brieftasche zeigte eine junge Frau um die dreißig, die kompromisslos direkt in die Kamera schaute. Der Pony war ein paar Millimeter zu lang und berührte ihre Wimpern. Das Bild war draußen aufgenommen worden, und obwohl es im Laufe der Jahre ausgebleicht war, konnte August doch sehen, dass an dem Tag, als das Bild gemacht worden war, der Himmel blau war. Die Frau stand auf einem Balkon oder einer Veranda, und ihre Haare waren vom Wind zerzaust.

»Sie war eine Kopie von Margit«, sagte Jochen.

August hatte keine Ahnung, wie Margit ausgesehen hatte, nahm aber an, dass sie schön gewesen war.

»Ein sehr schönes Bild«, sagte er und gab die Brieftasche zurück.

»Ich habe es ein paar Wochen vor ihrem Tod gemacht«, sagte Jochen.

»Sie sind ein guter Fotograf«, erwiderte August.

»Das ist ein nettes Hobby«, meinte Jochen. »Aber jetzt kommt es nicht mehr oft dazu, auch wenn ich versuche, die Kamera, sooft ich kann, mitzunehmen. Aber man weiß nie, was zufällig auf einem Bild festgehalten wird. Nachts kann es richtig magisch werden. Ich hole die Kamera sogar bei Unwetter heraus. Blitze gehören zum Schönsten, was man auf ein Bild bekommen kann.«

Er schob die Brieftasche wieder weg.

»Genug davon«, sagte er, »jetzt legen wir los.«

Die vielen Kartons zu öffnen und auf den alten Möbeln Probe zu sitzen bedeutete, Jochen und seine Frau Stück für Stück kennenzulernen. Er erfuhr, welche Art Bücher Margit und Jochen gern gelesen hatten, ehe sie einschliefen (in zwei der Kartons lagen fantastisch gebundene Ausgaben von Büchern, die August entweder mit großem Gewinn gelesen hatte oder lesen wollte), welches Geschirr Margit sonntags aufdeckte (aber niemals wochentags), welche Gläser sie für den Rotwein vorzogen und welche Decke Margit oft über die Beine gebreitet hatte, wenn sie fernsah. Jochen erzählte von der Kuckucksuhr, die in einem der Kartons lag. Die hatten sie in Österreich gekauft und an ihre Küchenwand gehängt, wo sie dann mehr als ein Vierteljahrhundert geschlagen hatte.

»Wie haben Sie gewohnt?«, fragte August.

»In einem Einfamilienhaus«, antwortete Jochen.

»Hier in Kungshamn?«

Jochen schüttelte den Kopf, und sein Blick trübte sich wieder.

»Wir haben viele Jahre lang in Dänemark gelebt«, erklärte er, »und davor in Göteborg.«

»In Dänemark?«

August sah erstaunt auf.

»Was ist daran so komisch? Da muss ja auch jemand wohnen.«

»Gewiss«, entgegnete August.

Er hatte angenommen, dass Jochen und Margit, wenn nicht ihr ganzes Leben, so doch zumindest einen großen Teil davon in Kungshamn verbracht hätten. Jetzt klang es so, als hätten sie gar nicht hier gewohnt. Wie waren sie dann ins Altersheim Hallonet gekommen?

August öffnete noch einen Karton, der voller Bettwäsche war.

»Wie lange haben Sie in Dänemark gelebt?«, erkundigte er sich.

Jochen fingerte an der Handbremse des Rollators herum.

»Knapp fünfundzwanzig Jahre. Wir sind nach dem Tod unserer Tochter dorthin gezogen und irgendwann wieder nach Schweden zurückgekehrt. Doch da hatte keiner von uns mehr Lust, in Göteborg zu wohnen, und deshalb sind wir stattdessen hierhergezogen.«

Auch das war keine Antwort, wie August sie erwartet hatte.

»Aber da müssen Sie schon alt gewesen sein«, sagte er.

Das rutschte ihm einfach so heraus, ohne dass er darüber nachgedacht hätte. Und das Alter der Eheleute hatte auch herzlich wenig mit dem zu tun, was er eigentlich anmerken wollte, nämlich dass sie, ebenso wie er, sich ausgerechnet Kungshamn ausgesucht hatten.

»Sie sind ein guter Beobachter«, bemerkte Jochen trocken.

»Entschuldigen Sie«, beeilte sich August zu sagen, »das war unhöflich ausgedrückt.«

»Ganz und gar nicht. Und vor allem wahr. Wir waren durchaus alt, als wir hierherzogen. Manchmal denke ich, dass wir in Kopenhagen hätten bleiben sollen. Dort hatten wir ein gutes Leben, niemand wusste, wer wir waren, wir hatten unsere Ruhe. Aber ich habe Margit doch angesehen, dass sie sich nach Hause sehnte. Zu spät habe ich nachgegeben. Der Umzug hat sie so erschöpft. Wir haben nur ein paar Monate in dem Haus, das wir hier gekauft hatten, leben können, ehe sie ihren Schlaganfall bekam. Und dann ging es mir auch nicht mehr gut.«

Auf dem Dachboden wurde es still, als er fertig gesprochen hatte.

»Das tut mir leid«, sagte August und legte seine Hand auf Jochens.

Das war kein großartiger Trost, doch fiel ihm nichts Besseres zu sagen ein. Jochen hatte schließlich seine Tochter und seine Frau verloren. August fehlten die Worte für diese Art Unglück.

Doch Jochen zuckte mit den Schultern.

»Margit und ich haben immer gesagt, dass es ein Geschenk war, alt zu werden«, sagte er. »Es fühlte sich wie eine Schuldigkeit an, das Beste aus der Zeit, die wir bekamen, zu machen. Unsere Tochter hat schließlich nur so wenig davon bekommen.«

Plötzlich schnitt ein Handyklingeln durch die Stille.

»Jesses!«, sagte Jochen. »Wie halten Sie es denn aus, wenn das so laut ist?«

August verzog das Gesicht.

»Entschuldigen Sie«, sagte er, »aber ich muss da mal eben rangehen.«

Er beeilte sich, das Gespräch anzunehmen.

»Maria Martinsson, du wolltest mich sprechen?«

Endlich.

August hätte sich am liebsten für das Gespräch mit ihr zurückgezogen, doch der Dachboden bot nicht so viel Abgeschiedenheit. Plötzlich war er sich nicht mehr sicher, wie interessant sein Anliegen eigentlich war.

»Vielleicht war das etwas übereilt«, sagte er, »aber ich glaube, ich habe etwas, das für eure Ermittlung von Interesse sein könnte. Und ich habe dich direkt angerufen, weil … ja, weil wir uns ja schon kennengelernt haben. Im *Belgier*.«

Jochen folgte dem Gespräch mit großer Aufmerksamkeit.

»Okay«, sagte Maria, »lass hören.«

August ging zur Dachbodentreppe. Er machte Jochen ein Zeichen, dass er warten solle, während er mit Maria sprach. Als ob der alte Mann den Dachboden selbstständig verlassen könnte.

»Ich habe eine Mail bekommen«, sagte August. »Von einer Agnes Eriksson.«

Schnell erzählte er, war geschehen war.

»Was meinst du, war es falsch anzurufen?«

Er hörte, wie Maria schneller atmete.

»Nein«, sagte sie, »wirklich nicht.«

Dann bat sie, sich wieder melden zu dürfen. Sie wollte ihren Kollegen berichten, und danach würden sie überlegen, wie sie am besten vorgingen.

August eilte auf den Dachboden zurück.

Jochen saß da, wo er ihn zurückgelassen hatte – auf dem Sitz des Rollators. Aber das war auch schon alles, was unverändert war. Er sah aus, als wäre er in dem kurzen Moment, den August weg gewesen war, um zehn Jahre gealtert, und er stützte sich auf beunruhigende Weise auf den einen Handgriff des Rollators.

August wurde besorgt.

»Ist alles in Ordnung? Soll ich jemanden holen?«

Jochen schüttelte bedächtig den Kopf.

»Ich finde es so furchtbar, dass es jemand anders passiert«, flüsterte er.

August beugte sich näher, um besser zu verstehen, was der Alte sagte.

»Wie meinen Sie das?«

Jochen sah zu Boden.

»Dass sie verschwunden ist. Die Lehrerin. Das ist unserer Tochter auch passiert.«

August schluckte.

»Ihre Tochter ist verschwunden?«, fragte er gedehnt.

Jochen nickte.

»Und man hat sie nicht gefunden?«

Ein paar Sekunden vergingen. Dann hob Jochen den Blick.

»Doch«, sagte er. »Man hat sie gefunden. Aber da war schon alles zu spät. Wir haben überall gesucht, rund um die Uhr. Und dann war sie ganz in der Nähe, an dem einzigen Ort, wo wir nicht gesucht hatten.«

In Augusts Hinterkopf begann eine Warnglocke immer lauter zu klingeln.

Er wünschte, er hätte eine Wasserflasche dabei, so trocken war sein Mund jetzt. Obwohl er die Antwort eigentlich nicht hören wollte, kam die Frage fast zwangsläufig.

»Wo haben Sie sie gefunden?«

Jochen wandte sich ab. Und als August gerade seine Frage zurücknehmen und um Entschuldigung bitten wollte, sie gestellt zu haben, antwortete Jochen:

»In der Kühltruhe. Lydia lag in der Kühltruhe in ihrem eigenen Keller.«

Eine angebrochene Kondomverpackung mit Agnes Erikssons Fingerabdruck darauf. Eine blutverschmierte, abgerissene Halskette, an einer höchst unerwarteten Stelle gefunden. Eine Telefonnummer, von der aus angerufen und dann aufgelegt wurde. Eine Freundin, die fand, Agnes habe frisch verliebt ausgesehen. Eine Mutter, die das Gefühl hatte, Agnes sei während der Sommerferien angespannt gewesen, und die dann von der Tochter hörte, sie habe etwas zu erzählen, aber niemals erfuhr, worum es ging.

Und jetzt eine Mail.

Eine Mail, die die gesamte Ermittlungsgruppe praktisch in Aufruhr versetzte. Maria war allein im Wohnwagen, ein schöner Kontrast zu der großen Besprechung, die sie zuvor hier abgehalten hatten. Ihr Rücken schmerzte, und in einem Knie pochte es. Sie nahm eine Schmerztablette und spülte sie mit Wasser aus einer Plastikflasche herunter.

Der Abstand zu Agnes wurde kleiner.

Vorwärts, dachte Maria, jetzt gibt es keinen Weg zurück. Nur vorwärts.

Ihr Handy brummte.

Paul.

Sie drückte ihn weg, konnte sich jetzt nicht leisten, Angst zu haben.

Sie starrte auf die Mail, die August Strindberg weitergeleitet hatte. Fredrik war ebenso wie Agnes' Arbeitgeber zuvor schon gebeten worden, sie zu informieren, welche Mailadressen und Telefonnummern Agnes benutzte. Doch diese Adresse war eine andere. Die Techniker hatten deshalb im Rekordtempo gearbeitet, und es war ihnen gelungen herauszufinden, dass die Mail von einem Computer in Agnes' Schule verschickt worden war. Damit gab es keinen Zweifel mehr, welche Agnes Eriksson sich bei August gemeldet hatte.

Maria war überzeugt, dass es einen Grund dafür gab, warum Agnes sich für eine andere Adresse als ihre übliche entschieden hatte. Sie las die kurzen Zeilen noch einmal. Vor allem einer der Sätze stach heraus:

Soweit ich verstanden habe, wird es noch eine Weile dauern, ehe Sie öffnen, aber ich melde mich jetzt schon mal, denn ich möchte bald ein paar Sachen loswerden, weil ich umziehe.

Agnes hatte also vorgehabt umzuziehen. Die Frage war, wohin und warum. Da Fredrik kein Wort darüber verloren hatte, fragte sich Maria, ob es hier wirklich um eine Scheidung ging. Sie hatten keinerlei Informationen, die darauf hindeuten, dass Agnes woanders eine Stelle gesucht oder gefunden hätte. Keine ihrer Freundinnen oder Kolleginnen hatte einen Umzug erwähnt.

Maria trommelte mit den Fingern auf den Tisch.

Ihre Gedanken wanderten zu August, der die Mail von Agnes bekommen hatte.

August, der weniger als einen Monat in Kungshamn wohnte.

August, der es trotzdem schon geschafft hatte, Pauls Misstrauen zu wecken, weil er den guten Geschmack besaß, sich für den Lesekreis zu interessieren, und außerdem nach dem Treffen ein paar belanglose Worte mit Maria gewechselt hatte. Eine Kleinigkeit, aus der kein normaler Mensch irgendwelche Schlüsse ziehen würde.

Es behagte Maria nicht, wie August nun eine Verbindung zwischen ihrem Job und dem Privatleben, das auf Abstand zu halten sie so kämpfte, geworden war. Denn jetzt ließ er ihr keine Ruhe, der gute Strindberg. Maria dachte an Augusts Stimme und sein stilles Charisma. Sie hatte seinen Namen gegoogelt – das war nicht leicht, weil er genauso hieß wie einer der bekanntesten Schriftsteller des Landes – und ein paar Artikel gefunden, in denen er vorkam. Offensichtlich hatte er in Stockholm als Vermögensverwalter gearbeitet, eine Welt, die Maria vollkommen fremd war.

Die Erinnerung an Pauls Stimme schlich sich in ihre Gedanken.

Du lügst mich an, Maria. Habe ich dir nicht beigebracht, das verdammt noch mal zu lassen?

Man konnte über weniger verrückt werden.

Maria stand auf, um sich eine Tasse Tee zu holen. Der Wohnwagen schaukelte, als sie sich bewegte. Offensichtlich war es vollkommen egal, wie man die Stützen justierte, dieser Wagen weigerte sich, stabil zu sein.

So wie ich, dachte Maria.

Um die Thermoskanne dampfte es, als sie heißes Wasser in ihre Tasse goss.

Wie viele Berichte und Studien über Gewalt in Beziehungen hatte sie nicht schon gelesen? Wie vielen misshandelten Frauen war sie nicht schon im Zusammenhang mit ihrer Arbeit begegnet? Nicht ein einziges Mal hätte sie sich vorstellen können, selbst eine von ihnen zu werden. Und doch war genau das passiert.

Maria blies auf die dampfende Flüssigkeit und trank in kleinen Schlucken. Der Tee schmeckte bitter und war zu heiß. Sie legte beide Hände um die heiße Tasse. Atmete ein und dann aus.

Pauls Gewalt eskalierte.

Sie merkte es, obwohl sie fast alle ihre Zeit darauf verwandte, sich an die ruhigen Phasen zwischen ihren Zusammenstößen zu erinnern. Eine Ruhe, die doch immer von Wachsamkeit und Nervosität geprägt war. Und von Hoffnung, diesem erniedrigenden Aspekt in einem bereits angespannten Dasein. Jeder noch so kleine Zeitraum, in dem er eine Weile lang nicht zuschlug, weckte in ihr die Hoffnung, das vorige Mal könne das letzte gewesen sein.

Doch so war es nie.

Es kamen immer neue Konflikte, neue Kränkungen – wirkliche oder erfundene –, die Paul mit den Fäusten heimzahlen wollte.

Maria hatte alles ausprobiert, um aus der Gewalt herauszukommen.

Sie hatte es mit Abstreiten versucht. Das war die intuitivste der Strategien, die sie benutzte. All die seltsamen Anklagen, die gegen sie erhoben wurden, abzustreiten. Doch das Intuitive funktionierte am schlechtesten, das hatte sie auf die harte Tour lernen müssen. Meist gelang es nicht, die Gewalt zu vermeiden – alles, worauf sie hoffen konnte, war, sie aufschieben zu können. Oder sie versuchte, den Konflikt eskalieren zu lassen, um einen schnelleren Abschluss zu erwirken. Dann war die Gewalt meist weniger umfassend. Zumindest die physische Gewalt. Seelisch nahm sie immer den größeren Schaden an dem Gefühl, aufgegeben zu haben, indem sie einen schnellen Abschluss vorzog und nicht versuchte, die Konfrontation zu vermeiden. Denn so war es ihrer Meinung nach.

Das Leben mit Paul war nicht immer schlecht gewesen.

Daran erinnerte sie sich gern.

Das erste Jahr hatte zu den besten ihres Lebens gehört. Das lag nicht so sehr an seiner umfassenden Fürsorge, sondern daran, dass sie sich gesehen und verstanden fühlte. Und er war so gut darin gewesen, Kompromisse zu schließen. Darin hatte er sich von ihren früheren Freunden unterschieden, mit denen sie wieder und wieder in Situationen geraten war, in denen sie sich zurücknehmen musste, um es dem anderen recht zu machen und die Beziehung zum Funktionieren zu bringen.

»Damit bin ich jetzt fertig«, hatte sie zu einer ihrer Freundinnen gesagt. »Die nächste Beziehung soll sich nicht auf Selbsterniedrigung gründen.«

Ein guter Vorsatz, der überhaupt nichts bewirkt hatte.

Maria fasste ihr Leben nicht gern zusammen. All die Freundinnen, von denen sie kaum mehr wusste, wo sie jetzt waren. Irgendwann war es schlicht eine Tatsache gewesen, dass es keine Freundinnen mehr in ihrer Nähe gab und dass sie auf eine Weise einsam war, die sie sich nicht hätte vorstellen können. Und während das

Leben anderer mit Kindern und Verwandtschaftstreffen und Abendessen mit Freunden weiterging, stand ihr eigenes still. Es gab keine Kinder, keine Verwandtschaftstreffen und keine Abendessen mit Freunden. Paul mochte ihre Familie nicht, und er selbst hatte nur einige wenige Freunde, mit denen er auch nichts unternahm.

Das Handy brummte erneut.

Wieder Paul.

Maria wartete, bis das Telefon verstummt war. Erst dann setzte sie sich. Der Bildschirm des Computers war dunkel, wachte aber auf, als sie auf eine der Tasten drückte.

Wenn sie ihre Arbeit nicht hätte, würde sie untergehen.

Vielleicht begriff Paul, dass dies die einzige Sache war, die er ihr nicht nehmen durfte, falls er wollte, dass sie blieb. Denn über die Arbeit begann er nur selten Streit, auch wenn er es weiß Gott schon versucht hatte.

Der Lüfter des Computers ging mit einem leisen Surren an.

Maria las noch einmal die Mail, die Agnes an August geschickt hatte.

Was hat dich dazu getrieben, das hier zu schreiben, Agnes? dachte sie für sich. Wohin wolltest du gehen?

Ray-Ray riss sie aus ihren Gedanken, als er in den Wohnwagen kam.

»Erinnerst du dich an den Schornsteinfeger, den ich in der Besprechung erwähnt habe?«, fragte er.

Maria kramte in ihrem Gedächtnis.

»Ja, und?«

»Könntest du ihn anrufen? Roland will, dass heute noch jemand mit ihm redet, und ich muss mit meinem Zweitjüngsten zum Arzt.«

Maria versuchte, sich daran zu erinnern, welches von Ray-Rays Kindern das zweitjüngste war, doch es gelang ihr nicht. Das Einzige, was sie mit Sicherheit wusste, war, dass Ray-Ray mit keiner der Mütter seiner Kinder zusammenlebte.

»Natürlich«, sagte sie, »ich übernehme das Gespräch mit dem Schornsteinfeger.«

»Das ist supernett von dir«, meinte Ray-Ray. »Ich muss sofort los.«

Er zog seine Jacke über und fühlte in den Taschen nach den Autoschlüsseln.

»Ich bin weg«, sagte er. »Bis morgen.«

Und dann war Maria wieder allein im Wohnwagen.

Sie fand die Adressdaten des Schornsteinfegers in einer Mail, die sie von dem Assistenten bekommen hatten, der seinen Anruf entgegengenommen hatte. Er hieß Ola Thynell und hatte einigermaßen wortkarg am Telefon gesagt, er wolle mit jemandem sprechen, der für die Ermittlung verantwortlich sei.

Ehe Maria ihn anrief, ließ sie seinen Namen durch die Register laufen, die sie von ihrem Arbeitscomputer erreichen konnte. Soweit sie sehen konnte, hatte der Schornsteinfeger eine weiße Weste. Sie fand nicht mal ein Ticket für zu schnelles Fahren. Das war immer ein guter Anfang, denn dann musste man ihn nicht als Streithahn oder Kriminellen abtun. Nicht dass so etwas die Aussage einer Person unmöglich machte, doch verringerte es die Glaubwürdigkeit.

Der Schornsteinfeger Ola ging beim dritten Klingeln ran.

Er klang angestrengt.

Maria stellte sich und ihr Anliegen vor.

»Können Sie jetzt reden?«, fragte sie.

»Sehr gut«, sagte Ola. »Ich bin auf dem Weg zu einem Kunden, der Probleme mit dem Rauchabzug hat, und bin schon etwas spät dran, aber es wird ja nicht so lange dauern, oder?«

Vor dem Fenster des Wohnwagens ging ein Schatten vorbei. Maria stand auf und sah hinaus. Ein Mann, der seinen Hund ausführte.

Der Wohnwagen der Polizei war zu einem Ort geworden, den die Hunde markierten.

Maria setzte sich wieder.

»Ich wüsste gern, warum Sie sich bei uns gemeldet haben«, sagte sie. »Erzählen Sie das doch einfach kurz, dann fangen wir so an.«

Ola murmelte etwas ins Telefon, das sie nicht verstand. Sie wollte ihn gerade bitten, lauter zu sprechen, als er sagte:

»Das hier ist wirklich schwer. Das darf nicht falsch rüberkommen.«

»Darüber sind wir uns einig«, sagte Maria. »Sie können ja vielleicht mal erzählen, warum Sie sich jetzt erst gemeldet haben.«

»Weil ich auf einer Pilgerfahrt im Ausland war. Ich weiß, das klingt bescheuert, aber so war es. Und auf der Reise habe ich mein Handy nicht benutzt und kein Internet gehabt und deswegen alles verpasst, was hier passiert ist.«

Diese Erklärung war so weit hergeholt, dass sie kaum erfunden sein konnte.

»Ich verstehe«, sagte Maria.

Ola zögerte noch ein paar Augenblicke.

Es klang, als würde er gehen und sich dann in ein Auto setzen.

»Ich habe etwas gehört«, begann er. »Ich bin Schornsteinfeger, und da kommt man zu Menschen nach Hause, die man sonst nicht treffen würde. Im Frühjahr hatte ich einen Termin bei Agnes Eriksson und ihrer Familie, aber der ging … schief. Ich bin wieder weggefahren und habe einen neuen Termin ausgemacht.«

Maria richtete sich auf.

»Was ist passiert?«, fragte sie.

»Ich habe laute Stimmen gehört«, erklärte Olaf. »Schreie und Streit. Und dann … einen Schlag.«

Marias Puls stieg.

»Wie bitte?«

»Einen Schlag. Oder, ich weiß nicht recht, wie ich es nennen soll. Aber ich glaube, er hat sie geschlagen. Ich glaube, ich habe gehört, wie Agnes' Mann sie misshandelt hat.«

»Was gibt es zu essen?«, fragte Erling.

Es ging ihm jetzt besser. Cecilia war erleichtert, fühlte sich aber nicht ausgeglichener.

»Hackbraten«, antwortete sie.

Erling seufzte.

»Haben wir das nicht gestern schon gegessen?«

Cecilia schüttelte den Kopf.

»Nein, gestern habt ihr Pizza gegessen.«

»Ja klar, Teufel auch.«

»Kannst du Karl bitten, runterzukommen und den Tisch zu decken?«

Erling ging zur Treppe. Da blieb er stehen und rief:

»Karl!«

Der Sohn antwortete sofort:

»Ja.«

»Komm bitte runter und deck den Tisch.«

Cecilia machte einen Salat. Tomaten, Gurke, Mais, Rucola. Ohne selbst recht zu wissen, warum, hatte sie weder mit Erling noch mit Karl über den Pullover gesprochen, den sie auf dem Dachboden gefunden hatte. Sie wünschte, sie wäre gar nicht raufgegangen. Sie wünschte, sie hätte ihn nicht gefunden.

Denn ich weiß, dass ich ihn schon einmal gesehen habe.

Karl kam die Treppe herunter.

Ohne ein Wort zu sagen, deckte er rasch den Tisch. Er hatte dunkle Ringe unter den Augen und hielt den Blick gesenkt.

»Du schläfst doch wohl richtig?«, fragte sie.

»Klar.«

»Karl, komm, sieh mich an. Wie geht es dir?«

»Super.«

Er ging in sein Zimmer zurück. Cecilia sah ihm besorgt nach.

»Was macht er da oben eigentlich?«, fragte Cecilia.

»Was?«, brummte Erling.

»Was er da macht? Er ist ja völlig abwesend. Und jetzt hat er sich wieder eingeschlossen.«

Erling zuckte mit den Schultern.

»Wahrscheinlich will er seine Ruhe, während er sich einen runterholt.«

»Hör auf!«

Erling stöhnte.

»Was soll ich denn deiner Meinung nach sagen, Cecilia? Er ist sechzehn. Lass ihn verdammt noch mal in Ruhe. Ich habe mir das hier so gewünscht. Dass er etwas … Normales tut. Sich zurückzieht und … bei sich ist.«

Cecilia antwortete nicht.

Auch wenn sie wirklich nicht gern so dachte, konnte Karl natürlich onanieren, soviel er wollte. Das Problem war nur, dass Cecilia fürchtete, er würde etwas ganz anderes tun.

Was das andere sein könnte, wusste sie nicht. Alles stand kopf, seit Agnes verschwunden war und Isak auch Karl in die Suche nach seiner Mutter reingezogen hatte. Cecilia schlief schlechter denn je, und nach allem zu schließen, konnte man dasselbe von Karl sagen.

Plötzlich hielt sie es nicht mehr aus.

Sie ließ alles fallen, was sie in den Händen hatte, und lief die Treppe in den ersten Stock hinauf. Dann klopfte sie an Karls Tür.

Er öffnete und sah sie an.

»Ja?«

Er sah so erstaunt aus, dass Cecilia unsicher wurde. Was wollte sie eigentlich?

»Ich … ich wollte nur fragen, ob mit dir alles in Ordnung ist.«

»Noch einmal?«

Sie nickte stumm.

»Ja, es ist immer noch alles in Ordnung mit mir. Jetzt hör mal auf.«

Er hatte etwas in der Hand. Ein Handy. Das war im Grunde nichts Ungewöhnliches, doch dieses Telefon hatte Cecilia noch nie zuvor gesehen.

»Was ist das für ein Handy?«, fragte sie.

Karl schob es in die Tasche.

»Das ist meins«, sagte er.

Seine Stimme klang nicht wie sonst, sondern rau, als wäre er eben erst in den Stimmbruch gekommen.

»Darf ich mal sehen?«, fragte Cecilia.

»Aber …«

»Karl, hol das Telefon heraus.«

Jetzt waren Erlings Schritte auf der Treppe zu hören.

»Was macht ihr hier?«

»Karl hat sich ein neues Handy gekauft.«

Sie riss es ihm praktisch aus der Hand.

»Woher kommt das hier?«

Karl stand steif und stumm vor ihr. Er war viel größer als sie selbst, größer auch als Erling. Cecilia merkte, wie ihre Hände feucht wurden, als sie seine geballten Fäuste sah.

Erling nahm das Handy und betrachtete es.

»Jetzt antworte doch«, sagte er. »Wem gehört das hier?«

»Mir«, erwiderte Karl. »Ich habe es von einem Freund gekauft.«

»Und von welchem Freund?«

»Gustav.«

»Ehrlich? Und für wie viel?«

»Zweitausend Kronen wollte er.«

»Was war denn mit deinem alten Telefon?«, fragte Erling. »Denn mit dem hier kannst du ja nicht groß Staat machen.«

»Es war gar nichts mit meinem alten Telefon«, sagte Karl, »ich brauchte einfach ein neues. Ich hab das Geld genommen, das ich von Opa zum Geburtstag bekommen habe.«

Cecilias Kopf arbeitete jetzt auf Hochtouren, versuchte, etwas Undeutliches zu fassen, das ihr immer wieder entglitt.

Aber warum denn?, wollte sie fragen. Warum brauchtest du ein neues Handy?

Und warum habe ich einen blutverschmierten Pullover auf dem Dachboden gefunden?

»Wer braucht denn zwei Telefone, Karl?«, fragte Erling.

»Ich«, entgegnete Karl. »Kriege ich es jetzt zurück?«

Erling gab ihm das Handy. Karl warf ihnen einen finsteren Blick zu und knallte dann die Tür zu.

Cecilia schüttelte den Kopf.

»Irgendwas läuft falsch, Erling. Richtig falsch. Glaubst du, er macht Dummheiten? Drogen, Alkohol …?«

Erling sah sie zweifelnd an.

»Jetzt wollen wir mal nicht so eine große Sache hier daraus machen.«

Sie glaubte ja selbst nicht an das mit den Drogen, aber irgendetwas musste es ja sein.

»Hast du nichts anderes zu sagen? Im Ernst?«

Er zuckte mit den Schultern.

»Du sagst ja schon alles, Cecilia. Da ist es schwer, noch etwas beizutragen. Und Karl muss dieselben Geheimnisse haben dürfen wie alle anderen auf dem Gymnasium.«

Cecilia bis sich auf die Lippen, um nicht laut loszuschreien. Erling meinte, sie würde übertreiben, doch sie wusste es besser. Sie, die Karl in sich getragen, ihn geboren und dann ihr Leben der Aufgabe gewidmet hatte, ihn zu beschützen. Karl war zwei Jahre jünger als alle seine Klassenkameraden. *Zwei Jahre.* Das war viel in dem Alter.

Mit schnellen Schritten eilte sie die Treppe runter.

Weg. Sie musste weg.

Sie ging in ihr Arbeitszimmer und machte die Tür hinter sich zu. Der Sessel, in den sie sich fallen ließ, war weich und durchgesessen, als würde er sie nicht mehr lange tragen können. Einen knappen Meter weiter türmte sich ein Berg mit Bügelwäsche. Cecilia holte sich den Laptop und fuhr ihn hoch. Sie nahm nicht einmal den Umweg über Google, sondern ging direkt auf YouTube.

Die Raumfähre Challenger füllte den Bildschirm aus.

Die Startraketen brannten, die Stimme des Sprechers zählte runter.

Als die Raumfähre explodierte, weinte Cecilia.

Die Tränen liefen, und ihre Hände zitterten.

Ich suche mir jetzt Hilfe, dachte Cecilia. Das hier kann so nicht weitergehen.

Sie musste zur Ruhe kommen, sie musste wieder richtig schlafen.

Musste, musste, musste.

Sie klickte YouTube weg und ging weiter zu Facebook, ihr Portal zu diesem Alltag, der alle anderen so beschäftigt zu halten schien.

Doch diesmal hatte Facebook nicht dieselbe beruhigende Wirkung wie sonst. Nicht nachdem Cecilias Blick auf etwas gefallen war, was eine Kollegin aus der Schule geteilt hatte:

Die Suche von Missing People nach Agnes Eriksson.

Cecilia hatte das schon ein Dutzend Mal gesehen, doch erst jetzt schaute sie sich die beiden Bilder richtig an. Das eine war ein Porträtfoto von Agnes und das andere ein Bild von ihr zusammen mit Fredrik und Isak.

Und da sah sie ihn ganz deutlich.

Den Pullover, den Isak trug.

Der genauso aussah wie der, den Cecilia auf dem Dachboden gefunden hatte.

Dass die Dunkelheit so einen Unterschied machte.

August stand in der Küche, kochte sich einen Tee und schmierte Brote zum Abendessen. Als er es endlich geschafft hatte, den Laden zu verlassen und nach Hause zu radeln, war es schon viel zu spät geworden. Und natürlich hatte es sowohl geregnet als auch gestürmt.

Natürlich.

Es war zu einer Routine geworden, etwas zu spät, durchgefroren und mit leerem Magen nach Hause zu kommen. Und sich in dem Haus, in dem er wohnte, etwas unwohl zu fühlen.

Inzwischen war er die anderen Artikel durchgegangen, die Henrik ihm wieder geschickt hatte, er hatte sich einfach nicht beherrschen können. Das war keine schöne Lektüre. Die Details des Falls erschreckten ihn, was natürlich alles andere als besser wurde, da er nun wusste, dass Jochen Berg der Vater der Frau war, deren Leiche man zerstückelt in diesem Haus gefunden hatte.

August strich seine Brote fertig.

Der Schornsteinfeger hatte gesagt, er müsse seinen Nachbarn Zeit geben, wenn er Kontakt zu ihnen wollte. Je mehr August darüber nachdachte, desto mehr Einwände hatte er gegen diese Strategie. Die hatten doch schließlich bald dreißig Jahre gehabt, über das, was passiert war, hinwegzukommen. Wie viel mehr Zeit wollten sie denn noch brauchen?

Er hob den Blick und schaute aus dem Küchenfenster. Die hellen Sommerabende wirkten lange her. Dunkelheit und Schatten überall. Das Einzige, was Bewegung verursachte, war der Wind, der an Bäumen und Büschen zerrte. In den Häusern nahe seinem eigenen gingen Lampen mithilfe von Zeitschaltuhren an und aus, und das schätzte er wirklich, denn ansonsten wäre ihm das ganze Viertel noch dunkler vorgekommen.

August zog den Teebeutel aus der Tasse und warf ihn in die Spüle. Helene hatte es immer gehasst, denn sie behauptete, Tee würde den rostfreien Stahl verfärben. Und August hatte sich gefügt und seine Teebeutel rausgefischt.

Doch damit war Schluss, denn diese Spüle gehörte ihm und niemandem sonst.

Was natürlich nicht ganz stimmte, aber jedenfalls gehörte sie mehr August als Helene.

August trug die Teetasse und den Teller mit den Broten ins Wohnzimmer. Dort ließ er sich vor dem Fernseher ins Sofa sinken und war insgesamt sehr zufrieden mit seinem Dasein. Das Interesse der Leute für sein Secondhandgeschäft war dauerhaft. Auf den Blüthner-Flügel von Paul Martinsson konnte er verzichten, doch die Begegnung mit Jochen Berg war von ganz anderem Kaliber. Abgrundtief traurig, aber doch vollkommen richtig für den Kreislauf, an dem August so gern teilhaben wollte. Jochen besaß massenhaft schöne Dinge, die in das Heim von jemand anders passen würden.

Wenn er an Jochens Lage dachte, empfand August Trauer und Mitleid. Und es graute ihn ein wenig bei dem Gedanken, dass er noch häufiger in das Altersheim Hallonet würde gehen müssen. Da war etwas mit dem Alter und dem Ausgeliefertsein und der Einsamkeit, die es so oft mit sich brachte, was ihn erschreckte.

Augusts Handy gab einen Laut von sich.

Henrik hatte ein Bild von einem Abendessen mit Kunden in Stockholm geschickt.

Probemenü und Weinpaket im Weinkeller des Grand Hôtel.

Unter das Foto hatte er geschrieben:

Neidisch?

August machte ein Foto von seinem Butterbrot und schrieb:

Nein.

Henrik antwortete rasch:

Komm nach Hause, verdammt noch mal.

August lachte laut und legte das Handy beiseite.

Seit er Jochen verlassen hatte, waren die Stunden wie nichts vergangen.

Er aß seine Brote und trank vom Tee. Vielleicht könnte er in den Garten hinausgehen und das Holz hacken, das er unter der Treppe hatte liegen sehen. Aber dann musste er wirklich hoffen, dass ihn niemand beobachtete. Man musste nicht mal paranoid sein, um sich vor einem Mann zu fürchten, der nach Sonnenuntergang eine Axt schwang. Ganz zu schweigen von dem Lärm, den das machte.

Ein Knarren störte seine Gedanken.

August horchte.

Da war das Geräusch wieder.

August blieb entspannt, denn er wusste, woher das kam. Die Tür zum Putzschrank hing schief, weshalb sie sich zu den erstaunlichsten Anlässen öffnete. Und jedes Mal, wenn sie sich auch nur einen Millimeter bewegte, knarrte sie viel zu laut.

August ging zu der Tür und versuchte, sie ordentlich zu schließen. Die antwortete damit, dass sie wieder aufging.

Ich gebe auf, dachte August.

Und beschloss, bevor er sich schlafen legen würde, die Tür zu reparieren.

Es wurde halb zwölf, ehe er zur Tat schritt. Im Putzschrank gab es kein Licht, und deshalb benutzte er eine Taschenlampe, um mal richtig sehen zu können, was das Problem mit der Tür eigentlich war.

Mehrere der Schrauben, die die Angeln der Tür am Platz hielten, hatten sich gelockert und mussten nachgezogen werden. Alles, was er brauchte, war ein Schraubenzieher.

August unterdrückte einen Seufzer, als er feststellte, dass er sämtliche Schraubenzieher zusammen mit dem Werkzeugkasten in den Keller geräumt hatte. Nicht ein einziger war noch oben im Haus, und in den Keller kam er nur von der Außenseite des Hauses.

Er zog ein Paar Schuhe an und ging raus. Warum einfach, wenn es auch schwierig ging? Natürlich war der Keller nicht mit dem Rest des Hauses verbunden, sodass man ihn auf einfache Weise hätte erreichen können.

August schüttelte den Kopf.

Nicht alles war früher besser gewesen.

Im Grunde sogar ziemlich wenig.

Die Kellertür war eine einfache Holztür, die quietschte, als er sie öffnete. Dieses Problem würde er mit etwas Schmieröl lösen können, doch das musste warten. August schaltete das Licht ein und betrat den Keller. Er konnte sich in dem Raum kaum aufrichten und ging deshalb leicht gebeugt. Das Haus war ursprünglich so gebaut worden, dass die Fischersfamilie, der es gehörte, in schlechten Zeiten in den Keller einziehen und den Rest des Hauses vermieten könnte, um ihre Finanzen aufzubessern.

August besah sich die dünnen, rauen Wände des Kellers. Man konnte sich nicht vorstellen, dass hier eine ganze Familie gewohnt hatte.

Der Werkzeugkasten wog schwer, als er ihn hochhob. Ihn im Keller aufzubewahren war dumm. Er hätte sich denken können, dass es nur eine Frage der Zeit war, bis er ihn oben brauchte. Diesmal würde er im Haus bleiben.

August öffnete die Kellertür und griff nach dem Schalter, um die

Deckenlampe auszuschalten. Da fiel sein Blick zufällig auf die Gefriertruhe in der Ecke. Eine ganz gewöhnliche zusätzliche Gefriertruhe, von der Sven Jansson gesagt hatte, er habe Wildfleisch dort aufbewahrt. August hatte bereits hineingeschaut und festgestellt, dass sie leer war. Doch dreißig Jahre zuvor hatte jemand im selben Keller in einer anderen Gefriertruhe Jochen Bergs Tochter versteckt.

Unbegreiflich.

Er verließ den Keller.

Das Haus war charmant, aber seine Geschichte unbehaglich. Er verschloss sowohl die Kellertür als auch die Eingangstür und kontrollierte jeweils sorgsam an der Klinke, dass man sie nicht mehr öffnen konnte.

Er zog seine Schuhe aus und stellte sie in die Schuhablage. Da entdeckte er auf dem Boden im Eingang Fußspuren. August fuhr mit den Fingern durch den Dreck. Der erinnerte an Erde oder Kies, und es sah aus, als wäre jemand mit schmutzigen Schuhen ins Haus gegangen. Das Problem war, dass Augusts Schuhsohlen nicht so aussahen. Und als er kurz zuvor das Haus verlassen hatte, war da kein Schmutz gewesen. Oder?

Verdammt, wahrscheinlich werde ich jetzt schon verrückt, dachte er.

Mit einer einzigen impulsiven Bewegung strich er die Erde so aus, dass ein größerer, aber hellerer Fleck auf dem Boden daraus wurde.

Dann widmete er sich wieder dem Putzschrank.

Er öffnete die Tür und schaltete die Taschenlampe ein.

Vor allem die unteren Schrauben mussten angezogen werden.

Und als er so in der Hocke saß, mit dem Schraubenzieher in der einen Hand und der Taschenlampe in der anderen, entdeckte er es.

Auf dem Boden des Schranks, ein Stück von der Tür entfernt, lag – doppelt so groß wie eine Briefmarke – ein Foto.

August legte den Schraubenzieher weg und hob das Foto auf.

Noch eine Überraschung. Das Foto sah aus, als wäre es in einem Automaten gemacht worden. In dem Fall musste es eines von mehreren sein, denn die kamen ja immer als Streifen, und das konnte auch stimmen, denn die oberste Kante des Fotos war unregelmäßig, als wäre es von einem größeren Stück abgerissen worden.

Das Foto war schwarz-weiß und zeigte jemanden, der mit dem Rücken zur Kamera saß. Alles, was man sah, war ein langer, dicker Schwall Haare und ein paar Schultern.

August drehte das Bild um und fand einen anonymen Gruß, den jemand von Hand darauf geschrieben hatte. Der Gruß war nicht vollständig, sondern begann mitten in einem Satz.

In einer Linie mit der Kante, an der das Papier abgerissen worden war, las August:

… was mir geschehen ist.
Wenn du auf mich wartest,
warte ich auf dich.

April

Das Leben ist jetzt etwas leichter. Es ist heller, wir haben den Winter überstanden, die Tage werden immer länger, und ich habe mehr Energie. Außerdem habe ich mehr zu tun, und die Zeit läuft nur so davon. Zu Hause geht die Renovierung weiter. Die ist sehr viel umfangreicher geworden, als wir anfangs dachten. Es herrscht das totale Chaos, überall liegen Sachen herum. Fredrik arbeitet an einer Lösung, aber ich wage nicht, zu viel zu hoffen. Er ist jetzt erschöpft. Er schimpft auf die Handwerker und kämpft wie ein Idiot, um sie dazu zu bringen, schneller zu arbeiten. Ich begreife nicht, was er damit erreichen will, denn er macht damit nur uns beide unmöglich.

Wenn er sich nicht gerade unmöglich macht, arbeitet er. Oder ist auf repräsentativen Abendessen. Ständig dieses Smögen, ständig dieser Job.

Und ein Misstrauen.

Ich denke, dass es wieder so weit ist, dass er jemand Neues kennengelernt hat. Ein Misstrauen, das mich einerseits mit Erleichterung erfüllt, denn auch ich denke ja die ganze Zeit an jemand anders. Doch mit der Erleichterung kommt die Scham, denn ich muss diese Gedanken loswerden, ich muss das Feuer löschen, ehe es mich vernichtet.

So denke ich, meine Sehnsucht wird mein Untergang sein. Denn man darf nicht so fühlen, wie ich es tue, das ist so falsch und so beschämend, dass ich es kaum aufschreiben mag. Während ich schreibe, werden meine Wangen heiß und der Puls unregelmäßig. So lange bin ich ohne Lust gewesen. Und jetzt fühle ich alles mit einem Mal.

Die Frage ist, ob man es sieht. Kann man mir ansehen, dass es etwas gibt, das mein Herz rasen lässt?

Ich darf die Hoffnung nicht aufgeben, dass es mir gelingt, meine dunkle Sehnsucht zu verbergen. Ich darf die Hoffnung nicht aufgeben, dass sie vergehen wird, wenn ich nur abwarte. Alles andere wäre Wahnsinn.

Hier zu Hause ist alles wie immer, aber irgendwie schlechter, obwohl es mir selbst besser geht. Isak und Fredrik bewegen sich wie Schatten in dem Haus, das unser gemeinsames Heim sein soll. Wir sprechen nicht mehr miteinander, und ich weiß nicht, warum. Die Schule ist immer noch der Ort, an dem ich Kraft schöpfe. Ich habe mit meiner Klasse zu Ostern gebastelt und ein Osterkonzert für alle Eltern mit den Kindern vorbereitet. Die Schule ist mein bester Platz im Dasein.

Eine sehr gute Neuigkeit: Wir haben ein Klavier gekauft. Es ist alt und abgenutzt, aber schön.

Fredrik hat nichts verstanden, als ich mit dem Vorschlag kam, aber das ist ja kaum ungewöhnlich. Er weiß, dass ich spielen kann, denn als wir uns kennenlernten, war die Musik etwas, das uns verband. Doch dann wurde die Zeit zu knapp, ich hatte keine Möglichkeit, mein Spiel irgendwie weiterzuentwickeln. Heute fühlt es sich fast wie ein Geheimnis an.

Fredrik wirkt immer abwesender, und vielleicht bilde ich es mir nur ein, dass er eine Affäre hat. Vielleicht arbeitet er wirklich exakt all die Stunden, wie er behauptet. Das ist traurig, denn er verpasst so viel. Ich glaube, er sieht nicht einmal, wie Isak sich immer mehr verschließt. Ich habe Isak vorgeschlagen, er sollte mit dem Studienberater der Schule sprechen, doch er hat sowohl mich als auch die Idee von sich gewiesen. Dann ist er abgehauen, um Karl zu treffen. Die beiden sehen sich immer seltener, und in gewisser Weise freut mich das.

Andererseits macht es mich wahnsinnig unruhig.

Ich unternehme schon früh am Abend lange Spaziergänge. Manchmal habe ich Anna dabei. Sie ist eine gute Freundin und Zuhörerin. Sie merkt, dass ich es schwer habe, und muntert mich auf.

Wenn ich alleine unterwegs bin, meide ich den Steg und das Bootshaus, ich meide den Badeplatz und alle anderen Orte, an denen ich ihn zufällig treffen könnte. Aber vielleicht wünsche ich mir auch genau das Gegenteil.

Ein Gedanke, der mich mit Schrecken erfüllt.

Wenn ich mich trotz all der tausend Schritte nicht einmal einen Meter von der Katastrophe wegbewege, in die meine Lust mich führt.

5. September

»Habe ich dich erschreckt?«

Waren sie unaufmerksam gewesen?

Das glaubte Maria nicht. Doch es grämte sie, dass es ihnen entgangen war, dass Agnes Eriksson wahrscheinlich in einer destruktiven Beziehung gelebt hatte. Und es grämte sie enorm, Fredrik falsch eingeschätzt zu haben.

Die Zeugenaussage des Schornsteinfegers hatte die gesamte Ermittlung auf den Kopf gestellt. Die Mail über den Umzug zusammen mit der Zeugenaussage von Yvonne und den Fingerabdrücken auf der Kondomverpackung zeigten in ein und dieselbe Richtung: Agnes hatte eine Affäre gehabt. Und sie hatte vorgehabt, Fredrik zu verlassen. Aber irgendetwas war schiefgegangen. Die Theorie der Ermittlergruppe war, dass Fredrik ihren Plänen auf die Schliche gekommen war und sie gestoppt hatte.

Für immer.

Maria wurde wütend, wenn sie an die Halskette, das Blut und die glatten Felsen dachte. Hatte Fredrik Agnes verfolgt, sie gestellt und bedroht? Sie um ihr Leben laufen lassen?

Sie hatten jetzt die Überwachung auf Fredrik angesetzt und verfolgten jeden seiner Schritte. Der Staatsanwalt hatte am Abend zuvor das Abhören des Telefons bewilligt, das alles würde im Laufe der nächsten Stunden beginnen. Maria hatte zudem Akten aus den nahe gelegenen Gesundheitszentralen und Krankenhäusern bestellt, doch keine Hinweise auf mögliche Verletzungen gefunden. Einmal war Agnes vorstellig geworden, weil sie in der Schule hingefallen war und sich das Handgelenk verstaucht hatte. Das war die einzige körperliche Verletzung, für die sie einen Arzt aufgesucht hatte.

Es mangelte ihnen an konkreteren Beweisen, dass Agnes wirklich misshandelt worden war, und das bremste die Ermittlung.

In diesem Fall glaubte Maria mehr an die Überwachung als an das Abhören des Telefons, doch war es gut, dass der Staatsanwalt sich kooperativ verhielt. Sie hatten erwogen, Fredrik sofort festzunehmen, dann aber zusammen mit der Staatsanwaltschaft beschlossen, besser zu warten. Sie hatten zu wenig Material und immer noch keine Beweise dafür, dass Fredrik wirklich in das Verschwinden seiner Frau verwickelt war.

»Wir müssen einen kühlen Kopf bewahren«, hatte der Staatsanwalt gesagt. »Behaltet ihn unter Aufsicht, beobachtet, wohin er uns führt.«

Maria betete zu höheren Mächten, dass Fredrik ein Fehler unterlaufen würde und seine Nerven nicht stark genug für das Wagnis waren, in das er sich begeben hatte. Denn auch sie erkannte die Defizite, auf die der Staatsanwalt hingewiesen hatte. Am Ende des Tages würden sie es nicht ohne ein Geständnis schaffen.

Niemand glaubte mehr daran, Agnes lebend zu finden. Das war eine furchtbare Erkenntnis, ein brutales Scheitern.

Und es war ein unangenehmer Gedanke, dass die Lösung möglicherweise die ganze Zeit direkt vor ihnen gelegen hatte und Fredrik der gesuchte Täter sein könnte.

Fredrik, Agnes' eigener Ehemann.

Den sie überprüft und aus der Ermittlung ausgeschlossen hatten.

Maria versuchte, den Gedanken zu verdrängen, den sie gerade in Worte gekleidet hatte, doch das gestaltete sich schwerer als sonst.

Nicht alle Ehemänner, die schlagen, töten auch, dachte sie.

Und zwang sich zur Konzentration auf ihren Job.

Agnes würde Gerechtigkeit widerfahren.

Alles andere konnte warten.

Maria und Ray-Ray waren auf dem Weg zur Åsenskolan, dem Arbeitsplatz von Agnes. Sie gingen die kurze Strecke vom Wohnwagen zur Schule, die hoch auf dem Hügel mitten in Kungshamn lag, zu Fuß. Ray-Ray wäre lieber mit dem Auto gefahren (»die

Leute nehmen Fußgänger nicht ernst, Maria«), aber Maria hatte sich geweigert. Also unternahmen sie einen Spaziergang, und ausnahmsweise regnete es mal nicht.

Paul redete manchmal davon, dass sie nach Uddevalla ziehen sollten. Das sei, wie er sich ausdrückte, näher an der Zivilisation. Maria nahm an, dass er mit Zivilisation Göteborg meinte, doch sie war anderer Ansicht. Sie arbeitete und lebte gern in kleineren Orten. Früher einmal hatten sie in dieser Sache gleich gedacht. Sie hatten dieselbe Vision gehabt und dieselbe Liebe zu dem Ort, an dem sie wohnten – und zueinander.

Sie richtete sich auf.

Die Nacht war ruhig gewesen.

Ruhig genug, um ihr mehrere Stunden zusammenhängenden Schlafs zu ermöglichen. Sie hatte Tabletten gegen die Schmerzen genommen und fühlte sich stark. Das war natürlich ein trügerisches Gefühl, doch im Moment erfüllte es sie. Paul hielt sich zurück – wie immer, wenn er sie gerade erst verletzt hatte. Als würde er auf ihre Gegenreaktion warten. Er kommentierte nicht einmal, dass sie nicht rangegangen war, als er sie angerufen hatte.

Ray-Ray unternahm einen Versuch zum Smalltalk.

»Die Anruflisten«, sagte er, »all diese Anrufe von einem Handy, das wir nicht nachverfolgen konnten. Wir müssen die Person finden, die angerufen hat.«

Maria lief ein erwartungsfroher Schauer über den Rücken.

In Zeiten der modernen Technik gab es keine Geheimnisse.

Ohne sicher sein zu können, nahm Maria doch an, dass Agnes' Liebhaber die anonymen Anrufe getätigt hatte, und der musste einen Namen bekommen, um verhört und aus der Ermittlung ausgeschlossen werden zu können. Wenn der Liebhaber nicht gar der Täter war, den sie suchten. Maria machte sich noch einmal bewusst, welches Risiko es war, sich auf eine einzige Ermittlungsspur zu konzentrieren. Erst vor wenigen Tagen hatten sie die Halskette gefunden. Sie mussten auf weitere Überraschungen, die ihnen in den Weg kommen konnten, vorbereitet sein.

Die Rektorin der Åsenskolan empfing Maria und Ray-Ray in einem leeren Klassenzimmer. Sie hieß Sonia Ehrenkrona und war um die fünfzig. Obwohl sie Direktorin vieler Schulen in der Gemeinde Sotenäs war, hatte sie doch nicht in allen ein eigenes Büro, erklärte sie.

»Ich fand es wichtig, Sie hier in Agnes' Klassenzimmer zu treffen«, sagte Sonia.

Maria war noch nicht in diesem Klassenzimmer gewesen. Die Vernehmungen, die sie mit Agnes' Kollegen geführt hatte, hatten im Lehrerzimmer der Schule oder im Polizeirevier von Uddevalla stattgefunden. Oder im Wohnwagen.

»Wo sind die Kinder?«, erkundigte sich Ray-Ray.

»Auf einem Ausflug mit ihrem neuen Lehrer«, erwiderte die Rektorin.

Ihr Blick verriet nur abgrundtiefe Trauer, als sie die Worte »neuer Lehrer« aussprach.

»Ich möchte es natürlich so sehen, dass der neue Lehrer, Emil, eine Vertretung ist«, sagte sie, »dass sein Auftrag zeitlich begrenzt ist. Doch jetzt sind bald zwei Wochen vergangen, und ich …«

Sie unterbrach sich.

Weder Maria noch Ray-Ray korrigierten sie. Sie glaubten auch nicht, dass der neue Lehrer etwas anderes als ein dauerhafter Ersatz sein würde. Maria würde nicht aufgeben, ehe sie Agnes gefunden hatte. Doch die Wahrscheinlichkeit, sie lebendig zu finden, war inzwischen so gering, dass sie als unmöglich betrachtet werden musste.

Es tat weh, das zu denken.

Und das Böse erzeugte eine Wut, die Maria streng werden ließ.

»Wir haben gehört, dass Agnes eine sehr geschätzte Lehrerin ist«, sagte sie.

»Oh ja«, erwiderte Sonia. »Sie ist eine der besten, die ich je kennengelernt habe. Ihrem Beruf gegenüber unglaublich hingebungsvoll. Ich glaube ganz im Ernst, dass der Beruf zu den größten Freudenquellen ihres Lebens gehört.«

Dass der Beruf so wichtig für Agnes gewesen sein sollte, hätte auch negativ klingen können, doch das tat es nicht. Im Gegenteil. Als Maria den Blick durch das Klassenzimmer wandern ließ, sah sie nicht nur einen Arbeitsplatz, sondern etwas, was einem zweiten Zuhause glich. An zwei Wänden hingen Zeichnungen, und an einer dritten waren in verschiedenen Farben gestrichene Bücherregale voller Bücher angebracht.

Die Rektorin nickte zu den Bücherregalen hin.

»Agnes ist eine Meisterin im Entdecken von Secondhandschnäppchen«, erklärte sie. »Die meisten dieser Bücher hat sie auf Flohmärkten und dergleichen gefunden.«

Maria gefiel, dass die Rektorin von Agnes sprach, als würde sie noch leben. Bis das Gegenteil bewiesen war, musste sie natürlich so denken. Marias Blick fiel auf ein großes Klavier, das in der einen Ecke des Klassenzimmers stand. Es war älteren Modells, groß und klobig. Aber schön.

»Ist das Klavier auch ein Secondhandschnäppchen?«, fragte sie.

Die Rektorin lachte.

»Nein, das ist übrig geblieben, als der Musiksaal neu gemacht wurde«, erklärte sie. »Agnes spielt gern darauf und hat darum gebeten, es behalten zu können.«

Obwohl Maria gesehen hatte, dass es im Haus von Familie Eriksson ein Klavier gab, hatte sie doch keine Ahnung gehabt, dass Agnes selbst spielte. Maria sah verstohlen zu Ray-Ray, der keine Miene verzog. Vielleicht wusste er bereits von Agnes' Interesse für Musik.

»Wie sah es mit Agnes' Gesundheit aus?«, fragte er.

Sonia schrak zusammen.

»Sah?«, fragte sie.

»Entschuldigung«, erwiderte Ray-Ray. »Sieht.«

»Da müssen Sie sich genauer ausdrücken«, entgegnete die Rektorin verärgert.

»Ich möchte wissen, wie das Arbeitsumfeld hier ist«, verdeutlichte Ray-Ray. »Wie sieht es mit ihren Krankentagen aus?«

Die Rektorin dachte nach.

»Agnes ist ein gesunder Mensch«, sagte sie dann. »Achtet auf ihre Gesundheit und so. Sie war niemals länger krankgeschrieben, aber es kann schon sein, dass sie einzelne Tage gefehlt hat. Das geht ja wohl jedem mal so, nicht wahr?«

»Natürlich«, sagte Ray-Ray. »Im Grunde möchte ich wissen, ob sie öfter krank war als andere.«

Sonia schüttelte den Kopf.

»Und über längere Zeit gesehen?«, hakte Maria nach. »Wenn wir mal das vorige Schuljahr nehmen. Wie sah es da mit ihrer Abwesenheit aus?«

»So wie immer«, versicherte Sonia. »Ich würde mich daran erinnern, wenn ihre Krankmeldungen ein wiederkehrendes Problem gewesen wären.«

Als sie verstummte, sah sie aus, als würde sie über etwas nachdenken.

Maria und Ray-Ray beobachteten sie und warteten.

»Jetzt ist Ihnen was eingefallen«, sagte Maria, nachdem es eine Weile still gewesen war.

»Ja«, sagte Sonia gedehnt. »Mir ist tatsächlich etwas eingefallen. Im vorigen Spätherbst merkte ich, dass es Agnes nicht gut ging. Sie war nicht krankgeschrieben, aber sie wirkte bedrückt. Ich hatte Angst, sie würde auf ein Burnout zusteuern, doch sie ließ mich wissen, dass es private Dinge waren, die sie beeinträchtigten. Ich weiß nicht mehr, ob ich diese Erklärung abgekauft habe, doch ist es in jedem Fall immer besser, wenn man Probleme zu dem Zeitpunkt angeht, wenn sie entstehen und nicht später. Die Kommune bezahlte drei Sitzungen bei einem Therapeuten – ein examinierter Psychologe – in Uddevalla. Und ich hatte den Eindruck, als wäre es Agnes danach besser gegangen.«

Drei Sitzungen bei einem Psychologen.

In Marias Welt klang das nach sehr wenig, doch das behielt sie für sich. Außerdem hatte Agnes ja vielleicht beschlossen, den Psychologen auf eigene Rechnung noch weiter aufzusuchen, das wussten sie schließlich nicht.

»Wie hieß der Therapeut?«, fragte Ray-Ray.

»Den Namen habe ich nicht im Kopf«, sagte Sonia. »Aber ich werde ihn nachschauen und mich melden.«

Die Frustration machte Maria rastlos. Sie stand auf und ging zu den Zeichnungen, die am nächsten zu der langen Reihe von Fenstern hingen.

»Die haben die Kinder für Agnes gemalt«, erklärte Sonia. »Sie sind schön, nicht wahr?«

Sie lächelte wehmütig.

Sie weiß es, dachte Maria, genau wie wir. Dass Agnes verloren ist.

Die Zeichnungen hatten kein einheitliches Thema. Auf einer von ihnen war ein Berg Obst dargestellt, auf einer anderen etwas, das wie eine Kaffeetasse und ein Brot aussah.

»Sind die Zeichnungen ein Geschenk für Agnes?«, fragte Maria.

Die Rektorin schüttelte den Kopf.

»Emil, der neue Lehrer, hat gemerkt, dass die Kinder in großer Sorge sind und dass sie massenhaft Fragen haben, was ihr zugestoßen sein könnte. In dem Versuch, sie positiv an Agnes denken zu lassen, bat er sie, etwas zu zeichnen, was sie gern mit ihr gemacht haben. Eines fand offensichtlich, dass die tägliche Obstpause der große Höhepunkt war. Ein anderes, dass es am schönsten war, wenn sie ein Picknick machten.«

Mit einem Mal war es unerträglich, die Zeichnungen anzuschauen. Die Kinder, die sie gezeichnet hatten, waren gerade in die dritte Klasse gekommen. Für den Rest ihres Lebens würden sie mit der Erinnerung an die Lehrerin leben müssen, die verschwunden war, als sie noch Kinder waren.

Maria schluckte.

Eine der Zeichnungen stach heraus. Dort war ein großer goldfarbener Stern auf einem tiefblauen Hintergrund zu sehen. Unter den Stern hatte jemand mit krakeligen Buchstaben geschrieben: »Ich vermisse dich. Du bist mein Stern!«

Marias Blick verschwamm.

»Wie schön«, sagte sie leise und zeigte auf die Zeichnung.

Sonia nickte.

»Ja, wirklich«, sagte sie mit heiserer Stimme. »Viele fühlen sich berufen, doch nur wenige sind auserwählt. Agnes ist eine begnadete Lehrerin. Unter allen Sternen, die ich im Laufe der Jahre gesehen habe, gehört Agnes zu denen, die am stärksten leuchten.«

Vielleicht hätte August das Foto mit dem dazugehörigen Gruß, das er im Putzschrank gefunden hatte, romantisch finden sollen, doch konnte er sich nicht recht dazu durchringen. Er nahm das Foto mit, als er in den Laden radelte, und dort überlegte er genau, was ihn daran störte.

Vor allem zwei Dinge waren es.

Einmal war da der Text auf der Rückseite des Fotos. Der war so privat, so klar an einen besonderen Leser gerichtet, der besser als jeder andere verstand, was in den kurzen Zeilen vermittelt werden sollte. Vor dem Hintergrund der Geschichte des Hauses wagte August nicht anzunehmen, dass die Sache mit dem Text in irgendeiner Weise unkompliziert war.

Das andere, was ihn störte, war die Frage, wie das Foto in seinen Putzschrank gekommen sein könnte. Es konnte natürlich früheren Mietern gehören oder den Eheleuten Jansson, doch auch das nahm er lieber mal nicht an. Vor allem nicht, nachdem er Schuhabdrücke in der Diele entdeckt hatte. Abdrücke, von denen er nicht glaubte, dass sie von ihm selbst stammten, und die noch nicht da gewesen waren, ehe er in den Keller ging. Er war nur wenige Minuten weg gewesen – welcher Einbrecher plante auf diese Weise?

Wenn es überhaupt einen Einbrecher gab. August war das ganze Haus durchgegangen, und es fehlte nichts, nichts war gestohlen.

Er betrachtete das Foto. Vielleicht sollte er sich mit den Janssons in Verbindung setzen und ihnen erzählen, was geschehen war. Und ihnen das Bild zeigen. Möglicherweise konnten sie ja die Person identifizieren, die da fotografiert worden war.

Sein Handy klingelte.

Es war Henrik, der offensichtlich das Bedürfnis hatte, den gestrigen Austausch von Essensfotos und Artikeln über das Eishaus fortzusetzen.

»Wie läuft's?«

Dass er aber auch niemals wie ein normaler Mensch »Hallo« sagen konnte, wenn er anrief.

»Danke, gut.«

»Berichte.«

»Es läuft richtig gut.«

Henrik lachte gedämpft ins Telefon. Das klang nicht wie sein übliches Alte-Männer-Glucksen.

August kapitulierte.

»Ich weiß tatsächlich nicht, was du hören willst«, sagte er.

»Das weißt du sehr wohl«, erwiderte Henrik sachlich. »Ich will hören, dass du absurd viele Kunden hast und den alten Schrott zum selben Kilopreis wie Gold verkaufst. So in der Art.«

Henrik verstummte und wartete.

»Du hast meine ganze Geschäftsidee falsch verstanden«, sagte August. »Ich verkaufe keinen alten Schrott.«

Er dachte an die Sachen auf Jochen Bergs Dachboden. Einige davon konnte man nicht mal verschenken, doch sie wurden von den echten Funden aufgewogen, die dabei waren. Wie der Globus und einige der Keramikobjekte. Und die Büchersammlung.

»Das freut mich zu hören«, sagte Henrik. »Wie läuft's mit dem Sozialen? Du sitzt ja wohl nicht allein in diesem verdammten Haus, oder? Das Butterbrot, von dem du gestern ein Foto geschickt hast, sah ja ziemlich öde aus.«

August unterdrückte ein Seufzen.

Leider meinte Henrik wohl exakt, was er sagte. Wenn er an Augusts Stelle in Janssons Haus eingezogen wäre – übrigens eine völlig unmögliche Vorstellung –, dann hätte er sich in weniger als einer Woche eine Lebensgefährtin zugelegt. Hinterher hätte er dann nicht erklären können, wie das vor sich gegangen war, aber genau so wäre es gewesen. Henrik konnte Einsamkeit nicht ertragen und schien auch keinerlei Bedürfnis zu haben herauszufinden, warum das so war.

»Ich sitze nicht alleine da«, beteuerte August. »Ich habe Gesellschaft von allen möglichen Leuten. Zum Beispiel von einem Schornsteinfeger und möglicherweise einem Einbrecher.«

Das war die beste Antwort, die ihm einfiel. Sie schloss sowohl den Lesekreis als auch Maria Martinsson aus, an die er, wie er feststellen musste, zu allen möglichen Gelegenheiten denken musste. Maria, die er nur im *Belgier* getroffen hatte, deren Lächeln es August angetan hatte und das er häufiger sehen wollte. Sehr viel häufiger, genauer gesagt.

»Wie bitte?«, fragte Henrik, der mit Augusts Antwort wenig zufrieden war.

August erzählte ihm, was passiert war. Und am Ende berichtete er von dem Foto, das er gefunden hatte.

»Der Schornsteinfeger klingt normal, der Einbrecher nicht«, fasste Henrik zusammen. »Sieh mal einer an, da hast du schon einen Einbruch hinter dir!«

»Ich weiß nicht«, sagte August.

»Und dieses verdammte Bild«, sagte Henrik, »wo zum Teufel kommt das her? Zieh um. Hau einfach ab. Du bist da in einem verdammten Geisterhaus gelandet. Hast du die Artikel nicht gelesen?«

»Danke, ich habe sie gelesen«, sagte August. »Aber ich möchte nicht unter Druck stehen, wenn ich umziehe, das war ja der Grund, warum ich dieses Haus für eine längere Zeit gemietet habe. Ich wollte erst mal wirklich herausfinden, wo ich wohnen will. Und im Moment stehen ansonsten nicht viele Objekte zum Verkauf.«

»Du redest wie ein Amateur«, gab Henrik zurück. »Besitze den Markt. Schaffe die Gelegenheiten, die du suchst. Finde eine Bruchbude, die du haben willst, und schlag zu. Alle wollen verkaufen, wenn der Preis stimmt.«

Henriks Ausführungen waren ohne Frage unterhaltsam. In seiner Welt gab es keine Probleme, denen nicht mit Geld begegnet werden konnte. Er folgte der Logik der einfachen Lösungen, und das war befreiend. Gleichzeitig war es nicht der Lebensstil, der August ansprach, denn er wusste besser als Henrik, dass es tatsächlich Probleme gab, die mit Geld nicht zu lösen waren.

Zum Beispiel konnte man seine vorzeitig verstorbenen Eltern nicht zurückkaufen. Außerdem konnte man die Zeit, die man auf eine Beziehung verwandt hatte, die jahrelang auf Sparflamme gelaufen war, nicht zurückkaufen.

Hingegen hatte Hendrik natürlich recht, wenn er sagte, dass man sich ein Haus kaufen konnte.

»Wolltest du noch etwas Wichtiges?«, sagte er zu Henrik. »Ansonsten habe ich hier einiges zu erledigen.«

»Ich wollte auch heute einfach deine Stimme hören«, erklärte Henrik. »Mal horchen, ob du schon bereit bist, nach Hause zurückzukommen, aber so klingt es ja nicht gerade.«

»Korrekt«, erwiderte August entschlossen. »Das hier ist mein neues Zuhause.«

»Komm schon, du hast doch gar kein Zuhause«, sagte Henrik. »Du hast ein Haus, das Eishaus genannt wird und ein Tatort ist. Und du bist in eine Stadt gezogen, in der am selben Abend, als du ankamst, eine Frau verschwunden ist.«

August lehnte sich auf seinem Schreibtischstuhl zurück. Vor dem Fenster ging Richtung Hafen eine Frau mit einem Kinderwagen vorbei. Und auf der anderen Straßenseite parkte ein Mann sein Auto und betrat dann ein Kleidungsgeschäft. Das nannte man Alltag, und August gefiel, was er sah.

»Ich bin genau da, wo ich sein will«, sagte er zu Henrik. »Ich brauche nur ein bisschen Zeit für mich, um all das Praktische zu ordnen.«

Mit diesen Worten beendete er das Gespräch.

Kurz darauf saß er auf dem Fahrrad, unterwegs zu Sven und Esmeralda Jansson. Der Wind war nicht ganz so stark wie in den letzten Tagen, und August fand sogar, dass man die Fahrradtour fast ein wenig genießen konnte.

Das Ehepaar Jansson wohnte in einem älteren Haus einen Katzensprung vom Hotel Kungshamn und somit dem Altersheim Hallonet entfernt. August hatte nicht vorher angerufen und gefragt, ob es passen würde, wenn er käme.

Die Fahrt war nicht lang, eigentlich hätte er auch laufen können, aber das wurde ihm erst klar, als er angekommen war und das Fahrrad abstellte. In Janssons Viertel standen die Häuser dicht, aber doch nicht so wie auf Hovenäset. Außerdem waren sie sämtlich neuer als die meisten Häuser dort. August gefiel dieser Kontrast.

Der Klingelknopf kam ihm ziemlich träge vor, um so überraschender war der gellende Laut, der durch die Eingangstür zu hören war. Und dann Svens Stimme:

»Esmeralda, geh du mal hin. Sag, dass wir nichts wollen.«

Hinter der Tür waren eilige Schritte zu hören, und es wurde zweimal aufgeschlossen.

Dann glitt die Tür auf. Esmeralda sah erstaunt aus, als sie seiner ansichtig wurde.

»Aber, August, bist du das?«

August fand interessant, dass ein Paar, das so ängstlich war, dass es, selbst wenn es zu Hause war, die Haustür zweimal abschloss, einfach die Tür öffnete, ohne zu wissen, wer sie besuchte.

»Entschuldige bitte, dass ich hier einfach so reinschneie, aber darf ich einen Moment reinkommen?«

»Natürlich«, erwiderte Esmeralda und winkte ihn hinein. »Du bist sehr willkommen. Sven, es ist Strindberg! Trinkst du Kaffee?«

August nahm das Angebot an, und Esmeralda zeigte ihm den Weg in die Küche. Sven kam sogleich hinter ihnen her.

»Was für ein netter Besuch«, sagte er. »Steht das Haus noch?«

August versicherte, dass dies der Fall sei.

Er spähte in die Zimmer, an denen sie vorbeikamen. Das Haus der Janssons sah ungefähr so aus, wie er es sich vorgestellt hatte. Die Einrichtung ließ eine klare Linie und Thematik vermissen. Kiefermöbel drängten sich neben moderneren Möbeln in Eiche. Keine Wand war weiß, sondern sämtliche Zimmer waren mit gemusterten Tapeten in dunklen Farben tapeziert. Auf Tischen und Regalen lagen gehäkelte Deckchen, auf denen massenhaft kleine Bilder und gerahmte Fotografien standen. August fielen die vielen schönen Fotorahmen auf, die er sich merken wollte. Eine bunte Sammlung Rahmen würden sowohl dekorativ wirken als auch Kauflust bei den Kunden wecken, die seinen Laden besuchten.

»Setz dich«, sagte Sven und zog einen Küchenstuhl für August vor.

Er selbst setzte sich ihm gegenüber, während Esmeralda Kaffee kochte.

»Wie geht es dir?«, fragte Sven. »Ich habe viel von dir und deinem Laden reden hören. Der muss bald mal aufmachen, damit die Leute ihre Neugier stillen können.«

»Er ist schon geöffnet«, erwiderte August. »Oder besser gesagt: Er ist nicht geschlossen. Ich lasse die Leute es so auffassen, wie sie wollen.«

Esmeralda stellte eine Tasse Kaffee vor ihn hin.

»Darf es auch eine Zimtschnecke sein?«, fragte sie.

»Schrecklich gern«, sagte August.

»Du hast ja keine Allergien, oder?«, erkundigte sich Esmeralda.

Sven verdrehte die Augen.

»Natürlich nicht«, sagte er. »Das sind nur unsere Schwächlinge von Schwiegersöhnen, die mit solchem Mist kommen.«

Esmeralda warf ihm einen strengen Blick zu.

»Du sollst nicht schlecht über die Männer von den Mädchen reden«, mahnte sie, »sonst wollen die uns irgendwann nicht mehr besuchen.«

August hielt sich aus der Diskussion raus, zumal er weder Kinder noch Allergien hatte, und Eltern auch nicht mehr.

»Ich habe ein Anliegen«, begann er.

Esmeralda und Sven horchten auf.

»Aber ja«, sagte Esmeralda und setzte sich. »Jetzt hören wir mal gut zu, Sven.«

»Sprich für dich selbst, ich bin es nicht, der hier schlecht hört.«

»Aber …«

August beeilte sich, seine Frage zu stellen, ehe das Paar auf ein neues Streitthema geriet.

»Ich habe gestern dieses Bild im Putzschrank gefunden«, sagte er und zeigte das Foto. »Ist das jemand, den ihr wiedererkennt?«

Sven und Esmeralda sahen sich abwechselnd das Foto an.

»Wir haben unser Haus niemandem mit solchen Haaren vermietet«, sagte Sven entschieden.

»Es könnte ja auch ein Besucher gewesen sein«, ergänzte Esmeralda. »Oder nicht einmal das. Ich meine, das auf dem Foto muss ja nicht unbedingt jemand sein, der im Haus gewesen ist. Wobei das schon seltsam ist, dass es im Putzschrank lag. Ich denke, da hätte ich es sehen müssen.«

Da war August jetzt nicht so sicher, doch er konzentrierte sich auf das Wichtigste. Er wollte sich im Haus sicher fühlen können, was im Moment nicht der Fall war. Nicht nachdem er das Klopfen an der Fensterscheibe gehört und die Spuren eines ungebetenen Gastes gesehen hatte.

»Wann habt ihr das Haus zum letzten Mal vermietet?«, erkundigte er sich.

Esmeralda und Sven sahen einander an und dann zu August. Sven saß vorgebeugt, sodass sein Bauch über den Hosenbund quoll und der Stoff seines karierten Hemds zwischen den Knöpfen aufsprang.

»Ja«, sagte er gedehnt, »das war wohl im Frühjahr, oder?«

»Stimmt«, bestätigte Esmeralda. »Danach stand es leer. Oder je nachdem, wie man es sieht.«

August lächelte.

»Wie man es sieht?«, fragte er.

Sie erklärte:

»Ich meine, das Haus ist für einige Wochen während des Sommers an Touristen vermietet gewesen, doch die letzten Mieter, die einen längeren Vertrag hatten – so wie du –, waren die im Frühjahr.«

Sven klapperte mit seiner Kaffeetasse auf der zerbrechlichen Untertasse.

»Das war eine Familie hier in Kungshamn, die im Zusammenhang mit der Renovierung ihres eigenen Hauses einen Ort brauchte, um ihre Möbel und Sachen einzulagern, während die Handwerker arbeiteten. Wir ließen sie die Sachen ins Haus stellen und haben dann die Miete danach festgelegt. Ich meine, wir mussten dafür das Haus ja nicht einmal ordentlich heizen. Sie wollten nur einen Platz, wo sie die Sachen trocken und sicher stellen konnten.«

Er sah rasch zu Esmeralda und fuhr dann fort:

»Das war die Familie Eriksson, an die wir vermietet hatten. Agnes und Fredrik Eriksson.«

August vermochte sein Erstaunen nicht zu verbergen.

»Wir finden, dass man darüber nicht so viel reden sollte«, sagte Esmeralda und sah unglücklich aus. »Die Leute quatschen und tratschen sowieso so viel über unser Haus.«

Das fand August nicht sehr verwunderlich. Das Haus schien ja ein Magnet für entsetzliche Schicksale zu sein.

»Darf ich fragen, warum ihr das Haus ursprünglich gekauft habt?«, fragte er. »Denn selbst habt ihr ja wohl nicht dort gewohnt, oder?«

Sven sah bedrückt aus.

»Das war wohl hauptsächlich meine Idee«, sagte er. »Es ist schließlich zu einem sehr niedrigen Preis verkauft worden, als der Ehemann zu einer Gefängnisstrafe verurteilt worden war. Niemand wollte es haben, und trotzdem dachte ich, dass wir es weiterverkaufen und Geld damit verdienen könnten. Doch jedes Mal, wenn wir kurz vorm Verkauf standen, endete es auf dieselbe Weise – nämlich damit, dass der Käufer erfuhr, was in dem Haus passiert war. Und dann war es gelaufen.«

August war unsicher, wie er weitermachen sollte, und das war wohl offensichtlich, denn Esmeralda half ihm auf die Spur.

»Warum fragst du denn, wann das Haus das letzte Mal vermietet wurde?«, erkundigte sie sich, spürbar unangenehm berührt vom Verlauf des Gesprächs.

August beschloss, ohne Umschweife zur Sache zu kommen.

»Ich wollte einfach sichergehen, dass nur ich einen Schlüssel zum Haus habe und ihr«, sagte er. »Ist das so?«

In der Küche wurde es mucksmäuschenstill. Sven und Esmeralda sahen aus, als würden sie aus allen Wolken fallen.

»Wurde bei dir eingebrochen?«, fragte Sven.

»Nein«, erwiderte August.

»Aber du glaubst, dass jemand im Haus war und das Foto dorthin gelegt hat?«

Sven sah skeptisch aus.

»Ich weiß nicht, was ich glaube«, sagte August ehrlich und vermied es, die Schuhabdrücke zu erwähnen. »Ich habe keine Einbruchsspuren an der Tür oder an den Fenstern gesehen. Und im Grunde bin ich sicher, dass ich nicht vergessen habe, hinter mir abzuschließen. Doch es stört mich, dass es überhaupt die Möglichkeit geben könnte, dass jemand anders ins Haus kommt. Wenn noch mehr Schlüssel im Umlauf sind, dann wäre doch vielleicht jetzt die Gelegenheit, die Schlösser auszuwechseln.«

Esmeralda berührte ihr Haar, als wolle sie sich versichern, dass es noch richtig saß.

»Das können wir schon heute richten«, sagte sie. »Nicht wahr, Sven?«

Sven nickte.

»Natürlich, das lösen wir«, sagte er.

»Danke«, erwiderte August. »Wäre toll, wenn das ginge.«

»Ich ruf sofort den Schlosser an«, fügte Esmeralda hinzu und stand auf.

»Mach das«, sagte Sven. »Mit etwas Glück kommt der noch vor heute Abend.«

In Cecilias Kopf hatte ein Gedanke Gestalt angenommen, der ihr keine Ruhe ließ. Als die Mittagszeit vorbei war, konnte sie einfach nicht länger bei der Arbeit bleiben.

»Ich weiß nicht, was mit mir los ist«, sagte sie zu ihrer Kollegin Harriet. »Mir tut dermaßen der Kopf weh, und ich bin total müde. Wenn das bloß nicht die Grippe ist.«

Harriet, von Erling stur die Heisere Harriet genannt, weil sie immer so eine raue Stimme hatte, klang erschrocken.

»Du siehst auch wirklich nicht gut aus«, sagte sie. »Warum stehst du dann hier? Geh nach Hause, ehe du uns alle noch ansteckst.«

Cecilia errötete vor Scham.

Sie, die weder in der Schule noch in der Arbeit auch nur einen einzigen Tag geschwänzt hatte, war nun im Alter von sechsundvierzig Jahren Debütantin in Sachen Rebellion. Doch fühlte sie sich überhaupt nicht so, als sie mit rasendem Herzen und einem Schlafmangel, der sie um den Verstand zu bringen drohte, auf dem Bürgersteig vor ihrem Arbeitsplatz stand.

Einen Augenblick lang war sie nahe daran loszuheulen.

Sie brauchte einen Plan, und zwar schnell.

Mit zögerlichen Schritten ging sie nach Hause. Das war ein Weg, für den sie normalerweise eine Viertelstunde brauchte, vielleicht würde diese Zeit reichen, damit sie sich sammeln konnte.

Ich muss mit jemandem reden, dachte sie. Wen kann ich anrufen?

Auf diese Frage gab es keine gute Antwort. Jedenfalls keine, die sie akzeptieren wollte. Es gab niemanden, den sie in diesem Dilemma, mit dem sie sich herumschlug, anrufen konnte, davon musste sie einfach ausgehen.

Bis zu dem Tag, an dem sie Mutter wurde, war Cecilia eine

furchtlose Person gewesen. Nicht sorglos oder rücksichtslos, aber sie hatte sich sicher gefühlt. Sie hatte sich selbst herausgefordert, Dinge wie Fallschirmspringen und einen Job als Kindermädchen in Norwegen gewagt.

Sie war überzeugt, dass sie diese Abenteuer gebraucht hatte, um zu begreifen, wo sie hingehörte.

An die Westküste.

Nach Kungshamn.

Eigentlich hatte sie daran nie gezweifelt, sondern nur die Bestätigung für etwas gebraucht, was sie schon wusste.

Vielleicht machten ihr Karls Ambitionen, Astronaut zu werden, deshalb solche Angst. Das war nicht mit einem Au-pair-Job in Norwegen oder einem Fallschirmsprung zu vergleichen. Karl hatte einen Plan, und es war ziemlich klar, dass er alles tun würde, um ihn zu verwirklichen.

Und jetzt wurde Cecilia zwischen Hoffnung und Verzweiflung hin- und hergerissen, zwischen Kampfeslust und Resignation. Der Fund des blutverschmierten Pullovers veränderte so viel mehr, als Cecilia auch nur benennen wollte. Sie hatte ihn so sorgfältig wie möglich verglichen, und obwohl sie nur zu gern Zweifel gehabt hätte, kam sie doch zu ein und demselben Schluss:

Der Pullover gehörte Isak.

Das war eine Überzeugung, die sie am liebsten losschreien ließ.

In was hat er dich hineingezogen, Karl?

Sie brauchte eine Antwort auf diese Frage.

Die Luft war kalt und feucht, und sie schob die Hände in die Taschen. Jetzt konnte sie ihr Haus sehen und etwas weiter hinten das Meer. Grau und hart. Cecilia dachte an die Halskette, die man bei der Suche gefunden hatte, und spürte, wie sich ihr Magen vor Angst zusammenzog. Ein Gedanke ging ihr durch den Kopf:

Wenn Agnes Eriksson doch nur ertrunken wäre und nicht irgendeinem geplanten Verbrechen zum Opfer gefallen ist.

Das Haus wirkte leer und abweisend, als sie es betrat.

Cecilia hängte ihre Jacke auf und stellte die Tasche ab. Sie nahm die Treppe ins obere Stockwerk, immer zwei Stufen auf einmal, genauso ängstlich davor, entdeckt zu werden, wie ins Zweifeln zu geraten, ehe sie überhaupt angefangen hatte.

Es gab gewisse Dinge, die man als Eltern nicht tat.

Man schlug seine Kinder nicht.

Man zwang sie nicht, hungrig vom Tisch aufzustehen.

Und man durchsuchte ihre Zimmer nicht.

Wenn man nicht einen richtig guten Grund dafür hatte, dachte Cecilia. Dann musste man gegen die letztgenannte Regel verstoßen können.

Die Tür von Karls Zimmer war zu. So verließ er es immer morgens. Wie eine stille, aber deutliche Erinnerung daran, welchen Teil des Hauses er als sein eigenes Königreich betrachtete. Eine Grenze, die zu respektieren Cecilia schwerfiel, wenn ihre Albträume sie nachts in den Wahnsinn trieben.

Sie holte tief Luft und betrat das Zimmer ihres Sohnes.

Verzeih mir, Karl, aber ich muss erfahren, was Isak dir aufgenötigt hat.

Der Raum roch nach Teenager. Sauerstoffarme Luft mit einem Einschlag von Schweiß und gleichermaßen Deodorant. Cecilia stand ratlos mitten im Zimmer. Sie wusste nicht, was sie suchte. Mit zögerlichen Bewegungen hob sie wahllos ein paar Bücher hoch, die auf Karls Schreibtisch lagen. Normale Bücher, in der Bibliothek des Gymnasiums in Uddevalla ausgeliehen. Cecilia blätterte darin und legte sie wieder auf den Tisch. Es durfte nicht erkennbar sein, dass sie da gewesen war und rumgeschnüffelt hatte.

Dann nahm sie ein paar Zeitschriften, amerikanische Magazine, von denen sie wusste, dass Karl sie im Netz bestellte. Alle hatten Raumfahrt oder Technik zum Thema.

Allmählich ging es leichter. Sie öffnete eine Schreibtischschublade, dann noch eine. Ihre Bewegungen wurden entschlossener, zielgerichteter, obwohl sie immer noch keine Idee davon hatte, was sie suchte.

Das Bett. Es war ordentlich gemacht. Keine Falte, weder in der Decke noch im Laken, als sie den Überwurf wegzog. Beim Anblick des Ordnungssinns ihres Sohnes überwältigte Cecilia ein Gefühl der Zärtlichkeit. Von wem hatte er den geerbt? Von seinen Eltern war niemand so bedacht darauf, alles richtig zu machen.

Cecilia wagte nicht, Decke und Laken aufzuschlagen, denn dann würde sie das Bett nicht auf dieselbe Weise wiederherstellen können, ohne Verdacht zu erregen. Doch sie schaute unter das Bett und hob die ganze Matratze hoch, um zu sehen, ob dort etwas lag. Das war nicht der Fall.

Der Kleiderschrank. Als sie selbst noch zu Hause gewohnt hatte, hatte sie dort ihre geheimen Dinge aufbewahrt. Die Pillenschachteln, die sie ihren Eltern nicht zeigen wollte, die Tagebücher, die nur für ihre Augen bestimmt waren. Karls Schrank war ebenso aufgeräumt wie sein Bett. Gleichmäßige Reihen mit Hemden und Hosen, gerade Stapel mit pedantisch gefalteten Pullovern. Die langärmeligen und die kurzärmeligen jeweils für sich.

Dieses Bedürfnis nach Struktur. Sie hatte das durchaus gesehen, aber das Ausmaß nicht erkannt.

Was hatte sie noch übersehen?

Vielleicht nicht so viel, wie sie befürchtet hatte. Jedenfalls fand sie keine Spuren von irgendwelchen belastenden Geheimnissen. Was kein Wunder war. Wenn Karl Geheimnisse der Art hatte, die Cecilia befürchtete oder sich eingebildet hatte, dann würde er sie nicht im Schrank oder im Bett oder im Schreibtisch verstecken. Das wurde ihr jetzt klar. Hier konnte sie suchen, bis ihr die Finger bluteten, und würde doch nichts finden. Karl besaß eine Intelligenz, einen Verstand, an den der größte Teil der Menschen nicht herankam.

Der blutverschmierte Pullover hatte auf dem Dachboden gelegen.

Unter einer Kommode.

Wenn Cecilia nicht raufgegangen wäre, um nach Sachen für den Secondhandladen zu suchen, dann hätte sie ihn nicht gefunden.

Vielleicht sollte sie dort auf dem Dachboden suchen und nicht in Karls Zimmer. Oder in der Garage.

Oder bei Isak.

Sie könnte hingehen, klingeln und so tun, als würde sie sich Sorgen um die Familie machen. Fredrik würde sie schon reinlassen. Je mehr sie darüber nachdachte, desto überzeugter war sie. Karl hatte seit Agnes' Verschwinden unzählige Stunden bei Isak verbracht.

Und Isak war bei ihnen gewesen.

Wer wusste, was die beiden vereinbart hatten? Isak hätte sich sogar allein auf den Dachboden begeben können. Hatte Isak nicht auch einmal in Karls Zimmer gewartet, als der vom Fußballtraining kam und noch duschen musste? Sie glaubte, Ja.

Glaubte, aber war nicht sicher.

Weil nichts mehr sicher war.

Nichts.

Cecilia machte Karls Kleiderschrank zu.

Sie musste woanders suchen.

Doch vor allen Dingen musste sie mit Erling sprechen, ihn dazu bringen, ihr zuzuhören.

Sie ging in ihr Arbeitszimmer. Da hob sie den Haufen Bügelwäsche vom Sessel, wo sie ihn aufgetürmt hatte, und nahm das Sitzkissen heraus. Dort hatte sie den Pullover in der Plastiktüte versteckt.

In einer einzigen Bewegung zog sie ihn heraus und hielt ihn vor sich. Verglich ihn sicher zum hundertsten Mal mit dem Bild, das sie auf der Website von Missing People gefunden und jetzt in ihrem Handy gespeichert hatte.

Dann rief sie Erling an.

Nach viel zu langem Klingeln ging er ran.

»Endlich!«, rief sie. »Ich dachte schon, ich würde dich nie erreichen.«

Erling klang wie immer verwirrt.

»Cecilia, ich arbeite.«

Es hallte, als er redete. Wahrscheinlich stand er irgendwo beim Streichen in einem leeren Raum. Das war ihr egal. Denn jetzt ging es um Karl, und da musste Erling zuhören.

»Ich glaube, dass Isak Karl in irgendwas reingezogen hat«, sagte sie.

Ihre Stimme war so dünn, dass sie versagen würde, wenn sie das Unnennbare aussprechen wollte.

»Cecilia, ich …«

»Ich glaube, dass Karl etwas weiß. Über Agnes.«

Sie hörte, wie Erling sich bewegte. Als er wieder sprach, war das Echo weg.

»*Karl*? Hast du völlig den Verstand verloren?«

»Erling, ich habe auf dem Dachboden einen blutverschmierten Pullover gefunden. Gestern. Ich weiß, dass er Isak gehört. *Und er lag auf unserem Dachboden.* Wie soll er wohl da hingekommen sein?«

»Gestern? Du hast den *gestern* gefunden, ohne was zu sagen?«

Erling atmete schwer.

»Jetzt beruhige dich mal«, schnauzte er. »Hörst du, was ich sage? Es ist ja wohl klar, dass unser feiner Junge nicht in so einen … Scheiß verwickelt ist.«

Cecilia begann zu weinen.

»Natürlich hat Karl nichts getan! Aber der Pullover muss doch irgendwie hierhergekommen sein. Und er ist ja andauernd mit Isak zusammen. Der sich so seltsam verhalten hat, seit Agnes verschwunden ist.«

Erling schien nachzudenken.

»Isak?«, flüsterte er. »Verdammt, ich weiß nicht, ob ich …«

»Doch«, unterbrach ihn Cecilia, »das weißt du. Isak war schon immer so kalt. Und der Pullover gehört ihm. Ich weiß, dass es so ist. Ein Gant.«

Erling verarbeitete, was sie gesagt hatte.

»Isak war ja schon ziemlich oft bei uns«, sagte er. »Hat er nicht einmal sogar übernachtet?«

Jetzt waren sie in dieselbe Richtung unterwegs.

Isak fand sich in ihrem Haus zurecht, er musste Karl gar nicht eingeweiht haben.

Wieder stiegen Cecilia die Tränen in die Augen.

»Karl ist so furchtbar loyal«, sagte sie. »Was, wenn er einen Fehler gemacht und etwas Dummes getan hat?«

Erlings Stimme klang jetzt heiser.

»Dann geht das ganze Astronautending den Bach runter«, sagte er.

Cecilia hörte auf zu weinen.

»Das nun wäre nicht so schlimm«, begann sie, »ich dachte mehr, dass …«

Da schnauzte Erling sie wieder an.

»Cecilia, denke nicht einmal daran. Du wirst nicht Karl in die Scheiße reiten, nur damit er auf der Erde bleibt. Das akzeptiere ich nicht.«

Cecilia wurde eiskalt.

»Natürlich nicht«, beteuerte sie. »Ich meine nur, dass … ich dachte …«

Das ganze Astronautending geht den Bach runter.

Wie herrlich das wäre. Der Gedanke kam und verschwand sofort wieder, und Cecilia schämte sich.

»Entschuldige«, flüsterte sie ins Telefon. »Ich weiß nicht, was in mich gefahren ist. Ich …«

Sie verstummte.

»Versteck den Pullover«, sagte Erling. »Hörst du, was ich sage? Versteck den Pullover. Bestrafe Karl nicht, nur weil du willst, dass er bei uns bleibt. Okay? Ist das okay, Cecilia?«

Sie nickte für sich allein und verpackte den Pullover wieder.

»Ich verspreche es«, sagte sie. »Ich werde den Pullover niemandem zeigen.«

Erling war äußerst skeptisch, das hörte sie.

»Ich sage nicht, dass wir den Pullover behalten sollen«, sagte er.

»Aber wir müssen Karl schützen. Sind wir uns darüber einig? Ich muss nachdenken, das kommt alles so plötzlich.«

Cecilia nickte wieder.

Karl zu schützen war immer ihre vorrangige Aufgabe gewesen, seit sie wusste, dass sie mit ihm schwanger war. Ausgeschlossen, ihn jetzt im Stich zu lassen.

Ältere Polizisten sprachen immer von einer Ermittlungskurve. Jeder Fall hatte seine eigene. Sie konnte steil und kurz sein, wenn man schnell oder umgehend einen Durchbruch in der Ermittlung erreichte, oder sie war flach und lang. Maria fragte sich, was wohl ihre ältesten Kollegen gesagt hätten, wenn sie die Ermittlungskurve gesehen hätten, die auf Agnes' Verschwinden folgte. Sie selbst hatte so etwas noch nie erlebt.

Maria saß im Wohnwagen und bereitete die Befragung von Agnes' Psychologen vor. Der Regen trommelte aufs Dach, und jedes Mal, wenn sie sich bewegte, gab der Wagen nach. Zu ihrem Erstaunen musste Maria erkennen, dass sie sich an das Schwanken des Wagens nicht nur gewöhnt hatte, sondern es sogar mochte.

Sonia, die Rektorin der Åsenskolan, hatte den Namen des Psychologen geschickt. Er hieß Hans Oscarsson, hatte eine Praxis in Uddevalla und sollte jetzt also vernommen werden. Das allerdings nicht in Uddevalla, sondern auf Rösholmen, wo er wohnte. Der Staatsanwalt hatte auf der Grundlage der laufenden Voruntersuchung und der Eile, die hier geboten war, die Schweigepflicht über Agnes' Behandlung aufgehoben.

Die Wohnwagentür wurde aufgerissen.

Maria erstarrte bei dem unerwarteten Geräusch.

»Habe ich dich erschreckt?«

Ray-Ray sah sie besorgt an.

Sie rang sich ein Lächeln ab.

»Nein, nein, ich war nur ganz in Gedanken.«

»Guck mal, das schicken die von der Überwachung gerade.«

Er reichte ihr sein Handy. Die Überwacher verfolgten jeden Schritt, den Fredrik unternahm, und das Telefon wurde inzwischen auch abgehört.

Ein silbermetallicfarbener Volvo füllte das Display aus.

»Scroll weiter«, sagte er.

Noch mehr Bilder vom selben Auto. Auf dem dritten war der Fahrer im Profil zu erkennen. Es war Fredrik.

»Was ist das für ein Auto, in dem er herumfährt?«, fragte Maria.

»Offensichtlich gehört es einem Nachbarn«, sagte Ray-Ray. »Sein eigener Opel ist in der Werkstatt.«

»Warum?«

»Wir haben vorhin bei denen nachgefragt. Scheinbar ist ihm ein Dachs ins Auto gelaufen, und der Kühler ist beschädigt.«

Maria besah sich noch einmal die Bilder. Irgendetwas an dem silberfarbenen Volvo störte sie. Und dann die Umgebung, in der die Fotos gemacht worden war. Maria fand sich nicht zurecht. Zumindest nicht gleich.

»Wo ist das denn?«

»Hovenäset«, erwiderte Ray-Ray.

Maria drehte sich um.

»Hovenäset? Was macht er da denn?«

»Laut Überwachung hat er das Auto ein Stück vom Eishaus entfernt geparkt und dann dagesessen und gewartet. Bestimmt eine Stunde lang. Dann kam ein Leichenwagen angefahren, und da ist er abgehauen.«

Maria brach in Gelächter aus.

»Das wird wohl unser Freund August Strindberg gewesen sein mit dem Leichenwagen«, erklärte sie. »Offenbar gehörte der zu dem Bestattungsinstitut.«

Ray-Ray sah sie skeptisch an.

»Der Typ hat auch keine Angst, schräg zu sein«, stellte er fest.

»Ich weiß«, sagte sie. »Ich mag das.«

Schon war es gesagt und zu spät. Ray-Ray warf ihr einen langen warmherzigen Blick zu.

»Gut zu wissen«, meinte er. »Wenn ich jemals auf die Idee

komme, dich anzubaggern, dann werde ich mir Strindbergs Leichenwagen ausleihen.«

»Sieh dich vor«, erwiderte sie.

Maria legte Ray-Rays Telefon weg und wurde ernst. Warum war Fredrik zum Eishaus gefahren und hatte da eine Stunde lang gesessen? In einem Auto, das nicht ihm gehörte?

»Wissen wir, von wem er das Auto geliehen hat?«, fragte sie.

Ray-Ray kratzte sich im Nacken.

»Ja, also«, begann er, »der Wagen ist auf einen Nils Blomberg angemeldet, der in Göteborg gemeldet ist, aber zwei Hütten von den Erikssons entfernt ein Sommerhaus besitzt. Wir warten mal noch damit, mit ihm Kontakt aufzunehmen. Vielleicht können wir ja durch das Abhören des Telefons erfahren, wie gut sie bekannt sind und ob sie sich üblicherweise gegenseitig Autos ausleihen.«

Maria merkte, wie die Ungeduld in ihr hochkochte.

Das silberfarbene Auto … sie hatte von so einem in dieser Ermittlung schon mal gehört, konnte sich aber nicht mehr erinnern, wann.

Und das Eishaus auf Hovenäset. Über das so viele Gerüchte in Umlauf waren, das solche Unruhe verursachte und Tatort eines der schlimmsten Verbrechen war, das seit Jahrzehnten in dieser Gegend begangen worden war.

»Ich glaube, bevor ich heute Schluss mache, werde ich noch mal mit dem Rad bei unserem Freund Strindberg vorbeifahren«, kündigte Maria an.

Sie mussten herausfinden, ob August etwas Seltsames oder eine Veränderung in Janssons Haus aufgefallen war. Vielleicht hatte er Beobachtungen gemacht, die er vergessen hatte zu erwähnen oder von denen er glaubte, dass sie uninteressant seien.

Ray-Ray zog eine Augenbraue hoch.

»Im Ernst? Nimm lieber ein Auto. Hovenäset liegt ja nicht gerade auf deinem Nachhauseweg. Oder ruf ihn einfach an.«

Maria griff nach ihrem Fahrradhelm. Sie wusste, wo Hovenäset lag. Und sie wusste auch, dass sie August genauso gut anrufen konnte. Aber sie wollte nicht.

Sie wollte ihn treffen.

»Es tut gut, sich zu bewegen«, sagte sie nur.

Ray-Ray zeigte zur Decke, wo man das Trommeln der Regentropfen auf das feste Dach des Wohnwagens hörte.

»Bist du sicher, dass ich nicht einfach mitkommen soll, nachdem wir bei Oscarsson waren? Das würde ich schon noch schaffen.«

»Ganz sicher«, erwiderte Maria. »Du weißt doch, auf Regen folgt Sonnenschein.«

Sie blinzelte ihm zu.

Ray-Ray sah zufrieden aus.

»Dann mal auf zum Psychologen«, sagte er. »Ich glaube, wir könnten beide mal einen Schwung Klugheit gebrauchen.«

Rösholmen lag mitten zwischen Kungshamn und Smögen. Die Insel war nur per Boot zu erreichen, was eigentlich bedeutet hätte, dass Hans Oscarsson aufs Festland kommen müsste, um die Polizei zu treffen, und nicht umgekehrt. Doch Ray-Ray liebte es, mit dem Boot zu fahren, und da spielte es auch keine Rolle, dass es nur mickrige zweihundert Meter zum Gästehafen von Rösholmen war. Er wollte mit dem Boot dorthin.

»Kommt ja schließlich nicht jeden Tag vor, dass man im Dienst Boot fahren darf«, sagte er und setzte eine Sonnenbrille auf, und zwar nicht, weil die Sonne plötzlich geschienen hätte, sondern um keinen Regen in die Augen zu bekommen.

»Ja, in der Tat«, erwiderte Maria trocken. »Herrlicher geht's gar nicht.«

Sie fuhren mit einem von Ray-Rays privaten Booten – er besaß drei Stück, und dies war ein einfacher Kunststoffkahn mit einem 50-PS-Außenborder. Bei schönem Wetter hätte Maria die Reise genossen. Jetzt war die Situation eine andere.

»Wenn du willst, kann ich dich hinterher gleich weiter nach Hovenäset bringen«, versuchte Ray-Ray es noch einmal.

Er musste laut rufen, um den Motor zu übertönen.

»Danke, schon entschieden. Ich nehme das Rad«, entgegnete Maria.

Rösholmen war eine sehr kleine Insel, die von kargen Felsklippen und neu gebauten Mehrparteienhäusern bestimmt war. Neben den Häusern lagen zwei Tennisplätze.

Hans Oscarsson wohnte ganz oben in einem der Häuser mit Blick auf Kungshamn. Er begrüßte sie mit Filzpantoffeln an den Füßen und einem Paar allzu enger Jeans, zu denen er ein grünes Hemd mit aufgekrempelten Ärmeln trug. Maria betrachtete seine stark behaarten Unterarme und dachte, dass er mit einem solchen Pelz wohl keine langärmeligen Kleidungsstücke benötigte.

Er bat sie herein und ging vor ihnen her ins Wohnzimmer. Die Wohnung hatte, wie so viele neue Häuser, einen offenen Wohnbereich und große Fensterpartien. Etwas ungewöhnlicher war, dass keine einzige Wand weiß war, sondern alle in kräftigen Farben gestrichen waren. Maria fand das gemütlich, aber Ray-Rays skeptische Miene verriet, dass er da anderer Ansicht war.

Das Haus war insgesamt nicht mehr als vier Etagen hoch, doch das genügte schon, um den Ausblick von Hans Oscarssons Fenstern als großartig bezeichnen zu können. Maria nahm auf einem gestreiften Sofa Platz und Ray-Ray in einem Lehnstuhl, der unbequem aussah. Ihr Gastgeber setzte sich auf einen goldfarbenen Hocker.

»Ich habe Rückenprobleme«, erklärte er als Antwort auf die Frage, von der er annahm, dass seine Besucher sie stellen wollten. »Da sitzt man auf einem Hocker besser.«

Davon hatte Maria keine Ahnung, aber vielleicht sollte sie sich das merken und es auch einmal probieren.

»Danke, dass wir herkommen dürfen«, sagte sie. »Wie Sie bereits wissen, geht es um das Verschwinden von Agnes Eriksson. Wie lange ist sie bei Ihnen in Therapie gewesen?«

Hans Oscarsson hustete trocken.

»Entschuldigen Sie bitte, ich habe eine Erkältung, die nicht weggehen will. Agnes Eriksson und ich haben uns nur dreimal getroffen. Der Kontakt wurde über ihren Arbeitgeber vermittelt, der unsere Treffen auch bezahlt hat.«

»Was war der Hintergrund für Ihre Treffen?«, fragte Maria.

»Der Umgang mit Stress. Sie hatte viel zu viel zu bedenken, und es fehlte ihr an Werkzeug, all das, was sie verfolgte, ordnen zu können.«

»Was war es denn genau, was ihr Stress machte?«, hakte Ray-Ray nach.

»Ihre private Situation«, antwortete der Psychologe.

Maria und Ray-Ray sahen einander an.

»Was meinen Sie damit?«, fragte Maria.

Es nervte sie, dass alles, was Hans Oscarsson sich zu sagen bequemte, eine Folgefrage verlangte.

»Ich meine, dass sie die grundlegenden Fundamente in ihrem Privatleben infrage stellte: ihre Ehe, die Beziehung zum Sohn, das Bedürfnis, in der Nähe ihrer alternden Mutter zu sein. Agnes war ruhelos und wünschte sich, das ändern zu können.«

Maria schluckte.

»War sie unglücklich?«, fragte sie.

»Sie war unzufrieden, fühlte sich nicht geschätzt. Und sie hatte zu wenig Gemeinsames mit ihrem Mann.«

»Hatte sie Angst vor ihm?«

»Angst? Nein, den Eindruck hatte ich nicht.«

Er bewegte sich auf dem Hocker und streckte den Rücken.

»Hat sie davon gesprochen, Fredrik verlassen zu wollen?«, fragte Maria und schlug die Beine übereinander.

Ihr Fuß war nur einen Zentimeter davon entfernt, an den Couchtisch mit Glasscheibe zu treten, der vor dem Sofa stand. Ray-Ray grinste schief, als er sah, wie sie schnell das Bein wieder zurückzog.

»Nein«, antwortete Hans, »sie wollte ihren Mann nicht verlassen. Doch gab es mehrere Dinge, die sie störten. Sie war ihr beschränktes Leben, das alltägliche Einerlei, zutiefst leid. Sie schien von mehr Raum zu träumen, sowohl geografisch als auch mental. Wenn sie ihre Arbeit nicht so sehr geliebt hätte, dann wäre sie wahrscheinlich noch viel unglücklicher gewesen, als sie es sowieso schon war.«

Maria überdachte diesen letzten Satz.

Agnes hatte ihre Arbeit als Lehrerin geliebt. Und alle Kollegen, Kinder und Eltern liebten Agnes. Vorbehaltslos. Das hatten sie von Anfang an in der Ermittlung gehört, und sie hatten es auch in dem Engagement der Menschen gesehen. Die Zeichnung mit den krakeligen Buchstaben an der Wand von Agnes' Klassenzimmer war die perfekte Zusammenfassung: In der Schule war Agnes ein leuchtender Stern.

Aber zu Hause hatte es nicht so geklappt.

»Hatte sie einen neuen Mann kennengelernt?«

»Nein, jedenfalls hat sie mir gegenüber keinen erwähnt.«

Maria wechselte die Fragetechnik.

»Wie war Ihrer Meinung nach die Beziehung von Agnes zu ihrem Sohn?«, fragte sie.

»Stabil«, sagte der Psychologe, »aber zehrend. Sie verstand ihn nicht, und das erzeugte auch Stress. Aber eigentlich kann ich wirklich nicht viel dazu sagen. Wie gesagt haben Agnes und ich uns nur dreimal getroffen.«

»War es nicht im Gespräch, die Therapie zu verlängern?«, fragte Ray-Ray.

»Wir haben das diskutiert, aber sie fand, es sei zu teuer.«

»Hat sie denn irgendwelche konkreten Ratschläge von Ihnen bekommen, und falls Ja, wie sahen die aus?«

»Durchaus. Sie bekam Ratschläge. Ihre Gedanken aufzuschreiben, zu versuchen, Prioritäten zu setzen. Einzusehen, dass man nicht alles auf einmal lösen kann und dass sie mit der Zeit herausfinden würde, welche von den Punkten, die sie verändern wollte, wirklich wichtig waren.«

»Das heißt, der konkreteste Rat von Ihnen war, sie solle ihre Gedanken aufschreiben?«, erkundigte sich Ray-Ray und sah aus, als wäre das für ihn das Dümmste, was er je gehört hätte.

Maria begann zu verstehen, warum Agnes den Psychologen teuer fand. Man kriegte nicht unbedingt viel für sein Geld.

»Ich habe ihr geraten, Tagebuch zu schreiben«, sagte Hans Oscarsson, »und zwar nicht mit Fokus darauf, was Tag für Tag geschah, sondern Monat für Monat. Außerdem bat ich sie zu schreiben, als würde sie für jemand anders als sich selbst schreiben. Wir Menschen sind oft besser darin, anderen zu erklären, woran es uns mangelt.«

Maria hob den Kopf und sah wieder Ray-Ray an.

Angespannt erwiderte er ihren Blick.

»Agnes hat also Tagebuch geschrieben?«, fragte Maria.

»Ja, durchaus. Das letzte Mal, als wir uns sahen, hatte sie es in der Praxis dabei. Ein dünnes Notizbuch, sehr unansehnlich. Doch weiß ich natürlich nicht, ob sie auch noch weitergeschrieben hat, nachdem die Therapie vorbei war.«

Maria spürte ihr Herz stärker schlagen.

Ein Tagebuch.

Es gab ein Tagebuch, oder es hatte zumindest eines gegeben.

Der Schlosser kam kurz nach vier Uhr. August war zu Hause und empfing ihn. Der Handwerker gehörte zu der Art Menschen, die es nicht für notwendig hielten, eine Stille mit unnötigem Smalltalk zu füllen. Als er einmal verstanden hatte, welche Schlösser ausgewechselt werden sollten und wer die Schlüssel dafür bekommen würde – August bekam zwei und Esmeralda und Sven einen –, arbeitete er, ohne ein Wort zu verlieren.

Als alles fertig war, verschwand der Schlosser genauso schnell, wie er gekommen war.

Kaum war August wieder allein im Haus, schloss er die Tür ab. Mit den neuen Schlüsseln kam eine Erleichterung, die ihn überraschte.

Er fasste an die Klinke.

Abgeschlossen.

Der Holzfußboden knarrte unter seinen Füßen, als er in die Küche ging. Er ließ den Blick auf dem Meer ruhen, das durch das Fenster zu sehen war. Hovenäset hatte etwas Besonderes, das ihn nicht losließ. Jeder Ort besaß seinen Charme, doch Hovenäset war einzigartig. Würde das ausreichen, um dauerhaft dort wohnen zu wollen?

Er beschloss diese Frage fürs Erste unbeantwortet zu lassen. Der Laptop wog leicht in seiner Hand, als er ihn aus dem Rucksack zog und auf den Küchentisch legte. Es war einer der leichtesten, die es auf dem Markt gab. August hatte gründlich recherchiert, er kannte sich also aus. Neben den Computer legte er sein Notizbuch, in dem aufgelistet war, was er erledigen musste. Ein Punkt war die Sache mit dem Leichenwagen. Ohne mit irgendjemandem darüber diskutiert zu haben, hatte er beschlossen, den Wagen umlackieren zu lassen.

Einen gelben Leichenwagen.

Das machte den Wagen nicht gerade weniger auffällig.

Ein Klopfen an der Tür unterbrach ihn. Schnell ging August in die Diele. Er nahm an, dass der Schlosser etwas vergessen hatte.

»Wer ist da?«, fragte August mit lauter Stimme.

Es war ihm egal, ob er vielleicht paranoid wirkte.

»Hier ist Maria Martinsson von der Polizei.«

August strahlte.

Maria Martinsson von der Polizei.

Er kämpfte mit dem Schloss. Wie ging das jetzt, musste man die Klinke hochklappen, ehe man den Schließkolben herumdrehte? Er hielt kurz inne. Jetzt durfte er nicht wie ein Mensch wirken, der überhaupt keine sozialen Kontakte hatte. Wenn er sich nicht zusammenriss, würde er sie abschrecken.

Es musste so aussehen, als ob er ein Leben hätte, Beziehungen. Und das stimmte ja schließlich auch.

Die Tür ging auf. Draußen stand Maria mit einem Fahrradhelm unter dem Arm. August konnte sich nicht beherrschen, das hier war einfach zu gut, um die Gelegenheit verstreichen zu lassen.

»Ich fahre auch gerne Fahrrad!«, rief er aus.

Der Eifer in seiner Stimme ließ vermuten, dass dies etwas ganz Besonderes war, was man gemeinsam haben konnte.

Ein warmes Lächeln breitete sich auf Marias Gesicht aus.

»Darf ich reinkommen?«, fragte sie. »Oder störe ich?«

»Nicht doch, ich habe sowieso nichts Vernünftiges gemacht.«

Maria trat ein. August machte die Tür zu und schloss ab. Im letzten Moment schaffte er es noch, nicht an der Klinke zu probieren, ob die Tür wirklich nicht mehr aufging. Stattdessen blieb er mit der Hand auf der Klinke stehen.

Maria betrachtete ihn.

»Der Schlosser war gerade hier«, sagte August und hoffte, das würde als Erklärung genügen, warum er da stand und die Klinke streichelte.

»Hattest du dich ausgeschlossen?«, fragte Maria.

»Nein, aber …«

Was sollte er sagen? Dass er glaubte, ungebetenen Besuch gehabt zu haben? Ja, genau. Das war exakt, was er sagen wollte.

»Ich glaube, ich hatte Besuch von Dieben«, sagte er.

Maria wurde ernst.

»Hast du Anzeige erstattet?«, fragte sie.

»Nein, nein, es fehlt ja nichts. Ich …«

Wieder unterbrach er sich. Maria hatte ihm immer noch nicht gesagt, warum sie hier war.

»Entschuldige«, sagte er. »Ich nehme mal an, dass du ein Anliegen hast?«

»Das habe ich«, bestätigte Maria. »Aber zuerst möchte ich, dass du mir von dem Einbruch erzählst.«

August nickte.

»Okay, dann mache ich das. Aber müssen wir dazu hier in der Diele stehen?«

Maria lächelte wieder.

»Nein«, sagte sie, »wir können uns hinsetzen. Wohin sollen wir gehen?«

»In die Küche«, antwortete August. »Immer in die Küche.«

Von seiner Mutter hatte August gelernt, die Küche als Versammlungsort zu lieben. Das hatte viel damit zu tun, dass dort das Essen zubereitet wurde. Und nichts war heiliger als eine gemeinsame Mahlzeit.

»Da lernt man einen Menschen richtig kennen«, pflegte seine Mutter zu sagen.

Was sicher die Wahrheit war, doch nun hatte er Maria ja nicht zum Abendessen eingeladen. Er schämte sich dafür, wie es im Haus aussah. Alles war ausgepackt, doch die Ordnung war höchst mangelhaft. Viel zu viele Dinge drängten sich auf einem zu engen Raum, was überfrachtet wirkte.

Maria schien das nichts auszumachen, im Gegenteil.

»Wie schön du es hier hast«, sagte sie. »Ich mag es, dass du einen so eigenen Stil hast.«

Ehe August noch anfangen konnte darüber zu plappern, dass das hier nicht sein Stil war und wie das Haus *eigentlich* eingerichtet werden würde, hatte sie schon begonnen Fragen nach dem Besuch des Schlossers und dem vermuteten Einbruch zu stellen. August antwortete so direkt er konnte. Er hatte nicht sonderlich viel zu berichten, dennoch redete er drauflos und erzählte, wie es am Fenster geklopft hatte, wie ihm die besondere Geschichte des Hauses bewusst geworden war und wie er schließlich im Putzschrank das Foto und gleichzeitig in der Diele schmutzige Fußabdrücke entdeckt hatte.

»Ich weiß nicht, ob wirklich jemand im Haus war«, sagte er. »Aber das war mein Gefühl.«

»Hast du mit einem deiner Nachbarn gesprochen? Die könnten ja etwas gesehen haben.«

August lachte leise.

»Die Bewohner von Hovenäset halten sich fern«, erklärte er. »Sie scheinen das Haus, das ich gemietet habe, nicht zu mögen. Und meine nächsten Nachbarn wohnen im Winter nicht hier, diese Häuser stehen also leer.«

»Ich verstehe«, sagte Maria. »Darf ich das Foto sehen?«

Das durfte sie. Und während sie das Bild eingehend betrachtete und den Text auf der Rückseite las, saß August still da und überlegte, was er zum Abendessen gekocht hätte, wenn er sie auf ein Date hierher eingeladen hätte. Zum Hauptgericht Rinderfilet. Höchstwahrscheinlich mit in Streifen geschnittenen und in Butter gebratenen Kartoffeln und Pfifferlingsoße dazu. Oder Ente. Wenn sie nicht Vegetarierin war. Dann musste er umdenken. Ganz gleich was, würde es doch auf jeden Fall zum Nachtisch »Dammsugare« geben, selbst gemachte Marzipanrollen mit Schokoladenenden.

Die konnte man unendlich variieren, wenn man es nur wagte, das Originalrezept ein wenig herauszufordern.

»Hast du hier auf Hovenäset Freunde oder Bekannte?«

Marias Frage riss ihn aus den Gedanken an Essen und Backwerk.

Irgendetwas stimmt nicht mit mir, dachte August. Ich denke überhaupt nicht darüber nach, wie es wäre, mit ihr zu schlafen, sondern nur daran, wie ich sie zu selbst gemachten Marzipanrollen einlade.

Doch das war nicht die ganze Wahrheit. August war sich durchaus bewusst, wie sehr er sie haben wollte. Und schon das hinderte ihn daran, zu viel über sie zu fantasieren, wenn sie gerade auf der anderen Seite des Tisches saß.

»Nein, ich kenne niemanden hier«, antwortete August auf ihre Frage.

Maria ließ die Ellenbogen auf der harten Oberfläche des Küchentisches ruhen. Es war ein blauer Tisch, den August, als er Single geworden war, auf einer Auktion ersteigert hatte.

Total hässlich, meinte Henrik.

Schön, fand August.

»Ich werde dieses Foto mitnehmen«, erklärte Maria.

Das war keine Frage gewesen. Das Bild war für die Polizei interessant, also konnte sie es beschlagnahmen.

»Okay«, erwiderte August.

Maria nahm einen Plastikbeutel aus ihrer Tasche und steckte das Foto mit einer routinierten Bewegung hinein.

»Warum glaubst du, dass es wichtig sein könnte?«, fragte er.

»Das tue ich nicht«, erwiderte Maria. »Aber ich kann es nicht ausschließen, und deshalb kommt es mit.«

Sie log, das war klar zu erkennen. Oder zumindest verschwieg sie bewusst Informationen, die die Relevanz des Fotos erklärten.

Das irritierte ihn.

Eine Frau war verschwunden, und obwohl es niemand laut aussprach, war August durchaus klar, dass die Wahrscheinlichkeit, sie lebendig wiederzufinden, mit jedem Tag sank. Man ging davon aus, dass sie einem Verbrechen zum Opfer gefallen war, das zeigten schon das Interesse und die Reaktion der Polizei im Zusammenhang mit der Mail, die er von einer Agnes Eriksson erhalten hatte. Und nun schien Augusts Haus eine Rolle in dem Drama zu spielen.

»Du hast noch nicht erzählt, was ihr bei der Polizei von der Mail haltet, die ich bekommen habe«, begann er. »Von Agnes Eriksson.«

Er hörte selbst, dass seine Stimme anders klang als noch kurz zuvor.

Maria sah auf.

»Ich kann dir leider keine Informationen aus der Ermittlung weitergeben«, erklärte sie, »aber wir sind dankbar, dass du dich gemeldet hast.«

Das wusste er, doch es genügte ihm nicht ganz.

»Sollte ich umziehen?«, fragte er.

»Nein, nein«, sagte Maria. »Wir haben keinen Grund zu glauben, dass es gefährlich ist, hier zu wohnen.«

»Aber trotzdem bist du hergekommen«, beharrte er. »Ich nehme mal an, dass du nicht mit mir über den Lesekreis reden wolltest.«

Maria lächelte ihn an. Sie fühlte sich wohl, soviel stand fest.

Noch ehe sie auf die Frage antworten konnte, fiel ihm etwas anderes ein:

»Ich habe gehört, dass Agnes Eriksson dieses Haus gemietet hatte.«

Maria riss die Augen auf.

»Wie bitte?«

August berichtete, was er von den Janssons gehört hatte, und sah, wie sich Marias Miene veränderte. Das hier war neu für sie, soviel war klar.

Maria machte sich Notizen und bat um die Adresse der Janssons.

»Zeige mir, wo du das Foto gefunden hast«, sagte sie dann.

»Natürlich.«

Er sah, wie sie auf dem kurzen Weg von der Küche zum Putzschrank den Blick über Wände, Fußboden und Decke wandern ließ und alles dazwischen registrierte. August versuchte, dasselbe zu sehen wie sie. Geblümte Tapeten, sirupfarbener Holzfußboden, Möbel aus mindestens sieben Jahrzehnten. Und vor dem Haus die schöne Umgebung. Karge Felsklippen, herbstlich kaltes Meer, schwere Wolken.

»Hier lag das Foto«, sagte August, »auf dem Fußboden.«

Sie runzelte die Stirn, als sie den Putzschrank untersuchte.

»Was von den Sachen hier gehört dir?«, fragte sie und zeigte auf den Staubsauger, den Wischmopp und all das andere, was August in den Schrank gestopft hatte.

»Alles«, sagte August. »Außer dem zusätzlichen Staubsauger.«

»Und du hattest das Foto vorher nicht gesehen?«

»Nein.«

Maria schloss die Tür zum Putzschrank.

»Du kannst mir gerne den Rest des Hauses auch zeigen«, bat sie. »Wenn du Zeit hast und möchtest.«

»Gern.«

Und so nahm er sie auf eine Besichtigung mit, die es mit jedem Makler aufnehmen konnte. Er zeigte das Schlafzimmer, das Gästezimmer, das Wohnzimmer und das Esszimmer.

»Es gibt auch zwei Badezimmer«, sagte er. »Eines hier oben und eines unten.«

Sie standen im oberen Stockwerk, und Maria steckte den Kopf in das Badezimmer.

»Wie gut, dass es zwei gibt«, sagte sie. »Angeblich ist das die Voraussetzung für eine haltbare Ehe.«

August starrte sie an.

»Entschuldigung, aber jetzt komme ich nicht mit.«

Maria lächelte etwas schief.

»Zwei Badezimmer«, erklärte sie, »damit jeder sein eigenes hat.«

»Aha«, erwiderte August.

Helene und er hatten zwei Badezimmer gehabt und zusätzlich eine Gästetoilette, die Helene hartnäckig ihre »Nottoilette« genannt hatte, und ihre Beziehung war trotzdem den Bach runtergegangen.

Maria drehte eine weitere Runde im oberen Stockwerk. Ihre Haare rochen schwach nach einem Shampoo, das August bekannt vorkam, dessen Namen er jedoch vergessen hatte.

»Gibt es einen Abstellraum, der zu dem Haus gehört?«, fragte sie.

»Nein, aber einen Keller.«

»Dann würde ich den gerne auch sehen.«

Als sie rauskamen, regnete es in Strömen. August schloss die Tür ab, ehe sie zum Keller weitergingen. Maria beobachtete ihn, ohne einen Kommentar abzugeben. Ihr Schweigen stresste August.

»Man kann gar nicht vorsichtig genug sein«, erklärte er.

Die Kellertür knarrte ebenso laut wie letztes Mal. Er schaltete das Deckenlicht ein, und Maria betrat hinter ihm den Raum.

»Gehört von diesen Sachen irgendetwas dir?«, erkundigte sie sich und sah zu den voll gestellten Regalen.

August nickte und zeigte auf das vordere Regal.

»Das heißt, die Sachen der Janssons stehen auf dem Regal da hinten?«, fragte Maria nach.

Jetzt stand sie wieder ganz nah. Der Shampooduft kitzelte ihn.

»Das würde ich mal annehmen«, sagte August und erzählte, was Esmeralda gesagt hatte. »Doch ein Teil der Kisten enthalten auch noch zurückgelassene Sachen von früheren Mietern.«

Maria ging zum Regal und hob einen der Kartons herunter, der leicht wog. August sah ihr neugierig über die Schulter, als sie ihn öffnete, und sie lachten beide, als sie sahen, was er enthielt.

Altes Badespielzeug. Einen Schwimmring ohne Luft.

»Das sind aber müde Spielsachen«, sagte Maria, klappte den Karton wieder zu und öffnete den nächsten.

Sorgfältig zusammengerollte Laken. Eine Decke. Ein Heizlüfter. Und eine Reihe Kondompäckchen.

August kam spontan näher. In dem Karton roch etwas frisch.

Die Bettlaken sind frisch gewaschen, dachte er.

»Seltsam, so etwas zurückzulassen«, meinte er.

Maria antwortete nicht, sondern ließ den Karton los.

»Komm mit raus«, sagte sie kurz angebunden.

Ihre Miene war angespannt, als sie sich in den Regen vor der Kellertür stellte und ihr Handy herauszog.

Sie lächelte August rasch zu.

»Alles in Ordnung«, sagte sie. »Das hier hat nichts mit dir zu tun.«

Er hörte zu, während sie telefonierte.

»Ray-Ray, ich bin im Eishaus und brauche eine Gruppe Techniker hier. Ich habe im Keller etwas gefunden.«

So konnte es nicht mehr lange weitergehen. Bald würde der ganze Mist hochgehen. Karl spürte es in jeder Faser seines Körpers. Das Abendessen war das seltsamste überhaupt gewesen. Alle hatten mucksmäuschenstill dagesessen, und zum ersten Mal hatte er das Gefühl gehabt, dass seine Familie zu klein war.

Es sind nur wir drei, hatte er gedacht, als würde er das erst jetzt erkennen. Es sind *immer* nur wir drei.

Das Gefühl, das ihn dabei übermannte, erinnerte an Klaustrophobie, was ungefähr das Schlimmste ist, was einem Astronauten passieren kann.

Sie waren zu wenige in der Familie, sie würden es nicht schaffen.

Karl saß an seinem Schreibtisch, die Tür zu seinem Zimmer stand offen. Es fühlte sich an, als wäre er bei jemand anderem zu Hause, als würde er nicht mehr hierher gehören.

Sein Handy gab einen Laut. Eine SMS von Isak.

Tut mir leid wegen der Handyhülle. Hab mit Papa geredet, Mama hat gesagt, dass sie dir die gegeben hat. O.k., kann ich heute Abend dein Fahrrad leihen? Hab ’nen Platten, schaffe es nicht, es zu flicken.

Erleichterung überwältigte Karl. Dass sie das mit der Handyhülle aus der Welt geschafft hatten. Natürlich würde er sein Fahrrad verleihen. Isaks Fahrrad war mehrere Wochen lang kaputt gewesen, er kriegte die Gänge nicht repariert und war zu faul gewesen, es zur Werkstatt zu bringen. Und jetzt war offensichtlich auch Fredriks Fahrrad, das Isak stattdessen genommen hatte, kaputtgegangen.

Karl antwortete schnell:

Kein Problem! Leih es dir, wann du willst.

Und erhielt zur Antwort:

Nice! Komme so in einer Stunde.

Das Geräusch von Schritten auf der Treppe ließ Karl zusammenfahren.

Und schon stand sein Vater in der Tür, blieb aber auf der Schwelle stehen.

»Darf ich reinkommen?«, fragte er.

»Klar.«

Erling betrat das Zimmer und setzte sich auf die Bettkante. Karl drehte seinen Stuhl herum, sodass er ihm direkt gegenübersaß. Eine Erinnerung tauchte auf: Er war noch klein und nicht in der Schule, weil er krank war. Er saß im Bett und blätterte in einem Micky-Maus-Heft, als sein Vater ins Zimmer kam und fragte, ob er ihm vorlesen sollte. Karl hatte Ja gesagt und sich dann ganz, ganz dicht an seinen Vater geschmiegt, der neben ihm gesessen und laut vorgelesen hatte.

Wahrscheinlich war es das erste und letzte Mal gewesen, dass sein Vater mit ihm zu Hause geblieben war, wenn er krank war. Und wie sehr er auch zwischen allen Erinnerungen, die sich in seinem Kopf drängten, suchte, konnte er doch nur höchstens drei Gelegenheiten finden, bei denen sein Vater angeboten hatte, ihm vorzulesen.

Es war die Aufgabe seiner Mutter gewesen, sich um Karl zu kümmern, als er klein gewesen war. Als ob der Vater nicht wüsste, wie man das machte, oder keinen Spaß daran hätte.

»Wie geht es dir?«

Sein Vater versuchte, ganz normal zu klingen, doch Karl hörte, dass etwas nicht stimmte.

Er zuckte mit den Schultern.

»Schon okay«, erwiderte er.

Sein Vater nickte vor sich hin.

»Gut«, sagte er, »gut.«

Er sah müde aus. Das war ungewohnt. Sein Vater arbeitete fast die ganze Zeit und hatte immer große Projekte am Laufen.

Eine Wand rausreißen.

Den ganzen Keller neu fliesen.

Eine Sauna für Mama und ihn selbst bauen.

Aber jetzt sah er einfach nur müde aus. Blass war er auch. Karl machte sich Sorgen. Sein Vater war nicht wie sonst. Konnten seine Eltern jetzt beide nicht mehr richtig schlafen?

»Und selbst?«, fragte Karl leise.

Ein kleines Lächeln breitete sich auf dem Gesicht seines Vaters aus.

»Alles gut«, erwiderte er und richtete sich auf.

Vielleicht war ihm bewusst geworden, dass er schwach aussah, wenn er mit krummem Rücken dasaß.

Das Lächeln verschwand.

»Mama macht sich Sorgen um dich, Karl«, sagte er.

Karl antwortete nicht.

Sein Vater fuhr fort:

»Ja, also, es ist wie gesagt Mama, der immer eine Menge durch den Kopf geht, vielleicht ja auch zu viel, was weiß ich? Aber ich finde schon auch, dass … ich sehe, dass sie nicht ganz unrecht hat. Du bist so viel von zu Hause weg, hängst viel mit Isak rum.«

»Seine Mutter ist verschwunden«, unterbrach ihn Karl. »Ist doch klar, dass ich ihm helfen muss.«

Die Worte wären ihm fast im Hals stecken geblieben.

Der Gesichtsausdruck seines Vaters veränderte sich wieder.

»Klar musst du das«, erwiderte er. »Man kümmert sich um seine Kameraden, sonst ist man kein guter Soldat.«

Sein Vater fingerte an seiner Armbanduhr herum, ein sicheres Zeichen dafür, dass er gestresst oder frustriert war.

Karl wartete. Und kratzte sich die Wange, das war sein Stressding.

»Ich glaube, Mama und ich fragen uns, warum Isak die Polizei nicht in Ruhe arbeiten lassen kann.«

Als er den Kopf hob und Karl ansah, war etwas passiert. Mit einem Mal war sein Blick glasklar. Von Niedergeschlagenheit, Müdigkeit und Zögern war nichts mehr zu sehen.

Karl wippte auf seinem Stuhl vor und zurück.

»Die machen ja nichts«, sagte er.

»Und woher wisst ihr das, Karl?«

»Weil die sie nicht finden, das ist ja wohl klar.«

Das Blut schoss Karl in den Kopf. Er war es nicht gewohnt, Isak zu verteidigen, und jetzt hatte er es wider besseres Wissen getan.

»Ich verstehe, dass das anstrengend für dich ist«, sagte sein Vater. »Glaub mir, Karl, deine Mutter und ich, wir verstehen das. Aber … auch ein guter Kamerad muss eine Grenze ziehen können. Du musst nicht alles tun, was Isak sagt. Vor allen Dingen nicht, wenn du glaubst, dass er Dummheiten gemacht hat. Verstehst du, was ich meine?«

Nein, wollte Karl sagen. Ich habe keine Ahnung, was du meinst.

Trotzdem nickte er.

Lange saßen sie schweigend da und sahen sich an.

»Gibt es etwas, was du mir erzählen willst?«, fragte Erling schließlich.

Er streckte eine Hand aus und legte sie auf Karls Knie.

»Ich höre gerne zu, das weißt du«, sagte er.

Wieder nickte Karl.

»Ich weiß«, antwortete er.

Er hoffte, das würde genügen, und vielleicht war es so, denn sein Vater stand auf.

»Gut, dann belassen wir es mal dabei«, sagte er.

Dann zeigte er auf eines der eingerahmten Bilder an der Wand. Es stellte die Besatzung von Apollo 11 dar, der ersten bemannten Raumfähre, die auf dem Mond gelandet war.

»Nur damit ich das für mich klar habe«, sagte sein Vater, »ist das immer noch dein Traum?«

»Ja.«

Sein Vater nickte kurz und verließ das Zimmer. Karl hörte ihn die Treppe runtergehen, und dann folgte gedämpftes Gemurmel. Natürlich ging er sofort zu Cecilia, um zu erzählen, worüber sie gesprochen hatten.

Karl holte sein anderes Handy heraus.

Sein geheimster Besitz.

Für das er die Hülle von Agnes benutzte und wegen dem er seine Eltern angelogen hatte.

Mit schnellen Fingern schrieb er die Nachricht, die nicht länger aufgeschoben werden konnte:

Agnes, du musst jetzt nach Hause kommen. JETZT.

Mai

Alles fällt. Ich falle. Es war so lange her, es war so ersehnt. Und jetzt weiß ich nicht, wohin ich soll.

Ich war es nicht, die angefangen hat. Er war es. Aber ich habe nichts getan, um ihn aufzuhalten, und deswegen nehme ich mal an, es spielt keine Rolle, wer angefangen hat. Vor allem nicht, da ich es in jeder Hinsicht besser (so ungeheuer viel besser) wissen sollte als er.

Und dennoch konnte ich nicht widerstehen.

Ich vermag nicht in Worte zu fassen, was passiert ist, weil ich es nicht weiß. Es gibt keine Erklärung, die vor mir selbst Bestand hat, und deshalb habe ich auch keine, die ich jemand anders geben könnte. Was ich hoffentlich nie tun muss.

Niemand darf je erfahren, was ich getan habe.

Und niemand darf je erfahren, wie sehr ich es wollte.

Die Lust, fast wie ein Fieber.

Ich habe das Gefühl, verrückt zu werden. Ich sollte einen neuen Therapeuten aufsuchen, erklären, dass irgendetwas mit mir nicht stimmt. Aber ich traue mich nicht. Ich sollte rausgeschmissen werden. Es gibt tausend ungeschriebene Gesetze, die verbieten, verurteilen und mit Scham besetzen, was ich getan habe.

Ich habe mit Karl geschlafen.

Mit dem sechzehnjährigen Freund meines Sohnes.

Ein Junge, den ich kenne, seit er Kind war, in dessen erstem Schuljahr ich seine Lehrerin sein durfte.

Er ist zu jung.

Das kann nur geradewegs in die Hölle führen.

Dennoch war es nicht aufzuhalten, mein Körper entglitt mir, wollte mehr, als ich in Ewigkeiten je gewollt hatte.

Karl kam zu uns nach Hause und suchte nach Isak.

Er muss gewusst haben, dass Isak nicht zu Hause war, obwohl er das verneint hat, als ich ihn hinterher fragte, als alles, was nicht geschehen durfte, bereits geschehen war. Ich glaube, dass er mich treffen wollte.

Fredrik war auch nicht zu Hause. Das ist er inzwischen eigentlich fast nie mehr. Und überall höre ich, wie gut es für ihn läuft, wie stolz ich auf meinen Mann sein muss. Ich nicke und lächele und bestätige, dass es schön ist, wenn man Rückenwind bekommt, doch ehrlich gesagt weiß ich nicht, was da so gut läuft. Es ist mir egal.

Wir sind runter zum Bootshaus gegangen. Unseres, nicht das von Karls Familie (obwohl er das gerne wollte – er liebt sein Bootshaus).

Ich erinnere mich nicht einmal, unter welchem Vorwand ich ihn dazu gebracht habe. Das Bootshaus. Ein kleiner Teil von mir will nichts lieber als es dem Erdboden gleichmachen. Nur um das, was geschehen ist, ungeschehen zu machen.

Ich habe nach dem ersten Mal gelobt, dass es nicht wieder geschehen würde. Es verging eine Woche, es verging noch ein Tag.

Dann waren wir wieder da.

Im Bootshaus.

Auf einem Polster, das leicht nach Feuchtigkeit und Schimmel roch, und durch die Bodenplanken hörten wir das Perlen des Wassers, und die Zeit stand völlig still, und in dem Moment gab es keinen anderen Ort, an dem ich lieber gewesen wäre.

Jetzt ist eine Woche seitdem vergangen, und das Fieber ist immer noch in meinem Körper, es weigert sich, mich loszulassen. Eine wahnsinnige Situation, es kann nichts Gutes daraus werden.

Wir werden uns nicht wiedersehen.

Das geht nicht.

Ich glaube, dass wir uns in dieser Sache einig sind, doch gestern habe ich ihn mit Isak gesehen, als ich von der Arbeit nach Hause ging. Es war so lange her, seit ich die beiden zusammen gesehen habe, und dennoch hatte ich nur Augen für Karl. Und er für mich, seine ganze Person strahlte. Unter dieser ernsten äußeren Schicht ist so viel Wärme, er ruht so in sich selbst. Er wird ein fantastischer Mann werden, der eine Frau – nicht mich, irgendeine, aber nicht mich – unglaublich glücklich machen wird.

Ich fühle mich so wahnsinnig einsam. Mein Herz schreit nach jemandem, mit dem ich reden könnte. Ich habe einen Versuch unternommen, doch das endete in einer Katastrophe. Untreue ist nichts, was man mit seinen Freundinnen besprechen sollte, das habe ich jetzt begriffen.

Und ich muss noch einmal sagen: Wir werden uns nicht wiedersehen.

Das geht nicht.

Geht nicht.

Geht nicht.

Und wenn wir es nicht bleiben lassen können, dann müssen wir noch vorsichtiger sein. Keine Telefongespräche, kein einziges. Keine Mails, keine SMS, kein Kontakt auf sozialen Medien.

Ich weiß nicht, wie das gehen soll.

Ich weiß nur, dass wir eine Lösung finden müssen.

Wenn wir uns wieder treffen wollen.

Was wir aber ja nicht werden.

Nicht. Nicht. Nicht.

6. September

»Auge um Auge«

August nahm zum ersten Mal den Leichenwagen zum Laden in Kungshamn, hauptsächlich, um auszuprobieren, wie sich das anfühlte und weil er sich auf andere Gedanken bringen wollte. Und das funktionierte ausgezeichnet. Die Leute starrten dem Wagen hinterher, als wäre er ein antikes Feuerwehrauto.

Das ist doch ausgezeichnet, dachte August und nahm, sowie er geparkt hatte, Kontakt zu einem Autolackierer in Göteborg auf.

»Was soll gemacht werden?«, fragte der Lackierer.

»Ich möchte eine neue Farbe auf meinem Auto«, sagte August.

»Was für eine Farbe hat es denn jetzt?«

»Schwarz.«

»Und es soll wie werden?«

»Gelb«, verkündete August.

Der Lackierer gab ihm einen Termin am Ende des Monats.

Als er in den Laden kam, fühlte er sich erschöpft. Die Polizei war bis vier Uhr morgens bei ihm gewesen und hatte das ganze Haus auf den Kopf gestellt. Warum, das wollten sie nicht sagen.

»Es hat nichts mit dir zu tun«, hatte Maria gesagt. »Es geht nur um das Haus.«

Doch das zu schlucken fiel August schwer. Schließlich *wohnte* er ja in dem Haus. Da sollte er doch wohl das Recht haben zu erfahren, was in seinem eigenen Zuhause vor sich ging, oder?

Offensichtlich nicht.

Die Polizisten hatten schweigend und zielgerichtet gearbeitet. Einer von ihnen hatte etwas davon gemurmelt, es sei ein echtes Geschenk, dass es immer noch Nacht sei und die Gegend zudem so spärlich bewohnt. So könnten sie ungestört arbeiten, ohne dass jemand den Massenmedien einen Tipp über ihren Einsatz gab.

August vermied es, darüber nachzudenken, welche Schlagzeilen das geben würde.

»Polizei sucht die verschwundene Agnes in dem Haus, wo man die zerstückelte Frau gefunden hat.«

Das hatte allerdings keiner so geäußert. Niemand hatte angedeutet, dass sie in dem Haus nach Agnes suchten. Hingegen suchten sie nach Spuren. Doch August begriff nicht, wie der Fund von Bettzeug und einer Reihe Kondome so viel Aufstand hervorrufen konnte.

Als er ankam, war der Laden dunkel und unaufgeräumt. Er hatte immer noch keine Ordnung geschaffen, weder in den Sachen noch bei der Einrichtung. Doch schien sich endlich etwas zu bewegen, denn der Maler, der August empfohlen worden war, hatte sich per SMS gemeldet und verkündet, er hoffe bereits am selben Tag vorbeikommen zu können. Das war natürlich sehr willkommen, allerdings hätte August gerne Informationen über eine bestimmte Uhrzeit und nicht nur über ein Datum gehabt.

Er holte den Laptop heraus und ließ sich auf den Schreibtischstuhl sinken.

Die Liste seiner Erledigungen wollte nicht kürzer werden, obwohl er sich stetig um einen Punkt nach dem anderen kümmerte. Das hatte damit zu tun, dass sich ständig neue Situationen ergaben, mit denen er umgehen musste, lag aber auch daran, dass er nicht so hart und schnell arbeitete wie in Stockholm. Sein ganzes erwachsenes Leben war eine einzige Schufterei gewesen, um weiter, vorwärts, nach oben zu kommen, und das hielt man auf Dauer nicht aus. Arbeiten war nicht leben, es war nur eine Art, die Zeit herumzubringen. Und wenn August in den letzten Jahren etwas kapiert hatte, dann, dass die Zeit von selbst verging. Die brauchte nicht die geringste Hilfe, um zu vergehen, ganz im Gegenteil. Sie lief allen, die noch ein Herz hatten, das schlug, wie Sand zwischen den Fingern hindurch.

Der Computer meldete sich, und der Bildschirm leuchtete auf.

August hatte eine Mail von Jochen Berg bekommen. Allein der Anblick ließ August schwermütig werden. Jochen fragte, wann August wiederkommen würde. Die Mail war von ihm unterzeichnet, doch aus einer nachfolgenden Unterschrift ging hervor, dass er sie nicht selbst geschrieben, sondern Hilfe vom Personal gehabt hatte.

Jochen schien eine ungeduldige Seele zu sein. Außerdem war er ein ebenso deutliches wie trauriges Beispiel für einen Menschen, der trotz lebenslanger Liebe im Alter alleinstand. Eine Beziehung konnte die Art Einsamkeit vertreiben, die man im Moment empfand, doch gab es null Garantie dafür, dass dies auch auf lange Sicht funktionierte.

Es war, wie der andere August Strindberg einmal geschrieben hatte:

Es ist schade um die Menschen.

Sie vermochten nie zu begreifen, dass man die Zukunft nicht kontrollieren kann. Alles, was sie hatten, und alles darüber hinaus, war ein Nebel aus Unklarheiten und schlecht verankerten Versprechungen.

Augusts Handy blinkte. Noch eine SMS. Sie war von Paul Martinsson. Dem Mann mit dem Blüthner-Flügel. Marias Ehemann.

Ein Vorschlag: Ich kann Ihnen heute um 18 Uhr den Flügel und Mamas Sachen zeigen. Passt das? Mit freundlichen Grüßen, Paul.

Unter der Nachricht stand ein Link zu einer Firma auf Smögen, die Langzeitverwahrung und Einlagerung anbot. August war nicht überzeugt. Das hier war wahrscheinlich ein Geschäft, das er ablehnen sollte. Nicht nur weil der Flügel schwer, um nicht zu sagen unmöglich zu verkaufen wäre, sondern auch weil August sich auch nicht nur halb so viel um Pauls Flügel scherte wie um Pauls Ehefrau.

August schob das Telefon beiseite. Er musste nachdenken, was er darauf antworten sollte.

Bei der Sache mit Jochen war das anders, deshalb rief er den ohne große Bedenkzeit gleich an.

»Ich könnte sofort vorbeikommen«, sagte er.

»Haben Sie zu wenig zu tun?«, erkundigte sich Jochen und lachte heiser.

»Nicht doch«, sagte August.

Das Problem war nicht, dass es nichts gab, womit er sich beschäftigen könnte, sondern dass er keine Ruhe fand.

»Sie wissen ja, wo Sie mich finden«, sagte Jochen, »kommen Sie einfach, wenn es passt.«

August widmete sich noch weitere zehn Minuten dem Computer, dann ging er. Henrik hatte zwei Mails mit Artikeln aus zwei angesehenen Finanzzeitschriften geschickt. Da ging es um die Herausforderungen für europäische Unternehmen auf dem chinesischen Markt und um amerikanische Leitzinsen. Texte, die August noch vor wenigen Monaten mit großem Interesse gelesen hätte.

Er erinnerte sich an ein Gespräch, das er einmal mit seinen Eltern geführt hatte. Seine Mutter hatte gesagt, alles, womit August beschäftigt sei, würde sie daran erinnern, wie groß seine Welt, verglichen mit ihrer eigenen, war. Das hatte Augusts Vater verärgert.

»August lebt ja wohl in derselben Welt wie wir andern alle«, hatte er gesagt, »nur in einem größeren Zusammenhang.«

Diese Erinnerung schmerzte, stellte August fest.

Sein Vater hatte damals völlig recht gehabt. Es gab nur eine Welt, und jetzt war er allein übrig und hatte sich selbst in einen wesentlich kleineren Zusammenhang evakuiert. Kleiner, aber nicht unwichtiger. Und keinesfalls uninteressant.

August warf einen Blick auf die Website des *Bohuslänningen*. Da gab es massenhaft Neuigkeiten aus dem kleineren Zusammenhang, der jetzt der seine war.

Sein Blick fiel auf eine Schlagzeile, die herausstach.

Diese Frage lässt den Einwohnern von Kungshamn keine Ruhe: Hätte Agnes Erikssons Verschwinden vermieden werden können?

Das war eine vollkommen idiotische Formulierung, trotzdem klickte er den Link an. In dem Artikel folgte eine makabre Zusammenstellung hypothetischer Risikofaktoren, die möglicherweise Agnes' Verschwinden begünstigt hätten. Da ging es um alles, von den rutschigen Stegen bis zu den schlecht beleuchteten Bürgersteigen. Der letzte Punkt erinnerte August daran, wohin er gehen wollte, wenn er fertig gelesen hätte:

Der Zerstückelungsmord auf Hovenäset: Hat die Polizei 1988 wirklich den richtigen Täter gefunden?

August las die Schlagzeile mit einem Gefühl der Wehmut.

Dass Verschwörungstheorien aber auch so leicht Fuß fassen konnten. Als ob die Menschen das Bedürfnis hätten, den Alltag spannender oder auch finsterer zu machen, als er schon war.

Er fuhr den Rechner herunter und zog seine Jacke an.

Natürlich hatte die Polizei den richtigen Täter gefunden. Es war unwahrscheinlich, dass es einem Mörder gelingen würde, sich bald dreißig Jahre lang zu verstecken. Und ebenso unwahrscheinlich war, dass der Mörder in diesem Fall noch auf Hovenäset oder in Kungshamn wäre. Das konnte ja wohl kein vernünftiger Mensch allen Ernstes glauben, oder?

Dann dachte er an die Menschen, die auf Hovenäset lebten. Freundliche, normale Menschen, die immer grüßten, wenn sie ihm begegneten, ihn aber ansonsten scheinbar auf Abstand halten wollten. Viele von ihnen mussten bereits auf Hovenäset gewohnt haben, als das alles passierte, sie mussten sowohl Lydia als auch ihren Ehemann mehr oder weniger gut gekannt haben.

Und jetzt gab es neue furchtbare Ereignisse im Nachbarort.

Verbrechen, die einer Frau zugestoßen waren, die Janssons Haus gemietet hatte.

Hatte er das Misstrauen der Einwohner von Hovenäset falsch interpretiert? Möglicherweise glaubten sie keineswegs, dass er verrückt war, weil er Janssons Haus gemietet hatte. Sie warteten einfach nur darauf, dass auch ihm etwas Schlimmes zustoßen würde.

Die Kondome entschieden die Sache. Die Verpackungen waren von derselben Marke, die auch im Bootshaus gelegen hatte und auf denen auch Agnes Erikssons Fingerabdruck gewesen war. Maria hatte keine Sekunde gezögert, ehe sie ihre Kollegen alarmierte. Agnes war im Keller des Hauses gewesen, und das nicht nur, weil sie und Fredrik das Haus gemietet hatten, um ihre Sachen dort aufzubewahren. Das hier war ein wichtiges Puzzleteil, soviel war Maria klar. Doch kannten sie immer noch nicht den ganzen Zusammenhang. Unter anderem deshalb wollte sie um jeden Preis das Tagebuch finden, von dem Agnes' Psychologe gesprochen hatte.

»Willst du heute wirklich arbeiten?«, fragte Paul, als sie vom Frühstückstisch aufstand.

Maria erstarrte mitten in einer Bewegung.

»Wie bitte?«

Pauls Gesichtsausdruck verhärtete sich. Schon.

Das ärgerte sie mehr, als dass es ihr Angst machte.

»Du hast bis heute Morgen um vier gearbeitet«, sagte Paul, »und jetzt ist es halb neun, und du bist schon wieder auf dem Weg zur Arbeit. Das hier ist reine Fürsorge von meiner Seite. Schade, dass du das nicht erkennst. Obwohl ich kein Wort darüber verloren habe, bei wem du die Nacht verbracht hast. Nämlich bei unserem Freund, dem Secondhandtypen.«

Maria stellte die Kaffeetasse in die Spülmaschine. Sie hatte ihm erzählen müssen, warum sie von der Arbeit nicht nach Hause kommen konnte und wo sie sich befand. Im Eishaus auf Hovenäset. Wo August Strindberg wohnte, auf den Paul bereits eifersüchtig war.

»Seltsame Wortwahl«, bemerkte sie.

Paul starrte sie an.

»Wortwahl?«

»Du behauptest, ich hätte die Nacht bei August Strindberg verbracht«, sagte sie. »Obwohl er den größten Teil der Zeit nicht dort war. Und obwohl ich mit einer großen Gruppe Kollegen dort gearbeitet habe.«

Der Stuhl scharrte auf dem Fußboden, als Paul sich erhob. Das war ein ungewöhnliches Geräusch, denn er pflegte ihn beim Aufstehen immer anzuheben, damit es keine Kratzer auf dem Parkett gäbe.

»Ich verstehe, dass du müde bist«, erklärte er, »aber glaub bloß nicht, dass dies jedes Verhalten entschuldigt.«

Jetzt benutzte er die Elternstimme, die belehrte und zurechtwies.

Maria knallte die Klappe der Spülmaschine zu. Wenn er mit dem Stuhl auf dem Fußboden kratzen durfte, dann durfte sie auch das Geschirr etwas fester anpacken.

»Ich muss jetzt gehen«, sagte sie. »Wir müssen später weiterreden.«

Sie ging in die Diele und begann sich die Regensachen anzuziehen.

Es war ihrem Rücken nicht gut bekommen, dass sie so wenig geschlafen und so spät noch gearbeitet hatte. Aller Stress zehrte, das war die simple Lektion des Lebens.

»Ich fahre dich«, sagte Paul, als er sah, wie sie ihren Rücken dehnte.

»Danke, aber Nein«, gab Maria zurück. »Ich fahre mit dem Fahrrad.«

Paul packte ihren Arm und schleuderte sie herum. Der Schmerz schoss blitzartig in den unteren Teil ihres Rückens. Er bemerkte, dass es wehtat, ließ sie aber nicht los.

»Ich fahre dich«, sagte er wieder. »Wir können das Fahrrad hinten reintun. Dann kannst du später, wenn es dir besser geht, mit dem Rad nach Hause fahren.«

Es war wie ein Kräftemessen zwischen zwei Wettkämpfern. Wie viel Streit schaffte sie? Und zu welchem Preis?

Pauls Blick war dunkel und grimmig, doch tief drinnen, zwischen den Schatten, sah sie auch noch etwas anderes.

Angst.

Wie ungewöhnlich.

Sie befreite ihren Arm aus seinem Griff.

»Geh raus und bring den Fahrradständer an«, verlangte sie.

Paul blinzelte. Was in diesem Moment geschah, war unerhört. Mit einem Mal war er es, der ängstlich aussah, und nicht sie.

»Das Fahrrad kann im Kofferraum liegen«, sagte er.

»Nein«, entgegnete Maria. »Das haben wir schon einmal probiert. Dann verbiegt sich das Pedal.«

Paul öffnete den Mund, schloss ihn aber wieder. Dann ballte er eine Faust und schwang sie mit voller Kraft auf ihr Gesicht zu.

Die Handknöchel hielten einen Millimeter vor ihrem Nasenbein.

Ihr Herz setzte aus.

»Stell mich nicht auf die Probe, Maria«, drohte er mit heiserer Stimme. »Tu das bitte nicht.«

Dann ging er raus und brachte den Fahrradständer an.

Er war weiß wie eine Finnland-Fähre und groß wie eine kleinere Sommerhütte. Sie hatten einen neuen Wohnwagen bekommen, der in zwei Räume oder »Sektionen«, wie Roland es stur nannte, unterteilt war.

»Hier haben wir mehr Platz«, kündigte er an, als sie sich zur Besprechung versammelten.

Doch als Erstes fingen sie an davon zu reden, wie sie die Wand, die den Wohnwagen teilte, einreißen könnten. Es fanden nicht alle Teilnehmer Platz um den Tisch, und Maria fand spontan, dass der vorige Wohnwagen sich besser geeignet hatte. Vor allem machte ihr Sorgen, wie schnell Roland einen neuen besorgt hatte. Da war es schwer, noch ernsthaft davon zu sprechen, dass der Wohnwagen lediglich eine »Übergangslösung« sein sollte.

»Wir hätten uns in Uddevalla treffen sollen«, sagte die Technikerin Vendela, die neben Maria saß.

»Ich möchte da sein, wo alles passiert«, entgegnete Roland. »Maria und Ray-Ray, berichtet uns anderen, was seither passiert ist.«

Maria begann damit vom Gespräch mit dem Psychologen und dem Hinweis auf das Tagebuch zu erzählen. Sie hatten sowohl das Haus der Erikssons als auch das Arbeitszimmer von Agnes in der Schule bereits zu Beginn der Ermittlung einmal auf den Kopf gestellt. Nirgends war ein Tagebuch aufgetaucht. Doch jetzt würden sie neue Anstrengungen unternehmen, es zu finden.

Dann berichtete Maria von ihrem Besuch bei August und welche Informationen sie dort zutage gefördert hatte. Ein Foto, das August in seinem Putzschrank gefunden hatte, und ein Karton mit Bettlaken, Decke und Kondomen. Auf dem Foto war möglicherweise Agnes zu sehen, doch konnte man da nicht sicher sein, weil es schwarz-weiß war und die fragliche Person nur von hinten zeigte. Einige der Kollegen um den Tisch waren in der Nacht mit auf Hovenäset gewesen, doch nicht alle. Maria erklärte nicht, warum sie allein dorthin gefahren war, und auch das kommentierte niemand.

Nicht einmal im Stillen gestand sich Maria die Wahrheit ein: Sie hatte August treffen wollen. Und sie hatte niemanden anders dabeihaben wollen.

Die Gedanken ließen sich nicht bändigen, sie kehrten wieder und wieder zu dem Besuch bei August zurück. Es schien ihm ein bisschen peinlich gewesen zu sein, als sie sagte, wie schön sie sein Zuhause fand, doch sie hatte es ehrlich gemeint. Augusts Haus war fröhlich bunt, so als hätte ein extrovertierter Siebenjähriger für die Einrichtung gesorgt. Sie liebte diesen Stil. Die Farben, die Kontraste, all das Bunte. Zu Hause bei ihr und Paul war alles beige und weiß. Wie in einer Anstalt.

»Sollen wir mit dem Foto mal anfangen?«, begann Roland. »Haben wir vom NFZ oder den Technikern etwas gehört?«

Das Foto war direkt in die Kriminaltechnik geschickt worden. Dasselbe galt für den Karton, der im Keller des Hauses gefunden worden war.

Ray-Ray antwortete:

»Sie können bestätigen, dass sie dieselben Fingerabdrücke auf dem Foto und auf der Kondomverpackung im Karton gefunden haben wie auf der angebrochenen Verpackung im Bootshaus. Es dreht sich also um Fingerabdrücke, die von Agnes stammen und von einer anderen Person, die nicht in unserem Register vorkommt. Außerdem hat das NFZ eine Handschriftenanalyse von dem Gruß auf dem Foto gemacht und herausbekommen, dass es nicht Agnes war, die das geschrieben hat.«

»Aber ihr Fingerabdruck ist auf dem Foto?«

»Ja.«

»Gut«, sagte Roland.

»Dieselben Fingerabdrücke sind auch auf dem Karton.«

»Und drinnen im Haus?«, fragte Roland.

»Da auch«, antwortete Vendela. »Wobei die Fingerabdrücke von Agnes dort zu erwarten waren, schließlich hatten Fredrik und sie dieses Haus gemietet. Weniger zu erwarten war, dass auch ihr anonymer Freund mit den Kondomen Fingerabdrücke im Haus hinterlassen hat. Und da stehen wir jetzt. Zurzeit beschränken sich unsere Funde auf eine Menge Fingerabdrücke. Es haben sich zu viele Personen im Haus bewegt, als dass es interessant wäre, nach Fasern oder Haaren zu suchen.«

»Ich würde verdammt gerne wissen, von wem die anderen Fingerabdrücke sind«, brummte Roland.

»Das würden wir alle gern«, erwiderte Ray-Ray.

Roland seufzte. Er lehnte sich mit den Händen hinter dem Kopf auf der Bank zurück. Als er die Arme ausstreckte, sah man Schweißflecken auf seinem Hemd.

Stress und Ungeduld brachten den stärksten Körper zum Kochen.

»Ich werde nicht schlau daraus«, sagte Roland, »wir haben eine verheiratete Frau, die einen Liebhaber hat. Der Liebhaber benutzt, im Unterschied zu ihrem Ehemann, Kondome. Um ungestört zu sein, begibt sich das Paar sowohl ins Bootshaus der Familie Eriksson als auch in ein Geisterhaus auf Hovenäset.«

»Ist das unsere Hypothese?«, fragte Ray-Ray. »Dass sie im Eishaus gebumst haben?«

Im Wohnwagen war vereinzeltes Lachen zu hören.

»Was denn?«, fragte er.

»Hörst du nicht, wie du klingst?«, fragte Maria. »*Bumsen*? Wer sagt das denn noch?«

Ray-Ray zuckte mit den Schultern.

Er sagte das offensichtlich noch, und das genügte ja wohl.

»Jedenfalls waren sie sehr sorgfältig mit der Hygiene«, sagte Roland. »Das Bettlaken war offenbar frisch gewaschen.«

»Wahrscheinlich wollten sie, dass es frisch roch«, sagte Maria. »Dieser Keller duftet nicht gerade nach Sommerwiese.«

»Jetzt reißen wir uns mal zusammen«, sagte Roland. »Wir konzentrieren uns auf das Wichtige und nicht auf eine Menge Nebenspuren. Wir glauben, dass Agnes eine Affäre hatte. Wir glauben, dass sie ihren Mann verlassen wollte. Wir glauben, dass ihr Mann sie geschlagen haben könnte. Und daraus folgt logischerweise, dass wir den Verdacht haben, ihr Mann könnte mit ihrem Verschwinden etwas zu tun haben.«

»Oder ihr Liebhaber.«

Erst als sie merkte, wie still es um den Tisch wurde, merkte Maria, dass sie laut geredet hatte.

»Oder ihr Liebhaber«, ergänzte Roland. »Natürlich schließen wir keine anderen Spuren in der Ermittlung aus, der Liebhaber muss identifiziert werden und erklären, wo er an dem Abend war, als Agnes verschwand. Bleibt noch die Frage, warum Fredrik da gesessen und das Eishaus beobachtet hat.«

»Vielleicht weiß er, dass Agnes und ihr Liebhaber sich immer dort getroffen haben«, gab Ray-Ray zu bedenken.

»Und?«, sagte Maria. »Warum sollte unser Verdächtiger dort sitzen und das Haus beobachten, in dem seine Frau sich mit jemand anders zu treffen pflegte?«

»Weil er ihren Liebhaber erwischen will«, sagte Ray-Ray gedehnt.

»Du denkst, dass er von der Affäre wusste, aber nicht, mit wem sie sich traf?«, fragte Maria. »Oder ist der Liebhaber auch verschwunden?«

Im Wohnwagen breitete sich wieder Stille aus. Maria wand sich. Der Stuhl war hart, als wäre er aus Beton.

»Was glaubst du?«, erkundigte sich Roland.

Sie dachte einen Moment nach, ehe sie antwortete. Sie konnte nicht den Finger darauf legen, wo die Lücke in ihrer Theorie war. Das ärgerte sie.

»Ich bin so weit dabei, dass Fredrik zum Eishaus gefahren ist, weil er wusste, dass Agnes und ihr Liebhaber sich dort getroffen haben«, begann sie. »Doch ganz Kungshamn und Umgebung weiß, wer jetzt in diesem Haus wohnt. Und der kennt Agnes nicht. Ich glaube nicht, dass Fredrik da saß und das Eishaus beobachtete, um Agnes' Liebhaber zu erwischen. Er ruft immer noch auf ihrem Telefon an, scheint verunsichert, was ihr passiert sein könnte. Ich glaube, dass er vor dem Eishaus saß, weil er nach Agnes sucht.«

Roland sah verwirrt aus.

»Warum sollte er nach Agnes suchen, wenn er etwas mit ihrem Verschwinden zu tun hat? Dann weiß er doch, wo sie ist.«

Maria verschränkte die Arme. Sie dachte an Pauls dunklen, aber gleichzeitig ängstlichen Blick. Der war neu und machte sie stark.

»Ich bin nicht so sicher, ob er wirklich weiß, wo Agnes ist«, sagte sie. »Ich glaube, wir sollten breiter denken und suchen.«

»Glaubst du nicht, dass Fredrik der Täter ist, den wir suchen?«, fragte Roland.

Maria zögerte. Hätte sie schweigen sollen, bis sie mehr Indizien hatte? Sie sah, wie die anderen sie anschauten. Die waren anderer Meinung, sie hatten sich bereits entschieden: Fredrik war für das

Verschwinden seiner Frau verantwortlich. Allerhöchstwahrscheinlich hatte er sie erschlagen.

»Maria?«, fragte Roland.

Er klang ungeduldig.

Sie räusperte sich, um ihrer Stimme Halt zu verleihen. Sie musste etwas über den Gedanken sagen, der in ihrem Hinterkopf herumlungerte. Der Besuch im Eishaus hatte sie umdenken lassen.

»Haben wir denn ausgeschlossen, dass Agnes sich freiwillig versteckt hält? Also, freiwillig in der Hinsicht, dass sie einer Bedrohung entgehen will? Wir wissen nicht, was auf Klåvholmen, wo wir ihre Halskette gefunden haben, geschehen ist. Wenn sie es geschafft hat, bis da draußen zu kommen, dann ist es ihr vielleicht auch gelungen, an Land zu kommen, obwohl sie möglicherweise verletzt war.«

Im Wohnwagen wurde es still.

»Ein solches Szenario schließt nicht aus, dass es Fredrik ist, auf den wir uns konzentrieren sollten«, gab sie zu bedenken. »Aber ich glaube, wir wissen zu wenig über Agnes, um sagen zu können, warum wir sie nicht finden. Und wie gesagt wissen wir nicht, was der Grund für Fredriks Verhalten ist. Ich habe das Gefühl, dass er immer noch nach ihr sucht und dass er nicht weiß, wo sie ist.«

Ray-Ray nickte bedächtig, um seine Zustimmung auszudrücken.

»Sie hat ein Kind«, sagte Roland. »Die meisten von uns könnten ihre Kinder nicht allein lassen.«

»Ich weiß«, sagte Maria. »Ich weiß. Aber was, wenn sie keinen anderen Weg sieht, Isak zu schützen, als sich zu verstecken?«

Nun wirkte der neue Wohnwagen noch kleiner als der alte.

»Was haben wir noch?«, fuhr Roland ungeduldig fort. »Diese Mailadresse, die Agnes benutzt hat, um Strindberg zu schreiben. Haben wir Zugang zu dem Konto?«

Er wandte sich an Vendela, die über ihren Computer gebeugt saß. Maria hatte nicht mal gemerkt, wie sie ihn aufgeklappt hatte.

»Ja, aber es ist ein wenig seltsam«, sagte Vendela. »Die Mailadresse scheint ausschließlich für die Mitteilung angelegt worden zu sein, die an August Strindberg geschickt wurde. Es sind keine anderen Mails von dieser Adresse geschickt worden, und sie hat auch keine empfangen.«

»Verdammt, das ist komisch«, bemerkte Ray-Ray.

»Und ich sehe noch etwas«, fuhr Vendela fort. »Die Mail ist nicht nur an Strindberg geschickt worden, sondern hat noch einen Empfänger, den Strindberg nicht sehen konnte, weil die Mailadresse verborgen im Bcc stand.«

Roland runzelte die Stirn.

»Und wer?«, fragte er. »Wer hat außerdem noch die Mail über den Umzug und den Verkauf von Sachen bekommen?«

»Eine Frau namens Anna Bohman. Sie war auch mit in den Einzelverbindungsnachweisen.«

»Haben wir über sie schon mal gesprochen?«, fragte Roland. »Und vor allem: Haben wir *mit* ihr gesprochen?«

Die Technikerin schüttelte den Kopf.

»Nein, wir haben sie nicht verhört«, erklärte sie. »Allerdings haben wir, oder besser gesagt ich, sie auf dem Schirm. Sie ist eine Freundin, die aus den Einzelverbindungsnachweisen verschwunden ist, nachdem sie nach Oslo gezogen war.«

Maria beugte sich vor, sodass sie auf Vendelas Bildschirm lesen konnte.

»Das ist mir scheißegal, und wenn sie nach Ulan Bator gezogen ist«, schimpfte Roland. »Ich möchte eine Bestätigung, dass diese Mailadresse wirklich ihre ist, und dann möchte ich, dass wir sie zum Verhör holen. Sofort.«

Knapp tausend Meter. Weiter war es nicht zwischen Cecilias Haus und dem der Familie Eriksson. Trotzdem hatte sie das Gefühl, einen Marathon laufen zu müssen.

Der Asphalt unter ihren Füßen war trocken und grauschwarz. Bevor sie von zu Hause losging, hatte sie sich zweimal umgezogen. Die Jacke konnte zum ersten Mal seit mehreren Tagen offen bleiben. Ausgerechnet an diesem Vormittag waren die Wolken hell, fast auseinandergezogen, und man konnte zwischen all dem Weiß sogar hellblaue Flecken ahnen.

Je näher sie kam, desto heftiger und schneller schlug ihr Herz. Sie hatte sich versprochen, umdrehen zu dürfen, wann immer sie wollte. Das hier war nichts, was sie tun musste. Sie konnte genauso gut Erling schicken. Oder anrufen. Dann ersparte sie sich die physische Begegnung.

Cecilia behielt die Fäuste in den Jackentaschen. Sie hatte die Heisere Harriet angerufen und durchgegeben, dass sie sich immer noch kränklich fühlte.

»Du armes Ding«, hatte die Kollegin gesagt, »komm bloß nicht hierher, ehe du gesund bist.«

»Versprochen«, hatte Cecilia geantwortet.

Und sich geschämt.

Es war so unwürdig.

Erling war am Morgen nur widerwillig zur Arbeit gegangen, eigentlich wäre er gern bei Cecilia zu Hause geblieben.

»Kommst du ohne mich klar?«, hatte er gefragt.

Ohne Ironie, mit festem Blick.

Er hatte gemeint, was er sagte. Würde sie einen ganzen Tag alleine zu Hause sein können, ohne komplett durchzudrehen?

Cecilia hatte geantwortet, dass er natürlich zur Arbeit gehen musste und dass es komisch wirken würde, wenn sie beide zu Hause blieben. Vor allem Karl würde fragen, was hier eigentlich vor sich ging.

Sie bog um eine Straßenecke, und da war es, das Haus von Agnes und Fredrik. Ein Haus, in das Cecilia seit Jahrzehnten keinen Fuß gesetzt hatte.

Ein Sturm der Gefühle tobte in ihr, als sie die letzten Meter zur Tür ging. Fredriks Auto war nicht da, aber Isaks Fahrrad stand an die Hauswand gelehnt. Von den Gängen am Lenkrad hing ein Kabel lose herunter.

Sie drückte mit einem tauben Finger auf die Türklingel.

Erst einmal und dann noch mal.

Niemand kam, um zu öffnen, sie hörte nicht einmal Schritte auf der anderen Seite der Tür.

Cecilia schauderte es. Plötzlich war es so kalt und rau geworden. Da half es überhaupt nichts, dass die Wolken nicht mehr so tief hingen und dass es nicht regnete.

Ratlos sah sie sich um.

Es störte die Idylle in der Umgebung, dass niemand da war, um sie mit Leben zu erfüllen. Die Grundstücke waren klein, und die Häuser lagen dicht beieinander. Fast alle waren weiß gestrichen, die meisten holzverkleidet. Nur waren die kleinen Rasenflächen etwas zu wild gewachsen, die Fenster ein bisschen zu dunkel. Auf den Veranden standen keine Möbel, in den Auffahrten keine Autos.

Mit einer Ausnahme: Zwei Grundstücke entfernt stand ein silbergrauer Volvo.

Dieses Auto kannte Cecilia so gut, als wäre es ihr eigenes. Sie hatte es unzählige Male ausgeliehen. Der Besitzer des Volvos brauchte es nur während des Sommers und ließ in der Zwischenzeit eine Reihe von Nachbarn das Auto ausführen, sodass es in regelmäßigen Abständen bewegt wurde.

Das Geräusch von einem Schlüssel, der im Schloss herumgedreht wurde, riss Cecilia aus den Gedanken.

Noch ehe sie sich fassen konnte, ging die Tür auf.

»Hallo.«

Fredrik sah sie erstaunt an.

Cecilia starrte zurück.

Die Haare standen ihm vom Kopf ab, und seine Augen waren rot unterlaufen. Cecilia überwältigten Trauer und Scham gleichzeitig. Fredrik war ein Schatten seiner selbst. Was machte sie hier eigentlich, wie hatte sie sich einbilden können, dass dies eine gute Idee wäre?

Ein Windstoß ließ ein paar Blätter auf der Treppe um ihre Füße tanzen.

Wie unendlich dumm sie sich vorkam.

»Hallo.«

Ihre Stimme war kurz davor zu versagen.

Fredrik sah über ihre Schulter, er schien sich zu fragen, ob noch mehr unerwartete Gäste auf dem Weg in sein Haus waren.

»Ich bin es nur«, sagte Cecilia.

»Das sehe ich.«

Auch seine Stimme klang angespannt.

»Möchtest du reinkommen?«

Sie nickte, denn sie war mit einem konkreten Anliegen von zu Hause losgegangen, das durfte sie nicht vergessen.

Fredrik trat einen Schritt zurück und ließ sie herein. Die Diele war dunkler und kleiner, als sie es in Erinnerung hatte. Geradeaus lag das Wohnzimmer. Die Jalousien waren heruntergelassen und ließen nur ein Minimum an Tageslicht herein. Auf dem Fußboden in der Diele lagen Schuhe und etwas, das wie Trainingskleidung aussah.

Fredrik machte die Eingangstür zu und schaltete das Deckenlicht ein. Er roch schwach nach Schweiß.

»Entschuldige, dass es hier so furchtbar aussieht«, sagte er. »Es ist gerade alles Chaos.«

Cecilia nickte rasch.

»Das verstehe ich«, sagte sie. »Es muss schrecklich sein. Ich kann mir nicht vorstellen, wie …«

Sie verstummte, denn sie wusste nicht, wie der Satz weitergehen sollte. Fredrik war so vieles passiert, was sie sich nicht vorstellen konnte. Und gleichzeitig kroch ein ganz anderes Gefühl in sie hinein.

Angst.

Denn wer wusste schon, wie die Blutflecken auf den Pullover gekommen waren, den sie auf dem Dachboden gefunden hatte. Wenn es Fredrik war, der … Sie unterbrach sich schnell, denn dieser Gedanke war zu unangenehm.

Cecilia unternahm einen neuen Versuch, hauptsächlich, um ihre eigene Angst zu bekämpfen:

»Was sagt die Polizei?«

Fredrik sah grimmig aus.

»Das ist eine gute Frage«, sagte er. »Die sagen tatsächlich nicht so viel. Oder gar nichts. Frag mich nicht, warum, ich weiß es nicht.«

Cecilia verlagerte ihr Gewicht von einem Bein auf das andere.

Sie war jetzt nah dran, es gab keinen Anlass, es noch weiter hinauszuzögern. Wenn sie es nur fertigbrachte zu sagen, was sie auf dem Herzen hatte, würde sie schnell wieder draußen auf der Straße sein, befreit von Staub und Angst in der Diele der Erikssons.

»Isak scheint nicht sehr zufrieden«, sagte sie.

Fredriks Blick wurde wachsam.

»Nein«, sagte er, »aber das ist ja wohl auch kein Wunder, oder?«

»Nein, nein«, beeilte sie sich zu sagen. »Natürlich nicht. Also, gar nicht. Aber …«

Wieder gingen ihr die Worte aus.

Wie sollte sie nur herausbringen, was gesagt werden musste?

Sie dachte an den blutverschmierten Pullover.

Der Isak gehörte.

Und von dem sie glaubte, dass Karl – oder Isak? – ihn unter der alten Kommode versteckt hatte. Nicht dass Karl etwas mit Agnes'

Verschwinden zu tun haben könnte, natürlich nicht, so etwas würde er nie tun, er war kein gewalttätiger Mensch.

Doch mit Isak war es anders, das war schon immer so gewesen.

Als die Jungs klein waren, hatte Cecilia gesehen, wie Isak beim Schwimmunterricht im Becken Karls Kopf unter die Wasseroberfläche gedrückt hatte. Seither wusste sie, dass er einen Hang zur Unbeherrschtheit in sich trug.

Das hatte ihr damals wie heute Angst gemacht, genauso wie jetzt.

»Cecilia, was willst du eigentlich? Ich habe tausend Dinge zu erledigen und kann nicht hier stehen und plaudern.«

Tausend Dinge. Wie konnte jemand, der seine verschwundene Frau suchte, tausend Dinge erledigen müssen?

Cecilia nahm Anlauf.

»Karl braucht Ruhe und Entspannung«, sagte sie. »Er muss sich jetzt auf die Schule konzentrieren. Ich will nicht, dass er Isak weiter bei der Suche nach Agnes hilft. Darum muss die Polizei sich kümmern. Okay?«

Die Worte kamen zu schnell, und es wurden zu viele, und nichts davon klang so, wie sie es sich vorgestellt und gedacht hatte. Aber jetzt war es gesagt, und sie konnte es nicht zurücknehmen.

»Entschuldigung, aber was zum Teufel sagst du da?«, fuhr Fredrik sie an. »Dass ich dafür verantwortlich bin, dass dein Junge mit der Schule klarkommt? Und nicht du?«

Seine Augen blitzten.

Cecilia ging rückwärts zur Tür. Sie war so naiv, was hatte sie sich nur dabei gedacht?

»Ich hätte nicht herkommen sollen«, sagte sie.

Doch sie meinte nicht, was sie sagte, denn alles, woran sie denken konnte, war der Pullover mit dem Blutfleck – Isaks Pullover – und die Angst, dass Karl etwas Schlimmes zustoßen könnte.

»Da sind wir vollkommen einer Meinung«, erwiderte Fredrik. »Dass du es überhaupt wagst. Hau ab, verdammt noch mal!«

Er öffnete die Tür, und Cecilia stolperte auf die Treppe hinaus. Sie schaute sich nicht um, sondern lief einfach nur. Schnell, ganz schnell weg von Fredrik, weg von allem Alten. Und in ihr wuchs das Gefühl, jetzt alles nur noch viel schlimmer gemacht zu haben.

»Die Polizei hört nicht auf mich.«

August hob den Kopf. Jochen und er waren auf dem Dachboden des Altersheims und suchten die Kartons für den Secondhandladen aus. Jochen hatte seine Tochter bisher nicht erwähnt, und dafür war August dankbar. Stattdessen gab es so viele andere Gedanken, die ihn irritierten. Und nur den letzten hatte er leicht abschmettern können, nämlich die Vorstellung, dass alle, die in Janssons Haus wohnten, früher oder später ein schlimmes Schicksal ereilte.

Das gilt nicht für mich, dachte August. Und Agnes hat auch gar nicht in Janssons Haus gewohnt, sie und ihr Mann haben dort nur Sachen untergestellt.

»Wie meinen Sie das?«, fragte er Jochen.

Der alte Mann saß eine ganze Weile schweigend da. Es war offensichtlich, dass ihn irgendetwas störte.

»Ich hätte ihr einziger Zeuge sein können«, erklärte er. »Sie war hier, die Polizistin. Hübsch ist sie, mit schönen Haaren. Aber die Augen passen nicht dazu, sie ist nicht harmonisch. Vielleicht wird man so, wenn man nicht auf das hört, was andere Menschen zu sagen haben.«

August klappte den Karton zu, den er gerade untersucht hatte, und stellte ihn zu den anderen Kartons, die er vorhatte mitzunehmen – oder die er später von einer Umzugsfirma abholen lassen würde.

Er meinte zu wissen, von welcher Polizistin Jochen sprach.

»In welcher Sache glauben Sie, ein Zeuge sein zu können?«, fragte er.

Jochen kratzte sich am Kinn.

»Ich glaube, ich habe etwas gesehen, was mit dieser verschwundenen Lehrerin zu tun hat«, begann er. »In der Nacht, als sie vermisst gemeldet wurde, stand ich auf dem Balkon. Und ich habe ein Auto gesehen. Silbermetallic. Es blieb vor dem Haus stehen, das jetzt Ihnen gehört, vor dem ehemaligen Bestattungsinstitut.«

August wartete auf eine Fortsetzung, doch die kam nicht.

»Was haben Sie gesehen?«, fragte er nach.

»Ein Mann stieg aus dem Auto. Er öffnete die Tür zum Bestattungsinstitut und hob dann etwas Schweres aus dem Kofferraum des Autos. Dann ging er, ohne die Beleuchtung einzuschalten, in den Laden hinein. Erst als er im ersten Stock war, ging im Raum ganz rechts das Licht an. Sie wissen schon, so etwas sieht man, wenn es dunkel ist.«

August wusste nicht, was er sagen sollte.

Er wischte sich am festen Stoff seiner Jeans Staub und Schmutz von den Händen.

»Ich glaube doch, dass die Polizei tut, was sie kann«, entgegnete er. »Das war sicher jemand, der im Bestattungsinstitut etwas zu erledigen hatte.«

Garantiert war die Polizei dem Hinweis von Jochen nachgegangen. Sollte sie der Meinung sein, dass er es nicht wert war, verfolgt zu werden, dann war das eben so.

Augusts Handy klingelte.

Er entschuldigte sich und ging ran.

Es war der Maler, der ihn sprechen wollte.

»Ich wäre jetzt da«, sagte er. »Wie komme ich rein?«

August stöhnte leise.

»Gar nicht«, erwiderte er. »Hätten Sie nicht Bescheid sagen können, wann Sie aufzutauchen gedenken?«

»Doch, aber das habe ich ja, auf meine Art. Und jetzt sitze ich hier.«

August wurde wütend. Sollte er jetzt Jochen vertrösten, um den Maler reinzulassen?

Nein, wirklich nicht.

»Ich bin auf einem Kundenbesuch und kann Sie leider frühestens in einer Stunde reinlassen«, erklärte er. »Ich hoffe, das passt.«

In einer Stunde würde es zwölf Uhr sein. Früher wollte er sich nicht verabreden.

»Dann gehe ich und kaufe mir eine Zeitung«, antwortete der Maler. »Und dann sitze ich eben im Auto und lese, während ich auf Sie warte.«

»Tun Sie das«, sagte August und legte auf.

Er hatte den Verdacht, dass ihm die zusätzliche Stunde, die der Maler zeitungslesend im Auto saß, berechnet werden würde.

August wandte sich Jochen zu.

»Handwerker«, sagte er und schüttelte den Kopf.

Jochen verzog das Gesicht.

»Die machen nur Mist und schlampen«, brummte er. »Sind Sie sicher, dass Sie den brauchen? Sie sehen ganz so aus, als könnten Sie so etwas selbst. Sie haben den Körperbau eines Bauarbeiters.«

Der Alte nahm August von Kopf bis Fuß in Augenschein, doch der lachte nur.

»Vergessen Sie es«, sagte er, »ich bin nicht geschickt genug.«

»Ich verstehe«, antwortete Jochen. »Dann haben Sie sich diese Muskeln wohl im Fitnessstudio zugelegt.«

August zuckte nur mit den Schultern.

Er war nicht unbedingt begeistert davon, wie sich sein Körper durch den Umzug an die Westküste veränderte. Das, was er an Kondition dazugewonnen hatte, seit er nach Hovenäset gezogen war, hatte er an Muskelmasse verloren. Es schien immer dringender, dieses Studio in Kungshamn mal aufzusuchen.

Er nahm sich noch einen Karton und öffnete ihn. Der war voller Papiere und Ordner. Die losen Blätter lagen ordentlich in mit Gummibändern zusammengehaltenen Stapeln.

August konnte sich nicht erinnern, diesen Karton gesehen zu haben, als er das letzte Mal auf dem Dachboden war.

»Was ist das alles hier?«, fragte er und hielt Jochen den Karton hin.

Jochen zuckte zusammen.

»Das ist nichts, was Sie mitnehmen müssen«, erklärte er. »Das kann man nicht verkaufen. Ich muss den Karton falsch bezeichnet haben.«

August klappte den Karton wieder zu.

»Dann stelle ich ihn in die Ecke zu den Sachen, die hierbleiben«, sagte er.

Jochen wischte sich mit einem Taschentuch über die Stirn.

»Ja danke«, sagte er, »das ist wohl am besten.«

Doch als August den Karton hochhob, öffnete sich der Boden, und Papiere und Ordner landeten mit einem dumpfen Seufzer auf dem Boden. Es dauerte nicht lange festzustellen, woran das lag. Der Karton war damals falsch zusammengefaltet worden, und jetzt fiel er auseinander. Es war ein reines Glück, dass er nicht schon früher nachgegeben hatte.

August legte den kaputten Karton weg.

»Ich leere einen von den anderen aus und tue Ihre Papiere stattdessen dort hinein«, sagte er.

Jochen antwortete nicht. Er starrte auf das Meer von Papier und Ordnern, das auf dem Fußboden lag.

August legte eine Hand auf seine Schulter.

»Ich kümmere mich um das hier«, versicherte er. »Okay?«

Er suchte einen Karton aus, in dem eine große Vase und fünf handbemalte Blumentöpfe standen. Vasen und Blumentöpfe gehörten zu den vielen Themen, in die man die Sachen von Jochen und seiner Frau einsortieren konnte. Das Paar musste ein großes Interesse an Blumen und anderen Pflanzen gehabt haben.

Er ging in die Hocke und begann die Papierstapel zusammenzusuchen.

Da fiel sein Blick auf eines der Blätter.

Ergebnis der Tatortuntersuchung

Automatisch las August weiter.

Datum: 21. Juli 1988.

Fundort: Kärleksvägen 23, Hovenäset, Sotenäs

»Damals hat die Polizei auch keine gute Arbeit gemacht.«

Stumm sah August zu Jochen, der nun wieder etwas Farbe im Gesicht hatte.

»Was Sie in der Hand halten, ist die Voruntersuchung zur Anklage gegen Peter Broman«, erklärte Jochen. »Das war er, ihr eigener Mann, der wegen Mordes an meiner Tochter verurteilt wurde.«

Augusts Mund war jetzt staubtrocken.

»Das tut mir leid«, sagte er. »Das tut mir wirklich leid.«

Jochen legte den Kopf schief, als ob der plötzlich zu schwer geworden wäre, um ihn hochzuhalten.

»Es gibt keine Grenze dafür, mit welchen Verlusten wir Menschen lernen können zu leben«, sagte er. »Das ist faszinierend, aber vor allen Dingen ist es grausam. Denn Gott weiß, dass ich Tage hatte, an denen ich mir gewünscht habe, nicht mehr mitmachen zu müssen. Doch es gibt keine Gnade für mich. Das habe ich jetzt begriffen.«

Mit einem Mal hatte August das Gefühl, um Entschuldigung bitten zu müssen, als müsse er offenbaren, was er bisher verschwiegen hatte.

»Ich wohne in Ihrem alten Haus«, sagte er. »Ich wohne in dem Haus auf dem Kärleksvägen.«

Jochen lachte.

»Glauben Sie, ich wüsste das nicht? Ich höre ja wohl dieselben Geschichten wie alle anderen.«

August wurde rot.

»Ich weiß«, sagte er. »Ich weiß auch nicht … was ich sagen wollte …«

Jochen hob eine Hand.

»Sie müssen nichts sagen«, erwiderte er. »Und das Haus gehörte nicht mir. Es gehörte Lydia.«

August verstaute die Papierstapel und Ordner im Karton und

verschloss ihn sorgfältig. Jemand sollte ihn markieren, darauf schreiben, dass er nicht geöffnet werden dürfte, damit sein schrecklicher Inhalt nicht noch mehr Leuten als nötig bekannt wurde. Und dann sollte jemand mit Jochen über den Tod sprechen, darüber, was an dem Tag passieren sollte, wenn er selbst nicht mehr lebte und jemand seinen Nachlass ordnete.

Er spähte zu Jochen. Der Alte saß auf der Sitzbank des Rollators und schaute zu Boden. Es war noch etwas an dem, was er eben gesagt hatte, das August irritierte. Etwas, das nicht zusammenpasste. Warum hatte er die ganzen Ermittlungsdokumente beantragt, um herauszufinden, wer seine Tochter ermordet hatte? Das erfuhr er doch in jedem Fall.

»Es tut mir leid«, sagte August noch einmal, als er den Karton wegstellte. »Ich weiß, dass ich das eben schon gesagt habe, aber …«

»Es ist schwer zu wissen, was man zu jemandem wie mir sagen soll«, ergänzte Jochen. »Ich weiß, aber am Ende wurde alles richtig, und das hilft.«

»Ich nehme an, Sie meinen, dass der Schuldige seine Strafe bekommen hat?«, erkundigte sich August.

Jochens eine Hand umklammerte die Handbremse des Rollators. Die Adern leuchteten blau unter der dünnen, runzeligen Haut auf seiner Hand.

»Das ist genau, was ich meine«, antwortete er. »Doch die Strafe hat ihm kein Gericht auferlegt, sondern die bekam er von mir.«

Bei manchen Gelegenheiten im Leben ist es unmöglich zu wissen, was man vernünftiger- und passenderweise tun oder sagen soll. Das hier war so ein Moment.

Jochen beobachtete ihn schweigend, wartete auf Fragen.

»Er hat schließlich lebenslänglich bekommen«, antwortete August, hauptsächlich, um irgendetwas zu sagen.

»Doch, doch, mein Schwiegersohn ist vom Gericht zu ›lebenslänglich‹ verurteilt worden, das stimmt. Er hat sich später im Gefängnis das Leben genommen, wahrscheinlich hat er es nicht ausgehalten, der arme Kerl. Doch von dem spreche ich jetzt nicht. Ich spreche von dem wirklichen Täter. Den musste ich selbst finden. Und da war keine Rede von Gefängnis, das habe ich auf andere Weise gelöst.«

August sah Jochen an.

»Wie meinen Sie das?«, fragte er.

»Ich meine, dass ich das einzig Richtige getan habe«, erwiderte Jochen. »Auge um Auge. Was anderes funktioniert nicht.«

August wurde kalt.

In seinem Kopf ging es rund, als er die Tragweite dessen, was Jochen gerade gesagt hatte, zu verstehen versuchte.

Die Trauer musste seine Seele perforiert und ihn verrückt gemacht haben. Das, was die Leute tratschten, war für Jochen pechschwarze Trauer.

Knarrende Schritte auf der Dachbodentreppe unterbrachen ihr Gespräch. Einer der Pfleger steckte den Kopf durch die Luke und fragte:

»Brauchen Sie noch lange? Es gibt gleich Mittagessen, Jochen.«

Jochen erhob sich vom Rollator. Man sah, dass ihm die Bewegung schwerfiel.

»Wir sind hier fertig«, erwiderte er. »Strindberg kann sich um den Rest selbst kümmern.«

Und mit diesen Worten ließ er August auf dem Dachboden allein.

Die Spaghetti waren verkocht, und die Hackfleischsoße schmeckte nach Wasser. Karl aß trotzdem. Das Gehirn funktionierte nicht ohne Essen, und ohne Gehirn funktionierte überhaupt nichts. Disziplin, Essen und Ruhe waren wichtig für jemanden, der Astronaut werden wollte.

Karl saß allein mit dem Rücken zur Wand an einem viereckigen Tisch in einer Ecke der Mensa. Seine Tasche hing über der Rückenlehne des Stuhls. Ihr Mathelehrer war krank, und deshalb sollten sie anstelle einer Doppelstunde Mathematik nach dem Mittagessen allein Aufgaben erledigen. Für Karl bedeutete das eine Freistunde, denn mit der Mathematik des Gymnasiums war er bereits fertig.

Karl aß schnell den Rest vom Teller. Er wusste ganz genau, worauf er die Freistunde verwenden wollte. Er musste Isak finden. Sie hatten sich seit mehreren Tagen nicht gesehen.

Er nahm sein Tablett und ging zum Abstellwagen. Dort sortierte er alles, ohne darüber nachdenken zu müssen. Die Essensreste nach rechts, die Serviette nach links. Besteck separat, Teller separat, Gläser separat.

Karl war schon immer »ordentlich« gewesen.

Im Kindergarten, in der Schule, beim Fußball: ordentlich – und möglicherweise zuverlässig.

Er hatte gehört, er sei einzigartig, und Menschen wie er seien so ungewöhnlich, dass in jeder Generation nur eine Handvoll davon zur Welt kamen. Es fiel ihm schwer, das anzunehmen, denn ein Mensch, der immer schlau und ordentlich war, musste ja auch ziemlich langweilig sein.

Und das war er nicht, fand Karl.

Es war nicht langweilig, Astronaut werden zu wollen.

Und es war nicht langweilig, sich in die Mutter seines besten Freundes zu verlieben.

Agnes.

Nach der alle suchten, die sich aber in Wirklichkeit freiwillig versteckte. Doch das wusste nur Karl.

Eine einzige SMS hatte er bekommen, seit sie verschwunden war, doch das genügte. Die Nachricht war gekommen, während sie nach Agnes suchten, in den allerersten Stunden. Karl konnte sie schon auswendig. Agnes schrieb, die Situation zu Hause sei unhaltbar geworden, sie müsse wegziehen, weg von Fredrik.

Vor allem der letzte Teil war leicht zu verstehen. Karl hatte noch nie gefunden, dass Fredrik und Agnes zueinanderpassten.

Fredrik war so steif, so still, so ernst.

Agnes war das ganze Gegenteil. Sie lächelte und redete ununterbrochen. Im Unterschied zu Karls Mutter sah sie niemals müde aus. Agnes schaffte alles, jederzeit.

Doch jetzt offensichtlich nicht.

Karl mochte gar nicht daran denken, wie es ihm in den ersten Stunden nach Agnes' Verschwinden gegangen war. Als Isak angerufen und um Hilfe gebeten hatte, gesagt hatte, dass seine Mutter weg sei. Da hatte er so schreckliche Angst bekommen. Und war dann so erleichtert gewesen, als sie sich ausgerechnet bei ihm gemeldet hatte.

Ihr erstes Treffen war im Mai gewesen, doch was Karl anging, hatte es schon viel früher angefangen. Mindestens ein halbes Jahr lang hatte er Agnes beobachtet, ehe etwas geschehen war und er begriffen hatte, dass sie dasselbe empfand wie er. Er liebte es, sich die gemeinsamen Stunden mit ihr in Erinnerung zu rufen.

Im Bootshaus.

Im Eishaus.

Als sie das erste Mal miteinander geschlafen hatten, weinte sie.

»Man darf nicht fühlen, was ich fühle«, hatte sie geflüstert.

Karl verstand nicht, warum sie das sagte. Gefühle waren doch wohl frei. Und alles, was sich gut anfühlte, sollte doch erlaubt sein. Er glaubte nicht, dass Agnes sich noch bei jemand anders als bei ihm gemeldet hatte, und das war bedeutsam. Agnes wartete auf ihn, und er sollte wissen, dass es ihr gut ging.

Karl hielt sein Agnes-Handy fest umklammert.

Es war ihre Idee und auch ihre Bedingung gewesen, dass sie sich nur über Handys und Telefonnummern verständigten, die niemand von ihnen sonst benutzte. Die einzigen Ausnahmen waren die kurzen Anrufe, die sie tätigten, um zu zeigen, dass sie Kontakt wollten.

Doch jetzt herrschte einfach nur Schweigen, obwohl Karl eine SMS geschickt und sie gebeten hatte, nach Hause zu kommen.

Karls Besorgnis war Verzweiflung gewichen.

Ihr Schweigen war so schlimm für so viele.

Ihm wurde ganz übel, wenn er daran dachte, was ihr Versteckspiel anrichtete. Für alle.

Wie sollte sie jemals wieder zurück nach Kungshamn kommen können?

Karl hatte gegoogelt und war sehr beunruhigt. Das, was Agnes tat, war strafbar. Man durfte nicht so tun, als wäre man verschwunden, und ein ganzes Land nach einem suchen lassen. Das kostete Geld, sehr viel Geld. Überall. Die Polizisten, die suchten, arbeiteten nicht gratis. Die Schule, in der Agnes arbeitete, hatte sie durch einen anderen Lehrer ersetzt. Eine ganze Klasse hatte einen neuen Klassenlehrer bekommen. Und dann all die Sponsoren, die Firmen, die die Sucharbeit von Missing People unterstützen, indem sie Essen, Süßigkeiten und Getränke spendeten und die Bustransporte möglich machten.

Es passte überhaupt nicht zu Agnes, einen solchen Zirkus zu veranstalten.

Warum benahm sie sich dann so?

Ohne sich umzusehen, verließ Karl die Mensa. Langsam eilte es. Seine Mutter hatte sich am Morgen noch seltsamer verhalten als sonst. Karl schien es, als hätte sie abgenommen. Ihre Augen waren tief eingesunken, als ob der Schädel zu groß und die Augen zu klein geworden wären. Und sie schaute Karl so seltsam an.

Misstrauisch sah sie aus. Doch nicht nur seine Mutter verhielt sich anders, sondern auch sein Vater. Karl war sicher, dass seine Eltern sich hinter seinem Rücken besprachen und sich über irgendetwas Sorgen machten.

Das machte ihm Angst.

Sie können nichts über mich und Agnes wissen, dachte er. Das ist unmöglich.

Draußen vor der Schule war die Luft kühl und die Wolken hell. Am anderen Ende des Schulhofs standen ein paar Baubaracken, und dahinter war der Parkplatz. Weniger als fünfhundert Meter entfernt lag die Polizeistation. Da war er gewesen, als er einen neuen Pass brauchte. Er vermied es, an all die Polizisten zu denken, die fieberhaft daran arbeiteten, Agnes zu finden.

Mit geübter Hand schrieb er eine Nachricht an Isak:

Wie ist die Lage? Würde dich gern treffen. Jetzt Freistunde.

So schrieben sie sonst nicht miteinander, aber Karl hatte keine Zeit, besser zu formulieren.

Isak antwortete postwendend:

An meiner Front große Probleme. Müssen reden, muss aber erst noch paar Sachen erledigen. Bin in Kungshamn. Treffen im Bootshaus um 17. Komm allein. Brauche deine Hilfe.

Karl las die kurzen Zeilen.

Das war nicht, was er gehofft hatte. Er biss sich auf die Lippen, während er überlegte, was er antworten sollte.

Auf der Straße fuhr ein Streifenwagen vorbei. Als wäre er ein Krimineller, verschwand Karl sofort hinter einer Bushaltestelle.

Was machte er da eigentlich?

Er stellte sich wieder auf den Bürgersteig. Schließlich hatte er nichts zu verbergen. Konzentriert bleiben musste er, das war alles.

Er las die SMS von Isak noch einmal.

An meiner Front große Probleme.

Der Stress zehrte an Karl, und er fuhr sich mit den Nägeln über die Wange. Damit musste er aufhören, die NASA würde einen Kandidaten, der nervös wirkte und sein Gesicht zerkratzte, nicht akzeptieren.

Er musste Isak anrufen, es war nicht die richtige Situation, um noch mehr SMS zu schreiben. Er wollte nicht warten.

Isak klang verärgert, als er ranging.

»Kannst du nicht lesen?«, fauchte er. »Ich habe gesagt, dass wir uns nachher im Bootshaus treffen sollen.«

»Ich weiß«, erwiderte Karl. »Aber ich bin in Uddevalla. Ich glaube nicht, dass ich es bis fünf Uhr schaffe.«

»Okay, dann treffen wir uns stattdessen um sechs. Oder sieben? Das müsstest du doch schaffen.«

Ein weiterer Streifenwagen fuhr vorbei, diesmal in die andere Richtung. Oder war es derselbe?

Der Polizist auf dem Beifahrersitz sah Karl an.

Er antwortete, indem er seinen Blick abwandte.

Die wissen nichts, dachte er. Niemand weiß etwas.

Er unternahm einen neuen Versuch, sich Isak am Telefon zuzuwenden.

»Was machst du denn?«

»Ich erledige die Arbeit der Polizei. Und ich mache sie gut.«

Karl dachte an Isaks Karten und all die Markierungen und Striche, an all die Stunden, die er darauf verwandt hatte, zusammen mit Isak nach Agnes zu suchen. Das konnte so nicht weitergehen. Und ins Bootshaus der Familie Eriksson wollte er auf gar keinen Fall.

»Du musst erzählen, was es ist«, bat Karl. »Ich mache mir Sorgen, verstehst du das nicht? Du könntest Probleme bekommen.«

Sein Freund schwieg.

Das verunsicherte Karl.

»Hallo?«, fragte er schließlich.

Er hörte Isak ins Telefon atmen.

»Ich habe nicht so viel Zeit«, antwortete er. »Ich glaube, dass die Polizei die falsche Spur verfolgt. Erst war ich unsicher, aber dann habe ich angefangen, Papa zu folgen, und … verdammt, die Polizei hat Leute auf ihn angesetzt. Es gibt einen Zivilwagen, der die ganze Zeit hinter ihm herfährt, und er kapiert es nicht mal. So verdammt schwach.«

Karl musste stehen bleiben und sich an einer Straßenlaterne festhalten. Die ganze Welt drehte sich. Schneller und schneller.

»Isak, wovon redest du?«

»Von der Polizei«, erwiderte Isak ungeduldig. »Ich rede von der Polizei. Sie haben Papa wegen irgendwas in Verdacht. Das ist so widerlich, dass ich nicht weiß, was ich … Aber ich werde ihm helfen. Ich brauche einfach nur mehr Zeit.«

Es war, als hätte etwas Karls Gehirn abgeschaltet.

Die Polizei dachte, Fredrik hätte Agnes etwas angetan.

Das stimmte nicht.

Alles, was Agnes getan hatte, war falsch.

»Isak, jetzt hör mal auf mich. Ich glaube …«

»Ich hab keine Zeit, kapierst du nicht?«

Karl schüttelte den Kopf.

»Was hast du vor?«

»Nichts, was du wissen müsstest.«

Dann legte Isak auf.

Karl rief ihn wieder an. Und wieder. Und wieder. Isak ging nicht ran.

Da vibrierte Karls anderes Handy.

Agnes.

Er suchte mit der Hand in der Jackentasche. Es war eilig, das Handy hatte so lange geschwiegen.

Endlich ließ sie von sich hören.

Endlich würde er erfahren, wann sie nach Hause kam.
Er las aufmerksam, was sie schrieb.
Und spürte, wie sich die Dunkelheit um ihn schloss.

»Ich nehme an, dass ich um Entschuldigung bitten sollte. Sie hätten nicht nach mir suchen müssen, sondern ich hätte mich aus eigenen Stücken melden sollen.«

Maria betrachtete die Frau auf der anderen Seite des Tisches. Es war leicht gewesen, Anna Bohman zu erreichen. Zufälligerweise hatte sie sich auf einer Konferenz in Strömstad befunden, war sofort ins Auto gestiegen und nach Uddevalla gefahren, um Maria und ihre Kollegen zu treffen.

Maria und Ray-Ray hatten die Mail, die Agnes an August Strindberg geschickt hatte und die Anna als verborgene Empfängerin erhalten hatte, nicht erwähnt. Anna wusste überhaupt nicht, warum die Polizei mit ihr sprechen wollte, doch das schien kein Problem für sie zu sein.

Anna und Agnes waren seit ihrem neunten Lebensjahr befreundet. Das gehörte zu den ersten Informationen, die sie bekamen. Inzwischen allerdings lebte sie in Oslo und hatte seit mehreren Monaten keinen Kontakt mehr zu ihrer Sandkastenfreundin gehabt.

Warum wohl nicht?, fragte sich Maria.

Nicht dass sie selbst nicht im Laufe der Jahre schon Freunde verloren hätte. Im Gegenteil, seit Paul mehr und mehr von ihrer Zeit und ihrem Universum in Anspruch nahm, verschwanden die Freundinnen in schneller Folge. Doch irgendetwas sagte Maria, dass Agnes und Anna sich aus ganz anderen Gründen getrennt hatten.

»Wann haben Sie das letzte Mal von Agnes gehört?«, fragte Ray-Ray, der das Verhör leitete.

»Das ist lange her«, sagte Anna. »Wir haben uns am Abend vor meinem Umzug nach Stockholm gesehen. Das war Mitte Juni.«

Sie machte einen in jeder Hinsicht kühlen Eindruck, wirkte elegant und gleichzeitig schlicht. Annas ganze Erscheinung hatte etwas Unkompliziertes, und das war eine ungewöhnliche Kombination von Eindrücken.

»Warum sind Sie umgezogen?«, fragte Maria.

»Mein Mann ist Norweger«, erklärte Anna. »Wir hatten es gut in Kungshamn, aber dann hat er einen besseren Job in Oslo bekommen, und da wollten wir gerne etwas Neues ausprobieren und mal sehen, ob es möglich ist, eine ganze Familie von einem Ort zum anderen umzuziehen.«

»Und wie ist es gegangen?«, erkundigte sich Ray-Ray und schenkte Anna ein warmes Lächeln, das sie erwiderte.

»Fantastisch gut, muss ich sagen«, sagte sie. »Ich habe inzwischen auch einen Job gefunden. Und wir haben zwei Kinder, die in die erste und die dritte Klasse gehen und ihre neue Schule lieben.«

»Was für eine Erleichterung«, erwiderte er.

»Ja, wirklich.«

Maria hoffte, dass Ray-Ray mit seinem Süßholzraspeln einen Plan verfolgte, sonst würde sie ganz schön ärgerlich werden.

»Hat Agnes Sie und die Familie denn in Oslo besucht?«, fragte sie.

Anna wurde ernst.

»Nein, das hat sie nicht.«

»Aber solange Sie hier wohnten, waren Sie sehr eng miteinander, oder?«

Annas Gesichtsausdruck war schwer zu deuten.

»Ja und nein«, antwortete sie. »Vor einigen Jahren noch haben wir uns viel öfter getroffen.«

»Was hat sich verändert?«, fragte Ray-Ray.

»Das Leben«, erklärte Anna. »Das klingt natürlich lächerlich, aber so war es. Ich habe später Kinder bekommen als sie. Als Isak schon selbstständig wurde, saß ich immer noch in den Kleinkindjahren fest. Das zehrt an einem. Aber es gab noch andere Sachen. Zum Beispiel kamen unsere Männer nicht so gut miteinander klar.«

Anna hatte die Unterarme auf den Tisch gelegt, während sie sprach. Sie trug eine taubenblaue Strickjacke, und nur wenige Zentimeter neben ihrem Arm war ein Kaffeefleck auf dem Tisch. In der Nähe stand ein Halter mit Papiertaschentüchern. Es passierte ziemlich oft, dass Menschen in Tränen ausbrachen, wenn sie bei der Polizei saßen, doch Maria glaubte nicht, dass Anna zu ihnen gehörte.

Sie nahm ein Taschentuch aus dem Halter und wischte den Kaffeefleck weg. Es sah nicht gut aus, wenn der Vernehmungsraum schmutzig war.

»Oh danke«, sagte Anna, die den Fleck offensichtlich nicht bemerkt hatte.

Maria legte das Taschentuch beiseite.

»Warum mag Ihr Mann Fredrik nicht?«, erkundigte sich Ray-Ray.

»Da stimmt wohl einfach die Chemie nicht«, erklärte Anna. »Fredrik kann so arrogant sein und ist außerdem ein richtiger Besserwisser. Mein Magnus ist völlig anders. Er ist sehr bescheiden und hat nicht so ein großes Bedürfnis nach Selbstdarstellung.«

Was für ein netter Mensch, dachte Maria müde.

Laut sagte sie:

»Wie schätzen Sie die Beziehung von Agnes und Fredrik ein?«

Zum ersten Mal sah Anna angespannt aus.

»Ich glaube, dass sie angestrengt ist«, sagte sie.

»Sie glauben oder Sie wissen?«, hakte Ray-Ray nach.

Anna dachte da eine Weile nach.

»Warum bin ich eigentlich hier?«, fragte sie.

Maria und Ray-Ray wechselten einen raschen Blick.

»Sie sind hier, weil Ihr Name in unserer Ermittlung zum Verschwinden von Agnes aufgetaucht ist«, erklärte Ray-Ray. »Sie werden keines Verbrechens verdächtigt, aber wir glauben, Sie könnten Informationen besitzen, die wichtig für uns sind.«

»Ich verstehe«, sagte Anna, wirkte aber immer noch reserviert.

»Vorhin haben Sie sich entschuldigt, weil Sie sich nicht selbst bei uns gemeldet haben«, sagte Maria. »Warum denken Sie das?«

»Natürlich habe ich die Nachrichten über Agnes' Verschwinden verfolgt«, sagte Anna und klang jetzt gedämpft. »Ich weiß, dass Hunderte von Menschen draußen sind und nach ihr suchen. Und ich habe darüber nachgedacht, ob ich etwas über Agnes weiß, das Sie auch wissen sollten und das erklären könnte, warum sie verschwunden ist. Wenn das denn der Fall ist.«

Ray-Ray runzelte die Stirn.

»Entschuldigung, aber was für eine Alternative könnte es geben?«, fragte er.

»Dass sie sich fernhält.«

»Sie meinen, dass sie sich versteckt?«

Anna nickte kurz.

»Warum sollte sie das tun?«, fragte Maria.

Sie bemühte sich, nicht allzu eifrig zu wirken. Hatten noch mehr Menschen dieselbe Idee wie sie, dass Agnes sich versteckte, weil sie bedroht wurde?

»Ich glaube, es besteht die Möglichkeit, dass Agnes ein Time-out braucht«, sagte Anna.

Offensichtlich nicht.

»Ein Time-out?«, echote Ray-Ray.

»Ich weiß, wie das klingt«, fuhr Anna fort. »Aber Agnes hatte es rein privat ziemlich schwierig. Sie hatte Probleme mit Fredrik, die beiden funktionierten nicht als Paar. Ich glaube, dass alles zu viel für sie wurde. Sie brauchte eine Pause.«

Ray-Ray beugte sich vor, sodass er genauso saß wie Anna, mit den Unterarmen auf dem Tisch.

»Erlauben Sie mir, ein bisschen persönlich zu werden«, begann er. »Ich war dreimal verheiratet« – er hielt drei Finger in die Luft – »und habe mich ebenso oft getrennt. Glauben Sie mir, ich weiß alles darüber, wann man mal eine Pause vom Leben nehmen möchte, und ich habe es auch getan. Einmal bin ich nach Bangkok geflogen und habe fünf Tage lang ununterbrochen gesoffen. Ein anderes Mal bin ich mit einem Freund nach Svalbard gereist. Doch kein einziges verdammtes Mal bin ich an einem Abend, als es wie Hölle stürmte, von zu Hause weggegangen und habe so getan, als wollte ich nach dem Boot sehen, und bin dann nicht wieder nach Hause gekommen. Und kein einziges Mal hat es sich wie eine gute Idee angefühlt, die Polizei und Hunderte Freiwilliger nach mir suchen zu lassen, während ich dasitze und ein Time-out nehme.«

Je weiter er in seinen Ausführungen kam, desto lauter sprach er. Und schneller. Maria erwischte sich bei einem Lächeln, während sie zuhörte, und bemühte sich um eine ernste Miene. Das hier war Ray-Ray in Höchstform.

»Okay, okay«, sagte Anna und hielt beide Hände hoch. »Sie müssen nicht weiterreden.«

Mit einem Mal wirkte sie resigniert.

»Ich versuche ja nur zu erklären, dass Agnes ihre Gründe gehabt haben könnte abzutauchen. Und dass die ganze Sache vielleicht unglaublich viel größer geworden ist, als sie sich hat vorstellen können. Mein Gott, wenn sie sich versteckt, dann muss sie sich ja jetzt zu Tode schämen.«

Maria war gegenüber Annas Theorie von einer Auszeit mehr als skeptisch.

Agnes Eriksson war kein Kind oder Teenager.

Und für jemanden, der sich das wünschte, gab es mehr und bessere Möglichkeiten, auf Distanz zu gehen, ohne die Sache bei der Polizei auflaufen zu lassen.

»Sie meinen, Agnes könnte ihre Gründe gehabt haben abzutauchen«, sagte Ray-Ray. »Erzählen Sie, Anna. Sie sitzen nun schon lange hier. Was wissen Sie?«

Anna schluckte.

»Sie hat Fredrik betrogen.«

Siehe da. Endlich bekamen sie Beweise für ihre These.

»Wann hat sie Ihnen das erzählt?«, fragte Maria.

»Als wir uns das letzte Mal vor meinem Umzug gesehen haben.«

»Und was haben Sie da gesagt?«, erkundigte sich Ray-Ray.

»Ich habe gesagt, dass sie es Fredrik erzählen oder die Beziehung sofort beenden müsse. Das war einfach so. Ich würde so etwas niemals im Leben verschweigen.«

Maria wurde wütend.

»Warum denn nicht?«, fragte sie. »Sie haben doch eben noch gesagt, dass Sie Fredrik nicht so mögen.«

»Das stimmt«, sagte Anna. »Aber ich bin selbst betrogen worden, und das gehört zum Unangenehmsten, was einem passieren kann. Ich verstehe, dass es unter erwachsenen Menschen, die verheiratet sind, vorkommt, dass man sich zu anderen hingezogen fühlt, aber dann muss man sich entscheiden, wie man es gerne hätte.«

Maria hätte gern gefragt, was in aller Welt Anna das Sexleben ihrer Freundin anging, verzichtete aber darauf.

»Und wie ging das Drama zu Ende?«, erkundigte sich Ray-Ray.

»Wir sind weggezogen«, erklärte Anna. »Danach hatten Agnes und ich nur noch über das Telefon Kontakt.«

»Wissen Sie, wofür sie sich entschieden hat?«, fragte Maria.

»Sie sagte, sie würde sowohl Fredrik als auch Kungshamn verlassen, denn sie sei beides leid. Aber sie wollte warten, bis Isak das Gymnasium abgeschlossen hätte.«

»Was dachten Sie darüber?«, fragte Maria.

»Dass Isak sensibel ist und auch über die Schulzeit hinaus eine enge Mutterbeziehung braucht. Ich habe weder mit ihm noch mit Fredrik gesprochen, aber ich kann mir vorstellen, dass es den beiden jetzt nicht gut geht. Vor allem Isak nicht.«

Das war zu viel auf einmal. Maria versuchte, die Gedanken zu sortieren und sich die Bilder zurecht zu legen.

»Sagen Sie noch einmal«, bat sie, »wann hat sich Agnes das letzte Mal bei Ihnen gemeldet?«

Anna dachte nach.

»Kommt drauf an, wie man es sieht«, sagte sie. »Vor einer Weile habe ich eine Mail bekommen, doch die war nicht für mich, sondern an einen Mann gerichtet, der offensichtlich in Kungshamn einen Secondhandladen eröffnen möchte, und ich stand nur als verborgene Empfängerin im Bcc. Das habe ich so interpretiert, dass Agnes mir signalisieren wollte, dass sie nun in Begriff war, ihre Familie zu verlassen.«

»Haben Sie ihr geantwortet?«, fragte Ray-Ray.

»Nein«, sagte Anna.

»Hatte Agnes Angst vor Fredrik?«

Anna sah ihn mit großen Augen an.

»Angst? Nein, warum sollte sie?«

»Er schlägt sie nicht?«

»Was für eine Frage. Nein, das ich kann mir wirklich nicht vorstellen, dass er das tut.«

»So etwas weiß man nie«, schob Maria ein.

Für die anderen im Raum bedeutete dieser Satz wenig oder nichts, doch für Maria alles.

»Sie sind sicher, Anna?«, hakte Ray-Ray noch einmal nach. »Sie haben niemals irgendwelche Spuren von Misshandlung gesehen?«

»Nein.«

»Und haben den Gedanken auch nicht gehabt?«

»Nein.«

Maria sah in ihre Notizen.

»Wir würden sehr gern Kontakt zu dem Mann aufnehmen, mit dem Agnes ein Verhältnis hatte«, sagte sie. »Wie heißt er?«

»Das hat sie nicht erzählt«, sagte Anna.

Maria sah Anna an. Hier gab es etwas, das nicht zur Sprache kam. Nach allem, was sie gesagt hatte, hielt sie nun mit etwas hinter dem Berg.

»Das hier ist nicht die Situation, um etwas zu verbergen, Anna«, gab Maria zu bedenken. »Das müssen Sie sich ganz klarmachen.«

»Ich verberge auch nichts«, beteuerte Anna. »Aber …«

»Fahren Sie fort«, ermunterte Ray-Ray sie. »Es muss Ihnen klar sein, dass Sie sich möglicherweise über Agnes täuschen und dass sie gar kein Time-out nimmt. Stellen Sie sich vor, dass ihr vielleicht etwas Schlimmes zugestoßen ist.«

Auf die Formulierung »etwas Schlimmes« reagierte Anna, das war genau so deutlich zu erkennen, wie ihr Versuch, ihr Wissen zurückzuhalten.

»Ich weiß nicht, wen Agnes getroffen hat«, sagte sie. »Aber ich weiß, dass sie sich schämte.«

»Sich schämte? Sie meinen, dass sie Fredrik gegenüber ein schlechtes Gewissen hatte?«, fragte Maria.

»Nein, ich meine, dass sie sich schämte, weil sie sich in ebendiesen Mann verliebt hatte.«

Maria und Ray-Ray sahen einander an und dann zu Anna.

»Das verstehe ich nicht«, sagte Ray-Ray.

»Agnes' neue Beziehung war in irgendeiner Weise schambesetzt. Sie hat mehrere Male gesagt, ›das, was ich tue, ist so falsch, man darf so nicht fühlen, nicht für jemanden wie ihn‹. Sie sagte, sie hätte Angst, ihre Stelle zu verlieren. Ich habe das so interpretiert, dass an dieser Beziehung etwas zutiefst Unpassendes war.«

Plötzlich fühlte sich das Zimmer kleiner an.

Wie unpassend konnte eine Beziehung sein?, fragte sich Maria. Agnes arbeitete doch in der Grundschule.

»Ist er ein Krimineller, der Liebhaber von Agnes?«, versuchte Ray-Ray.

»Ich weiß es nicht.«

»Hat er in Agnes' Schule gearbeitet?«

»Ich sage doch, dass ich es nicht weiß! Natürlich würde ich das erzählen, wenn ich es wüsste.«

Sie sah nun gar nicht mehr so selbstsicher aus.

Es war ihnen gelungen, sie zu erschrecken, und das war gut. Wenn sie den Ernst der Situation nicht begriff, würde sie nicht auf eine zufriedenstellende Weise mitarbeiten.

Maria dachte an die seltsamen Anrufe in den Einzelverbindungsnachweisen, an den Karton mit den Sachen, den sie im Eishaus gefunden hatten. Für wen war so viel Diskretion nötig? Welche Beziehung konnte eine so große Scham bedeuten, dass sie so sorgfältig geschützt werden musste? Annas Zeugenaussage hatte gezeigt, was nach Ansicht von Agnes auf dem Spiel stand.

Ihre Identität als Lehrerin.

Ihre Stellung als beliebtester leuchtender Stern.

»Es soll ein Tagebuch geben«, erklärte Maria, »aber wir finden es nicht. Was glauben Sie, wo Agnes es versteckt haben könnte?«

Annas Gesicht verzog sich zu einem traurigen Lächeln.

»Bei einem der letzten Male, als ich zu Hause bei Agnes war, hatten sie sich gerade ein Klavier gekauft«, sagte sie. »Ich habe sie gefragt, wie oft sie zum Spielen käme, und da antwortete sie so etwas wie ›viel seltener, als ich mir wünsche‹. Und dann fügte sie hinzu: ›Aber immerhin habe ich jetzt einen Ort, wo ich meinen Schmuck verstecken kann, wenn wir verreisen.‹ An Ihrer Stelle würde ich also da suchen. Suchen Sie im Klavier.«

Juni

Wir haben uns wieder getroffen.

Wir haben uns öfter getroffen, als ich gern zugeben möchte.

Und ich treffe ihn lieber, als ich in Worte zu fassen wage.

Diese Urkraft der Lust, ich verstehe nicht, woher die kommt. So etwas habe ich noch nie empfunden.

Noch niemals.

Es ist schwer zu erklären, denn mit Fredrik war es ja nicht schlecht. Er hat mich scharf gemacht und ich ihn. Ich erinnere mich noch, wie es zu Anfang war. Ich habe es geliebt, seinen Blick zu sehen, seinen Blick zu *spüren*, wenn er mich haben wollte. Ich habe mich danach gesehnt, dass der Abend kommen und wir wieder miteinander schlafen würden. Manchmal sind wir mittags nach Hause gefahren, um Sex zu haben. Aber das, was ich jetzt fühle, ist etwas anderes. Kräftiger, einfacher.

Ich kann nicht erklären, was mit mir passiert.

Es ist ein Glücksrausch, so von Schuld und Scham und Angst durchsetzt, dass es mich nachts wachhält. Ich schlafe viel zu spät ein, ich wache zu früh auf, und dazwischen schlafe ich zu schlecht.

Trotzdem fühlt es sich an, als würde ich genug schlafen.

Ich habe abgenommen, und viele scheinen es für angebracht zu halten, das zu kommentieren, es würde »mir stehen«. Fredrik (der arme, bedauernswerte, früher einmal so gute Fredrik), glaubt, es sei das Klavier, das mich verwandelt hat, nur weil wir es ungefähr zu der Zeit gekauft haben, als ich mich zu verändern begann.

»Was immer du tust, was dich so strahlen lässt, mach einfach weiter damit«, hat er neulich abends gesagt.

Das hat er mit seiner heiseren, lustvollsten Stimme gesagt, und dann haben wir miteinander geschlafen. Rein technisch gesehen, anständiger Sex. Beide waren befriedigt, und nur ich wusste, dass ich einige Tage zuvor mehr Befriedigung empfunden hatte.

Gleichzeitig streiten wir.

Gewaltsam.

Ich habe Dinge getan und gesagt, die mir die Schamesröte ins Gesicht treiben. Vielleicht sollte ich etwas gegen meine Launen tun.

Die Schule ist aus. Der Abschluss hat draußen stattgefunden, weil das Wetter so schön war, und die Kinder haben so herrlich gesungen, dass einem das Herz aufging. Hinterher bekam ich Blumen, und eine der Mütter hatte eine Flasche selbst gemachten Saft dabei. Ich habe versucht, mich aus der Menge von Eltern und Großeltern herauszuziehen, merkte, wie sich die Panik in mir ausbreitete.

Wenn sie nur wüssten, was ich angefangen habe. Wie sie mich dann hassen würden.

Ich habe das Gefühl, die Anerkennung der Eltern nicht verdient zu haben. Ich bin doch unzuverlässig, sehen sie das nicht? Sehen sie nicht, wozu ich fähig bin? Ein Kind im Unterricht zu haben, das dann zu einem Teenager wird, der mich dann so sehr haben will, dass ich rot werde, wenn ich daran denke (denn ich begehre ihn mindestens genauso). Das muss ein Ende haben, alles das muss ein Ende haben.

Fredrik gegenüber empfinde ich faszinierend wenig Schuld. Seine Arbeit geht mit unveränderter Intensität weiter, und das passt mir sehr gut. Schließlich habe ich anderes vor.

Karl und ich haben uns mehrere Male im Eishaus getroffen (wo Fredrik schließlich für die Zeit der Renovierung einen Ort für unsere Sachen gefunden hatte). Fredrik war es, der hinter dem Rücken der Janssons Nachschlüssel für das Haus hat machen lassen (er war so verärgert, dass wir nur einen Satz bekommen hatten), und ich, die so wütend war, als er mir die Schlüssel zeigte, finde jetzt, dass es eine seiner besten Ideen war.

Der Mietvertrag ist vor einigen Wochen ausgelaufen, doch Karl und ich sind danach noch dort gewesen. Das Eishaus wird Sommergäste haben, doch nicht vor Juli. Das ist gut zu wissen. Fredrik hat gefragt, ob ich, seit wir unsere Sachen aus dem Haus geholt haben, noch einmal auf Hovenäset gewesen sei. Ich ahnte Böses und nahm an, dass er die Antwort schon kannte, also sagte ich, ich wäre dort gewesen, um mich mit Esmeralda Jansson zu treffen, und ich glaube, er hat mir die Lüge auch abgekauft.

Ich mag es nicht, wenn ich mir Ausflüchte ausdenken muss. Es ist, als würde jede Lüge drei weitere erfordern, und schon jetzt ist es schwierig, alles Gesagte und Getane in Ordnung zu halten.

Und gerade ich habe übertrieben.

Zu großartig gelogen.

Zu lange geträumt.

Und vielleicht auch zu viel geredet. Mit Anna. Ich danke meinem glücklichen Stern, dass ich Karls Namen nicht verraten und nichts darüber gesagt habe, wie jung er ist. Sie weiß nur, dass ich mich schäme.

Jetzt habe ich Ferien. Die werde ich dazu benutzen, darüber nachzudenken, was ich mit meinem Leben anfangen will. Ich denke an das, was Fredrik gesagt hat.

Was immer du tust, was dich so strahlen lässt, mach einfach weiter damit.

Das ist eine sehr schlechte Strategie, glaube ich. Ich sollte wirklich etwas anderes tun, als weiterhin mit Karl zu schlafen.

Ich werde das beenden, was ich begonnen habe.

Ich werde es so schnell wie möglich beenden.

Zwei Kartons. Soviel nahm August von seinem Besuch auf Jochen Bergs Dachboden mit. Als er wieder im Laden war, nahm er Kontakt zu einer Umzugsfirma auf und bat sie, die Möbel und weiteren Kartons, die er ausgesucht hatte, abzuholen.

»Wie schnell können Sie das erledigen?«, fragte er.

»Schwer zu sagen«, sagte der Mann, mit dem er sprach. »Allerdings klingt das wie ein ziemlich kleiner Job, es sollte also durchaus zwischen zwei andere Aufträge einzuschieben sein. Spätestens nächste Woche.«

»Nächste Woche?«, fragte August ungläubig.

»Suchen Sie sich halt jemand anders«, schnauzte der Mann.

»Nächste Woche ist ausgezeichnet«, erwiderte August.

Er wusste, wie sinnlos es war, unmögliche Kämpfe gewinnen zu wollen.

Doch Jochen Berg wusste das offensichtlich nicht.

Die Andeutungen des alten Mannes, dass er sich seine eigene Gerechtigkeit geschaffen hätte, gefielen August nicht. Solche Aktionen endeten nur selten gut, und etwas sagte ihm, dass Jochens Rache zu den schlechten Varianten gehörte.

Ich habe es auf andere Weise gelöst.

Solche Worte hinterließen einen sehr unangenehmen Nachgeschmack.

Da entdeckte er eine SMS vom Maler. Der teilte mit, er wäre zu einem anderen Auftrag gefahren, würde aber »nach einer Weile« zurückkommen oder alternativ »jemanden anders schicken«.

Kaum hatte August die Nachricht gelesen, klopfte es an der Tür.

Auf der Treppe stand ein Mädchen um die zwanzig. Sie trug Kappe und Pferdeschwanz und einen gelben Overall. In der einen Hand hielt sie eine Malerrolle mit langem Stil, in der anderen einen Eimer voller Gegenstände, von denen August nicht wusste, wie sie hießen.

»Hallo«, sagte das Mädchen und lächelte so, dass die Sommersprossen auf ihrer Nase Falten warfen.

»Hallo«, erwiderte August und lächelte ebenfalls.

Sie besaß, was Augusts Mutter ein ansteckendes Lächeln genannt hätte.

»Micke ist verhindert, deshalb soll ich jetzt malen«, sagte das Mädchen. »Ich arbeite für dieselbe Firma.«

»Und das ist ausgezeichnet«, sagte August und merkte, dass er bis dahin nicht gewusst hatte, dass der von ihm engagierte Maler Micke hieß.

Das Mädchen betrat Augusts Laden und stellte die mitgebrachten Sachen ab.

»Wilma«, sagte sie und reichte ihm die Hand.

»August«, erwiderte August.

»Das restliche Zeug habe ich im Auto«, sagte Wilma. »Aber zeigen Sie mir doch mal alles und sagen Sie, was gemacht werden soll, bevor ich es hole. Dann weiß ich, was ich noch brauche.«

Sie zog die Kappe ab und legte sie auf den Schreibtisch. Sie hatte ungewöhnlich kleine Hände, die Nägel waren kurz geschnitten, und weder auf ihnen noch auf den Händen war irgendeine Spur von Malerfarbe zu erkennen.

»Fangen Sie bitte mit dem Laden an«, meinte August. »Der muss zuerst fertig werden, und dann sehen wir mal, wann der Rest gemacht werden kann.«

»Mir gefällt, dass der Raum so groß ist«, sagte sie und schob die Hände in die Taschen des Overalls. »Hohe Decken sind immer schön.«

»Doch, das ist wahr«, stimmte August zu.

Henrik hatte einmal den Ausdruck »lieber Kubikmeter als Quadratmeter«, geprägt, als er nach seiner ersten Wohnung in der Innenstadt von Stockholm gesucht hatte. Und obwohl es viele

Jahre her war, seit er gezwungen war, sich zwischen dem einen oder dem anderen zu entscheiden, fand August das Prinzip immer noch gut.

»Nur schade, dass die Farben so trist sind«, sagte er mit einem Nicken zu den unmöglichen Tapeten. Er begriff nicht, was sich der Bestatter dabei gedacht hatte.

Wilma lachte.

»Da habe ich schon Schlimmeres gesehen«, versicherte sie.

»Erschreckend«, erwiderte August.

Sie schnüffelte.

»Es riecht ja schon ziemlich nach Farbe hier«, stellte sie fest.

»Das stimmt«, sagte August und berichtete ihr von dem Wasserschaden.

»Was für ein verdammter Mist«, sagte Wilma. »Vielleicht nicht für Sie, denn so haben Sie weniger zu renovieren, aber für den vorigen Besitzer, der das verkauft hat.«

Der Meinung war August auch. Die Frage war nur, wie lange es im Haus noch nach Malerfarbe riechen würde.

Lange, meinte Wilma, als er sie fragte.

»Wenn Sie wollen, kann ich mir mal ansehen, was da gemacht worden ist. Nicht weil ich glaube, dass irgendwas falsch gelaufen ist, sondern mehr, ob man vielleicht zusätzlich noch was machen sollte.«

»Sie können sich das gerne ansehen«, sagte August.

Er ging vor ihr her in den oberen Stock. Er hatte immer noch nicht entschieden, was er mit diesem Teil des Hauses tun wollte. Vielleicht würde er die ganze obere Etage zu zwei Wohnungen umbauen lassen und sie dann vermieten.

»Hier ist ja Platz«, sagte Wilma, als sie die leeren Räume sah.

August vermutete, dass sie eine riesige Menge potenzieller Aufträge vor sich sah. In allen Zimmern lagen unverzeihlich hässliche Linoleumfußböden, und an den Wänden klebten Tapeten, die im besten Fall langweilig und im schlimmsten Fall abstoßend waren.

Sie betraten das Badezimmer.

»Wenigstens ist Ihnen hier der Plastikfußboden erspart geblieben«, sagte Wilma.

»Das große Glück meines Lebens«, erwiderte August trocken.

Als er das Haus besichtigt hatte, waren Bad und Toilette mit Plastikboden ausgestattet gewesen, doch nach dem Wasserrohrbruch hatte der frühere Besitzer alles fliesen lassen.

»Das ist gute Arbeit«, urteilte Wilma.

August stimmte ihr zu.

Wilma verließ das Badezimmer und schaute ins Zimmer nebenan.

»Der Wasserschaden hat sich auch auf dieses Zimmer ausgedehnt«, erklärte August. »Der Boden war beschädigt, sodass er repariert werden musste.«

Wilma grinste schief.

»Ist ja schick, dass sie neues Linoleum gelegt haben, anstatt den Holzfußboden darunter abzuschleifen und zu lackieren.«

Ihre Stimme triefte vor Ironie.

»Finden Sie, dass der neu aussieht?«, fragte August. »Ich dachte, sie hätten ihn einfach gewachst oder so.«

»Der ist garantiert neu. Auf jeden Fall neuer als der Rest. Und das ist doch komisch. Warum legt man einen neuen hässlichen Linoleumfußboden, wenn man sich doch entschließt zu renovieren?«

August ging in die Hocke und berührte den rot gemusterten Fußboden. Schön war er nicht. Er wusste so wenig über hässliches Linoleum und hatte kaum geglaubt, dass man so etwas heute noch bekommen konnte.

»Ich nehme mal an, dass der alte kaputtgegangen ist«, sagte er. »Oder dass der Verkäufer die Renovierung des Fußbodens nicht bezahlen wollte. Die Versicherung bezahlt wahrscheinlich nur, dass man alles in den vorherigen Zustand bringt.«

»Vielleicht«, sagte Wilma, »aber ich finde doch, dass man Sie hätte wählen lassen sollen. Außerdem ist was schiefgegangen, als der Fußboden gelegt wurde. Gucken Sie mal, das Muster passt nicht.«

Sie hatte recht, stellte August fest. Die vielen Vierecke des Linoleums wanderten schief über den Boden. Sie setzte sich an die Schwelle zum Zimmer und holte ein Teppichmesser aus einer der Overall-Taschen. Mit flinken Händen schob sie die Kante des Messers unter die Leiste und hob den Fußboden vorsichtig an.

»Der sitzt nicht fest«, sagte sie, »und das ist ja gut für den Fall, dass Sie sich einen Ruck geben und ihn rausreißen wollen.«

Sie verstaute das Messer wieder und drückte das Linoleum zurück.

August dachte an alle Freunde, die in Renovierungsobjekte auf dem immer gleichermaßen überhitzten Wohnungsmarkt von Stockholm investiert hatten. Sie hatten sämtlich lang und breit davon gesprochen, wie herrlich es sein würde, der neuen Wohnung ihren »eigenen Stil« aufzudrücken, und wie sehr sie sich auf »alte ehrenhafte körperliche Arbeit« freuten. Keine einzige dieser Geschichten hatte sonderlich gut geendet. In vielen Fällen hatten die Renovierungsarbeiten zur Scheidung oder Trennung geführt, und fast kein einziges Mal war die Arbeit so herrlich gewesen, wie die Freunde es sich vorgestellt hatten.

»Ich bin wahrscheinlich etwas zu faul, um meine Linoleumfußböden selbst rauszureißen«, gestand August.

»Sie meinen, Sie sind zu schlau«, gab Wilma zurück.

August lächelte.

»Voll und ganz die Wahrheit«, sagte er. »Aber es fühlte sich so dumm an, es selbst zu sagen.«

Wilma stand auf.

»Ich glaube, gegen den Geruch kann man nicht viel tun«, sagte sie. »Sie müssen sich wahrscheinlich noch ein wenig gedulden.«

»Das ist kein Problem«, sagte August. »Da gibt es Schlimmeres.«

Sie verließen den Raum.

»Wenn ich Sie wäre, dann würde ich entweder mit dem ehemaligen Besitzer oder mit den Handwerkern, die hier waren und den Wasserschaden beseitigt haben, sprechen«, sagte Wilma.

»Worüber?«

»Über den Linoleumboden. Dann könnten Sie nachträglich noch eine Ermäßigung bekommen. Denn das hier haben keine Profis gemacht. Oder es war jemand, der es ziemlich eilig gehabt hat.«

August warf einen Blick zurück zu dem Fußboden.

Er würde tun, was sie sagte. Er würde den Makler anrufen und herauszufinden versuchen, was schiefgelaufen war. Aber die Frage war, auf wie viel Streit er Lust hatte. Seine Mutter hatte ihn einmal gefragt, was er mit all seinem Geld machte, und er hatte so wahrheitsgetreu wie möglich geantwortet:

»Ich kaufe mir Alltagsruhe.«

Damit meinte er alles, von sich Zeit zu erkaufen bis hin zu einem besseren Mittagessen, obwohl er nichts zu feiern hatte. Vielleicht würde das mit dem Linoleum-Fußboden so eine Sache werden, für die er sich nicht verausgabte, sondern sie unter Kosten für Wohlbefinden verbuchte. Manche Konflikte kosteten viel mehr, als ein Sieg schmecken konnte.

Sie gingen wieder in den Laden hinunter.

»Wenn ich Sie richtig verstanden habe, möchten Sie, dass ich direkt auf die Tapete streiche, nicht wahr?«, fragte Wilma, als sie den Laden betrat.

Dann schrie sie plötzlich auf.

August stand wie vom Donner gerührt da. Dann sah er, was sie erschreckt hatte. Es stand jemand im Laden. Eine dunkle Gestalt, die im Gegenlicht vom Schaufenster schwer zu erkennen war.

»Jesses, entschuldigen Sie«, sagte Wilma, »wie blöd von mir, ich habe nicht gehört, dass wir Gesellschaft bekommen haben.«

Paul Martinsson drehte sich zu ihnen um.

»Ich muss um Entschuldigung bitten«, sagte er. »Als ich das letzte Mal hier war, da haben Sie gesagt, August, dass Sie geöffnet haben, also nahm ich an …«

Er unterbrach sich und sah verlegen aus.

»Überhaupt kein Problem«, beeilte sich August zu sagen.

Er hatte nichts dagegen, dass eifrige Kunden sich in seiner Abwesenheit selbst einließen. Was ihn jedoch störte, war seine eigene Schlampigkeit. Warum hatte er nicht auf Pauls SMS geantwortet? Und warum hat er die Tür nicht abgeschlossen?

»Ich gehe mal zum Auto und hole meine Sachen«, verkündete Wilma.

Sie verschwand durch die Ladentür.

»Es wird renoviert?«, fragte Paul.

»Ja«, sagte August, »und das ist dringend nötig.«

»Sie scheinen eine Reihe neuer Sachen reinbekommen zu haben«, sagte Paul und sah zu den Kartons, die August von Jochen mitgebracht hatte.

»Es geht in die richtige Richtung«, bestätigte August.

Er fragte sich, ob Paul ein konkretes Anliegen hatte. Ausgerechnet mit ihm hatte er jetzt keine Lust, herumzustehen und zu plaudern.

»Ich war zufällig in der Nähe, deshalb bin ich vorbeigekommen«, sagte Paul. »Haben Sie gerade Zeit? In dem Fall könnten wir schnell raus nach Smögen fahren und den Flügel und die anderen Sachen ansehen.«

»Leider nicht«, erwiderte August. »Ich muss ein paar Dinge erledigen und möchte hier sein, wenn jetzt endlich gestrichen wird.«

»Ich verstehe«, sagte Paul.

Doch August glaubte ihm überhaupt nicht. Im Gegenteil. Pauls Miene hatte sich eine Spur verfinstert, und der Mund war zu einem Strich geworden. Sein Blick war an der Ausgabe von den *Auswanderern* von Vilhelm Moberg hängengeblieben, die auf dem Schreibtisch lag. August hatte das Buch für das nächste Treffen des Leserkreises im Netz bestellt. Paul streckte seine Hand aus und berührte es.

»Sie mögen Klassiker«, sagte er zu August.

»Nicht alle, aber das hier möchte ich lesen«, erklärte August. »Für den Lesekreis.«

Paul nickte langsam.

»Dann ist es vielleicht am besten, wenn wir uns an einem anderen Tag treffen«, sagte er. »Dann verabreden wir, wann Sie den Flügel begutachten können.«

August nickte ebenfalls.

»Unbedingt.«

Doch irgendetwas in ihrem Gespräch lief falsch. Pauls Blick war scharf geworden und seine Haltung noch steifer.

Wachsam, dachte August. Er sieht aus, als wäre er auf der Hut.

»Wir hören voneinander«, sagte Paul und ging aus der Tür hinaus.

»Ja«, sagte August und machte die Tür hinter seinem Gast zu.

Er versuchte, das Gefühl der Unlust, das Pauls Besuch geweckt hatte, abzuschütteln, doch das wollte ihm nicht recht gelingen. In einem Versuch, sich auf andere Gedanken zu bringen, nahm er sein Handy raus und rief den Makler an, der ihm das Bestattungsinstitut verkauft hatte.

»Womit kann ich helfen?«, fragte der Makler.

»Ich wüsste gern, wen Sie beauftragt haben, um den Wasserschaden im oberen Stockwerk zu beseitigen«, sagte August.

»Darum habe ich mich nicht gekümmert«, erklärte der Makler, »das hat der Verkäufer getan. Aber wenn Sie mir etwas Zeit geben, dann werde ich mich mit allen Informationen, die Sie brauchen, bei Ihnen melden.«

August legte auf. Und merkte erst da, dass Paul das Moberg-Buch mitgenommen hatte.

Alles tat weh. Das ganze Leben war eine offene Wunde.

Cecilia stand regungslos in der Küche und starrte auf eine Tüte Kartoffeln, die sie rausgeholt hatte. In aller Eile hatte sie entschieden, was sie zum Abendessen haben würden. Köttbullar und Kartoffelbrei.

Doch auch wenn das die einfachste Mahlzeit war, kriegte sie nichts hin.

Sie bereute es, den ganzen Tag zu Hause geblieben zu sein. Wenn sie nicht zur Arbeit ging, würden Angst und Sorge noch mehr Schaden anrichten.

Ihr brach der kalte Schweiß aus, wenn sie sich an die Begegnung mit Fredrik erinnerte.

Sie hatte ihn wütend gemacht, das wusste sie, aber es war notwendig gewesen. Dieser Pullover mit den Blutflecken ließ ihr schließlich keine Ruhe.

Geliebter Karl, was habt ihr angestellt?

Cecilia war in Aufruhr. In ihrer Vorstellung waren die große Bedrohung ihres Glücks und ihrer Ruhe immer Karls Pläne gewesen, das All zu erobern. Hunderte von Stunden hatte sie darüber nachgegrübelt, wie sie ihn daran hindern könnte, und jedes Mal, wenn ihr die Vergeblichkeit ihrer Bemühungen klar wurde, hatte sie ebenso viel Energie darauf verwandt, immer näher an ihn heranzurücken.

Koste es, was es wolle.

In ihren besonders verzweifelten Stunden hatte sie sich sogar mit dem Gedanken angefreundet, in die USA umziehen zu müssen. Erling konnte tun, was er wollte. Wenn sie zwischen ihrem Mann und ihrem Kind wählen müsste, dann war die Entscheidung leicht.

Ihr *einziges* Kind.

Sie ging in die Diele. An der Wand gegenüber der Garderobe hing eine lange Reihe gerahmter Fotos von Karl: als Baby, am ersten Kindergartentag, sein Schulanfang, beim Fußball.

Es hatte so sein sollen, dachte Cecilia, wir sollten nur zu dritt bleiben.

Sie war so schrecklich erschöpft. So müde, dass sie sich schwerfällig vorkam. Ihr blieb nur noch ihr Instinkt, und das war ein schlechter Ersatz für die Klarsicht, die sie dringend benötigte.

Der Pullover auf dem Dachboden.

Karls Launenhaftigkeit.

Das Handy, das sie nicht kannte.

Da war irgendetwas sehr Unangenehmes, das spürte sie im ganzen Leib. Sie bewegten sich plötzlich in schnellem Tempo auf eine drohende Katastrophe zu, deren Konturen sie noch nicht mal erahnte.

Aber man *musste* es doch aufhalten können.

Es war nicht wie bei Christa McAuliffe, die an Bord der Raumfähre Challenger ging und nach einer Reise von nur dreiundsiebzig Sekunden vor Familie und Freunden in Stücke gesprengt wurde.

Cecilia richtete sich auf. Sie hatte viel mehr als nur dreiundsiebzig Sekunden Zeit, ihre Familie zu retten. Ihnen drohte ein Unglück, aber es war noch nicht geschehen. Doch wenn sie das schaffen wollte, musste sie sich zusammenreißen. Sich konzentrieren. Schlau sein. Erwachsen sein.

Eine einsame Träne kullerte ihre Wange hinunter.

Cecilia wischte sie weg. Sie musste noch einmal auf den Dachboden. Da oben könnte es noch mehr Sachen geben, die sie nicht sehen sollte. Noch mehr Geheimnisse, die nicht entdeckt werden sollten.

Mit entschlossenen Schritten ging sie hinauf ins Gästezimmer und zog die Bodentreppe aus. Natürlich bestand die Gefahr, dass Karl das Verschwinden des Pullovers bemerkt und daraufhin andere Dinge, die er da oben versteckt hatte, weggeräumt hatte. Dennoch musste sie nachsehen.

Auf dem Dachboden war es genauso kalt wie letztes Mal. Cecilia verfluchte ihre Gedankenlosigkeit, sie hätte eine Strickjacke mitnehmen sollen.

Zuerst suchte sie unter der Kommode, wo der Pullover gelegen hatte. Da gab es nur Staub. Die Schubladen der Kommode waren auch leer.

Ihre Nervosität wuchs.

Die Bewegungen waren vertraut und bekannt. Hatte sie, als sie das letzte Mal auf dem Dachboden war, die Kommode untersucht? Wahrscheinlich schon. Oder hatte sie sich mit dem Fund des Pullovers begnügt und war dann gegangen?

Sie erinnerte sich nicht.

Vor Angst und Unruhe wurde ihr schwindelig, und sie musste sich beim Aufstehen an der Kommode festhalten, um nicht hinzufallen.

Sie wartete, bis der Boden unter ihren Füßen nicht mehr schwankte. Auch ohne Schwindel würde sie hier nichts finden, das musste sie einsehen.

Im Grunde war das logisch, denn sie wusste ja immer noch nicht, was sie suchte. Vielleicht etwas, was ebenso konkret war wie ein blutverschmierter Pullover, aber vielleicht auch etwas Unauffälligeres. Etwas, das die Veränderung erklären könnte, die sich in ihre Familie eingeschlichen hatte.

Sie verließ den Dachboden.

Klappte die Leiter hoch.

Wo könnte sie noch suchen? Wo könnte Karl – oder Isak – sicher geglaubt haben, dass niemand nach Sachen suchen würde, die ihm gehörten?

Die Garage.

Warum hatte sie daran noch nicht gedacht?

Die Garage war Erlings Revier, Karl ging nur dorthin, wenn er gebeten oder gezwungen wurde. Natürlich musste sie da suchen. Karl wusste, dass dies der letzte Ort wäre, wo sie etwas vermuten würde. Und Erling hatte gar keinen Überblick, der fand ja kaum sein eigenes Werkzeug.

Im Unterschied zum Dachboden war die Garage geheizt, da brauchte man weder einen Pullover noch eine Jacke. Cecilia hob einen Gegenstand nach dem anderen auf Erlings Werkbank hoch. Sie untersuchte den Stapel Winterreifen und einen Haufen Persenninge. Sie schob die alten Langlaufski beiseite, die an der Wand aufgereiht waren, und wühlte in einem Haufen mindestens ebenso alter Skistöcke.

Wieder nichts.

Jetzt blieb nur noch der Holzstapel, der in der Garage eigentlich nichts zu suchen hatte, aber trotzdem dort gelandet war. Cecilia nahm einige Holzscheite hoch, noch unsicher, wie man den Stapel am besten durchsuchen könnte, schob noch ein paar Scheite beiseite und dann noch ein paar.

Dann gab sie auf.

»Verdammt noch mal«, flüsterte sie und merkte, wie ihr wieder die Tränen in die Augen stiegen. »Verdammt, verdammt, verdammt.«

Sie sah zu den Fahrrädern. Ihr eigenes, Erlings und das von Karl. Da gab es nicht viel zu suchen. Ein Fahrrad war ein Fahrrad, das hatte keine raffinierten Stellen, an denen man etwas verstecken konnte.

Cecilia strich mit der Hand über den Sattel von Karls Fahrrad und merkte, wie sie einen Kloß im Hals bekam. Es war Erlings Idee gewesen, Karl zum fünfzehnten Geburtstag ein Fahrrad zu kaufen, obwohl er sich keines gewünscht hatte. Cecilia war erstaunt gewesen, wie sehr Karl sich freute. Und Erling auch. Er, der so wenig vom Wesen seines Sohnes begriff, hatte den Sohn ausnahmsweise mal am besten gekannt und da seinen Triumph als Vater gefeiert. Ein großartiger Erfolg.

Cecilia fingerte an der kleinen Tasche herum, die unter dem Sattel saß. Erling hatte sie mit Werkzeug bestückt, das man brauchte, falls man einen Platten oder eine andere Panne hätte, auf die man als Radfahrer in Kungshamn offensichtlich vorbereitet sein musste.

Die Tasche war aus Leder und wurde von zwei Druckknöpfen zugehalten. Cecilia öffnete sie. Ihr Blick fiel auf ein hellgelbes Stück Stoff.

Wahrscheinlich irgendein Putzlumpen.

Sie zog an dem Stoff. Er saß fest. Cecilia seufzte. Eigentlich hatte sie keine Zeit für das hier. Erling und sein Werkzeug. Und jetzt Putzlumpen.

Der Stoff gab nach und fuhr mit ihrer Hand nach oben.

Ein klapperndes Geräusch hallte in der Garage wider, als etwas, das in den Stoff eingewickelt gewesen war, herausfiel und auf dem Fußboden landete.

Der Boden unten Cecilia begann erneut zu schwanken.

Ein Messer.

In den Putzlumpen war ein Messer eingewickelt gewesen.

Und als Cecilia sich das Stoffstück näher ansah, erkannte sie die rostfarbenen Flecken, die getrocknet und dann hart geworden waren. Ebensolche Flecken wie auch auf dem Pullover vom Dachboden. Und auf dem Messer.

Blut.

Cecilia sank auf die Knie.

Oh guter Gott, wie sehr sie sich geirrt hatte.

Das hier war sehr viel schlimmer als Challenger. Sie hatte nicht einmal dreiundsiebzig Sekunden Zeit.

Alles war bereits geschehen.

Cecilias Katastrophe war eine Raumfähre, die explodiert war, ohne dass es ein einziger Mensch wahrgenommen hätte.

Sie zitterte am ganzen Leib, als sie das Telefon herausholte und Erling anrief. Diesmal war er nicht so überrumpelt, als sie sich meldete.

»Du musst nach Hause kommen, Erling. Es ist etwas Schreckliches geschehen. Ich habe … etwas gefunden.«

Die Beine trugen sie nicht mehr, sie musste sich auf den kalten Betonfußboden in der Garage setzen.

»Jetzt bleib mal ganz ruhig«, sagte Erling. »Wo bist du denn?«

»Zu Hause, das hab ich doch gesagt, in der Garage, bei den Fahrrädern, ich … ich …«

Ihre Stimme versagte. Erling atmete heftig im Telefon.

»Verdammt noch mal, Cecilia, reiß dich zusammen. Was hast du gefunden?«

Cecilia weinte und drückte das Telefon ans Ohr.

»Ein Messer. Ein Messer.«

Dann redete sie weiter, aber sie hörte ihre eigene Stimme nicht mehr und konnte sich hinterher auch nicht erinnern, was sie gesagt hatte. Die Worte strömten ebenso wie die Tränen aus ihr heraus.

Das hier war ein Albtraum.

»Okay, Cecilia, hör mir zu«, sagte Erling mit fester Stimme. »Cecilia, hörst du zu?«

Sie nickte.

»Bist du da?«

»Ja«, flüsterte sie, »ich bin hier.«

»Gut. Du erinnerst dich doch, worüber wir gestern gesprochen haben. Du machst doch jetzt nichts Dummes, oder? Was Karl schaden könnte?«

Cecilia starte auf das Messer, auf das Blut, das Fahrrad.

»Cecilia?«

»Nein, natürlich nicht.«

»Gut, sehr gut.« Erling klang erleichtert. »Es ist superwichtig, dass wir Karl schützen. Aber … das hier können wir nicht länger für uns behalten. Wir müssen zur Polizei gehen. Wenn du wartest, bis ich nach Hause komme, dann …«

Cecilia stieß einen heiseren Schrei aus.

»Die Polizei? Hast du den Verstand verloren? Das Messer lag

in *Karls* Fahrradtasche, der Pullover auf *unserem* Dachboden. Begreifst du nicht, wie das aussieht?«

»Die Jungs leihen sich doch andauernd untereinander Sachen aus. Ich habe gesehen, wie Isak das Fahrrad von Karl ausgeliehen hat. Wenn wir ganz genau erklären, was passiert ist, dann …«

»Aber wir wissen doch nicht, was passiert ist! Wir wissen nur, was wir sehen. Und das ist … schrecklich.«

Cecilia erhob sich auf wackligen Beinen. Erling hatte recht, Karl musste geschützt werden, aber nicht durch die Polizei.

Mit dem Putzlappen in der Hand hob sie das Messer vom Fußboden auf. Dieses Messer war ein Gräuel, ein böses Ding, das keinen Platz in der Familie von Cecilia hatte.

»Ich weiß, was ich tun werde«, sagte sie. »Vertrau mir.«

Es klang, als würde Erling weinen.

»Was ist in dich gefahren?«, fragte er. »Was hast du vor?«

»Das, was für Karl am besten ist«, flüsterte Cecilia.

Und mit diesen Worten verließ sie die Garage, ging ins Haus und stopfte Messer und Tuch in ihre Handtasche. Dann zog sie eine Jacke über und ging zum zweiten Mal am selben Tag den kurzen Weg zurück zum Haus der Erikssons.

Maria saß im Wohnwagen und wartete darauf, dass Ray-Ray mit Essen vom Thailänder zurückkäme. Es würde wieder spät werden, da konnte man nichts machen. Hier wurde sie am meisten gebraucht, so war es einfach.

Das Verschwinden von Agnes Eriksson war ein Rätsel ohnegleichen. Niemand glaubte, dass Agnes einen Unfall gehabt hatte, niemand glaubte, dass sie freiwillig verschwunden war.

Außer ihrer ehemaligen Freundin Anna.

Maria grübelte über ihre Theorie nach. Konnten eine Drohung und Angst Agnes in die Flucht getrieben haben? Sollte das nach all diesen Tagen die wahrscheinlichste Erklärung sein?

Nein, dachte Maria.

Agnes versteckte sich nicht freiwillig, ganz gleich ob sie bedroht worden war oder ob sie ein »Time-out« brauchte.

Das Tagebuch, dachte Maria. Wir müssen unbedingt das Tagebuch finden.

Annas Tipp, wo Agnes vielleicht ihre geheimen Aufzeichnungen versteckt haben könnte, hatte zu keinem Durchbruch geführt. Wenn das Tagebuch jemals im Klavier gelegen hatte, dann war ihnen jemand zuvorgekommen. Als Maria und Ray-Ray nach Hause zu Fredrik kamen und den Deckel des Klaviers abhoben, war darunter nichts.

Teufel auch.

Jetzt kannten sie immer noch nicht den Namen von Agnes' Liebhaber und hatten auch nicht genügend Beweise, um Fredrik festzunehmen.

Maria massierte ihre Stirn. Anna hatte erzählt, dass Agnes Sorge gehabt habe, ihren Job zu verlieren, wenn herauskäme, mit wem sie eine Beziehung hatte. Diese Information machte Maria verrückt.

Welche Tabus musste man brechen, um das zu fürchten?

Es bollerte an die Tür des Wohnwagens.

Maria lachte leise.

Das war wahrscheinlich Ray-Ray. Seine Fähigkeit zum Multitasking war mehr als unterentwickelt, ein echter Witz. Sogar die Tür zum Wohnwagen aufzuschließen, während er gleichzeitig eine Tüte mit Essen in der Hand hielt, war offensichtlich zu viel verlangt.

Doch es war nicht Ray-Ray, der da klopfte, das erkannte Maria, als sie durch den Spion der Tür blickte.

Es war Paul.

Mit einem Buch in der Hand.

Maria wich von der Tür zurück.

Er klopfte wieder. Das war kein aufforderndes Klopfen, sondern ruhig und kontrolliert. Paul schaffte es immer, diesen Eindruck zu erwecken.

Maria dachte schnell nach. Ray-Ray würde jede Minute zurück sein, und sie würde also nicht länger als einen kurzen Moment mit Paul allein sein. Und er hatte Ray-Ray bereits mehrere Male getroffen und sich auf irgendeine Weise zurechtgelegt, dass der keine Bedrohung darstellte.

»Für so einen würdest du dich nicht interessieren«, hatte er gesagt, »der ist viel zu schwerfällig.«

Damals hatte sie sich aus ganzem Herzen gewünscht, Lust zu haben, mit Ray-Ray zu schlafen, denn das hätte sie jeden Tag der Woche haben können. Aber sie wollte es nicht.

»Guten Abend«, sagte Paul, als sie die Tür öffnete.

»Hallo«, erwiderte Maria.

»Schickes Büro habt ihr, darf ich reinkommen?«

Ohne die Antwort abzuwarten, betrat er den Wohnwagen. In der Türöffnung war es eng. Als er an ihr vorbeiging, berührte er ihren Arm. Sie entzog sich.

»Ich arbeite. Du kannst anrufen, wenn etwas ist, hier kannst du nicht bleiben.«

Ihre Stimme war fest, das hier war ihr Territorium. Das Letzte, das ihr noch blieb.

Paul gab einen Pfiff von sich.

»Zwei Zimmer und alles«, sagte er. »Ganz nett. Aber vielleicht zu wenig Bücherregale? Nicht ganz einfach, alle Bücher hier unterzubringen.«

Er hielt ihr das Buch hin, das er bei sich hatte.

Die Auswanderer.

Plötzlich schien die Luft im Wohnwagen knapp zu werden.

»Wem gehört das?«, fragte sie.

»Dir«, erwiderte er. »Oder vielleicht deinem Liebhaber?«

Paul hob das Buch hoch, und es gelang ihr gerade noch, den Kopf wegzuziehen, ehe es wie ein Beil durch die Luft fuhr und sie stattdessen auf der Schulter traf. Ehe sie zurückweichen konnte, hatte er ihre Nackenhaare mit eisernem Griff gepackt. Maria keuchte vor Schmerz, als er sie an den Haaren hochzog und ihr Gesicht so dicht vor seins hielt, dass sie den schwachen Dunst von Kaffee in seinem Atem roch.

»Glaubst du, ich bin total bescheuert?«, brüllte er.

Maria wand sich, um freizukommen. Einer von ihnen – sie wusste nicht, ob sie selbst oder Paul – donnerte gegen einen der Schränke in der Pantry des Wohnwagens. Sein Griff wurde noch fester, und in ihrem Nacken flammte ein brennender Schmerz auf.

»Paul, lass mich los!«

Ihre Stimme zitterte vor Angst, aber auch vor Wut.

Wie konnte er es wagen?

Wie konnte er sich unterstehen, an ihrem Arbeitsplatz aufzutauchen und dort über sie herzufallen?

»So verdammt billig«, zischte Paul ihr ins Ohr. »Und ungeschickt. Wie zum Teufel kannst du so verdammt dämlich sein, dass du bei deinem Liebhaber reinstolzierst und Geschenke, die du von mir bekommen hast, auf seinem Schreibtisch abwirfst?«

Er befand sich jetzt in einer Art Delirium, war nicht mehr zu erreichen. Natürlich war es nicht dasselbe Buch, das sie von Paul bekommen hatte, er hatte eine ganz andere Ausgabe gekauft, aber das spielte keine Rolle, und es war sinnlos, ihn darauf hinzuweisen.

»Hast wohl gedacht, ich würde nichts erfahren? Was? Natürlich muss ich dich kontrollieren, du verstehst ja keine einfachen Warnungen mehr.«

Paul knallte ihren Kopf an die Wand. Einmal, zweimal.

Etwas fiel zu Boden und ging kaputt.

Da geschah etwas in Maria. Eine Urkraft baute sich in ihr auf und drohte sie in Atome zu zersprengen.

»Hör auf!«

Der Schrei, der sich ihr entrang, überraschte sie beide.

Sie schrie noch einmal.

»Hör auf, verdammt noch mal! Hör einfach auf!«

Pauls Finger ließen ihre Haare los, oder vielleicht riss sie sich auch selbst los. Schnell wich Maria von ihm zurück. Das Buch lag auf dem Fußboden, es war schmutzig geworden, weil sie darauf getreten waren.

Maria atmete angestrengt, als sie ihn ansah.

»Ray-Ray wird jeden Moment hier sein, also hau ab! Verstehst du, was ich sage, Paul? Hau ab, zum Teufel!«

Doch Paul bewegte sich nicht. Es war, als wäre er am Boden des Wohnwagens festgewachsen. Weil sie ihn anschrie, weil sie fluchte.

Maria wandte den Blick nicht von ihm.

»Zum letzten Mal«, sagte sie. »Es gibt keine weiteren Warnungen. Geh.«

Pauls Schultern sanken herab.

»Und was machst du, wenn ich nicht gehe, Maria?«, sagte er mit einer Stimme, die sowohl amüsiert als auch aggressiv klang. »Hast du darauf eine Antwort?«

Sie schluckte.

»Geh«, sagte sie noch einmal.

Er beugte sich herab und nahm das Buch auf. Sie konnte sich

ungefähr vorstellen, was passiert war. Die Angst packte sie. Er hatte doch wohl August nichts angetan?

»Du hast recht«, sagte Paul. »Wir reden weiter, wenn du mit der Arbeit fertig bist. Ruf an, wenn du nach Hause willst, dann hole ich dich ab.«

Es war etwas in der Art, wie er sich ausdrückte, dieser lässige Tonfall, der sie mit beiden Füßen auf dem Boden landen ließ. In dem Moment dachte sie nicht so, doch im Nachhinein würde sie es so nennen. Dass es sich angefühlt hatte, als würde sie auf dem Boden der Tatsachen landen.

Er wusste, dass er alles mit ihr machen konnte.

Und er wusste, dass der Streit, die Demütigungen und Beschuldigungen, die Gewalt nichts daran änderten.

In ihm war kein Funken Unsicherheit.

Er wusste, dass sie festsaß.

Ruf an, wenn du nach Hause willst, dann hole ich dich ab.

Willst?, dachte Maria. Es ist lange her, dass es in unserer Beziehung darum ging, was ich will.

Kühle Luft fuhr in den Wohnwagen, als Paul die Tür öffnete und rausging. Er machte sie nicht hinter sich zu.

Sie hörte, dass er draußen jemanden begrüßte.

»Ja, hallo, lange nicht gesehen. Ich hoffe, du hast gute Sachen da in der Tüte, Maria ist verdammt hungrig.«

Natürlich. Ray-Ray.

Sie fuhr sich mit den Händen durch die Haare und versuchte, sie zu ordnen. Sie brauchte keinen Spiegel, sie wusste, wie sie aussah, wenn Paul über sie hergefallen war.

Als Ray-Ray den Wohnwagen betrat, hockte sie auf dem Boden und sammelte die Scherben von der zerbrochenen Kaffeetasse auf.

»Hier ist es ja hoch hergegangen«, sagte er.

Es klang nicht so, als würde er scherzen.

Er stellte die Tüte mit dem Essen auf den Tisch und hob die letzten Scherben auf.

»Bist du okay?«

Der Kloß im Hals war noch nie so groß gewesen und das Weinen noch nie so nah. Nicht bei der Arbeit, nicht zusammen mit Ray-Ray.

»Ich bin okay.«

Sie lächelte angespannt, vermied es aber, ihm in die Augen zu sehen.

»Aber, Maria …«

Es war so ungewohnt, ihn mit einer derart sanften Stimme sprechen zu hören. Seine Hand war warm und trocken, als er ihr über die Wange strich. Für einen ganz kurzen Moment gab sie der Erschöpfung nach und ließ den Kopf darin ruhen.

Ray-Ray war so viel, was Paul nicht war.

Überschwänglich und impulsiv, aber immer zugewandt, immer freundlich. Und solidarisch.

Sein Handy klingelte.

»Meine Ex«, erklärte er und drückte den Anruf weg.

Maria erinnerte sich, wie unzuverlässig er jeder Frau gegenüber gewesen war, mit der er in den Jahren, in denen sie sich nun schon kannten, zusammengelebt hatte. Doch unzuverlässig war etwas anderes als gewalttätig.

»Was willst du jetzt tun?«, fragte Ray-Ray.

Maria stand auf. Der Rücken tat weh, und ihr Kopf schmerzte.

»Ich will essen«, sagte sie.

»Das habe ich nicht gemeint. Ich habe euch gehört.«

Sie holte zwei Pappteller und zwei Plastikgläser heraus. Der Stauraum des Wohnwagens entsprach mehr einem Puppenschrank als einem Polizeirevier. An Spülen war nicht zu denken. Die Porzellantasse, die kaputt gegangen war, hatte zu den wenigen Exemplaren ihrer Art gehört.

»Wir müssen über das reden, was passiert ist, ehe ich kam«, beharrte Ray-Ray.

»Es gibt nichts zu reden«, entgegnete Maria.

»Ich habe Rufe und Schreie gehört«, sagte er. »Erst habe ich nicht kapiert, dass es aus dem Wohnwagen kam, aber dann …«

»Du hast nichts gehört und nichts gesehen«, unterbrach ihn Maria, »also lass es gut sein, Ray-Ray. Lass es einfach gut sein.«

Er sah sie schweigend an.

»Komm, wir essen«, sagte sie.

Da wurde die Tür des Wohnwagens ein weiteres Mal aufgerissen.

Maria schrie auf, und Ray-Ray griff nach der einzigen Waffe in Reichweite: einem kleinen Obstmesser.

»Ruhig!«, brüllte er.

In der Tür stand eine Kollegin und starrte sie an.

»Was ist denn mit euch los?«, fragte sie.

Maria atmete aus.

Ray-Ray warf das Messer weg.

»Nichts, wir haben nur vorhin etwas erlebt, das … scheißegal, komm rein.«

Die Kollegin wirkte, gelinde gesagt, skeptisch. Sie betrat den Wohnwagen nicht weiter, als unbedingt notwendig war, um die Tür hinter sich zumachen zu können.

Maria versuchte, sich an den Namen der Kollegin zu erinnern. Sie war eine der vielen Neuen, die herbeigerufen worden waren, um an der Ermittlung mitzuarbeiten.

Jonna. Sie hieß Jonna.

Oder Ella?

»Roland wollte, dass ich euch das hier bringe«, erklärte sie und reichte Maria ein Kuvert. »Offensichtlich habt ihr hier noch nicht Zugang zu allen Systemen.«

»Was ist das?«, fragte Maria und befühlte das Kuvert.

»Ausdrucke der Mails, die Agnes von ihrer Jobadresse geschickt hat. Nichts Aufregendes.«

»Danke«, sagte Maria, »und entschuldige, dass wir uns so … seltsam benommen haben.«

Was für eine miese Entschuldigung.

Aber die einzige, die sie aufbringen konnte.

»Ich war sowieso in der Nähe«, sagte die Kollegin. »Schönen Abend noch.«

Sie verschwand ebenso schnell, wie sie gekommen war.

»Das war verdammt knapp«, sagte Ray-Ray. »Ich hätte genauso gut nach meiner . . .«

Doch Maria unterbrach ihn.

»Jetzt konzentrieren wir uns auf unsere Arbeit«, sagte sie. »Bitte.«

Ray-Ray, der aschgrau im Gesicht war, strich sich über das Kinn.

»Was hat er hier gemacht, Maria? Was hat dein Typ an deinem Arbeitsplatz zu suchen?«

Sie klappte den Laptop auf und richtete, ohne wirklich etwas zu sehen, den Blick auf den Bildschirm. Es gab keine Antwort auf seine Fragen, sie konnte das, was passiert war, nicht kommentieren.

»Ich kriege das nicht zusammen«, sagte sie. »Agnes' Liebhaber. Alle meine Intuition und meine Vernunft sagen mir, dass ...«

Schon da wurde sie von Ray-Ray unterbrochen.

»Wir können gleich über Agnes reden«, sagte er »und essen will ich auch. Aber jetzt möchte ich zwei Dinge sagen. Zum Ersten: Wenn du Paul nicht anzeigst, dann tue ich es. Und zum Zweiten: Du kannst heute Nacht in meinem Gästezimmer schlafen. Noch Fragen?«

Als sie nicht antwortete, wurde er unsicher.

»Und jetzt bin ich nur zu einem weiteren Mann geworden, der versucht, dich zu kontrollieren«, sagte er leise. »Sorry.«

Ihr Privatleben vermischte sich jetzt so gründlich mit ihrem Arbeitsleben, dass sie den Druck auf ihrer Brust spürte. Die Arbeit war es, die sie aufrecht hielt, die ihr Kraft gab. Doch das setzte voraus, dass Paul sich fernhielt.

»Wir haben einen Auftrag«, antwortete Maria. »Wir müssen Agnes finden.«

Sie berührte leicht das Kuvert, das die Kollegin gebracht hatte.

»Du musst auf dich aufpassen«, sagte Ray-Ray in angestrengtem

Tonfall. »Verdammt, du bist schließlich Polizistin. Du weißt, wie es für Frauen in deiner Situation ausgehen kann.«

Maria schloss die Augen.

Sie wusste es.

Er musste nichts sagen.

Ich ende so wie Agnes, dachte Maria. Als eine, die niemand vermisst, ehe es zu spät ist.

Laut sagte sie etwas anderes.

»Ich muss mit dem hier weiterarbeiten können. Die Arbeit ist das Einzige, das … das mich am Leben hält. Ich will Agnes finden. Dann können wir über Paul reden, okay?«

Ray-Rays Antwort kam viel zu schnell.

»Nicht okay, Maria. Nicht okay. Das hier geht schon viel zu lange.«

»Ray-Ray, ich muss es auf meine Art bewältigen können«, sagte sie. »Mit dem, was du jetzt tust, kommst du nicht weiter. Ich will, dass wir uns jetzt auf diesen Fall konzentrieren. Ich will, dass wir Agnes finden.«

Ray-Rays Blick war finster und traurig.

»Du kannst Agnes nicht als Schild vor dich halten«, entgegnete er. »Nicht mir gegenüber.«

»Das tue ich auch nicht«, beteuerte Maria. »Ich tue nur, was ich für das Beste halte.«

Ein lächerlicher Satz.

Ich tue nur, was ich für das Beste halte.

Für wen denn das Beste?

Für sie selbst jedenfalls nicht, soviel stand fest.

Maria starrte auf den leuchtenden Bildschirm des Computers.

»Da ist irgendetwas mit dem Haus auf dem Kärleksvägen«, sagte sie leise. »Wir übersehen da irgendwas.«

Ray-Ray warf ihr einen langen Blick zu.

»Wir übersehen gar nichts«, entgegnete er. »Agnes und ihr Liebhaber waren dort. Sie hatten Bettzeug und Kondome dabei.«

»Genau«, stimmte Maria zu. »Aber was hat Fredrik da gemacht, nachdem Agnes verschwunden war? Wenn er unser Täter ist, warum ist er dann zu dem Haus auf dem Kärleksvägen gefahren und hat dagesessen und gewartet? Diese Frage stelle ich mir wieder und wieder.«

Ray-Ray zuckte mit den Schultern.

»Ich weiß es nicht«, sagte er. »Wir haben bereits darüber nachgedacht. Warum ist es wichtig?«

»Weil ich nicht glaube, dass Fredrik etwas mit dem Verschwinden von Agnes zu tun hat«, erklärte Maria. »Und ich glaube, sein Interesse für das Haus beweist das.«

Dieses Haus. Das Eishaus. Es zog schlimme Ereignisse magnetisch an.

Ihr Handy klingelte. Roland rief an.

Sie ging ran.

»Die von der Überwachung haben gerade angerufen«, sagte er.

»Was gibt es?«, fragte Maria, und noch ehe er weitersprach, wusste sie schon, dass die Karten ein weiteres Mal neu gemischt worden waren.

»Fredrik«, sagte Roland. »Wir wissen nicht mehr, wo er ist.«

Die Adresse war es, die August am meisten von allem angesprochen hatte. Kärleksvägen, der »Liebesweg«. Es gab nichts Romantischeres, so hatte er jedenfalls gedacht, doch inzwischen war er sich da nicht mehr so sicher.

Sowie er mit dem Leichenwagen in die Auffahrt fuhr, tauchten die Gedanken an Jochen und das, was er erzählt hatte, wieder auf. August wusste, dass man sich davor hüten musste, die Lebenssituation von anderen zu bedauern – die meisten waren weitaus zufriedener, als sie den Anschein erweckten. Doch bei Jochen war es wahrscheinlich genauso schlimm, wie es aussah. Seine Frau war gestorben, und auf dem Dachboden lagen Kopien einer polizeilichen Ermittlung, an deren Ende ein Mann wegen Mordes an Jochens Tochter verurteilt worden war. Eine Ermittlung, die Jochen so grundsätzlich infrage gestellt hatte, dass er sich bemüßigt fühlte, das Gesetz in seine eigenen Hände zu nehmen.

Der dumpfe Klang von Jochens Stimme hallte in Augusts Kopf nach:

Auge um Auge. Was anderes funktioniert nicht.

Was konnte das bedeuten, wenn er Jochen beim Wort nahm? Darüber dachte August lieber nicht nach. Hingegen beschäftigte ihn umso mehr, wie sich das Bild von dem Haus, das er mietete, allmählich wandelte. Der Kärleksvägen mochte eine bezaubernde Adresse sein, doch die Geschichte des Hauses war so ziemlich die am wenigsten charmante, der August je begegnet war.

Er holte den Schlüssel aus der Tasche.

Nicht nur Jochens Worte gingen ihm durch den Kopf, sondern auch die von Helene.

Du bist so infernalisch unromantisch, August.

Dabei stimmte das gar nicht. Zumindest nicht damals.

August konnte durchaus romantisch sein. Er war nur einfach nicht in Helene verliebt gewesen.

Er steckte den Schlüssel ins Schloss und entdeckte dabei etwas, das ihn alles andere vergessen ließ.

Auf dem Blech um das Schloss herum waren jede Menge Kratzer. An mehreren Stellen war auch das Holzpaneel der Tür offensichtlich zerkratzt.

Jemand hatte versucht, ins Haus einzudringen.

August probierte die Klinke. Das Haus war verschlossen. Der Einbruchsversuch war misslungen. Oder? Mit einem Mal war er unsicher.

Er zog den Schlüssel wieder heraus und drehte eine Runde ums Haus. Das war schwieriger, als man meinen würde, denn das Haus stand auf einem kleinen Abhang und war direkt auf die Steine gebaut. Auf seiner Rückseite wuchsen große Büsche, die sich zum Grundstück des Nachbarn hinüberstreckten. Als August sich einen Weg bahnte, verletzte er sich an einem Hagebuttenstrauch. Sofort musste er an seine Mutter denken, die hatte so gerne Hagebutten gesammelt und Suppe daraus gekocht.

In den Baumkronen raschelte es heftig, als der Wind nach dem Laub griff. Noch war der Herbst einige Wochen hin. August kontrollierte eingehend die dunklen Fenster. Alle waren noch ganz und geschlossen, das beruhigte ihn.

Auf der Straße ging ein Mann vorbei.

Er lächelte August vorsichtig zu, und das war so unerwartet, dass dieser sofort reagierte.

»Warten Sie!«, rief er eifrig und schämte sich, weil er so unbeherrscht war.

»Guten Tag«, sagte August und stellte sich vor. »Ich wohne hier.«

»Ich weiß«, erwiderte der Mann. »Ich heiße Glenn und wohne auf dem Hovenäsvägen.«

Sie gaben sich die Hand.

Glenn nickte zum Haus hin.

»Fühlen Sie sich wohl?«

August überlegte, was er antworten sollte. Eigentlich hatte er vorgehabt, den Mann zu fragen, ob er vielleicht schon früher am Tag an dem Haus vorbeigegangen war und jemanden gesehen hatte, der einzubrechen versuchte, doch das klang nicht gerade wie eine entspannte Antwort.

»Doch, ich fühle mich wohl«, antwortete er. »Das tue ich.«

Der Mann nickte bedächtig.

»Es ist natürlich schön, wenn jüngere Leute hierherziehen«, sagte er. »Seien Sie also herzlich willkommen.«

August blinzelte.

»Danke«, sagte er, »vielen Dank.«

Der Mann nickte wieder und setzte seinen Spaziergang fort.

August seinerseits ging ins Haus und schloss hinter sich ab. Dann hängte er wie immer seine Jacke an der Garderobe auf und stellte die Tasche auf einen der Küchenstühle. Das Zusammentreffen mit Jochen und später mit Paul Martinsson hatte ihm die Laune verdorben, sodass es ein willkommener Fortschritt war, wenn endlich mal einer der Einwohner von Hovenäset ihn ordentlich begrüßte.

Er fragte sich, was in Paul gefahren war. Hatte er das Buch wirklich gestohlen, oder war es auf irgendeine Weise zufällig woanders hingeraten? Doch so viel August auch gesucht hatte, es war nicht aufzufinden gewesen.

Er goss sich ein Glas Leitungswasser ein und trank in großen Schlucken.

Sollte es sein, wie es wollte mit dem Bücherdieb Paul, August wollte mit ihm nichts zu tun haben.

Er stellte das Glas in die Spüle.

Draußen am Fenster flog ein Vogel vorbei, der eine solche Spannweite hatte, dass er kaum zu übersehen war. August sah ihm nach, wie er über die Bootshäuser direkt am Meer und dann weiter über die Klippen segelte.

Er sehnte sich schon nach dem nächsten Sommer. Er wollte sehen, was Hovenäset zu bieten hatte, wenn es in Schweden am wärmsten war. Das Gefühl von Sommeridylle, die einen lockte und anzog, kannte er sehr gut. Der Sommer war von ganz bestimmten Geräuschen geprägt. Der Lärmpegel in einem Gartenlokal oder – im privaten Fall – auf einer Veranda oder Terrasse. Die Stimmen von Menschen, die sich zu einem Picknick getroffen hatten, oder das Brummen der Insekten. Oder Bootsmotoren – an die musste er jedes Mal denken, wenn er die Bootshäuser sah.

Ein Boot.

Er hätte so gerne ein Boot, passend zu der Hütte, die bald ihm gehören würde. Der Makler würde dieser Tage den Vertrag schicken.

Und wieder musste er an Jochen denken und seine Worte darüber, wie er Rache genommen hatte. Dass er getan habe, was seiner Meinung nach die Polizei hätte tun sollen. August hatte ihn so verstanden, dass er einen anderen Täter ausfindig gemacht hatte und ihn … ja was eigentlich?

Ermordet, zerstückelt und eingefroren hatte?

Aber wo war dann die Leiche?

Nicht im Haus auf dem Kärleksvägen.

Zumindest hoffte er das.

August schüttelte sich. Er durfte jetzt nicht komisch werden. Alles würde gut werden, man musste dem Leben nur ein wenig Zeit geben. Noch mehr Zeit. Sodass er noch mehr Unglück anziehen konnte.

August öffnete seinen Gefrierschrank und erinnerte sich daran, was normale Menschen damit machten. Essen und Brot und Eis aufbewahren. Und Kuchen. Heute war so ein Tag, an dem August sich einen Muffin zum Nachtisch verdient hatte. Was er zum Abendessen zubereiten würde, konnte er später entscheiden.

Als er gerade die Tüte aus dem Gefrierschrank holte, klopfte es an der Tür.

August trat ans Fenster im Wohnzimmer und spähte zur Treppe, um zu sehen, wer ihn besuchte.

Und fühlte das Glück durch alle Adern rauschen.

Denn auf der Treppe stand wieder Maria Martinsson.

»Guten Abend, störe ich?«

Er öffnete den Mund, um etwas Cooles und Lässiges zu antworten, verlor aber den Faden. Schließlich hielt er eine Tüte mit tiefgefrorenen Muffins in der Hand, da war es schwer, spannend auszusehen.

Also probierte August etwas ganz anderes.

Er verstellte sich nicht, sondern war er selbst.

Mit Muffins in der Hand.

»Nein«, sagte er, »ganz im Gegenteil. Ich habe mich gefreut, als ich gesehen habe, dass du es bist. Sehr gefreut sogar.«

Wenn Augusts Leben ein Film gewesen wäre, dann wäre jetzt das Folgende passiert:

Sie hätte ihn geküsst.

Vielleicht hätte sie auch die Muffintüte an sich gerissen und mit einer sehr dramatischen Geste zur Seite geschleudert, ehe sie ihre schmalen Arme um seinen Hals geschlungen hätte.

Und ihn dann, wie gesagt, geküsst hätte.

Nun war aber August Strindbergs Leben kein Film.

Er räusperte sich verlegen.

»Entschuldige«, sagte er, »das war dumm von mir. Du bist natürlich hier, weil ihr etwas Neues suchen müsst. Komm rein.«

Maria trat ein. Sie trug eine marineblaue Jacke, unter der ein sandfarbener gestrickter Pullover herausschaute. Er musste sich auf die Zunge beißen, um nicht zu erwähnen, wie gut diese Farbe ihr stand.

»Alles in Ordnung?«, fragte sie.

Auf ihrem Gesicht spielte ein Lächeln, doch vermochte das nicht durch den Ernst zu dringen, der ihre ganze Erscheinung bestimmte. Ein Ernst, von dem August glaubte, dass er nicht nur der Arbeit geschuldet war.

»Alles in Ordnung«, antwortete August, »abgesehen davon, dass jemand anscheinend versucht hat, ins Haus einzudringen.«

»Schon wieder?«, sagte Maria.

»Sieht ganz so aus«, meinte August.

Er öffnete die Tür und zeigte es ihr. Maria fotografierte die Kratzer und untersuchte sie gründlich. Dann gingen sie wieder hinein.

Sie folgte August in die Küche.

»Wie kann ich dir helfen?«, fragte er.

Maria zögerte, als müsste sie erst Anlauf nehmen.

»Ich fürchte, dass wir etwas Wichtiges übersehen«, begann sie. »Etwas, was mit diesem Haus zu tun hat.«

Ich fürchte, dass wir etwas Wichtiges übersehen.

Hatte sie jetzt zu viel gesagt? Ganz offenkundig war August verwirrt, das konnte Maria erkennen, und es war ja auch kein Wunder. Als sie »wir« sagte, klang es so, als würde sie ihn in die Arbeit der Polizei einschließen, was nicht ihre Absicht gewesen war.

Also versuchte sie, ihr Anliegen konkreter zu formulieren.

Das alles hätte sie natürlich auch am Telefon verhandeln können, zog aber ein Treffen vor. So konnte sie sicherstellen, dass es ihm gut ging und Paul seine Wut nicht an ihm ausgelassen hatte. Und sie hatte einen Grund, ihn noch einmal allein zu treffen.

Ray-Ray hatte nichts gesagt, als sie ging. Vielleicht hatte er es nicht mal gemerkt, denn er hatte sich zusammen mit zwei Leuten von der Überwachung in die Suche nach Fredrik Eriksson gestürzt. Maria hatte sich entschuldigt und gesagt, sie müsse noch ein paar lose Fäden verfolgen. Was ja fast die Wahrheit war.

»Du hast ja zwei Adressen, an denen du dich aufhältst«, sagte sie zu August. »Hier und in Kungshamn, wo dein Laden ist. Ist sonst noch etwas passiert – dort oder hier –, was dir aufgefallen ist?«

August dachte nach. Die Muffintüte schwang langsam vor und zurück wie das Pendel einer alten Uhr. Wie viele Männer kannte sie eigentlich, die so in sich selbst ruhten, dass sie die Tür mit einer Tüte Backwerk in der Hand öffneten?

Keinen.

Keinen einzigen.

»An bestimmte Ereignisse, die mit dem Laden verbunden wären, kann ich mich nicht erinnern«, sagte August gedehnt. »Und soweit ich weiß, hat dieses Haus nichts mit dem Laden zu tun, also es gibt sozusagen nichts, was das eine mit dem anderen verbindet, zumindest auf Seiten der Besitzer. Doch heute hat mir einer meiner Kunden etwas erzählt, was vielleicht bedenkenswert wäre.«

Maria hörte aufmerksam zu. August besaß die Fähigkeit, anderen Menschen in die Augen zu sehen, ohne den Faden zu verlieren und dennoch unangestrengt zu wirken. Eine gute Eigenschaft.

»Es geht um einen älteren Kunden«, sagte er. »Er wohnt im Altersheim Hallonet und behauptet, in der Nacht, in der Agnes Eriksson verschwunden ist, etwas Seltsames gesehen zu haben. Offensichtlich war er auch schon in Kontakt mit euch bei der Polizei, hat aber das Gefühl, ihr hättet ihm nicht zugehört.«

Was er nun zu sagen hatte, war ihm offenkundig unangenehm, doch Maria nickte ihm aufmunternd zu, um zu signalisieren, dass sie mehr hören wollte.

»Zweifellos rufen eine Menge Verrückte bei euch an, wenn jemand vermisst wird, und wollen Hinweise geben«, sagte August. »Ihr bei der Polizei wisst natürlich, wie ihr das einzuordnen habt. Ich erwähne das hier nur, weil mein Kunde etwas gesehen hat, was mit meinem Laden zu tun hatte, und darum ging es dir ja eben.«

Maria zog die Augenbrauen hoch.

»Was hat er denn gesehen?«

»Er sagt, er habe mitten in der Nacht auf seinem Balkon gestanden und Luft geschnappt«, erzählte August, »und er behauptet, gesehen zu haben, wie ein Auto vor meinem Laden hielt. Dann sei ein Mann aus dem Auto ausgestiegen und habe etwas aus dem Kofferraum geholt. Etwas Schweres, was er dann direkt in den Laden getragen habe.«

Maria wurde nachdenklich.

Das hier klang wie eine ihr bekannte Zeugenaussage, wenn auch die Details verändert waren.

»Hat er es genauso gesagt, wie du jetzt?«, fragte sie nach. »Dass der Wagen vor deinem Secondhandladen gehalten hätte?«

»Ja, aber in dieser Nacht damals gehörte der Laden noch nicht mir, sondern immer noch dem Bestatter. Ich bin erst sieben Tage später der Besitzer geworden.«

»Okay«, sagte Maria. »Hat er noch was gesagt? Ich meine, dein Kunde?«

»Nur dass das Auto silbermetallic gewesen sei. Ein Volvo.«

Silbermetallic.

Jetzt wurde Maria klar, warum sie darauf reagiert hatte, als sie das Überwachungsfoto von Fredrik gesehen hatte, auf dem er in einem silberfarbenen Volvo auf Hovenäset saß.

»Und wie heißt dieser Kunde?«

August zögerte.

»Er heißt Jochen Berg«, sagte er dann.

Natürlich, dachte Maria.

Jochen hatte dasselbe Auto im Gespräch mit ihr erwähnt, doch ansonsten stimmten die beiden Aussagen nicht sehr überein.

»Ich verstehe«, sagte sie. »Doch, Jochen hat sich bei uns gemeldet. Aber da hat er eine andere Version erzählt. Er hat gesagt, das Auto habe vor dem Restaurant am anderen Ende des Hafens gestanden. Hast du das Gefühl, dass er möglicherweise etwas tüdelig ist?«

Sie selbst hatte nicht den Eindruck gehabt, aber warum hatte er dann so widersprüchliche Aussagen gemacht?

Und dann war da noch die Sache mit dem Auto.

Es irritierte sie, dass er behauptete, ausgerechnet ein silbermetallicfarbener Volvo habe mit der Sache zu tun.

»Das klingt ohne Frage so, als sei er verwirrt«, meinte August. »Ich meine, wenn er uns unterschiedliche Geschichten erzählt.«

Maria legte den Kopf schief.

»Da ist noch etwas, was du nicht erzählst«, sagte sie.

August sah traurig aus.

»Du weißt wahrscheinlich, wer Jochen Bergs Tochter war, oder?«, fragte er.

Maria sah ihn verständnislos an.

»Sie hieß Lydia«, erklärte August. »Und sie wurde in diesem Haus zerstückelt gefunden.«

Maria holte tief Luft.

Der Zerstückelungsmord von Hovenäset drängelte sich wieder in die Ermittlung.

Aber der hatte doch nichts mit dem hier zu tun.

August wurde ernst, und mehr noch: Er sah besorgt aus. Offensichtlich war er mit seiner Erzählung noch nicht am Ende.

»Ich glaube, dass Jochen etwas Dummes getan haben könnte«, begann er.

Maria stand schweigend da und hörte zu, während August ihr erzählte, was er von Jochen gehört zu haben meinte. Wenn er sprach, bildeten sich zwei kleine Falten zwischen den Augenbrauen, als ob sich die Grübchen von dort hochgearbeitet hätten. Die Fältchen fand sie ganz entzückend.

»Was meinst du?«, fragte er, als sie eine Weile geschwiegen hatte.

Maria schluckte.

Ja, was meinte sie?

»Es kommt sehr selten vor, dass Mörder ihre Taten auf die Weise gestehen, wie du und ich Jochens Geschichte jetzt auffassen«, erklärte sie. »Es ist also die Frage, ob wir ihn vielleicht falsch verstehen. Steht ihr einander nahe, du und Jochen?«

»Eigentlich nicht«, sagte August, der zu bereuen schien, überhaupt etwas gesagt zu haben.

»Und mehr hat er nicht erzählt?«, fragte Maria. »Keine Details der Rache, keine Informationen, wie er vorgegangen ist?«

»Nein, nein, nichts dergleichen.«

Eine neue Stille entstand. Auf Jochens Satz vom »Auge um Auge« gab sie nicht viel.

»Darf ich dich zu etwas einladen?«, fragte August. »Kaffee, Muffins?«

Maria lächelte und sah, wie er dahinschmolz.

»Nein danke«, sagte sie. »Aber gern ein andermal.«

Sie warf einen Blick auf ihre Uhr, wollte zeigen, dass sie nicht unbegrenzt Zeit hatte. Vielleicht war diese Geste aber auch mehr für sie selbst als für August. Sie durfte nicht vergessen, dass sie einen Job zu erledigen hatte, obwohl sie viel lieber, als sie sich selbst eingestehen mochte, mit August Kaffee trinken wollte.

Und vielleicht ahnte er, wie sie dachte und fühlte, denn jetzt legte er den Kopf schief.

»Erzähl noch mal, warum du hier bist«, bat er.

Seit Maria gekommen war, standen sie in der Küche, und erst jetzt sah sie, was für einen gigantischen Schatten sein langer Körper auf die Wand warf. Wie ein Riese.

Sie fuhr sich über den Nacken, suchte nach Worten, die am besten beschrieben, was sie nach Hovenäset geführt hatte. Irgendetwas unabhängig vom Privaten.

»Dein Haus hat viel Aufmerksamkeit bekommen, seit Agnes verschwunden ist«, sagte sie. »Ich möchte herausfinden, warum.«

August sah erstaunt aus.

»Ich dachte, das Haus sei interessant, weil es von Agnes Eriksson und jemand anderem als Liebesnest benutzt worden ist.«

Er verstummte.

»Du verstehst sicher, dass ich mit dir nicht über eine laufende Ermittlung sprechen kann«, erklärte Maria. »Aber nehmen wir mal an, du hast recht. Nehmen wir mal an, dein Haus hätte als Treffpunkt eines Liebespaares gedient. Wie erklärt man dann, dass hier, *nachdem* einer von diesem Liebespaar verschwunden ist, wiederholt eingebrochen wird?«

»Jetzt sag nicht, ihr glaubt, dass Agnes sich in diesem Haus befindet«, sagte August mit bestürzter Miene.

Maria schüttelte den Kopf.

»Nein, nein«, versicherte sie, »das glauben wir nicht.«

Doch August ließ sich nicht abwimmeln.

»Als ihr das Haus durchsucht habt, da hattet ihr Hunde dabei«, sagte er, »waren das Leichenspürhunde?«

»Auch«, gab Maria zu, »aber die haben nirgends angeschlagen.«

Von draußen war ein Kratzen oder vielleicht auch Quietschen zu hören.

»Das sind die Gespenster«, flüsterte August und zwinkerte ihr zu. »Um diese Zeit kommen sie immer.«

Doch dann war das Geräusch wieder zu hören, und dazu ein leichter Schlag.

»Seltsam«, sagte August. »Das klingt, als würde die Kellertür offen stehen und schlagen.«

Maria öffnete die Eingangstür und sah hinaus, August schaute über ihre Schulter. Die Kellertür war zu. Schwere Regentropfen schlugen auf den Asphalt der Straße.

»Was für ein Wetter«, sagte August.

»Westküstenwetter«, erwiderte Maria. »Sehnst du dich nach Hause?«

»Nein.«

Sie fragte sich, warum. Wie konnte jemand wie er auf Hovenäset landen? Wer zog aus dem Gewimmel Stockholms an einen Ort, der so klein war, dass die allermeisten im Land noch nie davon gehört hatten?

Plötzlich war ein gedämpftes Lärmen aus dem Keller zu hören.

Maria reagierte blitzschnell.

»Warte hier«, flüsterte sie, lief lautlos die Treppe herunter und stellte sich so neben die Kellertür, dass die Person, die sie öffnete, nicht sehen würde, dass sie entdeckt worden war.

Ihre Hand ruhte auf der Waffe, die sie noch nicht gezogen hatte. Dann ging alles so schnell, dass sie keinen ganzen Gedanken fassen konnte. Die Kellertür wurde von innen geöffnet und glitt langsam auf. Maria machte keinen Mucks, ehe sie nicht ganz offen war.

Da war es für die Person im Keller zu spät zu entkommen.

Zu spät zu fliehen.

Fredrik Eriksson kam aus der Tür. Als er Maria und August erblickte, blieb er stehen.

Er hielt ihnen etwas hin.
Ein Handy.
Seine Hand zitterte, und sein Gesicht war bleich.
»Ich habe nach Isak gesucht«, sagte er, »und nach Agnes. Ich glaube, dass sie hier waren. Alle beide.«

Es war Nacht und dunkel. Karl lag, die Hände hinter dem Kopf verschränkt, angezogen auf seinem Bett. Er hatte nicht mit seinen Eltern zu Abend gegessen. Er konnte einfach nicht so tun, als wäre alles gut. Nicht noch einen Abend.

»Bist du krank?«, hatte seine Mutter gefragt.

»Nein«, war seine Antwort gewesen.

Und damit war das Thema erledigt.

Nachdem er Agnes' Nachricht gelesen hatte, war er völlig leer. Karl hatte noch nie so wenig und gleichzeitig so viel gefühlt.

Und zu allem Überfluss schien seine Mutter verrückt geworden zu sein.

Sie schaute ihn so seltsam an. Ihr Gesicht war ungewöhnlich bleich, und die Schatten unter den Augen waren fast unwirklich dunkel. Es musste etwas geschehen sein, aber Karl konnte sich jetzt nicht darum kümmern. Er hatte genug mit seinem eigenen Leben, seinem eigenen Drama zu tun.

Karl meinte etwas über Liebe zu wissen.

Er dachte, es sei etwas Besonderes, etwas, was man nur wenige Male im Leben erlebte.

Noch ungewöhnlicher war die Liebe, die erwidert wurde.

Karl hatte Agnes nicht für selbstverständlich genommen. Im Gegenteil, er hatte ständig Angst, verlassen oder entlarvt oder beides zu werden.

Niemand durfte wissen, was vor sich ging.

Kein einziger Mensch.

Deshalb waren er und Agnes so vorsichtig gewesen, so diskret.

»Stell dir ein Dominospiel vor«, hatte sie gesagt. »Wenn jemand erfährt, dass wir uns treffen, fallen alle Steine um. Ich verliere meinen Job und komme wahrscheinlich ins Gefängnis. Isak hat keine Mutter mehr, und um dich wird sich das Jugendamt kümmern.«

Karl hatte oft gedacht, dass sie übertrieb.

Natürlich konnte das Jugendamt ihm nichts – er war ja schon sechzehn Jahre alt gewesen, als sie zum ersten Mal miteinander geschlafen hatten. Und Agnes würde ihren Job sicherlich behalten. Schließlich war sie ja schon seit vielen Jahren nicht mehr seine Lehrerin.

Und jetzt hatte sie aus ihrem Versteck eine SMS geschickt und Schluss gemacht.

Karl hatte sie wieder und wieder gelesen, und dennoch wollte er sie noch einmal lesen.

Mein Schönster, entschuldige, dass du warten musstest.

Es fällt mir schwer, das hier zu schreiben. Ich habe so lange alles falsch gemacht, das weiß ich jetzt. Such nicht nach mir. Ich weiß, dass alle nach mir suchen, aber das wird noch eine Weile so bleiben müssen.

Karl, vergiss mich.

Schreib nicht mehr, ruf nicht mehr an.

Das, was wir hatten, ist vorbei.

Und verzeih. Ich wollte dich nie verletzen.

Agnes

Karl kapierte nicht, was sie meinte. Sie hatte ihm doch nichts Böses getan. In Karls Welt gab es nichts, wofür sich einer von ihnen schämen musste. Er schämte sich nicht einmal für all die vielen Male, die er seine Eltern angelogen hatte, und auch nicht für all die Lügen, die er Freunden in der Schule oder beim Fußball aufgetischt hatte.

Agnes dachte da anders, das wusste er.

Er hatte gewusst, dass sie sich schuldig fühlte.

Im Mai hatten sie sich so oft gesehen, wie sie nur konnten, doch als die Sommerferien kamen, veränderte sich alles. Agnes zog sich zurück und reiste bald nach Frankreich in die Ferien. Und dann fuhr Karl mit seinen Eltern weg.

Nach diesen Reisen hatten sie sich nur zweimal gesehen.

Sie hatte sich nicht beherrschen können, das waren ihre Worte. Ihre Sehnsucht sei zu groß gewesen, sie vermisste ihn, wenn sie nicht zusammen waren.

So war es doch wohl, wenn man wirkliche Liebe empfand, hatte er gedacht und gemeint, dass sie vor allem Zeit brauchten. In ein paar Jahren würde es weniger komisch aussehen, dass sie zusammen waren. Die Geschichte war schließlich voll von Paaren mit großem Altersunterschied.

So hatte Karl gedacht, und jetzt kam er sich so blöd vor.

Wie hatte er Agnes nur so falsch einschätzen können? Und was meinte sie damit, dass sie sich weiter verstecken wollte? Kapierte sie nicht, was sie den andern antat, ihrer eigenen Familie ging es schließlich total beschissen.

Vor allem Isak.

Karl schielte zum Telefon auf dem Nachttisch. Zu seinem gewöhnlichen Telefon, auf dem alle außer Agnes anriefen.

Die Tränen brannten ihm in den Augen, die jeden Moment überzufließen drohten.

Alles, aber auch alles war falsch gelaufen.

Karls Atemzüge verwandelten sich in ein schwaches Stöhnen. Der Druck auf der Brust war so schwer geworden, dass er das Gefühl hatte, keine Luft mehr zu bekommen.

Draußen vor seiner Tür waren Schritte zu hören. Natürlich seine Mutter. Aber sie verhielt sich nicht wie sonst, wenn sie nachts auf war und herumlief.

Die Schritte hielten vor seiner Tür.

Unter der Tür gab es einen Spalt, durch den das Flurlicht hineindrang. Mitten in dem Licht waren die zwei dunklen Schatten der Beine, die da draußen standen, zu erkennen.

Karl legte beide Handys weg und kroch unter die Decke. Seine

Mutter würde zu viele Fragen stellen, falls sie reinkam und sah, dass er angezogen auf dem Bett lag.

Doch Cecilia fasste die Klinke nicht an.

Stattdessen blieb sie vor seinem Zimmer stehen.

Karl wartete. *Was machte sie da?*

Die Minuten vergingen. Immer noch waren keine Schritte zu hören. Karl starrte auf die Tür. Wollte sie die ganze Nacht da draußen stehen bleiben?

Eine Minute, dann noch eine. Bald war eine ganze Viertelstunde vergangen.

Sie hält Wache, dachte Karl. Mama hält Wache.

Warum wohl?

Entweder, weil niemand zu ihm reingehen sollte.

Oder, damit er nicht rauskonnte.

Wenn sie so weitermachte, konnte er genauso gut die nächste Zeit im Bootshaus schlafen. Vielleicht war es da ein bisschen kalt, aber er war frei. Und das war das Wichtigste.

Sein Handy blitzte auf.

Das war bestimmt Isak.

Jetzt blinkte es.

Verdammt noch mal, dachte Karl und riss das Telefon an sich.

Und sah, was Isak in seiner SMS geschrieben hatte:

Die Polizei hat Papa verhaftet.

Juli

Mitte des Monats sind wir in die Ferien gefahren. Zwei Wochen Frankreich. Isak hat im Dorf eine junge, muntere Französin kennengelernt, die ihn mit Wein und Baguette (doch, das ist wahr, es war wirklich so) versorgt hat, und zum ersten Mal seit Langem habe ich gesehen, wie er auftaute.

Ich glaube, Fredrik und ich haben beide einen Seufzer der Erleichterung getan. Isak muss aus seinem Grübeln herausgerissen werden, er braucht mal ein bisschen Spaß.

Ich weiß alles darüber, wie es ist, sich für das zu entscheiden, was einem Spaß macht. Das habe ich jetzt wochenlang getan, und wenn ich nach Hause komme, wird es vorbei sein. Das wird nicht einfach werden, aber diesmal muss ich es schaffen.

Ich muss mit Karl Schluss machen.

Und ich muss Fredrik verlassen. Auch wenn wir hier Hand in Hand auf Kopfsteinpflasterstraßen spaziert sind, die Arme umeinander geschlungen durch Gassen geschlendert, in wahnsinnig gemütlichen Lokalen draußen gesessen und Wein getrunken haben und zwischen teuren Hotelbetttüchern tatsächlich mehrere Male miteinander geschlafen haben.

Wenn eine Beziehung zwei Ferienwochen lang funktioniert, dann bedeutet das nicht, dass sie wirklich intakt ist.

Es ist so was von vorbei.

So. Was. Von. Vorbei.

Und ich bin fertig.

Das wird jeden Tag deutlicher.

Wir streiten und schreien.

Zweimal habe ich die Beherrschung verloren und Fredrik geschlagen, im Frühjahr und im Sommer auch mal. Das ist so entsetzlich, dass ich kaum daran denken mag. Aber jetzt ist alles so angespannt. So furchtbar angespannt.

Fredrik sieht mich immer noch nicht. Er *beobachtet* mich, und das ist etwas anderes. Einmal, als wir miteinander Sex hatten, fühlte es sich an, als würden wir uns lieben. Es war zärtlich, und wir waren beide zugewandt. Hinterher habe ich geweint, und er strich mir über die Wange und flüsterte:

»Ich fand es auch einfach verdammt gut.«

An der Stelle hätte ich laut loslachen sollen, denn dann hätte er besser begriffen, wo es hinführt. Zur Hölle. Alles fährt zur Hölle.

Als wir wieder nach Hause kamen, war Karl mit seiner Familie verreist. Wir wussten das, und ich weiß, dass es ihn mehr belastet als mich.

»Ich bleibe zu Hause«, hatte er vorgeschlagen, als wir uns vor Frankreich das letzte Mal sahen. »Ich muss nicht mit meinen Eltern fahren.«

Ich sagte, das müsse er durchaus. Karl ist nicht wie Isak, er rebelliert nicht. Isak verreist mit uns, weil das eine billige Methode ist, etwas zu erleben. Aber sowie er keine Lust mehr dazu hat, wird er sich weigern mitzukommen, und dann wird er diese Diskussion auf jeden Fall gewinnen. Er ist achtzehn Jahre alt, da muss man nicht mit seinen Eltern verreisen. Und die Eltern müssen einen nicht mitnehmen.

Als wir nach Hause kamen, habe ich mein zusätzliches Handy rausgeholt. Karl hat sich an die Regeln gehalten und sich während meiner Abwesenheit nicht gemeldet. Er verfügt über Selbstkontrolle und Integrität. Sonst könnte er auch nicht Astronaut werden.

Fredrik hatte nur zwei Wochen lang Urlaub, dann fing er wieder an zu arbeiten. Ich glaube nicht, dass er jemals ausgebrannt sein wird, er schert sich zu wenig um alles, als dass er an seiner Arbeitssucht Schaden nehmen könnte. Mit mir ist das anders. Ich nehme mir immer alles zu Herzen, das ist sehr belastend.

Wenn Fredrik nicht hinschaut (und das ist die meiste Zeit der Fall), halte ich nach neuen Jobs in Malmö, Helsingborg und Kopenhagen Ausschau. Ich suche nichts, ich schaue einfach nur.

Ansonsten gibt es nicht so viel hinzuzufügen.

Doch, zwei Dinge noch.

Ich sehne mich nach meinem Alltag. Ich sehne mich nach der Schule und nach meiner Klasse.

Und eine Sache erfüllt mich mit Trauer.

Das Klavier zu Hause ist kaputtgegangen.

7. September

»Lebt sie?«

Ein unseliger Geist. So wirkte Fredrik Eriksson, wie er da im Verhörraum auf und ab ging. Früher einmal hatte die Hose sicherlich gerade und messerscharfe Bügelfalten gehabt, doch jetzt sah sie hauptsächlich verschmutzt und zerknittert aus.

Sie hatten ihn über Nacht in der Zelle in Uddevalla behalten, denn sie wagten nicht, ihn laufen zu lassen. Und sie hatten mit dem Verhör bewusst gewartet. Noch war Fredrik unter dem Verdacht der Freiheitsberaubung und Behinderung einer Ermittlung festgenommen, doch war es nur eine Frage der Zeit, bis die Vorwürfe auf Mord ausgeweitet würden. So vermutete zumindest Maria, und damit war sie nicht allein.

Sie war aber auch nicht die Einzige, die erkannte, dass die Ermittlungsunterlagen kümmerlich dünn waren. Der Staatsanwalt könnte Fredrik natürlich in Untersuchungshaft nehmen, doch er glaubte nicht, dass die Beweislage stabil genug war, um zu einem Gerichtsurteil zu führen, und wollte deswegen erst mal keine Anklage erheben. Die Tatsache, dass Fredrik mit Agnes' Handy angetroffen worden war, reichte nicht aus, und dasselbe galt für die Beobachtungen des Schornsteinfegers sowie für Annas Zeugenaussage und Agnes' Mail an August Strindberg.

Fredrik war ein erschöpfter Mann. Das war gut, denn sie brauchten jetzt ein Geständnis. Maria vermutete, dass es lange her war, seit Fredrik eine ganze Nacht geschlafen hatte. Zu Hause bei August war er kooperativ gewesen. Ohne zu protestieren, hatte er im Regen auf Augusts Eingangstreppe gesessen und gewartet, bis Marias Kollegen kamen und ihn abholten. Das Handy hatte er die ganze Zeit in der Hand gehalten.

Agnes' Handy.

Nach dem sie seit Stunde eins der Ermittlung gesucht hatten.

Fredrik behauptete, er habe das Handy in Augusts Keller gefunden. Bevor sie ihn weggebracht hatten, sollte er ihnen zeigen, wo im Keller das Handy gelegen hatte. Da hatte er auf eine Stelle unter einem der Holzschränke gewiesen, die entlang der einen Wand standen.

Niemand glaubte ihm.

Maria nicht, Ray-Ray nicht und Roland auch nicht.

Niemand.

Die Polizei hatte das Handy nicht übersehen, als sie den Keller durchsucht hatte, sondern es war nie dort gewesen. Fredrik hatte es selbst dabeigehabt, und jetzt wollten alle gerne wissen, warum.

Fredrik schüttelte den Kopf.

»Das hier ist alles so verdammt unbegreiflich«, sagte er. »Betreiben Sie so eine Ermittlung? Dann verstehe ich, warum Sie Agnes nicht finden.«

Der Verhörraum war kein sonderlich inspirierender Ort. Die Wände waren schmutzig weiß, und auf dem Fußboden lag graue Auslegeware auf Kunststoff. Die Neonröhren an der Decke leuchteten viel zu hell und verstärkten die kalte Stimmung im Raum.

»Glauben Sie mir«, sagte Maria. »Wir tun nichts anderes, als nach Agnes zu suchen. Und wir werden sie finden, da können Sie ganz sicher sein.«

Zum ersten Mal klangen diese Worte mehr wie eine Drohung als wie ein Versprechen.

»Agnes war in diesem Keller«, sagte Fredrik. »Ich weiß es.«

Maria sah verstohlen zu seiner Anwältin, einer älteren Frau mit konservativer Kleidung und Kurzhaarfrisur, die aus Göteborg gekommen war, um ihn zu vertreten.

Er lehnte sich an die Wand. Er war ruhelos, aber nicht wütend. Das war eine verhältnismäßig günstige Kombination.

»Wollen Sie sich nicht setzen?«, fragte Roland, der auch dabei war. »Dann können wir hören, was Sie zu erzählen haben.«

Er nickte Fredrik aufmunternd zu. Ein Moment verging, dann setzte sich Fredrik neben seine Anwältin.

»Ich habe nichts mit Agnes' Verschwinden zu tun«, sagte er. »Ich verstehe nicht, wie Sie auf die Idee kommen können.«

Roland saß, bequem zurückgelehnt, auf dem Stuhl. Er trug ein moosgrünes Jackett aus einem festen Stoff, der sich in scharfe Falten legte, wenn er die Arme bewegte.

Die Stimmung im Raum war angespannt.

»Wer sucht nach Agnes, wenn Sie hier sitzen?«, fragte Fredrik.

»Zuverlässige Kollegen von uns«, erwiderte Maria. »Dazu gibt es eine Menge Freiwilliger. Doch jetzt sprechen wir lieber von Ihnen. Erzählen Sie, was Sie in dem Haus auf dem Kärleksvägen getan haben.«

Fredriks Anwältin machte sich eine Notiz auf dem Block, den sie vor sich hatte. Beim Schreiben drückte sie den Stift so hart auf das Papier, dass es aussah, als wollte sie ihn geradewegs durch den Tisch drücken.

»Das habe ich schon erzählt«, sagte Fredrik. »Ich war dort, um nach Agnes zu suchen. Und nach Isak. Hauptsächlich nach Isak, um ehrlich zu sein.«

»Aber Isak ist doch nicht verschwunden?«

»Ich hatte es befürchtet. Ich habe nach ihm gesucht, ihn aber nicht finden können. Und wenn ich anrief, ging er nicht ran. Das ist noch nie passiert, seit Agnes verschwunden ist.«

Ebendiesen Teil der Geschichte verstand Maria nicht. Sie hatten bereits kontrolliert, wo Isak sich befand. Er war zu Hause. Wenn er sich am Tag zuvor nicht gezeigt hatte, dann gab es sicherlich Gründe dafür.

»Warum glaubten Sie, dass Agnes sich in dem Haus auf dem Kärleksvägen befinden würde?«, erkundigte sich Roland.

»Weil sie schon vorher dort war. Und jetzt wieder. Schließlich lag ihr Handy im Keller. Das war der einzige Raum, in den ich hineinkonnte, doch offensichtlich reichte das ja.«

»Aus welchem Grund war Agnes in Janssons Haus?«, fragte Maria.

»Wir hatten das Haus gemietet«, sagte Fredrik. »Wir haben renoviert und brauchten einen Ort, um all die Sachen unterzustellen, die wir wegräumen mussten. Als zu Hause alles fertig war, haben wir unsere Sachen wieder aus Janssons Haus rausgeholt. Doch dann habe ich auf dem GPS gesehen, dass Agnes, mehrere Wochen, nachdem wir aus dem Vertrag raus waren, noch einmal dort gewesen war. Erst fand ich das nicht verwunderlich, aber dann habe ich es wieder gesehen. Und wieder. Das hat mich doch sehr nachdenklich gemacht.«

Seine Worte weckten die Furcht in Maria.

»Kontrollieren Sie immer auf dem GPS, wo Agnes ist?«

Fredrik stöhnte leise.

»Nein«, sagte er, »aber ich verstehe, dass Sie das fragen, da habe ich mich ungeschickt ausgedrückt. Agnes hat mich mit dem GPS um Hilfe gebeten, sie ist nicht sonderlich technisch veranlagt. Es war reiner Zufall, dass ich gesehen habe, wo sie gewesen war. Ich habe sie gefragt, was sie auf Hovenäset gemacht hat, und da sagte sie, sie hätte sich mit Esmeralda Jansson getroffen. Aber eine Woche später habe ich im Supermarkt in Kungshamn Sven Jansson getroffen, und der hat mir erzählt, er und Esmeralda seien gerade von Mallorca zurückgekommen, wo sie mehrere Wochen verbracht hatten. Da wurde ich misstrauisch.«

»Haben Sie Agnes darauf angesprochen?«, fragte Maria.

Fredrik zögerte mit der Antwort.

»Ja«, sagte er schließlich. »Sie sagte, sie hätte ein paar Sachen dort vergessen, und mehr wäre es nicht. Ich denke mal, ich habe mich mit ihrer Erklärung zufriedengegeben.«

Das hast du überhaupt nicht, dachte Maria. Denn dann wäre sie jetzt nicht verschwunden.

Roland strich sich übers Kinn.

»Sie dachten, Agnes hätte eine Affäre«, sagte er.

Fredriks Augen wurden feucht.

»Schon«, sagte er, »das habe ich gedacht. Aber … wir waren lange verheiratet, Agnes und ich. Ich denke, es muss erlaubt sein, Fehler zu machen. Das habe ich auch getan, aber dann habe ich davon erzählt. Deshalb dachte ich, jetzt ist Agnes mal dran. Ich habe im letzten Jahr unglaublich viel gearbeitet, und ich weiß, das hat sie gestört. Aber … sie sagte, ich hätte alles missverstanden. Es gäbe niemand anders als mich.«

Es klang nicht so, als würde er lügen. Vielleicht tat er es doch, aber es irritierte Maria, dass er so glaubwürdig klang. Auch er hatte seinen Seitensprung gehabt und dann Agnes erzählt, was geschehen war. Und sie hatte ihm verziehen, sodass sie beide weitergehen konnten. Sie hingegen schien keinen Gedanken daran verschwendet zu haben, von ihrem eigenen Abenteuer zu erzählen.

Das musste sie auch nicht, dachte Maria. Nicht mit einem Mann, der das GPS kontrollierte, um zu sehen, wo sie gewesen war.

»Haben Sie sie geschlagen?«

Die Frage musste gestellt werden, aber man hätte sie anders formulieren können.

Maria wandte nicht den Blick von ihm.

»Niemals.«

»Kein einziges Mal?«

»Nein.«

Aber der Schornsteinfeger hat was anderes gehört, wollte Maria schreien.

»Aber Agnes hat mich geschlagen.«

Roland schnaubte.

»Entschuldigung?«, sagte er. »Jetzt reißen Sie sich mal zusammen. Das hier ist ernst, kapieren Sie das nicht? Ihre Frau ist verschwunden, und vor weniger als einem Tag haben wir Sie festgenommen, nachdem Sie in ein Haus eingebrochen sind, um so zu tun, als hätten Sie Agnes' Handy gefunden, das wir schon suchen, seit sie vermisst wird.«

»Ich habe nicht so getan als ob – das Handy lag da, wo ich gesagt habe!«

Fredrik vergrub sein Gesicht in den Händen.

Seine Anwältin legte ihm die Hand auf die Schulter.

»Möchten Sie eine Pause machen, Fredrik?«

Er griff nach dem Wasserglas, das Maria vor ihn gestellt hatte, und leerte es in großen Schlucken.

»Nein danke, ich möchte nur, dass wir Agnes finden. Ich meinte nicht, dass ich in einer Beziehung lebe, in der ich misshandelt werde. Sie haben die Frage gestellt, ob ich Agnes je geschlagen hätte, und die Antwort ist Nein, ich habe sie nicht ein einziges Mal geschlagen. Hingegen hat Agnes mir bei zwei Gelegenheiten eine Ohrfeige gegeben. Ich habe keine große Sache daraus gemacht, denn das war es nicht. Sorry, ich hätte es nicht erwähnen sollen.«

Maria merkte, dass Roland ihren Blick suchte, doch sie ging nicht darauf ein. Sie wusste, er dachte dasselbe wie sie. Könnte der Schornsteinfeger missverstanden haben, was er bezeugt hatte? Er hatte nicht gesehen, wie Agnes Schläge bekam, doch glaubte er, es gehört zu haben.

Könnte er gehört haben, wie Fredrik geohrfeigt wurde?

Möglich.

Doch änderte das nichts an der Sache.

Ein diskretes Klopfen an der Tür unterbrach sie. Maria stand auf und verließ den Verhörraum. In dem kahlen Korridor wartete Ray-Ray.

»Wie läuft es?«, fragte er.

»Geht so«, antwortete Maria.

»Und wie geht es dir?«

»Hast du mich rausgeholt, um das zu fragen?«

Er antwortete nicht.

»Ich bin okay.«

»Du bist gestern Abend nicht gekommen. Ich habe es ernst gemeint, Maria.«

»Ich war heute Nacht hier«, erklärte Maria. »Ich übernachte nicht bei meinen Kollegen. Entschuldige, aber jetzt muss ich arbeiten. Und du auch.«

Sie legte die Hand auf die Klinke. Die Nacht auf dem Sofa in einem Aufenthaltsraum des Polizeireviers war lang gewesen, aber sie hatte sich sicher gefühlt. Das war keine langfristige Lösung, aber es hatte sie von zu Hause ferngehalten. Paul hatte wieder und wieder angerufen, schließlich aber stillgehalten. Von Mitternacht bis jetzt war es ruhig gewesen.

Ray-Ray sah sie besorgt an.

»Noch eine Sache«, sagte er. »Hast du gesehen, wie es in der Presse aussieht?«

Maria schüttelte den Kopf.

»Ist es durchgestochen worden?«

»Ja, zum Teufel. ›Naher Angehöriger von Agnes Eriksson festgenommen‹.«

Da konnte man nichts machen, das hatte Maria schon aus früheren Fällen gelernt. Und für eine Pressekonferenz war es zu früh, denn für die mussten sie klare Fakten aufbieten können.

»Wir machen eins nach dem anderen«, sagte sie und ging leise zurück in den Verhörraum.

»Wann hat Agnes Sie das letzte Mal geschlagen?«, fragte Roland.

Maria spürte Protest in sich aufflammen, hielt aber still. Sie hatte mit dieser Art, Fragen zu formulieren, Probleme, sie verstand nicht, was Roland sich dabei dachte.

»Das war irgendwann im Sommer.«

»Worüber haben Sie gestritten?«

»Dass ich so viel gearbeitet habe und zu selten zu Hause war. Sie war wütend. Sie war so lange schon enttäuscht deswegen.«

Fredrik bewegte sich unruhig. Er würde nicht mehr lange durchhalten.

»Wir haben erfahren, dass Agnes Tagebuch geschrieben hat«, sagte Roland. »Wissen Sie, wo sich dieses Buch befindet?«

Fredrik schüttelte den Kopf.

»Nein. Haben Sie das neulich gesucht? Als Sie kamen, um das Klavier anzusehen?«

Roland antwortete nicht.

»Hat Agnes etwas im Klavier versteckt?«, hakte Maria nach.

»Keine Ahnung«, sagte Fredrik. »Das Klavier ist kaputtgegangen, und ich wollte es zu einer Bar umbauen lassen. Agnes wurde furchtbar wütend, als ich erzählte, was ich getan hatte.«

»Aber das Klavier war ja nicht umgebaut, oder?«

»Nein, aber ein paar Tage bevor sie verschwand, hatte ich einen Handwerker da, mit dem ich bekannt bin. Der hat das Klavier angeschaut und ein Angebot für den Umbau gemacht hat. Ich habe nicht verstanden, warum sie das so aufregte. Das Klavier war alt und schon von Anfang an in schlechtem Zustand. Ich fand, wir könnten ein Digitalpiano für sie kaufen, das klingt viel besser.«

»Wie ist die Beziehung zwischen Ihnen und Agnes?«, fragte Roland. »Wie ging es Ihnen miteinander, als sie verschwand?«

»Das haben Sie schon gefragt.«

»Jetzt frage ich es noch einmal.«

Fredrik blinzelte mehrere Male. Seine Augen waren wieder feucht.

»Wechselhaft«, flüsterte er.

»Haben Sie über eine Trennung gesprochen?«, fragte Roland mit sanfter Stimme.

Fredrik schüttelte den Kopf.

»Nein.«

»Wollte Agnes Sie verlassen?«, fragte Maria.

»Nein. Würde ich sagen.«

Er brach in Tränen aus. Vor Erschöpfung. Seine Anwältin strich ihm über den Rücken.

»Wir unterbrechen hier«, erklärte sie.

Roland hielt eine Hand hoch, um sie aufzuhalten. Er beugte sich über den Tisch.

»Fredrik, wo ist sie?«

Fredrik weinte noch mehr. Rotz und Tränen liefen.

Jetzt, dachte Maria und spürte, wie sich jeder Muskel in ihrem Körper anspannte. Jetzt erzählt er.

Doch Fredrik weinte nur weiter.

»Bitte helfen Sie mir bei einer Sache«, bat Roland. »Versuchen Sie mal, es aus unserer Perspektive zu sehen. Sie sagen selbst, Ihre Beziehung zu Agnes sei schlecht oder ›wechselhaft‹ gewesen. Sie haben das GPS kontrolliert, um zu sehen, wohin sie gefahren ist. Sie sind in ein Haus eingebrochen, das Sie zuvor gemietet hatten. Und dann tauchen Sie mit einem Handy auf, das wir seit Agnes' Verschwinden Tag und Nacht gesucht haben, und behaupten, Sie hätten nach Agnes und Isak gesucht, obwohl Isak nicht einmal verschwunden ist. Was sollen wir Ihrer Meinung nach denken, Fredrik?«

Das Weinen steigerte sich zu einem Schrei.

»Sie müssen mir glauben. Ich habe nach Isak gesucht, weil ich ihn nicht finden konnte. Ich habe ihn wieder und wieder angerufen, aber er ist nicht rangegangen. Und das hat mich so verdammt beunruhigt. Ich wusste nicht, wo ich suchen sollte, wo er sein könnte. Und Agnes ist schließlich auch weg. Sie dürfen nicht beide verschwinden. Ich war gezwungen, genauer zu suchen. So wie Isak es getan hat.«

An seinem Tonfall und in seiner Erzählung war etwas, was Maria irritierte. Irgendetwas überzeugte sie davon, dass er nicht log.

Sie schluckte hart.

»Das mit Isak«, begann sie. »Warum war es so wichtig, ihn zu erreichen?«

Es war, als würde ihre Frage Fredrik dazu bringen aufzugeben. Er fiel der Länge nach über den Tisch, schaffte es nicht mehr, sich aufrecht zu halten. Als er ihr das nächste Mal in die Augen sah, war der Blick ein anderer. Resigniert und erschöpft.

»Erzählen Sie«, forderte Maria ihn auf. »Erzählen Sie, warum Sie Isak finden mussten.«

»Ich habe etwas gefunden. Ich … Wir haben wochenlang wegen des Fahrrads mit ihm herumgestritten, er sollte es reparieren lassen oder es selbst machen. Aber er hat einfach nicht zugehört, sondern gemacht, was er wollte. Hat das Fahrrad in die Auffahrt gestellt und angefangen ein bisschen daran herumzuschrauben, es dann aber stehen lassen, obwohl es nicht fertig war. Das Letzte, was Agnes gesagt hat, bevor sie von zu Hause wegging, war, dass er das Fahrrad in die Garage stellen solle, es könne nicht weiter so in der Auffahrt stehen. Dann ist er rausgegangen und hat es einfach ein Stück weiter hingestellt.«

Fredriks Stimme war ein Flüstern, rau von Weinen und Trauer.

Maria beugte sich vor, verwirrt und frustriert von seinen Ausführungen zu dem Fahrrad des Sohnes.

»Was haben Sie gefunden, Fredrik?«

Er weigerte sich, sie anzusehen, als er antwortete.

»Er war so wütend, als sie verschwand. Ich dachte, es sei die Sorge, die ihn dazu brachte, die Angst und die Ungewissheit. Jetzt weiß ich es nicht mehr. Ich weiß gar nichts mehr. Denn das Fahrrad stand wieder in der Auffahrt, wahrscheinlich brauchte er es für seine Erkundungstouren. Aber es war auch diesmal nicht repariert. Also wollte ich es in die Garage stellen, und da …«

Maria spürte ihr Herz klopfen.

»Erzählen Sie, was passiert ist.«

»Ein Messer«, flüsterte er. »Ich habe in Isaks Fahrradtasche ein blutverschmiertes Messer gefunden.«

Die Fahrradtour zwischen Hovenäset und Kungshamn war immer eine Herausforderung, und an diesem Tag brauchte August Strindberg sie eigentlich nicht. Er hatte seine Herausforderungen gehabt, jetzt wollte er seine Ruhe.

Jedes Mal, wenn er den harten Wind im Gesicht spürte, fragte er sich, wie es möglich war, dass immer Gegenwind herrschte. Und jedes Mal begnügte er sich mit der Antwort, dass es egal war, denn er würde ja bald aufhören, Fahrrad zu fahren.

Als August am Parkplatz vorbeifuhr, auf dem der Wohnwagen der Polizei stand, hielt er nach Maria Ausschau. Die Fenster des Wohnwagens waren dunkel und der Parkplatz leer. Keine Autos, keine Fahrräder. Die Polizei hatte ein weiteres Mal sein ganzes Haus und den Keller durchsucht. Nichts war dem Zufall überlassen worden, und soweit August wusste, hatte man nichts Neues gefunden.

Es war eine beschwerliche Ermittlung, das war ihm klar, doch vielleicht war sie ja jetzt beendet.

August radelte weiter und rollte bald auf den Bäckevikstorget. Ein Bus hielt und sammelte ein paar Passagiere auf. Zwei ältere Frauen gingen auf dem Gehweg in Richtung Supermarkt. August parkte das Fahrrad vorm Secondhandladen. Ein Mann mit einem Hund an der Leine rief ihm zu:

»Wann wollen Sie eigentlich aufmachen?«

»Bald!«, antwortete August, denn eine bessere Antwort hatte er nicht.

Er schloss das Fahrrad ab und ging rein.

»Hallöchen!«

Die Anstreicherin saß neben der Tür in der Hocke. Sie trug denselben gelben Overall wie letztes Mal. Der gefiel August. Und noch mehr gefiel ihm, dass sie bereits angefangen hatte zu arbeiten.

Sie hatte den ganzen Fußboden des Ladens mit Papier ausgelegt und klebte jetzt die Fußleisten ab.

August begrüßte sie und stellte seinen Rucksack auf einen Stuhl.

Sowie er seinen Schreibtisch erblickte, musste er an Paul und das Buch denken, das er mitgenommen hatte. August ließ die Gedanken von Paul zu Maria wandern. Nun war sie zwei Abende hintereinander zu ihm gekommen. Natürlich nicht vor allem, um ihn zu treffen, doch das spielte keine große Rolle, fand August.

Sich für jemanden zu interessieren bedeutete, sich die Wirklichkeit so zurechtzulegen, dass sie aussah, wie man es gerne hätte.

»Kann ich Ihnen irgendwie helfen?«, fragte er Wilma. »Oder ist es Ihnen am liebsten, wenn ich aus dem Weg bin?«

»Ich komme schon klar«, erwiderte sie mit einem Lächeln.

»Sehr gut«, sagte August. »Wenn Sie was brauchen, ich bin in der Küche.«

Wilma nickte und klebte weiter. Sie hatte offenkundig keine Zeit für ihn.

August nahm seinen Rucksack und ging in die Küche. Er holte den Laptop heraus und setzte sich an den Küchentisch. Wie immer las er, was die Zeitungen über Agnes' Verschwinden schrieben, doch an diesem Morgen mit größerem Interesse als zuvor. Alle glaubten dasselbe, nämlich dass jetzt der Durchbruch bevorstand. Ein Verdächtiger war festgenommen worden, und jetzt war es nur eine Frage der Zeit, bis alle erfahren würden, was Agnes Eriksson zugestoßen war.

August wusste nicht, was er darüber denken sollte.

Was würde aus Agnes' Sohn werden, wenn sich herausstellte, dass sein eigener Vater sie ermordet hatte? Zwar hatte noch niemand das Wort »Mord« in den Mund genommen, die Polizei benutzte den Begriff »Freiheitsberaubung«, aber August dachte wie alle anderen, dass die Chance, Agnes noch lebend zu finden, gleich null war.

August versuchte, sich auf seine Arbeit zu konzentrieren. Das ging so mittelmäßig.

Jochen Berg hatte sich gemeldet.

Er dankte August für die gute Zusammenarbeit und wünschte ihm Glück für seine Firma. Soweit August es sah, hatte Jochen die Mail diesmal selbst und ohne Hilfe vom Personal des Altersheims geschrieben. Sie war mitten in der Nacht geschickt worden.

August antwortete sofort. Er drückte Jochen seinen Dank dafür aus, dass er einen so schönen Beitrag zu seinem Secondhandladen geleistet hatte, und versprach, ihn auf dem Laufenden zu halten, wie sich der Verkauf der Sachen anließ.

Er konnte die Gedanken einfach nicht abschütteln, die sein letzter Besuch bei Jochen geweckt hatte und von denen er auch Maria erzählt hatte, ohne dass die besonders darauf anzuspringen schien.

Jochen hatte geradeheraus gesagt, dass er mit der Arbeit der Polizei nicht zufrieden gewesen sei.

Er hatte behauptet, selbst Rache genommen zu haben.

Auge um Auge.

Das war ein entsetzlicher Gedanke. Natürlich musste sich Jochen das ausgedacht haben. Denn wie sollte diese Art Rache unbemerkt vonstattengehen? Wenn er das Gesetz in seine eigenen Hände genommen und jemanden, von dem er meinte, dass er ein entkommener Mörder sei, ermordet, zerstückelt und eingefroren hätte, dann wäre er auf Lebenszeit eingesperrt worden.

Augusts Finger hielten auf der Tastatur des Computers inne.

Gab es in dem Gedanken, den er da gerade dachte, eine Lücke?

Wie sollte diese Art Rache unbemerkt vonstattengegangen sein?

Das musste ja gar nicht der Fall sein. Man musste nur wissen, wonach man suchte.

August blätterte in den Artikeln, die Henrik ihm geschickt hatte, fand aber nichts von Interesse. Stattdessen startete er eine eigene Suche im Internet. Er bekam massenhaft Treffer. Zum Teil waren es Artikel, die er bereits gelesen hatte, aber es waren auch andere dabei, die ihm bisher entgangen waren. Einer davon trug die Überschrift:

Der Vater der ermordeten Frau kann nicht zur Ruhe kommen.

Augusts Puls beschleunigte sich. Der Artikel war in einer der Abendzeitungen erschienen und von einem Kriminalreporter geschrieben. Der Text gehörte zu einer Serie mit mehreren Artikeln über eine Reihe ungewöhnlicher Kriminalfälle.

Der Mord in Janssons Haus wurde nicht von ungefähr der »Kellermord« genannt. Es ging nirgendwo hervor, dass die Frau dort ermordet worden war, doch es schien zu genügen, dass ihre Leiche in einem Gefrierschrank gefunden worden war, der eben im Keller stand.

Der Artikel hatte nur wenige Fotos, doch auf einem von ihnen war Jochen zu sehen. August erkannte ihn sofort, obwohl drei Jahrzehnte vergangen waren, seit das Bild gemacht worden war. Der Fotograf hatte Jochen im Gehen, von der Seite und mit den Händen in den Taschen eingefangen. Jochen sah verbissen und entschlossen aus, das hier war ein Mann mit einem klaren Auftrag, den er sich selbst erteilt hatte.

August las den Artikel rasch durch. All die Details interessierten ihn nicht, er wollte etwas über Jochens Einwände gegen die Polizeiarbeit erfahren.

Jochen fand, das Alibi seines Schwiegersohns würde halten, und hatte verschiedene Beweise dafür angeführt. Er behauptete jedoch, das würde keinen Sinn ergeben, denn die Polizei wolle nicht auf ihn hören. Aus dem Artikel ging nicht hervor, ob Jochen einen anderen Täter identifiziert hatte, doch August wusste bereits, dass dies der Fall war. Im nächsten Abschnitt des Artikels berichtete der Journalist, welche Spuren die Polizei verfolgt hatte. Unter anderem wurde einer der ehemaligen Freunde des Opfers genannt. Der letzte Satz in diesem Abschnitt interessierte August:

Ein junger Mann, der dem Unternehmen seines Vaters den Rücken kehrte und später verschwunden ist.

Augusts Puls stieg wieder.

Verschwunden ist?

Mehr stand nicht dort. Der Kriminalreporter stellte fest, der Mann sei, ein Jahr nachdem man Lydia zerstückelt im Gefrierschrank gefunden hatte, verschwunden, und es gebe für die Polizei keine Verbindung zwischen den beiden Fällen.

Jochen, was hast du mit ihm gemacht?

August holte ein Glas Wasser und trank in gierigen Schlucken. Das war eine schreckliche Geschichte, in die er hier hineingeraten war, weit entfernt von allem, was ihm bisher in seinem Leben untergekommen war.

Er sah aus dem Küchenfenster. Hinter seinem Laden lagen Reihen mit Einfamilienhäusern, die meisten aus Holz, die eher aussahen wie Sommerhäuser.

August kehrte zum Computer zurück und startete eine Suche nach dem alten Kriminalfall. Jetzt war sein Hunger geweckt, und er war nicht mehr aufzuhalten. Er musste einfach mehr über den Mann erfahren, der des Mordes an Lydia verdächtigt und dann auf freien Fuß gesetzt worden war.

Da klingelte sein Handy.

August ging widerwillig ran.

»Ja?«

Es war der Makler, der ihn sprechen wollte.

»Sie wollten wissen, wer den Wasserschaden in Ihrem Haus behoben hat«, sagte er.

August drückte das Telefon ans Ohr.

»Ja, gerne.«

»Es war Danielssons Klempnerfirma, die sich um das Leck gekümmert haben, und dann ist alles von Lindgrens Maler- und Tischlereibetrieb wieder zugemacht worden. Wenn Sie spezielle Fragen haben, können Sie mit dem Besitzer der Firma sprechen, Erling Lindgren. Ich bitte um Entschuldigung, dass es so lange gedauert hat. Ich hätte mich gleich an Lindgrens Namen erinnern sollen. Er war es nämlich auch, der dem Verkäufer vorgeschlagen hat, dass Sie doch das Haus der Janssons mieten könnten, wenn der Wasserschaden den Einzug verzögern würde.«

»Aha«, sagte August, hauptsächlich, um irgendwas zu antworten.

»Den Verkäufer hat die ganze Situation sehr belastet, und die Handwerker haben gehört, wie er sich darüber beklagte«, erklärte der Makler. »Und da ist Erling das Haus der Janssons eingefallen.«

August war noch niemandem begegnet, der Erling Lindgren hieß, und deswegen ging er auf die Website der Firma. Ganz oben war ein Foto des Inhabers.

August erkannte ihn.

Das Spinnrad.

Erling Lindgren war der Mann, der August, als er neu in Kungshamn war, ein Spinnrad angeboten hatte. Das war ein so seltsames Objekt, dass August sich an die Begegnung erinnerte. Allerdings hatte er seither nichts mehr von ihm gehört. Das war doch ein ausgezeichneter Anlass, Kontakt zu Erling aufzunehmen.

Dann suchte August weiter nach Informationen über den Mann, den man des Mordes an Lydia verdächtigt hatte. Seine Neugier frustrierte ihn selbst. Er hatte keine Zeit für solche Sachen. Jochen war zwar fit, doch nicht fit genug, um sich selbst zu versorgen. Das durfte man nicht vergessen: Jochen konnte nicht als vollkommen zurechnungsfähig betrachtet werden. Womöglich durfte man dem, was er sagte, nicht trauen.

Trotzdem hockte August vorm Computer und googelte einen Mann, der ungefähr ein Jahr nach dem Mord im Eishaus verschwunden war. Fast sofort hatte er einen Treffer. Ein neuer Artikel füllte den Bildschirm aus.

August starrte auf das Foto neben dem Text.

Ein junger Mann mit etwas zu großer Jacke und zu langem Pony starrte zurück.

Er hieß Verner Nilsson und war in Kungshamn geboren und aufgewachsen. Einmal war er von der Polizei festgenommen worden, weil man ihn verdächtigte, seine ehemalige Freundin, deren

Leiche auf Hovenäset gefunden worden war, ermordet zu haben. Doch es wurde jeder Verdacht ausgeräumt, und die Polizei ließ ihn ziehen.

August las weiter und spürte, wie sich seine Nackenhaare aufstellten.

Der Vater von Verner Nilsson flehte in der Presse um Informationen, wohin seinen Sohn verschwunden sein könnte. Im Artikel wurde der Beruf des Vaters genannt: Bestatter.

Das war doch nicht möglich.

August suchte weiter und sah seine Ahnungen schnell bestätigt. Der Vater des verschwundenen Verner Nilsson war Bestatter in Kungshamn gewesen. Und er hatte seine Firma im selben Haus betrieben, von dem Jochen behauptete, er habe in der Nacht, als Agnes Eriksson verschwunden war, dort Licht gesehen.

Im selben Haus, in dem August jetzt seinen Secondhandladen eröffnet hatte.

Die Zeit stand still. Cecilia saß am Küchentisch, die Hände fest um eine Teetasse gelegt. Der Tee war bereits kalt geworden, doch das merkte sie kaum.

»Mama?«

Karls Stimme erreichte sie aus einem anderen Universum, rief sie zurück in die Wirklichkeit.

»Alles in Ordnung?«

Cecilia stand auf und schüttete den Tee in den Ausguss. Warum hatte sie damals nur zugestimmt, ein weißes Waschbecken zu kaufen? Das sah niemals richtig sauber aus, und das störte sie. Cecilia drehte den Hahn auf, um die Reste des Tees wegzuspülen.

»Alles in Ordnung«, sagte sie. »Wie geht es dir?«

Sie wandte sich ihrem Sohn zu.

Dem Astronauten.

Ihrem Astronauten.

»Geht so. Hast du die Zeitung gesehen?«

Sie nickte.

Die Schlagzeilen waren überall zu lesen. Man konnte sie nicht falsch verstehen. Ein naher Angehöriger von Agnes war wegen Freiheitsberaubung festgenommen worden. Cecilia hoffte, dass sie Isak lebenslänglich einsacken würden. Er war zu gefährlich, um frei in der Gesellschaft rumlaufen zu dürfen.

Karl betrachtete sie mit besorgtem Blick. Er verriet, was er dachte, und das freute sie. Dann wurde alles so viel leichter. Manchmal aber auch schwerer.

So wie jetzt.

Bevor Cecilia Mutter geworden war, hatte sie sich nicht vorstellen können, wie weit man als Eltern für seine Kinder ging und was man als Mutter zu tun bereit war, um seine Schäfchen zu verteidigen.

Jetzt wusste sie das besser.

Man tat einfach alles.

Alles.

»Ich sollte mal zur Schule gehen«, sagte der Astronaut. »Aber … wo ist Papa?«

»Bei der Arbeit. Wo sollte er sonst sein?«

Karl zuckte mit den Schultern.

Er stand immer noch in der Küche, offensichtlich ratlos. Seine Haare waren verwuschelt und sein T-Shirt schmutzig. Das war ungewöhnlich. Schon als kleines Kind hatte Karl schmutzige Kleider gehasst. Und er war immer gut gekämmt.

»Ist was passiert?«, fragte er. »Oder, ich meine, äh … du weißt schon.«

Es war offenkundig, dass Cecilias Schweigen ihm Stress bereitete.

Und Ja, sie wusste schon. Vielleicht viel mehr, als sie sollte, aber das war schon in Ordnung.

Wir haben ein blutverschmiertes Messer in deiner Fahrradtasche gefunden, dachte Cecilia. Das ist passiert.

»Musst du heute nicht auch arbeiten?«

Das war kein Vorwurf, sondern nur eine stille Frage.

Cecilia schüttelte den Kopf.

»Heute nicht«, sagte sie.

Auch nicht, hätte sie hinzufügen können.

Der dritte Tag in Reihe, an dem sie blaumachte.

Sie betrachtete es als Prüfung. Es war noch nie wichtiger gewesen, das Richtige zu tun, das Schicksal in eine Richtung zu lenken, mit der sie leben konnte. Sie und Erling auch.

Erling, der so sorglos war.

Erling, der glaubte, man könnte alles mit einem breiten Lachen und einem gut ausgerüsteten Werkzeugkasten lösen. Es gab keine Lebenskrise, aus der er sich nicht versuchte rauszuwerkeln.

Aber diesmal nicht, dachte Cecilia. Dieses Mal musste er etwas anderes tun, um das Leben in Ordnung zu bringen.

Denn Ordnung musste hergestellt werden, darüber waren sie und Erling sich einig.

Die Familie kam zuerst.

Alles andere war sekundär.

Karl kratzte sich die Wange. Cecilia nährte die ebenso schwache wie peinliche Hoffnung, dass diese schlechte Angewohnheit (oder eine andere, aber er hatte ja so wenige) seine Laufbahn behindern würde. Sie sah vor sich, wie Karl einen Test nach dem anderen bestand und seinem Traum, beim Raumfahrtprogramm der NASA angenommen zu werden, immer näher kam. Am Ende würden nur noch die Persönlichkeitstests und die Gespräche ausstehen. Und dann würde er da sitzen und wissen, was auf dem Spiel stand, und so nervös werden, dass er anfing sich im Gesicht zu kratzen.

Und dann würden sie ihn nicht nehmen.

Ebenso wenig, wie sie ihn nehmen würden, wenn er wegen Beihilfe zum Mord oder weil er einen Verbrecher gedeckt hatte verurteilt würde.

Sie hatte den Gedanken kaum gedacht, als der Fußboden unter ihren Füßen zu schwanken begann. Der Schwindel, der verdammte Schwindel.

Natürlich hatte Karl niemanden ermordet, das wusste ja jeder, der ihn kannte. Aber wie würde eine Reihe einfältiger Juristen argumentieren, wenn sie zu der Schuldfrage Stellung nehmen müssten?

Deshalb hatte Cecilia sich um das Messer gekümmert.

Hatte es dahin getan, wo es eigentlich liegen sollte, und war dann wieder nach Hause gegangen. Noch nie war sie so froh gewesen, dass alle Häuser in der Umgebung leer standen.

Es zerriss sie fast, wenn sie daran dachte, wie sie Karl betrogen hatte.

Warum hatte sie erlaubt, dass er Tag für Tag mit Isak unterwegs war? Warum hatte sie akzeptiert, dass er immer müder und müder wurde, anstatt seine Eskapaden zu unterbinden?

Karl hörte auf, sich die Wange zu kratzen, die jetzt schon rot war.

»Hast du Hunger?«, fragte Cecilia.

»Nein.«

»Du musst etwas essen.«

»Ich kann später essen. Fürs Frühstück ist es zu spät.«

Celia wollte protestieren.

Es war für überhaupt nichts zu spät. Das sollte er sich nur klarmachen.

Sie strich sich die Haare aus dem Gesicht. Die waren jetzt schon lang, sie sollte mal wieder zum Friseur gehen. Als sie jünger war, hatte sie oft zu hören bekommen, sie sei süß. Inzwischen war ihr das egal. Süß oder hässlich, nichts spielte mehr eine Rolle.

»Du weißt, dass du dich mir und Papa anvertrauen kannst«, sagte sie und fügte dann mit flehender Stimme hinzu: »Das weißt du doch, Karl, oder?«

Ein hartes Klopfen an der Tür unterbrach sie, ehe er antworten konnte.

Karl ging schnell Richtung Diele.

»Ich mache auf«, sagte Cecilia barsch und eilte an ihrem Sohn vorbei. »Geh in dein Zimmer.«

Karl riss die Augen auf.

Er war es nicht gewohnt, dass man so mit ihm sprach.

Das Klopfen an der Tür ging in ein regelrechtes Trommeln über. Cecilia hatte schon ewig auf Erling eingeredet, die Türklingel zu reparieren, doch der hatte keine Hand gerührt.

Sie schaute durch den Spion.

»Wer ist es?«, fragte Karl.

Isak.

Wie war das denn möglich?

Hatten sie ihn bereits freigelassen?

Cecilia hätte fast losgeschrien.

»Ich habe doch gesagt, du sollst in dein Zimmer gehen«, zischte sie Karl zu. »Jetzt!«

Aber Karl tat nicht, was sie sagte. Er widersetzte sich, und das brachte sie aus dem Gleichgewicht. Noch schlimmer, es machte sie wütend. Kapierte der überhaupt nicht, was seine Rücksichtslosigkeit sie und Erling gekostet hatte?

Isak donnerte weiterhin an die Tür. Und schon war seine Stimme zu hören:

»Karl, mach auf! Ich weiß, dass du da bist.«

Cecilia drehte sich verzweifelt zu Karl um.

»Bitte mach, was ich sage.«

Karl sah sie an, als wäre sie verrückt. Er sah schockiert aus.

»Lass ihn doch rein! Was machst du denn?«

Seine Miene drückte Verwirrung und Sorge aus. Er schien wirklich nicht zu verstehen, was sie da machte.

Isak rief wieder.

Es klang, als würde er weinen, und plötzlich tauchte eine Erinnerung an die Zeit auf, als die beiden Jungs klein waren. Isak und Karl hatten draußen gespielt, als Isak plötzlich hinfiel und sich den Kopf am Rand des Sandkastens, der damals noch auf dem Grundstück stand, anschlug. Er hatte verzweifelt geweint, und sie hatte ihn so gut sie konnte getröstet. Jetzt, mehr als zehn Jahre später, erinnerte sie sich, dass sie damals in großer Sorge war, denn Isak war kein Kind, das ohne Grund heulte. Im Gegenteil, er weinte sehr selten. Wenn er also mal traurig war, dann verspürte Cecilia sofort Panik, wie man sie hat, wenn man weiß, dass etwas schrecklich schiefgegangen ist.

Karl stürzte Richtung Tür. Cecilia drängte sich dazwischen und verdeckte die Klinke mit ihrem Körper.

»Du bist doch total verrückt«, sagte Karl und schubste sie beiseite. »Verstehst du nicht, wie es ihm geht? Die Polizei hat Fredrik festgenommen.«

Cecilia gefror zu Eis.

Was sagte er da?

»*Fredrik?* Sie haben Fredrik festgenommen? Aber sie sollten …«

Sie verlor den Faden, war nicht mehr fokussiert.

Mehr war nicht nötig, damit Karl die Tür aufschließen und öffnen konnte.

Im nächsten Moment stand Isak in ihrer Diele. Seine Wangen waren nass von Tränen und die Augen rot.

Die Panik pulsierte durch Cecilias Körper.

Wie hatten sie Isak freilassen können?

Karl legt eine Hand auf Isaks Arm.

»Hast du mit jemandem bei der Polizei gesprochen?«, fragte er.

»Sie sagen, dass Papa wegen Freiheitsberaubung verdächtig ist.«

Das war dieselbe Sache, die in der Zeitung stand.

Erling, dachte Cecilia. Ich muss Erling erreichen.

Aber am wichtigsten von allem war, Isak aus dem Haus zu bekommen. Umgehend.

»Ich muss jetzt weiter«, sagt er. »Kommst du mit, Karl?«

Er wischte sich die Tränen mit der ganzen Hand von den Wangen.

»Nein«, sagte Cecilia mit gellender Stimme. »Karl bleibt hier.«

Isak achtete nicht auf sie.

»Bitte«, sagte er und sah Karl flehend an. »Jemand muss Papa helfen.«

»Karl hat mehr als genug für dich getan«, unterbrach ihn Cecilia. »Du musst jetzt gehen, Isak. Sofort.«

Isak warf ihr einen vernichtenden Blick zu, öffnete aber die Tür und verließ das Haus.

»Ich rufe dich an«, sagte Karl zu Isak.

Cecilia machte die Tür zu und schloss ab.

Als sie sich Karl zuwandte, brodelten Wut und Angst in ihr. Erst da begriff sie, wie haarfein die Grenze zwischen diesen Gefühlen war und wie eng sie miteinander verwandt waren.

»Jetzt hör mir mal gut zu, Karl. Denk nicht mal daran, Isak jetzt noch irgendwie zu helfen. Hörst du? Du darfst ihn auf keinen Fall anrufen.«

Karl machte auf dem Absatz kehrt und lief in sein Zimmer.

Mit zittrigen Händen holte Cecilia das Handy heraus und rief Erling an.

»Hast du gehört, was passiert ist?«, sagte sie, als er ranging.

Erling wartete ab.

»Erling, das ist nicht Isak, den sie festgenommen haben. Es ist Fredrik.«

»Was zum Teufel sagst du da?«

Erling klang streng und abwartend.

»Isak war hier. Es muss etwas falsch gelaufen sein. Oder vielleicht habe ich … Es muss doch Isak gewesen sein. Man kann es zumindest nicht ausschließen. Ich meine …«

Sie war nah daran, in Tränen auszubrechen. Sie konnte das hier alles einfach nicht mehr aushalten.

Erlings Stimme erreichte sie.

»Wir schaffen das, Cecilia. Und Karl auch.«

Die Tränen begannen zu fließen.

»Versprichst du das?«, flüsterte Cecilia.

Sie suchte Garantien, die sie nicht mehr eingefordert hatte, seit sie ein Kind gewesen war.

»Ich verspreche es«, sagte Erling mit rauer Stimme. »Bleib einfach ruhig, und tue nichts Übereiltes. Wir kriegen das hin, Cecilia.«

Graue Klippen und salziges Wasser. Weiße Holzhäuser und rote Bootshäuser. Das war das Himmelreich auf Erden, aber ständig in Bewegung, ständig bereit, das Gewand zu wechseln.

Wo es Licht gab, musste es auch Schatten geben.

Das war August klar.

Die Frage war nur, wie viel Schatten man aushielt.

Er befand sich im oberen Stockwerk, in dem Zimmer mit dem neuen hässlichen Linoleumfußboden. In der Hand hatte er das Telefon, das er ein ums andere Mal klingeln ließ, doch der Maler Erling Lindgren ging nicht ran. Am Ende landete August auf der Mailbox. Er stellte sich selbst und sein Anliegen kurz vor und sagte schließlich:

»Es wäre super, wenn Sie mich zurückrufen könnten, denn ich bin wirklich neugierig zu erfahren, was in dem Nebenzimmer, das von dem Wasserschaden betroffen war, gemacht worden ist.«

Er schob das Handy wieder in die Hosentasche und stellte sich ans Fenster.

Von dort aus konnte er den Hafen und das glitzernde Wasser sehen. Und auf der anderen Seite, oben auf dem Hügel, das Hotel Kungshamn mit dem Altersheim Hallonet, in dem Jochen Berg wohnte. Jochen, der in der Nacht, als Agnes verschwand, auf seinem Balkon gesessen und gesehen hatte, wie ein Auto vor dem Haus hielt, das damals noch dem Bestatter gehörte, und wie dann im Fenster ganz rechts Licht eingeschaltet wurde. Also in dem Zimmer, in dem August jetzt stand.

Der Boden knarrte unter seinen Füßen, wenn er sich bewegte.

Das war der Holzfußboden unter dem Linoleum, den man da hörte.

Warum hatte Jochen wohl der Polizei etwas ganz anderes erzählt als ihm?

August lehnte sich ans Fensterbrett. Ein Rätsel folgte auf das nächste. Jochen meinte, in jener Nacht vor dem Bestattungsinstitut etwas Entscheidendes gesehen zu haben. Fast dreißig Jahre zuvor hatte er auf dasselbe Haus gezeigt und behauptet, der Sohn des Hauses hätte seine Tochter ermordet.

Es bestand die Möglichkeit, dass er sich in beiden Fällen täuschte.

August trat auf das Linoleum. Der Boden antwortete mit neuerlichem Knarzen. Vielleicht sollte er Jochen erzählen, dass er seine Informationen an Maria weitergeleitet hatte. Damit er vorbereitet war, falls die Polizei ihn erneut besuchen würde.

August rief ihn an. Eine Pflegerin ging ganz außer Atem ans Telefon.

»Hier ist August Strindberg, ich würde gern mit Jochen Berg sprechen.«

»Das sind doch Sie, der diesen Secondhandladen hat, oder?«, fragte die Frau am anderen Ende.

»Das stimmt, ich habe Jochen in letzter Zeit ein paarmal besucht.«

»Entschuldigen Sie mich einen Augenblick.«

Er hörte, wie sie das Telefon ablegte und ein paar Worte mit einer Kollegin wechselte. Dann war sie wieder am Hörer.

»Können Sie herkommen?«, fragte sie. »Jetzt gleich?«

August zögerte. Die Besuche bei Jochen neigten dazu, viel Zeit in Anspruch zu nehmen, aber das war nicht der Grund für sein Zögern. Es ging mehr um das, was er meinte, am Tag zuvor erfahren zu haben.

Dass Jochen einen Mann getötet hatte, von dem er glaubte, er hätte seine Tochter ermordet.

»Sagen Sie Jochen einen Gruß, dass ich einen recht hektischen Tag vor mir habe«, erwiderte August. »Ich muss mal sehen, ob ich es schaffe vorbeizukommen.«

»Ich glaube, Sie verstehen mich nicht«, sagte die Frau am Telefon. »Nicht Jochen bittet Sie zu kommen, sondern ich. Jochen ist heute Nacht plötzlich sehr krank geworden und musste mit dem

Notarzt ins Krankenhaus gebracht werden. Es ist sehr zweifelhaft, ob er es schaffen wird.«

Die Nachricht traf August wie ein Schlag in die Magengrube, doch zögerte er immer noch, weil er wissen wollte, inwiefern das ihn betraf. Dachten sie im Altersheim vielleicht, er sei ein naher Angehöriger?

»Entschuldigen Sie bitte eine unhöfliche Frage«, begann er, »aber ich kann nicht umhin, mich zu fragen …«

»… was das mit Ihnen zu tun hat?«, ergänzte die Pflegerin.

»Ja«, sagte August erleichtert, »ganz genau.«

»Als Jochen gefunden wurde, lag ein Briefumschlag auf seinem Nachttisch. Auf dem steht Ihr Name. Nun, was ist? Kommen Sie?«

August sah zum Altersheim auf dem Hügel hinüber.

»Ich komme«, sagte er. »Geben Sie mir ein paar Minuten, dann bin ich da.«

Im Eingangsbereich des Hallonet roch es stark nach Desinfektionsmittel. Eine Frau winkte August zu sich, als er durch die Tür kam. Er meinte, sie wiederzuerkennen.

»Danke, dass Sie gekommen sind«, sagte sie. »Wir haben vorhin miteinander telefoniert.«

Ihre Stimme war von einer Herzlichkeit, der er sich nur schwer entziehen konnte. Sie klang, als würde sie einen engen Freund begrüßen, der lange aus ihrem Leben verschwunden gewesen war.

»Natürlich bin ich so schnell ich konnte gekommen«, sagte August.

Die Frau warf ihm einen dankbaren Blick zu. Sie sah aus, als hätte sie es nur noch wenige Jahre bis zur Rente, und wirkte bedrückt.

»Was ist passiert?«, fragte er.

Die Frau sah sich um. In diesem Moment war sowohl auf dem Flur als auch im Eingangsbereich niemand zu sehen. August bemerkte, dass die Tür zu Jochens Zimmer zu war.

»Wir sollten eigentlich nicht laut darüber reden«, sagte die Frau. »Doch einigen von uns geht es nicht gut, seit Jochen abgeholt worden ist, und Sie und er scheinen sich ja relativ nahegestanden zu haben.«

Man konnte nicht raushören, ob das Letzte eine Frage oder eine Feststellung gewesen war, doch August war klar, dass er eigentlich protestieren sollte. Seine Beziehung zu Jochen war strikt geschäftlich.

»Wie auch immer«, fuhr die Frau fort, als August schwieg. »Wir glauben, dass es ein Selbstmordversuch war. Offensichtlich hatte er systematisch Schmerz- und Schlaftabletten gesammelt. Das ist natürlich in jeder Hinsicht schrecklich, wir werden unsere Routinen für die Medikamentenvergabe an die Bewohner ändern müssen.«

August war zu nicht mehr als einem Nicken imstande.

Er räusperte sich, um Kontrolle über seine Stimme zu bekommen.

»Das ist aber ja wohl kaum etwas, dass man Ihnen anlasten kann«, sagte er.

»Danke, es ist nett, dass Sie das sagen«, sagte die Pflegerin. »Doch in solchen Situationen passiert es leicht, dass man einen Sündenbock sucht.«

Dann hatte sie es plötzlich eilig.

»Sie haben natürlich nicht den ganzen Tag Zeit«, sagte sie. »Hier ist der Brief, den ich erwähnt habe.«

Sie reichte August ein weißes Kuvert.

Es war ein höchst gewöhnliches Kuvert von der Sorte, wie sie in jedem beliebigen Schreibwarengeschäft zu Hunderten verkauft wurden.

Jochens Handschrift war geneigt und unregelmäßig, doch herrschte kein Zweifel, was er auf die Vorderseite geschrieben hatte:

An August Strindberg. Eilig!

August überwältigte die Trauer, als er die knappen Worte las.

So einsam war Jochen also gewesen, dass sein letzter Gruß an einen Ladenbesitzer aus Stockholm ging.

»Danke«, sagte August und schob ihn in die Innentasche seiner Jacke.

Die Pflegerin sah enttäuscht aus.

»Wollen Sie ihn nicht öffnen?«, fragte sie.

»Doch«, erwiderte August. »Aber nicht hier. Danke für Ihre Hilfe.«

Und mit diesen Worten verließ er das Altersheim, ehe sie noch mit weiteren Einwänden kommen konnte.

Für Karl war es leicht, das Haus zu verlassen, ohne dass seine Mutter etwas merkte. Seine Beine zitterten, als er auf dem Bürgersteig ging. Seine Mutter hatte sich in ihr Arbeitszimmer eingeschlossen, und da saß sie nun seit über einer Stunde.

Das Bootshaus.

Er würde zum Bootshaus gehen.

Nicht zu dem von Familie Eriksson, in dem er immer Agnes getroffen hatte, sondern zu dem seiner eigenen Familie. Das lag am selben Steg wie das Bootshaus der Erikssons, ein kurzes Stück vom Tångener Badeplatz entfernt. Es fiel ihm kein besserer Ort ein, um darüber nachzudenken, was alles passiert war. Da konnte er sowohl allein sein und gleichzeitig in der Nähe von einem Ort, den er mit Agnes geteilt hatte.

Normalerweise fand Karl das Bootshaus mit verbundenen Augen, doch an diesem Tag verlief er sich zweimal.

Das Gehirn funktionierte nicht.

Und ausnahmsweise einmal versuchte er nicht, sich zusammenzureißen oder zu konzentrieren.

Das hier war alles so verrückt.

Agnes hätte das, was jetzt passierte, niemals akzeptiert. Keine Chance. Sie hätte nicht zugelassen, dass, nur weil sie sich verstecken wollte, die Polizei Fredrik für ein schweres Verbrechen festnahm, das er nicht begangen hatte. Das passte nicht zu ihr, so etwas tat Agnes nicht.

Was entging ihm hier?

Er hatte doch von Agnes gehört, hatte erfahren, dass sie lebte.

Bald war er unten im Hafen. Die Sonne schien stark und blendete, doch er merkte es kaum, seine Bewegungen waren mechanisch.

Den Schlüssel rausholen, ihn in das uralte Schloss des Bootshauses stecken, herumdrehen, die Tür aufschieben, reinhuschen, hinter sich abschließen.

Er setzte sich auf die Bank, die an der Wand stand, und holte das Agnes-Handy aus der Jackentasche. Wieder und wieder las er die zwei SMS, die er bekommen hatte, seit sie verschwunden war.

Wenn diese Nachrichten nicht von Agnes waren, wer hatte sie dann geschickt? Wer außer ihm und Agnes wusste, dass sie sich getroffen hatten?

Karl geriet fast in Panik.

Wenn jemand anders als Agnes ihm die SMS geschickt hatte, dann konnte das nur bedeuten, dass ihr etwas zugestoßen war. Und das zu denken war ungeheuer schmerzhaft.

Karl schloss wieder die Augen und wünschte sich weit weg. Zum Raumfahrtprogramm der NASA, zu irgendetwas, was nicht in Kungshamn war.

Seine Mutter sagte andauernd zu ihm, er müsse »wagen, klein zu sein«, man könne nicht immer nur stark sein.

Sie sollte ihn jetzt sehen.

Karl schämte sich, wenn er daran dachte, wie seine Mutter sich verhalten hatte, als Isak zu ihnen nach Hause gekommen war. Als ob er gefährlich wäre, ein Verbrecher.

Doch vor allen Dingen schämte er sich für sein eigenes Verhalten. Wie hatte er nur all die Tage so tun können, als würde er nach Agnes suchen, während er doch die ganze Zeit glaubte, sie würde sich freiwillig verstecken? Das war das Widerwärtigste, was er je in seinem Leben getan hatte.

Er hatte bereits in vieler Hinsicht seine Strafe bekommen. Er vermisste Agnes so sehr, dass es ihn fast zerriss. Das vorletzte Mal, als sie sich gesehen hatten, da war sie so seltsam gewesen. Fast böse.

»Das, was wir tun, ist falsch«, hatte sie gesagt, »so schrecklich falsch. Und das ist mein Fehler. Versprich mir, dass du dich daran erinnerst, jetzt und für immer. All das hier ist nur mein Fehler.«

Genau so hatte sie es gesagt.

Das war in ihrem und Fredriks Bootshaus gewesen, wo sie sich auf einer dünnen Matratze auf dem Fußboden zusammengerollt hatten. Nackt, verschwitzt, außer Atem. Sie hatte geweint. Karl hatte sich solche Sorgen gemacht, hatte wissen wollen, ob er ihr wehgetan hätte.

Das hätte er nicht, versicherte sie ihm.

»Ich bin die Einzige, die Menschen wehtut«, hatte sie gesagt. »Und vor allem dir.«

Er hatte nicht verstanden, was sie meinte.

Warum sollte sie ihm schaden?

Als ob er nicht alt genug wäre, seine eigenen Entscheidungen zu treffen.

Karl senkte den Blick. Der Holzboden bestand aus Planken, die mit nur wenigen Millimetern Zwischenraum festgenagelt waren. Darunter konnte man die Wasseroberfläche erahnen. Das glucksende Geräusch kurzer Wellen, die unterbrochen aufs Land liefen, erfüllte die Stille auf eine behagliche Weise.

Er konzentrierte sich darauf, regelmäßig zu atmen.

Der Druck auf seiner Brust wurde stärker.

Aus einer der Planken stak ein Nagel heraus. Wenn er einen Hammer mitgenommen hätte, könnte er ihn wieder einschlagen.

Schlagen und schlagen und schlagen, bis das ganze Haus zusammenfiel.

Er grub in seinen Hosentaschen und zog zwei Bilder von sich und Agnes heraus, die sie in einem Fotoautomaten in Uddevalla gemacht hatten. Sie waren sich zufällig dort über den Weg gelaufen, und deshalb hatte sich alles so viel leichter angefühlt. So leicht, dass er Agnes sogar mit in einen Fotoautomaten gekriegt hatte. Auf den Fotos zog Karl fröhliche Grimassen, aber Agnes war ernst.

Vier Bilder hatten sie bekommen.

Agnes hat eins genommen und Karl zwei.

Das vierte Bild fehlte. Da war nur Agnes drauf zu sehen gewesen, doch man erkannte sie nicht. Sie hatte Witze gemacht und sich umgedreht. Karl meinte, Agnes würde zwei und nicht nur eins behalten wollen, und hatte auf die Rückseite von beiden einen Gruß geschrieben. Dann hatte sie das Foto abgerissen, auf dem ihr Nacken zu sehen war.

»Das hier werfen wir weg«, hatte sie gesagt und erst dann gesehen, was sie getan hatte.

Sie hatte Karls Gruß in der Mitte durchgerissen.

Damals waren sie im Haus auf dem Kärleksvägen gewesen.

»Oh nein, wie blöd von mir«, hatte Agnes gesagt.

Als sie sich das nächste Mal sahen, war sie sehr nervös, weil sie das Foto mit dem Nacken nicht finden konnte.

»Ich habe überall gesucht«, hatte sie gesagt. »Ich war sogar noch mal in Janssons Haus und habe da gesucht. Aber es ist nirgends.«

Sie klang völlig panisch, und Karl hatte das lächerlich gefunden. Schließlich war sie auf dem Bild gar nicht zu erkennen, alles, was man sah, waren ihre Haare.

»So etwas darf nicht passieren«, hatte sie gesagt. »Verstehst du das nicht, Karl?«

Er schob die Bilder zurück in die Tasche und legte sich auf die Seite. Doch, er verstand das. Wahrscheinlich lag das Foto irgendwo in Janssons Haus, aber was spielte das schon für eine Rolle? Es waren ja weder Namen noch Gesichter darauf zu erkennen.

Karl erinnerte sich genau, was er für Agnes auf die Bilder geschrieben hatte:

Du bist das Beste, was mir geschehen ist. Wenn du auf mich wartest, warte ich auf dich.

Die Bank war hart und unbequem, aber das war Karl egal. Sein Körper war so schwach geworden. Auf der anderen Seite des Bootshauses hatte sein Vater Regale angebracht. Im Sommer bewahrte er dort jede Menge Sachen auf: Schwimmwesten, Angelausrüstung, Polster für die Bänke, Sachen fürs Boot. Aber jetzt war der Sommer vorbei, und da waren die Regale fast leer. Nur ein Blecheimer und drei Paar Gummistiefel standen noch da.

Karl starrte die Stiefel an.

Drei Paar.

Und nicht zwei, wie sonst.

Karl stützte sich auf einen Arm. Auf dem obersten Regal stand ganz allein ein Paar grüner, hoher Gummistiefel. Die kannte er nicht. Seine Mutter bewahrte ihre Gummistiefel oben im Haus auf, sie fand, die seien zu teuer, um sie im Bootshaus zu lassen. Wem gehörte dann das dritte Paar?

Im Bootshaus und vor allem in der Ecke war es schummerig. Er ging zu dem Regal und holte das Stiefelpaar herunter.

Es klang, als würde in einem der Stiefel etwas liegen. Karl tastete mit der Hand hinein und fühlte etwas Hartes.

Er schüttete den Inhalt des Stiefels auf den Boden.

Ein Handy und ein Ladegerät mit fest aufgerolltem Kabel.

Als er das Telefon sah, war Karl kurz davor – *wahnsinnig kurz davor* – zu schreien.

Agnes' Handy.

Das sie nur gekauft hatte, um zu Karl Kontakt aufnehmen zu können.

Karl strich mit dem Finger über das Display. Es hatte keine PIN, jeder, der wollte, konnte es benutzen.

Karl begann zu weinen, als er die zwei letzten Nachrichten las. Es war wie in einem Gruselfilm, während doch alles in Wirklichkeit geschah. Diese Nachrichten konnte jeder geschrieben haben, das wurde ihm jetzt klar.

Jeder.

Nur nicht Agnes.

Auch das begriff er.

Denn es war nicht Agnes, die ihr Handy in einem Paar Gummistiefel im Bootshaus von Karls Familie versteckt hatte, das war jemand anders gewesen. Jemand, der wusste, was Agnes zugestoßen war.

Da hörte er, wie draußen auf dem Steg schwere Schritte näher kamen.

Die Sonne überraschte damit, dass sie sich schon den zweiten Tag hintereinander blicken ließ. Die hellen Sonnenstrahlen glitzerten auf dem Meer und ließen die Boote, die noch im Hafen lagen, glänzen. Ein Fischer, der auf dem Deck seines Bootes stand, war der einzige Mensch weit und breit.

Es war schön und friedlich. Und die völlig falsche Kulisse für das Drama, das sich jetzt abspielte.

August eilte mit schnellen Schritten zum Laden zurück. Neugier vermischte sich mit Angst vor dem, was Jochen so wichtig gefunden hatte. Wenn das Kuvert einen regelrechten Abschiedsbrief enthielt, dann würde sich das sehr belastend anfühlen.

August mahnte sich zur Ruhe. Er wusste viel zu wenig über den Inhalt des Briefes, um jetzt schon nervös zu werden.

Als er den Laden betrat, standen Wilmas Malergerätschaften, ordentlich aufgeräumt, an der einen Wand. Auf dem Schreibtisch lag ein Zettel.

Muss was besorgen, brauche mehr Farbrollenbügel aus dem Laden. Bald zurück!

Es gefiel August, dass sie schriftliche Nachrichten hinterließ und nicht stattdessen eine SMS schickte. Der moderne Mensch hinterließ viel zu wenig physische Spuren.

Auf dem Boden raschelte das Papier unter seinen Füßen, und der Geruch von Malerfarbe stach ihm in die Nase. Zögernd zog August den Schreibtischstuhl heraus und setzte sich. Stuhl und Schreibtisch standen immer noch mitten im Raum, ansonsten waren keine Sachen mehr im Laden. Er überlegte es sich anders und setzte sich stattdessen in die Küche.

Nun öffnete er vorsichtig das zugeklebte Kuvert.

Mit Erstaunen stellte er fest, dass darin ein Foto lag und ein zwei Seiten langer handgeschriebener Brief.

August betrachtete das Foto.

Es war in der Nacht aufgenommen worden und deswegen dunkel und voller Schatten, aber man konnte dennoch erkennen, was darauf zu sehen war.

Ein silberfarbenes Auto, ein Volvo, der vor dem Geschäft hielt, das inzwischen August gehörte. Außerdem war auf dem Bild der Rücken eines hochgewachsenen Mannes in dunklen Kleidern zu sehen.

Das Foto bestätigte exakt das, was Jochen behauptet hatte, in der Nacht von Agnes' Verschwinden gesehen zu haben. Aber wer war der Fotograf? Und wann war es aufgenommen worden?

August drehte das Foto herum. Da waren Datum und Uhrzeit angegeben:

02.52, am 26. August

Das Foto brannte zwischen Augusts Fingern.

Jochen hatte mit keiner Silbe erwähnt, dass er in jener Nacht eine Kamera auf dem Balkon dabeigehabt hatte.

Warum nicht?, fragte sich August. Und wieso hatte er überhaupt eine Kamera zur Hand gehabt?

Doch dann fiel ihm ein, wie Jochen selbst einmal nebenbei erwähnt hatte, er würde sehr gerne fotografieren.

Man weiß nie, was zufällig auf einem Bild festgehalten wird, hatte er gesagt.

Und etwas später bei derselben Gelegenheit:

Nachts kann es richtig magisch werden. Ich hole die Kamera sogar bei Unwetter raus.

»Du verschlagener Kerl«, flüsterte August nicht ohne Zärtlichkeit.

Dann faltete er den Brief auf und las, was Jochen geschrieben hatte:

Bester August,

es tut mir leid, Sie in diese schmutzige Geschichte hineinzuziehen, aber die Zeit ist nicht auf meiner Seite, und Sie scheinen ein vernünftiger Kerl zu sein, der zupacken kann.

Es ist Zeit für die Wahrheit.

Solange Margit lebte, fühlte es sich richtig an, sowohl sie als auch mich selbst zu schützen (sie hatte nichts mit der Sache zu tun und durfte niemals erfahren, was ich getan habe), doch jetzt kann es nicht länger aufgeschoben werden.

Auf dem Foto sehen Sie, was ich in der Nacht, in der Agnes Eriksson vermisst gemeldet wurde, gesehen habe. Vielleicht ist es für die Polizei relevant, vielleicht auch nicht. Sagen Sie einen Gruß und bitten Sie um Entschuldigung, weil ich so lange damit gewartet habe zu berichten, was ich wirklich gesehen habe. Ich brauchte mehr Zeit, um all das abzuschließen, was ich tun wollte, ehe die Polizei zu mir kommen würde. Ich dachte ja, sie würden von selbst die Spuren im alten Bestattungsinstitut finden und so meine Sünden offenbaren. Deshalb hatte ich mich dafür entschieden, den Scheinwerfer stattdessen auf das Restaurant im Hafen zu richten. Wie gesagt, um Zeit zu gewinnen. Zeit, die viel weniger wertvoll schien, nachdem Margit wie durch eine Laune des Schicksals, nur einen Tag nachdem ich die Polizei angerufen hatte, starb. Tragisch, nicht wahr?

Zu Anfang habe ich das, was ich gesehen hatte, nicht mit Agnes' Verschwinden in Verbindung gebracht. Ich dachte, sie sei ins Meer gefallen und ertrunken. Doch dann fand man ihre Halskette auf Klåvholmen, und da begann ich Unheil zu ahnen.

Das hier ist mein Bekenntnis: Ich habe den Mann gefunden, der Lydias Leben geraubt hat, und ich habe mich auf die einzige Weise gerächt, die ich zu dem Zeitpunkt als anständig und ausreichend empfand. Ich habe ihn getötet und ich habe ihn versteckt. Leider bringt das für Sie, August, gewisse Probleme mit sich. Ich habe nämlich die Leiche im selben Zimmer im oberen Stockwerk begraben, in dem auf dem Foto das erleuchtete Fenster zu sehen ist. Warum, wie und wann, das möchte ich mit ins Grab nehmen.

Seien Sie so freundlich und leiten Sie all dies an die Polizei weiter. Viel Glück mit Ihrem Laden!

Herzliche Grüße
Jochen Berg

August holte tief Luft und lehnte sich zurück. Dann las er den Brief ein weiteres Mal.

Leider bringt das für Sie, August, gewisse Probleme mit sich.

Gelinde gesagt.

August holte sein Handy heraus.

Er hatte sich noch nie für Polizisten oder Geheimagenten interessiert, hatte sich niemals der romantischen Vorstellung hingegeben, dass es vielleicht schön wäre, derjenige zu sein, der die Grenze zwischen Böse und Gut verteidigte oder verborgene Wahrheiten offenlegte. Das bedeutete jedoch nicht, dass August ein schlechter Analytiker gewesen wäre.

Ganz im Gegenteil.

Er hatte seine Karriere darauf aufgebaut, die richtigen Informationen zur richtigen Gelegenheit zu haben. In der Finanzwelt wäre er verloren gewesen, wenn er nicht gewusst hätte, welche Spuren es wert waren, verfolgt zu werden, und welche nicht. Und jede Identifizierung zugänglicher Spuren begann damit, dass man so viele Informationen sammelte wie möglich.

In diesem Fall war er neugierig, wer der Besitzer dieses silber lackierten Autos war. August öffnete die App, die er immer benutzte, um über das Autokennzeichen etwas zu einem Wagen zu erfahren, und tippte sorgfältig die Buchstaben und Zahlen ein, die auf dem Foto zu sehen waren.

Sekunden später hatte er den Namen des Autobesitzers.

Nils Blomberg, gemeldet in Göteborg.

Diesen Namen kannte August nicht, doch das hatte er auch nicht erwartet.

August rief Maria Martinsson an.

Die ging aber nicht ran.

Wahrscheinlich war sie voll und ganz mit der Ermittlung beschäftigt. August hinterließ eine Nachricht auf ihrer Mailbox, in der er kurz berichtete, was vorgefallen war. Dann fotografierte er das Bild, das er von Jochen bekommen hatte, mit dem Handy ab und schickte es an sie.

Das Foto war ein eigenes kleines Mysterium. Es zeigte nicht besonders viele Details. Wahrscheinlich hatte Jochens Hand gezittert, als er es machte. Außerdem war es dunkel. Die Lichtquellen um den Laden waren schnell gezählt. Auf dem Bild war eine Straßenlaterne zu sehen, die an der äußeren Kante des Fotos leuchtete. Und dann brannte, wie er schon festgestellt hatte, im Zimmer ganz rechts im oberen Stockwerk das Licht.

August hielt das Foto hoch.

Da entdeckte er noch etwas.

In einem der Kellerfenster des Hauses war ebenfalls ein schwacher Lichtschein zu erkennen.

Wenn man die Entfernung bedachte, aus der das Foto gemacht worden war, und dann, wie klein die Kellerfenster waren, dann war es nicht erstaunlich, dass er das nicht schon früher bemerkt hatte.

Es gab vier Kellerfenster zur Straße hin.

Der Lichtschein war im zweiten von links zu erkennen.

August war kein Kellermensch. Einige seiner Freunde in Stockholm hatten ein halbes Vermögen darauf verwandt, Kamine zu bauen und Backsteinwände in ihren Kellern freizulegen, um sie gemütlich zu machen, doch für August gab es verlockendere Dinge, als in der Unterwelt zu hocken. Das war einer der Gründe dafür, warum er nur ein paarmal im Keller des Ladens gewesen war. Er wusste, dass es den gab und dass er auf lange Sicht einen ausgezeichneten Abstellraum abgeben würde, aber den Keller zu renovieren hatte keine Eile.

August fuhr mit dem Finger über das Foto, um sicher zu sein, dass nicht einfach irgendetwas darauf klebte. Das war nicht der Fall. Das Gelb im Kellerfenster war noch da, doch in Jochens Brief wurde nur das Licht im Fenster des oberen Stockwerks erwähnt.

Er verfluchte seine Neugier.

Mit dem Foto in der einen Hand und einer Taschenlampe in der anderen stieg August in den Keller hinunter.

Zweifel und Glauben waren zwei Dinge, denen Maria Martinsson einen nicht unwesentlichen Teil ihres Erwachsenenlebens gewidmet hatte. Der Zweifel hatte dabei oft ihr selbst gegolten, wer sie war und was sie wert war, was sie vom Leben zu erwarten hatte. Beim Glauben war es darum gegangen, dass alles möglich war, nur nicht das, was sie selbst sich am meisten ersehnte.

Ruhe und Frieden.

In ihrem Leben, ihrem Zuhause, ihrer Seele.

Doch es gab auch den professionelleren Glauben und – immer öfter – die professionellen Zweifel.

Die sie in diesem Moment empfand.

Maria war im Wohnwagen und ging die Notizen zu dem Verhör, das sie mit Fredrik durchgeführt hatten, durch. Sie hatte das Revier in Uddevalla verlassen, um in Ruhe nachdenken zu können. Das fühlte sich jetzt wie ein Fehler an, denn der Wohnwagen war ein fremder Raum für sie geworden. Seit Paul da gewesen war und gewütet hatte, fühlte sie sich allein dort schutzlos.

Maria versuchte, sich auf die Notizen aus dem Verhör zu konzentrieren.

Paul gab es nicht.

Er hatte sich den ganzen Morgen über nicht gemeldet, und Maria vermied es, darüber nachzudenken, was das bedeutete. Denn es spielte keine Rolle.

Nicht in dem Moment, nicht dort.

Die Zweifel.

Die seit dem Verhör mit Fredrik Eriksson so stark geworden waren. Er hatte seinen eigenen Sohn als Verdächtigen identifiziert. Aber es war ihm nicht leichtgefallen, das musste man ihm zugestehen. Die Frage war nur, was die Polizei über die Sache denken sollte. Eine Streife war nach Hause zur Familie Eriksson gefahren und hatte das Messer gefunden, von dem Fredrik gesprochen hatte. Es war ins NFZ geschickt worden, und nun hielten sie alle den Atem an und warteten auf die vorläufigen Testergebnisse.

Maria dachte an die Zeugenaussagen von all den Personen, die es wichtig fanden zu erwähnen, dass Isak als Kind problematisch gewesen und immer noch schwierig und verschlossen war. Auch Marias Begegnungen mit Isak waren nicht völlig konfliktfrei gewesen. Der Junge war auf eine Weise hitzig, die ihn kaum einschätzbar und unausgeglichen wirken ließ.

Aber war er ein Mörder?

Und dann noch einer, der seine eigene Mutter ermordet hatte?

Maria probte den Gedanken, wusste aber zu wenig über Isak, um das seriös beurteilen zu können.

Hingegen war sie fast sicher, dass Fredrik nicht der Täter war, den sie suchten. Es gab noch jemand anders. Jemanden, von dem sie noch nicht einmal einen Namen kannten und der vielleicht der Liebhaber war.

Die Tür wurde aufgerissen, und Maria wurde so ruckartig aus ihrer Konzentration geschleudert, als ob der Wohnwagen plötzlich in Flammen aufgegangen wäre.

»Sorry, ich wollte dich nicht erschrecken.«

Ray-Ray.

Maria atmete durch.

Er machte die Tür hinter sich zu und zog seine Jacke aus.

»Was glaubst du?«, fragte er und setzte sich ihr gegenüber.

»Dass weder Fredrik der Täter ist, den wir suchen, noch Isak. Und du?«

Ray-Ray dachte nach, ehe er antwortete.

»Was Fredrik betrifft, gibt es da ziemlich viel, was passt.«

»Was passt? Das kann keiner von uns wissen. Wir haben keinen einzigen Zeugen, keine technischen Beweise. Außerdem beschuldigt er Isak. Sollte er allen Ernstes so eiskalt sein, den Mord, den er selbst begangen hat, seinem eigenen Sohn in die Schuhe zu schieben?«

»Wir können nicht von dem absehen, was wir tatsächlich wissen«, entgegnete Ray-Ray. »Ich meine, das Motiv ist das klassischste von allen, der Täter der wahrscheinlichste. Wir wissen, dass die Beziehung von Fredrik und Agnes nicht mehr gut war, wir wissen, dass sie wegziehen wollte, und wir wissen, dass sie sich mit jemand anderem getroffen hat.«

Da unterbrach Maria ihn.

»Wer ist dann dieser andere?«, gab sie zurück. »Ich glaube, dass der Liebhaber hochinteressant ist.«

Ray-Ray sah irritiert aus. Er war müde, das waren sie alle.

»Dieses Detail stört mich auch«, gab er zu, »dass wir immer noch nicht wissen, wer es ist. Diese Telefonnummer, deren Besitzer wir nicht identifiziert haben. Dieses Rätsel müssen wir jetzt mal knacken.«

»Das müssen wir wirklich«, stimmte Maria zu.

Ohne die Sache noch weiter zu kommentieren, holte sie ihr Handy heraus, um Vendela anzurufen. Erst da sah sie, dass sie einen Anruf von August bekommen hatte. Außerdem hatte er zwei Bilder geschickt. Das eine war die Kopie eines Fotos, das andere die Rückseite desselben Fotos.

Maria sah das Foto an, während sie telefonierte.

Was war darauf eigentlich zu sehen?

Ein Auto vor Augusts Laden?

»Hallo.«

Vendelas gedämpfte Stimme unterbrach ihre Betrachtung.

»Diese unbekannte Nummer, die so oft Agnes angerufen hat«, begann sie, »sind wir damit irgendwie weitergekommen?«

»Das ist lustig, dass du fragst«, sagte Vendela. »Wir haben soeben eine neue Aktivität von dieser Nummer aufgefangen.«

Maria hörte aufmerksam zu.

»Was ist passiert?«, fragte sie.

»Unser heimlicher Freund hat Agnes heute mehrere Male angerufen.«

Maria umklammerte ihr Handy mit festem Griff.

»Wir müssen erfahren, wer da anruft«, sagte sie. »Und schnell außerdem.«

»Wir haben eine Geopositionierung des Telefons durchgeführt und herausbekommen, dass es sich zurzeit der Anrufe in Kungshamn befand«, erklärte Vendela. »Ich kann eine Karte schicken, dann siehst du ungefähr, um welches Gebiet es sich handelt. Aber mehr habe ich nicht zu bieten.«

»Ich verstehe«, sagte Maria.

Die Karte kam wenige Sekunden später per Mail. Maria öffnete sie und zeigte sie Ray-Ray. Er beugte sich herüber, um besser sehen zu können. Ein schwacher Duft von Shampoo und etwas anderem – vielleicht ein Haaröl – wehte über den Tisch.

Maria zeigte auf das eingekreiste Gebiet, in dem unter anderem das Haus von Agnes Eriksson lag und der Hafen mit den Bootshäusern.

»Was machen wir denn mit dem Auto?«, fragte Vendela. »Ich meine, das Auto, mit dem Fredrik gestern nach Hovenäset gefahren ist. Das gehört nicht ihm, sondern einem Bekannten.«

Maria sah wieder das Foto an, das August geschickt hatte.

Plötzlich wurde ihr klar, was das war.

»Behaltet es!«, antwortete sie scharf.

»Das ist schon klar«, erwiderte Vendela. »Aber der Besitzer hat sich gemeldet. Es ist ja durchgesickert, dass ein ›naher Angehöriger‹ von Agnes Eriksson in Untersuchungshaft sitzt. Der Besitzer hat sich schnell ausgerechnet, wer das wohl ist und dass sein Auto in der Sache vorkommen könnte.«

»Ich nehme Kontakt zu dem Besitzer auf«, sagte Maria.

»Man dankt«, antwortete Vendela, »dann muss ich das nicht machen.«

Sie beendeten das Gespräch.

»Sieh mal hier«, sagte Maria und zeigte Ray-Ray, was August geschickt hatte.

Dann hörte sie die auf laut gestellte Mobilbox ab.

Ray-Ray gab einen Pfiff von sich.

»Wir müssen den Besitzer des Autos checken«, sagte Maria.

»Bereits erledigt«, entgegnete Ray-Ray. »Wir haben nichts gegen ihn. Aber ich würde gerne mal mit diesem Jochen sprechen, wenn er aufwacht.«

»*Wenn* er aufwacht«, gab Maria zu bedenken.

Sie sah das andere Bild an, das August geschickt hatte und von dem er auf der Mobilbox bestätigt hatte, dass es sich um die Rückseite des Fotos handelte. Da war eine Uhrzeit angegeben, wann das Bild gemacht worden war.

Um 02.52 Uhr am 26. August.

Also spät in der Nacht, mehrere Stunden nachdem Agnes vermisst gemeldet worden war.

Danach, nicht davor.

Maria versuchte einzuordnen, was sie da hörte.

Sie konnten nicht sicher sein, dass die Uhrzeit stimmte, aber wenn, dann konnten sie ausschließen, dass Fredrik das Auto gefahren hatte. Da hatte er nämlich zusammen mit der Polizei am Sucheinsatz teilgenommen. Marias eigene Kollegen konnten ihm für diesen Zeitraum ein Alibi geben. Dasselbe galt für Isak.

Mit dem Auto war es anders.

Sie betrachtete noch einmal die Karte auf dem Computer.

»Könnte derjenige, der auf Agnes' Handy angerufen hat, eine Person sein, die glaubt, dass sie sich freiwillig versteckt?«, gab sie zu bedenken. »So wie ihre Freundin Anna meinte?«

Ray-Ray biss sich auf die Lippe.

»Da muss man sich natürlich fragen, wie jemand auf eine solche Idee kommen kann«, meinte er.

»Vielleicht, weil er mehr weiß als wir?«, erwiderte Maria.

Ray-Ray brummelte etwas Unverständliches.

Marias Handy klingelte wieder.

»Du bist ja ganz schön beliebt«, stellte Ray-Ray fest.

Diesmal war es Roland.

»Was für ein elendes Durcheinander«, sagte er. »Haben wir Isak schon gefunden?«

Ray-Ray gestikulierte ein tonloses »Gleich zurück!« und verließ den Wohnwagen. Durch das Fenster sah Maria, wie er sich in sein Auto setzte und die Tür zuschlug, um dann sein Handy herauszuholen.

Maria informierte ihren Chef über die jüngsten Entwicklungen. Während sie sprach, wanderte ihr Blick zwischen der Karte auf dem Computer und den Fotos, die August geschickt hatte, hin und her. Jedes Mal, wenn sie Augusts Namen im Display sah, dachte sie kurz, da würde sich jemand über sie lustig machen.

August Strindberg.

August, der backte, der es gewagt hatte, von Stockholm nach Kungshamn zu ziehen, der alte Dinge sammelte und glaubte, dass man aus einem Hobby einen Lebensunterhalt machen konnte. Und der, wie er selbst erzählt hatte, offensichtlich gerne Holz hackte.

Maria ertappte sich bei einem Lächeln und ließ es geschehen. Zurzeit gab es nur weniges, das sie froh machte.

Ray-Ray kam zurück, als sie gerade das Gespräch mit Roland beendet hatte. Sein Blick sprühte vor Energie, und er beugte sich vor zu ihr. Offensichtlich war er so aufgeregt, dass er nicht einmal mehr gerade stehen konnte.

»Ich konnte mich nicht beherrschen!«, rief er. »Ich habe den Besitzer des silberfarbenen Autos angerufen und gefragt, wie das mit diesem Ausleihen so funktioniert. Der Typ wohnt in Göteborg, und dorthin sind es bekanntlich einhundertfünfzig Kilometer. Etwas weit, um hinzufahren und die Schlüssel zu holen, was offensichtlich der Grund dafür ist, dass er an zwei Personen Ersatzschlüssel verteilt hat, die immer zugänglich sind. Nicht weil diese Leute keine eigenen Autos hätten, sondern weil sie, wie ein anderer Nachbar sagte, manchmal einen zusätzlichen Wagen brauchen. Die einzige Regel dabei lautet: Niemand nimmt das Auto, ohne den Besitzer vorher darüber zu informieren.«

»Und wie heißen die Personen mit den Schlüsseln?«

»Fredrik Eriksson und Erling Lindgren.«

Maria runzelte die Stirn.

»Erling Lindgren?«

»Das ist der Vater von Isaks Freund Karl. Der hat einen Malerbetrieb und wohnt genau hier.«

Er zeigte auf der Karte auf einen Punkt in der Nähe von Familie Erikssons Haus.

In Marias Kopf arbeitete es schneller und schneller.

»Könnte er der Liebhaber sein?«, fragte sie. »Der Agnes von der nicht identifizierten Nummer aus anruft?«

»Das sollten wir wirklich herausfinden«, sagte Ray-Ray.

»Wir bestellen ihn ein«, sagte Maria.

Ray-Ray nickte eifrig und zeigte auf ihr Telefon.

»Ich will das Original von dem Foto sehen«, sagte er.

»Ich auch«, sagte Maria. »Lass uns gleich zu Augusts Laden fahren. Ich will wissen, was das Auto dort mitten in der Nacht gemacht hat.«

»Ich gehe raus und suche nach ihm. Ich muss sowieso noch mal ins Bootshaus.«

Das hatte Erling gesagt. Nachdem Cecilia ihn angerufen hatte, war er sofort nach Hause gekommen. Sie ertrug es einfach nicht, allein zu sein. Und sie wusste nicht, wohin Karl verschwunden war. Er hatte das Haus unbemerkt verlassen.

Und da hatte Erling entschieden, er müsse derjenige sein, der nach ihm suchte.

»Du bleibst hier und wartest«, hatte er zu Cecilia gesagt. »Einer von uns muss zu Hause sein.«

Cecilia hatte genickt, ohne richtig zu wissen, warum, doch schon kurz nachdem die Eingangstür zugefallen und er gegangen war, hatte sie es bereut. Sie wollte auch nach Karl suchen. Da sah sie Erling schon mit entschlossenen und langen Schritten Richtung Steg und Bootshäuser gehen.

Als sie ihm folgte, dachte Cecilia, dass sie doch nichts weiter wollte als einen harmonischen Alltag und eine Familie, die sie liebte und von der sie geliebt wurde. War das zu viel verlangt? Sie fand nicht, und genau das hatte sie ja auch bekommen. Eine lange Reihe guter Jahre und einen fantastischen Sohn, den sie genötigt hatten, viel zu schnell erwachsen zu werden. Das erkannte sie jetzt so deutlich. Sie hätten auf das ganze Gerede, er würde im Leben scheitern, wenn sie ihn zurückhielten, einfach nicht hören sollen. Sie hätten nicht zulassen sollen, dass er im Alter von nur sechs Jahren sofort in die zweite Klasse kam.

Aber jetzt sind wir für dich da, Karl, dachte Cecilia, als sie den Gehweg entlangeilte.

Es quälte sie, wenn sie daran dachte, wie Karl sich in den letzten Wochen verändert hatte. Er hatte regelrecht um Hilfe geschrien, aber sie hatten es nicht gehört und nicht begreifen wollen, mit welch großen Problemen er kämpfte.

Aber jetzt waren sowohl Erling als auch sie zu seiner Rettung unterwegs.

Cecilia hatte sich um das Messer gekümmert und Erling um den Pullover.

Eine Art Teamarbeit mit den edelsten Zielen.

Die Polizei allerdings durfte nicht eingeweiht werden. Die Gefahr war zu groß, dass man dort glauben würde, Karl hätte mit der Sache etwas zu tun. Das musste unter allen Umständen vermieden werden.

Jetzt waren sie am Steg, Erling vorneweg und Cecilia hundert Meter hinter ihm. Er hatte sie noch nicht gesehen, und das war gut, denn sonst würde er sie anweisen, wieder umzudrehen.

Erlings schwere Schritte donnerten über den Holzsteg. Cecilia ging schneller, um ihn einzuholen. Erling schloss das Bootshaus auf, ging rein und machte die Tür hinter sich zu.

Cecilia beeilte sich noch mehr.

Jetzt betrat sie den Steg, nur noch wenige Meter.

Da hörte sie einen markerschütternden Schrei, der sie innehalten ließ.

Die Stimme.

Sie erkannte die Stimme nicht.

Oder doch?

Karl.

Es war Karl, der da schrie, als wäre er besessen oder hätte Schmerzen.

»Was machen diese Stiefel hier, Papa? Hast du die Nachrichten an mich geschrieben?«

Dann folgten noch mehr Geräusche – Schläge, gedämpftes Stöhnen und laute Schreie. Erlings Brüllen vermischte sich mit dem von Karl.

»Jetzt bleib mal ruhig. Hörst du, was ich sage, Junge? Ich habe das zu deinem eigenen Besten getan.«

Jetzt rannte Cecilia den ganzen Weg bis zur Tür, doch dann hörte sie einen Schlag, der schwerer war als alle anderen. Als würde etwas fallen und hart auf den Boden aufschlagen.

Der Steg erzitterte unter ihren Füßen.

Und als sie gerade die Hand auf die Klinke gelegt hatte, hörte sie wieder Erlings Stimme:

»Ruhig, Karl, ruhig. Ich lasse dich nicht eher los, bis du ruhig bist.«

Karl weinte, wie er es nicht mehr getan hatte, seit er klein gewesen war.

»Sag mir, was du getan hast«, schluchzte er. »Bitte, kannst du nicht einfach sagen, was du getan hast?«

Und da antwortete Erling:

»Es geht nicht darum, was ich getan habe. Sondern was *du* getan hast, Karl. Du und diese scheinheilige Scheißfrau.«

Cecilias Herz klopfte so hart, dass man es wahrscheinlich von außen hören konnte.

Wovon redete er?

»Ich habe euch gesehen«, sagte Erling. »Einen Abend Anfang August habe ich hier im Bootshaus gesessen und gesehen, dass in dem von Eriksson hinten Licht an war. Es war spät, und ich dachte, es wäre vielleicht jemand eingebrochen. Und dann warst du da. Du und Agnes.«

Kleider raschelten, und jemand bewegte sich.

»Was hast du mit ihr gemacht?«

Karls Stimme klang jetzt gedämpft.

»Jetzt sieh mich nicht so an«, sagte Erling. »Ich verstehe ja, dass du auf sie abgefahren bist. Auf ihre Weise war sie scharf, absolut. Aber, verdammt noch mal, sie war schließlich doppelt so alt wie du. Das muss dir ja wohl klar sein, dass ich so etwas nicht zulassen konnte, oder?«

Cecilia konnte nicht mehr als einen Bruchteil der Worte verarbeiten, die sie erreichten. Wovon redeten die?

Karl und Agnes?

Karl und Agnes?

»Agnes wusste, dass sie einen Fehler machte. Ich habe die SMS an dich geschickt, aber es war Agnes, die das Letzte geschrieben hat. Es war Schluss, Karl. Es war Schluss.«

Von drinnen waren Schritte zu hören, und dann spürte Cecilia ein Gewicht gegen die Tür drücken, an die sie ihr Ohr hielt.

Wieder Karl.

»Zum letzten Mal«, sagte er, und jetzt war seine Stimme so nah, so nah. »Sag mir, was du mit ihr gemacht hast. Sag es einfach. Denn ich muss es verdammt noch mal wissen.«

Cecilia hielt die Luft an.

»Papa, bitte, sag's mir«, flüsterte Karl. »Hast du Agnes getötet?«

Die Treppe knarrte, und irgendwo auf der Hälfte bekam August ein Spinnweb ins Gesicht.

»Ja, verdammt noch mal!«

Er fuhr sich mit der Hand übers Gesicht. Ganz gleich welche Pläne er für seinen Keller hatte, sollte er doch auf jeden Fall dafür sorgen, dass hier geputzt wurde.

Die Wandlampe, die das Treppenhaus erleuchtete, blinkte.

August lachte leise.

Das hier durfte er keinem seiner Freunde erzählen, soviel war klar.

Ja, ihr wisst schon – ich habe mich wie ein Idiot in einem billigen Gruselfilm benommen. Ich bin alleine in den Keller gegangen. An der Decke hingen Spinnweben, und natürlich ging sofort die einzige Lampe aus.

August eilte die restlichen Stufen hinunter und vergewisserte sich, dass die Deckenleuchte am Ende der Treppe funktionierte. Warmes Licht fiel in den Vorraum und den Flur, der sich gegenüber auftat.

Im Keller roch es muffig. Die Wände waren schmutzig weiß, und auf dem Boden des Vorraums lag dunkelbraune (oder kackbraune, aber das war so ein blödes Wort) Auslegeware. Vielleicht hätte er die Renovierung des Kellers auf seiner Liste doch weiter nach oben setzen sollen, wenn er sich das so ansah.

August ging zum zweiten Raum rechts. Er konnte sich nicht erinnern, wofür der Bestatter den benutzt hatte. Es war ein kleinerer Raum, in den aus nur einem Fenster Licht fiel. Dieses Fenster war ganz oben unter der Decke und nicht mehr als zwanzig, dreißig Zentimeter hoch.

August schnüffelte.

Hier roch es nach Staub und Erde.

Er fuhr mit der Hand über eine der Wände, woraufhin seine

Handfläche schwarz von Dreck war. Er schnüffelte wieder. Es roch aber auch noch nach etwas anderem, das ihn an Renovierung denken ließ.

Das war seltsam, denn nichts in diesem Raum oder dem Rest des Kellers war renoviert worden. Die Wände waren in gebrochenem Weiß gestrichen und voller Risse und Macken. Die Deckenfarbe schien sich nach und nach in großen Placken verabschiedet zu haben, und darunter war eine fleckige, unebene Fläche zu sehen. Auch der Fußboden war kein erfreulicher Anblick: hässliches Linoleum in roter Farbe mit eckigem Muster von Wand zu Wand.

August ging in die Hocke.

Das Linoleum war identisch mit dem, was nach dem Wasserschaden im Zimmer neben dem Badezimmer gelegt worden war.

Wilmas Worte fielen ihm ein:

Warum legt man einen neuen hässlichen Linoleumfußboden, wenn man sich doch entschließt zu renovieren?

Das fragte sich August auch.

Und noch mehr fragte er sich, warum man in noch einem weiteren Raum denselben hässlichen Boden verlegte.

Er ging zur Tür und holte seinen Schlüsselbund aus der Tasche. Nun tat er, was Wilma tags zuvor mit dem Teppichmesser gemacht hatte: Er schob da, wo es an die Schwelle stieß, den Bart des längsten Schlüssels unter das Linoleum, um auszuprobieren, ob es lose lag.

Und so war es.

August drehte den Schlüssel herum und hob ihn wieder an. Und noch einmal. Dann legte er den Schlüssel weg und packte den Rand des Linoleums mit den Händen.

Und zog.

Das Linoleum folgte ohne Widerstand und offenbarte, was darunter lag.

Ein Betonfußboden.

August betrachtete die graue Fläche. Irgendetwas stimmte mit dem Fußboden und allem hier überhaupt nicht.

Er trat einen Schritt zurück.

Wenn er mehr darüber erfahren wollte, was in seiner Immobilie gemacht und nicht gemacht worden war, dann konnte er drei Personen fragen:

Den Makler.

Den Handwerker Erling Lindgren.

Und den alten Bestatter, der das Haus verkauft hatte.

August entschied sich für den Bestatter. Der Makler würde ihn weiterschicken, und Erling Lindgren hatte immer noch nicht zurückgerufen.

Sein Herz schlug schneller, während er wartete. Das hier war zu seltsam.

Endlich war der Bestatter in der Leitung. Er wirkte mehr als zurückhaltend, als er hörte, wer da anrief.

»Ich habe nur eine kurze Frage«, erklärte August. »Der zweite Kellerraum von rechts, haben Sie da vor Ihrem Umzug den Fußboden auswechseln lassen?«

Es war eine naive Frage. Normalerweise erzählten Leute nicht gern, wenn sie etwas falsch gemacht hatten. Nicht wenn sie schon einmal angefangen hatten, darüber zu schweigen.

Doch der Bestatter wirkte ehrlich erstaunt. »Nein, wirklich nicht«, sagte er. »Es war ja so ein Pech mit diesem Wasserschaden, aber das war ja im oberen Stockwerk.«

»Exakt«, erwiderte August. »Der Fußboden im Keller ist also nicht kürzlich renoviert worden?«

»Sicher nicht. Warum fragen Sie?«

»Ich stehe gerade in dem Raum«, erklärte August. »Hier liegt rot gemustertes Linoleum, genauso wie in dem Zimmer neben dem Badezimmer im oberen Stockwerk.«

»Das stimmt nicht«, antwortete der Bestatter. »Es …«

Dann unterbrach er sich und sagte:

»Oh.«

Mehr nicht. Nur ein kurzes »Oh«, das mehr Fragen aufwarf als Antworten gab.

»Sprechen Sie mal mit dem Maler, der nach dem Wasserschaden alles wieder zugemacht hat«, sagte der Bestatter. »Der hatte nämlich seine Sachen im Keller gelagert, und einer seiner Farbeimer ist auf den Linoleumboden ausgelaufen. Er hat mir davon erzählt und gemeint, er könnte das Problem auf einfache Weise beheben. Ich habe ja die ganze Zeit angenommen, dass er nur den Farbfleck auf irgendeine Weise beseitigt und nicht die ganze Auslegeware ausgewechselt hat. Aber wahrscheinlich hat er gemeint, etwas Gutes zu tun. Vorher lag da ein sehr hässlicher marineblauer Teppich, und bestimmt dachte er, es ist egal, wenn er den gleich gegen etwas Sauberes und Intaktes auswechselt. Denn das ist es ja wohl, oder?«

»Definitiv«, erwiderte August.

»An Ihrer Stelle würde ich das Linoleum rausmachen«, sagte der Bestatter. »Ich habe es irgendwie nicht geschafft, oder vielleicht war ich auch zu faul. Praktisch im ganzen Haus gibt es schöne Holzfußböden, die dann zum Vorschein kommen.«

August sah über den Betonfußboden.

»Auch im Keller?«, fragte er.

»Ich weiß, das ist ungewöhnlich, aber in diesem Haus ist es tatsächlich so. Man muss sie nur freilegen.«

»Nicht wirklich«, warf August ein. »Hier hat jedenfalls jemand einen Betonfußboden gegossen.«

»Was sagen Sie da? Ich werde sofort den Maler anrufen, damit wir das klären können. Er heißt Erling Lindgren.«

»Ich kann ihn selbst anrufen«, sagte August, »ich habe seine Telefonnummer schon. Danke für Ihre Hilfe.«

Das Handy fest in der Hand, starrte er auf den Teil des grauen Betonfußbodens, der unter dem Linoleum zum Vorschein gekommen war.

Ein Betonfußboden, der nicht dort sein sollte und aus unbekanntem Anlass den Holzfußboden ersetzt hatte. Allmählich überkam ihn ein unbehaglicher Verdacht, der so absurd war, dass er ihn nicht in Worte fassen wollte.

Warum legt man einen neuen hässlichen Linoleumfußboden, wenn man sich doch entschließt zu renovieren?

Um zu verstecken, was darunter liegt.

August ertrug die Ungewissheit nicht länger. Noch einmal packte er das Linoleum mit den Händen. Nachdem er ein paarmal entschlossen geruckt hatte, konnte er ein größeres Stück vom Boden abheben. Er trat zurück und zog noch einmal und hatte schon bald zwei Drittel des Bodens freigelegt.

Er ließ das Linoleum los und betrachtete den Betonfußboden. An der Decke gab es keine Lampe, und durch das Fenster fiel nur wenig Licht. August nahm sein Handy als Taschenlampe und fuhr damit über den Boden hin und her.

Die Oberfläche des Betons war eben und glatt.

Noch einmal zog August an dem Linoleum und bekam noch mehr Beton zu sehen.

Noch ehe er mit dem Handy die Stelle beleuchtete, fiel sie ihm schon auf.

Die blaue Ecke Plastik ragte aus dem Beton und lag wie ein plattgedrückter, vielleicht fünf Zentimetern langer kleiner Wimpel auf der harten Oberfläche. August ging in die Hocke. Da war etwas drin. Nicht in dem ganzen Plastik, sondern nur in einem kleinen Teil. Etwas, das auch aus dem Beton ragte.

August zupfte an dem Plastik.

Er sollte Maria anrufen und von seinem Fund berichten.

Wenn er nur genau gewusst hätte, was er gefunden hatte. Sie hatte es so eilig, so viel zu tun. August konnte sich nicht beherrschen, sondern zupfte ein Loch in den Plastikzipfel und beleuchtete es mit seinem Handy.

Und merkte, wie ihm die Haare zu Berge standen.

Stoff. In dem Plastik war ein Stück Stoff.

»Das konnte nichts werden mit euch, das musstest du doch auch einsehen.«

Die Stimme seines Vaters klang flehend.

Karl hasste ihn.

Doch noch gab es Hoffnung. Die musste es geben. Die Hoffnung, dass Agnes am Leben war und sich alles ordnen würde.

Karl presste sich an die Tür. Eben noch hatte er auf dem Fußboden gelegen. Sein Vater hatte ihn niedergerungen. Wie unglaublich stark er war. Ein Gedanke schoss ihm in den Kopf: Hatte sein Vater diese Kraft aufgewandt, um Agnes zu verletzen?

Karl vermied es, die Gummistiefel anzusehen, während sein Vater schnell und zielgerichtet arbeitete. Mit einer geschmeidigen Bewegung steckte er das Handy in eine Papiertüte, die er dann zusammenknüllte und wiederum in eine andere Papiertüte legte. Auch die Gummistiefel wanderten in die Tüte. Papa hatte ein paar Handschuhe an den Händen, grüne, die Karl nicht kannte.

»Es war nicht geplant, dass du das hier siehst«, sagte sein Vater.

»Sag mir, was passiert ist«, flüsterte Karl.

Sein Vater zog die Handschuhe aus und schob sie in die Jackentasche.

»Wir müssen jetzt gehen«, sagte er. »Mach die Tür auf, dann gehen wir zusammen.«

Karl rührte sich nicht.

»Ich bringe dich um.«

Die Worte waren so fremd und gleichzeitig so klar. Er sagte sie noch einmal:

»Ich bringe dich um, wenn du nicht sagst, was du getan hast und wo sie ist.«

Sein Vater starrte ihn an. Das Bootshaus lag jetzt im Schatten, und es wurde immer dunkler.

Karl machte einen Schritt auf seinen Vater zu. Er stand jetzt sicherer, fühlte sich stärker. Der Blick seines Vaters veränderte sich von entschlossen zu traurig.

»Lebt sie?«, flüsterte Karl.

»Nein, Karl, das tut sie nicht.«

Im Bootshaus war plötzlich keine Luft mehr.

Karl fiel auf die Knie. Sein Gesichtsfeld verkleinerte sich und verschwamm.

Alles war vorbei.

Alles.

Plötzlich ging die Tür auf. Karl winselte, und jemand hielt ihn im Arm.

Mama.

Die nachts nicht schlief und nur darauf wartete, dass eine Katastrophe sie ereilen würde.

»Mein lieber Kleiner«, flüsterte sie. »Jetzt wird alles gut.«

Und dann zu seinem Vater:

»Was hast du getan, Erling?«

Karl schrie. *Nein, nein, nein.* Er schlug mit den Armen, um sich zu befreien, und traf die Schulter seiner Mutter mit einem harten Schlag.

Und er brüllte mit aller Kraft seiner Lunge:

»Wo ist sie? *Wo ist sie?*«

Sein Vater überwältigte ihn ein weiteres Mal. Eine Tür schlug zu, und noch jemand schrie.

Sein Vater.

Seine Mutter.

»Wenn du älter bist, wirst du verstehen, dass sie krank war, Karl, sie war gestört, das, was sie gemacht hat, tut man nicht, das ist so falsch.«

Alles drehte sich. Karl wusste nicht mehr, wo oben und wo

unten war, ob er die Augen geschlossen hatte oder sehen konnte. Aber er wusste immer noch, was richtig war und was falsch. Und nichts von dem, was zwischen ihm und Agnes geschehen war, war so falsch wie ein Mord.

Die Stimme seines Vaters war jetzt nur mehr ein Flüstern und verströmte Panik.

»Du musst mir glauben, Karl, ich wollte sie nur erschrecken. Sie hat gesagt, sie würde wegziehen, sie würde Kungshamn verlassen, aber ich wollte Beweise sehen. Also haben wir uns hier im Bootshaus getroffen. Und alles, was sie dabeihatte, war die Kopie einer Mail an diesen August Strindberg. Ich wurde so wahnsinnig wütend, dass ich sie an die Wand drückte und anschrie. Ihr gesagt habe, dass es nun verdammt noch mal ernst würde.«

Karl weinte.

Seine Mutter war aschgrau im Gesicht und flüsterte:

»Du hast sie doch wohl nicht getötet, Erling, oder?«

Ihre Stimme klang plötzlich so seltsam, so rau und dünn.

»Ich wollte es nicht«, flüsterte sein Vater. »Sie rannte, oh mein Gott, wie sie rannte. Aber ich war schneller und holte sie ein, und da lief sie direkt hinaus rüber nach Klåvholmen.«

In Karls Ohren dröhnte es, er konnte nicht länger zuhören.

Dennoch fragte er:

»Was hast du mit ihr gemacht?«

Sein Vater schluckte.

»Dieser verdammte Ponton war ja teuflisch glatt, ich hatte Todesangst, als wir darüberliefen. Aber ich konnte sie doch nicht wegrennen lassen. Sie war ja nicht bei Trost, weiß der Teufel, was für eine Geschichte sie sich hinterher ausdenken würde. Sie schrie wie besessen, aber um diese Zeit im Jahr ist ja niemand hier. Ich habe sie mitten auf der Klippe eingeholt und zu Boden geworfen. Da beruhigte sie sich, denn sie hatte sich den Kopf und das Gesicht angeschlagen, und wurde ein bisschen, ja, schlaff.«

Karl starrte ihn an.

Es war, als würde er einen völlig fremden Menschen hören.

»Es war also ein Unfall?«, fragte seine Mutter zögernd.

Der Vater fuhr sich mit den Händen übers Gesicht, rieb es, als wolle er wach werden.

»Ich habe sie hier zurück ins Bootshaus gebracht«, sagte er mit angespannter Stimme. »Ich wollte checken, ob sie okay war, denn sie blutete aus der Nase und … Sie war so verdammt bleich und konnte nicht richtig stehen. Dann ist sie hingefallen und …«

Sein Vater begann zu weinen.

»Ich wollte nicht, dass sie stirbt. Sie ist hingefallen und auf den Rand der Bank geschlagen, aber ich … da war ja das Messer. Sie hatte ein Messer mitgebracht, in der Jackentasche. Ich habe es erst hinterher gemerkt, und beim Hinfallen, da hat sie sich mit dem Messer geschnitten. Es war keine größere Wunde, aber eine Menge Blut. Dann war sie weg. Kein Puls, keine Atmung, kein … nichts.«

Es gab so viel, was jetzt wehtat.

Zuhören tat weh, denken tat weh.

Trotzdem hatte Karl das Gefühl, dass er alles hören musste.

»Sie ist gestorben«, flüsterte sein Vater. »Und mir tut das alles so verdammt leid, aber es durfte doch nicht herauskommen, was passiert war. Nicht, dass sie mit dir zusammen war, Karl, und nicht, dass ich … dass sie hier vor meinen Augen gestorben ist.«

In diesem Moment fand ein Sonnenstrahl seinen Weg durch das schmutzige Fenster des Bootshauses und leuchtete direkt auf etwas, das auf dem Fußboden glänzte. *Ein Teppichmesser*. Karl wusste, dass sein Vater die bei der Arbeit benutzte. Wahrscheinlich hatte er es dabeigehabt und verloren. Er trug seinen Maleroverall, vielleicht kam er direkt von der Arbeit.

Karl fand neue Kraft, und noch ehe jemand sichs versah, stand er, mit dem Messer bewaffnet, mitten im Raum. So wie Agnes es hatte tun wollen, aber nicht geschafft oder über sich gebracht hatte.

Er stand mit dem Rücken zur Tür.

Seinen Eltern direkt gegenüber.

»Wo ist sie?«, fragte er.

Sein Gesicht war tränennass, aber die Stimme klar und unmissverständlich.

Sag es oder stirb.

Sein Vater schüttelte langsam den Kopf.

»Leg das Messer weg«, sagte er. »Nicht dass du uns verletzt.«

Nicht?

»Ich werde euch verlassen«, entgegnete Karl. »Sag, wo Agnes ist, oder schafft euch einen neuen Sohn an. Mich dürft ihr jedenfalls nicht behalten.«

Da schrie seine Mutter wieder auf.

»Zum Teufel«, sagte sein Vater schwach. »Hör schon auf. Sie ist in einem Haus, wo ich was gearbeitet habe. Ich habe im Keller einen neuen Fußboden gegossen, und da habe ich sie gelassen.«

Seine Mutter brüllte als Antwort:

»Nein, nein, nein! *Erling, bist du wahnsinnig?*«

»Ich wollte sie doch einfach nur wegbringen«, sagte sein Vater mit brechender Stimme. »Von Karl und von uns. Und dann lief alles so verdammt falsch.«

Seine Mutter sank auf der Bank zusammen, auf der Karl eben noch gelegen hatte.

»In welchem Haus ist sie?«, fragte Karl.

Denn obwohl er das Geständnis seines Vaters gehört hatte, wollte er sich immer noch an eine Hoffnung klammern.

Seine Mutter schüttelte den Kopf.

»Ich verstehe das nicht«, flüsterte sie. »Du bist nicht böse, Erling. Wie … wie hast du … wie wusstest du, was du machen würdest?«

»Das habe ich nicht. Ich habe versucht, mich normal zu verhalten und auf den Anruf der Seenotrettung geantwortet. Dann bin ich aber früher vom Schiff runter als die anderen, habe gesagt, ich könnte nicht länger dabeibleiben. Agnes lag im Auto von Nils, da würde ja niemand suchen. Ich bin mit ihr zum Bestattungsinstitut, wo wir damals gerade was renoviert haben. Bin wie ein verdammter Idiot mit der Taschenlampe reingeschlichen, habe gesucht und mich nicht entscheiden können.«

Karl merkte, wie alles in ihm in Nebel tauchte. Er hörte und sah alles, was geschah, aber nur aus der Entfernung, als wäre er nicht da. Nicht wirklich.

»Danach habe ich beschlossen, die Arbeit im Bestattungsinstitut alleine fertig zu machen, ohne dass jemand anders dabei war«, sagte sein Vater. »So hatte ich Zeit, darüber nachzudenken, was ich mit ihr machen sollte.«

Seine Mutter sah ihn komisch an. Sie war innerlich zerbrochen, würde nie wieder ganz werden.

»Ich dachte, du wärst mit einem anderen Auftrag beschäftigt«, sagte sie tonlos.

»Du wusstest, dass die Firma den Auftrag bekommen hatte, hast aber nicht viel gefragt. Das tust du nie. Es geht immer nur um dich, dich, dich und dann Karl. Immer Karl. Aber dieses Mal war das gut. So konnte ich das in Ruhe regeln.«

Karl zitterte am ganzen Leib.

»Ich … ich hatte ja keinen Plan«, sagte sein Vater. »Zuerst habe ich versucht, einfach Zeit zu gewinnen. Die Tage vergingen. Aber dann habe ich etwas im Haus des Bestatters entdeckt. Jemand hatte im oberen Stockwerk etwas versteckt, und … glaubt mir, das wollt ihr nicht wissen. Aber so bin ich auf die Sache mit dem Fußboden und dem Beton gekommen.«

Karl stieß einen heiseren Schrei aus.

Er konnte das Gerede seines Vaters nicht mehr ertragen, der musste jetzt die Klappe halten.

»Hörst du nicht, wie das klingt?«, schrie er.

»Was zum Teufel hätte ich denn tun sollen?«, brüllte Erling. »Ich hatte es schließlich eilig, die Leiche musste weg. Und dann ist wieder etwas schiefgegangen. Die Gummistiefel passten nicht rein. Und ich hatte Angst, dass der Pullover zu sehr riechen würde, deshalb habe ich den auch rausgenommen. Das Messer habe ich einfach vergessen. Als der Beton aufgebracht war, lag es daneben.«

Karl ging es so schlecht, dass er meinte, sich übergeben zu müssen.

»Als es mal passiert war, konnte ich nichts anderes tun, als die Zähne zusammenzubeißen und weiterzumachen«, erzählte sein Vater. »Für euch. Ist euch klar, was für Wochen ich gehabt habe? Ich habe alles – *alles* – in meiner Macht getan, um euch aus dieser Sache rauszuhalten. Ich habe es sogar geschafft, einmal ins Eishaus einzubrechen, um nachzusehen, ob da noch Spuren von Agnes und dir, Karl, waren, aber ich habe nichts gefunden.«

Seine Mutter zuckte zusammen, als sei ihr etwas Wichtiges eingefallen.

»Das Messer«, murmelte sie. »Erling, du hast das Messer in Karls Fahrradtasche gelegt. Wolltest du deinem eigenen Sohn einen Mord in die Schuhe schieben?«

Karl hatte keine Ahnung, wovon sie sprach, doch sein Vater wusste es offenbar.

»Natürlich wollte ich das nicht«, sagte er. »Aber jemand musste die Schuld zugeschoben bekommen. Jemand anders als ich. Und Isak hat immer … Ich meine, du findest ja auch, dass er schräg ist, Cecilia. Und als ich sah, dass Isak Karls Fahrrad ausgeliehen hat, da kam mir die Idee. An sein eigenes Fahrrad konnte ich ja nicht rankommen. Jedenfalls nicht zu dem Zeitpunkt. Aber dann hat Isak das Ding zurückgebracht und da … verdammt, ich hätte das Messer schneller verschwinden lassen sollen.«

Im Bootshaus wurde es still.

»Du musst mir verzeihen«, sagte sein Vater schließlich. »Vielleicht nicht jetzt, aber irgendwann.«

Er konnte nicht mehr.

Karl ließ das Messer fallen und rannte los.

Schneller denn je.

Er erinnerte sich nicht, wie er aus dem Bootshaus gekommen war, von einem Moment auf den nächsten war er auf dem Steg und hörte seine Schritte über das Holz donnern. Jemand lief hinter ihm, aber nicht im Entferntesten so schnell.

Halt aus, Agnes, dachte er. Jetzt komme ich.

Hinter ihm rief seine Mutter, laut und gequält.

Es war ihm egal.

Er rannte einfach nur.

Und rannte.

Den ganzen Weg bis zu Agnes.

Die Lehrerin Agnes Eriksson war nicht länger verschwunden. Sie war tot und in einem Keller, der lange einem Bestatter gehört hatte, in einem Plastiksack begraben und mit Beton bedeckt worden.

Alles ging so schnell, dass Maria sich anstrengen musste, es in die richtige Reihenfolge zu bringen. Erst kam der Anruf von August. Als Maria ranging, waren sie und Ray-Ray bereits vor seinem Laden.

»Ihr müsst kommen«, hatte August gesagt. »Ich habe etwas gefunden.«

Sie hörte an seiner Stimme, dass es schlimm war, dass dies zu den schlimmsten Ereignissen gehörte, die er bisher erlebt hatte.

Er zeigte Maria und Ray-Ray den Keller und berichtete ihnen von einem Linoleumfußboden und dem Fehlen eines Holzbodens. August Strindberg war sachlich und gefasst, aber nicht kalt.

Sie riefen nach Verstärkung, sie sperrten alles ab.

Die Techniker kamen ins Haus, brachen den Beton auf und offenbarten, was darunter lag. Eine in blaues Plastik eingewickelte Leiche. Agnes' Leiche. So schnell versteckt und begraben, dass derjenige, der sie im Keller des Bestatters zur Ruhe gebettet hatte, sich nicht vergewissern konnte, ob das Plastik auch ganz von dem Beton zugedeckt war.

Maria floss das Herz vor Trauer über.

Sie hatte schon lange gewusst, dass es so enden würde, aber das spielte keine Rolle. Dies war eine Niederlage, ein Scheitern.

Ein Verrat.

Einer der Techniker strich mit der behandschuhten Hand über den Beton.

»Das ist so scheußlich«, sagte er.

Es war nicht schön, aber das hatte auch niemand erwartet. Und dann der Geruch. Der Gestank. Widerlicher als alles andere.

Maria sah, wie aus Ray-Rays Gesicht alle Farbe wich. Bestimmt aus Schock, aber hauptsächlich vor Wut.

August Strindbergs Stimme war hinter ihnen zu hören:

»Ich kann den Handwerker nicht erreichen, der die Betonplatte gemacht hat, aber vielleicht habt ihr mehr Erfolg.«

Maria drehte sich schnell um.

»Komm, wir gehen hinaus«, sagte sie.

Sie verließen den Keller und gingen in den Laden hinauf. August vorneweg und Maria und Ray-Ray direkt hinter ihm.

Ray-Ray berührte sie vorsichtig am Arm.

»Wir müssen über etwas reden«, sagte er.

Sie entzog sich, ahnte instinktiv, was er wollte.

Paul.

Der sie im Wohnwagen aufgesucht hatte, um unmissverständlich zu zeigen, dass die alten Spielregeln, wonach ihre Arbeit ihre Freistatt war, nicht länger galten.

»Jetzt nicht«, sagte sie. »Wir haben hier alle Hände voll zu tun.«

Sie konnte nicht umhin, verärgert zu sein.

Hatte Ray-Ray jedes Gefühl für das richtige Timing verloren?

Der neue Blick, mit dem er sie ansah, erschreckte sie.

»Doch, natürlich«, sagte er. »Aber das hier kann nicht ewig warten.«

»Wir sprechen später darüber«, sagte Maria bestimmt.

Paul war das Letzte, woran sie jetzt denken wollte.

Vor allen Dingen, da sie gerade eben eine ermordete Frau gesehen hatte, die unter einem Kellerfußboden begraben worden war.

Maria schaute sich in Augusts Laden um. Der Raum hatte das Potenzial, charmant zu werden. Wenn August der Westküste nur eine Dosis Geduld schenkte, dann könnte das richtig gut werden.

August schlug vor, sich in die Küche zu setzen. Um sie herum gaben die Techniker ihr Bestes, um auch das kleinste Beweisstück zu sichern, doch das war eine sinnlose Aufgabe, das wussten alle Beteiligten. Es war zu spät. An diesem Ort waren schon zu viele Leute herumgelaufen, und außerdem war alles von einem nichts Böses ahnenden Verkäufer nach seinem Auszug geputzt worden.

In der Küche roch es nach frisch gekochtem Kaffee, und auf dem Küchentisch stapelten sich Papiere, Rechner und ein Notizbuch.

Maria sah August an.

»Welcher Handwerker?«, fragte sie.

August erwiderte ihren Blick. Seine Augen waren dunkelblau und hatten eine Schärfe, wie sie es noch bei niemandem gesehen hatte.

Bestimmt bereut er, hierher zu uns gezogen zu sein, dachte sie.

Wenngleich sie hoffte, es möge nicht so sein.

Sie wollte, dass er blieb. Warum, das wagte sie nicht zu benennen, und das war auch nicht nötig. Das Gefühl hielt sie warm, und das genügte.

Zumindest fürs Erste.

»Er heißt Erling Lindgren.«

Maria hörte, wie Ray-Ray tief Luft holte.

Erling Lindgren. Schon wieder.

Die Antwort erstaunte Maria nicht, machte sie aber ungeheuer traurig. Dass sein Name ihnen aber auch so lange entgangen war. Hinter sich hörte sie, wie Ray-Ray augenblicklich an Roland berichtete, was sie erfahren hatten. Erling musste im ganzen Land zur Fahndung ausgeschrieben werden. Er konnte bewaffnet und gefährlich sein. Noch wussten sie nicht, was ihn zu seiner Tat getrieben hatte.

Marias Blick fiel auf die Fotografie, die August von Jochen Berg bekommen hatte und die jetzt zwischen den Papieren auf dem Küchentisch lag.

»Hier ist auch der Brief«, sagte August.

Maria und Ray-Ray standen am Tisch und lasen ihn.

»Teufel auch«, entfuhr es Ray-Ray.

Maria wusste nicht, was sie über Jochens Verhalten denken sollte. Natürlich war der Mann alt, aber weder senil noch dumm. Er hatte sich bewusst an die Polizei gewandt und sie dazu gebracht, unnötige Zeit in das Verhör mit einem armen Restaurantbesitzer zu investieren, der mit der ganzen Sache nicht das Geringste zu tun hatte. Und jetzt schwebte Jochen im Krankenhaus zwischen Leben und Tod, und die Ärzte, die ihn behandelten, nannten die Prognose schlecht.

Ray-Ray wandte sich August zu.

»Zeigen Sie uns das Zimmer, von dem Jochen hier schreibt«, bat er. »Ich möchte wissen, wo die andere Leiche sein müsste.«

Ray-Ray hatte genug, das sah man.

Doch dann lenkte ihn das Klingeln seines Handys ab.

»Geht schon mal«, sagte er. »Ich muss hier mal kurz rangehen.«

August ging zur Treppe, die in den oberen Stock führte, doch Maria zögerte und wartete auf Ray-Ray. Niemand hatte es laut gesagt, aber sie wusste doch, dass es in diesem Gespräch um sie ging.

»Okay«, hörte sie ihn sagen. »Okay. Gut. Schließt den Teufel ein und lasst ihn nicht raus. Versprecht mir das.«

Er schob das Telefon wieder in die Tasche und drehte sich langsam um. Natürlich hatte er gewusst, dass sie direkt hinter ihm stand.

»Ich konnte nicht länger schweigen«, erklärte er. »Und ich konnte nicht warten, denn du …«

Die Stimme brach, und er musste nach Luft ringen, um wieder ins Gleichgewicht zu kommen. Noch ehe er zu sprechen begann, wusste Maria, was er erzählen würde.

»Was hast du getan?«, flüsterte sie.

»Ich konnte nicht warten«, sagte Ray-Ray. »Und es ist mir scheißegal, ob du mich für den Rest meines Lebens hasst, Maria, denn darum geht es schließlich. Das Leben. Dein Leben. Dass du es so lebst, wie du willst, und das auch kannst und darfst. Ohne erschöpft und bedrückt zur Arbeit zu kommen, ohne dass dir Rücken und Beine wehtun. Und verdammte Scheiße noch mal, wie ich mich dafür schäme, nichts getan zu haben, wo ich das hier doch geahnt und gesehen habe, wie du aussahst. Und das ändert sich ja nicht, das weißt du auch. Also habe ich heute Morgen Stopp gesagt und Paul angezeigt und einen unmittelbaren Freiheitsentzug erwirkt. Sie werden ihn achtundvierzig Stunden festhalten. Und zwar nicht nur deinetwegen, sondern auch meinetwegen. Damit wir in Ruhe im Wohnwagen arbeiten können. Und damit ich nicht noch mal bei einem Alarm ausrücken muss, zu einem anderen Keller, wo ich dann dich in einem blauen Plastiksack unter einer verdammten Masse Beton finde. Okay?«

Ray-Rays Augen glänzten, als hätte er Fieber, und obwohl sie ihn gerne gehasst hätte, fühlte sie doch überhaupt nichts.

»Okay?«, fragte Ray-Ray noch einmal.

Maria suchte nach Worten.

»Wie hast du den Freiheitsentzug durchgesetzt?«

Ray-Ray senkte den Blick, als müsse er Kraft sammeln.

»Er hatte Drogen bei sich.«

Maria starrte ihn an.

»Vergiss es«, sagte sie. »Ich kenne Paul. Er …«

»Er hatte Drogen bei sich«, wiederholte Ray-Ray. »Kannst du das vielleicht einfach akzeptieren?«

Maria schlug sich die Hand vor den Mund.

»Aber verdammt«, flüsterte sie, »Ray-Ray, was hast du …«

Er schüttelte den Kopf.

»Wir reden nicht darüber«, sagte er leise. »Die Hauptsache ist, dass es dir gut geht.«

Da hörten sie von draußen ein Rufen.

»Stopp, sage ich! Du darfst hier nicht reingehen!«

Das war ein Kollege, der da rief. Maria rannte zur Tür. Als sie rauskam, hielt sie inne. Dort, auf dem sonnigen Bürgersteig, direkt an der Absperrung, standen zwei Streifenpolizisten und hielten einen jungen Mann zurück.

Maria erkannte ihn.

Es war Isaks Freund.
Karl Lindgren.
Der Sohn von Erling Lindgren.
Er schrie und zerrte, um loszukommen.
Und er weinte wie ein Kind.
Maria war außer sich, als sie ihn rufen hörte:
»Ich bin jetzt hier, Agnes! Ich bin jetzt hier!«

August

Mein Leben liegt in Trümmern. Noch bin ich die Einzige, die weiß, was passiert ist, aber die Uhr tickt, und alles, was bisher erschüttert worden ist, fällt nun in Stücke. Mir ist jetzt klar, dass ich Kungshamn verlassen muss. Fredrik muss die Verantwortung für Isak übernehmen, er wird derjenige sein, der dafür sorgt, dass unser Sohn bewältigen kann, was vor ihm liegt.

Den Schatten meines monumentalen Verrats und meiner beschämenden Sünde.

Mein größtes Geheimnis ist mir entglitten, und ich werde dieser Konfrontation nicht entkommen können. Erling weiß es. Er sagt, er habe mich und Karl Anfang August im Bootshaus gesehen. Das muss das vorletzte Mal gewesen sein, als wir uns sahen, denn nach dem Urlaub haben wir uns nur zweimal getroffen.

Dass ich aber auch nicht rechtzeitig aufhören konnte, dass ich mich nicht beherrschen konnte.

Das werde ich mir nie verzeihen. Niemals.

Erling und ich hatten bereits ein Treffen (in jeder Hinsicht schrecklich – laut und dramatisch und nahegehend, er wollte alles wissen, wo und wann wir uns getroffen haben), und da habe ich versprochen, Kungshamn zu verlassen. Von dem Makler, der das Bestattungsinstitut verkauft hat, habe ich gehört, dass dort ein Secondhandladen eröffnet werden soll, also habe ich nun dem neuen Besitzer gemailt. Ich muss irgendwie beweisen können, dass ich es ernst meine.

Obwohl es das letzte Mal so turbulent war, als wir versucht haben, miteinander zu reden, werden Erling und ich uns bald wieder treffen. Ich habe kein gutes Gefühl dabei. Er war so wütend, dass ich Angst bekam. Hoffentlich geht es diesmal besser.

Ich verspreche wegzuziehen, er verspricht zu schweigen.

Dann werde ich Fredrik sagen, dass ich ihn verlassen werde und die Scheidung will. Ich wette, er wird in maximal einem Jahr mit einer neuen Frau zusammenziehen. Fredrik wird mir nicht verzeihen, aber damit kann ich leben. Wir hätten uns schon längst trennen sollen.

Und dann Karl.

Guter, wunderbarer Karl.

Er wird von allen am besten ohne mich klarkommen.

Ich hoffe, dass er das versteht und mit der Zeit die Kraft findet, mir zu verzeihen. Hoffentlich wird das Verzeihen auch die Zeit überstehen und bis zu dem Tag währen, an dem er so alt ist wie ich jetzt. Ich werde eine SMS vorbereiten, die ich abschicke, wenn Erling zusieht. Dann weiß er, dass Schluss ist. Und zwar wirklich.

Am schlimmsten ist meine Verzweiflung, was Isak angeht.

Ich habe furchtbare Angst vor seiner Reaktion auf das, was ich erzählen muss, und darauf, was ich verschweigen werde.

Er wird so viele Fragen haben, so viele Antworten verlangen.

Und ich will doch nichts sagen.

Um meinetwillen, um Karls willen, aber auch um Isaks willen. Man will nicht wissen, dass die eigene Mutter so etwas getan hat.

Ich hoffe so inniglich, dass er mir eines Tages verzeihen wird. Aber ich habe auch Angst, dass das ziemlich lange dauern wird. Mir selbst habe ich gelobt, große Geduld zu zeigen – Isak soll wissen, dass seine Mutter ihm immer nur das Allerbeste gewünscht hat und immer für ihn da sein wird.

Immer.

Oktober

»Jetzt können wir anfangen.«

Als Cecilia das erste Mal träumte, Karl sei zurückgekommen, weinte sie, bis sie aufwachte. Der Traum war so lebendig gewesen, so reich an Details. Und doch durfte sie nicht darin verweilen.

Es heißt, der Herbst wäre in diesem Jahr ungewöhnlich spät gekommen. Die Bäume dürften ihre Blätter ungewöhnlich lange behalten, und der Herbst sei noch nie so hell und bunt gewesen. Offensichtlich hat der Oktober die Einwohner von Kungshamn seit mehreren Jahrzehnten nicht zu so vielen Sonnenstunden eingeladen.

Doch Cecilia hatte überhaupt nichts davon bemerkt.

Sie verbrachte fast all ihre Zeit zu Hause und ging nur zum Einkaufen raus. Sie war krankgeschrieben, und so würde es wohl noch eine gute Weile bleiben. Ihr Arbeitgeber hatte großes Verständnis gezeigt und gesagt, sie würde alle Zeit bekommen, die sie bräuchte, um geheilt zu werden.

Das war der Ausdruck, den sie verwendeten: um geheilt zu werden.

Als ob das überhaupt möglich wäre.

In Cecilias Welt war der Versuch genauso unsinnig, wie sie zu bitten, zwanzig Zentimeter zu wachsen. Das klappte nicht.

Ihre Schwester kam einmal die Woche vorbei, um zu sehen, wie es ihr ging.

Dann plauderten sie ein wenig, sprachen das Nötigste, bis sie wieder nach Hause ging. Cecilia nahm an, dass ihre Schwester auch den Eltern berichtete, und fand das im Grunde in Ordnung.

Ansonsten war so gut wie nichts in Ordnung.

Karl war ausgezogen. Er hatte sich selbst darum gekümmert, die Schule wechseln zu können, und hatte eine Familie gefunden, bei der er wohnen konnte. Das Jugendamt war natürlich beteiligt gewesen, und obwohl Cecilia in dem ganzen Prozess das Gefühl hatte, als würde ihr Herz pulverisiert, gelang es ihr doch, sich zu beherrschen und ihn loszulassen.

Das war der einzige Weg, den sie sich vorstellen konnte, der garantierte, dass er nicht für immer mit ihr brach. Und ihre Strategie hatte sich schon ausgezahlt. Einmal die Woche sprachen sie über Skype miteinander, und darüber hinaus antwortete er pflichtschuldigst auf jede SMS, die sie ihm schickte.

Cecilia hatte die Familie, bei er wohnte, nicht kennengelernt, aber mit ihnen telefoniert, und sie hatten einen vernünftigen Eindruck gemacht. Der Mann arbeitete in einem Technikunternehmen und die Frau in einem Arzneimittelkonzern. Außerdem hatten sie zwei Kinder in Karls Alter, mit denen er offenbar gut zurechtkam.

»Machen Sie sich keine Sorgen«, hatte die Frau zu Cecilia gesagt, »Karl ist bereits wie ein Familienmitglied.«

Nachdem Cecilia das Gespräch beendet hatte, entrang sich ihr ein abgrundtiefes Brüllen.

Karl ist bereits wie ein Familienmitglied.

Und ich?, hatte sie gedacht, geschrien, gebrüllt. Was ist mit mir?

Dann hatte sie sich ins Auto gesetzt und war zum Gefängnis in Uddevalla gefahren, wo Erling saß. Bis zu dem Moment hatte sie nicht einmal im Entferntesten daran gedacht, ihn zu treffen, sondern ihn mehr oder weniger als tot betrachtet. Doch wenn einem eine fremde Frau erzählte, dass Cecilias einziges Kind, der beste Astronaut des Universums, eine neue Familie gefunden hatte, dann konnte sie ihre Wut gegen niemand anders richten als Erling.

Doch sie hatte ihn nicht gesehen. Er unterlag allen möglichen Restriktionen und durfte weder Besuch bekommen noch Anrufe und nicht einmal Briefe.

Wie sie nach Hause gekommen war, daran konnte sich Cecilia nicht erinnern. Es war, als hätte das Auto sich selbst gefahren.

Inzwischen waren zwei Wochen seit diesem unseligen Ausflug nach Uddevalla vergangen, und Cecilia hatte nicht vor, noch einmal dorthin zu fahren. Sie war nicht einmal sicher, ob sie hingehen und das Gerichtsverfahren verfolgen wollte.

Ihr einziger Wunsch war, Karl zurückzubekommen.

Und das ging nicht.

»Vielleicht solltest du wieder anfangen zu arbeiten«, sagte ihre Schwester bei einem Besuch. »Nur ein paar Stunden in der Woche.«

»Ich warte lieber noch ein bisschen«, erwiderte Cecilia.

Sie holte ihr Handy aus der Tasche des Morgenmantels, sah auf das Display und legte es auf den Küchentisch. Es könnte ja sein, dass Karl sich gemeldet hatte, ohne dass sie es merkte, und dann wollte sie es so schnell wie möglich erfahren. Damit er nicht meinte, sie hätte ihn vergessen, denn das hatte sie natürlich nicht.

Und auch sonst hatte niemand ihn vergessen. Mehrere Nachbarn waren vorbeigekommen und hatten sie besucht. Es war so deutlich erkennbar, dass sie nicht wussten, wie sie sich verhalten und was sie sagen sollten. Und doch wurde alles gesagt.

Sie litten mit ihr.

Sie machten ihr keinen Vorwurf für irgendetwas von dem, was passiert war.

Und sie hofften, sie würde sich melden, wenn sie irgendetwas brauchte.

Fredrik und Isak waren allerdings nicht vorbeigekommen. Wenn Cecilia richtig gehört hatte, war Isak von seinem Vater weggezogen, und Fredrik hatte gekündigt und würde das Haus verkaufen.

Cecilia vermied es, zu viel an die Familie Eriksson zu denken.

Und nur sehr selten dachte sie an Agnes.

Und wirklich niemals an Agnes und Karl.

Das war so weit von allem entfernt, was sie sich jemals hätte zusammenfantasieren können, dass es überhaupt keinen Sinn machte, sich dem Gedanken auch nur zu nähern. Eine erwachsene Frau und Cecilias Kind. Das war zu gestört, um es in Worte zu fassen.

»Willst du all diese Raumfahrtposter im Wohnzimmer

haben?«, fragte ihre Schwester. »Ich finde, das sieht ein bisschen idiotisch aus.«

»Lass sie da«, antwortete Cecilia in scharfem Tonfall.

Sie schaute wieder auf ihr Handy.

Ihre Schwester sah skeptisch aus.

»Du wirst schon hören, wenn er sich meldet«, sagte sie leise.

»Nicht wenn ich zufällig an den Knopf komme, der die Lautstärke regelt«, entgegnete Cecilia. »Dann hört man nämlich gar nichts. Das ist einmal passiert. Nicht dass er sich gemeldet hätte, aber ich habe gesehen, dass die Lautstärke für … ja, bestimmt eine Stunde ausgeschaltet gewesen war. Ich habe es gemerkt, als ich … etwas anschauen wollte.«

Die Miene ihrer Schwester hellte sich auf.

»Wolltest du einen Film anschauen?«, fragte sie.

Cecilia schüttelte den Kopf.

Darüber wollte sie nicht reden. Das würde niemand verstehen und ihre Schwester am allerwenigsten. *Challenger* war immer noch ein Unglück, und Cecilia behielt das für sich.

Ihre Schwester wollte gerade noch etwas sagen, als Cecilia ihr zuvorkam.

»Hat Karl zu dir was über die NASA gesagt?«, fragte sie. »Also, irgendwas Neues?«

Sie wusste, dass ihre Schwester manchmal mit Karl sprach. Vielleicht hatte er etwas zu ihr gesagt, was er Cecilia gegenüber nicht erwähnt hatte.

»Darüber haben wir doch bereits gesprochen.«

»Ich habe gedacht, vielleicht hat er sich ja entschieden …«

Sie verstummte.

»Wofür entschieden, Cecilia?«

Cecilia spürte die Tränen hinter den Augen pochen.

»Ich habe gedacht, dass er es sich vielleicht anders überlegt hat«, flüsterte sie.

Ihre Schwester schüttelte den Kopf.

»Karl war noch nie so motiviert wie jetzt«, sagte sie. »Er wird es so unglaublich weit bringen und in dem, was er macht, ein Star werden.«

Cecilia antwortete nicht.

Wenn sie hätte entscheiden können, dann wäre Karl ein Star auf der Erde geworden und nicht am Himmel. Doch ihr war alles aus den Händen geglitten.

Alles war weg.

Karl, Erling, das Leben.

Und Cecilia hatte nicht die geringste Ahnung, wie sie weitermachen sollte.

»Wie viel will der Besitzer?«, fragte Maria.

Der Makler grinste breit.

»Dreieinhalb Millionen«, sagte er. »Aber bei einem schnellen Geschäft kann alles Mögliche passieren.«

Ray-Ray verzog das Gesicht.

»Das hoffe ich«, sagte er. »Dreieinhalb Mille werden Sie für diese Bruchbude kaum kriegen.«

Das Grinsen des Maklers erlosch.

»Wissen Sie was, nehmen Sie sich so viel Zeit, wie Sie brauchen«, sagte er. »Ich bin da unten, falls etwas ist.«

Damit machte er auf dem Absatz kehrt und ließ die beiden im oberen Stockwerk allein.

Maria sah Ray-Ray böse an.

»Du bist wirklich unmöglich«, sagte sie.

»Du auch«, sagte Ray-Ray, »wenn du jemanden wie mich auf eine Hausbesichtigung mitnimmst.«

Maria wandte sich ab, damit er nicht sah, wie sie grinste.

Sie standen auf einer großen Terrasse, die sich in Südlage mit Blick über das Meer erstreckte. Das Haus war betörend, aber viel zu teuer. Es lag mitten in Kungshamn und – in Maklersprache – in direkter Nähe zu allem. Wozu man das nun auch brauchte.

Alles.

Im Moment war das eine Utopie, das wusste Maria. Aber sie wusste auch, dass es ihr schwerfallen würde, sich in einem Haus sicher zu fühlen. Eine Wohnung wäre besser, gerne ein paar Stockwerke oben.

Damit niemand direkt in die Wohnung einsteigen konnte.

Und damit jemand sie schreien hörte, wenn Paul sie aufsuchte.

Er saß jetzt in Untersuchungshaft und wartete auf das Gerichtsverfahren.

Der Staatsanwalt war optimistisch und glaubte, dass Paul wegen mehrerer Fälle von Misshandlung und auch dem Besitz von Drogen verurteilt werden würde. Wegen der Anklagepunkte, in denen es um die Drogen ging, hatte Maria ein schlechtes Gefühl, doch tat sie nichts, um sie zu bestreiten. Sie hatte auch nicht versucht, noch einmal mit Ray-Ray über die Sache zu reden. Dieser Teil der Geschichte musste sich selbst regeln.

Die Kollegen bei der Polizei hatten gediegene Arbeit geleistet. Es gab nur einen Zeugen, Ray-Ray, und die Akten aus dem Krankenhaus als unterstützende Beweise. Und dann gab es Paul, der über die Verhaftung so außer sich geraten war, dass er eine Vollzugsbeamtin angriff und ihren Kopf an die Wand donnerte. Dieses Ereignis stellte einen eigenen Anklagepunkt dar. Das war natürlich furchtbar – die Beamtin war immer noch krankgeschrieben –, aber auch ein Segen.

»Er hätte keinen schlechteren Start für seine Reise durch das Justizsystem haben können«, stellte Marias Anwalt fest. »Und wir keinen besseren.«

Immer dieses Wir.

Als wäre Maria nicht alleine in dieser Sache.

Als würde sie nicht mit Schuldgefühlen, Angst, Trauer und Selbstverachtung kämpfen. Weil sie den Mist hatte geschehen lassen, weil sie nicht um Hilfe gebeten hatte, weil sie Tag für Tag zu ihrer Arbeit bei der Polizei gegangen war und dort mit zahlreichen misshandelten Frauen in Kontakt gekommen war, ohne sich ein einziges Mal selbst in einer von ihnen zu erkennen.

Alles das war offensichtlich normal, das hatte ihre Therapeutin ihr erklärt. Doch solche Worte linderten nur zum Teil ihre Scham.

Zeit, dachte sie. Ich brauche mehr Zeit.

»Alles okay?«, fragte Ray-Ray.

»Weißt du eigentlich, wie oft du das fragst?«

»Hoffentlich oft genug«, sagte er.

Er schämte sich auch, weil er nicht schon früher eingegriffen hatte. Das wusste Maria, und es störte sie. Er hatte seine eigenen Sorgen, er brauchte nicht auch noch ihre.

Maria drehte das Gesicht zur Sonne.

Die hatte nun ununterbrochen geschienen, seit sie Agnes Eriksson gefunden hatten, und das gehörte zu den wenigen Freuden, die Marias Alltag erträglich machten.

Der Fall Agnes Eriksson hatte mehr an ihr gezehrt und sie mehr belastet, als sie zunächst gemerkt hatte. Dass der Fall schließlich auch noch zur Lösung eines ganz anderen Kriminalfalls beitrug, hatte niemand von ihnen ahnen können.

Sie hatten Jochen Bergs Opfer Verner Nilsson im oberen Stockwerk des alten Bestattungsinstituts unter dem Fußboden gefunden. Wie es Jochen gelungen war, die Leiche in einem Haus zu begraben, das nicht ihm gehörte, würden sie nie herausbekommen. Er hatte nach seinem Selbstmordversuch das Bewusstsein nicht wiedererlangt, und jetzt war er tot. Alles, was man in Händen hatte, war der Brief, den er August Strindberg hinterlassen hatte. Da kommentierte er sein Verbrechen mit den Worten:

Warum, wie und wann, das möchte ich mit ins Grab nehmen. Doch kann ich so viel sagen, dass der Vater des Mörders sich Lydia gegenüber so kalt verhalten hat, dass er es nicht besser verdiente.

Maria hatte viel über diese Sätze nachgedacht, ihr war aber nicht klar geworden, was Jochen meinte und warum er fand, dass es notwendig sei, auch den Vater von Verner Nilsson zu bestrafen.

Eine andere Frage, die unter den Ermittlern kursierte, war, ob Jochen einen Helfershelfer gehabt hatte und wie viele Jahre genau ihn das Projekt beschäftigt hatte. Von der Leiche war nämlich nicht mehr übrig als ein Skelett, das in doppelte Leichensäcke eingepackt war, was erklärte, warum man im Haus keinen Leichengeruch wahrgenommen hatte. Die Verwesung der Weichteile der Leiche musste woanders geschehen sein, ehe sie im Boden des

Bestattungsinstituts versteckt worden war. Wo, das konnten sie nur raten.

Maria war sehr erstaunt gewesen, als sie die Leiche sah. Da Jochen zuvor von »Auge um Auge«, gesprochen hatte, war sie davon ausgegangen, dass er sein Opfer zerstückelt hätte, doch das war nicht der Fall.

»Was meinst du?«, hatte August gefragt. »Glaubst du, dass er in der Schuldfrage richtiglag?«

Maria hatte geantwortet, ihrer Meinung nach sei die Antwort Nein. Ein anderer Täter war sowohl in der Landes- wie auch in der Reichsinstanz als Täter verurteilt worden.

»Das heißt, Jochen hat einen unschuldigen Mann ermordet?«, hatte August weiter gefragt.

So sah es nach Meinung von Maria aus.

Da war August verstummt und hatte nicht weiter gefragt.

Es kam durchaus vor, dass die falsche Person verurteilt wurde und der Schuldige entkam, das wusste Maria wohl. Ob das bei Jochens Schwiegersohn der Fall gewesen war, das musste nun jemand anders ermitteln. Mithilfe eines Zahnabgleichs war der Mann im Fußboden identifiziert und seine Angehörigen daraufhin benachrichtigt worden. Maria hoffte, sie würden jetzt ihren Seelenfrieden finden, auch wenn das Schicksal, das er erlitten hatte, schrecklich war.

Es ärgerte sie, dass Jochen sie mit so vielen unbeantworteten Fragen zurückgelassen hatte. Er musste schließlich Zugang zum Haus des Bestatters gehabt, den Fußboden im oberen Stockwerk untersucht und abgeschätzt haben, ob er wirklich so tief (er war ungewöhnlich tief, hatte der Techniker, der das Haus untersucht hatte, gesagt) war, dass man einen Menschen dort verstecken konnte.

»Sollen wir zum Makler runtergehen?«, fragte Ray-Ray.

Maria nickte.

»Ich muss wohl noch ein paar mehr Objekte ansehen«, meinte sie.

Sie dankten dem Makler für die Führung und gingen. Maria zu ihrem Fahrrad und Ray-Ray mit dem Autoschlüssel in der Hand.

»Danke, dass du mitgekommen bist«, sagte sie.

»Nichts zu danken. Ich hatte sowieso nichts vor.«

Maria setzte ihre Sonnenbrille auf.

»Du hattest nichts vor? Es ist Samstag, und der große Charmeur Ray-Ray hat nichts zu tun? Das klingt nicht sehr wahrscheinlich. Außerdem hast du doch jede Menge Kinder, mit denen du was unternehmen kannst.«

Er lächelte verlegen.

»Was hast du selbst denn für Pläne?«

»Heute Abend Lesekreis«, sagte sie. »Und dann werde ich packen und aufräumen, sodass alles für die Besichtigung klar ist.«

Das Haus, in dem Paul und sie in Hasselösund gewohnt hatten, sollte verkauft werden, und Maria wollte während der Besichtigungstage verschwinden. Sie hatte von einem der Freunde von Ray-Ray eine Hütte in Kungshamn mieten können, und da durfte sie so lange bleiben, wie sie wollte.

Sie spazierten an Augusts Laden vorbei. Ray-Ray hatte sein Auto dort in der Nähe abgestellt.

»Glaubst du, dass er bleiben wird?«, fragte Ray-Ray mit einem Nicken zu dem Haus hin.

»Das glaube ich schon«, antwortete Maria. »War halt ein etwas zäher Start.«

Ray-Ray lachte laut.

»Das ist ja wohl nicht dein Ernst, oder? Erst mietet er das verdammte Eishaus von den Janssons, und dann findet er nicht nur eine, sondern gleich zwei Leichen in seinem Laden. Absolut unbegreiflich.«

Ray-Ray wurde wieder ernst. Das Komische an dem Schicksal und den Abenteuern von August Strindberg war auffallend, doch auf der anderen Seite war alles, besonders was mit Agnes Eriksson zu tun hatte, überhaupt nicht zum Lachen. Und das Eishaus war nur deswegen auf Augusts Radar aufgetaucht, weil Erling Lindgren dem Makler den Tipp gegeben hatte, dass es leer stand. Erling, der natürlich so gern wollte, dass jemand in dem Haus wohnte, damit Agnes und Karl sich dort nicht treffen konnten.

»Ich kann immer noch nicht begreifen, dass sie mit diesem Jungen eine Liebesbeziehung hatte«, sagte Ray-Ray.

Maria schüttelte den Kopf.

»Ich auch nicht«, sagte sie.

Es hatte die ganze Ermittlergruppe schockiert, als es sich herausstellte, dass die Telefonnummer, die sie zu identifizieren versucht hatten, einem Freund von Isak gehörte.

Karl Lindgren.

Maria war nicht sicher, ob sie das, was die beiden gehabt hatten, eine Liebesbeziehung nennen wollte. Agnes Eriksson war einundvierzig gewesen und Karl Lindgren knappe sechzehn. Das konnte man unmöglich als eine ebenbürtige und sozial akzeptierte Beziehung betrachten, was Agnes sehr wohl bewusst gewesen war. Alles deutete darauf hin, dass sie tatsächlich vorgehabt hatte, Kungshamn, ihre Familie und Karl zu verlassen, um an einem anderen Ort neu anzufangen. Doch dann war das unglückselige Zusammentreffen mit Erling dazwischengekommen.

»Das wollte ich nicht«, hatte er im Verhör gesagt.

Maria glaubte ihm, doch das veränderte nur wenig. Er hatte ein Verbrechen begangen, und er würde jahrelang dafür im Gefängnis sitzen, ehe er wieder herauskam. Allein schon, dass er sich entschieden hatte, Agnes zu begraben, anstatt den Notruf zu wählen, als sie leblos auf dem Boden im Bootshaus lag, war ein ernster Straftatbestand. Der Staatsanwalt wollte ihn wegen Totschlags verurteilt sehen, und das würde wahrscheinlich auch so kommen.

Wie durch eine Ironie des Schicksals war es Jochen Berg gewesen, der Erling dazu inspiriert hatte, wie er Agnes' Leiche loswerden könnte. Erling hatte in den Verhören offen und viel gesprochen. Er war es gewesen, der das Tagebuch von Agnes im

Klavier gefunden und mitgenommen hatte. Nur wenige Tage vor dem schicksalhaften Tag, an dem sie starb, war er bei ihr zu Hause gewesen und hatte ein Angebot für den Umbau des Klaviers zu einer Bar abgegeben. Bei der Gelegenheit hatte er das Tagebuch gefunden. Er hatte erzählt, wie er in Panik den Volvo des Nachbarn ausgeliehen und Agnes eingewickelt in den Kofferraum gelegt hatte. Also dasselbe Auto, das die Polizei jetzt beschlagnahmt hatte. Danach hatte er Agnes, um Zeit zu gewinnen, im Gefrierschrank des Bestatters versteckt.

Zwei Tage dauerte es, bis er schließlich darauf kam, was er tun würde. Da entdeckte er nämlich das Skelett im oberen Stockwerk des Bestattungsinstituts. Der Besitzer hatte sich nicht um sein Haus gekümmert und es nicht richtig gepflegt. Hätte der Bestatter einmal das Linoleum im Zimmer neben dem Badezimmer entfernt, dann hätte er gemerkt, dass dort kein Holzfußboden mehr war. Oder doch, da war einer, aber nicht in der Mitte des Raumes. Da war der Tote stattdessen mit Spanplatten bedeckt. Als er das Skelett fand, war Erling der einzige Handwerker im Haus. Indem er Agnes unter dem Kellerfußboden vergrub, hatte er die Möglichkeit, sie mit Beton zu bedecken, um auf diese Weise den Geruch zu vermeiden.

Tag und Nacht kreisten diese Details in Marias Kopf. So viel Verschlagenheit, so große Tragödien.

Außerdem hatte Erling Karl vorgegaukelt, Agnes würde noch leben.

Und er hatte zugelassen, dass Fredrik seinen eigenen Sohn des Mordes an seiner Mutter verdächtigte.

Das war so kaltschnäuzig, dass Maria keine Worte fand.

Vielleicht hätte Erling noch eine Weile weitermachen können, wenn Jochen ihn nicht bemerkt hätte. Doch Karl hätte trotzdem die Sachen, die Erling im Bootshaus versteckt hatte, gefunden und seinen Vater bei der Polizei angezeigt. Das war das Erste, was er schrie, als sie ihn vor Augusts Laden aufhielten:

»Mein Vater hat sie getötet. Er hat uns alle reingelegt.«

Reingelegt und zerstört, dachte Maria. Und so viele andere auch.

Fredrik hatte die Wahrheit gesagt, als er behauptete, Agnes' Handy im Keller des Eishauses gefunden zu haben. Erling hatte das Telefon dort platziert, während August im Laden war. Eine verzweifelte Tat, um, wie er im Verhör sagte, »die Spuren von Agnes in verschiedene Richtungen zu streuen«. Er hatte also gehofft, dass das Handy gefunden würde, doch kaum angenommen, dass es so schnell gehen würde.

Jetzt war Fredrik frei, aber Isak war bei ihm ausgezogen.

Er konnte seinem Vater nicht verzeihen, dass er gedacht hatte, der eigene Sohn hätte die Mutter ermordet.

Maria hatte Verständnis für Isaks Zorn.

Und Fredrik war nicht der Einzige, der von seinem Kind verlassen worden war.

Karl Lindgren, von seinen Eltern der Astronaut genannt, hatte sich dazu entschieden, Kungshamn zu verlassen. Er würde im Gerichtsverfahren aussagen, lebte aber jetzt in Stockholm. Von seinem Leben in Kungshamn war nur noch seine Mutter übrig. Der Staatsanwalt hatte sie wegen Strafvereitelung anzeigen wollen, aber entschieden, die Anklage fallen zu lassen. Weder Erling noch Karl waren bereit, gegen sie auszusagen.

Karl hatte ihnen den letzten Puzzlestein in die Hand gegeben. Er hatte erzählt, wer auf dem Bild zu sehen war, das August im Putzschrank gefunden hatte.

Maria hatte ihm das Foto gezeigt.

»Das ist Agnes«, hatte er gesagt.

Und dann hatte er die beiden anderen Fotos, die zur selben Bilderreihe gehörten, herausgeholt. Vielleicht war das Bild, das keiner von ihnen haben wollte, zufällig in den Putzschrank geraten, als sie hinter sich im Haus aufräumten. Er wusste es nicht genau.

Der Zufall, dachte Maria, manchmal tut er, was er kann, um uns zu helfen.

Maria setzte den Helm auf und schloss das Fahrrad auf.

»Meine Güte, wann wirst du das endlich mal in der richtigen Reihenfolge machen?«, stöhnte Ray-Ray. »Erst das Schloss, dann den Helm. Nicht andersherum.«

Maria lächelte.

»Ich bin einfach nicht so cool wie du«, sagte sie. »Ich bin nur eine einfache Polizistin, die in einem Umzugskarton lebt und in einem Wohnwagen arbeitet.«

Ray-Ray lächelte so breit, dass alle Zähne zu sehen waren.

»Das ist nicht das Schlimmste«, gab er zurück.

Und dann, etwas ungehaltener:

»Erinnere mich bitte nicht an den Wohnwagen.«

Keiner von ihnen hatte sich vorstellen können, dass der Wohnwagen zu einem dauerhaften Teil ihres Lebens werden würde, doch es sah ganz danach aus. Roland wollte nicht mehr alle Ermittler in Uddevalla versammelt haben, sondern einige sollten direkt in den Kommunen vor Ort stationiert werden. Der Wohnwagen in Kungshamn war somit zu einem Experiment geworden, das mindestens ein Jahr weitergehen sollte.

»Ihr werdet natürlich auch an anderen Orten arbeiten«, hatte Roland gesagt. »Polizisten müssen da sein, wo Verbrechen begangen werden. Doch die Basis soll nicht mehr Uddevalla sein. Ich möchte, dass zwei richtig gute Ermittler für Gewaltverbrechen in Kungshamn sitzen. Und ich will, dass ihr das seid.«

Maria hatte sofort Ja gesagt, und kurz darauf auch Ray-Ray.

Die Sonne schien, und in ein paar Stunden würde der Lesekreis stattfinden.

Mit etwas Glück würde August Strindberg da auftauchen.

Zumindest hoffte Maria das.

Es war nicht ganz so gelaufen, wie er sich das vorgestellt hatte, und August war der Erste, der das zugab. Sein Freund Henrik war der Zweite.

»Ja, also, Agge, hier kannst du einfach nicht bleiben.«

Sie saßen auf der Treppe vor Janssons Haus und tranken Bier.

Die Sonne schien, und der Wind war frisch. Der Himmel war blau und die Blätter an den Bäumen rot-gelb. Es war Herbst und sehr schön.

»Ich glaube, ich werde dem hier noch eine Chance geben«, entgegnete August. »Und sei so gut, mich nicht Agge zu nennen. Das klingt so lächerlich.«

Henrik hätte fast das Bier ausgespuckt.

»Machst du Witze?«

»Nein, ich meine es ernst. Ich hasse diesen Namen.«

»Das habe ich nicht gemeint.«

»Ich weiß, aber ich mag dich trotzdem. Du hast dich immerhin den ganzen Weg hierher begeben.«

August schlug Henrik auf die Schulter, der stellte seine Bierflasche weg.

»Und was glaubst du, warum ich hierhergekommen bin? Mal im Ernst, einer muss dich doch wieder in die Spur bringen, verdammt noch mal. Komm nach Hause, August. Jetzt. Lass diesen Mist hier. Solche wie du und ich, wir passen nicht hierher.«

»Falsch«, entgegnete August. »Du passt nicht hierher. Aber ich schon. In ungefähr einer Woche gibt die Polizei meinen Laden frei, dann kann ich den in Ordnung bringen und loslegen.«

Das war der Plan, der einzige, der ihm gefiel.

Henrik nahm die Flasche wieder in die Hand.

»Helene lässt grüßen«, sagte er. »Hab ich das schon gesagt?«

»Zweimal.«

»Sie sah erholt aus.«

»Das freut mich.«

»Ich glaube, sie vermisst dich.«

August brach in Gelächter aus.

»Nein, Henrik, das tut sie nicht. Wir sind sehr fertig miteinander, sie und ich.«

Henry seufzte.

»Aber wir sind es nicht«, sagte er. »Du und ich. Verdammt, wir waren beste Freunde.«

August traute seinen Ohren nicht. Er kannte Henrik seit der Gymnasiumszeit, und kein einziges Mal hat er etwas Vergleichbares gesagt.

Vermissen.

Henrik fuhr fort:

»Ich dachte, es würde mir gefallen, wenn du abhaust, denn wenn du nicht da wärst, dann könnte ich die Nummer eins werden. In deiner Nähe ist das unmöglich. Du warst einer der Allerbesten. Und das bist du immer noch.«

August starrte seinen Freund an.

»Wer bist du, und was hast du mit Henrik gemacht?«, fragte er. Und das war nur zur Hälfte ein Scherz.

»Du bist so verdammt lahm«, sagte Henrik und stöhnte. »Du kannst jede Braut kriegen, die du willst, und nun sitzt du einfach hier herum. Ich weiß, es hat dich fertiggemacht, dass deine Eltern gestorben sind. Mein Gott, allein schon die Art, wie das passiert ist, war ja … Ich will gar nicht davon reden, denn es gibt irgendwie keine Worte, die … scheißegal. Komm nach Hause, August, komm einfach nach Hause.«

Es gibt irgendwie keine Worte.

Bis dahin war August bereit, Henrik zu folgen.

Der Tod seiner Eltern war der wichtigste Katalysator des Umzugs gewesen, ohne den hätte vieles anders ausgesehen. Es war zeitig im Frühjahr gewesen, und Augusts Eltern waren aufs Land gefahren, um nach der Hütte zu sehen. Da war seine Mutter in das Klohäuschen gegangen. Und das war ihre letzte Tat.

Jahre von Feuchtigkeit, Wind und Kälte hatten das alte Häuschen stark mitgenommen. An dem Tag, als es zusammenbrach, war der Wind besonders übel, sodass sich die vier Wände und das Dach wie die Karten eines Kartenhauses zur Seite klappten.

Seine Mutter wäre nicht gestorben, wenn sie nicht den schweren Dachbalken direkt auf den Kopf bekommen hätte. Dieser Balken war zwar nicht mehr als einhundertzwanzig Zentimeter lang gewesen, doch es genügte, um ihren Kopf zu zertrümmern und eine Hirnblutung zu verursachen, die sie das Leben kostete.

»Was für ein verdammtes Pech«, hatte der Arzt, der sie im Krankenhaus behandelte, gesagt.

Eigentlich war August nicht sonderlich erstaunt darüber, wie dünn die Trennlinie zwischen Leben und Tod war. Hingegen erstaunte es ihn, dass sein Vater etwas später am selben Tag starb.

Beim Tod seiner Mutter waren Augusts Eltern ein halbes Jahrhundert verheiratet gewesen. August erinnerte sich an die Leere, die er in den Augen seines Vaters gesehen hatte, als er ihn einige Stunden nach dem Unglück traf.

»Was soll ich jetzt tun?«, hatte er gesagt. »Ich bin doch nichts ohne sie. Ich *kann* nichts.«

Die Reaktion war entsprechend.

Das Herz, das so lange mit einem zu hohen Blutdruck gekämpft hatte, von dem Augusts Vater nichts wissen wollte, blieb mitten in einem Schlag stehen. Wahrscheinlich war er schon tot, ehe er auf dem Dielenboden in seinem Zuhause landete, wo er später gefunden wurde. Da er sowohl die Jacke als auch die Schuhe noch anhatte, konnte August vermuten, dass er gestorben war, sowie er die Tür hinter sich zugemacht hatte.

Es tat ungeheuer weh, sich an diese Worte seines Vaters zu erinnern, und das würde auch so bleiben.

»Ich habe kein Zuhause in Stockholm«, sagte August.

»Du kannst dir eins kaufen.«

»Ich will aber hier sein.«

Es war für Kopf wie Herz gut, das laut zu sagen. Hovenäset fühlte sich allmählich wie zu Hause an. Und er hatte umgedacht. Als der Makler schließlich mit dem Vertrag für das Bootshaus auf Tången aufkreuzte, sagte August Nein. Er wollte lieber ein Bootshaus auf Hovenäset haben. Und er wollte ein eigenes Haus. Das Eis war gebrochen, er hatte endlich mehrere Einwohner von Hovenäset kennengelernt und war sogar bei einigen von ihnen schon zum Abendessen gewesen. Und die Nachbarn von nebenan waren rübergekommen und hatten ihn begrüßt, als sie am vorletzten Wochenende ihr Bootshaus besucht hatten. Alles, was zuvor stillgestanden hatte, kam jetzt ins Rollen. Am nächsten Tag würde sich eine große Gruppe zu Hause beim Vorsitzenden der Interessenvereinigung von Hovenäset treffen und Hamburger grillen. Es war lange her, seit August sich nach etwas so Einfachem gesehnt hatte. Und wenn die Wetterprognose zutraf, würden auch dann wieder Sonne und blauer Himmel locken.

»Wissen die Leute, wie reich du bist?«, fragte Henrik.

»Aber …«

»Mal im Ernst, Agge, ich meine, August. Was, wenn du hier auf irgendeinen *Gold Digger* triffst, der dir alles nimmt, was du besitzt?«

»Und was hast du dir gedacht, wie das vor sich gehen sollte?«

Henrik zuckte mit den Achseln, als wolle er die Diskussion an diesem Punkt beenden.

Gold Digger.

Je mehr August über die Sache nachdachte, desto erfrischender kam ihm eine solche Erfahrung vor. Und je mehr er sich gegenüber Hendriks im Grunde sehr fürsorglichem Gerede verteidigen musste, desto sicherer wurde er in seiner Entscheidung. Sein Umzug, sein neues Leben hatte in großen Teilen einen üblen Start hingelegt. Aber trotzdem gab es alle Möglichkeiten, für die Zukunft einen neuen Kurs einzuschlagen. Der ohne Leichen in Gefriertruhen und Fußböden auskam. Der weniger einsam und gleichzeitig ruhiger war.

Und vielleicht liebevoller.

Den Lesekreis gab es noch und auch Maria Martinsson. Ein Gerücht lautete, sie habe sich von ihrem Mann getrennt und sei jetzt Single. Andere Gerüchte waren weniger angenehm. Es hieß, sie sei lange Zeit von Paul misshandelt worden, und er säße jetzt in Uddevalla in Untersuchungshaft.

August erinnerte sich an Pauls Blick, als er das Buch von den Auswanderern entdeckte, das er später gestohlen hatte. Das Gerücht könnte durchaus wahr sein, und er fragte sich, wie das seine eigenen Chancen auf ein Date mit Maria wohl beeinflusste. Vielleicht sehr viel. Vielleicht gar nicht.

Henrik stand auf.

»Jetzt gehen wir rein«, sagte er. »Es ist kalt. Wir sitzen mit zugeknöpften Jacken auf der Treppe und trinken leichtes Bier. Das darfst du keinem von unseren gemeinsamen Freunden erzählen.«

»Natürlich nicht«, sagte August.

»Wann fängt dein Lesekreis an?«

»Um sieben.«

»Und über welches Buch werdet ihr reden?«

»*Die Auswanderer* von Vilhelm Moberg.«

»Schwülstig. Hast du es gelesen?«

»Nicht seit meinem siebzehnten Lebensjahr.«

»Absolut richtig priorisiert. Ich kann dich nach Kungshamn fahren. Ich habe einem Kumpel versprochen, auf dem Weg nach Hause auf Smögen vorbeizufahren und ein Segelboot für ihn anzusehen.«

August erkannte seine Chance und lächelte.

»Nicht nötig«, sagte er. »Ich habe ein eigenes Auto.«

Henrik war wirklich schockiert.

»Machst du Witze? Hast du dir endlich ein Auto angeschafft?

Das geht doch mit dem Teufel zu. Keinen Tag zu früh. Wo ist es, was hast du dir für eins gekauft?«

Sie gingen rein, und August schloss die Tür hinter ihnen zu.

»Steht in einer Querstraße weiter hinten«, sagte er. »Und ich habe es nicht auf die Weise gekauft, wie du denkst.«

Henrik sah ihn misstrauisch an.

»Hast du es gestohlen?«

»Nicht wirklich, es gehörte zum Kauf der Immobilie in Kungshamn dazu.«

»Spannend!«

August probierte an der Klinke, ob die Tür abgeschlossen war.

»Du hast ja keine Ahnung«, sagte er, »es ist echt klasse. Und gelb.«

Eine weitere Runde im *Belgier*. Ein weiteres Buch, dass er vor ihrem Treffen nicht gelesen hatte.

Für August spielte es keine Rolle. Er war nicht dort, um über Bücher zu reden.

Diesmal muss er nicht nach dem Lesekreis suchen, er kannte mehrere von ihnen. Und sie kannten ihn.

»Stockholmer, hier sind wir!«, rief eine jüngere Frau mit rosigen Wangen.

Stockholmer.

Würde er sich jemals an diesen Kosenamen gewöhnen? Er hoffte nicht. Die politisch viel diskutierte Kluft zwischen »Stadt und Land« war ihm schon vor seinem Umzug nicht unbekannt gewesen, doch hatte sie nie eine tiefere Bedeutung gehabt. Jetzt blickte er jeden Tag hinein, und das war nicht nur charmant.

August stellte zwei Dinge fest.

Zum einen war er immer noch der einzige Mann in der Gesellschaft, was er hauptsächlich unterhaltsam fand.

Zum anderen war Maria Martinsson nicht da, was ihn weniger fröhlich stimmte.

Anfänglich hatte er sich für den Lesekreis interessiert, um neue

Menschen kennenzulernen. Jetzt ging es ihm zu circa neunzig Prozent um Maria.

»Sollen wir anfangen?«, sagte eine der Frauen am Tisch.

Ein Kellner kam und stellte drei Biergläser ab.

»Aber Maria ist ja noch nicht da«, sagte ein junges Mädchen, das an der einen kurzen Seite des Tisches saß.

Sie langte nach einem der Gläser.

Da war eine helle Stimme zu hören:

»Aber hallo, so leicht werdet ihr mich nicht los.«

Mit einer geschmeidigen Bewegung zog Maria die Jacke aus und setzte sich auf den einzigen Platz, der frei war. Genau gegenüber von August.

»So«, sagte sie und sah ihm direkt in die Augen. »Jetzt können wir anfangen.«

Nachwort und Dank der Autorin

Ich habe mich so lange danach gesehnt, meinem ganz eigenen August Strindberg im herrlichen Hovenäset zum Leben zu verhelfen, und jetzt ist es endlich geschehen. Das macht unglaublich viel Spaß! Lassen Sie mich die Gelegenheit ergreifen, darauf hinzuweisen, dass dies eine durch und durch erfundene Erzählung ist und dass alle möglichen Ähnlichkeiten mit der Wirklichkeit nur zufällig sind. Hovenäset und Kungshamn sind durchaus Orte, die es wirklich gibt, doch das trifft weder auf Janssons Haus auf dem Kärleksvägen zu noch für die Immobilie, die August in Kungshamn kauft.

Der Grund ist einfach: Ich habe zwei Häuser mit schrecklicher Geschichte erfunden, und ich wollte nicht, dass sie mit existierenden Häusern und Adressen in Zusammenhang gebracht werden könnten. Wer auf dem Kärleksvägen in Hovenäset spazieren geht, wird deshalb feststellen, dass es weder ein Haus mit der Nummer 21 noch eines mit der Nummer 23 gibt (und ja, man stelle sich vor, es passiert tatsächlich, dass Häuser neue Nummern bekommen). Es gibt also keinen richtigen Kriminalfall, der die Einwohner von Hovenäset auf die Weise geformt hat, wie es im Buch beschrieben wird, und das ist ein Glück.

Auch in anderer Hinsicht habe ich mit der Wirklichkeit gespielt. So gibt es zum Beispiel kein Altersheim im Hotel Kungshamn (obwohl es doch schick wäre, oder?), und es gibt auch in Kungshamn keine Bar namens *Belgier* (zumindest noch nicht). Und manchmal taucht die Polizei in etwas, das einem Wohnwagen gleicht, in Kungshamn auf, doch der Wohnwagen selbst ist ganz und gar ein Produkt meiner eigenen Fantasie, auch wenn der Ort für den Rettungsdienst korrekt angegeben ist.

In diesem Zusammenhang möchte ich dem Ortspolizisten Dan Carlsson ganz herzlich danken, der freundlich war und auf die Fragen antwortete, die ich zur Organisation der Polizei in der Gemeinde Sotenäs hatte. Dank auch an den Kriminaltechniker Torbjörn Lundstedt, der mein Wissen darüber vertiefte, wie der technische Teil einer polizeilichen Ermittlung betrieben wird, und Dank an Stisse, der sich die Zeit nahm, auf Fragen zu antworten und den Kontakt zu Torbjörn herstellte. Alle Abweichungen von gängigen Routinen und tatsächlichen Voraussetzungen innerhalb der Polizei, die in diesem Buch stattfinden, liegen ganz und gar in meiner eigenen Verantwortung. Manchmal muss man für die beste Erzählung der Fiktion den Vortritt vor der Wirklichkeit lassen.

Ein Buch zu schreiben ist ein sehr einsames Unterfangen, und wahrscheinlich hat sich der Beruf der Schriftstellerin nie einsamer angefühlt als während des Jahres 2020, das so deutlich von der COVID-19-Pandemie betroffen war.

Doch keine Autorin und kein Autor kann alles selbst machen.

Glücklicherweise hatte ich großartige Unterstützung von meinem Verlag und meiner Lektorin.

Zuallererst möchte ich einen warmen Dank an meine Lektorin Susanna Romanus richten. Danke für deine brillante Rückmeldung auf mein Manuskript und dass du so eine fantastische Partnerin im Erschaffen von August und Maria und ihrem Universum warst.

Danke auch an meinen Manuskriptentwickler John Häggblom für das souveräne Lesen meines Manuskripts und die folgenden Rückmeldungen, die mit jeder Runde die Erzählung auf ein höheres Level gebracht haben.

Danke an meinen Redakteur Andreas Lundberg für die wertvolle Redaktion des Textes und die Hellhörigkeit, die du in unserem Arbeitsprozess bewiesen hast.

Danke an Eva Persson, Charlotta Larsson, Caroline Ernsth,

Göran Wilberg, Emelie Hollbox, Adam Dahlin und alle anderen herrlichen Menschen im Bokförlaget Ester Bonnier, die dafür geschuftet haben, dieses Projekt zu verwirklichen, und dafür sorgen, dass meine Bücher so viele Leser wie möglich finden. Danke auch an Karin Wahlén bei Kult PR für die großartige PR-Arbeit. Ich bin so glücklich, mit so vielen begabten Vollblutprofis arbeiten zu können!

Dank an die Salomonsson Agency dafür, dass ihr hart und leidenschaftlich daran arbeitet, dass meine Bücher in allen Ecken der Welt Leser finden. Und ein besonderer Dank an meine Agentin Julia Angelin!

Und schließlich: Dank an meine Freunde und meine wunderbare Familie! Ich habe so ein Glück, euch alle in meinem Leben zu haben. Danke!

Ein brennendes Boothaus, ein Toter mit einem Geheimnis und ein Ermittler in einem gelben Leichenwagen …

592 Seiten. ISBN 978-3-8090-2754-6

August Strindberg ist so glücklich wie schon lange nicht mehr. Sein Secondhand-Laden läuft besser als gedacht, und: August ist verliebt – nämlich in die Kriminalkommissarin Maria Martinsson. Doch dann bricht in seinem neuen Heimatort Hovenäset in einer kalten Januarnacht ein Feuer aus. Dabei werden zwei Bootshäuser zerstört – eines davon gehört August. Als plötzlich eine Leiche auftaucht, ermittelt die Polizei nicht wegen Brandstiftung, sondern wegen Mordes! Jemand in dem verschlafenen Küstenort versucht, ein dunkles Geheimnis zu verbergen, und auf einmal befinden sich sowohl Maria als auch August in der Schusslinie.

Lesen Sie mehr unter: **www.limes-verlag.de**

Das Grauen beginnt, als eine Fahrt zu Ende geht …

496 Seiten. ISBN 978-3-442-37580-6

Hochsommer in Schweden. Es regnet Bindfäden. Der voll besetzte Schnellzug nach Stockholm muss außerplanmäßig halten. Eine junge Frau tritt hinaus aufs Bahngleis, um ungestört zu telefonieren – und wird von ihrer Tochter getrennt, als der Zug ohne Vorwarnung weiterfährt. Der Schaffner wird alarmiert, doch als er das kleine Mädchen abholen will, ist es spurlos verschwunden. Das Ermittlerteam um Kommissar Alex Recht und Fahndungsspezialistin Fredrika Bergman wird auf den Fall angesetzt. Als wenig später ein zweites Kind verschleppt wird, wird der Fall zu einem Albtraum …

Lesen Sie mehr unter: **www.blanvalet.de**